中国古典神魔小说

〔清〕李百川 著

野仙踪

河海大学出版社
·南京·

图书在版编目（CIP）数据

绿野仙踪 /（清）李百川著. -- 南京 : 河海大学出版社, 2025.8. --（中国古典神魔小说）. -- ISBN 978-7-5630-9600-8

Ⅰ．I242.4

中国国家版本馆 CIP 数据核字第 2025WH0132 号

丛 书 名 / 中国古典神魔小说
书　　名 / 绿野仙踪
　　　　　 LÜYE XIANZONG
书　　号 / ISBN 978-7-5630-9600-8
责任编辑 / 彭志诚
丛书策划 / 未来趋势
文字编辑 / 孙梦凡
特约校对 / 曹　阳
装帧设计 / 未来趋势
出版发行 / 河海大学出版社
地　　址 / 南京市西康路 1 号（邮编：210098）
电　　话 /（025）83737852（总编室）
　　　　　（025）83722833（营销部）
经　　销 / 全国新华书店
印　　刷 / 三河市元兴印务有限公司
开　　本 / 880 毫米×1230 毫米　1/32
印　　张 / 19
字　　数 / 599 千字
版　　次 / 2025 年 8 月第 1 版
印　　次 / 2025 年 8 月第 1 次印刷
定　　价 / 98.00 元

前言

　　《绿野仙踪》又名《百鬼图》，共八十回，是清代乾隆年间一部著名的长篇神魔小说。《绿野仙踪》的作者李百川，江南人，生卒年及生平均不详，推断大约为清乾隆年间人。

　　《绿野仙踪》以求仙学道为外衣，以冷于冰修道收徒为线索贯串诸多人物故事，顺次展示了封建社会一幅幅生活画面，表现了那个时代纷繁复杂的社会生活与炎凉刻薄的世态人情。小说作者借助神仙的身份，关注尘世，采取求是态度，以一种新的方式寄托自己的人生理想。小说的艺术手法也达到了炉火纯青的地步，在文学上取得了卓越的成就。郑振铎先生把《绿野仙踪》和《红楼梦》、《儒林外史》并列为清中叶三大小说。

　　《绿野仙踪》融神魔小说、世情小说、历史小说为一体，在传统神魔小说的基础上进行了大胆的突破和创新。首先，《绿野仙踪》具有一般神魔小说的特点，书中以相当多的篇幅宣扬法术无边，人生循环，因果报应的神魔观点，描写也以求仙访道为线索串连一系列人物和事件，弥漫着神迷、虚幻的浪漫主义色彩。其次，《绿野仙踪》具有世情小说的性质，书中围绕着温如玉、周琏两个人物，写出那个社会的人情冷暖，写出了这种世风下的一系列活灵活现的男男女女，尤其是对在金钱的笼罩下各种人物的表现及他们灵魂世界的描写，刻画得入木三分。最后，《绿野仙踪》还具有历史演义小说的性质，书中既描写了严嵩父子在朝中陷害忠良，专权独断，也描写了一批正义官僚和严嵩的斗争，朝廷内部的忠奸斗争几乎贯串了全书，反映了当时官场的黑暗污浊，展现出形形色色的官场众生相。

　　《绿野仙踪》在人物的塑造上相当成功。书中的人物形形色色，各具特色，活灵活现，个性鲜明，绝不"千人一面"。尤为重要的是，作者写出了人物性格的复杂性，如一代奸相严嵩，并没有像戏剧舞台上那样张牙舞爪，穷凶极恶，而是表面上温文尔雅，好像很有君子"雅量"，实则内心艰险狡诈，卑鄙无耻。这就很符合历史上真正的严嵩的形象，书中人物形象塑造的成功之处也正在于此。

《绿野仙踪》对语言的驾驭技巧高超，既华丽又幽默，晓畅圆熟，撒得开、收得拢，用笔老辣、尖峭，对话符合人物口吻和身份，特别是它所提炼的方言俚语间杂文言、行活的语言风格在全书显得和谐统一，明快流利，表现力极强。

《绿野仙踪》的风景描写结合人物的心理，渲染出环境气氛来，无论是写荒山绝壑、西湖夜景，还是神仙境界，都如见如绘。

在中国古代小说史上，《绿野仙踪》不论从思想性、艺术性，还是从创作形式的创新尝试上，都占有不容忽视的重要地位，完全可以跻身于一流作品之列。

此次再版，我们对原书中的笔误、缺漏和难解字词进行了更正、校勘和释义，对原书原来缺字的地方用□表示了出来，以方便读者阅读。由于时间仓促，水平有限，其中难免有所疏失，望专家和读者予以指正。

编者

2024 年 11 月

目录

第 一 回　陆都管辅孤忠幼主　冷于冰下第产麟儿……001
第 二 回　做寿文才传佥士口　充幕友身入宰相家……007
第 三 回　议赈疏角口出严府　失榜首灰心守故乡……014
第 四 回　割白镪旅舍恤寒士　洒血泪市曹矜忠良……021
第 五 回　惊死亡永矢修行志　嘱妻子割断恋家心……029
第 六 回　走荆棘幸脱饿虎口　评诗赋大失腐儒心……035
第 七 回　泰山庙于冰打女鬼　八里铺侠客赶书生……046
第 八 回　吐真情结义连城璧　设假局欺骗冷于冰……052
第 九 回　冷于冰食秽吞丹药　火龙氏传法赐雷珠……060
第 十 回　仗仙剑柳社收厉鬼　试雷珠佛殿诛妖狐……065
第十一回　桃仙客龙山烧恶怪　冷于冰玉洞降猿精……071
第十二回　韩铁头大闹泰安州　连城璧被擒山神庙……078
第十三回　救难友州官遭戏谑　医刑伤城璧走天涯……085
第十四回　金不换扫榻留城璧　冷于冰回乡探妻儿……092
第十五回　别难友凤岭逢木女　斩妖鼍川江救客商……098
第十六回　林夫人刎颈全大义　朱公子倾囊助多金……105
第十七回　丧心兄弃弟归故里　长舌妇劝妪过别船……113

第十八回	入憨局输钱卖弟妇	引大盗破家失娇妻……………120
第十九回	悔前愆弃妇思寻弟	拯极厄救夫又保妻……………128
第二十回	金不换闻风赠盘费	连城璧拒捕战官军……………135
第二十一回	信访查知府开生路	走怀仁不换续妻房……………141
第二十二回	断离异不换遭刑杖	投运河沈襄得义财……………148
第二十三回	救难裔月夜杀解役	请仙姬谈笑打权奸……………155
第二十四回	埋骨骸巧遇生死友	设重险聊试道中人……………164
第二十五回	会盟兄喜从新官任	入贼巢羞见被劫妻……………172
第二十六回	闻叛逆于冰随征旅	论战守文炜说军机……………179
第二十七回	克永城阵擒师尚义	出夏邑法败伪神师……………187
第二十八回	易军门邦辅颁新令	败管翼贼妇大交兵……………194
第二十九回	斩金花于冰归泰岳	杀大雄殷氏出贼巢……………201
第三十回	囚军营手足重完聚	试降书将帅各成功……………209
第三十一回	沐皇恩文武双得意	搬家眷夫妇两团圆……………216
第三十二回	连城璧盟心修古洞	温如玉破产出州牢……………222
第三十三回	冷于冰施法劫贪吏	猿不邪采药寄仙书……………231
第三十四回	贴赈单贿赂贪知府	摄赃银分散众饥民……………236
第三十五回	恨贫穷谋财商秘室	走江湖被骗哭公堂……………243
第三十六回	逢吝夫抽丰双失意	遇美妓罄囊两交欢……………250
第三十七回	温如玉卖房充浪子	冷于冰泼水戏花娘……………259
第三十八回	连城璧误入骊珠洞	冷于冰奔救虎牙山……………266
第三十九回	寿虔婆浪子吃陈醋	伴张华嫖客守空房……………276
第四十回	听宣淫气煞温如玉	恨讥笑怒打金钟儿……………284
第四十一回	传情书帮闲学说客	入欲网痴子听神龟……………292

第四十二回	赵章台如玉释嫌怨	抱马桶苗秃受呼叱	300
第四十三回	调假情花娘生闲气	吐真意妓女教节财	306
第四十四回	过生辰受尽龟婆气	交借银立见小人情	312
第四十五回	爱情郎金姐贴财物	别怨女如玉下科场	320
第四十六回	埋寄银奸奴欺如玉	逞利口苗秃死金钟	327
第四十七回	萧麻子贪财传死信	温如玉设祭哭情人	334
第四十八回	郑婆子激起出首事	朱一套审断个中由	343
第四十九回	嗅腥风九华寻妖物	仗神针桥畔得天书	351
第五十回	温如玉时穷寻旧友	冷于冰得道缴天罡	359
第五十一回	指前程惠爱林公子	渡迷津矜全温如玉	365
第五十二回	买衣米恰遇不平事	拔须眉辱挫作恶儿	374
第五十三回	访妖仙误逢狐大姐	传道术收认女门生	383
第五十四回	温如玉游山逢蟒妇	朱文炜催战失金都	391
第五十五回	寄私书一纸通倭寇	冒军功数语杀张经	402
第五十六回	结婚姻郎舅图奸党	损兵将主仆被贼欺	410
第五十七回	议参疏一朝膺宠命	举贤臣两镇各勤王	417
第五十八回	读火牌文华心恐惧	问贼情大猷出奇谋	425
第五十九回	剿倭寇三帅成伟绩	斩文华四海庆升平	433
第六十回	叶体仁席间荐内弟	周小官窗下戏娇娘	443
第六十一回	买书房义儿认义母	谢礼物干妹拜干哥	450
第六十二回	跳墙头男女欣欢会	角醋口夫妇怒分居	457
第六十三回	阻佳期奸奴学骗马	题姻好巧妇鼓簧唇	463
第六十四回	捉奸情贼母教淫女	论亲事悍妇打迂夫	472
第六十五回	避吵闹贡生投妹丈	趁空隙周琏娶蕙娘	479

第六十六回	老腐儒论文招嫌怨	二侍女夺水起争端	487
第六十七回	赵瞎子骗钱愚何氏	齐蕙娘杯酒杀同人	494
第六十八回	何其仁丧心卖死女	齐蕙娘避鬼失周琏	503
第六十九回	骂妖妇庞氏遭毒打	盗仙衣不邪运神雷	510
第 七 十 回	诛妖鱼姑丈回书字	遵仙柬盟弟拜新师	517
第七十一回	避春雨巧逢袁太监	走内线参倒严世蕃	523
第七十二回	草弹章林润参逆党	改口供徐阶诛群凶	531
第七十三回	守仙炉六友烧丹药	入幻境四子走旁门	538
第七十四回	冷于冰逃生死杖下	温如玉失散遇苗秃	545
第七十五回	会金钟秘商从良计	遇萧麻拆散旧情缘	553
第七十六回	救家属城璧偷财物	落大海不换失明珠	564
第七十七回	淫羽士翠黛遭鞭笞	战魔王四友失丹炉	572
第七十八回	审幻情男女皆责饬	分丹药诸子问前程	579
第七十九回	冷于冰骑鸾朝帝阙	袁不邪舞剑醉山峰	587
第 八 十 回	八景宫师徒参教主	鸣鹤洞歌舞宴群仙	593

第一回

陆都管辅孤忠幼主　　冷于冰下第产麟儿

词曰：

辅幼主，忠义不寻常。白雪已侵须发霜，青山不改旧肝肠，千古自流芳。　　困棘闱，毛颖未出囊。解名虽屈龙虎榜，麟儿已产麝兰房，接续旧书香。

右调《知足乐》

且说明朝嘉靖年间，直隶广平府成安县有一绅士，姓冷，名松，字后凋。其高祖冷谦，深明道术，在洪武时天下知名，亦周颠、张三丰之流亚也。其祖冷延年，精通岐黄[1]，兼能针灸，远近有神仙之誉。由此发家，广置田产生意，遂成富户。

其父冷时雪，弃旧学，得进仕第，仕至太常寺正卿。生冷松兄妹二人，女嫁与江西饶州府万年县同寅少卿周懋[2]德之子周通为妻。冷松接续书香，由举人选授山东青州府昌乐县知县，历任六年，大有清正之名。只因他赋性古朴，不徇情面，同寅们多厌恶他，当面都称他为冷老先生，不敢以同寅待也。背间却不叫他冷松，而叫他冷冰。他听知"冷冰"二字，甚是得意。后因与本管知府不和，两下互揭起来，俱各削职回籍。

这年其妻子吴氏方生下一子，夫妻爱如拱璧。到七岁时，生得秋水为神，白玉作骨，双瞳炯炯，瞻视非常。亦且颖慧绝伦，凡诗歌之类，冷松只口授一两遍，他就再也不忘，与他讲解，他就能会意。冷松常向吴氏道："此子将来不愁不是科甲中人，一得科甲，便是仕途中人，异日涉身宦海，能守正不阿，必为同寅上宪所忌，如我便是好结局了；若是趋时附势，不但有玷家声，其得祸更为速捷。我只愿他保守祖父遗业，

---

[1] 岐（qí）黄：中医学。
[2] 懋（mào）：盛大。

做一富而好礼之人，吾愿足矣。我当年在山东做知县时，人皆叫我做'冷冰'，这就是我生前的好名誉，死后的好谥法。我今日就与我儿子取个官名叫做'冷于冰'，'冷于冰'三字比'冷冰'二字更冷，他将来长大成人，自可顾名思义。且此三字刺目之至，断非仕途人所宜。就是家居，少结交几个朋友勾引他混闹，也是好的。我再与他起个字，若必定再拈住冷于冰三字做关合，未免冷上添冷了，可号为'不华'，亦黜[1]浮尚实之意也。"

于冰到了九岁上，方与他请了个先生，姓王，名献述，字岩耕，江宁上元县人。因会试不中，羁[2]留在京。此人极有学问，被本城史监生表叔胡举贤慕名请来，与史监生家做西宾，教读子侄，年出脩[3]仪八十两。只教读了六七个月，史监生便嫌馆金太多，又没个辞他的法子，只得日日将饮食茶饭核减起来，又暗中着人道意："若王先生肯少要些脩金，便可长久照前管待。"献述听了大笑，立即将行李搬移到本城关帝庙中暂住，一边雇觅牲口，要起身入都。冷松素知王献述才学，急忙遣人约请，年出脩金一百两，教读于冰。王献述亦久闻冷松是个朴质人，亦且对史监生气上也下不来，便应许择日上馆。冷松盛席款待，领于冰拜从。

自上学之后，不半年光景，于冰造就便大是不同：一则王献述训诱有方，二则于冰天资卓越。至一年后，将《诗》《书》《易》三经并四书大小字，各烂熟胸中，兼能句句都讲解得来。献述常向冷松道："令郎实童子中之龙也，异时御风破浪，吾不能测其在天在渊。"冷松亦甚得意。

岂期人之穷通有命，生死难凭，是年八月中秋，冷松与王献述赏月，夜深露冷，感冒风寒，不数日竟成不起。于冰哀呼痛悼，无异成人。吴氏素患失红症，自冷松死后，未免哀痛过节，不两月，亦相继沦亡。可怜一室双棺，备极凄惨。亏得他一老家人陆芳，深明大义，一边营办丧葬大事，一边抚恤孤雏。差人去江西周通家报丧。

这冷松家有绸缎铺一，典当铺三，水陆田地八十余顷，除住宅外，还有零星房屋五六百间，俱是陆芳一人经理，真是毫发不欺。他家还有

---

[1] 黜（chù）：降、免。

[2] 羁（jī）：寄居。

[3] 脩（xiū）：旧时送给老师的薪金。

几个家人：冷明、冷尚义、王范、赵冰成、柳国宾、陆芳之子陆永忠，又有小家人六七个：大章儿、小马子等。这些人都是可与为善可与为恶之人，今见陆芳事无大小，无不尽心竭力，正大光明；又见他在小主人身上，一饮一食，寒暑冷暖，处处关爱。这些人也便感发天良，个个都安分守己，一心保护幼主过安闲日月，惧怕陆芳比昔日惧怕冷松还厉害几分。真是教化甚于王法，这是陆芳以德服人之效。远近相传闻，通以陆芳为义士，声名大振。陆永忠、大章儿等，出入跟随于冰，时刻不离。王献述于冷松夫妻葬埋之后，便要辞去，陆芳以宾主至好情义相留，献述也没得说。又见陆芳诸事合拍，款待较冷松在日时更加敬重几倍，于是安心教读、讲授不倦。到次年，周通家差人备极厚的奠仪来吊奠。献述替于冰回了书字，陆芳又与于冰的姑母回了些礼物，打发回江西去了。

于冰到了十二岁，对经史诗赋、引跋记传、词歌四六古作之类，无不通晓，讲到八股二字，奇正相生，竟成大家风味。光阴荏苒，于冰孝服已满，是年该会试年头。陆芳差柳国宾跟随王献述入都，三年束脩之外，复厚赠盘费，又叮嘱国宾："若王先生中了，可速回答我知道；若是不中，务必请他回来。"柳国宾领诺去讫。不意献述文字房官荐两次，不中大主考之目，献述恚[1]愤累日，决意回南。怎当得柳国宾再四跪请，献述一则念于冰必是大成之器，二则想自己是个穷儒，回到家中，也不过以教学度日，倒只怕遇不着这样个好东家，遂拿定主意等候下科。托同乡将脩金寄与他儿子收领，复回成安县来，与于冰鸡窗灯火，共相琢磨。

于冰到了十四岁，竟成了个文坛宿将，每有著作，献述亦不能指摘破绽，唯有择其优佳者圈之而已。到考童生时，献述道："你这个名，做田舍翁则可，若求功名，真是去不得。我若与你改名，又违了你父命名之意，今将你的字'不华'应考何如？"于冰道："名字皆学生父亲所命，即以字作名，亦无不可。"商议停妥，到县考时，取在第一。次后府考，又取在第一。成安县哄传冷家娃子小小年纪，真是个才子。次年学院黄崇礼案临广平，于冰又入在第一。复试时，学院大加奖誉，言："冷不华文字，不但领袖广平，且必大魁天下。"又向诸生道："尔等拭目俟之，他中会

---

[1] 恚（huì）：怨恨。

只在三五年内。"又叮嘱于冰道："你年未成丁,即具如此才学,此盖天授,非人力所能为也。入学后切勿下乡试场,宜老其才为殿试地。我意料你入场必中,中必会;会后不置身鼎甲,不但屈你之才,亦且屈你之貌。若只中一散进士,我又代你受屈。从古至今,从未有十六七岁人做状元者,你须待至二十岁外,则可以入仕途矣。"科考时,又拔取为第一。从此闻名远播,通省皆知。

那些绅衿富户,见于冰人才俊雅,学问渊博,况兼家道丰裕,谁家不想他做女婿?自此媒妁往返,日夕登门。陆芳也愿小主人早谐华烛,完他辅孤心事,与先生王献述相商。献述道："学生才十四岁,就到十七八岁完婚也不迟。况娶亲太早,未免剥削元气,使此子不寿,皆你我之过也。你倒于此时,留心一门户相当、才貌兼全女子,预行聘定为是。"陆芳深以为然。凡议亲来的,俱以好言回复。却暗中采访着个卜秀才的女儿,年十五岁,是有一无两的人物。又着家中六七个妇女以闲游为名,到卜秀才家去了两次,相看得名实皆符,然后遣媒作合,一说立即应许,择日下了定礼。这卜秀才名复総[1],为人甚是忠厚,妻郑氏亦颇贤淑。夫妻二人年四十余,只有一子一女:女儿乳名瑶娘,儿子才三岁。家中有二顷余地,也还将就过得。今将女儿许配于冰,夫妻喜出望外。

再说于冰到第二年七月,同王献述入都下乡试场,跟随了四个家人起身。师徒二人寓在东河沿店内。彼时已七月二十左近,于冰忽然破起肠来,诸药皆止不住。到了八月初间,于冰日夜泄泻,连行动的气力俱无,出入凭人扶掖[2],王献述也愁得没法。到了初十后,于冰的肚不知怎么就好了。眼看得别人进二三场,他虽然是个少年娃子,却深以功名为意,常背间和陆芳说:"人若过了二十岁中状元,便索然了。"其立志高大如此。今日不得入场,他安得不气死恨死!献述再三宽慰,方一同回家,逐日里愁眉泪眼。献述道:"我自中后,屈指十二年,下了四次会场,一次污了卷子,那三次倒都是荐卷,俱被主考驳回。你是富户人家,我一个寒士,别无生计,只有从中会二字内博一官半职,为养家糊口地步。若像

---

[1] 総(zǒng):即"总"。
[2] 掖(yè):用手扶着胳膊。

你这样气来，我久已就该死而又死了。你今年才十五岁，就便再迟两科不中，才不过是二十一二岁的人，何必年未弱冠，便干禄慕名到这步田地？你再细想，你父亲与你起'冷于冰'名字是何意思？论理不该应试才是。"几句话，说得于冰俯首认罪，此后放开怀抱。

至下年二月中旬，献述去下会试场，到四月柳国宾回来，知献述中第三名会魁，心下大喜。后听到无力营谋，不得身列词林，以知县即用，已选授河南祥符县知县，又不觉得气恨起来。国宾说完，将献述书字取出。于冰看了，无非是深谢感情的话。遂与陆芳相商，备银三百两、缎纱各二匹作贺礼，又差国宾星夜入都，直打发得献述上任去了方回。陆芳又要与于冰延请名师，于冰笑道："此时人与我为师，亦难乎其为师矣。经史俱在，即吾师也，又何必再请？"陆芳道："老奴只怕相公恃才务远，考证无人。又怕为外物迁引，将前功尽弃。今相公既不愿请师，老奴亦不敢相强，只求做一始终如一的人，上慰老主人主母在天之灵。至于中会，自有定命，相公做相公的事业，老奴尽老奴的职分，日后不怕相公不做个官，老奴不怕不多活几年。"于冰笑道："你居心行事，可对鬼神，怕你不活几千岁么？"陆芳道："老奴今已六十八岁，再活十年就是分外之望。世上哪有活几千岁的人，除非做个神仙。"说罢，两人都笑了。此后，于冰于诗书倍加研求，比王献述在日时更精进几分。

到了十六岁，陆芳相商，要与于冰完姻。于冰道："等我中会后完姻也不迟。"陆芳笑道："老奴前曾说过，中会自有定命，迟早勉强不得。老奴着相公完姻，实有深意。一则相公无三兄两弟，但愿早娶，生育后嗣，使二位老主人放心泉下；二则老奴是风前之烛，死之一字定不住早晚，眼里见见新主母，也是快事；三则主持中馈，还是末着，使各房家人妇女有个统属，方算得一全美人家。老奴立意在今年四月迎娶，相公须要依允。"于冰道："你所言亦是。况男女婚嫁，是五伦中少不得的，你可代我慎选吉期举行罢了。"陆芳大喜。先择吉过茶通信，然后定日完婚。于冰追想父母，反大痛起来。合卺[1]后，郎才女貌，其乐可知。过了满月后，

---

[1] 合卺：成婚。卺，即瓢。古时把一个匏瓜剖成两个瓢，新郎新娘各拿一个饮酒，是男女成婚时的一种仪式。

瑶娘便主持内政，她竟能宽严并用，轻重得宜，一家男妇俱各存畏敬之心，不敢以十六七岁妇人待她。

时光易过，又是乡试之期。于冰将卜秀才夫妇都搬来一同居住，拿定这一去再无不中之理。带了许多银两，备见老师、会同年、刻朱卷、赏报子费用，一路甚是高兴。

到京嫌东河沿店内人杂，于香炉营儿租了户部王经承前院住房安歇。

三场完后，得意到一百二十分，大料直隶解元，除了姓冷的再没第二人。及至放榜日，音信杳然。等至日暮，还不见动静。差人打听，不想满街都是卖题名录的，陆永忠买了一张送与于冰。于冰从头至尾看去，不但无自己名字，且连个姓冷的也没有。只气得手脚麻软，昏倒在床上。慌得国宾等喊不绝口。待了好一会，方说道："快去领落卷来。"直到第四日，方将落卷领出。于冰见卷面上打着个印记，是第二房同考试官翰林院编修孙阅荐。看头一篇，加着许多蓝圈，大主考用墨笔批了两句道："虽有入题句，奈精力已竭何！"又看二篇三篇，并二三场表判策论，也加着许多蓝圈。再看房官批语，上写道："光可烛天，声堪掷地，融经贯史，典贵高华，独步一时，含盖一切矣。"旁边又加着一行小字，上写道："余于十二日三鼓时始得此卷，深喜榜首必出吾门，随于次早荐送。讵意加圈过多，反生主考猜忌，争论累次，益疑余与该生有关节也。功名迟早有分，慎勿懈厥操觚[1]，当为下科作冠冕地，即为殿试作鼎用地耳。勉之勉之，勿负余言。"于冰看罢，大哭了一场，令柳国宾等收拾行李回家。这一年瑶娘十月间生了个儿子。于冰虽然未中，然得此子，心上大是快活，与他起了个乳名，叫做"状元儿"。此后又埋头温习经史文章，作下科地步。正是：

　　都管行中出义士，书生队里屈奇才。
　　由来科甲皆前定，八股何劳费剪裁。

---

[1] 懈厥（jué）操觚（gū）：松懈学习。

第二回

做寿文才传佥士[1]口　充幕友身入宰相家

词曰：

班扬[2]雄略，李杜风华。听嘱求笔走龙蛇，无烦梦生花。才露爪牙家，权臣招请，优礼相加。群推是玉笋兰芽。

右调《菊绽黄金》

话说冷于冰生了儿子，起名状元儿，自此将愁郁放下。瞬息间又到了乡试年头，于冰要早入都中揣摩文章风气，二月里就起了身。先在旅店内住下，着柳国宾和陆永忠二人寻房。寻了几处，不是嫌大，就是嫌小，通不如意。前次住的王经承家房子，又被一候选官住了。一日寻到佘家胡同，得了一处房子，甚是干净宽敞，讲明每月三两银子。房主人姓罗，名龙文，现做内阁中书，系中堂严嵩门下最能办事的一个走狗，凡严嵩父子赃银过付，大半皆出其手，每每仗势作威祸害人。他这房与罗龙文的住房只隔一墙，通是一条巷内出入。国宾等看着合适，回到寓处，请于冰同去观看。于冰看了，甚是中意，随即与了定银并茶银，次日早即搬来住下。

过了两天，柳国宾向于冰道："房主人罗老爷就住在西隔壁，每天车马盈门，看来是个有作用的人。早晚大爷中会了，也是个交谊，该拜他一拜才是。"于冰道："我早也想及于此，但他是个现任中书，我是个秀才，又年少，不好与他眷弟帖；写个晚生帖，我心上不愿意。"国宾道："世途路上何妨，做秀才且行秀才事，将来做了大官，怕他不递手本么？"于冰笑了。到次早，写帖拜望。管门人将于冰名帖留下，以出门回复。于冰等了三四天，总不见回拜，甚是后悔。直到第五天，大章儿跑来说道："隔壁罗老爷来拜。"于冰见帖写的是"年眷弟"帖，日前"晚生"帖也不见璧回。

---

[1] 佥（qiān）士：文书，幕客。
[2] 班扬：汉班固与扬雄的并称，二人以擅辞赋著名。

稍刻，国宾又走来说道："罗老爷已在门前了。"于冰整衣相迎。且见：

  一双猫儿眼，几生在头顶心中；两道虾米眉，竟长在脑瓜骨上。谈笑时，面上有天；交接处，目下无物。鱼腮雕嘴短胡须，绝像封毛；猿臂蛇腰细身躯，几同挂面。乌纱官帽晃动时，使尽光棍威风；青缎补袍摇摆后，羞杀文人气象。足未行而肚先走，真见六合内唯彼独尊；言将发而指随来，居然四海中容他不下。

两人到庭上行礼坐下。龙文问了于冰籍贯，又问了几句下场的话，只呷了两口茶，便将盅儿放下去了。于冰送了回来，向国宾等道："一个中书也算不得什么显职，怎他这样看人不在眼内？"国宾道："想来做京官的都是这个样儿。"于冰将头摇了摇，心上大是不然。

又过了七八天，于冰正在房中看文字，只听得大章儿在院外说道："罗老爷来了。"于冰嗔怪他骄满，随口答道："回了罢，说我不在家。"不意罗龙文便衣幅巾，跟着两个俊秀鲜衣的小厮，已到面前。于冰忙取大衣服要穿，龙文摆手道："不必。"于冰也就不穿了，相让坐下。龙文道："忝系房东，连日少叙之至。皆因太师严大人时刻相招，又兼各部院官儿絮聒，把个身子弄得无一刻闲暇。日前匆匆一面，也没有问年兄青春多少？"于冰道："十九岁了。"龙文道："好。"又道："年兄八股自然是好的了，不知也学过古作没有？"于冰道："二者俱一无可取。"龙文道："弟所往来者，仕宦人多，读书人少。年兄是望中会的人，自然与他们有交识，不知此刻都中能古作者，谁为第一？"于冰道："人以类聚，物以群分，晚生和瞽目人一般，海内名士，谁肯下交于我？况自入都中，从未出门，未敢妄举。"龙文将膝一拍，道："咳！"于冰道："老先生谆谆以古作是问，未知何意？"龙文道："如今通政使文华赵大人，新升了工部侍郎。他只有一个公子，讳思绎，字龙岩，今年二十岁了。赵大人爱得了不得，凡事无不纵其所欲。这个公子酒色上倒不听得，专在名誉上用意。本月二十九日是他的诞辰，定要做个整寿。九卿科道内已有了二三十位与他送寿屏，他又动了个念头，要求严太师与他篇寿文做轴，悬挂起来，夸耀夸耀，烦都堂王大人道达了几次。严太师与赵大人最好，情面上却不过，着幕宾并门下走动人做了十几篇，不是嫌誉扬太过，就说失于寒酸，总不像他的体局口气，目下催他们另做。我听了这个风声，急欲寻人做一篇，设或中他的目孔，于我便大有荣光。"于冰笑道："凡人到耄耋期颐之年，有些嘉言懿行，亲朋方制锦相祝，哪有个二十岁人就做整寿的道理？"龙文道："如今是这样个时势，年兄倒不必管他。只是刻下无其人奈何？"于冰道："自宰相公侯，以至于庶人，名位虽有尊卑，而祝寿文词，写来写去不过是那几句通套誉扬话，倒极难出色。这二十岁寿文，题目既新，看来见好还不难。"龙文笑道："你也休要看得太容易了。太师府中，各样人才俱有，今我采访到外边来，其难亦可想而知。"于冰道："这只用就太师身份与一二十岁同寅子侄下笔，就是了。"龙文道："大概作文字之人，俱如此意，只讲到行文，便大有差别。年兄既如此说，何不做一篇领教？"于冰道："如老先生眼前乏人，晚生即做一篇呈览。"龙文道："极好！但是离他寿日只有五天，须在一两天内做起，才好早些定规。"于冰道："何用一两天。"于是取过一张竹纸来，提笔就写，顷刻而就，送与龙文过目。龙文心里想道："这娃子倒敏捷，不知胡说些什么在上面？"接过来一看，见字迹潇洒，笔力甚是遒劲。看寿文道：

客有为少司空长公龙岩世兄寿者，徵言于余。问其年，则仅二十也。时座有齿高爵尊者，私询余曰：古者八十始称寿，谓之开秩，前此未足寿也。礼二十而弱冠。今龙岩之齿，甫弱冠矣，律之以礼，其不得以寿称也明甚。且人子之事亲也，恒言不称老。闻司空赵公年仅四十有五，龙岩二十而称寿，无乃未揆于礼乎？曰：余之寿之也，信其人非以其年也。诸公曰：请述龙岩之可信者。曰：余之信之也，又非独于其人，于其人之友信之，乃所以深信于其人也。诸公曰：因友以信其人，亦有说乎？曰：说在《小雅》之诗矣。"小雅"自《鹿鸣》而下《湛露》而上，凡二十有二章，其中如《伐木》之燕朋友，《南陔》《白华》之事亲，悉载焉。盖上古之世，友朋辑睦，贤才众多，相与讲明忠孝之谊，以事其君亲，类如此。由此观之，则事亲之道，得友而益顺，岂徒在盥漱馈飧之节哉！龙岩出无斗鸡走狗、挟弹击丸之行，入无锦帐玉箫、粉黛金钗之娱，唯以诚敬事亲为务，亦少年之鲜有者乎！察其所与游者，皆学优品正、年长以倍之人，而雁行肩随者绝少。夫老成之士其才识必奇，其操行必醇谨，其言语必如布帛菽粟，可用而不可少，此非酒醴之分所能罗致也。今龙岩皆得而友之，非事亲有以信其友，孰能强而寿之哉？昔孔子称不齐曰："有父事者三人，可以教孝；有兄事者五人，可以教弟；有友事者十二人，可以教学。"余于龙岩亦云：富贵寿，均所自有，而余为祝者，亦唯与其友讲明事亲之道，自服食器用，以至异日服官莅民之大，无不恪遵其亲而乃行焉，庶有合于《南陔》《白华》之旨而不失余颂祷之意也。如是，即称寿焉奚不可。

诸公曰：善！余遂书之以复于客。后有观者，其必曰年二十而称寿，自余之与龙岩世兄始。

龙文从首至尾看了一遍，随口说道："少年有此才学，又且敏捷，可羡可爱！我今拿去，着府中众先生看看何如？"于冰道："虽没什么好处，也还不至于文理荒谬，任凭他们看去罢。严太师若问起来，断不可说是晚生做的。"龙文笑道："他的事体最多，若是不中意，就立刻丢在一边了，断不至问起年兄的名姓来，放心放心。"说罢，笑着一哄而去。

又过了两天，这日于冰正在院中闲步，只见龙文从外院屏风前入来，满面笑容。于冰让了进去，龙文先朝上作揖，随即跪了下去，于冰亦连忙跪扶，两人起来，就坐。龙文拍手大笑道："先生真奇才也！日前那篇文字，太师用了。果不出先生所料，竟问及先生姓名，打听得有着实刮目之意，小弟日后受庇无穷。左右人已将先生名讳在太师前举出。府中七太爷也极会写字，他说先生字有美女簪花之态，亦钦羡得了不得。小弟心上着实快活。"说罢，又拍手大笑起来。

于冰道："这七太爷是谁？"龙文将舌头一伸道："先生求功名人，还不晓得他么！此人是太师总管，姓阎讳年，是个站着的宰相。目今九卿科道，有大半都称他为萼山先生。"说着又将椅儿与于冰椅儿一并，向于冰耳边低声道："日前我在七太爷前将先生才学极力保举。他说府中有个书启先生是苏州人，叫做费封，近日病故。刻下有人举荐了许多，又未试出他们的才学好丑，意思要将此席屈先生，托小弟道达。此黄金难买之好机缘也，先生以为何如？"又言："大后日是皇太后的祭辰，此日不理刑名，不办事务，太师也不到内阁去，正是个空闲日子，着我引先生到府前守候，准备传见。"说罢，又将于冰肩臂轻轻地拍了两下，大笑道："小弟替先生快活，明年一甲第一名是姓冷的了。"于冰道："我是读书人，焉肯与人家做幕宾？"龙文道："先生差矣，先生下场，为的不过是功名。这中会两个字固要才学，也要有命。就便拿得稳，将来做了官，能出得太师手心否？这机会，等闲人轻易遇不着。设或宾主相投，不要说中会，就是着先生中个状元，也不过和滚锅中爆一豆儿相同，有何费力？先生还要细想，还要着实细想。"

于冰低头沉吟了好半晌，说道："老先生皆金石之言，晚生不敢不如命。"龙文大喜，连连作揖道："既承俯就，足见小弟玉成有功。只是尊谦晚生，真是以猪狗待弟。若蒙不弃，你我今日换帖，做一盟弟兄何如？"于冰道："承忘分下交，自应如命。换帖乃世俗常套，可以不必。"龙文道："如此说就是弟兄了。"一定要拉于冰到他那边坐坐，连柳国宾等也被叫过去，不想他已备下极丰盛的酒席，又强拉于冰到内房见了妻子，两人叮咛妥当。

到第三日绝早，于冰整齐衣冠，同龙文到西江米巷，离相府大远的就下了车。但见车轮马迹，执帖的、禀见的官吏纷纷，出入不绝。龙文着于冰坐在府门旁一个茶馆里，他先进府中去了。于冰打点了一片诚心，又盘算问答的话儿。等到交午时候，不但不见传他，连龙文也不见了。叫陆永忠买了几个点心充饥，心上甚是烦躁。又过了一会，方见龙文慢慢地走来，说道："今日有工部各堂官议运木料起盖明霞殿，又留新放直隶巡抚杨顺杨大人吃饭……"还有句话未完，只见好几顶大轿从府中出来，里面坐的都是衣蟒腰玉的人，开着道子，分东西两路去了。龙文道："我再去打听打听。"于冰直等到日西时分，门前官吏散了一大半，方见龙文出来，说道："七太爷也不知回过此话没有？老弟管情肚中饥饿了。"于冰道："看来不济事，我回去罢。"龙文道："使不得！爽利等到灯后，方不落不是。"

正说着，猛见府内跑出个人来，头戴盘云寿字将巾，身穿玄色金丝压线北绸皮袍，东张西望，大声叫道："直隶广平府冷秀才在何处？太师老爷要传见哩。"急得龙文推送不迭。于冰走到那人跟前，通了名姓。那人把手一招，引于冰到二门前。又换了两个人导引，穿廊过户，无非是画栋雕梁。于冰大概一看，但见：

阁设麒麟,堂开孔雀。屏门高宽,堪入香车宝辇[1];华檐深严,好藏玉帐牙旗。锦绣丛中,风送珍禽声巧;珠玑堆里,日映琪树花香。正是:除却万年天子贵,只有当朝宰相尊。

于冰跟定了那人,到了一处地方,见四围都是雕栏,院中陈设盆景花木,中间大厅三间。那人说道:"略站一站,我去回禀。"

稍顷,见那人用手相招。于冰紧走了几步,到门前一看,见东边椅上坐着一人,头戴八宝九梁幅巾,身穿油绿色飞鱼貂氅,足登五云朱履;六十以外年纪,广额细目,一部大连鬓长须。于冰私忖道:"这定是宰相了。"走上前先行跪拜,然后打躬。严嵩站起来用手相扶,有意无意地还了半个揖。问道:"秀才多少岁了?"于冰道:"生员现年十九岁。"严嵩微笑了笑,道:"原来才十九岁。"吩咐左右:"放个座儿,着秀才坐。"于冰道:"太师大人位兼师保,职晋公孤,为圣天子倚托治平之元老;生员茅茨小儒,今得瞻仰慈颜,已属终身荣幸,何敢叨坐?"严嵩是个爱奉承的人,见于冰丰神秀异,已有几分欢喜。今听他声音清朗,说话儿在行,不由得满面笑容道:"我与你名位无辖,秀才非在官者比,理合宾主相待。"将手向客位一拱,这就是极其刮目了。于冰忙将椅儿取下来,打一躬,斜坐在下面。

严嵩道:"老夫综理阁务,刻无宁晷,外省各官公私禀启颇多。先有一苏州人费姓代为措办,不意于月前病故,裁处乏人。门下辈屡言秀才品端行方,学富才优,老夫殊深羡爱,意欲以此席相烦。只是杯盘之水,恐非蛟螭游戏地也。"说罢,哈哈地笑了。于冰道:"生员器狭斗升,智昏菽麦,深虑素餐遗羞,有负委任。今蒙不弃菲葑,垂青格外,生员不敢不殚竭驽骀[2],仰酬高厚!但年少无知,诸凡唯望训示。"严嵩笑道:"秀才不必过谦,可于明后日带随身行李入馆。至于劳金,老夫府中历来无预定之例,秀才不必多心。"于冰打躬谢道:"谨遵钧命。"说罢告退,严嵩送了两步,就不送了。

于冰随原引的人出了相府,柳国宾接住盘问。于冰道:"你且去雇辆车子来,回寓再说。"只见罗龙文张着口没命地从相府跑出来,问道:"事

---

[1]辇(niǎn):多指富贵人坐的车子。
[2]殚(dān)竭驽(nú)骀(tái):竭尽微力。

第二回　做寿文才传金士口　充幕友身入宰相家

体有成无成？"于冰将严嵩吩咐的话详细说了一遍。龙文将手一拍，道："何如？人生在世，全要活动。我时常和尊纪们说，你家这位老爷气魄举动，断非等闲人，今日果然就爬到天上去了。我若认的老弟不真切，也不肯舍死忘生，像这样出力作成。请先行一步，明早即去道喜。"

次日，龙文早来，比素常又亲热了数倍。问明上馆日期，又说起安顿家人们的话。于冰道："我也细细地打算过了，四个都带了去使不得，留下两个也要盘用，不如我独自去倒省便，场后中不中，再定规。小价等我也嘱咐过了，还求老长兄不时管教，少要胡跑生事。"龙文道："老弟不带尊管们去，又达世故，又体人情，相府中还怕没人伺候么？万一尊管们因一茶一饭与相府中人角起口来，倒是个大不好看。至于怕他们胡跑生事，这却一点不妨，老弟现做太师府中幕客，尊管们除谋反外，就在京中杀下几个人，也是极平常事。"本日又请于冰到他家送行，与国宾等送过六样菜、两大壶酒来。

次日早，于冰收拾被褥书箱，雇人担了，国宾、王范两人押着，同龙文坐车到相府门旁下来。只见两条大板凳上坐着许多官儿并执事人等，见了于冰，竟有一半多站起来。内有一个戴将巾、穿北绸缎袍的，笑问道："足下可是广平的冷先生么？"龙文忙代答道："正是。"那人道："太师老爷昨晚吩咐，若冷师爷到，不必传禀，着一直入来。先生且在大院中等一等，他就来。"龙文同于冰到大院，只见那人走到二门前点了点手，里边出来一个人将于冰导引，又着府内一个人担了行李，转弯抹角，来到一处院内。正面三间房，两间是打通的，摆设得极其精雅，可谓明窗净几。方才坐下，入来一个人，领着十六七岁一个小厮到于冰跟前，说道："小人叫王章，这娃子叫丽儿，都是本府七太爷拨来伺候师爷的。日后要茶水、饭食、炭火之类，只管呼唤小人们。"于冰道："我也不具帖，烦你于七太爷前代我道意。"

第二日，即与严嵩家办起事，见往来内外各官的禀启，不是乞怜的，就是送礼的，却没一个正经为国为民的。于冰总以窥时顺势回复，无一不合严嵩之意，宾主颇称相得。这都是因一篇寿文而起。正是：

　　酬应斯文事小，防微杜渐无涯。
　　岂期笔是钓饵，钓出许多咨嗟。

第三回

议赈疏角口出严府　失榜首灰心守故乡

词曰：

书生受人愚，误信钻营势可趋。主宾激怒，立成越与吴。何须碎唾壶，棘闱自古多遗珠。不学干禄，便是君子儒。

右调《落红英》

话说冷于冰在严嵩府中经理书禀批发等事，早过了一月有余。一日严嵩与他儿子世蕃闲坐，就议论起冷于冰来。世蕃道："冷不华人虽年少，甚有才学，若着他管理奏疏，强似幕客施文焕十倍。就只怕他未与我们气味相通。"严嵩道："他一个求功名人，敢不与我们合意同心么？倒只怕小孩子家才识短，斟酌不出是非轻重来。"世蕃笑道："父亲还认不透他，此人识见高我几倍，管理奏疏，是千妥百当之才。只要父亲优礼待他，常以虚情假意许以功名为妙。"严嵩道："你说的甚是。"要知严世蕃的才情，在嘉靖时为朝中第一，凡内阁奏拟票发以及出谋害人之事，无一不是此子主裁。他今日夸奖于冰的才学胜他几倍，则于冰更可知也。

次日，严嵩即差人向于冰道："我家太老爷在西院请师爷有话说。"于冰整顿衣帽，同来人走到西院。见四面画廊围绕，鱼池内金鳞跳掷，奇花异卉，参差左右；台阶上摆着许多盆景，玲珑透漏，极尽人工之巧。书房内雕窗绣幕，锦褥华蔽茵。壁间瑶琴古画，架上犀轴牙签，琳琅璀璨，目光一夺。严嵩一见于冰入来，笑容满面，逊让而座。严嵩道："日前吏部尚书夏邦谟夏大人惠酒二坛，名为绛雪春，真琬液琼酥也。今日正务稍暇，约君来共作高阳豪客，不知先生亦有平原之兴否？"于冰道："生员戴高履厚，莫报鸿慈。既承明训，敢不学荷锸刘伶？奈涓滴之量，实不能与沧海较浅深耳。"严嵩大笑道："先生喜笑谈论，无非吐落珠玑，真韵士也。只是生员二字，你我相契，不可如此称呼。若谓老夫马齿加长，下晚生二字即叨光足矣。"于冰起谢道："谨遵钧命。"

第三回　议赈疏角口出严府　失榜首灰心守故乡　‖ 015

　　说笑间，一个家人禀道："酒席齐备了。"严嵩起身相让。见堂内东西各设一席，摆列得甚是齐整。于冰心下道："我自到他家一月有余，从未见他亲自陪我吃个饭，张口就是秀才长短。今日如此盛设，又叫先生不绝，这必定有个缘故。"

　　宾主就坐毕，稍顷，金壶酌美酒，玉碗贮嘉肴，山珍海味，堆满春台。严嵩指着帘外向于冰道："你看草茵铺翠，红雨飞香，转瞬间已是暮春时候。谚云：'花可重开，鬓不再绿。'老夫年逾六十，老将至矣，每忆髫[1]年，恍若一梦。先生乃龙蟠凤逸之士，非玉堂金马，不足以荣冠冕，异日登峰造极，安知不胜老夫十倍；亦且正在妙龄，韶光无限，我与先生相较，令人感慨殊深。"于冰道："老太师德崇寿永，朝野预卜期颐。晚生如轻尘弱草，异日不吹吴市之箎[2]，丐木兰之饭足矣，尚敢奢望？倘邀老太师略短取长，提携格外，则枥下驽骀，或可承鞭策于孙阳也。"严嵩道："功名皆先生分内所自有，若少有蹉跎，宣徽扬义，老夫实堪力任。你我芝兰气味，宁有虚辞？"于冰听罢，出席拜谢。严嵩亦笑脸相扶，说道："书启一项，老夫与小儿深佩佳章，唯奏疏尚未领大教；如蒙江淹巨笔，代为分劳，老夫受益，宁有涯际？"于冰道："奏疏上呈御览，一字之间，关系荣辱，晚生汲深绠短，实难肩荷；然既受庇于南山之乔，复见知于北山之梓，执布鼓于雷门，亦无辞一击之诮也。"严嵩大喜。

　　须臾饭罢，左右献上茶来。严嵩拉着于冰的手儿，出阶前散步，谓于冰道："东院蜗居，不可驻高贤之驾，此处颇堪寓目。"遂吩咐家人："速将冷先生铺陈移来。"于冰辞谢间，家人们已经安顿妥当。同回书房坐下，又见捧入两个大漆盘来，内放大缎二匹、银三百两、川扇十柄、宫香四十锭、端砚二方、徽墨四匣。严嵩笑说道："菲物自知轻亵，不过藉将诚爱而已，祈先生笑纳。"于冰道："将来叨惠提拔，即是厚仪，诸珍物实不敢领。"辞之甚力。严嵩笑道："先生既如此见外，老夫亦另有妙法。"向家人耳边说了几句，不想是差人送到于冰下处，交与柳国宾收了。

　　自此为始，凡有奏疏，俱系于冰秉笔，不要紧的书字，仍是别的幕

---

[1] 髫（tiáo）：古时小孩子头上扎起来的下垂的短发。髫年即幼年。
[2] 箎（chí）：古代一种竹管制成的乐器。

客办理。又代行票拟本章，于冰的见解出来，事事恰中严嵩隐微，喜欢得连三鼎甲也不知许中了多少。每月只许于冰回下处两次，总是早出晚归，并无工夫在外耽延。

荏苒已是六月初旬，一日点灯时候，见严嵩不出来，料想着没什么事体，叫伺候书房的人摆列杯盘，自己独酌。已到半酣光景，见一个家人跑来说道："太师爷下朝了。"众人收拾杯盘不迭。于冰笑道："我还当太师爷早已下朝，不想此刻才回，必有会议不决的事件。"

正说着，见严嵩走入房来，怒容满面，坐在一把椅子上，半晌不言语。于冰见他气色不平和，心上甚是猜疑，又不好问他。待了一会，严嵩从袖中取出一封奏疏来递与于冰，道："先生看此奏何如？"于冰展开一看，原来是山西巡按御史张翀为急请赈恤以救灾黎事。内言平阳等处连年荒旱，百姓易子而食，除流寓江南、河南、山东、直隶、陕西等省外，饿死沟壑者已几千人。抚臣方辂玩视民瘼，阁臣严嵩壅闭圣听等语云云。旨意着山西巡抚明白回奏，又严饬阁臣，速议如何赈济。于冰道："老太师此事作何裁处？"严嵩道："老夫意见，宜先上一本，言，臣某受国深恩，身膺重寄，每于各省官员进见时，无不详细采访，问地方利弊，知百姓疾苦。闻前岁山西大有，去岁禾稼丰收。今该御史张翀奏言平阳等府万姓流移，饿死沟壑者无算。清平圣治之世，何出此诳诞不吉之言？请敕下山西巡抚方辂查奏。如果臣言不谬，自应罪有攸归。此大略也。若夫润泽，更望先生。再烦先生作一札，星夜寄送方巡抚，着他参奏张'捏奏灾荒，私收民誉'八字。老夫复讽科道等官交章论劾，则张翀造言生事之迹实，而欺君罔上之罪定矣。纵不悬首市曹，亦须远窜恶郡。先生以为何如？"于冰听罢，呆了半晌。

严嵩见于冰许久不语，又道："我亦知此计不甚刻毒，先生想必另有奇策，可使张翀全家受戮，祈明以教我。"于冰道："山西荒旱，定系实情；百姓流移，绝非假事。依晚生愚见，先寄札于山西巡抚，着他先开仓赈济，且救眉急。一边回奏，言，前岁地方丰歉不等，业已劝绅士富户捐助安辑。今岁旱魃为虐，现在春麦无望，以故百姓惶惑。臣已严饬各州县，按户查明贫户人口册籍，估计应用银米数目，方敢上闻。不意御史张翀先行奏白等语。老太师从中再替他斡旋[1],请旨发赈,此于官于民似属两便。未知老太师以为可否?"严嵩道:"此迂儒之论也。督巡大吏所司何事?地方灾荒理合一边奏闻,一边赈济才是。今御史参奏在前,巡抚辩白在后,玩视民瘼之罪,百喙莫辞。"于冰道:"信如老太师言,其如山西百姓何?"严嵩道:"百姓与我何仇?可恨者张翀波及老夫耳!"于冰道:"因一人之私怨,害万姓之身家,恐仁人君子必不如此存心。"严嵩大怒道:"张翀与你有交亲否?"于冰道:"面且不识,何交亲之有?"严嵩道:"既如此,无交亲明矣,而必胶柱鼓瑟,致触人怒为何?夫妾妇之道,以顺为正,况幕客乎?"于冰亦大怒道:"太师以幕客为妾妇耶?太师幕客名为妾妇,则太师为何如人?"

严嵩为人极其阴险,从不明明白白地害人,与汉之上官杰、唐之李林甫是一样行事的人。他也自觉"妾妇"二字失言,又见少年性情执滞,若再有放肆的话说出来,就着人打死他也是极平常事,只怕名声上不好听,又且府中还有多少幕友办事。随改颜大笑道:"先生醉矣。老夫话亦过激,酒后安可商议正务?到明后日再做定夺。"说罢,拿上奏疏回里边去了。

于冰自觉难以存身,烦人将行李搬出,府中人不敢担承。到次早,于冰催逼得紧,禀过严嵩两次,方放于冰出来。又知他是严嵩信爱之人,或者再请回办事,只得着人将行李担送到下处。柳国宾迎着询问,于冰将前后事说了一遍。

到次日午后,只见罗龙文入来,也不作揖举手,满面怒容,拉过把椅子来坐下,手里拿着把扇子乱摇。于冰见他这般光景,也不问他。坐了一会,龙文长叹道:"老弟呀,可惜你将天大一场富贵,化为乌有。我今早在府中,将你的事详详细细地问了个明白。你既然与人家作幕,你只该尽你作幕的道理,事事听东家指挥,顺着他为是。山西百姓饥荒,与你姓冷的何干?做宰相巡抚的倒不管,你不过是个穷秀才,倒要争着管,量你那疼爱百姓到了那个田地,你岂不糊涂得心肺俱没了。你是想中举想疯了的人,要借这些事积点阴德,便可望中。要知这都是没把握的想算,天道难凭。你再想一想,那严太师还着你中不了个解元么?"

---

[1] 斡(wò)旋:斡,转、旋。斡旋即居中调停,扭转局面。

于冰听了前几句，倒还心上有些然可；听到积阴德，借此望中举的话，不由得少年气动，发起火来。冷笑道："有那样没天理的太师，便有你这样丧良心的走狗。"龙文勃然大怒，道："我忝[1]为朝廷命官，就是走狗，也是朝廷家走狗。我今来说这些话，还是热衷于你，你若知道回头，好替你挽回去。怎么反骂起我是走狗来了？真是不识抬举的小畜生，不要脑袋的小畜生！"又气忿忿地向柳国宾道："我不稀罕你们那几个房钱，只快快地都与我滚出去罢！"说罢摇着扇子，大踏步去了。把一个于冰气得半日说不出话来，在床上倒了一会，急急地吩咐国宾、王范二人，快去寻房。

到了次日午后，二人回来，说道："房子有了，还是香炉营儿经承王先生家，房钱仍照上科数目。房子虽不如此房局面，喜得是个旧东家，王先生亦愿意之至。"于冰道："还论什么局面不局面，只快快地离了这贼窝，少生多少气！"随着王范、柳国宾押了行李，雇车先去。自己算了算房钱，称便包了，着陆永忠与罗中书家送去，就着他交付各房器物。自己又雇了车，到王经承家住下。

时光迅速，又早到八月初头，各处的举子云屯雾集。至十六日三场完后，于冰得意之至。到九月初十日五鼓写榜，经承将取中第三房义字第八号第一名籍贯拆看后，高声念道："第一名冷不华，直隶广平府成安县人。"只见两个大主考一齐吩咐道："把第二卷做头一名书写，以下都像这样隔着念名。"他的本房荐卷老师翰林院编修吴时来，听了此话大惊，上前打一躬道："此人已中为榜首，通场耳目攸关，今将第二名作头名，欲置此人于何地？莫非疑晚生与这姓冷的有关节么？倒要请指明情弊题参。"正主考户部尚书陶大临笑道："吴先生不必过急。"随将十八房房官及内外帘御史等俱约入里面，取出个纸条儿来，大家围绕着观看。只见上写着："直隶广平府成安县冷不华，品行卑鄙，余所深知，断不可令此人玷污国家名器。"下写"介溪嵩嘱"。上面画押图书俱有。

众官看罢，互相观望，无一敢言者。吴时来又打一躬道："此事还求二位大人做主。冷不华既品行污鄙，严太师何不革除于未入场之前，而必发觉于既取中之后？且衡文取士，是朝廷家至公大典，岂可因严太师

---

[1] 忝（tiǎn）：辱。谦词，忝属，忝列。

片纸,轻将一解元换去的道理?"副主考副都御史杨起朋笑说道:"吴年兄不必争辩,只要你一人担承起来,这冷不华就是个解元;你若不敢担承,我们哪个肯做此舍己为人的呆事?"众官听了,俱等候吴时来说话。时来面红耳赤,一句也说不出。

各房官并御史等见吴时来不敢担承,随纷纷议论,也有着他中在后面的,也有执定说不可中的,也有怜惜功名人,着将他中后,大家同到严嵩府中请罪去的。只见《春秋》房官礼部主事司家俊大声说道:"吴先生不必狐疑了,严太师说他品行污鄙,这个人必定不堪至极,他一个宰相的品评,还有不公不明处么?中了他,有许多的不便处,我们何苦因姓冷的荣辱误自己的升迁?依我看来,额数还缺下一个,可即刻从荐卷内抽取一本,补在榜尾便是,仍算吴老先生房里中的何如?"众官齐声说道:"司老先生所见甚是,我们休要误了填榜。"说罢一齐出来,把一个冷于冰的榜首,就轻轻丢过了。

再说于冰等候捷音,从四更鼓起来,直等到午刻,还不见动静,只当这日不开榜。差人打听,题名录已卖得罢头了,王范买了两张送于冰看视,把一个冷于冰气得比冰还冷,连茶饭也不吃,只催柳国宾领落卷。一连领了五六天,再查不出来,托王经承也是如此。

到第八天,一个人拿着拜帖到于冰寓处问道:"此处可有个广平府成安县冷讳不华的么?我们是翰林院吴老爷讳时来来拜。"王范接帖回禀。于冰看了帖儿,道:"我与他素不相识,为何来拜我?想是拜错了。"王范道:"小的问的千真万真,是拜相公的。"于冰道:"你可回说我不在家,明早竭诚奉望罢。"王范问明吴翰林住处,回复去了。

次日,于冰整齐衣冠,雇了一顶小轿回拜。门上人通禀过,吴时来接出,让到庭上,行礼坐下。于冰道:"久仰山斗,未遂瞻依。昨承惠顾,有失迎迓,甚觉惶悚,不知老先生有何教谕?"时来道:"年兄青春几何?"于冰道:"十九岁。"时来道:"真凤雏兰芽也,可惜可惜!"又问道:"与严太师大人相识否?"于冰道:"今岁春夏间,曾在他府内代办奏疏等事,今辞出已两月矣。"时来道:"宾主还相得否?"于冰迟疑不言。时来道:"年兄宜直言无隐,某亦有肺腑相告。"于冰见时来意气诚切,遂将前后缘由详细诉说。时来顿足叹恨道:"花以香销,麝因脐死,正此之谓也。"

于冰叩问始末,时来道:"某系今科第三房房官,于八月十七日早始得尊卷,见头场七篇,敲金戛玉,句句皆盛世元音;后看二三场出经入史,无一不精雅绝伦,某即预定为鹿鸣首领矣。是日荐送,即蒙批中。至议元时,群推年兄之卷为第一。岂期到填榜时,事有反复,竟置年兄于孙山之外。"随将严嵩预嘱,主考议论,自己争辩,详说一遍。于冰直气得面黄唇白,一言莫措。定醒了半晌,方上前叩谢道:"门生承老师知遇深恩,提拔为万选之首,中固公门桃李,不中亦世结芝兰。"说罢,呜咽有声,泪数行下。时来扶起,安慰道:"贤契青年硕彦,异日抟风九万,定为皇家栋梁。目前区区科目,何足预定得失?慎勿懈厥操觚,当为来科涵养元气。若肯更名易姓,另入籍贯,则权奸无可查察,而萧生定驰名于中外矣。"于冰道:"门生于放榜之后,即欲归里,因领落卷不得,故羁迟累日。"时来道:"已被陶大人付诸丙丁,你从何地领起?"两人又叙谈了几句,于冰告辞,回到寓处,如痴如醉者数天。

  过了二十余日,方教收拾行李。到家与众男妇细说不中缘由,无不叹恨。陆芳道:"相公眼前不中,倒像是个缺失,依老奴看来,这不中真是大福。假若相公中会了,自然要做官,不但与严中堂变过面,恐他断断放不过,就是与他和美,也是致祸之由。从古至今,大奸大恶,哪个能富贵到底?哪个不波及于人?这都是老主人在天之灵,才教相公有此蹉跎。况我家田产生意,要算成安县第一富户,丰衣美食,便是活神仙。相公从今可将功名念头打退,只求多生几个小相公,就是百年无穷的受用。气恨他怎么?"于冰道:"我一路也想及于此,假如彼时不与严嵩口角,倚仗他权势中个状元,做个大官,他既能贵我,他便能贱我,设或惹出事来,如今宴乐就断断不能了,你所言深合我意。我如今将诗书封起,誓不再读。酿好酒、种名花,与你们消磨岁月罢。"卜氏道:"像这样才是,求那功名怎么?"

  自此后,于冰果然一句书不读,天天与卜氏笑谈,玩耍他的儿子,家务他也不管,总交陆芳经理着,他岳父卜复緫帮办。又复用冷于冰名字应世,因回避院考,又出了监,甚是清闲自在。到乡试年头,有人劝他下场,他但付之一笑而已。正是:

  一马休言得与失,此中祸福塞翁知。
  于今永绝功名志,剩有闲情寄酒卮。

第四回

割白镪[1]旅舍恤寒士　洒血泪市曹矜忠良

词曰：
情怀增怅望，亲欢易失，世事难猜。问帘前红药，你为谁开。
漫道愁须酒破，酒未醒，愁已先来。名与利，风翻柳絮，雨打落苍苔。

右调《醉花阴》

话说冷于冰与妻子日度清闲岁月，无是无非，甚是爽适。这年差柳国宾、冷明二人去江西搬请他姑母，国宾等回来说，他姑母家务缠身，不能亲来看视，请于冰去，要见一面。又差来两个家人同请，他姑丈周通亦有字相约，甚是诚切。于冰细问周通家举动，国宾详细说了一番，才知周通家竟有七八十万家私，还没有生得儿子。于冰心中自念父母早亡，至亲骨肉再无第二个，只有这一个姑母，又从未见面。况周通是江西有名的富户，就多带几个人在他家盘搅几月，他也还支应得起。家中一无所事，况有陆芳料理，于是就引动了去江西游玩的念头。随与卜氏、陆芳等相商，择了吉日，跟随了六个大家人、两个小厮，同周通家人一路缓缓行去。到处赏玩山水并名胜地方，行了两月余，方到饶州府万年县地界。

冷氏听得侄儿亲来，喜欢之至，周通差人远接，姑侄相见，分外情亲。

周通见于冰丰神秀异，举止不凡；又见服饰甚盛，随从多人，倍加敬爱。问起功名，于冰细道原委，周通深为嗟叹。周通亦言及他先人做太常少卿时，同寅结亲后，见严嵩渐次专权使势，因此告病回籍，旋即病故。又言自己也不愿求仕进，援例捐个郎中职衔，在家守拙的话。

住了两月，于冰便要回家，周通夫妇哪里肯放。日日着亲友陪于冰

---

[1] 白镪（qiǎng）：银子。

闲游，在家赏花看戏。

从去年八月直住到次年二月，于冰甚是思家，日日向他姑母苦求，方准起身。周通送了二千两程仪，于冰推却不过，只得领受。冷氏临别，痛哭了几次，也送了若干珍物。周通又差了四个家人，于路护送回籍。

行到直隶柏乡地方落店后，见几个解役押着一个老妇人和一个少年郎君，坐着车儿入来，那少年项间带着铁锁。于冰留神细看，有些大家风范，不像个寻常人家男女。到灯后问店东，才知是夏太师夫人和公子，也不知为何事件。于冰听了，把功名念头越发挥到大西洋国去。又见那夏夫人和公子衣衫破碎，甚是可怜，满心要送他几两盘费，又怕惹出事来。将此意和柳国宾说知，着他做有意无意的光景，探问解役口气。

不多时，国宾入来，言："问过那几个解役，夏太师是与严太师不和，被严太师和锦衣卫陆大人参倒，已斩首在京中，如今将夏夫人同公子发配广东。内只有两个是长解，他们也甚是怜他母子。相公要送几两盘费，这是极好不过的事。"于冰听了，思想了半晌，没个送法，又不好将银两私交夏公子；若不与，心上又过不去。想来想去，又着国宾与解役相商：说明自己与夏太师素不相识，不过是路途间乍遇，念他是仕宦人家，穷苦至此，动了个恻隐之心，送他几两盘费，并无别故。于冰道："你问他们使得使不得。"

国宾去了稍刻，只见两个解役领那公子站在门外，一个解役道："适才那位姓柳的总管说，老爷要送夏太太母子几两盘费，这是极大的阴功。"又指着那公子道："他就是夏公子，我们领他来到老爷面前，先磕几个头。"于冰听罢连忙站起，将那公子一看，虽在缧绁之中，气魄到底与囚犯不同。又见他含羞带愧，欲前不前，虽是解役教他叩头，他却站着不动。于冰连忙举手道："失敬公子了。"那公子方肯入来作揖，于冰急忙还揖。那公子随即下跪，于冰也跪下相扶。那公子口内便哽咽起来，正要诉说冤苦，于冰扶他坐在床上，先说道："公子不必开口。我是过路之人，因询知公子是宦门子弟，偶动凄恻，公子纵有万分屈苦，我不愿闻。"说罢，又向两个解役道："我与这夏公子亲非骨肉，情非朋友，不过一时乍见，打动我帮助之心。此外并无丝毫别意。"随吩咐柳国宾道："你取五十两一大包、十两一小包银子来。"国宾立即取到。于冰道："五十两送公子，这十两送二位解役大哥路上买杯酒吃。"两个解役喜出望外,连忙磕头道谢,并问于冰姓名,夏公子也接着问。于冰笑道:"公子问我名姓,意欲何为?若说图报异日,我非望报之人;若说存记心头,这些许银两,益增我惭愧;若说到处称颂,公子现在有难之时,世情难测,不惟无益于我,且足嫁祸于我。我亦不敢与公子多谈,请速回尊寓为便。"夏公子见于冰话句甚爽直,又想着仇敌在朝,何苦问出人家名姓,干连于人。于是将银子揣在怀中,低头便拜。于冰亦叩头相还。夏公子别了出去,国宾将十两银子递与解役。那两个解役便高声称扬道:"哪里没有积德的人!不但怜念公子,还要心疼衙役,难得难得!"一边说道,一边看着银子,笑嘻嘻地去了。

于冰又附国宾耳边说道:"我适才要多送夏公子几两,诚恐解役路上生心,或凌辱索取。你可再取二百两,暗中递与夏公子,教他断断不必来谢我坏事。"国宾取了银子,走到夏夫人窗外,低低地叫道:"夏公子,出来有话说。"夏公子只当是解役叫他,走出来一看,却是柳国宾。国宾先将二百银子递在夏公子手内,然后将主人不便对着解役多与银子的话说了一遍,又止住他不必谢。那夏公子感激入骨,拉定国宾,定要问于冰姓名。国宾不肯说,夏公子死也不放。国宾怕解役看见,只得说道:"我家主人叫冷于冰。"说罢就走。那夏公子总是拉住不放,又要问地方居址。国宾无奈,只得又说道:"是直隶广平府成安县秀才。"那夏公子听罢,朝着于冰房门,爬倒了磕了七八个头,方起来与国宾作揖。国宾连忙跑去,到于冰房内,将夏公子收银叩谢的话回复于冰。又恐怕别有絮话不便,天交四鼓,便收拾起身,心上甚得意这件事做得好。

不数日到了家中,一家男妇,迎接入内。又见他儿子安好无恙,心上甚喜。于冰将到周家不得脱身并途间送夏公子银两事,与众人说知,陆芳甚是悦服。又吩咐厚待周家人,留住了二十余天。临行与了回书,赏了两个家人二百两,又与了一百两盘费。与他姑父母回了极重的厚礼,打发回江西去讫。此后两家信使来往不绝。

陆芳见于冰已二十多岁,一家上下还以相公相呼,北方与南方不同,甚觉失于检点,于是遍告众男妇:称于冰为大爷,卜氏为奶奶,于冰之子状元儿为相公,称卜复总为太爷,郑氏为太太。又请了个先生,姓顾名鼎，本府人氏，教状元相公同复総之子读书。于冰在家，总不结交一人，只有他诸铺中掌柜的遇生日年节，才得一见，日日和他妻子玩耍度岁。

这年八月，成安县县官被上宪揭参回籍，新选来个知县，是个少年进士出身，姓潘名士钥，字唯九，浙江嘉兴府人。原在翰林院做庶吉士，因嘉靖万寿，失误朝贺，降补此职。此人最重斯文，一到任就观风课士，总不见个真才。有人将冷于冰的名讳并不中的缘由详细告诉他，他倒也不拿父母官的架子，竟先写帖来拜于冰，且说定要一会。于冰不好推却，只得相见，讲论了半天古作。次日于冰回看，又留在署中吃酒，谈论经史并《左》《国》，以及各家子书之类。又将自己做的诗赋文章教于冰带回认真改抹，以便发刻行世，佩服于冰得了不得。于冰见他虽是个少年进士，却于"学问"二字甚是虚心下气，他便不从俗套，笔则笔，削则削，句句率真。那潘知县每看到改抹处，便击节叹赏，以为远不能及。从此竟成了诗文知己，不是你来，就是我去。相交了七八年，潘知县见于冰从无片语言及地方上事，心上愈重其品，尊敬得和师长一般。倒是他于地方上事，无所不说，于冰不过唯唯而已。

一日，刚送得潘知县出门，只见王范拿着一封书字，说是京都王大人差来下书。于冰道："我京中并无交往，此书胡为乎来？"及至将书字皮面一看，上写："大理寺正卿，书寄广平府成安县冷太爷启。"下面又写着"台篆不华"四字。于冰想道："若非素识，焉能知我的字号？"急急地拆开一看，原来是他的业师王献述书字。上写道：

　　昔承尊翁老先生不以愚为不肖，嘱愚与贤契共励他山，彼时贤契才九龄耳。灿灿笔花，已预知非池中物。继果游身泮[1]水，才冠文坛。旋因乡试违和，致令暂歇骥足。未几，愚即侥幸南宫，选授祥符县知县。叨情惠助，始获大壮行色。抵任八月，受知于河院姜公，密疏保荐，升广东琼州府。历四载，复邀特旨署本省粮驿道。又二载，升四川提刑按察司，旋调布政。数年来只雁未通，皆愚临莅之地过远故也。每忆贤契璠玙[2]国器，定

---

[1] 泮（pàn）：旧时学宫前的水池称泮池或泮水。此处喻入学读书。
[2] 璠玙（fán yú）：美玉，喻有才华。

第四回　割白镪旅舍恤寒士　洒血泪市曹矜忠良

为盛世瑚琏。奈七阅登科录，未睹贤契之名，岂和璧隋珠，赏识无人耶？抑龙蟠凤逸，埋光丘壑耶？今恩叠邀旷典，内补大理寺正卿，于本月日到任。屈指成安至都，无庸半月，倘念旧好，祈即过我，用慰离思，兼悉别悃。使邮到日，伫俟文旌遗发。尊纪陆芳，希为道意，不既。

　　此上不华贤契如面。眷友生王献述具。

于冰看罢，心下大悦，将陆芳同众家人都叫来，把王献述书字与他们逐句讲说了一遍，众家人无不赞美。陆芳道："昔年王先生在咱家处馆，看他寒酸光景，不过做个教官完事，谁意料就做到这般大位！皆因他为人正直，上天才与他这美报。据这书字看起来，大爷还该去看望为是。"于冰道："我也是此意。你们可打发送书人酒饭，我今日就写回书，明早与他几两盘费，着他先行一步，我随后即去。"

过了几天，于冰料理一切，带了几个家人，起身入都。寻到王大人宅上，着王范投递手本和礼物。门上人传禀入去，随即出来相请。于冰走到二门前，只见王献述便衣幅巾，大笑着迎接出来。于冰急相趋至面前，先行打躬请安。献述拉着于冰的手儿，一边走着一边说道："渴别数载，今日方得晤面，真是难得。"于冰道："昔承老师大人教爱，感镂心板；今得瞻仰慈颜，门生欣慰之至。"说着到了庭内。于冰叩拜，献述还以半礼。两人就坐，王范等入来叩安。

献述道："尊府上下，自多迪吉，刻下有几位令郎？"于冰道："只有一子，今岁才十四。"献述道："好极！好极！这是我头一件结记你处。再次，你的功名何如？怎么乡会试题名录并官爵录，总不见你的名讳，着我狐疑至今，端的是何缘故？"于冰将别后两入乡场，投身严府，前后不中情由，并自己守拙意见，详细说了一遍，献述嗟叹久之。又道："贤契不求仕进，也罢了。像我受国家厚恩，以一寒士，列身卿贰，虽欲寄迹林泉，不但不敢，亦且不忍。"又问道："陆芳好么？"于冰道："他今年七十余岁，倒甚是强健，门生家事，总还是他管理。"献述道："家仆中像那样人，要算古今不可多得的了。"又问道："令嗣可是卜氏所出么？"于冰道："是。"献述又将别后际遇，说了一番。说罢，呵呵大笑道："宦途数年，贫仍如故，我不堪为知己道也。贤契年来用度，自还从容否？"于冰道："托老师大人福庇，无异昔时。"献述道："此尊翁老先生盛德之报，理该如是。"于冰请拜见师母并众世兄，献述道："拙荆同小儿等，于我离任之时，俱先期回江宁。昨日亦曾遣人去接，想下月廿日外可到矣。前只有两个小儿，系贤契所知者，近年房中人又生了两个。通是庸才，无一可造就的。"

谈论间，献述就着将行李安设在厅房东首。不多时摆列酒肴，师生二人又重叙别后事迹，极其欢畅。于冰亦不好骤行告别，只得住下。

过了半月余，一日献述从衙门中回来，眉目间有些不爽快。于冰便疑到自己身上，心里正打算辞去的话。只见献述道："贤契可知道兵部员外郎杨讳继盛的名头么？"于冰道："门生僻处成安，离京颇远，不晓得。"献述道："此人前岁做了一件惊天动地的事，参严中堂十罪五奸。彼时奉旨杖八十下刑部狱，业已二年，人人以为必邀赦典。不意今早陡传圣旨，着三法司审拟速奏。我既在其位，只得与刑部都察院堂官等会勘。那杨兵部一片忠诚为国的意见，教我们该从何处审起？只得葫芦倒提，定了个斩决，复奏上去，觉得于人心天理都过不去。"于冰道："严嵩奸恶万状，四海通知。老师既知其冤，何不上本急救？"献述大笑道："贤契，谈何易耶？如今做官的人，总要不为福首不为祸先，审度时势，斟酌利害，一句有关系的话未曾说出，先要肚里打几遍稿儿。那从井救人的事，谁肯去做？"于冰道："老师尚且不肯论救，则杨老先生危矣。"献述道："看来也只在早晚。今日午间，他的夫人张氏听得将她夫主问了斩决，情愿代夫受戮，写了一张呈子，一个陈情本章，恳我三法司代奏。我们见本章做得沉痛恺切，足令观者下泪，倒要替她转奏。怎当得都察院左都御史陈大人再三拦阻，将本章压在刑部司务厅处，呈子批了'不准'两字发出。这不是我们忍于如此，只是她遇的对头了不得，唯有替她抱屈而已。"

于冰素日最敬王献述人品学问，今日听了这些话，便心里沉吟道："怎么一个人做了官，就更变到这步田地？"又想了想："这怪不得他，若人人都是杨兵部，普天下做官的都是忠臣了。"

于冰又问道："这杨夫人的本稿儿可能抄来一看么？"献述道："我爱其情词恳挚，已暗暗吩咐我衙门书办抄了在此。"从袖中取出递与于冰。于冰展开一看，上写道：

革职拿问兵部武选司员外郎臣杨继盛妻张氏稽首顿首皇帝

第四回　割白镪旅舍恤寒士　洒血泪市曹矜忠良

陛下。臣夫前以谏阻马市，预发仇鸾逆谋，圣恩仅从薄谪。旋因鸾败，首赐前洗，一岁四迁。臣夫衔恩感泣，思图报效，或中夜起立，或对食默思，臣所亲见。不意误闻市井之谈，尚狃[1]书生之习，一时昏昧，遂发狂言，复荷陛下天高地厚之恩，不即加诛，俾从吏议。臣夫自杖后入狱，死而复苏，去臀肉两片，断腿筋一条，脓血流五六十碗，衣服尽皆沾渍，日夜笼箍，备极苦楚。又年荒家贫，食不能给，只臣纺绩馈食，已经三年。部臣两次请决，奉旨监候，是臣夫再蹈于刑而陛下累置之生。臣心感佩，唯有焚香祝万寿无疆而已。但闻今岁钦依处斩，臣夫虽捐躯市曹，亦将瞑目地下。臣仰唯陛下方顺养冲和，保合元气，昆虫草木皆欲得所，岂惜一回宸[2]顾，下垂覆盆。倘蒙鉴臣蝼蚁之私，少从末减，不胜大幸。若以罪重不赦，即将臣斩首，以代夫死。臣夫生一日，必能执戈矛御魑魅，为疆场效死之鬼，以报陛下。臣于九泉稍有知识，亦衔结无尽矣。

于冰看罢道："有是夫自有是妻，此闺阁中义烈女子也，较悬梁绝粒者又自不同。此本一传，也是千古不没的人。"

次日，献述从衙门中回来，向于冰慨叹道："杨兵部完了，圣旨已下，定在明早斩决了。"于冰听了，心上甚是怜惜。又想着："这杨兵部不知是怎样个人，有这样胆气！明日斩决他，我何不去看看。"

次早，也不等王献述起来，领了两个家人，到刑部衙门前等候。直等至早饭后，见里边扶出一人来，面貌甚是清古，一部大胡须，举动神色自若。旁边赶过一辆车儿来，几个人扶他上了车，又有几个兵带刀围绕。少刻又出来一个官，骑着马，跟着几个书役，押定那车儿同走。于冰也不好问人，心里说道："这必是杨兵部无疑。"于冰随车到法场上，那看的人千千万万。只听得乱说道："这是兵部员外郎杨老爷今日典刑，可惜可惜！"又见众人将他扶下车儿，那杨兵部仰天大笑了一回，口中吟诗道：

　　浩气凝太虚，丹心照千古。

---

[1] 狃（niǔ）：拘泥。
[2] 宸（chén）：帝王的代称。

生前未了事，留与后人补。

忽见人丛中跑出个妇人，蓬头垢面，又随着两个少年，一个年老些的，都跑在杨兵部面前，焚香奠酒，哭得死而复苏。有叫相公的，有叫父亲的，有叫恩主的，四个人三样称呼，乱喊不已。那些看的人，无一个不短叹长吁，还有陪着下泪的。

只听得监斩官吩咐："行刑。"此时，那四个男女，肝崩肠断，那妇人把住杨兵部两腿，跪着叫号。只见杨兵部怒道："此系国家法度，汝辈作此儿女之态，徒贻笑后人。"喝令刽子手道："你们与我拉过一边，我要去了。"众役将四人拼命地扶开。须臾，刀头落处，血溅衣襟。把一个于冰看得和吃醉了一般，前仰后合，一步也走不动，只待得众人散开，王范等雇了一辆车，扶他坐上回来。王家家人迎着问道："冷爷哪里去来？"于冰只是摇头，入了厅房，放倒头便睡。王家人问王范等，才知是看杀杨兵部的缘故。也有叹惜的，也有笑于冰胆小的。日西时分，王献述回来，见于冰神气沮丧，与他说话，他多听不入耳，心上大是疑惑。忙出来问众家人，方知为看杀杨兵部，倒笑了一回。

自从看杀了杨兵部后，触动于冰无限愁烦，便想到自己一个解元，轻轻更换；一个夏宰相，斩首市曹；今日杨兵部，死得这般凄惨。固是严嵩作恶，也是本人命数限定。将来老死牖下，便是好结局。又想到：死后无论穷富贫贱，再得人身，也还罢了；等而最下，做一驴马，犹不失为有知有觉之物；设或魂消魄散，随天地气运化为乌有，岂不辜负此生，辜负此身！想及于此，看得万事皆虚。

次日，在献述前苦辞。献述本意因于冰是个富户，留他等家眷来时，教四个儿子见一见，便是异日一个好帮手，可备缓急。不意于冰去意甚坚，师生间不好过强，又留住了三日，将广东、四川两任上土物多送了数件，设盛席相送起身。

范氏麦舟传千古，于冰惠助胜绨袍。
忠良人已惨刑市，浩气徒还太虚遥。

第五回

惊死亡永矢修行志　嘱妻子割断恋家心

词曰：

金台花，燕山月。好花须看，好月须夸。花正香时遭雨妒，月当明际被云遮。　月有盈亏，花有开谢，想人生最苦是离别。花谢了，三春逝也；月缺了，中秋至也；人去了，何日回也？

右调《普天乐》

话说冷于冰自那日看杀杨兵部后，一路上连点笑容也没有，到家将在献述家的所见所闻向众人叙说。陆芳随禀道："潘老爷前日业已作古了。"于冰惊问道："是哪个潘老爷？"陆芳道："就是本县与大爷最相好的。"于冰顿足道："是什么病症？"陆芳道："听得衙门中人说，并未害一日病。只因那日从午堂审事，直审到灯后，退了堂去出大恭，往地一蹲就死了。也有说是感痰的，也有说是气脱的。可惜一个三十来岁少年官府，又是进士出身，老天没有与他些寿数！"于冰听了，痴呆了好大半晌，随即亲去县署吊奠，大哭了一场。回来即着柳国宾、王范二人拿了五百两银子，做潘太太和公子营办丧事之费。本城绅衿[1]士庶，都哄传这件事做得公道。

于冰自与潘知县吊奠回来，时刻摸着肚在内外院中走，不但家人，就是他儿子状元相公问他，他也不答。茶饭吃一顿遇一顿，就不吃了，终日间或凝眸痴想，或自己问答。卜氏大为忧疑。

正自不了，忽见陆芳慌慌张张进来禀道："京中王大人亡故，送讣闻来了。"于冰惊问道："怎么是京中王大人病故了？有这样事？"陆芳道："是王公子专差家人来的。"随将家人领来，对于冰面诉了一会病症，说从冷爷起身那一日就得了痰症，终没说话，到第三日就死了。于冰听了，大哭了一番，从此更加了伤感，终日如醉如痴，终不言语。说他痴呆，他

---

[1] 衿（jīn）：古时服装下连到前襟的衣领，这里指读书人。

一般也写了会字,做了极哀切的祭文,又吩咐柳国宾,用一匹蓝缎子雇人彩画书写,又着陆芳备了三百两奠仪,差冷明同献述家人入都。从此在院内院外走动得更急更凶,也不怕把肚皮揉破。

又过了几天,倒不走动了,只是日日睡觉。卜氏愁苦得了不得。

一日午间,于冰猛然从炕上跳起,大笑道:"吾志决矣!"卜氏见于冰大笑,忙问道:"你心上可开爽了么?"于冰道:"不但开爽,亦且透彻之至!"随即走到院外,将家中大小男妇都叫至面前,先正色向卜复総道:"岳丈岳母二位大人请上,我有一拜。"说罢,也拉不住他,就叩头下去。拜毕起来,又向陆芳道:"我从九岁为父母见弃,假若不是你,不但家私,连我的身命还不知有无,你也受我一拜。"说着,也跪拜下去,陆芳慌得叩头不迭。又叫过状元儿,指着向陆芳、卜复総道:"我碌碌半生,只有此子。如今估计有九万余两家私,此子亦可以温饱无虞[1]了。唯望二公始终调护,玉之以成。"又向卜复総道:"令爱我也不用付托,总之陆総管年老,内外上下,全要岳丈帮他照料。"又向卜氏作一揖,道:"我与你十八年夫妻,你我的儿子今已十四岁,想来你也不肯再去嫁人。若好好儿安分度日,饱暖有余,只教元儿守正读书,就是你的大节大义。我还有一句要紧话叮嘱于你,将来陆総管百年后,柳国宾可托家事,着陆永忠继其父之志,帮着料理。"

一家男妇听了这些话,各摸不着头脑。卜氏道:"一个好好的人,装作的半疯半痴,说云雾中的话,是怎么?"

于冰又叫过冷明、王范、大章儿等,吩咐道:"你们从老爷至我至大相公,俱是三世家人,我与你们都配有家室,生有子女,你们都要用心扶持幼主,不可坏了心术,当步步以陆老総管为法。至于你们的女人,我也不用嘱咐,虽然有主母管辖,也需你们勤加指教。"陆芳道:"大爷,这是怎么?好家好业,出此回首之言,也不吉利。"

于冰又将状元儿叫过来,却待要说,不由得眼中落下泪来,说道:"我言及于你,我倒没的说了。你将来长大时,切不可胡行乱跑,结交朋友,当遵你母亲、外公的教训,就算你是孝子。更要听老家人们规劝。我今

---

[1] 虞(yú):忧虑。

第五回　惊死亡永矢修行志　嘱妻子割断恋家心

与你起个官名，叫做冷逢春。"又向众男妇道："我自从都中起身，觉得人生世上，趋名逐利，毫无趣味。人见我终日昏闷，都以我为痛惜王大人，伤悼潘大尹使然，此皆不知我者也。潘大尹可谓契友，而非死友；王大人念师徒之分，以义相合，尽哀尽礼，于门人之义已足。他并非我父兄伯叔可比，不过痛惜一时罢了，何至于寝食俱废，坐卧不安？因动念'死'之一字，触起我弃家访道之心。日夜在房内院外走出走入者，是在妻少子幼上费踟蹰[1]耳。原打算到元相公十八九岁娶亲成立后，割爱永别；不意到家又值本县潘老爷暴亡，可见大限临头，任你怎么年少精壮，亦不能免。我如今四大皆空，看眼前的夫妻儿女，无非是水月镜花，就是金珠田产，也都是电光泡影，纵活到百岁，脱不过'死'之一字。苦海汪洋，回头是岸。"说罢，向卜氏等道："我此刻就别过你们了。"说罢，便向外面急走。

卜氏头前还当于冰连日郁结，感了些痰症，因此信口乱道，后见说得明明白白，大是忧疑。及到此刻，竟是认真要去，不由得放声大哭起来。卜复緫赶上拉住道："姑爷，不是这样个玩闹，玩闹得无趣味了。"陆芳等俱跪在面前。元相公跑来抱住于冰一只腿，啼哭不止。众仆妇丫头也顾不得上下，一齐动手，把于冰横拖倒曳[2]，拉入房中去。从此大小便总在院内，但出二门，背后妇女们便跟随一大群。卜复緫日日率领小厮们，轮流把守东西角门，倒将个于冰软困住了。虽百般粉饰前言，卜氏总是不信。直到一月以后，防范得才渐次松些。每有不得已事出门，车前马后，大小家人也少不了十数个跟随。于冰日思走路，再想不出一个法子来。

又过了月余，卜氏见于冰饮食谈笑如旧，出家话绝口不提，然后才大放怀抱。于冰出入，不过偶尔留意，唯出门还少不了三四个人。

一日，潘公子拜谢辞别，言将潘知县灵柩起早至通州下船，方由水路回籍。于冰听了，算计道："必须如此如此，我可以脱身矣。"到潘公子起身前一日，于冰亲去拜奠，送了程仪。过了二十余天，忽然京中来了两个人，骑着包程骡子，说是户部经承王爷差来送紧急书字的，只走

---

[1] 踟蹰（chí chú）：心里犹豫，要走不走的样子。
[2] 曳（yè）：拉。

了七日就到。柳国宾接了书信，入来回于冰话。于冰也不拆开看，先将卜复総、陆芳等纳入卜氏房内，问道："怎么京中又有姓王的寄书来？"陆芳道："适才听得说是王经承差来的。"于冰道："他有什么要紧事，不过要借几两银子用。"向复総道："岳父何不拆开一读？"复総拆开书字，朗念道：

　　昔尊驾在严中堂府中作幕，宾主之间，曾有口角，年来他已忘怀。近因已故大理寺正卿王大人之子有间言，严府七太爷已面属锦衣卫陆大人。见字可速刻带银入都斡旋，迟则缇骑至矣。悉系素好，得此风声，不忍坐视，祈即留神。切切。

　　上不华长兄先生。弟王玛具。

众男妇听了，个个着惊，于冰吓得呆在一边。柳国宾道："这不消说是王公子因我们不亲去吊奠，送的银子少，弄出这样害人的针线。"卜复総道："似此奈何？"陆芳道："这写书人，大爷何由认得他？"于冰道："我昔年下场，在他家住过两次，他是户部有名的司房。"柳国宾接说道："我们都和他相熟，是个大有手段的人。"陆芳道："此事关系身家性命，刻不可缓。大爷先带三千两入都，我再预备万金，听候动静。"于冰道："有我入都就是，银子只带一千两罢，用时我再寄字来取。你们快预备牲口，我定在明早起身。"又盼咐众人道："事要慎重，不可传得外人知道。"众家人料理去了。把一个卜氏愁得要死，于冰也不住地长吁。

到了次日，于冰带了柳国宾、王范、冷明、大章儿，同送字人连夜入都去了。

不数日，到了王经承家内，将行李安顿下，从部中将王经承请来。王经承问："假写锦衣卫并严太师一说，到底是什么意思？你要对我实说。"于冰支吾了几句，王经承听了，心上也不甚明白。本日送了二百两银子，王经承如何不收，连忙盼咐家中与于冰主仆包了上下两桌酒席。于冰又嘱托了几句话，王经承满口答应。次早即约于冰同出门去办事，于冰要带人跟随，王经承道："那个地方岂是他们去得的？只可我与你同去。"于冰道："你说的极是。"又向柳国宾道："我下晚时即与王先生同回。"

到定更时候，王经承回家，却不见于冰同来。国宾等大是着急，忙问道："我家主人哩？"王经承道："他还没有回来么？"国宾道："先生与我家

第五回　惊死亡永矢修行志　嘱妻子割断恋家心　∥ 033

主人同去，就该和我家主人同回。"王经承道："他今日约我到查家楼看戏，他又再三嘱咐我，只说到锦衣卫衙门中去。又怕你们跟随，托我止住你们。想是为京城地方，怕你们不惯熟，和人口角不便。及至查家楼，只看了两折戏，他留下五两银子，叫我和柜上清算，他说：'鲜鱼口儿有个极厚的朋友，必须去看望。若是来迟，不必等我。'我等到午后，不见他来，我们本司房人请我去商酌事体，直弄到这时候才回。他此刻不来，想是还在那朋友家闲谈。"国宾道："是哪个朋友家？"王经承道："你主人的朋友，我哪里知道？"国宾大嚷道："你将我主人骗去，你却推不知道，你当时就不该同行。我只和你要人。"王经承道："这都是走样第一的话儿。我和你主人是朋友，我又不是他的奴才，我又不是他的解役，他要拜望朋友去，难道我缚住他不成？"国宾冷笑道："先生，你不要说梦里话，我家还有你的书字哩，你将我主人用书字骗在京中，我和你告到三府六部，总向你要人。"王经承道："你家有书字，难道我家没书字么？你主人托成安潘知县之子寄字与我，说家中有大关系事被人扣住，非假严中堂名色走不脱，着我写字，雇人去叫他来京。许了我二百两银子，书字现还在我家内，银子是昨日与我的，怎么反说是我骗他？"

说着，急急地踱了入去，稍刻拿出书字来。国宾看了笔迹并字内话，一句也说不出。王经承道："何如？是我骗他，还是他骗我？"

冷明猛可里见桌子旁边砚台下压着一封书字，忙取出一看，上写着："柳国宾等开拆。"国宾忙拆开一看，大哭起来，说道："王先生，我家主人不是做和尚，就是做道士去了，你教我怎么回去见我主母？"王经承急问缘故。国宾遂将于冰在家如何长短，说了一遍。王经承听了，也着急起来，道："如此说，他竟是逃走了。你拿他写的书字来我看。"国宾付与。王经承从身边取出眼镜，在灯下朗念道：

我存心出家久矣，在家不得脱身，只得烦王先生写字叫我入都，与王先生无干。见字，你等可速刻回家。原带银子一千两，送了王先生二百两，我留用一百两，余银交陆总管手。再说与你主母：好生管教元相公用心读书，不得胡乱出门。各铺生意，各庄房地，内外上下男妇，总交在卜太爷、陆总管、柳国宾三人身上。事事要照我日前说的话遵行，不得负我所托。

我过五七年，还要回家看望你们；断断不必寻找我，徒劳心力无益。若家中男妇有不守本分者，小则责处，大则禀官逐出存案。陆总管同柳国宾不得姑息养奸，坏我家政。

此嘱。

不华主人笔。

王范等听了，也哭起来。王经承见有与他无干字样，心上也有些感激，滴了两三点眼泪。说道："京城地方，最难找人，何况你主人面生，识认者少，你们便哭死也无益。我到明早自有个道理。"又长叹了一声道："你主人数万家私，又有娇妻幼子，他今日做这般刀斩斧断的事，可知他平日心中也不知打算过几千回稿儿。若想他自己回来，是断断不能的。"说罢摇着头儿冷笑道："我今年五十六岁，才见了这样个狠心人，大奇！大奇！"踱入里边去了。

次日天一明，王经承拿出十千京钱，从前后街坊雇了十几个熟谙人，每人各与纸条儿一张，上写于冰年貌衣服，分派出京门外四面找寻；又着国宾等于各园馆居楼，大街小巷，天天寻问，哪里有个影儿。国宾等无奈，别了王经承，垂头丧气回至成安县。

到了主人门前，一个个雨泪涕零。众家人见光景诧异，急问主人下落。国宾拍手顿足，哭着说了又说。早有人报知卜氏，卜氏吓得惊魂千里，摔倒在地，慌得众妇女挽扶不迭，元相公也跑来哀叫。一家上下，和反了的一般。卜氏哭得死而复苏，直哭了两日夜，一点饭也不吃。倒还是元相公再三跪恳，才稍进饮食。到第四日，将国宾四人叫入去细问，他四人详细说了一遍，又将于冰起身时书字并前托潘公子寄王经承书字，都交在卜氏面前。卜氏着父亲各念了一遍，又复大哭起来。自此，不隔三五天总要把国宾等叫来骂一顿，闹乱了半月有余，方始休歇。起先还想着于冰回心转意，陡然回家，过了三年后，始绝了念头，一心教养儿子，过度日月。着她父亲总其大概，内外田产生意通交在陆芳、柳国宾二人身上，也算遵夫命，付托得人。正是：

郎弄玄虚女弄乖，两人机械费疑猜。

于今片纸赚郎去，到底郎才胜女才。

第六回

走荆棘幸脱饿虎口　评诗赋大失腐儒心

词曰：

拼命求仙不惮劳，走荒郊。猝逢饥虎厄初遭，幸脱逃。　投宿腐儒为活计，过今宵。因谈诗赋起波涛，始开交。

右调《贺圣朝》

话说于冰将王经承安顿在查家楼看戏，他素常听得人说，彰仪门外有一西山，又名百花山，离京不过六七十里。急忙雇了一辆车儿，送他出了西便门，换了几个钱，打发了车夫。雇了两个脚驴儿，替换着骑。他唯恐王经承回家证出马脚，万一被他们赶来了，岂不又将一番机关妄用？因此直奔门头沟。打发了驴儿，住了一宿。次早入山，见往来多驮送煤炭之人。秀才们行路极难，况一富户子弟，越走越发难了，费七八天工夫，始过了丰公、大汉、青山三个岭头，由斋堂、清水，沿路一人，寻百花山真境。天天住的是茅茨之屋，吃的是莜荞之面，他访道心切，倒也不以为苦。只是越走山势越大，每天路上或遇两三个人，还有一人不遇的时候。

那日行走到巳牌时分，看见一山高出万山之上，与一路所见山形大不相同。但见：

突兀半天，苍莽万里。大峰俯视小峰，前岭高接后岭。古桧风摇，仿佛虬[1]行；疏松云覆，依稀龙聚。高高下下，环顾唯鸟道数条；岈岈嵝嵝，翘首仰青天一线。雷响山中瀑布，雨喷石上流泉。翠羽斑毛，盈眸悉珍禽异兽；娇红稚绿，遍地皆瑞草瑶葩。岩岫分明，应须佛仙寄迹；烟霞莫辨，理宜虎豹潜踪。

于冰看了山势，转了两个山弯，猛抬头见一山岩下坐着十数个砍柴

---

[1] 虬（qiú）：虬龙，传说中的一种龙。

人。于冰上前举手道："请问众位，此处叫什么地名？"一山汉用手指说道："你看，此处山高出别山数倍，正是百花山了。"于冰道："上边可有庙宇没有？"山汉道："过此山再上一大岭，岭上只有小庙一处，庙内住着个八十余岁的老道人。"于冰道："那老道可有些道行么？"山汉道："他不过天生的寿数长，多吃几年饭，有什么道行？"于冰道："若去他庙中，从哪边是正路？"山汉指着西南一条山路道："从此上了山坡，便是盘道。"于冰举手道："多承指引了。"撇转身便走。山汉道："去不得！去不得！此去要上三十八盘，道路窄小，树木繁多，且要过鬼见愁、阎王鼻梁、断魂桥许多危险处。你是个斯文人，如何走得？还有狼虫虎豹，那时遇着，后悔就迟了。"于冰道："我一个求仙访道的人，有什么后悔处？"说罢就走。只听得三四个人乱叫道："相公快回来，不是胡闹的。"

于冰哪里听他，上了山坡，便绕盘道。只见树木参差，荆棘遍地，步步牵衣挂袖，甚是难行。到难走处，还须半爬半靠地挪移；绕了十几个盘道，喘吁得气都上不来。从树林内四下一觑，见正南上山势颇宽平些，树木荆棘亦少。苦挨到那边，四围一看，通是些重峦峭壁，鸟道深沟，遂坐在一块大石上养息气力。

约有半顿饭时，觉得气力又壮了些，刚才站起来，猛见对面西山岔内陡起一阵腥风，风过处，刮的那些败叶残枝摇落不已。顷间，山岔内走出一只绝大的黄虎来，于冰不由得"呵呀"了一声。只见那虎看见了于冰，便将浑身的毛都直立起来，较前粗大了许多，口内露出刚牙，眼中黄光直射向于冰，大步走来。于冰心内恐惧，到此也没法。只见那虎相离有四五步远近，陡然站起来，将前二爪在地下一按，跳有五六尺高，向于冰扑来。亏得于冰原是有胆气人，不至乱了心曲，见那虎扑来，瞅空儿向旁边一闪，那虎便从于冰身旁擦了过去，其爪只差寸许。于冰急回身时，那虎也将身躯掉转过来，相离不过四尺远。于冰倒退了两步，那虎两只眼直视于冰，大吼了一声，火匝匝又向于冰扑来。于冰又一闪，那虎复从身旁过去，落于空地处。于冰趁它尚未转身，跑了几步，料想着跑不脱，旋即站住等那虎扑来，好再躲避。只见那虎披拂着胸前白毛，两只眼直视于冰，口中馋涎乱滴，舌尖吐于唇外，那一条尾与一条锦绳相似，来回摆动。于冰偷眼看视，见右边即是深沟，于冰忙中想出智巧，

第六回　走荆棘幸脱饿虎口　评诗赋大失腐儒心　‖037

　　两眼看着那虎，侧着身子斜行了三步余，已到沟边。那虎见于冰斜走，随即也将身躯扭转，看着于冰。稍停片刻，只见那虎又站起来，将浑身毛一抖，又将尾在地下一摔掷，响一声，跳有七尺来高，复向于冰扑来。于冰见那虎奋力高跳扑来，也不躲它，急向虎腹下一钻，那虎用力过猛，前两腿落空，头朝下闪了下去，触入沟中。于冰趁空儿又往西跑，一边跑，一边回头看视，约跑有百十步，见那虎不曾追赶，急急向树林多处一钻，方敢站住。站了片时，又从树林中向东瞅看，见无动静，自己笑说道："那些山汉们说的果然是实。"

　　于是从树林内钻出，见西面是一高岭，忙忙地走上岭头。四下一望，不但前所见的百花山看不出在何处，且连来的盘道也看不见了。此时大是愁苦，哪里还顾得寻访老道人。再一看，望见偏西北有一条白线，高高下下，远望像个道路，于是直奔那条白线走去。两只脚在石缝中乱踏，渐走渐近，果然是条极细小的道路，荆棘最多，弯弯曲曲，甚是难行。顺着路上下了两个小岭，脚上又踏起泡来，步步疼痛。再看日光已落了下去，大是着慌，又不敢停歇。天色渐次发黑，影影绰绰看见山脚似有人家，又隐隐闻犬吠之声，挨着脚痛行来。起先还看得见那回环鸟道，到后来两目如漆，只得磕磕绊绊勉强下了山坡，便是一道大涧，放眼看去，觉得身在沟中，辨不出东西南北。侧耳细听，唯闻风送松涛，泉咽危石而已，哪里有犬吠之声。于冰道："今日死矣，再有虎来，只索任它咀嚼。"没奈何，摸了一块平正些的石头坐下，一边养息身体，一边打算着在这石上过夜。

　　坐了片刻，又听得有犬吠之声，比前近了许多。于是听几步，走几步，竟寻到了山庄前。见家家俱将门户关闭，叫了几家，总不肯开门。走到庄尽头处，忽听得路北有许多咿唔之声，是读夜书。于冰叩门喊叫，里面走出个教学先生来，看见于冰，惊讶道："昏夜叩人门户，求水火欤？抑将为穿窬[1]之盗也欤？"于冰道："小生系京都宛平县秀才，因访亲迷路，投奔贵庄，借宿一晚，明早即去。"先生道："《诗》有之，伐木鸟鸣，求友声也。汝系秀才，乃吾予类，予不留汝，则深山穷谷之中，必饱豺虎

---

[1] 窬（yú）：从墙上爬过去。

之腹矣，岂先王不忍人之心也哉？"说罢，将手一举，让于冰入去。先生关了门，于冰走到里面，见有正房三间，东西各有厦房，是众学生读书处。先生将于冰引到东正房。于冰在灯下将先生上下一看，但见：

　　头戴毛青梭儒巾，误烧下窟窿一个；身穿鱼白布大袄，斜挂定补丁七条。额大而凸，三缕须有红有紫；鼻宽而凹，近视眼半闭半开。步步必摇，若似乎胸藏二酉；言言者也，恐未能学富五年。真是禾稼场中村学士，山谷脚下俗先生。

　　于冰看罢，两人行礼，揖让而退。先生问于冰道："年台何姓何名？"于冰道："姓冷名于冰。"先生道："冷必冷热之冷，兵可是刀兵之兵否？"于冰道："是水字加两点。"先生道："噫！我过矣，此冰冷之冰，非刀兵之兵也。"于冰亦问道："先生尊姓大讳？"先生道："予姓邹，名继苏，字又贤。邹乃邹人孟子之'邹'，继续之'继'，东坡之'苏'。'又贤'者，言不过又是一贤人耳。"又向于冰道："年台山路跋涉，腹馁也必矣。予有馍馍焉，君啖否？"于冰不解"馍馍"二字，心里想着必是食物，忙应道："极好。"

　　先生向炕后取出一白布包，内有馍馍五个，摆列在桌上，一个个与大虾蟆相似。先生指着说道："此谷馍馍也。谷得天地中和之气而生，其叶离离，其实累累，弃其叶而存其实，磨其皮而碎其骨，手以团之，笼以蒸之，水火交济而馍道成焉。夫猩唇熊掌，虽列八珍，而烁脏壅肠，徒多房欲；此馍壮精补髓，不滞不停，真有过化存神之妙。"于冰道："小生寒士，今日得食此佳品，叨光不尽。"于冰吃了一个，就不吃了。先生道："年台饮食何廉薄耶，予每食必八，而犹以为未足。"于冰道："承厚爱，已饱德之至。"

　　先生又问于冰道："年台能诗否？"于冰道："闲时亦胡乱做几句。"先生从一大牛皮匣内取出四首诗来，付与于冰道："此予三两日前之新作也。"于冰接来一看，只见头一首上写道：

　　　　风
　　西南尘起污王衣，籁也从天亦大奇。
　　篱醉鸭呀惊犬吠，瓦疯猫跳吓鸡啼。
　　妻贤移暖亲加被，子孝冲寒代煮糜。

第六回　走荆棘幸脱饿虎口　评诗赋大失腐儒心　‖039

共祝封姨急律令，明辰纸马竭芹私。

于冰道："捧读珠玉，寓意深远，小生一句也解不出，祈先生教示。"先生道："子真阙疑[1]好问之人也。居，予语汝。昔王导为晋相，庾亮手握强兵，居国之上流。王导忌之，每有西南风起，便以扇掩面曰：'元规尘污人。'故曰'西南尘起污王衣'。二句'籁也从天亦大奇'，是出在《易经》'风从天而为籁'；大奇之说，为其有声无形，穿帘入户，可大可小也。诗有比兴赋，这是借经史先将风字兴起。下联便绘风之景，壮风之威，言风吹篱倒，与一醉人无异。篱旁有鸭，为篱所压，则鸭呀也必矣。犬，司户音也，警之而安有不急吠者哉？风吹瓦落，又与一疯汉相似，檐下有猫，为瓦所打，则猫跳也必矣。鸡，司晨者也，吓之而安有不飞啼者哉？所谓'篱醉鸭呀惊犬吠，瓦疯猫跳吓鸡啼'，直此妙意耳。中联言风势猛烈，致令予宅眷不安，故妻舍暖就冷而加被怜其夫，子孤身冒寒而煮糜代其母。当此风势急迫之时，夫妻父子犹各尽其道如此，所谓诗礼人家也，谓之为贤为孝，谁曰不宜。结尾二句言封姨者，亦风神之一名也。急律令者，用太上老君咒语敕其速去也。纸马皆敬神之物，竭芹私者，不过还其祝祷之愿，示信于神而已。子以为何如？"于冰大笑道："原来有如此委曲，真个到诗中化境。佩服佩服！"又看第二首上写道：

花

红于烈火白于霜，刀剪裁成枝叶芳。

蜂挂蛛丝哭晓露，蝶衔雀口拍幽香。

媳钗俏矣儿书废，哥罐闻焉嫂棒伤。

无事开元击羯鼓，吾家一院胜河阳。

于冰看了道："起句结句犹可解识，愿闻次联中联之妙论。"先生道："蜂挂蛛丝二句，言蜂因吸露而误投蛛网，其声必婉转嘤唔，如人痛哭者焉，盖自悲其永不能吸晓露也。蝶因采香而被衔雀口，其翅必上下开阖[2]，如人拍手焉，盖自恨其终不能嗅幽香也。这样诗句，皆从致知中得来，子能细心体贴，将来亦可以格物矣。中联'媳钗俏矣'二句，系予家现

---

[1] 阙（quē）疑：有怀疑的事情先不下断语，留待查考。
[2] 阖（hé）：关闭。

在故典，非托诸空言者可比。予院中有花，儿媳采取而为钗，插于鬓边，俏可知矣。予子少壮人也，爱而至于废书而不读。予家无花瓶而有瓦罐，予兄贮花于罐而闻香焉；予嫂素恶眠花卧柳之人，因动防微杜渐之意，遂以木棒伤之。此皆借景言情之实录也。"于冰笑道："'棒伤'二字，还未分析清楚，不知棒的是令兄，棒的是瓦罐？"先生道："善哉问。盖棒罐耳，若棒家兄，是泼妇矣，尚得形诸吟咏乎哉？"又看第三首，是：

雪

天挝面粉撒吾庐，骨肉同欢庆野居。

二八酒烧斤未尽，四三鸡煮块无余。

楼肥榭胖云情厚，柳锡梅银风力虚。

六出霏霏魃预死，援桴[1]而鼓乐《关雎》。

于冰道："此首越发解不来，还求先生指讲。"先生喜极，笑说道："此予之雪诗也。二八者，是十六文钱也；四三者，是四十三文钱也。言用十六文钱买烧酒一斤，四十三文钱买鸡一只。'斤未尽''块无余'，言予家男妇皆酒量平常，肉量有余耳。末联'魃'者，旱怪也；雪盛则旱怪预死，不能肆虐于春夏间矣。'桴'者，军中击鼓之物。《关雎》见《毛诗》之首章，兴下文'君子好逑'也。予家虽无琴瑟，却有鼓一面，又兼夫妻有静好之德，援桴而鼓，亦可以代琴瑟而乐咏《关雎》矣。"第四首是：

月

月如何其月未过，谁将晶饼挂银河？

清阴隐隐移山岳，素魄迢迢鉴鬼魔。

野去酒逢醉宋友，家回牌笞[2]金哥。

倦哉饮水绳床卧，试问嫦娥奈我何？

于冰看完笑道："先生诗才高妙，不但嫦娥，即小生亦无可奈何矣。唯中联酒醉宋友、牌笞金哥二句，字意未详。"先生道："此一联虽两事而实若一事。言月明如昼，最宜野游，与宋姓友人相逢，月下饮于至酣而止。予此时酒醉兴阑，可以归矣。金哥者，予家之典身童子也，合同

---

[1] 桴（fú）：鼓槌。

[2] 笞（chī）：用鞭、杖或竹板打。

外边匪类斗牌,见予回家而匿其牌焉。予打之以明家法,盖深戒家不齐则国不治,国不治而天下亦不能平,所关岂浅鲜耶?播诸诗章,亦触目惊心之意云尔。"于冰道:"合观诸作,心悦神移,信乎曹子建之才只八斗,而先生之才已一石矣。"

先生乐极,又要取他的著作教于冰看,于冰道:"小生连日奔波,备极辛苦,今承盛情留宿,心上甚是感激。此刻已二鼓时候,大家歇息了罢,明早小生也好上路。"先生道:"予还有古诗、古赋、古文,并词歌引记、传跋、四六等类,正欲与年台畅悉通宵,闻君言顿令人一片胜心,冰消瓦解。"于冰道:"先生妙文,高绝千古,小生恨不能夜以继日地捧读,奈学问浅薄,领略不来。烦先生逐句讲说,诚恐过劳。"先生笑说道:"学不厌,教不倦,予与孔子先后有同志也。"

言罢,又向牛皮匣内取出四大本来,每本有八寸余宽,二寸余厚。于冰暗笑道:"这四大本不下数十万言,都不知胡说的是些什么?"于冰接过来掀开,看见头一本是赋;第二本是五七言律诗并绝句;第三本是杂著、四六、词歌、古文之类;第四本通是古风,长篇短作不等。猛看见一题,不禁大惊,大笑道:"此开辟以来未有之奇题也!"原来是一首古风,上写道:

臭屁诗

屁也屁也何由名?为其有味而无形。臭人臭己凶无极,触之鼻端难为情。我尝静中溯屁源,本于一气寄丹田;清者上升浊者降,积怒而出始鸣咽。君不见,妇人之屁鬼如鼠,小大由之皆半吐。只缘廉耻重于金,以故其音多叫苦。又不见,壮士之屁猛若牛,惊弦脱兔势难留,山崩峡倒粪花流,十人相对九人愁。吁嗟臭屁谁作俑,祸延坐客宜三省。果能改过不号咷[1],也是文章教尔曹,管教天子重英豪。若必宣泄无底止,此亦妄人也已矣。不啻[2]若自其口出,予唯掩鼻而避耳。呜呼!不毛之

---

[1] 咷(táo):哭。
[2] 啻(chì):但,只。

地腥且膻，何事时人爱少年？请君咀嚼其肚馔[1]，须知不值半文钱。

看完，拍手大笑道："先生《风》《花》《雪》《月》四诗虽好，总要让此首为第一，真是屁之至精而无以复加者。且将'杜撰'二字改为'肚馔'，巧入关合，有想入非非之妙。敬服敬服！"先生见于冰极口地赞扬，喜欢得抖耳挠腮，指着《臭屁诗》道："此等题最难着笔，不是老拙夸口说，如年台等少年，只怕还梦想不到。纵能完篇，亦不能如此老拙。"于冰又大笑道："信如先生言，实一句一字也做不出来。"

先生得意之至，把两只近视眼笑得只有一线之阔，撅着胡子说道："年台见予屁诗，便目荡神移如此；若读予屁赋，又当何如？"于冰惊笑说："怎么？一诗犹不足以尽其事，还有一屁赋么？越发要领教了。"先生笑嘻嘻将头一本拿起，先用苏州人读书腔口呻吟道："年台实可造之人也！予不能韫椟[2]而藏矣。"

原来近视眼看诗文最费力，这先生将一本赋掀来掀去，几乎把鼻孔磨破，方寻得出来付与于冰。于冰接来笑看，上写道：

臭屁赋

今夫流恶千古，书罪无穷者，亦唯此臭屁而已矣。视之弗见，听之则闻。多呼少吸，有吐无吞。溯本源于脏腑，乃作祟于幽门。其为气也，影不及形，尘不暇起，脱然而出，溃然而止。壮一室之妖气，泄五谷之败馁，沉檀失其缤纷，兰麝减其馥郁。其为声也，非金非石，非丝非竹。或裂帛而振响，或连珠而叠出，或哑哑而细语，或咄咄而疾呼，或为唏，为噫，为呢喃，为叱咤，为禽啼兽吼，百怪之奇音。在施之者，幸智巧之有余；而受之者，笑廉耻之不足。其为物也，如兽之猇，如鸟之鸥，如黍稷[3]之粮莠，如草木之荆棘。拟以罪而罪无可拟，施以刑而刑无可施。其为害也，惊心震耳，反胃回肠。虽亦氤而亦氲，实无芬

---

[1] 馔（zhuàn）：吃喝，饮食。
[2] 韫椟（yùn dú）：收在柜子里。
[3] 稷（jì）：古代一种粮食作物。

第六回　走荆棘幸脱饿虎口　评诗赋大失腐儒心 ‖ 043

而无芳。变山珍海错之味，污商彝[1]夏鼎之光。绣襦锦服，掩其灿烂；珠宫贝阙，晦其琳琅。凡男妇老幼中斯毒者，莫不奔走辟易，呕吐狼藉。所谓臭人臭己，而无一不两败俱伤也。呜呼！天地为炉兮造化为工，阴阳为炭兮万物为铜。乃如之人兮，亦窃效其陶熔：以心肺为水火兮，以肝木为柴薪，以脾土为转运兮，以谷道为流通。酿此极不堪之毒蛊兮，使吾掩鼻而莫测其始终。已矣乎！蛟窟数寻，可覆之以一练；雄关百仞，可封之以一丸。唯此孔窍，实无物之可填。虽有龙阳豪士，深入不毛，然只能塞其片刻之吹嘘，而不能杜其终日之鸣咽。宜其坏风俗，轻典礼，乱先王之雅乐，失君子之威仪。侮其所不当侮之人，而放于所不当放之时，又谁能禁其耸肩掇臀，倒悬而逆施哉？予小子继苏，学宗颜孟，德并朱程，接斯文于未坠。幸大道之将行，既心焉乎圣贤，自见异而必攻。爰命子弟，并告家兄，削竹为梃[2]，栽木为钉，梃其已往，钉其将萌。勿避熏蒸而返旆[3]，勿惊咆哮而休兵。自古皆有死，誓与此臭屁不共戴日月而同生！

于冰看毕，又复大笑道："先生之于文，可谓畅所欲言矣！通篇精美层出，其妙莫可名状。能做此等题，娓娓不穷，学问要算典博的了。只是一接续道统之人，而竟拼命与一臭屁作对，似觉太轻生些。况天地间物之可入吟咏者极多，何必定注意在'臭屁'二字？一诗不足，又继之一赋，这是何说？"先生抚膺长叹道："继苏也，幸苟有过，人必知之矣。予本意是欲标奇立异，做古今人再不敢做之题，今承规谏，自当书绅。"于冰随手掀看，内有《十岁邻女整寿赋》《八卦赋》《汉周仓将军赋》。又隔过二十余篇掀看，有《大蒜赋》《碾磨赋》《丝瓜喇叭花合赋》。再向后看，见人物、山水、昆虫、草木无所不有，真不知费了多少功夫。又见一《畏考秀才赋》，正要看读，先生道："汝曾见过《离骚》否？"于冰道："向曾读过。"先生道："《离骚》变幻瑰异，精雅绝伦。奈世人只读《卜居》《渔

---

[1] 彝（yí）：古代盛酒的器具。
[2] 梃（tǐng）：杀猪后，在猪腿上割口然后用铁棍往里捅，叫梃猪。
[3] 旆（pèi）：旗子上镶的边。指旌旗。

父》等篇，将《九歌》《九章》许多妙文置之不顾。予前《臭屁赋》系仿时作，此篇系仿古赋。盖今之赋体，富丽有余，而骨气不足。汝试读之，则珠盘鱼目可立辨矣。"于冰笑了笑，看上写道：

畏考秀才赋

恨天道之迫厄兮，何独恶乎秀才？釜空洞而米罄[1]兮，拥薄絮而无柴。遭鼠辈之秽污兮，暗呜咽而谁语？夜耿耿而不寐兮，魂营营而至曙。奈荆妻之如醯兮，犹拉扯乎云雨。力者予弗及兮，说者吾不闻。日嗷嗷而待哺兮，传文宗之戾[2]止。心辘轳[3]而上下兮，欲呼天而吁地。神倏[4]忽而不反兮，形枯槁而似猴。内唯省夫八股兮，愧只字之不留。祝上帝以活予兮，澹[5]杳[6]冥而莫得。闻青丝之可缢兮，愿承风乎遗则。复念少子而踌躇兮，且苟延以勉去。倘试题之可通套兮，予权从群英而娱戏。恨孟氏之喋喋兮，逢养气之一章。心摇摇如悬旌兮，离人群而遁飏[7]。旋除名而归里兮，亲朋顾予而窃笑。何予命之不辰兮，室人交谪而叫号。含清泪而出乎户兮，怅怅乎其何之？睹流水之恍恍兮，羡彭咸之所居。乱曰：予不充兮命不寿，予何畏惧兮，乃龟回而蛇顾。飘然一往兮还吾寄，灵其有知兮为鬼厉。

于冰看完，只笑道："二赋比前四诗，字句还明显些。先生既爱古赋，《离骚》最难取法。可将《赋苑》并《昭明文选》等书，择浅近者读之，还是刻鸿不成类鹜之意。"先生变色道："是何言欤？是何言欤？汝将以予赋为不及《离骚》耶？"于冰道："先生赋内佳句最多，可只有古赋之皮毛；若必与《离骚》较工拙，则嫩多矣。"

先生听罢将桌子用双手一拍，大吼道："汝系何人，乃敢毁誉今古，

---

[1] 罄（qìng）：尽，用尽。

[2] 戾（lì）：罪过。

[3] 辘轳（lù lu）：安在井上打水的器具。

[4] 倏（shū）：极快地、忽然。

[5] 澹（dàn）：安静。

[6] 杳（yǎo）：无影无声。

[7] 飏（yáng）：飘扬。

第六回　走荆棘幸脱饿虎口　评诗赋大失腐儒心

藐视大儒？吾赋且嫩，而老者属谁？今以添精益髓、清心健脾之谷馍馍，饱子无厌之腹，而胆敢出此狂妄无良之语，轻贬名贤，此耻与东败于齐、南辱于楚何异？"这先生越说越怒，将自己的帽子挩下来，向炕上用力一摔，大声叱喝道："汝将以予谷馍馍为盗跖之所为耶？抑将以予地为青楼旅馆任人出入耶？"于冰笑道："就是说一'嫩'字，何至如此？"先生越发怒怀，指着于冰的眼睛说道："子真不待教而诛者之人也，此刻若逐汝于门墙之外，有失吾不欲人加吾之意。然吾房中师弟授受，绍闻知见知之统，继唯精唯一之传，岂可容离经叛道辈，乱我先王典章。"急唤众学生入来，指着于冰说道："此秀才中之异端也，害更甚于杨墨。本应着尔等鸣鼓而攻，但念在天色甚晚，姑与同居中国，可速领他到西边小房内去。"

于冰见先生气怒不可解，自己也乐得耳中清净，向先生举手道："明日早行，恐不能谢别。"先生连连摆手道："彼恶敢当我哉？"

于冰跟了学生到西边小房内，见里面漆黑，又着实阴冷，出门人亦说不得，就在冷炕上和衣睡去。直到日光出时才起来，站在院中，着一个学生入房内说告辞的话。等了一会，猛听得先生房内"叮叮当当"敲打起来，也不知他敲的是什么东西，只听先生口内作歌道：

嗟彼狡童，不识我文。维子之故，使我损其名。

听得"叮叮叮当当当"打了几下，复歌道：

嗟彼狡童，不识我诗。维子之故，使我有所思。

又"叮叮当当"敲了几下，歌道：

嗟彼狡童，不识我赋。维子之故，使我气破肚。

又照前敲打了几下而止。于冰听罢，忍不住又笑起来。

稍刻，那学生出来说道："我先生不见你，请罢。"于冰笑着走到街上，忽见一学生赶来说道："你可知道我家先生作什么？昔孺悲欲见孔子，孔子不见，取瑟而歌，使之闻之。我先生虽无瑟，却有瓦罐，今日鼓瓦罐而歌，亦孔子不见孺悲之意也。我先生怕你悟不及此，着我赶来说与你知道。"于冰大笑道："我今生再不敢见你先生了。"说罢，又复大笑，往西行去。正是：

凶至大虫凶极矣，蝎针蜂刺非伦比。

腐儒诗赋也相同，避者可生读者死。

第七回

泰山庙于冰打女鬼　八里铺侠客赶书生

词曰：
　　清秋节，枫林染遍啼鹃血。啼鹃血，数金银两，致他生绝。
　　殷勤再把侠客说，愁心姑且随明月。随明月，一杯将尽，数声呜咽。

右调《忆秦娥》

　　且说冷于冰被那文怪鬼混了多半夜，天明辞了出来。日日在山溪中行走，崎崎岖岖，绕了四五天，方出了此山。到大山沟内，中间都是沙石，两边仍是层岩峭壁。东首有一山庄，土人名为辉耀堡，还是通京的大路。他买了些酒饭充饥，不敢往东去，顺着沟往西走。

　　行了数日，已到山西地界。他久闻山西有座五台山，是万佛发祥之地。随地问人，寻到山脚下，遇着几个樵采的人，问上山路径。那些人道："你必是外方来的，不知庙台时令，枉费一番跋涉。此地名为西五台，还有个东五台，两台俱有许多胜景，有寺院，有僧人，每年七月十五日方开庙门，到八月十五日关闭，庙台男女，成千累万不绝。如今是九月中旬，哪里还有第二个人敢上去？况里边狼虫虎豹、妖魔鬼怪最多，六月间还下极大的雪，休说你浑身都是夹衣，就便是皮衣，也保你冻死。"于冰听了，别的都不怕，倒只怕冷。折转身又往西走。

　　走了几天，一日行到代州地方，日色已落，远远地看见几家人家。及至到了跟前，不想是座泰山娘娘庙。但见：

　　钟楼倒坏，殿宇歪斜。山门尽长苍苔，宝阁都生荒草。紫霄圣母，迥非金斗默运之时；碧霞元君，大似赤羽逢劫之日。试看独角小鬼，口中鸟雀营巢；再观两面佳人，耳畔蜘蛛结网。没头书吏，犹捧折足之儿；断臂奶娘，尚垂破胸之乳。正是：修造未卜何年，摧崩只在目下。

于冰看了一会,只见腐草盈阶,荒榛遍地。两廊下塑着许多携男抱女的鬼判,半是少头没脚。正面大殿三间,看了看,中间塑着三位娘娘,两边也塑着些伺候的妇女。于冰见是女神,不好在殿中歇卧,恐怕亵渎。他出来到东廊下一看,见一个赤发青面环眼大鬼同一个妇人站在一处。那妇人两手捧着个盘子,盘子内塑着几个小娃儿,坐着的,睡倒的,倒也有点生趣。于冰看了笑说道:"你两个这身躯后面,便是我的公馆,今晚我同你们作伴罢。"说着,用衣襟把地上土拂了几拂,斜坐在二鬼背后。再瞧天光,已是黄昏时分,看罢,将头向大鬼脚上一枕。

方才睡倒,只见庙外跑入个妇人来,紫袄红裙,走动如风,从目前一瞬,已入殿内去了。于冰惊讶道:"这时候怎么有妇人独来?"语未毕,只见那妇人走出殿外,站在台阶下,像个眺望的光景。于冰急忙坐起,从大鬼两腿缝中一觑,只见那妇人面若死灰,无一点生人血色,东张西望,两只眼睛闪闪烁烁,顾盼不测。稍停,只见那妇人如飞地跑出庙外去了。于冰大为诧异,心里想道:"此女绝非人类,非鬼即妖。看她那般东张西望光景,或者预知我今日到此,要下手我亦未可知。"又想了想,笑道:"随她去,等她寻着我来,再做裁处。"

正想算间,只见那妇人又跑入庙来,先向于冰坐的廊下一望,旋即又向西廊下一望,急急地入殿内去了。于冰道:"不消说,是寻我无疑了。"稍刻,那妇人又出殿来,站在台阶上向庙外一望,口里"咯咯咯"长笑了一声,倒与母鸡下蛋相似,只是声音连贯,不像那样断断续续地叫喊,又如飞地跑出庙外去了。于冰道:"这真是我生平未见未闻的怪异事。似她这样来来往往,端的要怎么?"

须臾,只见庙外走入个男子来,头戴紫绒毡笠,身穿蓝布直裰,足登布履,腰系搭膊。那妇人在后面用两手推着他。那男子垂头丧气,一直到正殿台阶上坐下,眼望着西北,长叹了一声。只见那妇人取出个白棍儿来,长不过七八寸,在那男子面上乱圈。圈罢,便爬倒地下跪拜。拜罢,将嘴对着那男子耳朵内说话。说罢,又在那男子面上用口吹,吹罢又圈,忙乱不已。那男子任她作弄,就和看不见的一般,瞪着眼,朝着天想算他的事件。那妇人又如飞地跑出庙外,瞬目间又跑入庙来,照前做作。只见那男子站起来,向那庙殿窗格上看视,像个寻什么东西的光景。那妇人到此，越发着急得了不得，连圈连拜、连说连吹，忙乱地没入脚处。又不住地回头向庙外看视。只见那男子面对着窗格看了一会，摇了几下头，复回身坐在台阶上，急得那妇人吹了圈，圈了拜，拜了说，说了吹，颠倒不已。少刻，只见那男子双睛紧闭，声息俱无，打猛里大声说道："罢了。"随即站起，将腰间搭膊解下，向那大窗格眼内入进一半去，又拉出一半来。只见那妇人连忙用手替他挽成个套儿，将那男子的头搬住，向套儿里乱塞。那男子两手捉住套儿，面朝着庙外又想。那妇人此时更忙乱百倍，急圈急拜、急说急吹，恨不得那男子顿时身死方快。于冰看了多时，心里说道："眼见这妇人是个吊死鬼，只怕我力量对她不过，该怎处？"又想道："我若不救此人，我还出什么家？访什么道？"想罢，从那大鬼背后走出来，用尽平生气力，喊叫了一声。只见那妇人大吃一惊，那男子随声蹲在大殿窗阁下。那妇人急回头，看见于冰，将头摇了两摇，头发披拂下来，用手在脸上一摸，两眼角鲜血淋漓，口中吐出长舌，又"咯咯咯"叫了一声，如飞地向于冰扑来。于冰此时也没个东西打她，瞧见那泥妇人盘子内有几个泥娃子，急忙用手搬起一个来，却好那妇人刚跑到面前，于冰对准面门，两手用力一掷，喜得端端正正打在那妇人脸上，那妇人便应手而倒。于冰急忙看视，见她一倒即化为乌有，急急向四下一望，形影全无，只见那男子还蹲在阶上。

于冰起先倒毫无怕意，今将此妇打无，不由得发竖身冷，有些疑惧起来。于冰又搬了个泥娃子提在手内，先入殿中，次到西廊，然后出庙外都细看了，仍是一无所有。随将那泥娃子放在阶下，到那男子面前，也蹲在阁下，问道："你这汉子为着何事，却行此短见？"问了几声，那男子总不言语。于冰道："你这人真好痴愚，你既肯舍命上吊，倒不肯和我一说么？"那人道："说也无益，不如死休。"又道："你既这般谆谆问我，我只得要说了。离此庙五里，有一范村，就是我的祖居。我父母俱无，只有一个妻房，倒生了两个儿子，三个女儿，十二三岁的也有，六七岁的也有，一家儿六七口，都指我一人养活。我又没有田地耕种，不过与人家佣工度日。今日有人用我，我便得几个钱养家；明日没人用我，我一家就是忍饥。本村有个张二爷，是个仗义好汉子，我也常与他家做活。他见我为人勤谨，又知我家口众多，情愿借与我二十两银子，不要利钱，

第七回　泰山庙于冰打女鬼　八里铺侠客赶书生

三年还他,着我拿去做一小生意。我承他的情,便去雁门关外贩卖烧酒,行至东大峪,山水陡至,可惜七驮酒、七个驴都被水冲去。我与驴夫上了树,才活得性命。二十两本银全去,还害了人家七个驴的性命。回家没面目与张二爷相见,不意人将我折了本钱的话向他说知。那张二爷将我叫去,备细问了原因,反大笑起来,道:'这是你的运尚未通,我今再与你二十两,还与你一句放心的话:日后发了财还我,没了也罢了。'我又收他的银两,开了个豆腐铺儿,半年来倒也有点利息。又不合听了老婆的话,说磨豆腐必须养猪方有大利钱。我一时没主见,就去代州贩猪,用银十九两八钱买了五个猪,走了两天,都不吃食水,到第三天死了两个,昨日又死了一个。我见事已大坏,将剩下这两口猪要出卖于人,人家说是病猪,不买。没奈何减下价钱,方得出脱干净,连死的并活的,只落下五两九钱银,倒折了十三两九钱本儿。我原要回家,将这五两多银子交与妻子,再讨死路。不期走到这庙前,越想越无生趣,不但羞见张二爷,且连妻子也见不得。"说罢,拍手顿足大哭起来。

于冰道:"你且莫哭,这十三四两银子我如数还你。"那男子道:"我此时什么时候,你还要打趣我。"于冰道:"你道世上只有个姓张的帮人么?"随向身边取出银包,拣了三锭道:"这每锭是五两,够你本钱有余。"说着,将银子向那男子袖中一塞。那男子见银入袖中,心下大惊,一边止住泪痕,一边用眼角偷视于冰,口里哽哽咽咽地说道:"只怕使不得,只怕天下无此事,只怕我不好收它。"于冰笑道:"你只管放心拿去,有什么使不得,有什么不好收处。"那男子一蹶劣站起来,道:"又是个重生父母了。"连忙跳下殿阶,爬到地下就是十七八个头,碰得地乱响。于冰扶他起来。

那男子问于冰道:"爷台何处人?因何黄昏时分,在这庙中?"于冰道:"我是北直隶人,姓冷。我还没有问你的名姓。"那男子道:"小人叫段祥,这庙西北五里就是小人的住家。冷爷此时在这庙内有何营干?"于冰道:"我因赶不上宿头,在此住一宿。"段祥道:"小人家中实不干净之至,还比这庙内暖些,请冷爷到小人家中。"于冰道:"我还要问你,你到这庙中,可曾看见个妇人么?"段祥道:"小人没有看见。"于冰道:"你来这庙中就是为上吊么?"段祥道:"此庙系小人回家必由之路,只因走到庙前，心里就有些糊涂。自己原不打算入庙，不知怎么就到庙中。及至到了庙内，心绪不宁，只觉得死了好。适才被冷爷大喝了一声，我才看见了，觉得心上才略略有点清爽。"于冰道："你可听见有人在你耳中说话么？"段祥道："我没听见，我倒觉得耳中常有些冷气贯入，冷爷问这话必有因。"于冰笑道："我也不过白问问罢了。"段祥又急急问道："冷爷头前问我看见妇人没有，冷爷可曾看见么？"于冰笑道："我没见。"段祥大叫道："不好了！此地系有名的鬼窝，独行人白天还不敢来，快走罢！"于冰笑道："就是走，你也该将搭膊解下来。"段祥连忙解下来系在腰间，将于冰与他的银子分握在两手内，让于冰先出庙去。到了庙外，偏又走在于冰面前，东张西望，不住地回头催于冰快走。

到了家门首叫门，里边一个妇人问道："可是买猪回来么？"段祥道："还说猪哩，我几乎被你送了命，快开门，大恩人到了。"

待了一会，妇人将门儿开放，段祥将于冰让入房内。于冰见是内外二间，外房内有些磨子、斗盆、木槽、碗罐之类。又让于冰坐在炕上，随入房内好半晌。稍刻，见一妇人领出四五个小男女与于冰叩头，于冰跳下炕来还礼。妇人道："今日若不是客爷，他的性命不保。"说了这两句，便满面羞涩，领上娃子们入去。

段祥复让于冰坐下，又听得内房风匣响。须臾，段祥拿出一大碗滚白水来，说道："连个茶叶也没有。"于冰接在手内，道："极好。"段祥又端出一大砂壶烧酒，两碟咸菜，又出去买了二十个小馒头，配了一碗炒豆腐，一碗调豆腐皮，摆列在一小木桌上，与于冰斟了酒，又叩谢了。于冰让他同坐，两人吃着酒，彼此问家间并出外的事。段祥又问起那妇人的话，于冰备细说了一遍。段祥吓得毛骨悚然，又在炕上叩头。直话谈到三鼓已过方歇。

次早，于冰要去，段祥哪里肯放。于冰又决意要行，嚷闹了好半晌，留于冰吃了早饭，问明去向，又亲送了十五六里，流着眼泪回家。

于冰离了范村，走了两天，只走了九十余里。第三日从早间走至交午，走了二十里，见有两座饭铺，于冰见路北铺中人少，走去坐下，问道："这是什么地方？"小伙计道："这叫八里铺，前面就是保德州。"于冰要了四两烧酒，吃了一杯，出铺外小便，猛听得一人说道："冷爷在这里了！"

第七回　泰山庙于冰打女鬼　八里铺侠客赶书生

于冰回头一看,却是段祥拉着一个骡子,后面相随着一人,骑着个极大极肥的黑驴,也跳下来交与段祥拉住。于冰将那人一看,但见:

　　熊腰猿臂,河目星瞳。紫面长须,包藏着吞云杀气;方颐海口,宣露出叱日威风。头戴鱼白卷檐毡巾,身穿宝蓝箭袖皮袄。虽无弓矢,三岔路口自应喝断人魂;若有刀枪,千军队里也须惊破敌胆。

于冰看罢,心里说道:"这人好个大汉仗,又配了紫面长须,真要算个雄伟壮士。"只见段祥笑说道:"冷爷走了三天,被我们一天半就赶上了。"又见那大汉子问段祥道:"这就是那冷先生么?"段祥道:"正是。"那大汉向于冰举手道:"昨日段祥说先生送他银子,救他性命,我心上甚是佩服,因此同他来追赶,要会会先生。"于冰道:"偶尔相遭,原非义举,些许银数,何足挂齿?"说毕,两人一揖,同入饭馆内坐下。

于冰道:"敢问老长兄尊姓大名?"那汉子道:"小弟姓张,名仲彦,与段祥同住在范村。先生尊讳可是于冰么?"于冰道:"正是贱名。"仲彦道:"先生若不弃嫌,请到小弟家中暂歇几天,不知肯去不肯?"于冰道:"小弟系飘蓬断梗之人,无地不可厝足,何况尊府?既承云谊,就请同行。"仲彦拍桌大笑道:"爽快!爽快!"又叫走堂的吩咐道:"你这馆中也未必有什么好酒菜,可将吃得过的,不拘荤素尽数拿来,不必问我。再将顶好酒拿几壶来,我们吃了还要走路。快着!快着!"于冰道:"小弟近日总只吃素,长兄不可过于费心。"稍刻,酒菜齐至,仲彦一边说着话儿,一边大饮大嚼。于冰见他是个情性爽直人,将弃家访道的话大概一说,仲彦甚是叹服。

酒饭毕,段祥会了账。于冰骑了骡子,仲彦骑了驴儿,段祥跟在后面,一路说说笑笑,谈论段祥遇鬼的话。说到用泥娃子打倒鬼处,仲彦掀须大笑道:"弟生平不知鬼为何物,偏这样有趣的鬼被先生遇着,张某未得一见,想来今生再不能有此奇遇了。"于是三人一同入范村。正是:

　　从古未闻人打鬼,相传此事足惊奇。
　　贫儿戴德喧名誉,引得英雄策蹇[1]追。

---

[1] 蹇(jiǎn):指劣马,也指驴。

第八回

吐真情结义连城璧　设假局欺骗冷于冰

词曰：

　　心耿耿，泪零零，绿柳千条送客行。贼秃劫将资斧去，石堂独对守寒灯。

右调《深院月》

　　话说于冰到张仲彦家中，两人重新叩拜，又着他儿子和侄儿出来拜见。于冰见二人皆八九岁，称赞了几句，去了。须臾，二人净过面，就拿入酒来对酌。仲彦又细细地盘问于冰始末，于冰一无所隐。问及仲彦家世，仲彦含糊应对。于冰又说起严嵩弄坏自己功名话，仲彦拍膝长叹道："偏是这样人，偏遇不着我和家兄。"于冰道："令兄在么？"仲彦道："不在此处。"于冰已看出他七八分，便不再问。

　　顷间，拿来菜蔬，俱是大盘大碗，珍品颇多，却不像个村乡中待客酒席。于冰道："多承厚爱，惜弟不茹[1]荤久矣。"仲彦道："啊呀！酒铺中先生曾说过，我倒忘怀了。"时段祥在下面斟酒，忙吩咐道："你快说与厨下，添补几样素菜来。"于冰道："有酒最妙，何用添补。"段祥已如飞地去了。没一时，又是八样素菜，亦极丰洁。

　　过了三天，于冰便告辞别去，仲彦坚不放行。于冰又定要别去，仲彦道："小弟在家，一无所事，此地也无人可与弟长久快谈。先生是东西南北闲游的人，就多住几月，也未必便将神仙耽误，访道何患无时？"于冰道："感蒙垂注殷切，理合从命，但弟性山野，最喜跋涉道路，若闲居日久，必致生病。"仲彦大笑道："世上安有个闲居出病来的人？只可恨此地无好景，无好书，又无好茶饭，故先生屡次要别我。我今后也不敢多留，过了一月再商酌。若仍必过辞，便是以人品不堪待我。"于冰见他情意肫笃，也

---

[1] 茹（rú）：吃、食。

第八回　吐真情结义连城璧　设假局欺骗冷于冰 ‖ 053

没得说，只得又住下。

到半月后，仲彦绝早起来，吩咐家下人备香案酒醴[1]、蜡烛纸马等物，摆设在院中。先入房向于冰一揖，于冰急忙还礼。仲彦道："弟欲与先生结为异姓兄弟，先生以为何如？"于冰道："某存此心久矣，不意老弟反先言及。"仲彦大悦，于是大笑着拉于冰到院中，两人焚香叩拜。于冰系三十二岁，长仲彦一岁，为兄。拜罢，他妻子元氏同儿子侄儿，都出来与于冰叩拜。此日大开水陆，荤素两桌，畅饮到定更时候。仲彦着家下人将残席收去，另换下酒之品。

于冰道："愚兄量狭，今日已大醉矣。"仲彦道："大哥既已酒足，弟亦不敢再强。"立即将家下人赶去，把院门儿闭了，入房来坐下，问道："大哥以弟为何如人？"于冰道："看老弟言行，决非等闲人。只是愚兄眼拙，不能测其深浅。"仲彦道："弟系绿林中一大盗也。"于冰听了，神色自若，笑说道："绿林中原是大豪杰栖身之所，自古开疆展土，与国家建功立业，屈指多人。'绿林'二字何足为异，又何足为辱。"仲彦摸着长须大笑道："大哥既以绿林为豪杰，自必不鄙弃我辈。然弟更有请教处：既身入绿林，在旁观者谓之强盗，在绿林中人还自谓之侠客，到底绿林中终身的好，还是暂居的好？"于冰道："此话最易明白，大豪杰于时于势至万不得已，非此不能全身远害。栖身绿林中，亦潜龙在渊之意。稍有机缘，定必改弦易辙，另图正业。若终身以杀人放火为快，其人纵逃得王法诛戮，亦必为神鬼所不容，那便是真正强盗，尚何豪杰之有？"仲彦拍桌大笑道："快论妙绝，正合弟意。"

说罢，忙到院外巡视了一遍，复入来坐下，说道："弟携家属迁于此地，已经七载，虽不与此地人交往，却也不恶识他们。每遇他们婚姻丧葬，贫困无力者，必行帮助，多少不拘。因此这一村人，若大若小，提起弟名，倒也敬服。日前大哥送段祥银两，弟却不以为意，不但与他十四五两，便与他一百四五十两，好名人与遮奢人都做的来。后听他说，大哥也是个过路穷人，便打动了小弟要识面的念头，才将大哥赶回。连日不肯与大哥说真名姓，实定不住大哥为人何如。今同居数日，见大哥存心正直，

---
[1] 醴（lǐ）：甜酒。

无世俗轻薄举动。又听大哥详言家世，以数万金帛、娇妻幼子一旦割弃，此天下大忍人，亦天下大奇人，若不与大哥订生死交情，岂不当面错过。弟系陕西宁夏人，本姓连，名城璧，字君宝。我有个胞兄，名连国玺[1]。从祖父至我弟兄，通在绿林中为活计。我父母早丧，弟至十七岁即同我哥哥做私商买卖，劫夺人财物，相识下若干不怕天地的朋友，别处还少，唯河南、山东，我弟兄案件最多。弟到二十五岁，便想着此等事损人利己，终无好结局，就是祖父，也不过是偶尔漏网，便劝我哥哥改邪归正。我哥哥一听我言，便道：'你所虑深远。只是我弟兄两个都做了正人，我们同事的新旧朋友，可能个个都做正人么？内中若有一两个不做正人，不拘哪一案发觉了，能保他不说出你我的名姓么？况我们做了正人，他们便是邪人，邪与正势不能两立，不惟他们不喜，还要怨恨你我无始终，其致祸反速。你今既动了这改邪归正念头，就是与祖父接续香火的人，将来可保首领，亦祖父之幸也。家中现存银子千余两，金珠宝玩颇多，你可于山西、直隶僻静乡村内寻一住处，将你妻子并我的儿子同银两等物尽数带去，隐姓埋名，你们过你们的日月，我还做我的强盗。至于你嫂子和我，若得终身无事，就是天大福分；设或有事，这一颗脑袋，原是祖父生的，也是祖父自幼教我做这事的，万一事出不测，这脑袋被人割去，或者幽冥中免得祖父罪也，也算他生养我一场。'我彼时说：'哥哥望五之年，理该远避；兄弟年力精壮，理该和他们鬼混，完此冤债。'我哥哥道：'你好胡说。我为北五省有名大盗，领袖诸人，你去了有我在，朋友们尚不介意；我去了留下你，势必有人在遍天下寻我。倘被他们寻着，那时我也不能隐藏，你也不能出彀[2]，事体犯了，咱弟兄两个难保不死在一处。你我的事也没什么迟早，既动此念，你就于今日连夜出门，寻觅一妥当安身地方，然后来搬家眷起身。不但你可保全性命，且连你的儿子和我的儿子，将来都有出头的日子了。'此地即我采访之地，及到家眷起身时，我哥哥又道：'今后断不可私自来看望我，亦不可差人来送书字，让人知道你的下落，便是妄费一番心机。你权当我死了一般的，你干你

---

[1] 玺（xǐ）：皇帝的印。
[2] 彀（gòu）：牢笼，圈套。

第八回　吐真情结义连城璧　设假局欺骗冷于冰

的事，我干我的事。"彼此痛哭相别。弟在这范村已是七年，一子一侄，倒都结了婚姻。我哥哥如今不知作何境况？"说着，眼中流下泪来。又道："我早晚须去看望一遭方好。"于冰不绝口地称扬赞叹。城璧拂拭了泪痕，又笑说道："大哥是做神仙的人，将来成与不成我也不敢定。然今日肯抛妻弃子，便可望异日飞升。假若成了道时，仙丹少不得要送我一二十个。"于冰也笑道："你姑俟之，待吾道成时，送你两斗何如？"两人都大笑起来。

又过了数天，于冰决意要去，城璧还要苦留。于冰道："我本闲云野鹤，足迹应遍天下，与其住在老弟家，就不如住在我家了。"城璧知于冰去意极坚，复设盛席饯别。临行头一夜，城璧拿出三百两程仪，棉皮衣各一套，鞋袜帽裤俱全。于冰大笑道："我一个出家人，要这许多银子何用？况又是孤身，且可与我招祸。我身边还有五六十两，尽足盘用。衣服鞋袜等类全领，银子收十两，存老弟之爱。"城璧强逼至再，于冰收了五十两。二人叙谈了一夜。次日早饭后，于冰谢别，段祥也来相送。城璧叮咛后会，步送在十里之外，洒泪而回。于冰因段祥家口多，又与了他两锭银子，段祥痛哭叩别。

于冰行走了月余，也心无定向，由山西平陆并灵宝等地，过了潼关，到华阴县界。行至华山脚下，仰首一看，见高峰远岫集翠流青，云影天光阴晴万状，实五岳中第一葱秀之山也。于冰一边走着，一边顾盼，不禁目夺神移。又想外面已如此，若到山深处，更不知何如？本日即在左近寻店住下。

次早问明上山路径，绕着盘道，迂折回环。转过了几个山峰，才到了花果山水帘洞处，不想都是就山势凿成亭台、石窟、廊榭等类。又回思日前经过的火焰山、六盘山，大多与《西游记》地名相合，也不知他当日怎么就将花果山做到东海傲来国，火焰山做到西天路上，真是解说不出。看玩了好一会，就坐在那水帘洞前歇息，觉得身上冷起来。心中说道："日前要去游山西五台，身上俱是夹衣，致令空返；此番承连城璧贤弟美意，赠我棉皮衣服，得上此山，设有际遇，皆城璧贤弟所赐也。"正坐间，忽然狂风陡起，吹得毛骨皆寒。于冰心惊道："难道又有虎来不成？"稍刻，光摇银海，雪散梨花，早飘飘荡荡下起雪来。但见：

　　初犹如掌，旋复若席。四野云屯，乱落有屑之玉；八方风吼，时鸣无电之雷。蔼蔼浮浮，林麓须臾变相；瀌瀌[1]弈弈，壑洞顷刻藏形。

委积徘徊，既遇圆而成璧；联翩飞洒，亦因方以为圭。八表氤氲[2]，天地凝成一色；六花交错，峰岚视之皆银。纨鹇[3]减缟，皓鹤夺鲜。银甲横空，想是玉龙战败；霜华遍地，何殊素女朝回。

于冰见雪越下越大，顷刻间万里皆白，急忙回到山下，至昨晚原店住下，借火烘衣，沽酒御寒。稍刻，店主人出来笑问道："客人回来了，遇着几个神仙？"于冰也不答他。旁边一人问道："这位客官认得神仙么？"店主人笑道："昨日这位客人住在我家，说要上山去访神仙。今日被雪辞了回来，少不得过日还要去访。"那人道："天地间有神仙，就有人访神仙，可见神仙原是有的。"于冰忙问道："老哥可知道神仙踪迹么？"那人道："是神仙不是神仙，我也不敢定他，只是这人有些古怪，我们便都猜他是个神仙。"于冰喜道："据你所言，是曾见过，可说与我知道。"那人道："离此西南，有一天宁寺，寺后有一石佛崖，在半山之中，离地有数丈高。山腰里有一石堂，石堂旁边有一大孔，孔上缚着铁绳一条，直垂到沟底，铁绳所垂之处俱有石窟窿，可挽绳踏窟而上。当年也不知是谁凿的窟窿，是谁将铁绳拴在孔内，在那地方许多年，从无人敢上去。月前来了个和尚，在天宁寺只住了一夜，次日他就上那石堂去，早午定在石堂外坐半晌。寺中和尚见他举动怪异，传说得远近皆知。起初无人敢上去，只与他送些口粮，他用麻绳吊上去。近日也有胆大的人敢上去，问他生死富贵的话，他总不肯说，究竟他都知道，只是怕泄露天机。他虽是个和尚，却一句和尚话不说，都说的是道家话，劝人修炼成仙。日前我姐夫亦曾上去见他，还送了他些米，心服得了不得。客官要访神仙，何不去见见他，看是神仙不是。"于冰道："老哥贵姓？"那人道："我叫赵知礼，就在天宁寺下居住，离此八十里。"于冰道："你肯领我一去，我送你三百大钱。"那人道："这是客爷好意作成我，我就领客爷一去。客爷贵姓？"于冰道："我

---

[1] 瀌（biāo）瀌：形容雨雪大。

[2] 氤氲（yīn yūn）：烟云弥漫。

[3] 鹇（xián）：鸟。

第八回　吐真情结义连城璧　设假局欺骗冷于冰

姓冷。"知礼道："我也要回家，此时雪大，明日去罢。"不想次日仍是大雪，于冰着急之至，晚间结计的连觉也不睡。雪直下了四日方止。到第五日，于冰与知礼同行，奈山路原本难走，大雪后连道路都寻不出，两人走了三天，方到知礼家，就在他家住了一夜。

次日，知礼领于冰上了天宁寺山顶，用手指道："对面半山中，那不是石堂和铁绳么？"于冰道："果然有条铁绳，却看不见石堂。"知礼扶于冰下了山，直送他到石佛岩下，指着道："上面就是那神仙的住处。"于冰见四面皆崇山峻岭，被连日大雪下的凸者愈高，凹者皆平，林木通白。细看那铁绳，一个个尽是铁环连贯，约长数丈，岩上都凿着窟窿，看来着实危险。问知礼道："你敢上去么？"知礼道："我不敢。设或绳断，或失手滑脱掉下来，骨头都要粉碎哩。"于冰又详细审度了一回，道："我再送你一两银子，你帮我上去。"知礼道："冷爷便与我一百两，我也无可用力。据人说，上去还好上，下来更是可怕。你一个读书人不比别的人，哪里会攀踏此崖，不如不去为妙。"

于冰也不答他，心里说道："难道罢了不成？然既到此，又有何惧。"想定了心，把铁环双手挽住，先用左脚踏住一窟，次用右脚倒换，以后左换右，右换左，攀踏至半崖中间，早已脚软手酸。只听得知礼吆喝道："好生挽住绳，这才一半呀！"于冰闻听，便乱颠起来。重新又拿定主意道："到此田地，只合有进无退，惧甚有伤性命。"于是又放胆上爬。约有两杯茶时，已到了崖顶边，上去一层，即到了崖顶，见有许多四五尺高的石头。用目一望，下边烟雾沉沉，连沟底也看不明白。再看那铁链，竟是从山半崖石窟内拴挽，似在山内穿出，倒挂在下面。东边流着一股细水，西边还有四五步远，便是小小石堂。石堂门却用一块木板堵着，也不过三尺多高，二尺来宽。用手将木板一推，应手即倒，向石堂内一观，果有一和尚光着头，穿着一领破布衲袄，闭着眼坐在上面。于冰俯身入去，也不敢惊动他。见石堂仅有一间房屋，东边堆着些米，西边放着些干柴和大砂锅、火炉、木碗等项；地下铺着一个蒲团，和尚稳坐在上面，侧边放着几本书和笔砚纸张诸物；石壁三面都镌着佛像。再看那和尚，头圆口方，项短眉浓；虽未站起来，身躯也自必高大。

猛见那和尚将眼一睁，先把于冰上下一看，大声说道："你来了么？"

于冰急忙跪下道："弟子来了。"那和尚又道："你起来,坐在一边讲话。"于冰爬起来,侍立一旁。那和尚道："我叫你坐,只管坐了就是,何必故逊?"于冰坐在下面。那和尚道："你来在此间何干?"于冰道："弟子弃家访道,历尽了千山万水,访求明师,才知老佛寄遁此岩,因此舍命到此,求佛爷大发慈悲,恳祈收留。"那和尚道："不用你说,我已尽知。"于冰道："敢问老佛法号?"那和尚道："我也不必问你的名姓居住,你也不必问我住处根由。"说罢,磨墨写了几句,递与于冰。于冰双手接来一看,见字倒写得有几分苍老。上写道：

　　身在空门心在玄,也知打坐不参禅。婴儿未产胎犹浅,姹女逢媒月始圆。搅乱阴阳通气海,调和水火润丹田。汞龙铅虎初降后,须俟恩纶上九天。

　　于冰看罢,道："大真人乃居凡待诏之仙,弟子今得际遇,荣幸曷极!"说着,跪在地下,连磕十几个头。那和尚道："你起来。"于冰跪恳说："万望真人念弟子一片至诚心,渡脱了罢。"那和尚道："你意欲何求?"于冰叩首道："弟子欲求长生大道。"和尚道："道也者,不可须臾离也,可离非道也。道本无形无影,故老子云,'道可道,非常道。名可名,非常名'又言'惚兮恍兮,其中有象,恍兮惚兮,其中有物'修道者要养其无形无声,以全其真。天得其真,故长;地得其真,故久,人得其真,故寿。"说罢,将自己的心一指,又将于冰的心一指,"你明白了么?"于冰道："真人的话,最易明白。其所以然,还未明白。"和尚哈哈笑道："难哉!难哉!这也怪不得你。你想来还未吃饭。"随用手指道："你看柴米火刀锅炉俱有,石堂外有水,你起去做饭。"

　　于冰答应了一声,连忙爬起,煨火汲水做饭。须臾饭熟,那和尚又从米旁取出咸菜一碟,筷子二副,着于冰坐了,与和尚同吃。吃完,于冰收拾停妥,天已昏黑。和尚道："你喜坐则坐,喜睡则睡,不必相拘。我明日自传你大道真诀。"说着,向石墙上一靠,瞑目入定去了。到二鼓时,于冰留神看那和尚,见他也常动转,却不将身睡倒,鼻孔中微有声息。于冰哪里敢睡,直坐到天明。

　　次日,日光一出,和尚取过一本书来,又取出一茎香,道："看此书必须点此香,方不亵渎神物。"于冰叩头领受。那和尚见于冰点着了香,

第八回　吐真情结义连城璧　设假局欺骗冷于冰

说道："你可焚香细玩，我去石堂外散步一时。这石堂口儿必须用木板堵住，防山精野怪来抢夺此书。"于冰唯唯，那和尚出石堂去了。

于冰忙用木板堵了门，虽然黑些，也还看得见字。于冰将香点着，插在面前，且急急掀书细看，见里面的话，多杳幻费解。看了两三篇，觉得头目昏晕，眼睛暴胀起来，顷刻天旋地转倒在地下，心里甚明白，眼里也看得见，只是不能言语，不能运动手脚。

稍停，那和尚一脚将木板踢倒，笑嘻嘻入来。先将于冰扶起，把皮袄脱剥下来。又向腰间乱摸，摸到带银去处，用手掏出，打开看视，见有百十两银子，喜欢地跳了几跳，遂将他的书并笔砚同这银子都装在一小褡裢内，斜挂在肩头，笑向于冰道："我困了许多月日，今日才发利市，这是你来寻我，不是我来寻你。"又指着于冰大小棉袄道："若错过我，谁也不肯与你留下，让你穿着罢。天气甚冷，你这皮袄我要穿去。"说着，将皮袄套在身上。又指着地下铺的毡子道："我送了你罢。"又向于冰打一稽首，道："多谢布施了。"说罢，笑着出石堂去。

于冰耳内听得清楚，眼中看得分明，无如身子苏软，如感了痰症一般，大睁着两眼，被他拿去。直待那炷香点尽好半晌，才略能动移。又待了一会，方慢慢地起来，觉得身上骨头如无，口渴得了不得。强打精神爬出石堂，心上略觉清爽些。又爬到东边流水处，用手捧着吃了几口水，身子立即强壮起来。

原来那和尚是湖广黄山多宝寺僧人，颇通文墨，极有胆量，人不敢去的地方，他都敢去，屡以此等法子骗人。他是和尚，偏要说道家话，是教人以他为奇异人，便容易入套些。适才那炷香，名为闷香，见水即解。于冰将家中并连城璧送的银两一总落在他手，喜得留下性命，在瓶口中还有七八两散碎，未被那和尚摸着，回到石堂，反自己笑起来。打火做饭，吃后，倒头便睡。睡至次日，吃了早饭，方出石堂，手挽铁环，脚踏石窟，一步步倒退下山底，觉得比上时省力许多，只是危险可怕之至。

自此后，他心无定向，到处里随缘歇卧，访寻名山古洞仙人的遗迹去了。正是：

　　修行不敢重金兰，身在凡尘心在仙。
　　误听传言逢大盗，致他银物一齐干。

第九回

冷于冰食秒吞丹药　火龙氏传法赐雷珠

词曰：
　　踏遍西湖路，才得火龙相助。食秒吸金丹，已入仙家门户。今宵邀恩露，此数谁能遇？苦尽自甜来，方领得其中趣。

右调《伤春怨》

话说冷于冰自被和尚劫骗后，下了石佛岩，他也心无定向，到处访问高明。盘费用尽，又生出一个法儿：买几张纸，写些诗歌，每到城乡内，与那铺户们送去。人见他的字甚好，三五十文或七八十文，倒没什么丁脸处。

游行了五六年，神仙也没遇着半个。一日想道："我在这北五省混到几时？闻得浙江西湖，为天下名胜之地，况西湖又有葛洪真人的遗迹，不可不去瞻仰瞻仰。"遂一路饥餐渴饮，过了黄河，从淮安府搭了一只船，到了扬州，看了平山堂、法海寺，逐日家士女纷纭，笙歌来往，非不繁华，但他志在修行，以清高为主，也觉得无甚趣味。倒是天宁寺有几百尊罗汉，塑得耳目口鼻无一个不神情飞动，倒要算个大观。至镇江府，见金山英华外露，焦山美秀中藏，真堪悦目怡神。后到苏州，又看了虎丘，纯像人工杂砌，天机全无，不过有些买卖生意，游人来往而已。心中笑道："北方人提起'虎丘'二字，没一个不惊天动地，要皆是那些市井人与有钱的富户来往走动，他们哪里知道山水中滋味？正经有学问的人，不是家口缠绕，就是盘费拮据，反不能品题风月，笑傲烟霞，岂不令人可叹？"后见观音山奇石千层，范公坟梅花万株，又不禁欣羡道："此苏州绝胜奇观也。"又闻得江宁等处还有许多仙境，只是他注意在西湖，也无心去游览。

从苏州又坐船日夜兼行，见山川风景与北方大不相同，虽未到山阴道上，已令人应接不暇矣。

到杭州城隍山游走了一遍，看了钱塘江的潮，随到西湖，不禁大赞道："此天下第一江山也。"他便住在西湖僧舍。起先还是白天游走，晚间仍

第九回　冷于冰食秽吞丹药　火龙氏传法赐雷珠

回庙内；后来游行得适意，要细细地领略那十景风味，但遇月色清朗时候，他便出了庙，随处游行。也有带壶酒对景独酌的时日。游行得疲困了，或在寺院门外暂宿，或在树林旁边歇足。他也不怕什么虫蛇鬼怪，做了个小布口袋，装些点心在内，随便充饥。来往了五六十日，他把西湖的后山，人历来不敢去的地方，也走了好些。见里面也有些静修之人，盘问起来，竟一无知识。

那一日晚间，正遇月色横空，碧天如洗，看素魄蟾光照映着西湖，水面荡漾如万道金蛇。又见游鱼戏跃于波中，宿鸟惊啼于树杪，清风拂面，襟袖生凉，觉得此时万念俱虚，如步空凌虚之乐。

将走到天竺寺门前，见寺旁有一人倚石而坐。于冰见他形貌腌臜，是个叫花子，也就过去了。走了数步，寻思道："我来来往往，从未见此辈在此歇卧。今晚月色绝佳，独行寂寞，就与他闲谈几句，何辱于我？"又一步步走回来。

那花子见于冰回来，将于冰上下一看，随即将眼就闭了。于冰也将那花子一看，见他面色虽焦枯，两只眼睛却神光灿烂，迥异凡俦，心中暗想道："或者是个异人，亦未敢定！"上前问道："老兄昏夜在此何为？"那花子见于冰问他，将眼睁开，道："我两日夜水米未曾入口，在此苟延残喘。"于冰道："老兄既缺饮食，幸亏我带得在此。"将小口袋取出，双手递与。那花子接来一看，见有十数个点心在内，满面都是笑容，念了声"阿弥陀佛"，连忙将点心向口中急塞，顷刻吃了个干净，笑向于冰道："我承相公救命，又可再活两天。"将布袋交与于冰，只说了声"得罪"，把身子往下一倒，就靠石头上睡去了。

于冰笑道："饱了就睡，原也是快活事。"遂叫道："老兄且莫睡，我有话说。"那花子被叫不过，说道："我身上疲困得了不得，有话遇着再说罢。"说毕又睡倒。于冰道："老兄不可如此拒人，我要问你的名姓。"那花子只不理。于冰用手推了他几下，只见那花子怒恨恨坐起来，说道："我不过吃了你几个点心，身子未尝卖与你，你若如此聒噪，我与你吐出来何如？"于冰道："我见台驾气宇异常，必是希夷[1]、曼倩[2]之流，愿拜求金丹大道，指引迷途。"花子道："我晓得什么金丹大道小道，你只立心求你的道去，那金丹自然会寻着你来。"说罢，仍就睡倒。于冰听了这几句话，越发疑心他不是等闲之人，于是双膝跪倒，极力地用手推他，说道："弟子撇妻弃子，五六年有余，今日好容易得遇真仙，仰恳怜念痴愚，明示一条正路，弟子粉骨碎身，也不敢忘仙师的恩典。"

那花子被缠不过，一蹶劣坐起，大怒道："这是哪里的晦气？"用手在地下一指道："捡起那个东西来。"于冰即随指看去，是一个大虾蟆。拾在手内一看，见已经破烂，里边有许多虫蚁在内，腥臭之气，比屎还难闻。又不敢丢在地上，问那花子道："捡起这物何用？"花子大声道："将它吃了，便是金丹大道。"于冰听罢，半晌说不出话来，心里打算道："若真正是个神仙，借此物试我的心诚不诚，便是我终身造化；假若他借此物耍笑我，岂不是白受一番秽污？"又想道："世上哪有个轻易度人的神仙？就便是他耍笑我，我若吃了，上天也可以怜念我修道之诚。"随即闭住了气，用嘴对着那虾蟆一咬。起初还有些气味，自一入口，觉得馨香无比；咽在肚中，无异玉液琼浆，觉得精神顿长，两目分外清明。

吃完，只见那花子大喜道："此子可以教矣！"笑问道："子非广平冷于冰、号不华者乎？"于冰连忙跪倒，顿首拜道："弟子是。"花子道："吾姓郑，名东阳，字晓辉。战国时避乱此山，访求仙道，日食草根树皮，八十余年，得遇吾师东华帝君，赐吾火丹服之，通体皆赤，须眉改易。又授吾丹经一卷，道书十三篇，吾朝夕捧读，细心研求，二年后始领得其中妙旨。于是仗离地之精，吸太阳之火，复借本身三昧，修炼成道。上帝命仙官仙吏，召吾于通明殿下，奏对称旨，敕封我为火龙真人。我看你向道虽诚，苦无仙骨。适间死虾蟆，乃吾炉中所炼易骨丹也，四九之日，即可移精换髓，体健身轻，抵三十年出纳功夫。你适才说金丹大道，微渺难言，你可坐在一旁，听吾指授。"于冰跪爬了半步，痛哭流涕道："弟子尝念赋质人形，浮沉世界，

---

[1] 希夷：陈抟，五代末、北宋初道士，举进士不第，隐居武当山。后移居华山，宋太宗赐号希夷先生。
[2] 曼倩：与希夷同为传说中的求仙得道者。

第九回 冷于冰食秽吞丹药 火龙氏传法赐雷珠

荏苒光阴,即入长夜之室,轮回一堕,来生不知作何物类,恐求一人身而不可得,因此割恩断爱,奔走江湖,奈茫茫沧海,究不知何处是岸。今幸睹慈颜,跪听犹恐无地,岂敢坐领元机耶?"真人点首至再,因教谕道:"吾道至大,总不外'性命'二字。佛家致虚守寂,此修性而不修命;吾道立竿见影,性命兼修,神即是性,气即是命。大抵人神好清而心扰之,人心好静而欲牵之。诚能内观其心,心无其心;外观其形,形无其形;远观其物,物无其物。三者既晤,唯见于空,观空亦空,空无所空;所空既无,所无亦无;无无亦无,湛然常寂。盖生者死之根,死者生之根。有动之动,出于不动;有为之为,出于无为。无为则神归,神归则万物云寂;不动则气泯,气泯则万物无生。耳目心意俱忘,即众妙之门也。故对境忘境,不沉于六贼之魔,居尘出尘,不落于万缘之化。须知神是气之子,气是神之母,如鸡抱卵,不可须臾离也。你看草木根生,去土则死;鱼鳖水生,去水则死;人以形生,去气则死。故炼气之道,以开前后关为首务。三关既开,则水火时刻相见,而身无凝滞矣。当运气时,必先吐浊气三口,然后以鼻尖引清气一口,运至关元,由关元而气海,由气海分循两腿而下,至足涌泉。由涌泉提气而上,至督脉,由督脉而泥丸,由泥丸而仍归于鼻间,此谓大周天。上下流形,贯串如一。无子午卯酉,行之一时可,行之一昼夜可,行之百千万年无不可也。此中有口诀,至简至易。彼老死《参同契》等书者,究何益哉。"遂向于冰耳边秘授了几句,于冰心领神会,顿首拜谢。真人又道:"金丹一道,仙家实无之。无如世俗烧炼之士,不务本源,每假黄白术坑己害人。天下安有内丹未成而能成外丹飞升者?故修炼内丹,必须采二八两之药,结三百日之胎,全是心上功夫。坐中炼气,吞津咽液,皆末务也。只要照吾前所言行为,于无中养就婴儿,阴分添出阳气,使金公生擒活虎,令姹女独驾赤龙。乾夫坤妇而媒嫁黄婆,离女坎男而结成赤子。一炉火焰炼虚空,化作半丝微尘;万顷冰壶照世界,形如一粒黍米。神归四大,乃龟蛇交合之时;气入四肢,正乌兔郁罗之处。玉葫芦迸出黄金液,红菡萏[1]开成白玉花。至此际,超凡入圣,而金丹大道成矣。然此时与你言,你也领会不来,必须躬行实践,进得一步,方能晓得一步也。虽如此说,而秘窍亦不可不

---

[1] 菡萏(hàn dàn):荷花。

预知。"遂传与安胎采药、立炉下火之法，于冰一一存心苦记，领受仙言。

真人从身边取出小葫芦一个，又木剑一口，付与于冰道："此葫芦亦吾锻炼而成。虽出于火，却能藏至阴之气物。你可到明年八月，去湖广安仁县城外柳家社，乃妖怪张崇等作祟之地。"遂说与如何收法，又道："你若得此，纵不能未动先知，而数千里内外事，差伊等打听，亦可明如指掌。木剑一口，长不过八九寸，持之迎风一晃，可长三尺四五。此剑乃吾用符咒喷噀，能大能小，非干将莫邪之类，所可比拟其神化也，授你为异日拘神遣将逐邪之用。"于冰顿首收谢。真人又道："我每知你山行野宿，固是出家人本等；奈学道未成，一遇妖魔鬼厉，虎豹狼虫，徒伤性命。"又从怀中取出一物，圆若彩球，红如烈火，大小与弹丸相似，托在掌中，旋转不已。真人道："此宝名为雷火珠，系用雷屑研碎，加以符篆法水，调和为丸，吾日日吸太阳真火于正午时，又用吾本身三昧真火，并离地枣木贮于丹炉之下焚烧，合此三火，锻炼一十二年，应小周天之数，方能完成，吾实大费辛勤。此宝不但山海岛洞妖魔经当不起，即八部正神，普天列宿，被它打中，亦必重伤。用时随手掷去，便烟火齐发，响同霹雳，以手招之即回，真仙家至宝也。汝须小心收藏。"于冰欣喜过望。

真人又道："昔吾与师东华初遇时，只授我火丹一丸，修道书十三篇，风火剑二口。今我初遇你，即付以至宝，此皆格外提拔。本拟再迟三五十年度你，因你以少年大富户，竟能割舍妻子，又怕你山行野宿，为异类伤了性命，故早度脱你几十年。吾教下还有几个弟子：有相随数百年，身列大仙者；有相随一二千年，成地仙者。他们哪一个得我如此青目！"于冰连连顿首，触地有声。真人又道："明岁收服张崇后，还有一事用你了决，临期我自遣人助你。你从今后，要步步趋向正路。若一事涉邪，我定用神火烧汝皮，迅雷碎汝骨，决不轻恕，汝宜凛之慎之。凡有益于民生社稷者，可量力行为，以立功德。"说罢，将地一指，地下裂开一缝，真人身入缝中，其地复合。于冰欣羡道："我将来有此神通，也就足矣。"

于冰对着那块大石，诚诚敬敬拜了四拜，然后坐下，将真人秘授的口诀，并修炼次第，从头暗诵，一字不差，方才动身。正是：

抛妻弃子几多年，风雨饥寒实可怜。

受尽苦中无限苦，今宵始得结仙缘。

第十回

仗仙剑柳社收厉鬼　试雷珠佛殿诛妖狐

诗曰：

剑吐霜华射斗牛。碧空云净月当头，几多磷火动人愁。雷珠飞去，二鬼齐收。　何处红妆任夜游。片言方罢，后动矛戈。相随佛院未干休。妖狐从此毙，自招尤。

右调《散天花》

话说于冰自火龙真人秘传道术之后，也无暇看西湖景致，就在西湖后山寻了个绝静地方，调神炼气，研习口诀，已一年有余。因想起火龙真人吩咐的话，此时已是七月半头，还不到安仁县，更待何时？一路坐船到湖广，舍舟就陆，入了安仁县交界。逢人访问，才知这柳家社在安仁之东，离城还有八九十里，直至过午时分，方才到了。不想是个小去处，内中只有五六十家。于冰拣一老年人问道："此处可有客店没有？"老人道："我们这里没有客店。若要暂时住宿，你从这条巷一直往西，尽头处有个豆腐铺，他那边还留人住。"

于冰依言，到了铺内，有个老汉看着后生磨豆腐。于冰举手坐下，身边取出几十文钱来放在桌上。那后生知是要吃酒饭的，随即取来一壶烧酒，又拿过一碗盐水调豆腐来。于冰问道："贵铺可留人住宿么？"那老汉道："敝县老爷法令森严，我们留的都是本地熟人，生客不敢留住。"于冰道："我是北方人，有一朋友约在此地相会，欲在贵铺住一夜相等，不知使得使不得？"老汉道："若是住一两夜，也还使得。"于冰又回了他两大碗米饭，找了几个钱。

到黄昏时候，见家家都关门闭户，街上通没人行走，又见那后生也急忙收拾板壁。于冰道："天色尚早，怎么就要睡么？"老汉道："你是远方人，不知敝地厉害。"于冰道："有什么厉害？"老汉道："说起来倒像个荒唐乱道，稍刻便见真实。我们这地方叫柳家社，先有个姓张名崇的人，就住在我这房子北头。这小厮力气最大，汉仗又高，相貌极是凶恶。专一好斗殴生事，混闹得一社不安。衙门中公差也不敢惹他，纵告他到官，刑法也治他不下。今年正月里，上天有眼，叫这恶人死了，我们一社人无不庆幸。不意他死后更了不得，到黄昏后屡屡现形，在这社里社外作祟。造化低的遇着他，轻则毒打，重则发寒发热，十数天还好不了。再重些的，疯叫狂跑，不过三两天，就送了性命。先日还只是他一个，从今年四月里，又勾引着无数的游魂来。每到天阴雨湿之际，便见许多黑影子，似乎人形，入我们社里来抛瓦掷砖，惊吓得六畜不安。或哭或号，或叫人门户，每一来，皆混闹到三四更鼓方歇。"

于冰听了，心下大喜道："我到此正要访问妖鬼备细，却被他一一说出。"忙问道："何不请法师降他？"那后生从旁接说道："先时请了个阴阳先生降伏他们，几乎被他们打死，还敢降伏他？"于冰道："似他这样忽去忽来，不知也有个停留的地方没有？"老汉接说道："怎么没有，出了我们这社北一里多地，有个大沙滩，滩中有二百多株大柳树，那就是他停留之地。"于冰听罢，便不再问。

睡到三更时候，暗暗地开了房门，抬头见一轮好月。将木剑取在手中，迎风一晃，倏变为三尺余长，寒光冷气，直射斗牛。一步步往北行去，果见有无数柳树，一株株含烟笼月，带露迎风，千条万缕，披拂在芜草荒榛之上。又见有十数堆磷火，乍远乍近，倏高倏低，纷纷攘攘，往来不已，视之红光绿焰，闪烁多时。于冰大步走至了柳林内，用剑尖在地下画了一大圈，站在圈中间。只见那些磷火俱云行电逝地将于冰一围，却不敢入这圈内。又见有大磷火两堆，约有五尺余高，为众磷火领袖。顷刻间起一阵阴风，化出了两个人形，众磷火随着他们乱滚，稍间用砂石土块乱打起来。于冰取雷火珠在手，唯恐二鬼招架不起此宝，向众磷火掷去，只见红光如电，大震了一声。但见：

　　非同地震，不是山崩。黑雾迷空，大海蛟龙远避；金光遍地，深山虎豹潜逃。岛洞妖魔，心惊胆碎；幽冥鬼怪，魄散魂离。

　　自古雷火天降下，于今烟雾掌中飞。

雷火珠过处，数十堆磷火全无。于冰将手一招，此宝即回。再看二鬼，已惊倒在地下。

第十回　仗仙剑柳社收厉鬼　试雷珠佛殿诛妖狐

于冰大喝道："些小游魂，何敢扰乱乡村，伤残民命？"二鬼爬起，连忙叩头道："小鬼等原不敢肆行光天化日之下，只因出母胎时，年月日时都犯着一个癸字，实赋天地之恶气而生。今魂魄无依，潜聚在这柳树町游戏。仰恳法师谅情垂怜。"于冰道："本该击散魂魄，使尔等化为乌有，但念再四苦求，姑与自新之路。此后要听吾收管，不拘千里百里事件，差你两个打听，俱要据实回复。功程完满，我自送你们托生富贵人家。"二鬼又连连叩头道："小鬼等素常皆会御风而行，一夜可往来千里。既承法师开恩收录，谁敢不尽心竭力，图一个再转人身！"于冰听罢，着二鬼报名，以便差委。二鬼自陈：一叫张崇，一叫吴渊。于冰道："张崇可改名超尘，吴渊可改名逐电。"遂向腰间解下火龙真人与的葫芦儿，用手举起，默诵真言，喝声"入！"但见二鬼化为两股黑气，飞入葫芦内来。于冰将口儿塞紧，系在腰间。又将木剑用法收为一尺长短，带于身边，仍悄悄地回到原处睡觉。

至次早，算还了账目，又吃了早饭，奔安仁县来。一路慢慢地行走，到日西时分，入了县城。走了几家店房，都为孤身没行李，不肯收留。于冰想道："店中人多，倒是寺院里最好。"寻了一会，见城北廖廖几家人家，有一座极大寺院，旧金字牌上写着"舍利寺"三字。于冰到山门前，迎见个小沙弥出来，于冰道："我要寻你师傅说话。"沙弥便领了于冰到西边小院内，有一间禅房，房内床上坐着一个五十多岁和尚。但见：

毗卢帽半新半旧，纱褊衫不短不长。面如馒头，大亏肥肉之功；肚似西瓜，深得鲁酒之力。顶圆项短，宛然弥勒佛子孙；性忍心贪，实是柳盗跖哥弟。

于冰举手道："老禅师请了。"那和尚将于冰上下一看，见衣服褴褛，便掉头骂小和尚道："黄昏时候，也不管是人是贼，竟冒昧领将入来，成个什么规矩？"于冰道："穷则有之，贼字还加不上。"遂向腰间取出一块银子，放在和尚桌上，说道："小生有一朋友，彼此相订在安仁县内会面，大约三两天就来。今欲在宝刹住几天，白银一块，权为饭食之费，祈老师笑纳。"和尚将眼一瞬，银子约有一两五六钱，脸上才略有点笑容，慢慢地下了禅床与于冰打一躬，道："先生休要动疑，数日前，也是这孽畜领来一人，在贫僧禅院内宿了一夜，天明起来，将一床棉被拿去。"于冰道：

"人原有品行高下，这也怪不得老师防范。"说毕，让于冰坐下，问道："先生贵籍贵姓？"于冰道："小生北直隶秀才，姓冷名于冰。敢问老师法号？"和尚道："贫僧法名性慧，别号圆觉。"

不多时，小沙弥掇来两杯白水茶放下。性慧看着银子努了努嘴，沙弥会意，就收得去了。性慧随即出来与火工道人说了几句，复入来相陪。到起更时，道人拿入一盘茄子、一盘素油拌豆腐、一盘白菜、一盘炒面筋，又是一小盆大米饭，摆在桌上。性慧陪于冰吃毕，说道："后院东禅房最僻净。"吩咐道人快去点灯，又道："敝寺被褥缺少，望先生见谅。"于冰道："小生是从不用被褥的，有安歇处即好。"

性慧领于冰到二层禅房内，见有两张破床，上面铺着芦席一片，墙上挂着一碗灯，四下里灰尘堆满。性慧道了安置，回去了。到次日，早午饭仍在前面，饮食甚是不堪。于冰见那和尚甚势利，不愿和他久坐，吃完饭即归后院运用内功。住了三天，吃了他六顿大米饭，率皆粗恶不堪之物。他问贵友来不来的话，倒絮聒了二十余次。

一日午间，从和尚房中吃饭出来，走至二层院内，道："我来此已四日，只因练净中功夫，从未到这寺后走走，不知还有几层院落？"于是由东角门入去，见院子大小与前院相似，三面都是极高楼房，楼上楼下俱供着佛像，却破坏的不堪。周围游了一回，又从第三层院西角门入去，到第四层院内，见三面楼房和前院是一样修造，只是规模越发大了。于冰在楼上楼下遍看，看毕，说道："可惜这样一座大寺院，叫性慧这样不堪材料做住持，不能重新修建，致令佛像损坏，殿宇倾颓。"再要入五层院内，见东西门上着锁。从门隙中一觑[1]，后面都是空地，最后便是城墙。于冰道："真人在西湖吩咐，安仁县有两件事用我了决，或者就为这处寺院，着我设法修建，亦未可知。我到明日与和尚相商，成此善举。"看毕，回到东禅房闭目打坐。

到二鼓时，猛然心上一惊，睁眼看时，见面前站着个妇人，甚是美艳。但见：

宝蓝衫外盖斗锦帔，宛是巫山神女；猩红履上罩凌波袜，

---

[1] 觑（qù）：看，窥探。

第十回　仗仙剑柳社收厉鬼　试雷珠佛殿诛妖狐

俨如洛水仙妃。不御铅华，天然明姿秀色；未薰兰麝，生就玉骨灵香。淡淡春山，含颦有意；盈盈秋水，流盼多情。雾鬓风鬟，较云英倍多婀娜；湘裙凤髻，比素女更觉端严。私奔未尝无缘，陡来须防有害。

于冰见那妇人乌云叠鬓，粉黛盈腮，丰姿秀美，态度宜人，心上深为惊异。大声问道："你是何处女流，为何夤[1]夜到此？"只见那妇人轻移莲步，款蹙[2]湘裙，向于冰轻轻万福道："奴乃寺后吴太公次女也。今午后见郎君在后院闲步，知为怜香惜玉之人，趁我父母探亲未回，聊效红拂私奔，与君共乐于飞，愿郎君勿以残花败柳相视。"言罢，秋波斜视，微笑含羞，大有不胜风情之态。于冰道："某游行天下，以礼持身，岂肯做此桑间月下之事？你可速回，毋污吾地。"那妇人道："郎君真情外人也，此等话何忍出口？"于冰道："汝毋多言，徒饶唇舌。"那妇人又道："自今午门隙中窥见郎君之后，奴坐卧不安。今偷闲暇时，便与郎君面订丝萝，完奴百年大事。岂期如此拒人，奴更有何颜复回故室，唯刎颈于郎君之前。郎纵忍妾死，宁不念人命干连耶！"

于冰见那妇人陡然而至，原就心上疑惑；又听她语言儇[3]利，亦且献媚百端，觉人世无此尤物，已猜透几分。遂大喝道："汝系何方妖怪，乃敢以巧语乱吾？速去罢了，若再稍迟，吾即拿你。"那妇人见于冰说"妖怪"二字，知他识破形踪，也大声道："你会拿人，难道人不会拿你么？"

于冰见妇人语言刚硬，与前大不相同，愈知为妖怪无疑。将木剑从腿中抽出，迎面一晃，顿长三尺有余，寒光一闪，冷气逼人。那妇人知此剑厉害，急忙退出门外。于冰下床，提剑追赶至第三层院内，正欲发雷火珠，那妇人回头道："你不相从，也就罢了。我与你又无仇怨，你何苦穷追不已？"于冰道："我立志斩尽天下妖邪，安肯当面放过？留你性命倒也罢了，只怕你又去害人。"那妇人道："不消说了。"将身子向地一滚，但见现了原身，是个狗大的狐狸，张牙舞爪，掣电般向于冰扑来。于冰

---

[1] 夤（yín）夜：深夜。
[2] 蹙（cù）：缩小、收敛。
[3] 儇（xuān）：轻浮。

急将雷火珠打去,大震了一声,将狐狸打了个筋断骨折,死在地上,皮毛焦黑,与雷击死者无异。于冰怕僧人看破,连忙回至寓所,把门儿紧闭。

稍刻,听得性慧等喧吵而来,在门外问道:"冷相公,你可听得大响动么?"于冰道:"我适才睡熟,没有听见什么响动。"性慧道:"岂有此理!这样一声大震,怎么还没有听见?我们再到后院瞧瞧。"说罢,一齐去了。须臾,众人跑出乱嚷道:"原听得响声厉害,不想就在后边霹妖怪。"有说霹的是狗,有说是狼,有说是毛鬼神,倒没一个说到狐狸身上。盖此狐经烟火一烧,皮肉焦黑,又兼极其肥大,所以人猜不着。性慧又到于冰门前说道:"冷相公,你不去看看?真是大奇事,天上一点云没有,后院殿外就会霹死妖魔。"于冰道:"我明早看罢。"又听得火工道人道:"这冷相公,真是贪睡第一的人。"和众僧议道着,向前院去了。

于冰打坐到四鼓,听得窗外有一妇人,叫着于冰名字说道:"我母亲修道将及千年,今一旦死于你手,诚为痛心。我今日纵无本领报仇,久后定必请几个同道,拿住你碎尸万段,方泄我终天之恨。"于冰听得明明白白,急提剑下床,开门看视,一无所有。又于房上房下、前后庙院细细巡查,各楼上俱看遍,方才回来。

至次日早,城中男女来了若干,都去后院观看。早饭后,人更多数倍。又听得文武官也要来。于冰道:"似这样来来去去,被这些男妇搅扰的耳中无片刻清闲。此庙去西门不远,我何不出城游走一番,到晚间再回。"于是出了寺门,向西门外缓步而行。正是:

伏魔降妖日,雷珠初试时。

除邪清世界,也是立仙基。

第十一回

桃仙客龙山烧恶怪　冷于冰玉洞降猿精

词曰：

花台月榭，可安身处即休歇。陡遇妖魔，惊雷走电火巢窠。
风行雾护，足跟踏破白云路。猿引丹房，欣拜受宝篆天章。

右调《减字木兰花》

话说冷于冰出了安仁县西门，买了十来个素点心，包在怀内，信步行去。见山冈环绕，碧水潆洝，皆因地方小，故无多往来人。约行了数里，见西南有一带树林，树林中有些墙垣露出。走至跟前瞧看，墙北有座门，门上加着一把大锁。于冰道："这必是人家一处花园，空闲在这里，看来规模宏敞，我何不入去闲步一回。"说罢，将身一跃已入门内。皆因他受火龙真人仙传，只一年，便迥异凡夫身体。且莫说这等园墙，就是极高的城墙，他也可飞跃过去，皆易骨丹之力也。到门内放眼一看，心里说道："这地方极其幽僻，我何不就在此处等候祖师示下。饥时去城中买几个点心吃用，省得在舍利寺天天受那秃奴才的眉眼，吃那样炎凉茶饭。"说罢，就在一小亭子内坐下，行运内功。

至二更左近，猛听得有嬉笑脚步之声，便走出亭子外，将身一纵，已到亭子房上。只见七大八小，皆神头鬼脸之人，有二十余个，手里打着灯笼火把，拿着酒坛、酒壶、碟碗并捧盒等类，一齐到正面厅上，将四五对灯笼悬挂起。先在东西两张床上铺垫了毡褥，又在厅中间摆了一桌酒席。左边也照样摆放了一桌，每桌放了一把椅儿。大家席地而坐，说说笑笑，像个等候主人的样子。

又待了一会，只见十几对纱灯走来，照耀如同白昼。为头一个人，穿大红蟒袍，乌皮靴，头戴束发金冠，两道蓝眉直插入鬓，面若喷血，钢牙海口，二目大似酒杯；后面一个道家装束，戴龙虎扭丝金冠，着深杏黄袍，腰系丝绦，足踏皮靴，面若紫金，眉细鼻掀，头圆口方，两只眼闪闪烁烁与灯火相似。看二人相貌甚是凶恶。

两个人入到厅中，彼此各不揖让。穿红的坐在正面，穿黄的坐在左边，小的儿们斟起酒来。于冰看得真切，却听不清楚说话，急忙跳下，走到大厅对面一亭子上，将身子一纵，隐身在上面。只听得穿黄的道："目今八月初旬，月色落的最早；若到十一二日，就着实光亮了。如今全凭着几枝灯烛，未免油气熏入肠胃，大王以为是否？"穿红的道："我也这样说。屈指只用六七天，就有长久月光了。"又道："我们到此饮酒，两个美人还不知怎么想念你我哩！"又听得穿黄的笑道："待我来。"说罢，站将起来，手里拿了一杯酒，走出厅外，向东南念念有词，将酒望空中洒去，只见一道黑气飞向东南去了。

穿黄的复入厅中坐下。不多时，见厅子外面两个妇人，俱皆嬉笑入去，伺候得安放椅子不迭。一个妇人坐在穿红的旁边，一个与穿黄的并坐。于冰定睛细看，见这穿红的旁边那妇人，年纪不过十八九岁，骨骼儿甚俊雅，虽笑声不绝，却神气有些疯癫；左边与穿黄的并坐的妇人，年纪有二十六七岁，眉目也生得端正，态度极其风流，神气间与那个妇人无异。大概都是被妖气邪法所迷。

只见穿红的不住地哈哈大笑，遂将那妇人抱在怀中，口对口地吃酒。那穿黄的也搂抱在一处肉麻。于冰道："可惜良人家两个女子，被他用妖术拘来，待我且下去。"先咳嗽了一声，众妖齐向外看，于冰已入厅来。那些小的儿们乱嚷道："有生人来了。"于冰向上举手道："二位请了，少会之至。"只见那大王和道士毫不畏惧，大声问道："秀才何来？"于冰道："我是游方到此，见二位吃酒甚乐，因此入来谈谈。"穿红的笑道："看你这样光景，羡慕我们，自然是个有滋味的人了，且与他个坐儿。"于冰坐下问道："二位何姓何名？"穿黄的道："我们也没什么名姓，秀才不必多问；倒要问你叫什么名字？"于冰道："我叫冷于冰，是北直隶人。"穿红的向穿黄的道："他既然到此，也算有缘。吩咐左右赏他一杯酒吃。"于冰道："我不会吃酒。"穿红的道："你可吃肉么？"于冰道："不会吃肉。"穿红的道："你会什么？"于冰道："会降妖。"穿黄的冷笑道："咱们好意赏他酒吃，他倒说法念条起来，秀才们真是不中抬举。"穿红的道："你会降什么妖？"于冰道："妖无穷尽，一体皆降。"穿黄的大怒道："这奴

第十一回　桃仙客龙山烧恶怪　冷于冰玉洞降猿精

才放肆！譬如我是个妖怪，你有何法降我？"于冰道："我有雷火珠降你。"

说罢，用手掷去，大震了一声，烟火到处，将黄的道人左臂打折。只见他身子晃了几晃，尚未跌倒。于冰急将珠收回，正欲再发，不意被红的将口一张，喷出一股红气来。于冰便眼昏头眩起来，说声："不妥。"翻身便跑，又被众小妖拉扯住。于冰用力打开，记得园子东边一带都是些假山，跑至山前，跳了过去，一阵昏迷，摔倒在假山背后。喜得火龙真人预遣弟子桃仙客，在半空中等候动静，今见于冰倒在地下，急将云头一挫，先用左手将于冰拽起，又用右手将一块大石一指，立即变成于冰形像。

仙客提了于冰，到一极高山顶落下。忙取出金丹一粒，塞入于冰口中，那丹便滚入于冰喉内，化为精液而下，稍刻腹内倾江倒峡得响动起来。于冰此时心上有些明白，却不知身在何地。勉强爬起蹲在石旁，一时大小便俱下，始将毒气泻尽，立觉精神起来。低头看视，才知身在山上。将底衣拽起，正拟详看，猛听得背后雷鸣也似的说道："贤弟，此刻好了么？"于冰大惊，慌却待用珠打去。桃仙客笑道："贤弟不必动手，我乃火龙真人弟子桃仙客也。今奉师命，特来救你。"于冰还有些迟疑，仙客道："你可记得去年八月在西湖，祖师吩咐，'湖广安仁县，有一件事得了你决，临期我自遣人助你'，怎么你忘怀了么？"于冰听罢，如梦初觉，连忙跪拜，仙客亦跪拜。仙客道："适才贤弟中毒已深，若非祖师金丹送入腹内，已早无生矣。"于冰听了，方知系火龙差仙客来相救，又忙忙跪倒，望空叩谢毕。仙客又将如何挞到山上，并指石假变等情述说。于冰感谢不尽，即请仙客降此二妖。仙客道："天大明时，方好擒拿；此时动手，昏黑之际，则漏网者必多。此山顶极高，又与安仁县不远，妖怪一动身，我即看见矣。跟到他巢穴中拿他，岂不一网打尽？"于冰深以为然。两人并坐山头，各道修行始末，始知桃仙客是一株桃树，采日月精华千年，颇通人性，蒙真人收在门下，又千余年矣。

再说众小妖追赶于冰，见于冰跳过假山，一个个爬绕过来，发声喊，将石变的假于冰绑拴住，乱叫道："大王，拿住了！"二妖听得大喜，疾疾跑来，见于冰已被捆倒在地。穿红的大王道："我这几天，正口中淡到绝顶，可将他带回洞中，待我慢慢地咀嚼。秀才系读书文人，他的肉必细润而甘甜。"穿黄的道人道:"这奴才,不知用什么东西将我左臂打折,我且将他胳膊咬下一只来,报我之憾。"说罢,走上前,用右手将假于冰胳膊拉起,用口猛力一咬,便大声阿呀道:"好硬秀才,将我的门牙都扛掉了!快拿入厅中来,我用重刑罚处他。"

众妖七手八脚,将假于冰抬到厅中,那穿红的吩咐乱打。众妖脚手乱下,一个个喊道:"这秀才比铁还硬,将我们的手脚都撞破了。"穿黄的道人道:"这秀才必有挪移替换之法。以我看法,十有八九是个假的。"那假于冰随声便倒,却是一块大石头。道人道:"何如?"那大王大惊道:"这秀才本领不小,他若再来,如何抵挡,不如大家去罢?"道人道:"可惜我的美女已被他烧死。这一个美人也不用送他回家,不如带回洞中,我与大王共用罢。"大王道:"使得!使得!"于是各驾妖风,往东南走了。

桃仙客正和于冰谈论,猛抬头见一股黑气起在空中,用手指向于冰道:"妖精去矣,你我安肯放过。"说罢,扶住了于冰右臂,喝声:"起!"顷刻云雾缠身,飘于天际。于冰初登云路,觉得两耳疾风猛雨之声不绝,低头下视,见山河城市影影绰绰,如水流电逝一般,都从脚下退出去。

顷刻间,追赶那股黑气到一山中。只见黑气中众妖到一极大山峰前,峰中间,有二丈长一丈宽一道大裂缝,众妖都钻入去。仙客将云头落在峰下,于冰道:"已到巢穴,师兄也该动手。"仙客道:"此刻不过四鼓,夜正昏黑,总不如到天明为妙。"

两人复行叙谈,直至日光出时,仙客站起,用右手掐剑诀,书符一道,召来雷部邓、辛、陶、张四天君,跟随许多天丁力士,听候指使。仙客道:"此山何名?"天君道:"此名龙山。"仙客用手指道:"这大裂缝内,有妖物毒害生民,种类亦极多。贫道理应替天行道,仰借四圣威力,率天丁围绕此峰,不可放一妖物逃走。"四神遵命,分布在四面等候。仙客又面正南离地上书符念咒,大声喝道:"火部司率众速降。"须臾,火德星君带领着无数的龙马蛇鸦,火幡、火箭、火车之类,听候法旨。仙客照前说了一遍,星君道:"法师请退远些,待吾歼除。"仙客又用手扶住于冰,驾云起在山顶,往下观望。只见星君用剑向山峰裂缝中一指,剑上出了一股青烟,青烟内滚出十数个火球,俱钻入大裂缝中去了。那些火蛇、火鸦亦相继而入。

俄顷，风烟搅扰，只见一大蛇身长数丈，头生红角，血口钢牙，满身尽是金甲，冒烟突火而出，驾风欲从空逃走。仙客看得明白，指向于冰道："贤弟，快放雷火珠。"于冰急忙将珠掷去，响一声，打在那大蛇腰间，那大蛇落将下去，又复挣命上来。于冰又欲发珠，猛见山峰左边电光一闪，半空中霹雳大震一声，打在大蛇头上，方夭夭折折落在山峰之下。

瞬目间，又见一绝大蜈蚣，约一丈长，二尺宽阔，头大如轮，绿色莹然，遍身黄光，蜿蜒如飞。只见几条火龙和此物缠搅在一处，烧得它四面乱挺，稍刻，皮肉化为灰烬。那些小蛇小蜈蚣，或长四五尺，或长二三尺，也有死在裂缝内的，也有死在裂缝外的，也有逃出火外，被雷诛的，没有跑脱了一个。

只见满山里烈烟飞腾，云蒸雾涌。稍时，众神到仙客前复命，仙客一一退送。将云头向本山正南上一按，去此地约有六十余里，落在一山坡下。仙客道："我要去回复师命，不敢久停。适见贤弟骨骼轻松，血肉之躯已去十分之三，固祖师易骨丹神验，亦贤弟到底有仙根人也。我与你虽先后异时，总属同盟哥弟，祖师既以雷火珠授你，吾亦当传云行之法。"随将起落、收停、催按口诀，一一指教。于冰大喜，顿首叩谢。仙客道："东北上有一永顺县，县外有一崇化里，祖师曾有吩咐，贤弟不可不一去。"说罢，向于冰拱手，凌虚而去。

于冰依命，顺着山路缓缓行去。出了山，逢人访问，不想只二十余里，便到崇化里地方。原来是个大镇，约有二三千家。正在街上走着，忽见一家门内，抬出一个和尚来，看的人多嬉笑谈论其事，于冰也不介意。须臾，将那和尚从面前抬过去，但见：

  秃帽已无，秃履全失，面如槁木，身若僵尸。腰间剑鞘，谁人打开；臂上法衣，若个扯破？侍者空手跟随，沙弥含泪护送。抬送通衢[1]，实不解哇吱喇别嘎何故；欣逢陌路，莫不是呵哆啰受相行识。

于冰看罢，见街旁有一小饭馆，里面也不见有人吃用。入去坐下，走堂的过来询问，于冰要了一壶酒，一样素菜，几个馒头，问道："适才

---

[1] 衢（qú）：四通八达的道路。

抬过去这和尚,是什么缘故？"走堂的笑而不言。于冰再四问他,走堂的方说道："路东斜对过儿那家姓谢,外号叫谢二混,手里狠弄下几个钱。他只生一个闺女,也十八九岁了,从三四年前,就招上个邪物。起初,不过是梦寐相交,日去夜来；这二年,竟白天里也有在他家的时候,只是只听得妖物说话,却不见他的形像。前后请过几次法师,也降服不下。这和尚是我们本地三官庙中最会奉持金刚咒的,人说他念起咒来,轮杵皆转。二混久要请他,只为谢礼讲不停妥,耽延到如今。昨晚才议定,约他在家等候邪魔。方才抬去那个形像,想是吃了大亏,性命还不知怎么？"说罢,又笑了。

于冰吃完酒饭,算还了钱,就烦这走堂的去说,要与他家除邪,并不要一分谢礼。走堂的大笑道："相公不看那和尚的样子么？即或有本领,像谢二混那样人,也不可家中无此等事,相公不必管他。"竟入厨下去了,于冰倒觉得没意思起来。

出了饭铺,正欲学毛遂自荐,忽见那抬和尚的门内,吹出一股风来,飞土扬沙,从于冰迎面过街南去了。于冰觉得怪异,急忙赶出崇化里,见那股风去有三四百步远,仍是沙土弥漫。随手用雷火珠打去,金光到处,将那妖打倒,现为一只苍白老猿,高五尺上下。又见它急忙爬起,驾风雾起在空中。于冰笑道："今日初学的武艺,不可不借此试演试演,就无人扶掖,也怕不了许多。"于是口诵仙诀,觉云雾顿生,飘入天际。又复试催云法,掣电赶来。从北至南,过了十数个山峰,见那怪落在一洞口,潜身入去,正欲关门,于冰已到,将木剑一晃,大喝道："妖怪哪里走？"那猴子知道洞后无出路,只得跪倒,叩恳饶命。于冰道："淫污谢姓之女,就是你么？"那猴道："小畜焉敢胡为？只因谢女原是猴属,与小畜做夫妻二百余年,不幸坠崖身死。前岁始访知她转生谢家,因此旧缘不断,时去时回,敢求法师原谅！"说罢,叩头不已。

于冰道："这洞中还有多少怪物？"猿猴道："此洞系紫阳真人炼丹之所,真人驾住在福建五峰山。四百年前,见真人在此洞中,小畜跪求度脱。真人道,'你尘心不断,且又与我无缘,既入此洞,我即将此洞交你收管,你可不时扫除荆棘,勿招异类。'又过百余年,真人同火龙真人复来此洞,坐谈竟日,小畜又跪求二真人度脱,二真人皆大笑。今年正月,紫阳真人复来，小畜亦跪陈前意。真人笑道：'你近年行为乖戾，非前可比，我教下难容你。'又言，'洞内丹房中有一小石匣，你可用心看守，等候火龙真人弟子冷于冰到来，将此匣交与他。他若肯收你，你就与他做徒弟罢了。'"

于冰大喜道："我就是冷于冰，快去领我一看。"猿猴领入洞来，见前洞有大院一处，内多异树奇葩；正中大白石堂一座，上镌"玉屋洞"三字。猿猴又领到后洞正面，也有小石堂一座，摆着石桌、石椅、石床，两旁即是丹房，内贮鼎炉盆罐等物。猿猴于西丹房内取出石匣，双手捧献。于冰见四面无一点缝隙，正欲询问，那猿猴从石炉内取出一封书来，上写"紫阳封寄冷于冰收拆"。打开一看，上写道：

　　神书遥寄冷于冰，为是东华一脉情。
　　借此济人兼利物，慎藏休做等闲经。

下写着开匣咒。

于冰将石匣捧至石堂桌上，大拜了四拜，依真人符咒作用，石匣自开。内有一寸多厚、六寸长书一本，通是朱书蝇头小字，名为《宝箓天章》。篇篇俱是符咒，下详注用法。于冰看毕，归放匣内，坐在正面石床上。猿猴跪禀道："紫阳真人已许小畜做法师门徒，今法师到此，即系天缘，恳求收录。"说罢，叩头不已。于冰道："真人既有法旨，我即收你为徒。此洞清洁幽秀，堪可练习神书。我从今即不吃烟火食水，每天要你献果物一次，供我日用。更要遵吾法度，速斩淫根，永归正道，一二年后，我授你养神御气口诀。纵不名登仙录，亦可以永保身躯，免失足于意外。"猿猴一一恭听，拜了于冰四大拜。于冰与他起一名，叫猿不邪，亦以谢女事为鉴戒意也。此后通以师傅弟子相呼。

于冰又问紫阳真人出处，并火龙真人来时如何谈论，猿不邪将前事详细说知。冷于冰道："此洞原乃当日吾师伯烧丹炼性之所也，吾何幸至此！"复将石匣打开，从首至尾，阅读一遍，于是将道中有道、法外无法又叮嘱一番，猿不邪闻之，不胜喜悦。正是：

　　石匣藏深洞，多年守老猿。
　　今朝师弟遇，天早定前缘。

第十二回

韩铁头大闹泰安州　连城璧被擒山神庙

词曰：

　　欲救胞兄出彀，请得绿林相候。打开牢狱凭诸友，困聚玉峰山口。　　官军奋勇同争斗，擒寇首。一番快事化乌有，深悔当时迟走。

右调《秋蕊香》

前回言冷于冰在玉屋洞修炼，这话不表。且说连城璧自冷于冰去后，又隔了三年有余，思念他胞兄国玺，潜身到陕西、宁夏探望。谁想他哥哥又出外干旧生活去了，只见了他嫂子陈氏，备细道别后缘由，并说安家在山西河曲县范村居住，侄子儿子各定了婚姻，到十五岁时一同娶亲。陈氏听了，方大放怀抱。城璧也不敢出门，住了五六天，趁昏夜出城，复回范村，度清闲日月。

又经了七个年头，那年六月初间，城璧又要偷行去看他哥哥，喜得他儿子侄儿各早完了姻事，俱皆生了儿女，急欲见他哥哥说知，着他放心欢喜。因此安顿了家事，骑了一匹马，带随身行李，刚到了平阳府地界，见一大饭馆，便下马打午尖。只见饭馆内跑出个人来，把城璧双手一抱。城璧看见他，大吃一惊。那人道："二哥，这十来年在哪里，怎么连面也不见？问令兄，他愁苦得了不得，也不说知去向，真令我们想煞！"

原来此人姓梁名孚，绰号叫千里驹，他也是连城璧弟兄们的党羽。因他一昼夜能走三百余里，故有此名。城璧只得周旋慰问，心里却大是不快，深恨怎么偏遇着他，只得假说道："年来在京中，被一事弄坏，充发在山海关，今年方得脱身。"千里驹道："今往哪里去？"城璧道："要在这左近寻一朋友。"千里驹道："难道不看望令兄去么？"城璧道："我也打算要去，只是心上还未定。"千里驹道："此处非讲话之所，馆内有一小院子，倒也僻净，你我同去何如？"城璧只得应道："好。"

第十二回　韩铁头大闹泰安州　连城璧被擒山神庙

两人到小院内坐下，千里驹着走堂的取上好酒菜来。城璧问道："老弟到这平阳地方有何事？可曾见家兄么？"千里驹道："你我吃了饭说，我饿得很。"说罢，又大声喊叫走堂的："快将上好酒菜拿来，不拘数目，只要好吃。"走堂的连声答应。顷刻，荤的素的摆满了一桌。两人各用大碗吃酒，大块吃肉，一会儿即吃完。走堂的收去盘碗，连忙送上茶来。

城璧道："老弟端的有何事到此？"千里驹道："我是寻西安张铁棍、宜川陈守礼、米脂马武金刚、西凉李启元这几个人，只有陈守礼未曾寻着。"城璧笑道："老弟平素何不去寻家兄，跑这许多路怎么？"千里驹道："令兄么？"说着又笑了一笑。城璧道："家兄怎么？"千里驹道："他如今还得寻人哩。"城璧惊问道："他如今寻人怎么？"千里驹道："令兄有事了。"城璧大惊道："老弟，快说！快说！"哪里还坐的住。千里驹道："令兄三十年来，总都相交的是些斩头沥血的汉子，二哥也都知道，因此这许多年屡有风波，都无干连。去年八月，令兄又相与两个新朋友，一个叫邓华，一个叫方大鳌，俱是河南人。令兄爱他二人武艺好，就收在伙内，同他做了几件事。今年二月，在山东泰安州，明火了关外当铺，四月间即被拿获。同事的吴九瞎、胡邦彦在州府各挨了三四夹棍，并未攀拉一人；唯有他两个是一对软货，只一夹棍，将历来同事诸人，都尽行说出，且说令兄是窝主，为群盗首领。泰安州密禀各上宪，山东巡抚移文陕西巡抚，委了两个武官至宁夏缉访。谁想令兄正在家中，那两个武官知会了地方文武，带领官兵，将令兄拿住，解送山东，令嫂本日即自缢[1]身死。山东巡抚又发交泰安州严讯，前后夹了七八夹棍，并未攀出一人，案案皆独自承认。刻下是韩八铁头、王振武二人为首，已约会下三十多个朋友，都潜伏在泰安山内。又着我同胡小五、刘家骥分路去河南、山西、陕西等省请旧日朋友，约定七月初一日劫牢反狱，我所以才到这山西地方。"

城璧听了，只吓得惊魂千里，雨汗通流，将桌子一拍，道："我原就知有今日。"又问道："老弟到山西，可寻着他们一个没有？"千里驹道："怎么没有，那张铁棍、马武金刚甚是义气，一闻此信，就招聚了七八个朋友，星夜先往山东去了。只有陈守礼在和顺地方，我去访他，他又不在，我

---

[1] 缢（yì）：用绳子勒死。

恐误事，只得回来。又闻得山东巡抚提请即行正法，未知这话真假。"城璧道："为家兄事，多累老弟跋涉。此事迟不得了，我们可速走泰安，共商救法。"说罢，千里驹算还饭账，两人连夜奔往山东来。

跑了数日，即到泰安山中，寻到杜家谷玉女峰下，原来众人在一大石堂内停留。城璧逢人叩头，哭谢不已。为首的韩八铁头道："二哥你与我们同事少，令兄大哥和我们是生死弟兄，你就不来，我们也要舍命救他；就是众弟兄，若无肝胆，也断断不来在这石堂内住着，何用你逢人叩谢？"马武金刚道："连二弟不必悲伤，流那无益的眼泪。若是救不出令兄，大家同死在一处最妙。你来的不迟不早，正是个时候。我们已定在七月初一日到泰安行事，今屈指只有七日了。刘家骥去约陕西朋友，至今未回。刻下河南、山东、山西诸友俱到，救连大哥的法子，此刻就请韩王二位老哥分派了罢，省得临期打算。就是连二哥听了，他也好放心。"李启元道："马大哥说得极是。就请二位发令，我们遵行。"韩八铁头让王振武，振武道："韩大哥也是这样不爽快，分派了就是，各人也好留心。"铁头向众人拱手道："我就乱来了。"众人齐应道："听候指挥。"

铁头道："连大哥、胡邦彦、吴九瞎他三人腿俱夹折，不能行动。今烦千里驹、钱刚、赵胜三位兄弟，见监门打开时，背负他三人出监。"王振武道："这三位年小善走，去得！去得！"李启元道："还有邓华、方大鳌二人，哪个背负他？"铁头大笑道："那样软骨头的东西，我们一入监，就先将他砍了祭刀。背负他出来，还叫他各案攀人么？"众人齐声道："韩大哥说得是。"铁头又道："连二弟、马武大哥马上步下都了得，可率领十个弟兄开路劫牢，以锣鸣为号，一齐杀入州衙。我领十个弟兄同王振武贤弟断后。李启元领四个弟兄，于前后左右保护连大哥三人。张铁棍领众弟兄，在泰安北门外应接。刘寅、冯大刀率领四个弟兄，听第二次锣声响起，即杀守门军士，开放北门。到动手时，各背插小旗一面，以便认识。"又向赵胜、钱刚道："二位去时，可各带锣一面，看我们大众俱到州衙，便敲锣催众同入劫牢。得手后，再敲锣约众同走，共出北门。"又向千里驹道："老弟即于明日去泰安打听城中动静，我们好做准备。"分派毕，罗列酒肉，与城璧、千里驹接风。

到二十八日，千里驹回来，言城中和素日一样。本日午后，铁头着

第十二回　韩铁头大闹泰安州　连城璧被擒山神庙

众人各改换服色，暗藏兵器，装扮士农工商乞丐等类，分先后入城。到初一日四更时分，齐集州衙。先是王振武见同伙俱到，口内打了声唿哨，赵胜、钱刚两人便敲起锣来。众人有跳墙入去的，有从马号入去的，有撞开角门入去的。泰安监中，有这等重犯，非无更夫夜役丁壮巡查，要知这些人都是要命的，强盗是个个不要命的，被连城璧和马武金刚只打翻了两三个，便都四下藏躲去了。众人发声喊，触开监门，点起亮子，先将三人刑具打落，千里驹背负了连国玺，钱刚背负了吴九瞎，赵胜背负了胡邦彦。韩八铁头杀了邓华、方大鳌，发声喊出了州监。那些狱卒牢头见将大盗劫去，大家倒放了心。

知州在内署，听得外面有喊杀之声，情知有变，吩咐快守护宅门并各处便路。众贼走后，听得外面没一点声息，然后才敢偷开宅门，放人出去查问。遂遣人知会本城武官。

再说韩八铁头等出了州监，齐奔北门。赵胜、钱刚一边背负人走，一边又连连敲起锣来。刘寅、冯大刀听得第二次锣响，知道大众得手，急率四贼砍开城门门锁，却好不见一个人来。众人出了城门，张铁棍等接应上山。

到五更，本城大小文武会在一处，知州和守备商酌了好半晌，到天大明，然后点集兵丁捕役追赶。众贼已走了二十余里，团聚在一山坡下暂歇。连城璧抱住国玺大哭，国玺等叩谢大众。李启元道："此地非久停之所，倘有追兵，又费身力，不如大家到玉女峰再商。"王振武道："泰安那些军弁，各顾身家，量非我等对手。若不与他个厉害，他必步步跟随，反坏了我们的事。可分六个弟兄背负他三人先行，我与韩大哥、连二哥率同众弟兄等候官军。"众人道："此话甚是。"千里驹等仍背负了连国玺等，先行走去。

至早饭后，泰安守备同吏目、千把领兵丁捕役约五百人赶来，见众贼都在山坡上坐着，众兵丁捕役皆心惊胆战。守备不敢向前，喝令众兵役同千把杀去。众兵丁彼此相顾，守备厉声催逼。内中有一二十个胆大的，奋勇向前跑去，见众人都不相随，又复站住，众贼看了大笑。守备又喝令放箭。只射出两三支去，连城璧等早到，刀棍乱下，砍翻了二三十人。众官军没命地飞跑，守备和吏目预先策马奔回。众贼喊声如雷，一齐追赶，直赶了数里，又伤了好些人，方各回旧路，齐奔玉女峰来。

　　知州等至午间，方知兵败，恐上司见罪，与守备相商，捏报："本月初一日四鼓，有大寇四五百人越城入州监，劫去大盗连国玺、胡邦彦、吴九瞎等五人，监中余犯俱未走脱。守备同满城吏目、千把等，各率兵丁捕役交战，带伤者甚多。贼众出城，且战且走，赶至泰安山坡下，杀大盗邓华，夺回大盗方大鳌，即在军前斩首。缘彼时山上又出接应群贼，致令军役殒命者二十余人。事关叛逆，理合飞行禀报"等语。文武两处，各分头差人去讫。沂州总兵接了这样警报，片刻不敢耽延，急令中营参守等官，带步兵一千五百，合同泰安营军弁，星夜追赶会剿。

　　且说韩八铁头等杀败官兵，齐奔玉女峰那条大路道。起初未救连国玺等之前，还是藏头曳[1]尾，今既杀败官兵，各胆大起来。做强盗的人，有什么正经，一路逢着山庄野市，不论银钱骡马、猪牛鸡鸭等类，遇着便抢，不与他便杀，直到玉女峰下，团聚着大饮大嚼，笑说劫牢并文武官笑话。李启元和连城璧、韩八铁头三人屡言怕官军跟寻，宜速走远地为是。众贼听了，反大笑其懦弱。直混闹到三日，才离了玉女峰。

　　连国玺、吴九瞎等各骑了骡马，扶掖而行，到难走处，仍是千里驹等背负。要沿山寻个极险峻的地方，招聚天下同类，做些事业。

　　至七月初六日，沂州官军同泰安营弁，于路跟寻了来，见群贼这日在一岭头上几株大树荫下高歌畅饮。官军报知参将等官，传齐军士，分一半攀藤附葛，远远地绕到岭后，一半埋伏在岭前，听候号令。众贼起先也有看见树林密处影影绰绰有人行走，只因闹酒，便认为樵采之人，不以为意。到后来醉眼模糊，越发不暇理论。

　　正在高呼欢笑间，猛听得岭后一声大炮，又听得岭前也是一声大炮，群贼被这两声炮震得各惊慌起来，一齐站起，四下观望，方看见岭前岭后，高高下下尽是官兵，已一步步围绕着，向岭上走来。王振武道："我看官军不下二千人，若分四面冲杀，诚恐寡不敌众；不如大家一涌下去，杀他四五十个，官兵可不战而退。只是这连大哥三人不能行走，该如何处？"张铁棍道："仍着千里驹等三人背负。他三人在中间，也着他拿上兵器，

---

[1] 曳（yè）：拉。

第十二回　韩铁头大闹泰安州　连城璧被擒山神庙

两腿虽不能动，两手还能作战，我们在周围保护。若得走脱，也不枉救他三人一番。"众人道："说得是。"韩八铁头道："迟不得了，岭后兵还少些，都快快随我来。"

众贼一声发喊，刚跑到半岭，官军箭如骤雨，早射倒马武金刚和李启元三四个，众贼又复跑回。千里驹等将连国玺三人仍放在岭上。韩八铁头乱嚷道："坏了！坏了！"不住地用眼看连国玺。国玺已明其意，反哈哈大笑起来，将城璧叫至面前，说道："我死，分所应该，你又来做什么？我从十八九岁，即夺人财，伤人命，我若得个好死，天道安在？刻下官军势重，断难瓦全。你若有命杀出，可速归范村搬取家小，另寻一幽僻去处居住，免人物色。若死于此地，亦付之无可奈何！"说着，用手向西南指道："官军都上岭了。"城璧回头一看，国玺已自刎在一旁，喉下血喷如注。城璧抚尸大痛，众人无不叹悼，亦有放声大哭者。胡邦彦用手把吴九瞎一推："你看见么，连大哥死得好不可怜！因你我这两块臭肉，做众弟兄之累。"说着，也向项下一刀。吴九瞎大笑道："你两个慢些去，等我一等。"也一刀自抹在一边。

韩八铁头喊叫道："我等不能縠出围，为保护连大哥，不敢奋勇向前。今他三人俱死，我们可共寻生路。"又向城璧道："哭亦何益？你们再跟我从岭后冲杀下去。"说罢，一手拿刀，一手拿了一块毡子挡箭。众人亦各取被褥遮护，蜂拥而下。连城璧痛惜他哥哥惨死，愤无可泄，提两条铁锏，首先冲杀下岭，只左臂上中了一箭，急忙拔去，吼一声，杀入官军队中，所到皆纷纷倒退，韩八铁头等后面跟随。岭前军官见众贼从西北下去，又听得岭后喊杀连天，一个个都从东南岭上往下冲杀，俱到岭下，将众贼围裹在中间。参将站立在岭头上，用旗指挥着众军用力。

战了有一个时辰，众贼虽勇，却只三四十人，除箭射倒外，此刻又伤了八九个，兼之酒后，未免夺力。况此番官兵皆沂州总兵久练之卒，非泰安军弁可比，连本州捕役壮丁，不下一千七八百人，只存有二十余贼，如何对敌。杀出重围，架山逃走，只有王振武、连城璧、韩八铁头三人。其余杀死生擒，俱未脱网。

王振武等三人爬了四个山头，见无追兵，向城璧道："我等从龙潭虎穴逃得生命，若再被擒获，何以见天下朋友。依我愚见，三人各自分路，走脱了便是造化。"铁头道:"这断使不得。我料官军安肯轻放,定必在满山找寻。设或相遇,其势愈孤,不如死在一处为是。"又用手指道:"你看对山并无樵径,此人迹不到之处,我三人可奔那里,再做策夺。"

于是穿林拨草,又走了二十余里。城璧道:"官军断无人至此,日已衔[1]山,须寻一妥地过夜,庶免饱虎豹之腹。"王振武说道:"便有狮子来,我们哪一个还打不退它?"铁头道:"那东南上有个小屋儿,那边便可过宿。"三人走至屋前,原来是一间山神庙,大敞着,也没个门儿。三人坐在里面,各肚中饥饿起来,乱了一会,也就罢了。战乏了的人,又爬了许多山路,放倒头便睡。到起更后,梦魂中一声喊起,各睁眼看时,已被众军用挠钩搭住,拉出庙来捆绑了。三人面面相觑,各没得说。

一路解至州衙。到死囚牢内,见冯大刀、李启元、张铁棍、千里驹、马武金刚五人,城璧道:"为家兄一人,累及四五十兄弟性命,真是罪过!"马武金刚笑道:"休如此说,任凭他碎尸万段罢了。只是你三个既已杀出重围,如何又被拿住?"王振武笑道:"皆因我们在山神庙中睡熟,误遭毒手。"不言众贼叙谈。

再说知州连夜款待参将等酒席,并犒劳众军,天明打发回镇。又与守备相商,各申文报捷于文武上宪。

第二日,将铁头、城璧等提出监来,百般拷掠,教招供各党羽巢穴,并叛逆情状,以实前言。八人忍痛,各无一言,夹打到极处,反骂起来。知州审了三四次,各无一句口供,只得写禀请示。巡抚火牌下来,着泰安文武官多带军役,押解各犯赴省亲审,知州同守备亲自解送。巡抚审了一次,见铁头等语言刚硬,心中大怒,要照叛逆例,不分首从治罪。他里面有个管总的幕宾,再三开解,将韩八铁头、连城璧定拟为首,请旨立决;王振武、马武金刚为从,立绞;冯大刀、张铁棍、李启元、千里驹四人各充配远恶州郡。仍发回泰安,听候行刑日期,以便发落。正是:

一饭闻惊信,拼生入彀中。

遭擒拟斩后,无计出樊笼。

---

[1] 衔(xián):含、叼。

第十三回

救难友州官遭戏谑[1]　医刑伤城璧走天涯

词曰：

官军解役人多少，邂逅[2]相逢好。聊施道术救英雄，一任鬼神猜疑道途中。　　邀他古寺话离别，哭诉无休歇。问君还有几多愁，恰是一江春水向东流。

右调《虞美人》

且说冷于冰在玉屋洞炼习神书，断绝烟火，日食草木之物。三年后须发绀碧，遍身长出白毛。六年后尽行脱落，仍复故形，但觉容颜转少，不过像二十七八岁人，亦且双瞳炯炯，昏黑之际可鉴百步。历了十个年头，虽无摘星换斗、入石穿金的大术，若呼风唤雨、召将拘神，以及移身替代、五行遁法，无不精通，皆《宝篆天章》之力也。猿不邪得于冰御气口诀，修炼得皮毛纯白。那日，在山上采了几个异样果子，要孝敬于冰，远远看见紫阳真人同火龙真人缓步而来，飞忙地跑入洞中，报与于冰。于冰整衣到洞外跪接。

稍顷，二仙到了洞门，于冰道："不知二位祖师驾临，未获泥首远接，祈恕愚昧。"白面者道："汝弟子骨气已有五分，何入道之速耶？"赤面者道："眼前似好，不知将来何如？"二仙相让入洞，于冰后随。

二仙分左右坐下。于冰正欲叩拜，只见赤面者道："此汝师伯紫阳真人也，与我同为东华帝君门人。"于冰向前叩拜，紫阳亦起立。火龙又令再拜谢赐书之恩，于冰又拜。真人道："儿童嬉戏之物，何以谢为？"于冰拜罢，又拜了火龙真人四拜，火龙命起立一旁，随即，猿不邪也叩拜二仙。火龙向于冰道："你毫末道行，即收异类门徒，殊属轻率。"紫阳道："你

---

[1] 谑（xuè）：戏谑，开玩笑。
[2] 邂逅（xiè hòu）：偶然遇到。

当日收桃仙客，岂尽得道之时耶？渊源一脉，正是师作弟述。"火龙大笑。紫阳向于冰道："修仙之道，宜速斩三尸。三尸不斩，终不能三化聚顶，五气朝元，地仙可望，天仙不可得矣。故境杀心则凡，心杀境则仙；当于净处炼气，闹处炼神。"于冰唯唯。火龙道："你出家能有几日，前后得许多异数，此皆修行人二三百年不轻遇者。皆因汝立志真诚，纯一不已，方能得此。我与你师伯去后，你即随便下山，周行天下，广积阴功。若能渡脱有缘之客同归仙界，更是莫大功行。'法术'二字，当于万不得已时用之，断断不可频试，与世人较论高深；必须诚敬如一，始终弗懈方好。我于你有厚望焉。"说罢，二仙齐起。于冰与猿不邪跪送洞外，直待云行天际，于看不见时方才起来。

入洞坐下，细想道："祖师教我广积阴功，周行天下，我该从哪个地方周行起？"猛想起，当年到山西，遇一连城璧，虽是侠客，却存心光明磊落，我爱其人。承他赠送我衣服盘费，心意极其诚切，屈指整十个年头。我在这玉屋洞修炼，家间妻子未尝不思及，然随起随灭，毫无萦结，唯于他倒不能释然。我如今遵师命要下山，却心无定向，何不到范村一行？但他十数年，生死迁移均未敢定。自柳家社收服二鬼，从未一用，何不差他先去打探一番。他若在家，便去与他一会，就近游游山西五台，完我昔年志愿，再周行天下未晚。想罢，将葫芦取出，拔去塞儿，叫道："超尘、逐电何在？"只见葫芦内起一股黑烟，烟尽处，二鬼站在面前。于冰道："我自收服你们以来，十年未尝一用，究不知你们办事何如？今各与你们符箓一道，仗此可白昼往来人世，不畏惧太阳。此刻速去山西河曲县范村，查访连城璧生死存亡。我再与你们说知，他即改名易姓之张仲彦也，查访他在家没有，禀我知道。"

二鬼领命，御风而去。至第三日午间，二鬼回来禀复道："小鬼等奉命，先到河曲县范村，查知连城璧即张仲彦。问他家中井灶诸神，于今岁六月初，去陕西、宁夏探望他哥哥连国玺。小鬼等便去宁夏，问彼处土谷诸神，言三四月前，连国玺因盗案事发，被地方官拿送山东泰安州，不知作何归结。小鬼等又到泰安，始查知他弟兄二人前后事迹。"遂详详细细向于冰说了一遍，又道："巡抚审连城璧等后，仍令解回泰安州，前日已从省城起身，今日大约还在路上行走。"于冰将二鬼收入葫芦内，叹息道："连城璧虽出身强盗，他肯隐居范村，尚不失为改过知机之人，只可惜被他哥哥连累。今拼命救兄，也还是义不容辞的事，并非去做强盗可比。我若不救，城璧休矣。"于是将猿不邪叫至面前，吩咐道："我此刻即下山，三五年或十数年回来，我也不能自定。洞内有紫阳真人《宝篆天章》一书，非同儿戏，吾虽用符咒封锁在丹房，诚恐山精野怪，或明夺暗取，你无力对敌。今授你吸风吹火之法，妖魔逢之，立成灰烬。你再用本身三昧真火一炼，久暂皆可随意应用。再授你指挥定身法并借物替身法，你有此三法，保身降魔有余也。是你在我跟前投托一场，以酬你十年采办食物，昼夜勤苦之劳。你若仗吾法混行人间，吾唯以雷火追你性命。"猿不邪大喜道："弟子承师尊大恩收录，不以畜类鄙薄，已属过望。今又蒙赏赐仙法，何敢片刻出离洞府，自取灭亡。"于冰一一传授口诀，并以手书符指法。不邪顿首拜受。

于冰又道："嗣后若差二鬼回洞，你切莫视为怪物，擅用雷火，他们经当不起。"不邪道："弟子从未与二鬼识面，须一见方好。"于冰从葫芦内叫出二鬼，二鬼显形。不邪见其形貌凶恶，亦稍有畏缩之意。于冰道："尔等从今识认，日后亦好往来。"说罢，收了二鬼，走出洞来。不邪也学于冰送火龙真人样子，跪送洞外。

于冰将脚一顿，顷间遍身风云，飞腾虚渺，不过半个时辰，早到山东地界。拨云下视，见济南道上有一队人马，约二三百人。再一细看，隐隐绰绰似有几辆车儿，在众人中间行走。于冰道："是矣。"将云光落下，缓步迎了上去。

稍刻，见十数队马兵，腰悬弓矢，一个武官领着开路，从面前过去。又待一会，见有一百六七十步兵，各带兵器，围绕着两辆车儿行走，车儿内有七八个蓬头垢面之人。于冰等他们走到切近，高声说道："将车儿站住，我要说话。"只这一句，两辆车儿和钉定住的一般，车夫将骡马乱打，半步亦不能挪移。众兵丁深为怪异，随问道："适才可是你这秀才要和我们说话么？"于冰道："我要和连城璧说话。"众兵道："连城璧是劫牢反狱、拒敌官军要问斩决的重犯，你与他说话，自然是他的党羽了。"于冰道："我虽非他的党羽，却和他是最厚的朋友。"众兵大吵道："不消说了，这一定是他们的军师。"随即就有七八个上来擒他。于冰用手一指，众兵倒退了几步,各跌倒在地,皆爬不起来。众兵越大吵不已,又上来二三十个,也是如此。众兵见此光景,分头去报守备和知州。

知州从后面赶来看视。于冰见轿内坐着个官儿,年纪不过三十上下,跟着许多军牢衙役。但见:

> 头戴乌纱帽,脚踏粉底皂。袍绣白鹏飞,带露金花造。须长略似胡,面麻微带笑。斜插两眉黑,突兀双睛暴。书吏捧拜匣,长随跟着轿。撑起三檐伞,摆开红黑帽。敲响步兵锣,喝动长声道。绳锁夜役拿,坐褥门子抱。有钱便生欢,无银即发躁。官场称为大老爷,百姓只叫活强盗。

只见那知州在轿内坐着,不住地摇头晃脑,弄眼提眉。于冰心里想道:"看他这轻浮样子,也不像个民之父母。"知州到了面前,几个兵丁指着于冰说道:"就是这秀才作怪。"那知州先把冰上下一看,口里拿捏着京腔问道:"你是个什么人儿,敢在本州治下卖弄邪法?你这混账猴儿,慢忽到哪个分儿上去了?"于冰听他口音,是个直隶河间府人,便笑向轿内举手道:"老乡亲请了?"那知州大怒,喝令"锁起来!"众衙役正欲上前,于冰用手向轿内一招,那知州便从轿内头朝下跌出,把个纱帽触为两半,头发分披面上,口中乱嚷:"反了!"又骂众衙役不肯拿人。众役一边搀扶他,一边来拿于冰。于冰向众人唾了一口,个个睁着两眼,和木雕泥塑的一般。又将众书役兵丁指了几指,便颠三倒四,皆横卧在官路上。

于冰走至囚车前,问道:"城璧贤弟在么?"城璧在囚车内,听得明白,看了多时,早已认得是于冰,连忙应道:"小弟在此。"于冰将他扶下车儿,见他带着手肘脚绊,用袍袖一拂,尽皆脱落在地,韩八铁头各大喜。于冰见他两腿膀肿,不能步履,用左手轻轻提起,揽在腋下,行动如飞,片刻就走了十二三里,到一破庙殿中放下,面朝庙外将剑诀一煞,那些兵丁衙役人等,一个个陆续爬起,又乱嚷闹起来。

于冰回身与城璧对面坐下。城璧先与于冰磕了几个头,放声大哭道:"弟今日莫非已死,与大哥幽冥相会么?"于冰道:"青天白日,何为幽冥?"城璧正要诉说缘由,于冰道:"贤弟事,我已尽知,无庸细说。"城璧道:"一别十年,大哥即具如此神通,非成了真仙,焉能诸事预知?"于冰将别后事,

第十三回　救难友州官遭戏谑　医刑伤城璧走天涯

亦略言大概。城璧道："天眷劳人，也不枉大哥抛妻弃子一番。"说罢叩头不已。于冰道："贤弟不必如此，有话只管相商。"城璧道："弟同事之王振武、韩八铁头等七人，俱系因救家兄陷于罗网；今弟脱离虎口，怎忍使众友遭殃？仰恳大哥大发天地慈悲，也救度救度罢。"于冰大笑道："贤弟，你休怪我语言干犯你，你听我说。韩八铁头等自少壮以至老大，劫人财，伤人命，破人家，心同叛逆，目无王法。我遇此辈，正该替天行道，为国家除害，个个斩决才是，你怎么反叫我救起他们来？我就是今日救你，也是蔑法欺公，背反朝廷。皆因你身在盗中即能改过回头，于数年前避居范村；这番劫牢反狱，是迫于救你之兄，并非你又蹈前辙，情有可原，故相救也。"城璧听了，一句没得回答。

于冰又道："贤弟如今是回范村，或别有去向？都交在愚兄身上。"城璧长叹道："弟系已死再生之人，今蒙大哥救援，又可多活几日。此后身家均付之行云流水，只求大哥念昔日盟情，不加摈斥，弟得朝夕伺候左右，便是我终身道路，终身结局。设有差委，虽赴汤蹈火，亦所甘心。"说罢，叩头有声，泪随言下。

于冰道："出家二字谈何容易？若像世俗僧道出家，不耕不织，假借神佛度日，受十方之供献，取自来之银钱，则人人皆可出家矣。依愚兄看来，贤弟还该回范村养育妻子，教训二侄成人。纵文武衙门遍行缉捕，也未必便寻到那个地方。"城璧道："大哥意见，我已明白了，不是为我出身贼盗，便是为我心意不坚。"于冰道："我若因'贼盗'二字鄙薄你，我还救你怎么？倒是怕贤弟心意不坚是实。今贤弟既愿出家，不但大酒大肉一点咀嚼不得，就是草根树皮，还有缺乏时候。"城璧道："弟作恶多端，只愿今生今世得保首领，不但酒肉不吃，茶水亦觉过分，岂敢纵饮畅啖，自薄衣禄？若怕我心意不坚，请往日后看，方信愚弟为人。"

于冰道："据贤弟话，这范村目下且不去了。"城璧道："宁死绝域，誓不回乡。"于冰道："这也随你。我十来年仗火龙真人易骨一丹，方敢在湖广衡山玉屋洞修炼。此山居五岳之一，风极猛烈，你血肉身躯，不但冬月，且暑月亦不能耐那样风寒。贤弟可有知心知己的朋友亲戚家，且潜藏二三年，日日蔬食淡菜，先换一换油腻肠胃，我好传你修养功夫。"

城璧道："此番大闹泰安，定必画影图形严拿。我辈知心知己的人，除非在强盗家；我既已出家，安可再与此类结交？只有一个人是我母舅金荣之子，名叫金不换，他住在直隶广平府鸡泽县赵家堡外，我与他是至亲，或者可以安身。"于冰道："他为人何如？"城璧道："他当日原是宁夏人，自家母过门后，我母舅方知我父做强盗，唯恐干连了他，于嘉靖十七年搬移在鸡泽县。我记得嘉靖二十一年，我哥哥曾差人寄银四百两，母舅家最贫寒，彼时将原银发回不受。后听得母舅夫妻相继病故，我哥哥差人寄银三百两，帮表弟金不换办理丧葬事，不意他也不受，将原银付回。闻他近年在赵村与一财主家开设当铺，只除非投奔他，但从未见面，还不知他收留不收留？"于冰道："他为什么叫这样名字？"城璧道："这也有个缘故。少时常听我亡母说，母舅家一贫如洗，生下我表弟时，同巷内有个邻居，颇可以过得日月，只是年老无儿，曾出十两银子要买我表弟去做后嗣。我母舅说，不但十两银子，便是十两金子也不肯。谁想那邻居甚是爱我表弟，将家中私囊，竟倒换了十两金子，仍要买我表弟。我母舅只是不肯，因此叫做金不换。"于冰听了，笑道："我与你同去走遭，若不收，再做裁处。"城璧道："弟浑身无一块好肉，兼之两腿夹伤，如何去得？"于冰道："容易之至。"

说着站起，将袍子脱下来，向地下一铺，又取出白银五两，放在袍下，口中念念有词，喝声："到！"不出半个时辰，见袍子高起，用手揭起一看，银子没有，却有水一盆、帽一顶、大小衬衣二件、布袍一件、裤一条、鞋袜各一双，外有梳篦[1]二件，素点四十个，俱在地下。城璧深以为奇。于冰着城璧将浑身破衣尽去，用手向盆内掬水含在口中，在城璧周身上下喷噀，水到处其伤立愈，与好肉一般。城璧觉得通体松快，如释泰山，随即站起，如素日一样，急穿戴衣服鞋袜，爬倒又与于冰叩头，于冰亦连忙跪扶，两人复对坐。

城璧将点心吃完，问于冰道："适才诸物，定是搬运法了。那袍下几两银子，可是点石成金变化出来的么？"于冰道："是我前十年未用尽之物，有何变化？因不肯白取人衣物，送去作价耳。你说点石成金，大是难事，必须内外丹成，方能有济，究亦损德误人。昔云房初度吕纯阳时，

---

[1] 篦（bì）：梳头用具，齿很密。

第十三回　救难友州官遭戏谑　医刑伤城璧走天涯

授以点石成金之术，只用炉中烧炼黄土一撮，便可点石为金，千百万两皆能立致。纯阳曰：'此石即可成金矣，未知将来还原否？'云房曰：'五百年后还原。'纯阳曰：'审如是，岂不害五百年以后之人？'云房大喜，曰：'我未思及于此。'只此一念，已足抵百千万年功行。大抵神仙点者，五百年后还原；术士点者，二三年后还原；还有一种做假银人，或百日还原，或五月还原。欺人利己，破露，必为王章重治；纵不破露，必受天诛。"城璧听了，通身汗下，道："弟做强盗，跟随我哥哥也不知屈害了多少人！他今自刎，尸骸暴露。弟五刑俱备，苟且得生。而韩八铁头等因弟漏网，又必百般拷掠，向他们追问救弟之人，皆现报也。弟今后也不敢奢望多活年月，只凭此一点悔罪之心，或可稍减一二也罢了。"于冰点头道："只要你时存此心，自有好报于你。此地去鸡泽县千里还多，若日日同你早行夜住，需走数天。"遂令城璧将鞋袜脱下，于两腿各画符一道，笑说："此亦可以日行七百里，不过两天可到矣。"说毕，两人齐出庙来，向直隶大路行走。正是：

玉洞遵师命，云行至泰安。

金兰情义重，相伴走三韩。

第十四回

金不换扫榻留城璧　冷于冰回乡探妻儿

词曰：

《诗》歌求友，《易》载同人。知己亲谊重，理合恤患难，下榻留宾。自从分袂[1]后，山岛寄闲身。纵修行，宁废天伦！探妻子，红尘债了，依旧入仙津。

右调《拾翠翘》

话说冷于冰与连城璧医好刑伤，问明金不换居址，出得庙门。城璧腿上有冷于冰画的符箓，步履如风行电驰一般，哪里用十天半月，只走了三天，便到鸡泽县。向赵家堡逢人问金不换，有人说道："他在堡东五里外，有一赵家涧儿，不过数家人居住，一问便知。"两人又寻至赵家涧，问明住处，先着城璧去相见，道达来意，于冰在百十步外等候回音。好半晌，城璧和一人走来，但见：

面皮黑而瘦，身材小而秀。鼻孔掀而露，耳轮大而厚。两眉短而绉，双眼圆而溜。口唇红而肉，牙齿疏而透。手脚轻而骤，气色仁而寿。

于冰看罢，也不好迎了上去。只听那人问城璧道："此位就是冷先生么？"城璧道："正是。"那人跑至于冰面前，深深一揖，于冰急忙还礼。那人道："在下就是金不换。适才家二表兄说先生救难扶危，有通天彻地手段。今承下顾，叨光得了不得。"于冰道："令表兄盛称老兄正直光明，弟方敢涉远投刺。"说罢，三人同行，到门前相让而入。

于冰看去，见正面土房三间，东厦房一间，周围俱是土墙，院子倒还阔大，只是房子甚少。院内也种着些花草，已开得七零八落。金不换让于冰到西面房内，叩拜就坐。于冰再一看，见炕上只有一领席子，一

---

[1] 袂（mèi）：衣袖。分袂，指离别。

副田布被褥,一张小炕桌,还有几件盘碗盆罐之类。不换道:"先生是高人,到我这小人家,连个可坐之处也没有,大失敬意。"于冰道:"朴素足见清雅。"稍刻,走入一个穿短袄的后生,两手拿着两碗茶。不换先让于冰,于冰道:"弟不吃烟火食物已数年了。"城璧道:"我代劳罢。"说罢,与不换分用。于冰道:"日前令表兄说,尊翁令堂已病故,嫂夫人前祈代为请候。"不换道:"贱内去年夏间亡故了。"城璧又将于冰始末并自己事体,详细说了一遍。不换咨嗟[1]叹息,惊服不已。于冰道:"闻老兄开设当铺,此地居住,似离城太远些。"不换道:"我昨年就辞了生意,在此和人伙种着几亩地,苟延日月。"

说着,取出二百钱走出去,与穿短袄的后生说话,复入来陪坐。好一会,拿入两小碗肉,两大盘豆腐,一盘子煮鸡蛋,一壶酒,一盘馒头,一盆子米饭。不换笑向于冰道:"家表兄是至亲,我也不怕他笑话,只是待先生不堪得了不得,请将就用些罢。"城璧接说道:"我这位哥哥久绝人间饮食,一同来,连口水也没见他吃过。我近日又吃了长斋,这两碗肉你用,豆腐我吃。"不换见于冰一物不用,心甚不安,陪城璧吃毕饭。

于冰向城璧道:"借住一二年的话,你可向令表弟说过么?"城璧道:"说过了。"金不换道:"弟家贫,苦无好食物待家表兄,小米饭还管得起。若说到住,恨不得同住一百年才好。"晚间,不换又借了两副布被褥,与城璧伴宿西正房,于冰在东房打坐。次早,不换买了许多梨、枣、桃子、苹果等类,供献于冰。于冰连住五天,日日如此,也止他不得。

于冰见不换虽是个小户人家子弟,却颇知敬客道理。一见面,看得有些拘谨;住下来,却是个好说笑、极其活动的人。将城璧劫牢反狱、杀官兵的话细说,他听了毫无悚惧。讲到留城璧久住,又无半点难色,且有欢喜乐留的意思,看来是个有胆气、有点担当的人。亦且待城璧甚厚,心上方放开了七八分。至第七日早间,向城璧、不换道:"此地离成安较近,我去家中探望一回,明日早间即来。"不换道:"这是极该去的。"于冰辞了出来,不换同城璧送至门外。

于冰于僻净处,挝了把土望空一撒,借土遁,顷刻到了成安。入西

---

[1] 咨嗟(jiē):赞叹,叹息。

门后,即用袍袖遮了面孔,走到自己门前,见金字牌上写着"翰院先声"四字,旁边是"为成安县中式举人冷逢春立"。看罢笑道:"不意元儿也中了举,真是可喜。"一步步走入大门,只见大章儿从里边出来,长的满嘴胡须,看见于冰大惊,忙问道:"你是谁?"于冰道:"你是自幼伺候的小厮,连我也认不得了?"大章儿呵呀了一声,翻身就往里跑,一路大叫大喊入去,说:"当日走了的老主人回来了!"先是柳国宾跑来,见于冰如从天际掉下,连忙爬倒在地下叩头,眼中滴下泪来。于冰见他须发通白,问道:"你是柳国宾么?"国宾道:"小的是。"随即元相公同大小家人,都没命地跑来。元相公跪倒在膝前,眼泪直流,大小家人俱跪在后面。于冰见他儿子也有二十七八岁,不胜今昔之感,于冰吩咐都起来。走至了厅院,见他妻房卜氏已成半老佳人,率领众妇女迎接在阶下,也是双泪直流。于冰大笑道:"一别十六七年,喜得你们还团聚在故土,亦且人丁倍多于前。好!好!"卜氏悲喜交集,说道:"今日是哪一阵怪风,将你刮到此处?"说罢,同于冰到厅房内,对面坐下。

于冰问道:"岳父岳母可安好么?"卜氏道:"自你去后,只七八年,二位老人家相继去世。"又问道:"怎么不见陆总管?"卜氏道:"陆芳活了八十三岁,你昨年四月间来,他还在哩。"于冰不禁伤感,眼中泪落。只见儿子逢春,同一少年妇人站在一处,与于冰叩拜。于冰问道:"这女子是谁?"卜氏道:"足见是个野脚公公,连儿媳妇也认不得。"夫妻拜了两拜,于冰便止住他们。又领过两个小娃子来,一个有八九岁,一个有六七岁,也七上八下地与于冰叩头。于冰笑问道:"这又是谁?"卜氏用手指着道:"这是你我的大孙儿,那小些的是二孙儿。"于冰哈哈大笑,都叫到面前看了看气骨,向逢春道:"两孙儿皆进士眉目也,汝宜善教育之。"陆续才是家人、小厮、妇女们依次叩头。

于冰见了许多少年男妇,都认识不得,大料皆是众家人仆妇之子孙。再看众老家人内,不见王范、冷尚义二人,问道:"王范、冷尚义何在?"卜氏道:"冷尚义十来年前即死,王范是大前年病故了。"于冰不由得慨叹至再。又猛然想起陆永忠,忙问道:"陆永忠不见,是怎么样了?"卜氏道:"陆芳效力多年,我于七八年前,赏了他二千两银子,乡间住房一处,又与他二顷好地,着他父子夫妻自行过度,不必在此伺候,酬他当

第十四回　金不换扫榻留城璧　冷于冰回乡探妻儿

年辅助你的好心。唯有陆芳不肯出去，隔两三个月才肯去他家中走走，当日定行回来。不意他只病了半天，仍旧还死在宅中。"于冰不住得点头叫好。"还有一节，我父母死后，我兄弟家无余资，元儿送了他母舅五百两，地一顷五十亩。"于冰连连点头，道："你母子两个做的这两件事，皆大合人情天理，非我所及。令弟也该来与我一见。"卜氏道："他去广平已六七天了，也只在两三天即回。"于冰又问儿媳家父母姓名，方知是本城贡生李冲的次女。

又笑问逢春道："你也中过了？"卜氏道："你是十九岁中解元，他是二十四岁中八十一名举人，中的虽比你低些，举人还是个真的。"于冰笑道："他中了，胜我百倍。"又问道："你们的日月过得怎么说？"卜氏道："自从我父亲去世，我叫陆芳同柳国宾将城内外各处房子都变卖了，因为讨几个房钱，年年和人闹口角。我将卖了房的七千多两，在广平府立了个杂货店，甚是赚钱，到如今七千两本钱，做成两万有余。若将各铺生意田产合算，足有十二三万家私，比你在时还多有四万余两。"于冰道："丰衣足食，子女儿孙之乐，要算你是福大了。"卜氏道："谁叫你不享福来？"于冰道："百年内之福，我不如你；百年外之福，你与我不啻天渊。"又问道："姑丈周家并姑母可有音信否？"卜氏道："我们两家不隔一二年，俱差人探望，二位老长亲甚好，家道越发富足。姑母已生了儿子八九年了。"于冰点头道："好。"卜氏道："你也把我盘问尽了，我也问问你。你出外许多年，遇着几百个神仙？如今成了怎么样道果？"于冰道："也没有什么道果可成，不过经年登山涉水而已。"卜氏又向于冰道："你的容貌不但一点不老，且少嫩了许多，我就老得不像样了。"

正言间，只见陆永忠夫妇同两个儿子跑来叩头。于冰道："你父亲也没了，我方才知道，甚是悲悼。你家中度用何如？"永忠道："小的父子承太爷、太太和大爷恩典，地土、银钱、房屋足有一千四五百两，着实是好光景。"于冰道："如此我心才快活。"

稍刻，请于冰里边吃饭，于冰进里边房内，说道："家中若有好果子更好；如无，不拘果干果仁之类，我还吃些。烟火食我数年来一点不动。"卜氏深为诧异，遂吩咐众小厮分头去买，先将家中有的取来。于冰将数年辛苦，亦略说大概。

坐到定更后,于冰见左右无人,向卜氏道:"我且在外边暂歇一宿,过日再陪你罢。"卜氏满面通红,道:"我大儿大女,你就在,我也不要你。"于冰同儿子逢春等坐至二更,方到外边书房内,吩咐柳国宾道:"你们可连夜备办上好菜几桌,我要与先人上坟,与陆芳也做一桌,我也要亲到他坟前走走。还得车子一辆,我坐上,庶免本地亲友物色。"又向逢春道:"可戒谕众家人,不可向外边露我一字。"逢春道:"头前各铺众伙计俱来请安,我岳父李太爷和左近亲友俱来看望,孩儿都打发回去了。"于冰道:"此皆我说迟了一步,致令家中人传出去,也罢了。"又道:"柳国宾居心诚谨,其功可抵陆总管十分之三。你可与你母亲相商,赏银二百两,地一顷,以酬其劳。他年已衰老,不但家中男女,即你亦不可直呼其名,当以老总管称之。大章儿系我做孩童时左右不离之人,当赏银一百两,其余大小男妇,各量为赏赐,也算我回家一番。"说话间,小厮们抱来七八件云锦被褥,于冰立令拿回。稍刻,卜氏又领了儿媳和两孙出来,直坐谈到五更方回内院。

第二日早,将身上内外旧衣脱去,换了几件新衣服并头巾鞋袜。上了坟,回到书房,和逢春要来白银二百三十两,又着安放了纸笔,然后将院门关闭,不许闲杂人来往窥视。在里边写两封书字,留下一封,仍借土遁去了。

逢春同家中大小男妇,在厅上等候至午间,不见开门。卜氏着将书房门取下,一齐入来,哪里有个于冰,只见桌上有一篇字儿,上写道:

　　别十有七年,始与尔等一见,骨肉亦大疏阔矣。某山行野宿,屡经怪异,极人世不堪之苦,方获火龙真人垂怜,授以杀生乃生密诀,将来仙道可望有成。吾儿借祖宗功德,徼幸一第,此皆家门意外之荣。永宜诚敬事母,仁慈有下,保守天和。严嵩父子在朝,会试场不可入也。若能泉石终老,更惬吾志;如必交无益之友,贪非分之财,则现在温饱,亦不能久。勉之!慎之!两孙儿骨气松秀,稍长,教以义方,勿私禽犊。吾从此永无相见之期,数语告诫,临颖怆然。银二百三十两,代送一友人。示知。

逢春看罢,顿足大哭道:"父亲去矣。"卜氏道:"门子关闭着,我不

第十四回　金不换扫榻留城璧　冷于冰回乡探妻儿

解他从何处去了？"逢春道："父亲已通仙术，来去不可测度。"又将书字内话，与卜氏讲解了一遍。卜氏呆了一会，说道："此番妖精鬼怪，连一口茶饭都不吃。我原逆料必有一走，倒想不出却是这样个走法，亦想不到走得如此之速。我儿不必哭他，他当日去后，我们也曾过到如今；没有他，倒觉得心上清净。"逢春又亲到城外，四下里瞻望了半天，方才回来。正是：

庭前鹤唳缘思海，柱下猿啼为忆山。

莫道于冰骨肉薄，由来仙子破情关。

第十五回

别难友凤岭逢木女　斩妖鼋川江救客商

词曰：

闲云暂栖丹凤岭，看诸怪相争。一妇成功请同行，也叙道中情。孽鼋[1]吹浪鼓涛声，见舟槎漂零。立拘神将把江清，一剑庆升平。

右调《武陵春》

话说于冰用遁法出了成安，到金不换家叩门。不换见于冰回来，大喜道："先生真是信人！"城璧也接将出来，让于冰到东正房坐下。城璧道："大哥探望家乡，老嫂并侄子想皆纳福。"于冰道："他们倒都安好，家计亦甚充裕，只可惜我一老家人，未得一见。"城璧道："可是大哥先日说的陆芳去世了么？"于冰道："正是。"城璧亦甚是叹惜。

于冰道："贤弟从今年六月出门，恐二侄子见你久不回家，不拘哪个去宁夏寻访，倘被衙门中人识破，大有不便。我今午在家中已替你详写家信，言明你弟兄二人事由，已差鬼役送去，明早必有回音。"城璧道："弟已出家，何暇顾及妻子，随他们去罢了。"于冰道："似你这样说，我昨日回家真是大坏清规了。吾辈有妻子，贵不萦心；若明知祸患不测，而必使妻子故投死地，不惟于己不可，即待人亦有所不恕。"不换道："这封书真是要紧之至，但不知先生怎么差鬼送去？"于冰道："明早便知。"说罢，三人叙谈至二鼓方歇。

至四鼓时分，鬼役超尘暗禀道："小鬼奉法旨领移形换影符一道，假变人形，已将书字寄交范村连城璧家，讨有回信在此。"将符与书信交讫，于冰收超尘于葫芦内。次早递与城璧拆开，三人同看。城璧见果是他儿子亲笔，上面有许多凄惨话叮咛嘱咐，他侄儿再三劝城璧偷行回家探望

---

[1] 鼋（yuán）：鳖。

等语。城璧长叹了一声，把一个金不换心服得瞠目咋舌，竟不知于冰是何等人。于冰道："二侄既知始末，从此自可保全。我此刻即与贤弟别去，三年后来看你。"又向不换深深一揖，道："令表兄诸凡仰望照拂，弟异日自必报德。"城璧大惊道："大哥今往何处去？"于冰道："人间烟火，我焉能日夜消受？"说着，从怀内取出白银二百两，向不换道："老兄家亦寒素，安可久养长客。此银权作令表兄三年饮馔之费，不收便非好朋友。我就此刻谢别。"不换再三苦留，城璧倒一言不发，唯有神色沮丧而已。

于冰见城璧光景，心下甚难为情，于是扯他到厦房内说道："贤弟不必惜别，我此去不过二三年，即来看你。日前曾说明，你通是血肉之躯，难以同行。我此时即传你吸气导引之法，果能朝夕奉行，自有妙验。"遂将出纳收放始末说与，只未传与口诀，缘心上有一半还信他不过也。城璧一一谨记。于冰出来，向不换拱手道："千万拜托，弟去了。"不换知不可留，同城璧送于数里之外方回。

于冰心里说道："闻四川峨眉山胜景极多，我魂梦中都是羡慕。今且偷空去一游，就从那边采访人间病苦，做个积功德的开始，有何不可？"旋即驾云光奔驰，已到峨眉山上，随处赏玩。见山岚叠翠，花木珍奇，两峰突起对峙，绵亘三百余里，宛若蛾眉，苍老之中，另具一番隐秀，较之西湖娇艳，大不相同。

一日，游到丹凤岭上，见对面一山，嵯峨万丈，势可齐天。岭上有石堂一座，内贮石床、石椅、丹炉、药鼎之类。于冰看天色已交申时初刻，口里说道："今晚就在此过夜罢。"方才向石床上一坐，只见对面山上夹缝内，陡然走出两个大汉，各身高一丈五六，披发跣[1]足，身穿青衣。两个大汉俱朝西眺望，猛听得一声说道："至矣！至矣！"其声音阔大，仿佛巨雷。说罢，两个大汉俱入山缝内。稍刻，那两个大汉又出来，各手执弓箭，大亦绝伦。一大汉道："看我先中其腹。"说着，将弓扯满，向西一箭射去。于冰急忙看那箭到处，只见正西山头，有一妇人缓步走来，此箭正中其胸。那妇人将箭拔去，丢在地下，复向东走来。一大汉道："此非你我所能制服，须报知将军。"只见那两个大汉又入山夹缝内。

---

[1] 跣（xiǎn）：光着。跣足，光着脚。

须臾，夹缝内出来十五六个大汉，皆身高一丈六七者，齐声向山夹缝内躬身喊叫道："请将军出宫御敌！"只见那夹缝内出来一绝大汉子，即众大汉所谓将军者，身高二丈六七尺，赤发朱衣，两眼比盘子还大，闪闪有光，面若喷血，钢牙锯齿，亦手执弓箭，面向西看望。只见那妇人渐次相近，于冰存神细看，见那妇人翠裙鸳袖，锦衣珠环，容貌极其秀美，乃妇人中之绝色也，从山西款款而至。那将军回顾众大汉道："看我中其喉。"众大汉齐声道："共仰将军神箭。"只见那将军拽满大弓，将箭放去，口中说一声："着！"只见这支箭响一声，正中在妇人咽喉上，一半在项前，一半透在项后。那妇人若不知者，轻轻将箭抽出掷于地下，又缓缓走来。那将军环顾众大汉道："此非军师先生不能降服此妇，尔等可快请军师先生来！"

俄顷，军师先生亦从夹缝中走出。于冰见那军师先生，长有六尺，粗也有六尺，头大如轮，目大如盆，口大如锅，面黑如漆，身绿如荷，乍见与一人球相似。只见那军师先生手拿宝剑，口中念念有词，用剑向地下一指，山溪内大小石块都乱跳起来，又用剑向天上一指，那些大小石块随剑都起在空中，复用剑向那妇人一指，那些大小石块雨点般向妇人打去。只见那妇人口内吐出寸许大一小瓢，其色比黄金还艳，用手将小瓢一晃，那些大小石块响声俱装入瓢内，形影全无。那妇人又将瓢向军师先生并众大汉一掷，响一声，将众大汉同军师先生并将军俱装入瓢内，飞起半天。那妇人又用手将瓢连指几下，那瓢在半空连转几转。那妇人将手向下一翻，那瓢在半空也便随手一翻，只见从瓢内先倒出无数大小石块，势若山积；随后又倒出许多青黑水来，如瀑布悬空一般飞流直下，平地上堆起波涛。那妇人将手一招，那瓢儿仍钻入妇人口中。那妇人旋即袅袅婷婷，仍向西山行去。

于冰在石堂内看了半响，竟看呆了。心中说道："此必都是些妖怪，敢于青天白昼如此兼并，莫管他们，且送她一雷火珠。"想罢，走出石堂，用右手将珠掷起，烟到处响一声，打得那妇人黄光遍地，毫无损伤。于冰急将珠收回。那妇人掉转身躯，见于冰站在对山石堂外，复用俊眼将于冰上下细看，笑说道："我有何得罪先生处，先生却如此处置我？"于冰见雷火珠无功，大为惊诧，高声说道："我乃火龙真人弟子冷于冰是也，替天斩除妖孽多年。你系何等精怪,乃敢横行,不畏天地?"那妇人又将于冰细看,道:"你面上竟有些道气,正而不邪。敝寓离此不远,请先生同去一叙如何?"于冰大笑道:"我若不敢到你巢穴里去,我也算不得火龙真人弟子了。"说罢,将身躯从岭上一跃,已到妇人面前。那妇人让于冰先行。于冰道:"你只管前走,我不避你。"那妇人微笑道:"我便得罪,先引导了。"

说罢,分花拂柳,袅娜而行,于冰跟在后面。

过了两个山头,盘绕至山底,见一绝大桂树,高可齐天,粗径亩余。那妇人走至树前,用手一推,其树自开,现出门户屋宇,执手让于冰先行。于冰迟疑,不敢入去。那妇人道:"我非祸人,先生请放心。"于冰道:"你先入去,我随后即至。"那妇人又笑了笑,先入树内。于冰此时进退两难,又怕被妖怪耻笑胆怯,于是口念护身神咒,手握雷珠,跟了入去。觉得一阵异香扑鼻,清人肺胃,放眼一看,另是一番天地。见朱门绣户,画阁雕梁,陈设物件晶莹耀目,多非人世所有。心里说道:"天下安有树内有此宅舍,必是妖怪幻捏而成。"那妇人见于冰入来,便执东家之礼,又让于冰先行。于冰到此,也避忌不来,大踏步走入厅内。那妇人向于冰轻轻一拂,与于冰分宾主坐下。许多侍女,有献松英露者,献玫瑰露者,献紫芝露、芭蕉露者,于冰总不吃。

妇人道:"先生修道几时?"于冰道:"才数年。"妇人道:"数年即有此道术,具此神通,真罕见也。"于冰道:"你端的是何人?可向我实说。"那妇人笑道:"我木仙也。自盘古开辟以来,至今历无算甲子。适先生所见大桂树,即吾原形。"于冰道:"方才对敌众大汉并将军和军师先生,皆何物?"妇人道:"此辈亦梗、楠、杞、梓、松、柏、楸、桧之属,均系经历六七千年者。奈伊等不务清修,唯恃智力,在此山中逢人必咦,遇物必杀,上干天地之和,下激鬼神之怒。今日截除吾手,实气数使然。"于冰听其语言正大,将头点了几点,又问道:"他们既如此作恶,为何不早行斩除?"妇人道:"去岁那极大汉子自号将军者,不揣分量,曾遣媒妁求婚于我,我将媒妁严刑重处,断臂逐去。不意他怀恨在心,昨晚花蕊夫人招饮明霞殿,看鹤蛇衔珠戏,此辈访知我不在,碎我花英,折我枝条,屋宇几为之覆。此刻相持,亦以直报怨耳。"于冰道:"仙卿口中吐一小黄瓢，极能变化，此系何物？"妇人道："此桂实也。吾实有数百年一结者，有三五百年、一二百年一结者，要皆桂之精华、桂之血脉也。吾于天皇氏时，即择一最大最久者，炼之四千余年始成至宝。其形似瓢，其实则圆，随意指使，大可盛山岳江湖，小可破虮虱微物。"于冰道："仙卿之瓢亦能化人否？"妇人道："人与物一体，既可以化物，即可以化人。"于冰笑道："信如斯言，则凡入卿瓢者，一概无生矣。"妇人道："瓢与我乃同根共枝而出，瓢即是我，我即是瓢。人物之入吾瓢者，生死随吾所欲，何至于一概无生也？"于冰点首至再，道："可谓至宝矣。"

又道："仙卿修炼，亦调和铅汞否？"妇人道："其理则同，其运则不同。先生以呼吸导引为第一，餐霞饮露次之；我辈以承受日精月华为第一，雨露滋润次之。至于呼吸导引，不过顺天地气运，自为转移可也。大概年愈久则道益深，所行正直无邪，即可以与天地同休。先生既系火龙真人弟子，定必与桃仙客相识，桃仙客与吾辈同类。今日相会，亦系盘古氏至今未有之奇缘，我有桂实几枚，为先生寿。"令侍儿取出一锦袋来，内贮碗碟大者、茶酒杯大者、枣豆大者不等，无一不黄光灿烂，耀目夺睛，芬馥之气，味迈天香，嗅之顿觉心神清悦。妇人取茶杯大者一、枣大者十，说道："此茶杯大者，三千年物，服之可延寿三百载；枣大者，皆百余年物，服之可延寿一纪。"于冰作揖领谢。

又问道："仙卿从盘古氏至今，修持既久，所行又光明正大，理合膺上帝敕召，位列金仙，今犹寄迹林泉何也？"妇人道："吾初次奉诏，封桂萼夫人。因性既清净，固辞始允。二千年后又敕封清华夫人，命佐花蕊夫人管理万国四海花木荣枯事。此缺极繁，况受职后便须随班朝贺，山野之性，更非所愿，因此又复行固辞。至今算一草莽之臣可也。"于冰连连作揖，道："今日冒渎夫人，失敬之至。"妇人笑道："幸吾皮骨颇顽厚，尚能挨起一珠耳。"于冰又连连起手，道："惶恐。"说毕，送于冰出树，又叮嘱道："山海之内多藏异人，邪正不一。嗣后先生宜郑重厥躬，毋轻以随珠弹鹊。"于冰拱手谢道："良言自当书绅。"妇人又道："暇时过我一谈，于先生未尝无益。"于冰唯唯。刚走得一步，那树已无门矣。后来于冰授职金仙后，倒与此妇成道中契友，有暇时即来坐谈，于冰洞中好亦常去。此是后话。

第十五回　别难友凤岭逢木女　斩妖鼋川江救客商

次早,复去闲游。游行了数日,方驾云出山。离地才起了三百余丈高下,见川江内银涛遍地,雪浪连天,一阵怪风,刮得甚是厉害。但见:

不是风伯肆虐,非关巽[1]二施威。竹浪横飞,松涛乱卷。初淅沥以萧飒,忽奔腾而澎湃。五峰瀑布,泻至江干;三峡雷霆,涌来地底。大舟小槎,翻覆如落水之鸡;少女老男,纷纭似熬汤之蟹。

于冰见风声怪异,低头下视,见川江内大小船只沉沉浮浮,男女呼天叫地,个个随波逐流,心上甚为恻然。忙疾向巽地上一指,喝声:"住!"稍刻,风平浪静。见艄公水手,各整舟楫,其中有翻了船救得上岸人,又皆呼天叫地,势类风狂。

于冰复手掐剑诀,飞符一道。须臾,大小江神拱立云中,听候使令。于冰问道:"今日大风陡起,川江内坏无限船只,伤残许多民命,尔诸神可是奉上帝敕旨,收罗在劫之人么?"众神道:"这段江名为孽龙窟,最深最险。江底有一老龟,已数百载,屡次吹风鼓浪,坏往来舟船。实系此物作祟,小神等并未奉有敕旨。"于冰听了大怒道:"尔等既职司江界,理合诛怪安民,体上帝好生之心。何得坐视妖龟肆虐,任它岁岁杀人?"众神道:"妖龟身躯大径一亩,力大无穷,且通妖术,小神等实没法遣除!"于冰越发怒道:"尔等既无力遣除,何不奏闻上帝,召天将诛之?"诸神皆鞠躬认罪。

于冰将木剑取出,上面书符两道,付与江神道:"可速持吾剑投入龟穴,自有妙应。"江神等领剑入水,见老龟还在那里食落江男女。又有那些不知死活的鱼虾,也来赶吃人肉,统被老龟张开城门般大口,一总吞去。正在快活时,江神等将木剑远远地丢去。那剑出手有光,一道寒辉,掣电般直扑老龟项颈下。只见那老龟从口中吐出一股青气,将木剑冲回有百步远近,在水中旋转不已。只待青气散尽,那木剑又照前飞去,仍被青气冲回。如此五六次。

众江神见不能成功,将木剑收回,齐到半空中,细说妖龟厉害。于冰道:"此必须用前后夹攻之法方可。"随将雷火珠交付江神,吩咐如此

---

[1] 巽(xùn):八卦之一,代表风。

如此。众江神领命，握珠者还立在老龟尾后，持剑者仍在前面。将剑丢去，老龟复吐青气；不防尾后响一声，雷火珠早到，打在老龟尾骨上，老龟虽觉疼痛，却还不甚介意。江神将珠收回，复向老龟掷去，大响了一声，这一珠才将盖子打破，疼得老龟声吼如雷，急忙将身躯掉转，张着巨口，向众江神吐毒，众江神收珠倒退。恰好木剑从老龟背后飞来，直穿过老龟脖项，血势喷溅，波浪开而复合者几次。那老龟踟蹰[1]跳跃，无异山倒峡崩，江面上船只又被水晃翻了许多。于是蹬开四足，向江底芦草多处乱钻。只见那剑真是仙家灵物，一直赶去，从水中倒起，转一转横砍下来，将脖项砍断一半。老鼋倒于江底，那剑犹往来击刺，好半晌，龟头始行坠落。

　　于冰在云中等候多时，方见众江神手捧珠剑，欣喜复命，细说诛杀老龟原委，又各称颂功德不已。正言间，忽听得江声大振，水泛红波，见一龟头大有丈许，被众神丁推涌上江岸。看的人蜂屯蚁聚，都乱嚷："上帝降罚，杀此亘古未有的怪物，从此永庆安澜，商旅可免覆舟之患矣。"于冰戒谕江神，着不时巡查，以除民害，众神遵命去了。于冰方催云行去，随地济困扶危。正是：

　　　　丹凤岭前逢木女，川江水底斩妖鼋。
　　　　代天宣化神仙事，永庆安澜行旅安。

---

[1] 踟蹰（chí chú）：心里犹豫，要走不走的样子。

第十六回

林夫人刎颈全大义　朱公子倾囊助多金

词曰：

蛩[1]声泣露惊秋枕，泪湿鸳鸯衾[2]。立志救夫行，痴心与恨长。世事难评断，竟有雪中炭。夫妇得周全，豪侠千古传。

右调《连环扣》

话说于冰斩了妖鼋，这日，商客死亡受惊者甚多。就中单表一人，姓朱名文炜，系河南归德府虞城县人，年二十三岁，住居柏叶村。他父名朱昱[3]，有二千来两家私，住房田地在外。从部中打点，补授四川金堂县典史。他长子名文魁，系已故嫡妻黄氏所生，娶妻殷氏，夫妇二人皆阴谲[4]残害。文魁最是惧内，又好赌钱，每逢赌场，连性命不顾。其次子朱文炜，系已故侧室张氏所生，为人聪明仁慈，娶妻姜氏，亦甚纯良。他家有两房家人：一名段诚，一名李必寿，各配有妻室。朱昱最爱文炜，因长子文魁好赌，将田产留文炜在家经理，将文魁带至任所，也是防闲他的意见，说明过三年后，方着文炜来替换。接连做了三年典史，手内也弄下有一千四五百两，又不敢在衙中存放，恐文魁盗用，皆暗行寄顿。

这年已到三年，文炜思念他父亲，决意入川看父。将土地俱行租与人耕种，又将家中所存所用，详细开写清账，安顿下一年的过度，交与他嫂嫂管理，方同家人段诚一同起身。这日到孽龙潭，陡遭风暴，船只几覆，幸得今番救脱。来到金堂县，朱昱大喜，细问了家中并乡里等事。文魁见兄弟来，可以替他早行回家，不意过了月余，朱昱一字不题。文魁恼恨之至。

---

[1] 蛩（qióng）：蟋蟀。
[2] 衾（qīn）：被子。
[3] 昱（yù）：日光、光明。
[4] 谲（jué）：玩弄手段，欺诈。

一日，朱昱到绅士家看戏，至三鼓后方回，在马上打了几个寒颤，回署便害头疼。至八天后，又复遍身疼痛，寒热交作，有时清白。

一日，到二鼓以后，朱昱见文炜一人在侧，说道："本城贡生刘崇义，与我至厚，他家存我银一千一百两。我曾与他暗中说明，不着你哥哥知道。新都县敦信里朱乾，是与我连宗弟兄，那边收存我银三百两，此宗你哥哥有点知道。二处我都系暗托，说明将来做你的饭根。我若有个好歹，你须设法弄在手内。日后你哥哥将家私输尽，你就帮助他些，他也领情。不是做父母的存偏心，我深知他夫妻二人皆不成心术，久后你必大受其累。约契你可速速拣取在手。"文炜泣说道："父亲不过是受了寒，早晚即愈，何骤出此言？父亲即百年后，有父从父，无父从兄，我若欺了哥哥，天亦不容我。"朱昱听了，大憾道："痴子深负我苦心！你到后悔时，方信我言，由你去罢。"又将文魁叫到跟前，嘱咐些死后务须速速分家的话。

不想说话间，又烦躁起来。朱文魁一力请了个姓强的医来，错认阳症当阴症，只一剂药，就把他父亲送了命了。大家哭号了一回，买办棺木盛殓。至七日后，文魁于城内借了一小佛庙，名慈源寺，搬移出去。

开吊毕，文炜将刘贡生等借约二张拣出交付文魁。文魁喜欢地心花俱开，出乎意料之外，极力地将文炜誉扬贤孝正大不欺。文魁即将刘贡生所借银两讨要到手，随着他兄弟文炜赴新都县，讨要朱乾家借项去了。

次日，文炜遵兄命，同段诚到朱乾家，相待极其亲厚，与了本银三百两，又找了利银十七两，余外又送了十两。主仆二人千恩万谢，辞了上路。约走了二十多里，至新都县饭铺内吃饭，见三三两两出来入去，都说的是林秀才卖了老婆还官欠的话，咨嗟叹息的倒十有八九。

原来，这林秀才是本省新都县人，单讳一个岱字，号齐峰，年三十一岁。他生得相貌雄伟，勇力绝伦，虽是个文秀才，却弓马娴熟，学得一身好武艺。娶妻严氏，颇有才色，夫妇甚相敬爱。他父亲林楷，为人正直，做过陕西陇县知县，真是一个钱不取。后来病故在任内，林岱同他母亲和家人林春扶柩回籍。不几月，他母亲也去世。清宦之家，哪里有什么私囊，又因重修陇县城池，部中核减下来，倒亏空下国帑二千五百余两，着落新都县承追。前任县官念他是旧家子弟，不过略为催取，林岱也交过八百两有余。新任知县叫冯家驹，外号又叫冯剥皮，为人极其势利刻薄。

第十六回　林夫人刎颈全大义　朱公子倾囊助多金

他曾做过陇县县丞，与林楷同寅间甚是不对，屡因不公不法的事，被林楷当面羞辱。今日林岱有这件事到他手内，正是他报怨之期。一到任，就将家人林春拿去，日夜比责。林岱破产完了一千余两，求他开释，他反申文上宪，将林岱秀才也革下来。林岱又将住房变卖交官，租了一处土房居住。本城的绅衿铺户，念他父居乡正直，前后捐助三百两，尚欠三百五十两无出。大家同去恳求冯剥皮，要他代报家产尽绝。冯剥皮不惟不听情面，且将林岱拿去收监，立限比责，大有不能生全的光景。家人林春也拖累死了。他妻室严氏，在家中同林春的女人针黹[1]度日，每天不过吃一顿饭，常有整天受饿的时候。

本城有个监生，叫胡贡，人只叫他"胡混"，是个心大胆小，专好淫欺的人。他家里有几千两的度用，又好奔走衙门，借此欺压善良。他屡次看见严氏出入，姿色动人，又知林岱在监中无可救解，便引起他娶妾之心，托一个有机变的宋媒婆，以采买针钱为由，每日言来语去撺掇严氏，着她卖身救夫。严氏是个聪明妇人，早已明白他的意见，只是不应承他。后来他屡次牵引，便也动了个念头，委婉应允。说明着胡贡代完银项，等她丈夫出监相见，即便过门。宋媒婆又着她丈夫亲笔写立文约。

次日，严氏跟了林春女人奔至新都县监内，与她丈夫相见，说明缘故。林岱听了，倒竖须眉，满身肉跳，大笑道："不意你在外面，倒有此际遇。"向林春女人道："你可哀告牢头，讨一副纸笔来。"稍刻，牢头将纸笔墨砚俱送来。林岱赌气提笔，立即写立文约。写毕，将头向监墙上一斜靠，紧闭双眼，一句话不说。严氏道："你出监后，务必到家中走走，我有许多要紧话嘱咐你。你若是赌气不到家中，我就是来生来世见你了！"林岱笑道："你去罢。"言讫[2]，把身子往地下一倒，便睡去了。

严氏回到家中，宋媒婆早在门外等候。严氏从袖内取出了卖契，向宋媒婆道："事已做妥，你可述我的话，银子三百五十两，要胡大爷当堂替我前夫交代清楚，衙门中上下，即或有些使费，我前夫都不管。我几时不见我前夫回家，我断断不肯动身。不是我心恋前夫，情理上该是这样。"

---

[1] 黹（zhǐ）：缝纫、刺绣等针线活儿。
[2] 讫（qì）：完结、终了。

宋媒婆见了契约，如获至宝，说了几句吉庆话，回去递与胡监生。胡贡看了大喜，次日一早，亲自送了冯剥皮四样重礼，剥皮说了无数送情的话，始将银两收兑入库，即将林岱当时放出监来。胡贡然后回家，催着收拾喜轿，差人到林岱家娶妾。

　　这林岱出了县监，一直奔到自己门前，见喜轿在一边放着，看的人高高下下，约百十人。又听得七言八语说："林相公来了，稍刻我们就要看霸王别姬哩。"林岱羞愧之至，分开众人入去。严氏一见，大哭道："今日是我与你永别之日了。"推林岱坐下道："我早间买下些酒肉，等你来痛饮几杯。"林岱道："你是胡家的人了，喜轿现在门外，你速刻起身，休要乱我怀抱。"说着，只见胡监生两个家人入来，说道："林相公也回来了，这是一边过银，一边过人的事。"严氏大怒道："纵去也得到日落时分，人卖与姓胡的了，房子没卖与姓胡的，似这样直出直入，使不得。"胡家人听了，也要发话，想了想，两人各以目示意而出。严氏又哭说道："我与你夫妻十来年，无福终老，半路割绝。你将来前程远大，必非终于贫贱之人；异日苟能富贵，百年后你务必收拾我残骨，合葬在一处。我在九泉之下……"话未完，林岱大笑道："这都是婴儿说梦的话，你焉能与我合葬？"

　　止说话间，只听门前有人骂道："你这般无用的奴才，为什么不将喜轿抬入去，如此耽延什么！"严氏知是胡贡来了，一直走至门前，用衣襟拭去了泪痕，高声问道："哪个是监生胡大爷？"那胡贡说道："小生便是。"那妇人道："你娶我是何意见？"胡监生道："娘子千伶百俐，难道还不知小生的意思么？"严氏道："我夫虽欠官钱，实系仇家作弄，承满城中绅衿士庶并铺户诸位老爷，念我夫主忝系宦裔，捐银两次，各助多金，可见恻隐之心，人人皆有。尊驾名列国学，宁无同好？倘格外开恩，容我夫妻苟延岁月，聚守终身，生不能衔结阶下，死亦焚顶九泉。身价银三百五十两，容拙夫按年按月陆续加利拔还，天日在上，谁敢负心？如必安心强娶，诚恐珠沉玉碎，名利皆非。君若到那时，人琴两亡，徒招通国笑谈。未知尊意以为何如？"胡监生道："娘子虽有许多之乎者也，我一句文墨话不晓得。我只知银子费去，妇人买来。若说'积德'两字，我何不将三百五十两银子分散与众贫人，还多道我几个好，也断断不肯都积德在你夫妻两人身上。闲话徒说无益,快上轿走路是正务,我家有许多亲友等候吃喜酒哩。"

此时,看的人并听的人不下千数,嗟叹者不一而足。那朱文炜正与段诚在饭铺吃了饭出来,站了许久,听得明白。只见那妇人掉转头,向门内连连呼唤道:"相公快来。"叫了几声,门内走出一条金刚般大汉,看了看众人,随即又闪入门内。那妇人面朝着门内道:"妾以蒲柳之质,侍枕席九载,实指望夫妻偕老,永效于飞。不意家门多故,反受仕宦之累,非你缘浅,乃妾命薄。我自幼也粗读过几句经史,只知从一而终。从今而后,妾于白杨青草间候你罢。前途保重,休要想念于我。"又指着胡监生骂道:"可惜我十几句良言,都送在猪狗耳内。看你这厮奴头贼眼,满身钱臭,也不像个积阴德识时务的人。"说罢,从左袖内拉出钢刀一把,如飞地向项下一抹,背后有一后生看得真切,一伸手将刀子从肩旁夺去,倒将那后生手指勒破,鲜血淋漓。那妇人大叫了一声,向门上一头触去,摔倒在地,只见血流如注。那些看的人齐声一喊,无异轰雷。胡监生见势头不好,忙忙地躲避去了。林岱抱起了严氏,见半身竟是血人。到底妇人家无甚气力,只是脑后碰下一大窟,幸未身死。林岱抱入房中,替她收拾。街上看的人皆极口赞扬烈妇,把胡监生骂的人气全无。

待了一会,宋媒婆入去打听,见不至于伤命,忙去报与胡贡。胡贡又带了许多人到门前,大嚷道:"怎么,我昨日买的人,今日还敢和姓林的坐着?难道在门上碰了一下子,就罢了不成?有本领到我家施展去来。"朱文炜细看那人,但见:

　　满面浮油,也会谈忠论孝;一身横肉,惯能惹是招非。目露铜光,遇妇人便做秋波使用;口含钱臭,见寒士常将冷语却除。敬府趋州,硬占绅衿地步;畏强欺弱,假充光棍名头。屡发非分之财,常免应得之祸。

朱文炜看了一回,见事无收煞,此时心上便忍耐不住。分开了众人,先向胡监生一揖,说道:"小弟有几句冒昧话,未知老长兄许说不许说?"胡监生道:"你的语音不同,是哪里人氏?"文炜道:"小弟河南人,本姓朱,在此地做些小生意,今日路过此地,看的多时。这妇人一心恋她丈夫,断不是个享荣华寻富贵的人,娶在尊府,她也没福消受,不过终归一死。

依小弟主见，不如叫她夫主还了这宗银子，让她赎回。老长兄拿着银子，怕寻不出有才色的妇人来么？"胡监生道："这都是信口胡说。她若有银子，就不卖老婆了。"文炜道："小弟借与她何如？"众人猛见一穿白少年，说出这话，都喝彩起来。胡监生道："不意料你倒有钱，会放卖人口账。"文炜道："小弟能有几个钱，不过是为两家解纷的意思。"胡监生想了一会，说道："也罢了，你若拿出三百六十五两银子来，我就不要她。"

众人听得，乱叫道："相公快出来，有要紧话说。"林岱出来，问道："众位有何见谕？"众人道："今日有两位积阴德的人。"指着文炜道："此位姓朱的客人，情愿替你还胡大爷的银子，赎回令夫人。"又指着胡监生道："此位也情愿让他取赎，着你夫妻完聚，岂不是两个积阴功的人么？"林岱道："我有银交银，无银交人，怎么会累及旁人代赎？"众人中有几个大嚷道："你们听么，他倒硬起来了。"林岱连忙接说道："不是我敢硬，只因与此位未曾一见，心上过不去。"众人道："你不要世故罢，只快快地与他二位磕头。"林岱即忙爬倒，先与文炜叩谢，后与胡贡叩谢。朱文炜扶起道："胡大爷可有约契么？"胡监道："若无约契，我倒是霸娶良人妻女了。"随将约契从身旁取出递与。文炜道："约上只有三百五十两，怎么说三百六十五两？"胡贡道："衙门中上下使费，难道不是钱？"众人齐说道："只以纸上为凭罢。"胡贡道："我的银子又不是做贼偷来的。"文炜道："不但这十五两分外的银子，就是正数，还要奉恳。"胡贡道："你是积阴功人，怎么也下起'恳'字来了？"文炜道："小弟身边，实只有三百二十七两，意欲与老兄同做这件好事，让这几十两何如？"胡贡大笑道："我只准你赎回去，就是天大的好事。三百六十五两，少一两也不能。你且取出银子来我看看。"文炜向段诚要来，胡贡蹲在地下，打开细细的都看了，说道："你这银子，成色也还将就去得。我原是十足纹银上库，又是库秤，除本银三百六十两外，过行加利，你还该找我五十二两五钱方得完结。分量还得同到钱铺中秤兑。"文炜道："我只有此银，这却怎处？"众人道："你别处就不能凑兑些么？"文炜道："我多的出了，少的岂肯惜费。我又是异乡人，谁肯借与我？"胡贡道："如此说，人还是我的。"

内中有一个大叫道："我是真正一穷秀才，通国皆知。众位人千人万，就没一个尚义的，与自己子孙留点地步？如今事已垂成，岂可因这几十

第十六回　林夫人刎颈全大义　朱公子倾囊助多金

两银子，又着他夫妻拆散？帮助不拘三钱二钱，一两二两，就是三十文、五十文钱，积少亦可成多。只求众位爷于此刻积点阴德，一文可抵百文，一两可抵十两。"话才说完，大众齐和一声道："我们都愿帮助。"一言甫毕，有掏出银子来的，有拿出钱来的，有因人多挤不到跟前，烦人依次传递的。三五十文以至三五百文，三五钱以至三二两不等。还有一时无现银钱，或脱衣典当，或向铺户借贷，你来我去，乱跑着交送的。没有半个时辰，银子和钱在林岱面前堆下许多。众人又七手八脚，查点数目。

须臾，将银钱秤数清楚。一人高声向大众道："承众位与子孙积福做些好事，钱已有了十九千三百余文，银子共十一两四钱有零，这件事成就了。"朱文炜笑向胡贡道："银钱俱在此，祈老长兄查收，可将卖契还我。"胡贡道："你真是少年没耳朵、没心肝的人。我前曾说过，连库秤并衙门中使费，通共该找我五十二两五钱。像这钱，我就没的说，这十来两银子，九二三的也有，九五六的也有，内中还有顶银和铜一样的东西。将银钱合在一处，才算添了三十两，还少二十多两，你怎便和我要起卖契来？"

猛见人丛中一人大声道："胡监生，你少掂斤拨两。这银钱是大众做好事的，你当还是朱客人的银钱，任你瞎嚼么？且莫说你在衙门中使费了十五两，你便使费了一千五百两，这是你走动衙门，不安分的事体，你还敢对众数说出来。我倒要问你：这使费是官吃了，还是书办衙役吃了？"说着，扬拳拽袖，向胡贡扑来。胡贡急向人丛中一退，笑说道："老哥，不必动怒。就全不与我，这几两银子也有限的，我原为那林大嫂张口就骂我。"又有几个人道："这果然是林大嫂不是处。长话短说罢，你到底还要加多少才了结？"胡贡道："话要说个明白，钱要丢在明处。今将林大嫂骂我话说出，我就争多较短，众位自然也明白了。经年修桥补路，只庙中布施，我也不知上着多少。众位都会行善，我就没一点人性。"说罢，将家中小厮们叫到面前，指着朱文炜银两并众人公摊银钱道："你们将此拿上，带同轿子回家。"又将林岱约契递与朱文炜，道："所欠二十多两，我也不着补了，算我与你同做了这件阴功罢。"文炜将约契接了，举手道谢，即忙递与林岱。胡贡又向大众一举手，道："有劳众位调停。"内中有几个见他脸上甚是没趣，便赞扬道："胡大哥是好汉。"胡贡笑应道："小弟有何好处？不过在银钱上吃的亏罢。"随即领上家下人，挺着胸脯走去。

林岱跪倒地下,朝着东西北三面连连叩头,道:"林某自遭追比官欠后,承本城本乡绅衿士庶并各铺中众位老爷,前后捐助三次,今又惠助银钱,成全我房下不至殒命失节。我林某无以为报,就是几个穷头!"说罢,又向东西北三面复行叩头。爬起来拉住朱文炜,同众人道:"舍下只有土房两三间,不能遍请诸位老爷,意欲留这位朱恩公吃顿饭,理合向众位老爷表明。"众人齐声道:"这是你情理上应该的。"又向文炜道:"我们愿闻客人大名。"文炜不肯说,众人再三逼问,文炜道:"我叫朱文炜,是河南虞城县人,在贵省做点小生意。"众人听了,互相嗟叹道:"做生意人肯舍这注大财,更是难得!难得!"又有几个人道:"林相公,你要明白,这朱客人是你头一位大恩人。"指着那吃喝的穷秀才道:"此位是倡导众人帮助的。"又指着要打胡贡的那人道:"这是为你抱不平,吓退胡监生的。"又指着大众道:"这都是共成好事的恩人。还有那位夺刀的,又是你夫人恩人。假若不是他眼明手快,令夫人此时已在城隍庙挂号了。今日这件事,竟是缺一不可。"又有几个骂胡贡道:"我们乡党中刻薄寡恩,再没有出这胡监生之右者。但他善会看风使船,觉得势头有些不顺,他便学母鸡下蛋去了。"众人皆笑道:"我们散了罢。"

朱文炜也要别去,林岱哪里肯依,将文炜拉入门内去了。正是:

小人利去名亦去,君子名全利亦全。

不信试将名利看,名名利利岂徒然!

第十七回

丧心兄弃弟归故里　长舌妇劝姒[1]过别船

词曰：

> 胸中千种愁，挂在斜阳树。绿叶阴阴自得春，恨满莺啼处。不见同床人，偏聆如簧语。门户重重叠叠，云山遮断西川路。
>
> 右调《百尺楼》

　　且说林岱将朱文炜拉入堂屋内，叫严氏道："你快出来拜谢，大恩人来了！"严氏早知事妥，感激切骨，包着头，连忙出来与林岱站在一处：男不作揖，女不万福，一齐磕下头去。文炜跪在一边相还。夫妻二人磕了十几个头，然后起来，让文炜上坐。严氏也不回避，和林岱坐在下面。林岱将文炜出银代赎的话，向严氏细说。严氏道："妾身之命，俱系恩公保留。妾夫妇若贫贱一生，亦唯付之长叹；设或神天鉴佑，稍有进步，定必肝胆涂地，仰报大德！"文炜道："老贤嫂高风亮节，古今罕有。较之城崩杞国，环缢华山者，更为激烈，使弟辈欣羡佩服之至。"林岱道："恩公到敝乡所为何事？"文炜道："小弟系金堂县典史朱讳昱之次子，贱名文炜。家兄名文魁，家父月前感寒病故。今日系奉家兄命，到贵县敦信里要账，得银三百二十七两。适逢贤嫂捐躯，此系冥冥中定数，真是迟一日不可，早一日亦不可也。"林岱道："原来恩公是邻治父台公子，失吊问之至。小弟才出图圄[2]，无物敬长者，幸有贱内粗制杯酌，权为今夕话别之具。"文炜道："小弟原拟赶赴金堂，今必过却，恐拂尊意。"随叫段诚吩咐道："你可在饭铺中等，我就回去。"林岱道："尊驾且不必去，更望将行李取来，弟与恩公为长夜之谈。寒家虽不能容车马，而立锥之地尚属有余，明天会令兄亦未为晚。"文炜方叫段诚将行李取来。

---

[1] 姒（sì）：古代称丈夫的嫂子。
[2] 图圄（líng yǔ）：古代称监狱。

稍刻，酒饭齐备，让文炜居正，林岱在左，严氏在右。文炜道："老贤嫂请尊便，小弟外人，何敢同席！"林岱道："贱内若避嫌，是以世俗待恩公也。"文炜复问起亏官钱缘由，林岱细说了一遍。文炜道："老兄器宇超群，必不至于泥涂终身。此后还是株守林泉，或别有趋向？"林岱道："小弟有一族伯，现任荆州总兵官，讳桂芳。弟早晚即欲携家属奔赴，只是囊中如洗，亦索付之无可如何而已。"文炜道："此去水路约一千余里，老兄若无盘费，弟还有一策。"林岱道："恩公又有何策？"文炜道："弟随身行李尚可典当数金。"林岱大笑道："我林某纵饿死沟渠，安肯做此贪得无厌之事，使恩公衣被俱无。"文炜道："兄只知其一，未知其二。小弟家乡还有些许田产，尚可糊口。先君虽故，亦颇有一二千金积蓄，小弟何愁无有衣被。若差小价走取，往返徒劳。"急忙到下房与段诚说知，段诚道："救人贵于救到底，小人即刻就去。"林岱同严氏走来相阻，段诚抱了行李飞跑而去，林岱夫妇大为不安。

三人仍归座位。文炜道："小弟与兄萍水相逢，即成知己，意欲与兄结为生死弟兄，未知可否？"林岱大喜，道："此某之至愿也。"随即摆设香案。交拜毕，各叙年齿，林岱为兄。文炜又与严氏交拜，认为嫂嫂。这会撇去世套，开怀畅饮，更见亲切。

不多时，段诚回来，诸物只当了十四两五钱，俱系白银。文炜接来，双手送与林岱，林岱也不推让，也不道谢，只向段诚道："着实烦劳了。"又令林春女人打发酒饭。三人直坐到二鼓时候，严氏与林春女人归西正房内，林岱同文炜在东正房内，整叙谈到天明。段诚在西厦房内安歇。

次早，文炜定要起身，林岱夫妇挥泪送出门外。只隔了两天，林岱雇船同严氏、林春女人一齐起身，赴荆州去了。

且说朱文炜别了林岱，出了新都县，路上问段诚道："我这件事做的何如？"段诚道："真是盛德之事，就只怕大相公有些闲言语。"文炜道："事已做成，由他发作罢。"

文炜入了金堂县，到得慈源寺内，文魁道："你两个要的账何如？"文炜道："共要了三百二十七两。"文魁听了，大喜道："我算着必当全结，怎便多要了十两银子？成色分量何如？"文炜道："且说不到成色分量上，有一件事要禀明哥哥。"文魁着惊道："有什么事？"文炜就将遇林岱夫

第十七回　丧心兄弃弟归故里　长舌妇劝姒过别船

妻拆散，舍银帮助的话，文魁也等不得说完，忙问道："你只要迅速说银子与了他没有？"文炜道："若不与了他，他夫妻如何完聚？"文魁道："到底与了他多少？"文炜道："三百二十七两全与了他。"文魁又忙问道："果然？"段诚道："句句是实。"文魁扑向前，把文炜脸上就是一掌。文炜却要哀恳，不防在脸上又中了一掌。老和尚师徒来劝解，文魁气得暴跳如雷："我家门不幸，养出这样憨痴子孙来！"复将文炜帮助林岱的话，与僧人说了一遍，又赶上打去。两僧人劝了一会，也就散了。

文魁倒在床上，拍着肚子大恨道："可怜往返八九千里，一场血汗勤劳，被你一日花尽。"又看着段诚大骂道："你这该剐一万刀的奴才，他就做这样事体，要你何用？"跑下来又将段诚打了一顿，重新倒在床上喘气。待了一会，又大嚷道："你就将三钱二钱，再甚至一两二两，你帮人我也还不恼；怎么将三百二十七两银子，一戥[1]盘儿送了人家。我就教你……"说着，将文炜揪过来，又是几拳，倒在床上睡觉去了。文炜与段诚面面相觑，也没个说的。

不多时，文魁起来问道："你的行李放在哪里？"文炜不敢言语。文魁再三又问。段诚道："二相公说多的已经费了，何况少的！为那姓林的没盘费到荆州，将行李当了十四两银子，也送了他夫妻。"文魁大笑道："我原知道，不如此不足以成其憨。像你两个一对材料，真是八两半斤。其实跟了那姓林的去了，我倒洒脱。这一共是三百二十七两银子，轻轻地葬于异姓之手。"说罢，捶胸顿足大哭起来。文炜道："哥哥不必如此，银子已经与了人家，追悔莫及，总是兄弟该死。"文魁道："不是你该死，倒是我该死么？罢了。我越想越气，我今同你死在一处罢。"地下放着一条铁火棍，拿起来就要打，段诚急忙架住道："大相公，这就不是了，当日老主人在日，二相公就有天大的不是，从未尝弹他一指。大相公也该仰体老主人之意。今日打上三四次，二相公直受不辞，做兄弟的道理，也就尽在十二分上，怎么还拿铁器东西打起来了？大相公玩钱，曾输过好几个三百两，老主人可打过大相公多少次？"文魁道："你不教我打他，我就打你。"段诚道："打我倒使得。"文魁将段诚打了两火棍，又要去打文炜。

---

[1] 戥（děng）：一种称金、银和药品的小称。

段诚道:"大相公不必胡打,我有几句话要说。"文魁道:"你说,你说。"段诚道:"二相公是老主人的儿子,大相公的胞弟,老主人若留下一万两银子,少不得大相公五千,二相公五千。就是今日这事,也合人情天理。钱权当像大相公赌钱输了,将来到分家的时候,二相公少分上三百二十七两就罢了。难道这家私都是大相公的不成?这样打了又打,纵不念骨肉手足情分,也该往祖父身上想想。"几句话,说的文魁睁着眼,呆了一会,将火棍往地下一丢,冷笑道:"原来你两个共同作弊,将三百多两银子不知鬼弄到哪里去,却安心回来要与我分家。既要分家,今日就分。"文炜道:"段诚不会说话,哥哥不必听他胡说。"文魁道:"他是极为顾我的话,我怎么不听他?我和你在一处过日子,将来连讨吃的地方也寻不下。"文炜道:"就是分家,回到家中再商量。"文魁道:"有什么商量?你听我分派:我们家业只有二千两,住房到算着七百。我将住房分与你,我另寻住处。你帮了人家三百多两,二宗共是一千两。你一千,我一千,岂不是均分。家人你分上段诚夫妇,我分上李必寿夫妇,这又是均分。此名为一刀两断,各干其事,从此刻一言为断。你两个到别处去住,若在此处住,我即另寻地方搬去。来不同来,走要另走。我若再与你们见面,我真不是个人娘父母养的。"文炜哭道:"就是兄弟少年冒昧,乱用银两,然已成之过,悔亦无及。哥哥着我们另寻住处,身边一分盘用没有,行李又当在新都,这一出去,纵不冻死,定必饿死。"文魁道:"你是帮助人的人,不论到哪里,都有人帮助你。任你千言万语,我的志愿已决。"说罢,气忿忿地躲在外边去了。

文炜与段诚无奈,央了素日与他哥哥相好者四五人,说合了六七次,方许了十两银子,言明立刻另寻住房,方肯付与。文炜无可如何,在朱昱灵前大哭了一场,同段诚在慈源寺左近寻店住下。说合人拿过十两银子来。

文炜隔了两日,去寻文魁,老僧在院中惊问道:"二公子没与令兄同回乡去么?"文炜道:"同回哪里去?"老僧道:"令兄连日将所有家器大小等物,变卖一空,前日晚上装完行李,五鼓时即起身去了。"文炜闻听,惊魂千里,跑至朱昱灵前,两手抱住棺木,拼命大哭,情甚凄惨。哭了好半晌,回到寓处,与段诚哭诉。不意县中老爷知道,差人送了两石仓米,四两银子;又将几个走动衙门好管事的绅衿请入署中,面托与文炜设法。

第十七回　丧心兄弃弟归故里　长舌妇劝姒过别船

众绅士满口应承下来。

谁料文炜走了否运，只三两天内，便将县官因公挂误。新署印官漠不相关，地方绅士实心好善者有几个，见县官一坏，便互相推诿起来，仅捐了三十多两，连捕厅帮助，共四十三两余，一总交与文炜谢责。文炜与段诚打算，回家盘费彀了，若扶柩，还差百金。段诚又想出一策，打听出崇宁县县官周曰谟，系河南睢州人，着文炜写哀怜手本，历述困苦，他推念同乡，自必加倍照拂。文炜亦以为然。又恐将捐银遗失，主仆相商，交与慈源寺老僧收存。岂期运败之人，随处坎坷，交与老和尚四十三两捐银，被他徒弟法空看在眼内，赶老和尚出寺，将柜上锁子扭断，把银子尽偷去了。老和尚报知文炜，文炜急得要死，禀了捕厅，捕厅替他缉访了二十余日，没一点音响。文炜深知无益，金堂地方亦再难闲住，只得到崇宁县去，将灵柩属托于老僧。

不一日，到了崇宁。先去宅门哭诉情由，求他将禀帖传递。管宅门人稍刻出来，蹙着眉头道："我们老爷看了禀帖，说你是远方游棍，在他治下假充乡亲，招摇撞骗，坏他声名，还要立即传外班坐堂审你。亏得我再四开说，才吩咐值日头把你逐出境外。你苦苦的投奔到此，我送你一千大钱做盘费，快回去罢。此地不可久留，被他查知不便。"文炜含泪拜谢，拿了一吊钱出来。

文炜与段诚相商，金堂县再住也无味，打算着成都是省城地方，各处人俱有，或者有个际遇，亦未敢定。于是主仆奔赴成都，寻了个店住下。举目认不得一个人，况他二人住的店，皆往来肩挑背负之人，这"际遇"二字，从何处说起。每天倒出着二十个房钱，日日现要。从十月住至十一月尽间，盘费也告罄了，因拖欠下两日房钱，店东便出许多恶语。段诚见不是路，于城外东门二里地远，寻下个没香火的破庙，虽然寒冷，却无人要钱。又苦挨了几天。开始是段诚沿门讨饭孝顺文炜，竟不彀两人吃用，次后，文炜也只得走这条路。

且将文炜不表。再说朱文魁弃绝了兄弟，带了重资，欣喜回家。入得门，一家男女俱来看问，见他穿着孝服，各大惊慌。文魁走入内堂，放声大哭，说父亲病故了。一家儿皆叫喊起来。哭罢，欧阳氏问道："二相公和我家男人，想是在后面押灵？"文魁又大哭道："老相公做了三年官，除一个钱没弄下，倒欠下人家许多债负，灵柩不能回来。二相公同你男人去灌县求捐，不意遭风，主仆同死在川江。我一路和讨吃的一样，奔到家乡。"

话未说完，姜氏便痛倒在地。殷氏同欧阳氏将她扶入后院房中，劝解了一番，回到前边与文魁洗尘接风。姜氏直哭到上灯时候，还不住歇。至定更以后，欧阳氏走来说道："二主母，且不必哭。我适才在外院夹道内，见隔壁李家叔侄同李必寿，从厅院外抬入两个大驮子，来到大主母窗外，看来极其沉重。还有几个皮箱在上面，俱被李必寿同大相公搬移在房内。大相公说，老主人欠人许多债负，他一路和讨吃花子一般。既穷困至此，这些行李都是哪里来的？从午后到家，此刻一更已过，才抬入来，先时在谁家存放？以我看来，其中必有大隐情。我今晚一夜不睡，在他后院窗外听个下落。我此刻就去了，你安歇了罢，不必等我。"

到四更将尽，欧阳氏推门入来，见姜氏还坐在床头上对灯流泪，笑说道："不用哭了，听了个心满意足。此时他两口子都睡熟了，我才来。"随坐在一边，将文魁夫妻前后话，细细的说一遍。又骂道："天地间哪有这一对丧良心的猪狗。"姜氏道："如此看来，二相公同你男人还在，你老主人身死是实。只是他两人只有十两银子，能过得几日，该如何回家？"说罢，又流下泪来。欧阳氏道："不妨，二相公帮助姓林的这是一件大善事，金堂县和新都自必人人通知。大相公此番弃抛父尸和胞弟，也是两县人通知的。何况老主人在那地方大小做过任父母官，便是不相干人，遭逢此等事，地方上也有个评论，多少必有帮助，断断不至饿死。讨吃亦可回乡。"又道："大相公家赞美大相公有才情，有调度，也不枉她嫁夫一场。又说你是他们祸根，必须打发了，方可做事，早晚我即劝她嫁人。大相公说：'这里的房产地土需要早些变价，方可搬到山东，另立日月。纵他二人有命回来，寻谁作对？'大相公家道：'你当日起身时，我曾嘱咐你，万一老杀才有个山高水低，就着你用这调虎离山、斩草除根之计。我还打算着得十来年，不意天从人愿，只三年多就用上此计了。'大相公又赞服她是肚中有春秋的女人。"

姜氏道："他既无情，我亦无义，只可憾我娘家在山西地方无人做主。我明日写一纸呈词告在本县，求官府和他要人。"欧阳氏道："这便使不得。我听的话，都是他夫妻暗昧语，算不得凭据，本县十分中有九分不准，

第十七回　丧心兄弃弟归故里　长舌妇劝姒过别船

即或信了我们的话，也得行文到四川察问，还不知四川官府当件事不当件事，倒弄得他又生别计出来。依我的主见，他若是劝主母改嫁，不可回杀了他，触他的恨怒，他又要另设别法。总以守过一二年然后改嫁回答他，用此缓军计，等到二相公回来就好了。从今后，要步步防他们。就是我听的这些话，总包含在心里，面色上口角间，一点也不可显出。若看出来，得祸更速。茶里饭里倒需小心，大相公家不先吃的东西，你千万不可先吃。只在此房中消磨日月，各项我自照管你。"姜氏听了，深感谢她。

一日，殷氏收拾了酒菜，到姜氏房内与她消愁。两人叙谈闲话。殷氏道："人生一世，如草生一秋，二兄弟死在四川，他的一生事体，倒算完结了。我又没三个两个儿子，与你夫妻承继；你又青春年少，日子比树叶儿还长，将来该作何了局？"姜氏低头不语。殷氏又道："我常听和尚们放大施食，有两句话儿说：'黄土埋不坚之骨，青史留虚假之名。'在世上，做忠臣节妇的人，都是至愚至痴的人。我们做妇人的，有几分颜色，恁到哪里不愁男人不爱。将来白头相守，儿女盈膝，这还是老来的受用。若说起目下同床共枕，知疼知痒，迟起早眠，相偎相抱的那一种思情，以你这年纪算起，少说还有二十年风流。像你这样独守空房，灯残被冷，就是刮一阵风，下一阵雨，也觉得凄凄凉凉，无依无靠。再听上人些闲言闲语，更是难堪。我是个口大舌长的人，没个说不出来的话。我和你在他这家中六七年来，也从来没犯个面红，你素常也知道我的心肠最热。你若是起疑心，说是我为省衣服菜饭，撺掇你出门，我又不该说。这家中量你一人，也省不下多少。你若把我这话当知心话，你的事就是我的事，我定舍命访个青春俊俏郎君，还要他家道丰富，成就你下半世荣华。你若是看成放屁，我也不过是长叹了一声罢了。"姜氏道："嫂嫂的话，都是实意为我之言，只是我与他夫妻一场，不忍急去，待守过一二年孝服，那时再烦嫂嫂罢。"殷氏道："你原是玲珑剔透的人，一点就转，只是一二年的话，还太迂阔些。我过些时再与你从长计议。"殷氏素常颇喜吃几杯酒，今见姜氏许了嫁人的话，心上快活，吃了二十来杯，方才别去。正是：

弃绝同胞弟，妖婆意未宁；
又凭三寸舌，愚动烈妇情。

第十八回

入憨局输钱卖弟妇　　引大盗破家失娇妻

词曰：

银钱原同性命，神仙尚点金丹。得来失去亦何嫌，谁把迷魂阵怨！赌输婆娘气恼，抢来贼盗心欢。须臾本利一齐干，莫笑贪人无厌。

右调《西江月》

话说朱文魁自弃绝兄弟回家，日夜想算着要去山东另立日月，只愁他兄弟文炜万一回家，于己大有不便。一日，同李必寿抱入八百多两银子，放在殷氏房内。殷氏笑问道："这是哪里来的银子？"文魁道："这是三顷二十亩地价，共卖了八百八十两，也要算本地好价钱了。"殷氏道："这住房几时出脱？"文魁道："也有买主，只与二百二十两。少卖上一百多两罢，房子原也旧些了，卖契我已书写，着中间人面交。明日先与二十两，言明一月后我们搬了房，再交那二百两。我的事倒皆停妥，你办的事还没音响，这山东何日能去？有二弟妇在，不但搬运东西碍眼，且这房子怎么与人交割？"殷氏道："我前后劝了她四次了，她咬定牙关，要守一年才肯嫁人，我也没法。"文魁道："等的各项归结，另想妙法遣除她出门。"

又向殷氏笑道："我今日发了一宗外财。早间未兑地价时，从张四胖子家门口过，被他再三扯入去，说有几个赌友在内。我只十数骰子，就赢了六十多两，岂非外财？"说着，从身边掏出来，打开包儿，笑着在炕上摆弄。殷氏道："我劝你把这赌忘了罢，咱们也彀过了。万一输去几十两，岂不后悔？"文魁道："凡人发财，走的都是运气。运气催着来，就有那些倒运鬼白白的送我。不趁手高赢他们，过了时候就有舛错[1]了。"殷氏道："只要常赢不输才好。"文魁道："地价银可收入柜中，二相公家

---

[1] 舛（chuǎn）错：错误，错乱。

第十八回　入憨局输钱卖弟妇　引大盗破家失娇妻

事要着实上紧。"说罢，出外面去了。

次日，文魁正到街上买东西，只见张四胖子忙忙地走来，大笑道："一地里寻你不着，不想在这里。"文魁道："有何话说？"四胖子将文魁一拉，两人到无人处，说道："近日袁鬼家店内，住下个客人，是山东青州府人氏，姓乔，说是个武举，跟着七八个家人，都穿得满身绸缎，到本县城里城外寻着娶妾。只要好人才，一二千两也肯出，银子钱也不知常带多少。我昨日才打探明白，今日再三请他，他才肯到我家中，总要赌现银子。说明各备三百两，少了他也不赌，我已请下杨监生叔侄两个。若讲到赢他，必须得你去，别人也没这高手，也配不上他的大注。"文魁道："这倒是一场大赌。只是自备三百两，太多些。"四胖子道："我的银子，还怕撑不上杨监生爷儿们么？"文魁听得高兴，着四胖子等着，他急忙回到家中，向殷氏说明，取了三百两银子。到四胖子家内，见正面椅子上坐着一人。但见：

面宽口大，眼睛内露出凶光；头锐鼻尖，眉毛上包含杀气。

真是花柳场中硬将，赌博队里憨爷。

文魁看罢乔武举，见杨家叔侄也在坐。于是大家举手，请各上场。四个人共一千二百两，都交付东家四胖子收存。言明下注不拘数目，每一个钱算一两银子。四胖子看着抽头，他兄弟画赌账，四个人便掷起骰子来。朱文魁听知乔武举有钱买卖，骰子只扑的和他掷，要赢他几百方乐。掷了没半顿饭时，乔武举越赢越气壮，文魁越输越气馁，顷刻将三百银子输了个干净，还欠四十余两。只输得目瞪口干，一句话说不出。

乔武举道："你的银子没了，还欠我四十一两。若还玩，便不用与我；若不玩，可将这四十两找来。"文魁道："你借与我三百两，再玩玩何如？"乔武举道："只要东家作保，我就借与你。"四胖子见这一场大赌，没有得多的头钱，又见杨家叔侄二人六百两银子不过折了十来两，忙应道："不妨，不妨。他输下多少，只用乔老爷同我要去。"乔武举道："他家里拿出来还是拿不出来？"四胖子道："三四千两也拿得出。"乔武举道："既如此，何用你作保同要，他再输了，我和他讨去。"说罢，递与文魁三百两，四个人又掷起来。

鬼混了半天，文魁前后共输了六百七十七两，直输得和死人一般,大家方才住手。乔武举道:"这七两零儿,我让了你罢,只用拿出三百七十两来完账。尊府在哪里?我同你取去。"文魁此时心如刀刺,欲不去,见乔武举气势厉害,必非良善之人;同去,又怕殷氏动气,银子难往外拿,只急得两眼通红,满脸赔笑道:"明日绝早,与乔老爷送到贵寓何如?"乔武举道:"这也使得,只要加二百两利钱。"文魁见不是话,心里恨不得上吊身死。又勉强道:"你再借与我三百两玩玩,输了一总与你何如?"乔武举道:"你将银子还了我,我再借与你玩。空口说白话,我纵有工夫等你,我的这两个拳头等不得。"杨监生道:"朱大哥,这玩钱的事,不是一场就扯回的,过日再玩罢。这位乔客人性子急些,你领上取去罢。"文魁道:"你说的也是。乔老爷请坐坐,我同东家张四哥取去,三百多两银子也还拿得出来。"乔武举道:"你家是王府公府,朝廷家禁门?难道我走动不得么?"文魁道:"去得,去得。"说罢,一齐起身,四胖子送出门外。

乔武举率领家人们,跟定了文魁到书房中坐下。文魁道:"乔老爷好容易光降,又是远客,今日就在舍下便饭。"乔武举道:"我不是少饭吃的人,你只拿三百七十两银子来,我就饱了。"

文魁见百计俱不上套,只得垂头丧气走入了内房。殷氏看见,忙问道:"输了么?"文魁也不敢言语。殷氏道:"你的手也不高了,也没有倒运的人白送你了?瞒心欺鬼弄来,一骰子两骰子输去,我将来和你这混账乌龟过日月,陪人家睡觉的日子还有哩。好容易三百两银子,当土块的乱丢。"说着,往后一倒,睡在了炕上。

不多时,李必寿跑来说道:"外面那个客人要入来,口里说的不成话。"文魁此时真是无地可入,将双眉紧皱,哀恳道:"是我该死,你只将柜上的钥匙与我罢。"殷氏大嚷道:"三百两银子还没有输毂,又要钥匙怎么?"文魁跪在地下,自己打了几个嘴巴,道:"还有三百七十两未与人哩。"殷氏听了,气得浑身乱抖,将一个钥匙口袋,从身边拉断绳系,向文魁脸上打去。旋即打脸碰头,大哭起来,道:"我的银子呀,你闪的我好苦呀!我早知你这般不长久,我不如不见你倒罢了。"文魁道:"我的奶奶!悄声些儿,休教二相公家听见了。"殷氏道:"什么二相公家三相公家,听见听不见……"正吵闹着,只见李必寿跑入来说道:"大相公,快起来

第十八回　入憨局输钱卖弟妇　引大盗破家失娇妻

出去罢。那客人把桌椅都踢翻了，声声要拉出去剥皮哩，已走出院来了。"文魁连忙站起道："你快快向他说，我在这里边称兑，就出去。"也顾不得殷氏哭闹，将柜子开放，取出三百五十两，余外将四锭小银揣在怀内。殷氏见拿出一大堆银子来，越发大哭大叫不已。

文魁跑到书房，向乔武举道："这是三百五十两纹银，实凑不出那二十两来了。"乔武举打开，都看过，手里掂了几掂，估计分量不错，着他家人们收了，说道："二十两银子也有限的，将来赌时再扣除罢。"说完头也不回，带领家人们去了。

文魁落下二十两。叫李必寿收拾起桌椅，急走入里边安顿殷氏，跪到点灯时才罢休。这一天，心上和割了几片肉的一样。晚间睡在被内，长吁短叹，想到疼处，大骂一声"福薄的奴才"，就打自己几个嘴巴。殷氏也不理他，由他自打自骂。

姜氏在后院中，白天里便听得两口子叫吵，此刻又隐隐绰绰听得骂奴才话，向欧阳氏道："你去到前面听听，是为什么？"欧阳氏道："不用听，是为输了钱，人家上门讨要，已经与过，此刻还在那里后悔。"姜氏道："你去听听，到底输了多少，那样嚷闹。"

欧阳氏起来，走至前边窗下，只听得文魁又骂道："倒运的奴才，你是自作自受。"说罢，听得文魁又打自己嘴巴。待了一会，又自打自骂起来。忽听得殷氏说道："银子已经输了，何苦不住地打那脸。从今后改过，我们怕不是好日月么？等我设法将祸害除去，咱们住在山东，就断断一个钱玩不得了。"欧阳氏正要回去，听了这两句话，心上大疑，竟一屁股坐在窗外台阶上。又听得文魁道："我想起什么来？就被张四胖子那胖奴才勾了去，输一宗大钱财。"殷氏道："我还没问你，今日来要赌钱的是个谁？"文魁道："是个山东人，姓乔。这小厮甚是有钱，狂妄的没样儿。"殷氏道："他到我们这里做什么？"文魁道："说他为娶妾来了。"殷氏道："此话果真么？"文魁道："我也是听得张四胖子说。"殷氏道："大事成了。"文魁道："成什么？"殷氏道："你有才情打发兄弟，你就没才情打发兄弟的老婆？这乔客人若不娶妾，就罢了；若为娶妾，现放着二相公家。他赢了你六百两银子，也是不心疼的钱，怕拿她换不回来么？"文魁道："她要守一年才嫁人，这事如何做得成？"殷氏道："你连这个调度都没有，怪不得憨头憨脑，六七百家输银子。你明日去拜拜这乔武举，就问他娶妾的话。他若应承，你就将二相公家许他，只和他要原银六百五十两。他若是不看更妙；若必定要看看，到其间着姓乔的先藏在书房内，我将二相公家诳谎出去，从窗子内偷看。二相公家人才，量他也看不脱。再和他定住个日子，或三更或四更，领上几个人，预备一顶轿子，硬抢到轿里，就娶得走了。你到这一晚在家中断断使不得，可于点灯后，就到张四胖子家与他们玩钱去。一个村乡地方，又没城池阻隔，只叫姓乔的在远处地方，秘密地成了亲，立刻回山东去。生米做出熟饭，她还有什么说的？"文魁道："万一姜氏叫喊，段诚家女人不依起来，村中人听见，拿住我与姓乔的，都不稳便。"殷氏道："我叫你张四胖子家玩钱，正是为此。况三四更鼓，也没人出来。即或弄出事来，你现在朋友家一夜未回，又不是都在抢亲的罪犯，告到哪里，也疑不到你身上。世上哪有个叫着人抢弟妇的？谁也不信这个话，这还是下风头的主意。我到抢她那一日点灯时候，我多预备几壶酒，与二相公家较量，她不吃我与她跪下磕头，定叫她吃几大杯。她的酒量小，灌她个大醉，还会喊叫什么？就是段诚家老婆，我也要把她灌醉，着她和死人一般。"文魁道："若是段诚家女人将来有话说，该怎么？"殷氏道："她将来必有话说，你可到县里递一纸状子，报个不知姓名诸人昏夜抢劫孀妇，遮饰内外人的耳目。姓乔的远奔山东，哪里去拿他？你做原告的不上紧，谁与她苦做主！"文魁听了，拍手大笑道："真智囊！真奇谋！虑事周到。我明日就去办理。"

欧阳氏听了，通身汗下，低低骂道："好毒短狗男女。"拿了个主见，走回房后，一五一十说了一遍，把姜氏吓得魂飞魄散，软瘫下一堆，不由得泪流满面，道："这事我唯有一死而已。"欧阳氏笑道："兵来将挡，火来水淹。他们有奇法，我们有妙计，为什么就说出个死字来？此事最易处断，只看她请你吃酒的日子，就是乔家抢亲的日子。我逆料乔家断不敢一二更鼓来，除非到三更内外。到其间，要将计就计，如此如此，怕她飞上天去。"姜氏道："她若不中我们的计，该怎处？"欧阳氏道："若不中计，我们到一更天后，我和你沿街吆叫，道破原委，先叫合村人知道。本村中好事的人也最多，他这亲便有一百分难抢。我同主母在我表嫂张寡妇家暂停一夜，到天明，或告官，或凭人说合评断，大闹上一番，将

第十八回　入憨局输钱卖弟妇　引大盗破家失娇妻

他两口子前后事件并前后隐谋，播弄得人人共知，与他们分门另住，等候二相公的归期。他纵然再要害你，他的声名已和猪狗一般，必须过一年半载才好报复。"姜氏道："任凭你罢。我今后身边常带短刀一把，设或变起不测，不过一死而已，我也不怕了。"

再说朱文魁一早起来，就去到袁鬼子店中拜乔武举。两人叙谈起娶妾的话来，乔武举道："我各处看了好几个，没一个好的。"文魁道："妇人俊俏的极难，只好千中选一。我也不怕老兄笑话，若讲到俊俏两字，舍弟妇可为一县绝色。"乔武举大乐道："今年多少岁了？有丈夫没丈夫？"文魁道："今年二十二岁了，寡居在我家内，无儿无女。只是她立志一年以后才肯改嫁，不然倒是个好姻缘。"乔武举道："可能着我一见不能？"文魁道："她从不出外边来，如何得见？"乔武举笑道："必定人物中平，因此就不敢着人见面了。"文魁道："中平中平，老兄真梦话。"遂将姜氏的眉目面孔、身段高低夸奖了个天花乱坠。

乔武举听得高兴，笑问道："可是小脚么？"文魁道："脚小何足为贵！若粗而短，软而无骨，再脚面上有高骨凸起，谓之鹅头；远看倒也动人，入手却是一段肥肉相，此等脚她便是真正金莲，实连半个狗屁不值。我不该自夸，贱内的脚就是极有讲究的了，据她说还要让舍弟妇几分。"乔武举听得高兴，不住地在头上乱拍，道："我空活了三十多岁，只知脚小便好，真是没见世面之人。"说罢，促膝操手笑道："这件事，要慎重做成方好。"文魁道："老兄若肯将赢的我那六百五十两还我，我管事体必成。"乔武举道："那有限的几两银子，只管拿去，但不知怎么个必成？"文魁道："必须定住是哪一日，或三更或四更，才可做。"遂向乔武举耳边叮嘱，要如此如此。乔武举听了个"抢"字，大喜道："我一生最爱抢人，此事定在今晚三更后。讲到成亲，我的奇秘地方最多，人数可一呼而至。银子六百五十两，你此刻就拿去。"又留文魁吃了早饭，低声问道："尊府上下有多少人？"文魁道："男女只六七口。"乔武举道："更妙！更妙！"文魁欢欢喜喜背负了银子回家，将前后话告知殷氏，殷氏也欢喜之至。

到了灯后，文魁着李必寿看守大门，与他说明缘由，不许拦阻抢亲的人，自己往张四胖子家去了。殷氏先叫李必寿家老婆拿了一大壶酒，一捧盒吃食东西，摆放在姜氏房内。稍顷，殷氏走来说道："兄弟家，你连日愁闷，我今日备了一杯酒，咱姐妹们好好的吃几杯。"姜氏早已明白了，心上甚是害怕，只愁抢亲的早来了。欧阳氏笑道："这是大主母美意，连我与老李家，也要叨福吃几杯哩。"殷氏喜道："若大家同吃更高兴些，只是还得一壶。"欧阳氏道："我取酒去。"稍刻，与李必寿家女人说说笑笑，又拿了两壶酒来。姜氏道："我的量最小，嫂嫂深知。既承爱我，我也少不得舍命相陪。今预先说明，我吃一小杯，嫂嫂吃一茶杯，不许短少。"殷氏知道姜氏量极平常，打算着七八小杯就可停妥，于是满脸赔笑道："就是你一小杯，我一茶杯罢。"欧阳氏向李必寿家道："大主母酒你斟，二主母酒我斟，每人各守一壶，不许乱动，也不许斟浅了，都要十分杯。谁错了，罚谁十杯。"殷氏着她两个也坐了。四个妇人吃起来，没有十来杯，李必寿家女人便天地不醒，歪在一边。殷氏也吃得歪倒斜视，粉面通红，口里不住说姜氏量大，与素日迥不相同。原来姜氏吃的是一壶茶，殷氏哪里理论。两个人逼住一个，殷氏头前还顾得杯杯相较，次后便大吃起酒来，杯到口便干，哪里还记得抢亲的话说，直吃得立刻倒在一边，不省人事。

欧阳氏见她二人俱醉倒，方才同姜氏到前边房内，欧阳氏用炭锤打开了柜锁，将银子取出。姜氏只带了一百五十两，就觉沉重得了不得；欧阳氏颇有气力，尽带了七封银两。回到后边，将预备现成的靴帽衣服穿戴起来，两个都打扮做男子，开了后门，一直往西北上行去。这都是欧阳氏早已定规妥的，一个装做秀才，一个装做家仆。刚走出巷口，姜氏道："黑洞洞的，身边觉得沉重，脚底下甚是费力，该怎么处？"欧阳氏道："昏夜原难走路，只用再走两条巷，村尽头处便是吴八家店，他那里有七八间住房，不拘怎么，将就上一夜。他若问时，就说城中人寻朋友，天晚不遇，明日天亮即起身，端的人认不出。"

不言两人逃走去。且说乔武举，他的名字叫大雄，是大寇师尚诏的一员贼将。他们的党羽也不下四五万人，立意要谋为叛逆。在各山停留者有一半，其余都散在四方。河南通省每一州县俱有师尚诏一个头目，率领多人，日夜在城乡堡镇闲荡，采访富家大户的跟脚。或明劫，或窃取，弄得各衙门盗案不一。又差人在赌场中，引诱无赖子弟入伙，乔大雄就是虞城县一路头目。今日朱文魁着他抢夺弟妇，正碰在他心上，因此他将六百五十两银子立即付与，原是个欲取姑与之意，倒还不在妇人好丑上计较。

第十八回　入憨局输钱卖弟妇　引大盗破家失娇妻

这日三更以后，打探得街上无人，积聚了六七十贼人，在村外埋伏了一半，自己带了三十余人，抬了轿子，前前后后地行走到文魁门首。李必寿知道是抢亲来的，连忙开门放入。众贼进门，先将李必寿口中塞了个麻绳蛋子，捆绑起来。然后把大门闭了，点起火把，分头查找入去。见殷氏面貌姣好，睡在了炕上，乔大雄道："就是她！"众人抱入了轿内，又复打开了各房箱柜，将衣服首饰银钱，凡值几个钱的东西，搜取一空。喊叫了一声，将殷氏拥载而去。

到了天微明，文魁借了个灯笼，回家来打听。见门户大开着，心中说道："这李必寿真是无用，抢的人去，也不收拾门户。"及至到了二院，见李必寿背绑在柱上，不由得大惊失色。问他，又不说话，只是蹙眉点头。文魁情知有变，急忙跑入内里，见箱柜丢的满地，各房内诸物一空，从顶门上一桶冷水，直凉在脚心底。急去寻殷氏，只见必寿家女人坐在地下哭，不想是众贼因她喊叫，打伤了脚腿。忙问道："你大主母哪去了？"妇人道："我耳中听得人声嘈杂，看时，见有许多人入来，一人将大主母抱出去了。"又问："二主母哩？"妇人道："我没见下落。"文魁用拳头在自己心上狠打了两下，一头向门上触去，跌倒在地，鲜血直流。李必寿家女人吓得大吼乱叫。过往人见门户大开着，又听得有妇人喊叫，大家一齐入去。见李必寿捆绑在厅房柱上，取了口中的麻蛋子，才说出话来，方知道是被贼打劫。到后院将文魁搀扶出来，问他缘故，文魁只是摇头。众人与他包了头。顷刻闹动了一乡，俱来看问稀奇事。只因文魁做人不好，没一个心上不快活的。地方乡保邻里人等不敢担承，都去禀报本县。文魁也只得写一张呈词，将卖弟妇的话不提，只言在张四胖子家与山东青州府人武举姓乔的同赌，将输银坐索，明火打劫家中银钱衣物，并抢去嫡妻弟妇仆人等情细述，后面开写了一张大失单，投控入去。

县官见事体重大，一面申报各宪，一面将开场同赌并店家袁鬼子，以及邻舍地方一齐拿去讯问。又分遣干役限日查拿。文魁一夜之间弄了个家产尽绝，将老婆也赔垫在内，岂非奇报？正是：

周郎妙计高天下，赔了夫人又折兵。
大造若无速报应，人间何事得公平！

第十九回

悔前愆[1] 弃妇思寻弟　拯极厄[2] 救夫又保妻

词曰：

　　荆树一伐悲旅雁，燃萁煎豆泪珠淋。木本水源宜郑重，且相寻。客舍相逢羞莫避，片言道破是知音。异域他乡惬[3]素心，幸何深！

右调《山花子》

再说朱文魁被大盗劫去家财妻子，自己头又撞下个大窟，满心里凄凉，一肚子气苦。一日，亲自到县里打听拿贼的音信并妻子下落，问了问，才知道本县行文到山东青州府去，照会乔武举有无其人。询问捕役们，都说："各处遍访，踪影全无。"抱憾回来，逐日里悲悲啼啼，哭个不止。

又想起房价银尚未归结，遂到买主家说话，讲明连房价并家器，一共与了他三百七十两。文魁也无心拣择吉日，收了银子，就同李必寿夫妻二人，带了几件必用器物，另寻一处土房内居住。将房价银、变卖了家器的银子打开，重新看过，又用戥子俱归并为五十两一包，余银预备换钱零用。收拾将完，猛将房子四下一看，竹窗上壁那些椽子，一条条看得甚分明，上面连个顶棚也没有；回想自己家中光景何等体局，孰意几天儿便弄到这步田地，不由得呼天吁地，大哭起来。哭了一会，倒在炕上，千思百虑，觉得这后半世没个过头。欲要带银两寻访妻子，又不知她被劫何地。看捕役们的举动，日受比责，实在是拿不住，并非偷闲玩忽。山东行文查问，看来也是纸上谈兵。自己又知道素日得罪乡里，可怜者少，畅快者多，将个饱暖有余的人家，弄得七零八落，想到极难处，

---

[1] 愆（qiān）：罪过，过失。
[2] 厄（è）：困苦、灾难。
[3] 惬（qiè）：满足、畅快。

第十九回　悔前愆弃妇思寻弟　拯极厄救夫又保妻

又大哭了一番。

猛然想到文炜、段诚身上，不禁拍胸大憾道："没人性的奴才！你只有一个兄弟，听信老婆的言语，日日相商做谋夺家产的想头。后到四川，因他帮了姓林的几百银子，借此便动绝离之念。若讲胡花钱，我一场就输了六百七八十两，比他的多出一倍。他花的银子，是成全人家夫妻，千万人道好；我花的银子，白送了强盗，还贴上老婆，搭了弟妇，把一个段诚家老婆也被他捎带了去，银钱诸物洗刷一空，房产地土统归外姓。我临行只与我那兄弟留了十两银子，能够他主仆二人几日用度？且又将父亲灵柩置之异乡，他生养我一场，反受我害。丢了我那穷苦兄弟，于心何安？我起身时九月将尽，他只穿着单衣两件，又无盘费被褥，三冬日月，纵不饿死，定行冻死。"想到此处，痛泪交流，骂了几声："狠心的奴才。"打了十几个嘴巴。又想起兄弟素常的好处，在慈源寺中打了他三四次，并未发一言。讲到分家，倒是段诚还较论了几句，他无片语争论，就被我立刻逐赶出去，我便偷行回家，不管他死活。想到此处，又打了几个嘴巴，骂道："奴才，你分的家在哪里？妻子银钱在哪里？田地房屋在哪里？我这样人，活在世上还有什么滋味。"憾将起来，忙将门儿关闭，把腰间丝带解下，面向西叫了两声兄弟。正欲要寻上吊的地方，忽回头看见桌上堆着二三百两银子，还未曾收藏，复回来坐在炕沿边上拿主意。

李必寿两口子在下房内，听得文魁自骂自怨，半晌也不敢来劝他。此刻声息不闻，又看见他将门儿关闭着，大是惊异，连忙走来推门一看，不想他还在炕边前坐着。文魁看见，大叫道："去罢，不许在此混我的道路。"李必寿连忙退回。文魁想了半日，忽然长叹道："我何昏聩[1]至此！现放着三百七八十两银子，我若到四川，不过费上五六十两，还有三百余两。寻着兄弟，将此与他，也省得多便宜外人，再与他商酌日后的结局。设或他冻饿死，也是我杀了他，就将此银与段诚，也算是跟随他一场。然后我再死也未迟。"又想及山东问拿乔武举："老婆已成破货，无足轻重，若拿住乔武举，追赃报仇，也算是至大事体。我意料文书至迟再不过耽延上数天，到底等一等下落为是。"主意定了，依就随缘度起日子来。

---

[1] 昏聩（kuì）：昏乱、糊涂。

且说冷于冰自那日斩了妖鼋，到处游行，救人患难疾苦。又到云贵、福建、两广地方，遍阅名山大川，古洞仙迹，凡碧鸡、点苍、金莲、玉笋、烟萝、铜鼓、红雀、鹿角等处胜景无不走到。因心恋峨眉，复与木仙一会，临行又送茶杯大桂实二个，叮咛后会而别。游罢峨眉，遂入省会成都，见山川风景，真乃天府之国，为前朝帝王发祥之地。游行了半天，厌恶那城市繁华，信步走出了东门。此时日落时候，早看见一座庙宇，约在二三里远近，款款行去。见庙已损坏，内外寂无一人。见正殿神像尽皆倒敝，东西各有禅房。先到东禅房一看，地下铺着些草节，不洁净之至。遂到西禅房就地坐下，道："今晚在此过宿罢。"说着，凝神冥目，运用回光返照功夫。

　　将到昏黑时候，只听得有人到东禅房内，又听得一人问道："你来了么？"那人应道："来了。"于冰自思道："我这眼，昏黑之际可鉴百余步，无异白昼，怎么倒没看见那边房内有人？想是他畏寒，身在草下，也未可知。"只听得一人问道："此刻身上好些么？"一个回答道："今日下半天，稍觉轻爽些。"一个道："有讨来稀粥半瓢，相公可吃些。"一人道："我肚中也觉得有些饥，你拿来我吃几口。"于冰听了，心里说道："这是两个讨饭吃的乞儿，怎么一个称呼相公，想是个穷途寒士？"

　　起来走入东禅房内，只见一年纪四十余岁人，看见于冰，连忙站起道："老爷是贵人，到此地何事？"于冰道："偶尔闲行。"问："地下倒着的是谁？"那人道："小人叫段诚，这害病的是小人主人。"于冰道："何处人氏？"段诚道："我主人是河南归德府虞城县人，姓朱名文炜，现系归德府学廪[1]膳秀才。"于冰微笑了笑。又见那文炜说道："晚生抱病，不能叩拜，祈老先生恕罪。"于冰也就坐下，问道："尊驾害何病症？"文炜道："乍寒乍热，筋骨如苏，头痛几不可忍。"于冰道："此风寒饥饱之所致也。"问段诚道："有水没有？"段诚道："此处无水。"于冰道："适才稀粥吃尽了没有？"段诚道："还有些。"于冰道："有一口入肚，即可以愈病矣。"叫段诚拿来，在粥内画了一道符，令文炜吃下。文炜见于冰丰姿气度，迥异凡流，忙接来吃到腹内，真如甘露洗心，顿觉神清气爽，

---

[1] 廪（lǐn）：米仓。

爬起来连连顿首道："今朝际遇上仙，荣幸无既。"又问于冰姓讳。于冰道："我广平冷于冰是也。不知朱学兄何以至此？"文炜遂将恁[1]般离家，父死任内，恁般讨账遇林岱卖妻，赠银三百二十七两，又代当行李，打发起身赴荆州，述说一遍。于冰道："此盛德之事，惜乎我冷某未曾遇着，让仁兄做讫。"段诚又将文魁恁般分家，恁般打骂赶逐，独自回乡。文炜又接说投奔崇宁县，被逐出境外，始流落在这庙内，主仆讨乞度命。说罢，放声大哭，段诚亦流泪不已。于冰亦为之恻然，说道："朱兄如此行事，天必降汝以福。"文炜又言河南路远，意欲先到荆州投奔林岱，苦无盘费，只得在此地苟延残喘。于冰道："送兄到河南亦最易，但令兄如此残忍，诚恐再伸辣手，伤了性命，反为不美，不如先到林岱处，另作别图。所虑者，林岱若不得势，你主仆又只得在荆州乞丐，徒劳跋涉，无益也。我亦在此住一半天，你二人明早仍去乞食，到第三日早间，我自有裁处。"说罢举手，过西禅房去了。

文炜主仆互相疑议，也不敢再问。于冰叫出超尘、逐电二鬼，秘秘吩咐道："你两个此刻速到湖广荆州府总兵官林姓衙门，打听四川秀才林岱夫妻在他衙门没有；如在，再打听他境况好不好。限后日五鼓报我知道。"二鬼领命去了。次早，文炜主仆过来拜见，于冰令二人依就出去行乞。

到第二日午尽未初时候，二鬼早归回来，禀复道："荆州总兵叫林桂芳，年六十余，无子。如今将林岱收为己子，内外大小事务，俱系林岱总理，父子甚相投合。"于冰收了二鬼。午后，文炜同段诚回来，于冰道："我已查知，林岱夫妻在荆州府总兵林桂芳署内甚好，你们去投奔他，再无不照拂之理。我现有二十余两银子，目今三月，正值桃花流汛，搭一只船，不数日可到。此银除一路盘费外，还可买几件布衣，就速速寻船去罢。"遂将银子付与，主仆二人喜欢的千恩万谢，叩拜而去。

于冰出了庙中，走至旷野，心喜道："今日此举，不但周全了朱文炜，且知林岱也是个风尘中人物。"又走了数步，猛想起："文炜不知有妻子没有？如无妻子，罢了；若有妻子，他哥哥文魁已回家半载有余，定必大肆凌逼。唐平妇人，改嫁倒罢了；设或是个贞烈女子，性命难保。"想罢，

---

[1] 恁（nèn）：那么，那这样。

即回庙中，要问这话，奈他主仆已去。于冰还望他回来，等了一会，笑道："河南可顷刻而至，何难走遭。况连城璧已及三年，也需与他想个落脚处，岂可久住在金不换家？直隶亦需一往。"

于是于无人之地驾起风云，早到虞城县交界。将超尘唤出，吩咐道："你去虞城县朱文魁家，查他兄弟朱文炜有妻子没有，刻下是何光景，朱文魁夫妇相待如何。详细打听莫误。"超尘去了一个多时辰，回来禀道："鬼头在城中遍访，始知其地。到他家细问户灶中溜诸神，已访得明白。"

遂如此这般，细细说了一遍。又言："前日晚间起更时分，姜氏同段诚女人欧阳氏，俱假扮男子，带了五百银两，欲奔四川寻朱文炜去。昨日只走了十五里，住在何家店内。今日纵快，也不过走十数里，此刻大约还在西大路上行走。"于冰大笑道："果不出吾之所料，幸亏来得不迟不早。四川道路，岂是两个妇人走的，还得我设处一番。"于是收了二鬼，急忙借土遁向西路赶来。

不过片时，见来往人中，内有两个人异样。头前一个穿灰布直裰[1]，像个家仆打扮；后面跟着一个，穿着蓝衫，儒巾皂靴，步履甚是艰苦，文雅之至。于冰紧走了几步，到他跟前一看，见他羞容满面，低头不敢仰视，心下早已明白，也不问他话，离开了七八步，在后面缓缓随行。看见百步内外有一店，两个人走入去了。于冰待了一会，也入店内，见他两个在东厦房北间，于冰就住了对面南间。稍刻，小伙计打发了饭食，须臾送入灯来。于冰正要与他们说话，见门户早已关闭，依旧回南间打坐。

次日天明，听得北房内说话，商量要雇车子。于冰看了看，见已开门，便走入北房，举手道："老兄请了。"只见姜氏甚是着忙，欧阳氏道："相公来有何见谕？"于冰问姜氏道："老兄贵姓？"姜氏也只得答道："姓朱。"于冰又问道："尊讳？"姜氏没有打点下个名字，便随口应道："贱名文炜。"于冰道："是哪一县人？"姜氏道："虞城县柏叶村人。"于冰道："这是属归德府管辖了。"姜氏道："正是。"于冰道："这也是个大奇事。天下同名同姓者固多，也没个连村庄都是相同的。我今年在四川成都府东门外龙神庙中，见一个少年秀才，名姓地方与老兄台相同，还跟着个

---

[1] 直裰（duō）：古代人穿的长袍便服。

第十九回　悔前愆弃妇思寻弟　拯极厄救夫又保妻　‖ 133

家人叫做段诚。"姜氏忙问道："此人在四川做什么？"于冰道："一言难尽。他有个哥哥叫朱文魁。"随将成就林岱夫妻并他哥哥如何长短，详说了一遍。姜氏道："这文炜就是我的哥哥，我叫文蔚。既言被大哥哥赶逐，不知他近来光景何如？栖身何地？"于冰道："他如今困苦之至，现在成都关外龙神庙，主仆轮流讨饭吃。"姜氏同欧阳氏听了，立即神气沮丧。

姜氏又问道："老相公尊姓？"于冰道："我姓冷，名于冰，直隶成安县人。"姜氏又问道："先生没问他几时回家么？"于冰道："我见他时，他正害病。"姜氏惊道："什么病？可好了么？"于冰道："也不过是风寒饥饱，劳碌郁结所致，病是我与他治好了。他打听得林岱与荆州总兵林桂芳做了儿子，大得时运，我帮了他二十两银子，打发他主仆去荆州后，我才起身。"姜氏闻听，大喜道："先生真是个天大的恩人！我磕几个头罢。"说罢，便下来叩谢。又问道："我哥哥几时可以回家？"于冰道："令兄暂时不敢回家。他起身时言，令大兄文魁，为人狡诈不堪，回家必要谋害他，妻子姜氏恐怕不能保全。着姜氏同段诚家女人同到我家中住一二年，等他回来，再商量过法。"欧阳氏道："尊府离此多远？"于冰道："离此也有二千余里。"欧阳氏道："可有亲笔书信没有？"于冰道："一则他二人行色匆匆，二则一个做乞丐的，那里有现成笔砚？书字是没有的。"姜氏听了，看欧阳氏举动，欧阳氏低头沉吟，也不言语。

于冰道："你们不必胡疑忌于我。我从三十二岁出家，学仙访道一十九年，云游天下，到处里救人危急，颇得仙人传授，手握风雷，虽不能未动先知，眼前千里外事件，如观掌上。"欧阳氏道："老相公既有此神术，可知我的名字叫什么？"于冰大笑道："你就是段诚妻房欧阳氏，她是文炜妻房姜氏。"两人彼此相视，甚为骇然。于冰又道："我原欲一入门便和你们直说，恐你们妇人家疑我为妖魔鬼怪，倒难做事。因此千思万想，宁可费点唇舌，只能够打发你们起身就罢了。不意你们过于小心精细，我也只得道破了。"二人听罢，连忙趴倒在地下乱叩头，口中乱叫："神仙老爷救命。"于冰着他二人起来，问道："可放心到我家去么？"欧阳氏道："要不去，真是自寻死路了。"于冰道："我有妻有子，亦颇有十数万两家私，你二人守候一年半载，我自然要替你们想个夫妻完聚之法。再拿我一封详细家书，我内人自必用心照料，万无一失。"两妇人跪恳于冰同去。于冰道："我的事体最多，况有我家信，和我亲去一样。一路已暗差极妥当人随地保护，放心放心，到成安县城内，只问举人冷逢春家就是。"姜氏甚是作难，于冰催逼，上车起身去了。

于冰亦随后驾云赴鸡泽县，探望连城璧去。此后，姜氏同段诚女人到冷逢春家，他母子待得甚厚，姜氏与逢春妻室李氏结为姊妹，即认卜氏为义母，如一家人一般。正是：

救人须救彻，杀人须见血。
夫妇两成全，肝肠千古热。

第二十回

金不换闻风赠盘费　连城璧拒捕战官军

词曰：

十妇九吝，半杯茶水，恼人吃尽。今朝出首逐夫亲，可怜血灿无情棍。守备逃生，官兵远遁。犹欣幸，不拖不累，走得干净。

右调《燕覆巢》

前回说朱文炜夫妻事，今且按下不表。再说连城璧自冷于冰去后，仍改姓名为张仲彦。除早午在金不换家吃饭外，连门也不出，日夜行导引工夫，不敢负于冰指教。金不换本来知交寡少，自留下连城璧，越发不敢招惹人往来。又得了于冰二百两银子，他是做过生意的人，也不肯将银子白放在家内，买了七八十亩田地，又租了人家几十亩地，添了几个牲口。次年开春，雇了一个极会种地的人，自己也帮着耕耘播种，受田地里苦处，都是早出晚归。城璧逢天气暑热，也有到郊外纳凉的时候。喜得赵家涧只数家人家，无人详究根底。知城璧是金不换表兄，这几家男男女女，也都叫城璧是金表兄，倒也相安无事。

本年鸡泽县丰收，四外州县有歉收者，都来搬运，金不换一倍获三倍之利。城璧见他营运有效，心上住得甚是安适。不换亦极尽表弟之情，凡一茶一饭，虽是些庄农食物，却处处留心，只怕城璧受了冷落。在本村雇了十四五岁的小厮，单伺候城璧茶水，相处得和同胞一般。次年又复丰收，金不换手内积下有四百余两。

世间人眼皮俱薄，见不换有了钱，城里城外，便有许多人要和他结亲。他因城璧在家，凡说亲来的，概行打退，倒是城璧过意不去。又打算着此年于冰要来，再三劝他娶亲，为保家立后之计。不换被逼不过，方聘定了本县已革刑房郭崇学的第三个女儿为继室。又见房子不够住，从二月动工，将一院分为两院，补盖了几间土房。着城璧在后院居住，前院住房做喜房，看在三月初二日过门。

自这郭氏过门，回了三朝后，不换便着她主起中馈来。她倒也极晓得过日子，于早午茶饭，甚是殷勤，待城璧分外周到。不换心上着实快活，以为内助得人。

　　过了月余，郭氏见城璧从不说出走的话，亦且食肠最大，虽每天吃的是些素菜饭，他一人倒吃三四人的东西，干烧酒每天必二三斤方可。又见城璧偌大汉子，和一妇人一样，日日钻在后院老不出门。郭家有人来，不换又说过，不许与城璧相见陪伴饮食，未免又多一番支应。因此，这妇人心上就嫌厌起来。一日趁空儿问不换道："你这表兄到此多少时了？"不换道："二年多了。"郭氏听了，便将面色变了一变，旋即又笑问道："怎么他也不回去？"不换道："他等个姓冷的朋友。"郭氏道："假如他这朋友再过二年不来，你该怎处？"不换道："他是我嫡亲表兄，便姓冷的终身不来，我就和他过到终身罢了。"郭氏又不禁失色，复笑说道："像你这样早出晚归，在田地中受苦，他就不能受苦，也该去帮你照料一二，怎么长久白坐在家内吃酒饭？若是个知世情的人，心上便该自抱不安。"不换笑道："他哪里知道田地中事？你以后不要管，只要天天饮食丰洁，茶酒不缺，就是你的正务。"郭氏不言语了。自此后，便渐渐将城璧冷淡起来。

　　不换多是在田地中吃饭，总以家中有老婆照管，不甚留心。那知城璧日日只吃个半饱，至于酒，不但二斤三斤，求半斤也是少有的。又不好和不换言及，未免早午饭时，脸上带出怒容，多在那伺候的小厮身上发作一二。那小厮便在郭氏前拨弄唇舌，屡次将盘碗偷行打破，反说是城璧动怒打破的，甚至加些言语，说城璧骂他刻薄。郭氏便大恨怒在心，知不换与城璧契厚，总一字不题。此后不但饮食核减，且连酒也没半杯了。

　　如此又苦挨了许久，和不换半字不提，怕弄得他夫妻口舌。欲要告辞远去，打算着冷于冰今年必来，岂不两误？这日也是合当起事。不换每常必到天晚时回家，这日因下起大雨，再到田中去，看见禾苗立刻发变，心上欢喜，回家着郭氏收拾酒与城璧对饮。郭氏因丈夫在家，便将酒送出两大壶，又是两盘菜，还有腐乳甜酱瓜等类四小碟，作饮酒之资。不换深喜郭氏贤仁，快活不过，放量与城璧大饮笑谈，大约两大壶酒，金不换也有半壶落肚，只吃得前仰后合，方辞归前院。

第二十回　金不换闻风赠盘费　连城璧拒捕战官军

郭氏见不换着实醉了，连忙打发睡下，自己便脱衣相陪。不换颠倒头就睡着了。睡到二更将尽，不换要水喝，郭氏打发他吃了水，说道："你今日高兴，怎么吃到这步田地？想是张表兄也醉了。"不换摇了几下头道："他不、不醉。"郭氏道："他可曾说我骂他没有？"不换道："我不知道。"郭氏笑道："怎么睡了一觉，还说的是醉话。"再看不换，也有些迷糊光景了，于是高声问道："他今日可说回家去的话没有？"连问了几声。不换恨道："你叫他回哪里去？"郭氏道："他回他家去。"不换摇头道："他不、不、不……"郭氏道："他为什么？"不换道："他去不得。"说着，又睡着了。郭氏连连推问道："你莫睡，我问你，他怎么去不得？"不换又憨说道："他在山东杀了多少官兵，哪里去？"郭氏忙问道："他为什么杀官兵？"问了几声，不见回答，原来又睡着了。郭氏抱住头，连连摇醒，在耳跟前问道："他为什么杀官兵？"不换恨命地答道："他为救他哥哥连国玺。真麻烦，狗㩆[1]的！"郭氏道："他哥哥既叫连国玺，怎么他又姓张？"不换道："你管他，他偏要姓张。"郭氏道："就姓张罢，他叫连什么？"问了几声，不换大声道："他叫连城璧。"说罢，嘴里糊糊涂涂骂了两句睡去。郭氏将两个名姓牢记在心，便不再问。

次日，一字不提，照常打发吃了早午饭，不换田地中去。郭氏着小厮守门，自己一个入城，到日落时分方回。金不换迎着问道："你往哪里去来？怎么也不通知我？"郭氏一声都也不言语，走入房内。不换跟入来又问，郭氏道："我救你的脑袋去来。"不换摸不着头路，忙问道："这是什么话？"郭氏道："你倒忘了么？我与你既做了夫妻，你就放个屁也不该瞒我。"不换道："我有什么瞒你处？"郭氏道："你还敢推聋装哑么？稍刻叫你便见。"不换已明白，是昨晚醉后失言，笑说道："你快说，入城做什么去来？"郭氏先向门外瞧了瞧，从袖中取出一张字幅儿来递与不换，看上写道：

具禀。小的金不换，系本县人，住城外赵家涧。为据实出首事：某年月，有小的表兄连城璧到小的家中，声言穷无所归，求小的代谋生计。小的念亲戚分上，只得容留，屡行盘问，语多支吾。

---

[1] 㩆（nǎng）：用刀刺，此处为骂人语。

今午大醉，方说出因救伊胞兄连国玺，曾在山东拒敌官军，脱逃至此等语。小的理合亲身密禀，诚恐本县书役盘诘[1]，遗露不便。又防城璧酒醒脱逃，不得已着小的妻房郭氏入城，托妻父郭崇学代禀。其果否在东省拒敌官军，或系醉后乱言，均未敢定。伏乞仁明老爷，速遣役拘拿研讯，俾[2]小的免异日干连，则恩同覆育矣。

不换看罢，只吓得魂飞魄散，满身乱抖起来。郭氏道："看囚鬼样。"劈手将字稿儿夺去。不换定了定神，问道："这禀帖是谁写的？可曾递了没有？"郭氏道："是我父亲写的，替你出首。县中老爷叫入内书房问了端的，吩咐我父亲道：'这连城璧等，乃山东泰安州劫牢反狱的叛贼，山东久有文书知会，系奉旨遍天下严拿之人。不意连城璧落脚在我治下，你女婿金不换出首甚好，本县还要重重地赏他。但连城璧系有名大盗，非三五百人拿他不倒。此时若会同文武官，万一走露风声，反为不美，不如到定更时，先将城门关闭，然后点起军役，与他个迅雷不及掩耳，方为稳妥。你可说与你女儿，快快回去，着金不换绊住贼人，交二更时，我同本城守爷俱到。'是这样吩咐。我父亲原要亲自来，又恐怕露形迹，着我递与你这字稿儿看，好答应文武官话。你看这事办得好不好？若依你做事，我的性命定被你干连。一个杀人放火的大强盗，经年家养在家中，还要瞒神卖鬼的日日谎我。"

金不换将主意拿定，笑说道："你真是个好老婆，强似我百倍。我还顾什么表兄表弟。他的量最大，我此刻且到关外买些酒来，将他灌个烂醉，岂不更稳妥？我这好半晌从未见他，且去和他发个虚，再买酒不迟。"郭氏道："你这就是保全身家的人了。酒不用买，还有两壶在此。"不换笑道："你把他的酒量当我么？"

急忙走入房内，与城璧子午卯酉细说了一番。城璧笑道："依你怎么处？"不换道："千着万着，走为上着。我有几百银子，俱在城内当铺中讨月利，我且去与二哥弄几两盘费来好走。"城璧笑道："我走了，你

---

[1] 诘（jié）：追问。
[2] 俾（bǐ）：使。

第二十回　金不换闻风赠盘费　连城璧拒捕战官军

岂不吃官司么？"不换道："我遭逢下这样恶妇，也就说不得了。"说罢，如飞地出去。城璧想了想，又笑道："怪道月来将我饮食核减，原来是夫妇商通。今见我不肯动身，又想出这一条来吓我。且说得体面，我去了他白吃官司。又说二更时分，有文武官率兵拿我，我倒要看个真假，临期再做裁处。"

等到起更时候，不换忙忙走来，向城璧道："今日城门此刻就关锁了，必定是里面点兵。二哥休要多心，我只与你弄来三十多两银子，还是向关外货铺当铺两下借来。二哥从前院走不得，被恶妇见，将来于我未便，可从这后院墙下，踏上一张桌子跳去罢。"急急地将银子掏出放在城璧面前，情态甚是关切。城璧道："既承老弟美意，我还有句话说。这一月余，被弟妇管顾，实没吃个饱饭。你将酒饭拿些来，我吃饱了再走。"不换连连跌脚道："我还是怕二哥吃酒饭么？只是这是什么事体？什么时候？"城璧道："你几时不与我吃，我几时不走。"不换无奈，飞忙去了。

稍刻，将酒饭拿来，摆列在桌上，城璧用碗盛酒大饮，不换在旁催促。城璧道："他们今夜若来，有我在一刻，将来实可望宽老弟一步；若今夜不来，只可付之一笑，我定于明早起身罢了，你慌什么？"不换道："此话是二哥动意外之疑，我金不换若有半句虚言，立即身首分为两处。"城璧道："既如此，何不与我同走？"不换道："我早已想及于此，曾听得恶妇述知县吩咐的话，言二哥是有名的大盗，非五六百人拿不倒。到其间动起手来，二哥或可走脱，我决被拿回。与其那样，就不如这样死中求活了。"城璧点了几下头道："老弟既拼命为我，我越发走不得了，必须与官军会面，将来才解脱得你。"不换道："我此时肉跳心惊，二哥只快走罢。"城璧道："你若着我速走，你可回避在前院。"不换忙应道："我就去。"

城璧见不换去了，出院来跳在房上，四下去望，毫无动静。复跳下房来，大饮大嚼，吃得甚饱，始将浑身衣服拽[1]扎起，把银子揣在怀中。又跳在房上四下观望，猛见正东上忽隐忽现，有几处灯火。城璧道："是矣，几屈了金表弟。"顷刻间，见那灯火乍高乍低，较前倍明。又一刻，见那

---

[1] 拽（zhuài）：拉。

灯火如云行电驰般滚来。城璧急忙跳下房来,走入房内。他目中早留心下一张方桌,掀翻在地,把四条腿折断,拣了两条长些的拿在手内,复身跳在房上。见四围灯火照耀,如同白昼一般,约有四五百人,渐次合拢了来。

此时,金不换早被文武官差人暗暗叫去问话。城璧提桌腿又跳下房来,大踏步走到前边,用手推郭氏房门,业经拴闭了。一脚踢开,侧身入去,见郭氏靠着一张桌子,在地下站着,看见城璧,大惊道:"二伯来我房内做什么?"城璧道:"特来了结你。"手起一桌腿,打得郭氏脑浆迸裂,倒在一边。急急到院中,见房四面已站有四五十人,看见城璧,各喊了一声,砖瓦石块如雨点般打下。城璧飞身一跃,早到正房屋上,桌腿到处,先放倒四五个。大吼一声,从房上跳到街心,众兵丁捕役刀枪钺[1]斧,一涌齐上。城璧两条桌腿疾同风雨,只打翻了二十余人,便闯出重围,一直向北奔去。

守备在马上大喝着,叫军役追赶。军役等被逼不过,各放命赶来。城璧见军役赶来,一翻身又杀回,众军役慌忙退后,城璧复去。急得守备在马上怪叫,又喝令追拿。那些军役无奈,只索随后赶来。城璧道:"似这样跟来跟去,到天明便难走脱。若不与他们个厉害,他断不肯干休。"于是又大吼了一声,只拣人多处冲杀,那两条桌腿一起一落,打得众军役和风吹落叶、雨判残花相似,只恨爷娘少生了几只腿,往回乱窜,城璧反行追赶。乍见灯火中一人骑在马上,指手画脚地吆喝。城璧大料他必是本城守备,把身躯一跃,已到了马前。守备却待勒马回跑,桌腿已中马头,那马直立起来,将守备丢在地下。城璧桌腿再下,众军役兵器齐隔,架住桌腿,各舍命将守备拖拉去。城璧复赶了四五十步,见军役等跑远,方折转头,又不走西北,反向东北奔走。正是:

此妇代夫除逆叛,可怜血溅魂魄散。

英雄等候众官军,只为保全金不换。

---

[1] 钺(yuè):古代兵器,比斧大。

第二十一回

信访查知府开生路　走怀仁不换续妻房

词曰：

不换遭缧绁，公厅辨甚明。亏得广平府，生全出图圄。月老欣逢旅舍，佳人天系赤绳。不意伊夫至，丢财且受刑。

右调《赞浦子》

话说连城璧杀退官军，连夜逃走去了。众兵丁将守备抢去，也顾不得骑马，几个人拖了他飞跑，见城璧不来追赶，大家方站住。守备坐在一块石头上，问兵丁道："跑了么？"众兵道："走远了。"守备道："还赶得上赶不上？"众兵道："纵赶上，也不过败了回来，哪个是他的对手？"守备咳了声道："我这功名硬叫你们害了。"说罢，带兵回城。

再说知县见城璧动手时，便远远地跑去。今见大众败回，强贼已去，没奈何，复回金不换家，前后看验了一遍，又见郭氏死在屋内。将金不换并四邻锁入城来，早哄动了合城士庶，都跟着看。知县刚到衙门前，郭崇学知他女儿被强盗打死，跪在马前，将金不换种种知情隐匿、酒后泄言，并说自己代写禀帖等情，据实出首，叫不换偿他女儿性命。知县听了，连忙入内堂请教幕宾去了。须臾，守备也来计议，好半晌别去。

知县连夜坐堂，将不换带到面前，问道："连城璧是哪里人，他和你是什么亲戚？"不换道："他祖籍陕西宁夏人，是小的嫡亲表兄。"知县道："他还有个哥哥连国玺，你认得么？"不换道："他们在宁夏，小的在直隶，相隔几千里，哪里认得？只因小的父母在世，常常说起，才知是表亲。"知县道："这就该打嘴，你既认不得他们，连城璧怎么就会投奔你？"不换道："认虽认不得，说起亲戚，彼此都知，因此他才着来寻找。"知县道："这连城璧来过你家几次？"不换道："不但几次，且二十年来连信都是没有的。"知县点点头儿。又问道："他是今年几时来的？"不换道："他是大前年五月到小的家中的。"知县道："打嘴。"左右打了不换五个嘴巴。知县道:"本县自下车以来,近城地方自不消说,即远乡僻隅,哪一天没巡查匪类之人,岂肯容留大盗住二三年,还漫无访闻么?"不换改口道:"是本月初二日到的,至今才住了二十余天。"知县道:"这就是了。"又道:"这二十余天,也不为不久,你为何不细细盘问他,早行出首?"不换道:"何尝没盘问他,他说家贫无所归着,求小的替他寻个活计,始终是这句话。只到今午醉后,方说出实情。"知县冷笑道:"我把你这狡猾奴才,连城璧本月初二日到你家是实,你知情容留大盗是实,你酒醉向你妻子泄露是实;你妻告知你妻父,你妻父念翁婿分上,假写你名字出首是实;你恨你妻子泄露,着连城璧打死,图死无对证是实。反着本县和守府空往返一番,你还有得分辩么?"不换道:"老爷在内衙商酌了半夜,就商酌出这许多的'是实'来?"知县大怒道:"这奴才放肆,敢和本县顶嘴。"吩咐再打嘴。众人却待动手,不换道:"老爷不用打,小的明白了。老爷一则要保全自己,二则要保全守爷,将知情纵盗罪名,向小的一人身上安放,可是么?"知县道:"快打嘴。"不换道:"不必打。事关重大,老爷这里审了,少不得还要解上司审问。不如与小的商量妥当好。"知县向两行吏役道:"你们听,真正光棍,了不得!了不得!"

郭崇学在下面跪禀道:"若不是光棍,如何敢容留劫杀官兵大盗哩。"不换道:"你不必多说,你是知我粜[1]卖粟粮,今年五月和我借一百五十两银子,托你女儿道达,我始终不肯。今见你女儿死了,便想挟仇害我。不能!不能!"知县又冷笑道:"你再说有什么和本县相商处?"不换向东西两下指说道:"老爷的书办衙役和城中百姓俱在此,小的酒后泄露真言,妻父替小的写禀帖出首,这话有无真假,且不必分辩;只就纵盗脱逃论,老爷同守爷今晚到小的家,若连城璧已去,这是小的走露风声,放他逃走,罪无可辞。老爷同守爷领着千军万马,被一个强贼杀一个落花流水,败阵回来,满城绅衿士庶,哪个不知,哪个不晓。不但守爷兵受伤,就是老爷衙内捕快,带伤者也不少,怎反说是小的纵盗逃脱?这话奇到哪里去了!"只这几句,把两旁看的人都说笑了。

知县气坏,待了好一会,咬牙大恨道:"金不换,你口太锋利了!你

---

[1] 粜(tiào):卖粮食。

第二十一回　信访查知府开生路　走怀仁不换续妻房

这没王法的光棍，若不动大刑，何难将本县也说成个强盗。"吩咐左右："拿极短的夹棍来。"众役呐喊，将夹棒举起，向不换背后一丢。不换道："老爷不用动刑，小的情愿画供，招个知情容留，纵贼逃脱就是了。"知县咬牙说道："你就画供，我也要夹你一夹棍。"喝令："夹起来。"不换道："凡官府用刑，为的是犯人不吐实供；若肯吐实供，再行夹打，便是法外用刑。老爷此刻与小的留点地步，小的日后到上司前，少胡说许多。"知县摇着头，闭着眼，说道："快夹！快夹！"刑房在旁禀道："老爷何必定要夹他，此事关系重大，各上宪必有访闻。金不换不动刑自招，最好不过。"知县想了想道："你说的是，就着他画供来。"须臾，不换画了供，知县吩咐牢头收监，用心看守。

退堂，向幕客相商，气不过不换当堂对众挺犯，欲要将不换制死监中。幕客大笑道："此人口供，千人共见，况本府太爷最是聪察，制死也大有不便。倒不如亲去府内口详此事，看太尊举动，再行备文，妥商详报。就费几两银子，也说不得。"知县听了，连夜上府。知府通以极好言语回答，着将金不换、郭崇学、邻里人等一并解府，面讯定案。

原来这知府是江苏吴县人，姓王名琬。虽是两榜出身，却没一点书气，办事最是明敏，兼好访查。只是性情偏些，每遇一事，他心上若动了疑，便是上宪也搬他不转，广平一府属员没一个不怕他。金不换和连城璧事前后情节，并本县那晚审的口供，都打听在肚内，深疑知县同守备回护失察大盗处分，胡冤金不换纵贼脱逃。又闻知守备军兵带伤者甚多，还有三四十个着重的，性命不保，越发看得金不换出首是实，文武官合同欺隐，要冤枉他定案。

过了几日，知县将金不换等同详文解送府城，知府立即坐堂亲审。不换正要苦诉冤情，知府摇手道："你那晚在县中口供，本府句句皆知，不用你再说。倒还有一节要问你：连城璧原系大盗，你既说不知情，为何他改姓张，在赵家涧许久，邻里俱如此称呼，其中不能无弊，你说！"不换连连叩头道："太老爷和天大的一圆明镜一般，什么还照不见。本县老爷合守爷那晚带五六百人，被一个贼打伤一二百众，大败回城，这样惊天动地、远近皆知的事，两位老爷尚敢隐匿不报，将知情私纵罪名硬派到小的身上塞责。太老爷只看详文，便知赵家涧只有七八家邻里，安敢违两位老爷嘱托，不但将连城璧改姓为张，就将连城璧颠倒呼唤，哪一家敢说个不字？大老爷不信，将邻里传问他们，谁敢说不姓张？只求太老爷详情。"知府点了点头儿，连邻里并郭氏死的缘由，一概都不问了。遂发放金不换道："你容留大盗，虽说不知情，然在你家住二年之久，你也该时刻留神盘问。直到他酒后自行说出，方能觉察禀报，疏忽之罪，实无可辞。"说着，将一筒签丢将下来，两行皂役喊一声，将不换拨翻打了四十大板，立即盼咐准讨保释放。又叫郭崇学骂道："你这丧尽天良的奴才，你本是该县的刑房已革书办，素行原是个不端之人。有你女儿活着，金不换容留大盗，便是不知情；你女儿死后，金不换便是知情。这'知情不知情'五个字，关系金不换生死性命，岂是你这奴才口中反复定案的么？且将金不换禀帖说是你替写的，真是奸狠之至。"说着，将一筒签尽数丢下，哪里还容他分辩一句，顷刻打了四十板，连邻里一总赶下去。金不换血淋淋一场官司，只四十板完账。虽是肉皮疼痛，心上甚是快乐。回家将郭氏葬埋，那鸡泽县城里城外，都说他是好汉子，有担当的人，赶着和他交往。

又过了数天，本县知县、守备俱有官摘印署理，都纷纷议论是知府揭参的。内中就有人向不换道："因你一人，坏了本县一文一武。前官便是后官的眼，你还要诸事留心些。"不换听了这几句话，心上有些疑惧起来，左思右想，没个保全久住之策。又听得郭崇学要到巡抚衙门去告，越发着急起来，也想不出个安身立命之所。打算着连城璧住的范村，没人知道，不如到那边，寻着两个表侄，就在那地方住罢。主意拿定，先将当铺讨利银两收回，次卖田地，连所种青苗都合算与人，再次卖住房。有人问他，他便以因他坏了地方文武两官回复，人都称扬他是知机的汉子。除官司盘脚外，还剩有五百二十多两银子。买了个极肥的骡儿，直走山西道路。只去了五六天后，按察使便行文提他复审，只苦了几家邻里并乡地人等赴省听候。

不换一路行来，到山西怀仁县地界，这晚便住在东关张二店内，连日便下起雨来。不换愁闷之至，每到雨住时，便在店门前板凳上坐着，与同寓人说闲话。目中早留心下一个穿白的妇人，见她年纪不过二十五六岁，五短身材，白净面皮，骨骼儿生得有些俊俏。只因这妇人

第二十一回　信访查知府开生路　走怀仁不换续妻房

时常同一年老妇人到门外买东西，不换眼里见熟了，不由得口内鬼念道："这穿白的妇人，不是她公婆病故，就是她父母死亡。"店东张二道："你都没有说着，她穿的是她丈夫的孝。"不换惊讶道："亏她年青青儿守得住？"张二道："她倒要嫁人，只是对不上个凑巧的人。"不换道："怎么是个凑巧的人？"张二道："她是城内方裁缝的女儿，嫁与这对门许寡妇的儿子，叫做许连升。

连升在本城缎局中做生意，今年三月，在江南过扬子江，船覆身死。许寡妇六十余岁，只有此子，无人奉养，定要招赘个养老儿子配她，还要二百两身价。"不换道："这事也还容易，只用与她二百两银。这许寡妇是六十多岁的人，就与人做个尊长，也还做得起。将来许寡妇亡后，银子少不得还归己手。"张二道："你把这许寡妇当什么人？见钱最真不过。或者到她死后，有点归着。"不换道："这方裁缝就依她讨此重价？"张二道："他两口子做鬼已五六年了，那妇人又别无亲丁，谁去管她闲事？"不换道："她肯招赘[1]外乡人不？"旁边有个开鞋铺的尹鹅头也在坐，听了大笑道："这样说，你就是凑巧的人了。"又问道："客人是哪地方人？到我们这里有何营干？家中可有妻室没有？"不换道："我是直隶鸡泽县人，要往代州亲戚家去，妻室是早亡过的了。"鹅头道："你能彀拿得出二百两银子来么？"不换道："银子我身边倒还有几两。"鹅头笑向张二道："这件事，咱两个与这客人作成了罢。"张二道："只怕许寡妇不要外路人。"鹅头道："要你我媒人做什么？"又笑向不换道："客人可是实在愿意么？"不换道："只怕那老妇人不依。"鹅头道："张二哥，与其闲坐着，咱两个且去说一火。"同寓的几个人帮说道："这是最好的事。说成了，我们还要吃喜酒哩。"

鹅头拉了张二入对门去了好半晌，两人笑嘻嘻地走来，向不换举手道："已到九分了，只差一分。请你此刻过去，要看看你的人物年纪，还要亲问你的根底。"不换笑道："如此说，我不去罢。她要看人物，便是二百分不妥。"众人笑道："你人物还少什么？就是《云笺记》追舟的李玉郎，也不过是你这样面孔儿。去来去来！"大家撺掇着不换穿戴了新衣帽鞋袜，跟二人到许寡妇家来。

---

[1] 赘（zhuì）：招赘，赘婿，男到女家。

许寡妇早在正房堂屋等候,看见不换,问鹅头道:"就是这个人么?"张二笑道:"你老人家真是有福。这个客人,人才、年纪也不在你老去世的儿子下。"不换先上去深深一揖,随即磕下头去。许寡妇满面笑容,说道:"若做这件事,你就是我的儿子了,便受你十个头也不为过。但是你远来,只磕两个头罢。"不换叩拜毕爬起,大家一同坐下。许寡妇将不换来踪去迹,细细盘问了一番,笑向鹅头道:"你看他身材比我亡过的儿子瘦小些,人到还有点伶俐,就依二位成就了罢。"张二又着不换叩拜,不换又与许寡妇叩了两个头,复行坐下。

许寡妇道:"我看了你了,你也看看你的人。"一边说,一边叫道:"媳妇儿出来!"叫了七八声,那方氏才从西正房走出,欲前又退,羞答答低了头,站在一旁,众人都站起来。不换留神一看,见那妇人穿了新白布袄、白布裙子,脸上打了点粉,换了双新白绫鞋,头发梳得光油油的,虽不是上好人物,比他先日娶的两个老婆强五六倍,心上着实欢喜,满口里道"好"。那妇人偷看了不换一眼,便回去了。

许寡妇道:"他两个面都见过,合同也该写一张,老身方算终身有靠。二百银子,交割在哪一日?"不换道:"合同此刻就要,银子我回店就交来。做亲定在后日罢,不知使得使不得?"许寡妇道:"你真像我的儿子,做事一刀两断,有什么使不得。"鹅头取来纸笔,张二替他两家立了凭据。不换立即回店取了二百银子,当面同尹张二人兑交。又问明许寡妇远近亲戚并相好邻里,就烦鹅头下帖,又谢了两个媒人六两银子。许寡妇便叫不换将行李搬来,暂住在西厦房中,好办理成亲的事。

到二更时分,方氏欲火如炽,无法忍耐,也顾不得羞耻,悄悄从西正房下来到不换房内,不换喜出望外。一个是断弦孤男,一个是久旷嫠妇[1],两人你情我愿,直到天明。方氏见不换胜似前夫,深喜后嫁得人,相订晚间再来,才暗暗别去。许寡妇也听得有些生气,只好随他们罢了。

次日,许寡妇也知趣,梳洗罢,便叫方氏到她儿子灵前烧纸,改换孝服。方氏只得假哭了几声,反勾引得寡妇呢呢喃喃,数念了好一会才止。

不换雇人做酒席、借桌椅并盘碗等项,忙个不了。吃午饭时,许寡

---

[1] 嫠(11)妇:寡妇。

第二十一回　信访查知府开生路　走怀仁不换续妻房

妇叫方氏同来吃，方氏又装害羞，不肯动身。叫得寡妇恼了，才肯遮遮掩掩的走来，放出无限眉眼，偷看不换。不换见方氏脚上穿了极新的红鞋，身上换了极细布衣，脸上搽了极厚浓粉，嘴上抹了极艳的胭脂，头上戴了极好的纸花，三人同坐一桌。不换一边吃饭，一边偷瞧，又想起昨晚风情，今朝态度，心眼上都是快乐，不但二百两，就是二千两，看得也值。偏这方氏又不肯安静吃饭，一面对许寡妇装羞，一面与不换递眼，瞅空儿将脚从桌子下伸去，在不换腿上踢两下缩回。不换原是小户人家子弟，哪里经过这样妖浪阵势，狐媚排场，勾引他神魂如醉，将饭和菜胡吃，也尝不出个滋味。若不是许寡妇在座，便要放肆起来。

这晚，仍照前私合，连灯烛也不吹灭。许寡妇在上房听了，唯有闭目咬牙，拽被而已。到做亲这日，也来了些女客并许寡妇的亲戚，以及邻居。北方娶亲，总要拜拜天地。许寡妇为自己孀居，家中又无长亲，众客委派着尹鹅头领不换夫妇拜天地主礼，烧化香纸。许寡妇又想起他儿子来，揩拭了许多眼泪。两人同归西正房内，做一对半路夫妻。正是：

　　此妇淫声凶甚，喊时不顾性命。

　　不换娶做妻房，要算客途胡混。

第二十二回

断离异不换遭刑杖　投运河沈襄得义财

词曰：

　　不是鸳鸯伴，强作凤鸾俦。官叫离异两分头，人财双去，从此罢绸缪[1]。可怜远行子，朝暮断干糇[2]。思量一死寄东流，幸他拯救，顶感永无休。

右调《南歌子》

　　话说金不换娶了许寡妇儿妇，两人千恩万爱，比结发夫妻还亲。三朝后，诸事完妥，不换便和许寡妇一心一意过度起来。他身边虽去了二百两，除诸项费用外，还存有二百七十两，瞒着许寡妇，寄顿在城中一大货铺内，预备着将来买田地用。又将骡子卖了二十八两，带在身边，换钱零用。那方氏逐日搽抹的和粉人一般，梳光头，穿花鞋，不拿的强拿，不做的强做，都要现在不换眼中，卖弄她是个勤练堂客，会过日子。把一个不换爱得没入脚处。

　　岂期好事多磨，只快活了十七八日，便钻出一件事来。一日早间，不换和方氏同睡未起，只听得叩门声甚急，许寡妇接应出房去了。稍刻，又听得许寡妇大惊小怪，不知说些什么，旋即和一人说话入来。方氏爬起，从窗眼中一看，只吓得面目更色，速推不换道："快起，快起，我前夫回来了！"不换道："好胡说，他已落江身死，那有回来之理？"正说着，只听得许寡妇儿长儿短，在东房内说两句，哭两声，絮叫不已。不换连忙起来，刚和方氏将衣服穿起，正要下地，只听得许寡妇放声大哭。又听得那人喊叫道："气死我了。"

　　一声未完，早见房门大开，闯入个少年汉子来，方氏将头低下。那

---

[1] 绸缪（móu）：缠绵。
[2] 糇（hóu）：古代指干粮。

第二十二回　断离异不换遭刑杖　投运河沈襄得义财

人指着不换面孔，冷笑道："就是你这亡入禽的，敢奸霸良人妻女么？反了！反了！"向不换腿上踢了一脚，一翻身跑出院来。许寡妇紧叫着，就跑去了。

不换连忙出房，许寡妇迎着说道："不意二月间沉江的，与我儿子同名同姓，是大同府乡下人，做的也是缎局生意，就误传到怀仁县来，着我和你便做下这样一件事，真是哪里说起。"不换道："他今跑往哪去？"许寡妇道："想是去告官。"不换道："这却怎处？"许寡妇道："不妨，你两个前生后续，都是我的儿子，难道有了亲生的，就忘了后续的么？现放着你与我二百银子，他若要方氏，我与你娶一个；他若不要方氏，方氏还是你的，有什么大不了的事！"

正言间，只见尹鹅头和张二神头鬼脸地走来，后跟着几家邻居，都来计议此事。许寡妇满口应承道："不妨，是老身做的，那官府也问不了谁流东流西。"尹鹅头道："你老人家怕什么？我们做媒人的经当不起。"许寡妇道："这是我做主。设或官府任性乱闹起来，你两个只用一家挨一夹棍，我保管完账，包住割不了媒人的头。"张二道："好吉祥话儿，一句齐整过一句。"

猛听得门外大声道："里面是许寡妇家么？"许寡妇也高声答道："有狗屁只管入来放，倒不必在门外寡长寡短地嚼念。"语未毕，进来两个差人，从怀内取出一张票来，向金不换面上一照，那一个差人便从袖内流出一条铁绳来，故意儿失落于地，向不换道："你做得明白，这件事可大可小，非同儿戏。夹也夹的，打也打的；二年半也徒的，三千里也流的，烟瘴地方也发的；若问到光棍里头，轻则立绞，重则与尊驾的脑袋就大有不便。"不换笑道："我这脑袋最不坚固，也不用刀割剑砍，只用几句话就掉下来了。"差人冷笑道："原来是根硬菜儿。"又掉转头同拿票差人道："这件事还用老爷审么？只用你我打个票帖入去，说奸霸良人之妻是实，又且不服拘拿。"说着将铁绳拾起，向不换道："你受缚不受缚？只要一句话。"那个拿票差人拦住道："只叫你这人性急，有话缓商为是。你怕他跑了么？"

尹鹅头道："金大哥少年不谙衙门中事故，我们需大家计议。"那拿铁绳差人问道："媒人邻居可都在么？"许寡妇一一说知。差人道："这件事，媒人固有重罪，就是邻里也脱不得干净。姓金的原来是来历不明之人，他要做此事，你们也该禀报。方才这位姓尹的说了半句在理话，却不知怎么垂爱我们？须知我们也是费了本钱来的。"将金不换并众邻里扯到了院外，在两下来回讲话，方说停妥，不换出三千大钱，鹅头和张二出八百大钱，硬派着邻里出五百大钱，说明连铺堂钱俱在内。各人当时付与，两个差人得了钱，向众人举手作谢道："金大哥这件事，是有卖的才有买的。何况又是异乡人，休说奸霸，连私通也问不上。只要这位许奶奶担承起来，半点无妨。就是二位媒人，也是几月前受许奶奶之托，又不是图谋谢礼。连许奶奶还梦想不到她令郎回来，邻里越发是无干的了。只是还有一节，这方嫂亦票上有名之人，金大哥若不叫出官，还需另讲。"不换道："这个老婆，十分中与我九分无干了，出官不出官，任凭二位。"许寡妇道："眼见的一个妇人有了两个汉子，还怕见官么？"差人道："叫她出来。"许寡妇将方氏叫出，一齐到县中来。早哄动了一县的人，相随着观看。

知县随即升堂，原被人等俱点名分跪在两下。知县先问许连升道："许氏可是你生母么？"连升道："是。"知县道："你去江南做何事？是几年上出门？"连升道："小人在本城云锦缎局做生意，今年正月，掌柜的着去苏州催货物，因同事伙计患病，耽延到如今方回。不意有直隶游棍金不换，访闻得小人妻子有几分颜色，用银一百两，贿嘱本县土棍尹鹅头、张二，假捏小人二月间坠江身死，将小人母亲谎信，招赘金不换做养老女婿，把小人妻子平白被他奸宿二十余夜。此是王法天理两不相容，只求老爷将金不换、尹鹅头等严行夹讯……"话未完，许寡妇在下面高声说道："我的儿，年青青儿的休说昧心话。你今早见我时还说是大同府有个乡下人，也做缎局生意，过江身死，此人与你名姓相同，就误传到怀仁县来。你路上听了这个风声，连忙赶来看我，怕我有死活。况你坠江的信儿，四月里就传来，怎么才说金不换用一百银子买转尹鹅头、张二欺骗我做事。阿弥陀佛，这如何冤枉人？"又向知县道："老妇人听得死了儿子，便觉终身无靠。从五月间就托亲戚邻里替我寻访个养老儿子做女婿，这几月总没个相当的人。偏偏二十天前，就来个金不换，烦张、尹二人做媒，与了二百身价，各立合同。这原是老妇人做主，与金不换等何干？只是可惜，这金不换他若迟来二十天，我儿妇方氏还是个全人。"

知县点头笑道："这就是了。"又将金不换、尹鹅头、张二并邻里人等，各问了前后实情。问许寡妇道："这二百银子你可收过么？"许寡妇道："银子现存在老妇人处，一分儿没舍得用，是预备养老的。"知县道："金不换这银子倒只怕假多真少。"遂吩咐值日头："同许氏取来，当堂验看。若是假银，还要加倍治不换之罪。"值日头同许氏去了。

知县又问许连升道："你妻方氏，已成失节之妇，你还要不要她？"连升道："方氏系遵小人母命嫁人，与苟合大不相同，小人如何不要？"知县大笑。随发落金不换道："你这奴才，放着二百银子，还怕在直隶娶不过个老婆。必要到山西地方成亲，明是见色起意。想你在本地也决不是个安分的人，本县只不往棍徒中问你，就是大恩。"吩咐用头号板子重责四十。这四十板子，打得方氏心里落了无数的泪。知县又发落尹鹅头、张二道："你二人放着生意不做，保这样媒，便叫诱人犯法。你实说，每人各得了金不换多少？"尹鹅头还要欺隐，张二将每人三两说出。知县吩咐："各打二十板，将六两谢银追出，交济贫院公用。邻里免责，俱释放回家。"又笑向方氏道："你还随前夫去罢。"

发落甫毕，许寡妇将银子取到。知县验看后，吩咐库吏入官。连升着急，忙禀道："小人妻子被金不换白睡了二十夜，这二百银子，就断与小人妻子做遮羞钱也该，怎么入起官来？"知县道："这宗银子和赃罚银两一样，理上应该入官。至于遮羞钱的话，朝廷家没有与你留下这条例。"许寡妇看得眼中出火，大嚷道："老爷！我们这件事，吃亏得了不得，与当龟养汉一般。老爷要银子，该要那干净的。"知县大喝道："这老奴才，满口胡说！你当这银子是本县要么？"许寡妇道："不是老爷要，难道算朝廷要不成？"知县大怒，吩咐将许连升打嘴。左右打了五个嘴巴，许寡妇便自打脸、碰头，在大堂上拼命叫喊，口中吆喝杀人不已。知县吩咐将许寡妇拉住，不许她碰头；一面吩咐将许连升轮班加力地打嘴，打得连升眉膀脸肿，口中鲜血直流，哀告着他母亲噤声。知县还叫着加力打，许寡妇见打得她儿子厉害，方才叩头求饶，银子也不要了。知县着将原被人等一齐赶下，退堂。

众邻里扶了张、尹二人，背负了金不换，同到东关店中。烦人将行李从许寡妇家要回来，治养棒疮。这四十板比广平府那四十板厉害数倍，割去皮肉好几块,疼得昼夜呻吟不止。又兼举目无亲,每想起自己原是个穷人,做生意无成,又学种地。前妻死去也便罢,你偏又遇着冷于冰留银二百两,从田禾中发四五百两资财。理合候连表兄有了归着,再行婚娶为是,不意一时失算,娶了个郭氏,弄出天大饥荒。侥幸挣出一条命来,既决意去范村,为何又在此处招亲,与人家做养儿子,瞎头也不知磕了多少。如今弄得财色两空,可怜父母遗体,打到这步田地。身边虽还有二百多两银子,济的甚事?若再营求,只怕又有别事飞来。我原是个和尚道士的命,妻财子禄四个字,历历考验,总与我无缘。再要不知进退,把这条穷命弄丢了,早死一年便少活一岁。又想起冷于冰,他是数万两家私,又有娇妻幼子,他怎么割舍出家,学得云来雾去,神鬼不测。我这豆大家业和浑身骨肉,与他比较起来,他真是鲲鹏[1],我真是蚋蚋[2]。我父母兄弟俱无,还有什么委绝不下?想到此处,便动了出家念头,只待棒疮养好,再定去向。从此请医调治,费一月功夫,盘用了许多钱,方渐次平复。他常听得连城璧说,冷于冰在西湖遇着火龙真人,得了仙传,他也想着要到那地方寻个际遇。

将货铺中寄放的银子取回,又恐背负行李发了棒疮,买了个驴儿,半骑半驮走路。辞别了张、尹二人,也不去范村,拿定主意奔赴杭州。

走了许多日子,方到山东德州地界。那日天将午错,将驴儿拴在一株树上暂歇,瞧见一人从西走来。不换看那人三十二三年纪,面皮黄瘦,衣履像个乞儿,举动又带些斯文气魄。只见他低了头走几步,又拾头看看天;看罢,两只手抱着自己两臂又站住,一对眼睛木呆呆,只向地下瞧,瞧罢,又往河沿前走。走到河边又站住,背操起手来,看那河水奔逝,不住地点头,倒像秀才做文字得了好句一般。不换看了半晌,说道:"这人心里,不知怎么难过,包藏着无限苦屈,只怕要死在这河内。我眼里不见他罢了,今既看见,理该问明底里,劝解他一番。"悄悄地从后面走来。忽听得那人大声说道:"罢了。"急将衣襟拉起,向面上一盖,涌身向河中跳去,响一声,即随波逐流,乍沉乍浮去了。不换跌脚道:"坏了!误

---

[1] 鲲鹏(kūn péng):传说中的大鸟。
[2] 蚋(ruì):蚊子一类的昆虫。

第二十二回　断离异不换遭刑杖　投运河沈襄得义财

了！"疾疾地将上盖衣服脱下，紧跑了几步，也往河一跳，使了个沙底捞鱼势，二十多步外方才赶上，左手提住那人头发，右手分波浪揪上岸来。缘不换做娃子时，就常在水中玩耍，到二十岁内外，更成了水中名公。今日救得此人，亦是天缘。

　　不换将他倒抱起来，控一会水，见他气息渐壮，才慢慢地放在地上。一面又跑至树下看行李，喜得此处无人来往，竟未被人拿去。急忙将驴儿牵上，拾起上盖衣服，复到救那人的去处。见那人已爬起坐在地下，和吃醉了的一般。不换将自己湿衣脱下，将那人湿衣也替他脱剥下来，用手将水拧净，铺在地上。然后坐在那人面前，问道："你是何处人氏？叫什么名字？有何冤苦，行此拙见？"那人将不换一看，说道："适才可是尊驾救我？"不换道："正是。"那人用手在地上连拍几下，道："你何苦救我！"不换道："怎么，我救你倒救出不是来了？"那人道："爷台救我，自是好意，只是活着受罪，倒不如死了熨贴。况我父母惨亡，兄弟暴逝，孑[1]影孤形，乞食四方，今生今世料无出头之日，但求速死，完我事业。爷台此刻救我，岂不害我么？"不换道："这是你自己立意如此。今既被我救活，理该向我详说冤苦，我好与你做个主裁。"

　　那人复将不换一看，说道："我还怕什么？我姓沈，名襄，绍兴府秀才。父名沈炼，做锦衣卫经历。因严嵩父子窃弄威福，屡屡杀害忠良，吏部尚书夏邦谟，表里为奸，谄事严嵩，我父上疏，请将三人罢斥。圣上大怒，将我父杖八十，充配保安州安置。我父到保安，被个姓贾的秀才请到家中，教读子侄。保安州知州念我父是个义烈人，不行拘管。那些绅士人们，闻我父名头，都来交往，又收了几十个门生。谁想我父不善潜晦，着门生等绑了三个草人，一写唐朝奸相李林甫，一写宋朝奸相秦桧，一写严嵩。师徒们每到文会完时，便各挟弓矢射这三个草人，赌酒取乐。逢每月初一日，定去居庸关外痛哭，咒骂严嵩父子，力尽方回。只两三个月，风声传至京师，严嵩大怒，托了直隶巡抚杨顺、巡按御史路楷，将我父诬做宣化府阎浩等妖党，同我母一时斩首，又将我兄弟沈褒立毙杖下。我彼时在家乡，被地方官拿获，同小妾一并解京。途次江南，

---

[1] 孑（jié）：单独，孤单。

小妾出谋，叫我去董主事家求借盘费，解役留小妾做当物，始肯放我去。承董公赠数金银两，从他家后门逃走，流落河南。盘费衣服俱尽，以乞丐为生。今到山东，此地米粟又贵，本地人不肯怜贫，我已两日两夜一点水米未曾入口。"说罢大哭。

不换道："你难道就没个亲戚投奔么？"沈襄道："亲戚虽有，但人心阴险难测，诚恐求福得祸。我只有个胞姐，嫁在江西叶家，姐夫现做万年县教官，因此一路乞丐至此，要投奔他，还不知我姐夫收与不收？"不换道："骨肉至亲，焉有不收之理。你休慌，只用走数里路便是德州，到那边我自有道理。"沈襄道："敢问爷台是哪里人？"不换道："我是北直隶鸡泽县人，叫金不换，要往浙江去。你快起来，穿了湿衣，随我到德州走一遭。"沈襄想了想，随即站起，牵驴同走，到德州旅店安下。不换立即叫小伙计买了些吃食，与沈襄充饥。又要来一盆火，烘焙衣服。然后到街上买了大小内外布衣几件，并鞋袜帽子等类，着沈襄更换了，在店内叙谈了一夜。

次早，不换取出五封银子，有十来两一小包，说道："我的家私尽在于此，咱两个平分了罢。"沈襄大惊道："岂有此理！"不换道："此理当有，只是你没有遇着。"说着，即分与沈襄一半。沈襄道："已叨活命之恩，即或惠助，只三五两罢了，如何要这许多？"不换道："你去江西，定是否极泰来。设或你姐夫不收，必须自行生路，难道又去江西讨吃不成？"两人推让了十数次，沈襄方才叩头收下，感激得铭心切骨。不换道："那驴儿你也骑了去罢。"沈襄道："恩公意欲何为？"不换道："我如今的心和行云流水一般，虽说浙江去，到处皆可羁留，并不像你计程按日行走。有它在我身边，喂草喂料，添许多不方便。此地是个水陆马头，各省往来人俱有，非你久留之所，你此刻就起身去罢。我随后慢慢地行走。"沈襄又要推却，不换道："银子我都送你百余两，何在一驴。快骑了去。"沈襄复行拜谢痛哭，不忍分离。不换催促再三，方装妥行李。两人一同出门，相随了六七里，不换看得沈襄骑上驴儿，那沈襄的眼泪何止千行，一步步哭着去了。正是：

好事人人愿做，费钱便害心疼。

不换素非侠士，此举大是光明。

第二十三回

救难裔月夜杀解役　请仙姬谈笑打权奸

词曰：

郊原皎月星辰杳，见不法，肝肠如缴。杀却二公人，难裔从此保。闲游未已权奸扰，请仙姬到了。试问这筵席，打得好不好？

右调《海棠春》

再说连城璧，自那夜从赵家涧打败了鸡泽县军役，疾走了四十余里。看天上星光渐次将明，也不知走到什么地界，便坐在一块石上暂歇。心中算计道："我今往何处去好？"想了半晌，到处都去不得，唯京中乃帝王发祥之所，紫面长须的大汉子断不只一个，且到那里再做理会。主意拿定，一路于人少地方买些吃食糊口，也不住店，随地安歇。

一日，走到清风镇地界，天交二更时分，趁着那一轮明月，向前赶路。猛见对面有几个人走来，连忙闪在一大柳树后偷看。见两个解役，一个带着刀，背着行李，一个拉了一条棍，押着个犯人，带着手铐绳索，一步一颠地走来。走了没十数步，那犯人站住说道："二位大爷，此时已夜深时候，不拘那个村庄安歇罢。此去陕西金州，还有无数程途，若像这样连夜奔走，不但我受刑之人经当不起，就是二位大爷，也未免过劳。"那拿棍解役道："你说什么？"犯人照前说了一遍。那解役冷笑道："你的意思说，你是仕宦人家子弟，身子最是娇嫩值钱。殊不知王公犯法，和庶民一般，你如今求如个自在猪狗，也是不能。"又见那拿刀的解役道："耐烦与他说话，我只是用刀背教训他。"说罢，左手于肩头托住行李，右手将刀鞘在犯人身上连触了几下，又在犯人腰间腿上踢了四五脚。那犯人便倒在地上，不肯起来。只见那拿棍的解役四下观望，观望罢，将那拿刀的解役一拉，两个走离了五六步，唧唧喁喁，不知说些什么。稍刻，那拿刀的走来，口中叫道："小董，你起来，我有话和你说。"那犯人躺在地上，只不答应。那解役叫了四五声，反笑说道："董相公，我的董大爷！你还要可怜我们些，我们也是官差不自由。你既然身子困倦，西南上有一座灵侯庙，不过一里远近，我们同到那边，让你睡个长觉何如？就是我两个，也好做个休歇。"那犯人听了，方慢慢地爬挣起来。那解役便用手搀扶他，一步步拐着行走，三个人一同往西南上去了。

城璧看听了多时，心下猜想道："我在这月光下，详看那犯人面貌，是个少年斯文人，脸上没半点凶气，端的不是做大罪恶的人；倒是那两个解役，甚是刚狠。方才他二人私语了好一会，又说着那犯人到灵侯庙睡长觉去，莫非要谋害这犯人么？我想不公不法的事，都是衙门中人做的，他们若果在背间害人，我就再开开杀戒，有何不可？"说毕，悄悄地跟来。果见有座庙宇，远远见犯人同解役转向庙西去了。城璧大踏步赶来，见那庙坐东朝西，四面墙壁半是破裂。从墙外向庙内一觑，两个解役坐在正殿台阶上，那犯人在东边台阶下，半倚半靠的倒着。城璧道："月明如昼，我外边看得见他们，安保他们看不见我，不如上正殿房上，看他们举动为妙。"于是循着墙脚转到庙后，将右手一伸，左脚一顿，已到墙内。又将两脚并在一处，将身子用力一耸，即飞上正殿屋檐，随即伏在房脊后面，向前院下视，却只见犯人，看不见那个解役。

忽见那带刀解役，反从庙外入来，大声说道："我方才四周围都看过了，此地不通大路，白天尚无人来，何况昏夜。快快地了绝他，与严中堂交个耳鼻执证，省得我们走多少路。"又听得那拿棍差人在正殿檐下应道："你说的甚是。"只见那犯人一蹶劣爬起，连连叩头道："适才二位老爷的话，我明白了。只求念我家破人亡，我父做官一场，只留我这一点根芽，哪里不是积阴德处，饶我这条小命罢。"说着，在地下叩头不已，痛哭下一堆。只见那拿棍的解役向带刀的解役道："我生平为人，心上最慈良不过，你看他哭得这般哀怜，赏他个全尸首，着他上吊罢，捆行李的绳子便可用。"那带刀的解役道："哪有这许多工夫等他上吊。"说罢，便将刀抽出，向犯人面前大步走去。

将刀举起却待砍下，猛听得正殿房檐上，霹雳般大喝了一声。声落处，早将那拿棍的解役吓得从台阶上倒撞阶下。城璧涌身一跳，已到院中。那拿刀的解役急向后倒退了几步，急看时，见一紫面长须大汉站在院中，

第二十三回　救难裔月夜杀解役　请仙姬谈笑打权奸

也不知是神是鬼，硬着胆子问道："你是什么？你怎么从房上下来？"城璧道："光天化日之下，做的好事！"那解役听得是人，便胆大起来，道："管你甚事？我是替朝廷家行法。"城璧道："朝廷岂叫你在此行法么？"那拿棍解役见人问答，方爬起站在一边。

那犯人见房上跳下人来，与解役争论，越发叩头哀呼。城璧道："解役，你实说吃了姓严的多少钱，敢在此做害人的事？"那解役大怒道："老爷们吃了几百万钱，你便怎么？是你这样多管闲事，定与这死囚是一路上人，也须饶你不得。"说罢，火匝匝举刀向城璧头上砍来。城璧大笑，将身一侧，左脚起处，刀已落地。旋用连环腿飞起右脚，响一声，早中解役心窝，倒在地上。那拿棍解役便往庙外跑，被城璧赶上，右手提住颈项，往后一丢，从庙门前直摔在庙内东台阶下。复身到那犯人面前，将手铐一扭，即成两半，又将绳索解脱，那犯人只是磕头。城璧坐在东台阶上，说道："你不必如此，可坐起来说话。"忽见那被摔倒的解役，挣命爬起，又想逃走，城璧喊了一声，吓得他战兢兢站在阶前，哪里还敢动移半步。

城璧再将犯人细看，见他生得骨骼清秀，笑问道："你姓什么？何处人氏？今年多少岁了？因甚事充配于你？"那犯人大哭道："小人姓董名玮，年十九岁，江西九江府人。我父叫董长策，做吏部文选司郎中，与严宰相是同乡。只因我父亲性情古执，见严嵩父子欺君罔上，杀害忠良，他儿子严世蕃，较他父更恶，我父发狠参了他十一款大罪案。圣上说我父诬罔大臣，革职。一月后，吏科给事中姚燕受严嵩指使，参我父大坏国家选政，拿交三法司会审，日日严刑拷掠，煅炼成案，将我父斩决，家私抄没入官，又将我发配金州。自遭此事，家奴逃散一空，唯有一家人董喜相随，数日来被这两个解役打伤腿脚，不能同行，谁知今夜要在此地杀害。若非恩公老爷相救，小人早作泉下人了。"说罢，又叩头大哭。城璧道："公子不必大哭，待我处置了这两个狗攮的再讲。"站起来，将那踢倒解役提起看视，已死去了。又将那站着的解役叫过来，说道："快将你身上的衣服鞋袜并死去的都与我脱剥个干净，再将你二人所有的盘费也尽数交献。稍迟延两句话功夫，着你立成三段。"这解役哪里还敢说一句话，先将自己浑身衣服脱去，又将死解役脱剥干净，打开行李，取出四十多两盘费，摆放在连城璧面前，然后赤条条地跪下，叩头求饶。城璧也不理他,却去将他捆行李的索儿取来,在殿外檩上挽了个套儿,复下台阶,向解役道:"这是你留下的科条,赏董公子全尸首,你就快去上吊。"那解役恨不得将头碰破。城璧道:"我们还要走路,没多的功夫等你。"解役见城璧难说,又与董公子磕响头,口中爹长爷短,都乱行哀叫出来。城璧哪里听他,先用左手将他两只手拿在一处,次用右手将他脖项用五指把握住,提他上了殿台,将脖项向套儿内一入,把前后两手松放,用脚将解役一踢,那解役便游荡起来。起初手脚还能乱动,随即喉内作声,顷刻间即辞人世。

城璧走下殿阶,董玮拜求名姓。城璧道:"此时交五更时分,无暇与公子细谈,必须赶天明走出二十里内外方好。"急将解役的衣服拣长些的套在衣服外面,换了帽子,又把那口刀带在腰间,银两揣在怀内。董玮也通身改换。城璧将发遣部文扯碎,大声说道:"公子快随我走!"董玮道:"恩公领我到哪里去?"城璧道:"离了此地再商酌。"董玮道:"我两腿打伤,慢些走还可,疾走实是不能。"城璧笑道:"这有何难!我背负了你走。"董玮道:"这如何敢当?"城璧道:"患难之际,性命为重,休多客套。快来快来!"两手将董玮扶起,背在背上,放开大步,出庙门向都中大路奔走。

一气走了十五六里,天色渐次将明,方才歇下。董玮不安之至,又与城璧叩头。城璧道:"公子,你好多礼。"董玮复问城璧名姓,城璧将自己行为,并冷于冰、金不换新旧等事,略言大概。董玮方知道他是个侠客,倍加小心钦敬。城璧道:"江西,公子断去不得,不如且和我到都中,寻一潜伏善地避些时,再想去处何如?况都中人同山海,哪个便能识得你我?"董玮无奈,只得说道:"在凭恩公主裁。"说罢起身,董玮忍痛后随。

再说冷于冰自打发姜氏主仆赴成安,便驾遁往鸡泽县,来到金不换门首,询知金不换与连城璧久已遭事去了,自忖道:"这二人叫我该从何地寻起?况我曾吩咐超尘、逐电二鬼,送姜氏主仆后,到此处回复我话,我焉能在此久等?"又想了一会,道:"我初出家时,便去百花山,今何不再去一游?"于是捻诀念咒,喝一声:"土谷神到!"片刻,来了许多土谷神听命。于冰道:"有我属下二鬼,差他们去成安县公干,十五天以后,你等可昼夜轮流在先时金不换家门首等候,二鬼若到,可说冷法师在京西百花山,着他们到那边找寻我,莫误。"随即告知二鬼形像,驾遁去了。

第二十三回　救难裔月夜杀解役　请仙姬谈笑打权奸

没有四五天，二鬼便到赵家涧得了信息，如飞奔来。正行间，远见道旁树下，坐着三个人。内有一紫面长须大汉，公差打扮，和一少年公差说话。超尘向逐电道："你看这大汉子，倒像咱法师的朋友连城璧，待我问他一声。"逐电道："使不得，你我与他阴阳异路，况又无法师令旨，如何青天白日，向人说起话来？"超尘道："你说的是，休去！休去！"原来城璧同董玮走了一天，即遇着董喜，会在一处。这日刚过良乡地界，三人正在树下稍歇，恰被这二鬼遇见。超尘逐电御风到百花山，找寻了好半晌，经过了十数个大岭，三十余个大小峰头，却在一小山庄，地名白羊石虎遇着。交回神符，将姜氏主仆到成安的话细说了一遍，于冰大悦，将二鬼着实奖誉。二鬼又将路遇连城璧话禀知，于冰大喜，问道："你们估计程途，此时进京没有？"二鬼道："今日交午时分才见他，此刻还未必到卢沟桥。"于冰收了二鬼，即驾遁到卢沟桥，趺坐等候。

至日光落西，方见城璧同两个人走来。于冰笑迎上去，高叫道："连贤弟，久违了。"城璧闻声一看，呵呀了一声，跑至于冰面前，纳头便拜。于冰扶起。董玮赶来问道："此位可是旧交么？"城璧喜欢得如获至宝，笑说道："这就是我日日和你说的那冷先生，就是我那结义的好哥哥，就是泰安州救我的活神仙，你快过来叩头。"董玮即忙叩拜。于冰将董玮一看，见他骨格清秀，眉目间另有一种英气，与众不同，知是大贵之相。董喜也跑来叩头，于冰扶起，笑问城璧道："此兄是谁？"城璧道："是董公子，话甚长，必须个僻净地方好说。"于冰道："此地乃数省通衢，不如赶进城去，到店中再说。"

三人走到二更时候，在彰仪门外寻店住下。城璧将自己别后并金不换、董公子事细说了一遍。于冰向董玮道："公子只管放心，都交在冷某身上，将来定有妥当地方安置。"董玮叩谢。三人直说到天明。于冰道："都中非停留之地。五岳之中，唯泰山我未一游，何不大家同去走走？"城璧道："兄弟生长宁夏，北五省俱皆到过，只是未到京师，今既到此，还想要入城瞻仰瞻仰帝都的繁华，大哥看使得使不得？"于冰说道："这有什么使得使不得，我即陪兄弟和公子一游。"董玮道："晚生父亲惨死，昼夜隐痛，实不忍闲游。"于冰道："此系公子孝思，请在店中等我们罢。"

早饭后，两人更换衣巾，城璧跟了于冰入城游走。闲行到东华门，后面来了一顶大轿，马上步下跟随着许多人役。于冰站住，向轿内一看，不想是严世蕃。世蕃也看见于冰，吩咐住轿。于冰拉城璧连忙回避。只见轿前站下了四五个人，听他吩咐话。须臾，坐轿去了。旋有八九个人赶到于冰面前，问道："先生可姓冷么？"于冰道："我姓于。"又问城璧，于冰道："他是舍弟。"众人道："我们是中堂府内人。适才是做工部侍郎严大人，传你去说话。"于冰向城璧道："你先回店中去罢。"众人道："这长须大汉，我们老爷亦着他去。"于冰笑向城璧道："我们同去走走。"

两人随众人到严嵩府内。稍刻，一人从内出来向于冰、城璧将手一招，两人跟了入去。到一大书院中，于冰看了看，是他初见严嵩的地方。须臾，严世蕃从厅内缓步走出，向于冰举手笑道："冷先生，真是久违了。"于冰正色道："我不姓冷。"世蕃大笑道："先生休得如此，家父想先生之才，至今时常称颂。"于冰道："大人错认了，我实姓于，是陕西华阴人氏。"又指城璧道："这是舍弟。"世蕃见不是冷不华，深悔与他举手，顷刻将满面笑容收拾了个干净，变成一脸怒形，问道："你二人可有功名没有？"于冰道："我是秀才，舍弟是武举。"世蕃又怒问于冰道："你们在京中有何事？"于冰道："因家道贫寒，在京耍个戏法儿度日。"世蕃听了会耍戏法儿，便有些笑容，向于冰道："你此刻耍一个我看。"于冰道："我就耍一个。"看了看，东边有个大水缸，缸内有许多金鱼。于冰将手一招，那缸内水随手而起，有一丈高下，和缸口一般粗细，倒像一座水塔直立起来。又见那些五色金鱼，或跃或伏，或上或下，在水内游戏。世蕃大笑叫好，众人亦称道不绝。于冰又将手一覆，其水和鱼仍归缸内，地下无半点湿痕。世蕃道："此非戏法，乃真法也！可领他到外边，转刻要用他们。"家人领于冰、城璧到班房内。

须臾，里边发出几副请帖来。待了半晌，见一顶大轿入门，是兵部侍郎陈大经。转刻，来了工部侍郎兼通政司卿赵文华、太常寺正卿鄢懋卿。又一会，见棍头喝着长声道子，直入大院内，后面一顶大轿，跟随的人甚多，是都察院掌院加宫保兼吏部尚书夏邦谟，穿着蟒袍玉带。严世蕃大开中门，迎接入去。于冰低声向城璧道："前来的那几个，是中等门下，后来的是上等门下，所以待得又分外体面些。"

稍顷，里边传唤于冰和城璧入去，又不是头前那个地方了。见正面大厅上，东西两边摆设着两架花围屏，俱是墨笔勾剔出来的，屏内有许

第二十三回　救难裔月夜杀解役　请仙姬谈笑打权奸

多粉妆玉琢的妇女。正中一席夏邦谟，左右是陈大经、赵文华，东席鄢懋卿，西席严世蕃，下面家丁无数。于冰、城璧走入内厅，朝上站住。邦谟道："这秀才便是会耍戏法儿的人么？"世蕃笑应道："正是。"邦谟道："这两人仪表皆可观，自然戏法也是可观的了。"世蕃向冰道："各位大人皆在此，你可将上好的玩几个与众大人过目。"于冰道："容易。"见世蕃桌旁站着十三四岁的个小家人，于冰笑着道："你来。"那娃子走至面前，于冰道："你可将身上衣服尽行脱去，只留裤儿不脱，我玩个好戏法你看。"那娃子不肯脱，世蕃道："你就脱了。"那娃子将衣服脱去，只穿一条裤儿。于冰将他领到厅中间，在他头上拍了两下，说道："你莫害怕。"那娃子被这两拍，和木雕泥塑一般，于冰将他抱起打了个颠倒，头朝下脚朝上，直挺挺地立在地下，众官皆笑。赵文华道："你将这娃子倒立着，这娃子大吃苦了。"于冰道："大人怕他吃苦么？我就叫他受用去。"说着，将两手放在那娃子两脚上，用力一按，口中喝声"入！"只见那娃子连头和身子已入在地内一半，只有两脚在外。厅上厅下没一个不大惊小怪。夏邦谟站起来，大睁着两眼向众官道："此天皇氏至今未有之奇观也！"众官一齐应道："真是神奇！"赵文华举手向世蕃道："我等同在京中仕宦，偏这样奇人就到尊府，岂非大人和太师大人福德所致么？"鄢懋卿帮着说道："正是！正是！我辈实叨光受庇不浅。"世蕃大悦。

　　陈大经问于冰道："你是个秀才么？"于冰道："是。"又问道："你是北方人么？"于冰道："是。"大经问罢，伸出两个指头，朝着于冰面上乱圈道："你这秀才者，是古今来有一无二之秀才也。我们南方人，再不敢藐视北方人矣。"邦谟道："于秀才，你将这娃子塞入地内半截，已好一会，若将他弄死，岂不是戏伤人命？"于冰笑道："大人放心，我饶他去罢。"说罢，又将两手在那娃子脚上一按，说声"入！"一直按入地内，踪影全无，厅上厅下大噱了一声，内外男女无不说奇道异。文华道："于秀才，这娃子是严大人最喜爱之人，你今弄他到地内去，也需想个出来的法子。"于冰道："现在大人面前，着我哪里再寻第二个？"文华道："真是鬼话，我面前哪里有？"于冰用手一指道："不在大人面前，就在大人背后。"众人齐看，果见那娃子赤着身子，在文华椅子后站着。厅上厅下又复大噱了一声。将那娃子细问，和做梦一般，全不知晓。陈大经又伸着指头乱圈道：

"此必替换法也，吾知其当然，而不知其所以然，神乎技矣！"

世蕃道："于秀才，你可会请仙女不会？"于冰道："请真仙女下降，与别的戏法不同。我系掌法之人，必须在这厅上也与我一桌素酒席，方能请来。"世蕃道："一桌饭食最易，你们坐着吃还是站着吃？"于冰道："世上哪有个站着吃酒席人？自然也是坐着。"世蕃道："这断使不得。"于冰道："大人若怕亵尊，这仙女就请不成。"邦谟道："他二人系秀才武举，就暂时坐坐何伤！"世蕃道："既众位大人依允，小弟自宜从权。"随吩咐家人，在自己桌子下面，放了一桌素酒席。

于冰、城璧也没什么谦让，竟居然坐下。于冰见城璧食用已足，向众家人道："不拘红黄白土，拿一块来。"家人们立刻取到。于冰在东边墙上空阔中，画了两扇门儿，口中念念有词，用手一指，大喝道："众仙女不来，更待何时？"只听门儿内吹吹打打，曲尽宫商。众官屏目凝眸，含笑等候。稍时，起一阵香风，觉得满堂上都是芝兰气味。香气过处，门儿大开，从里边走出五个仙女来，那门儿仍旧关闭。但见：

兰麝芬馥，环佩叮咚。面和皓月争辉，神将秋水同洁。眸光溜处，纵然佛祖也销魂；笑语传时，任尔金刚亦俯首。正是：

霓旌朱盖虽不见，冰肌玉骨却飞来。

众官一见，俱皆魂销魄散，目荡神移。那五个仙女走到厅中间，深深地一拂，随即歌的歌，舞的舞，婷婷袅袅，锦簇花团，端的有裂石停云之音，霓裳羽衣之妙。歌舞既毕，一齐站在于冰桌前。众官啧啧赞美，唯陈大经两个指头和轮转一般，歌舞久停，他还在那里乱圈不已。于冰道："我意欲烦众仙女敬众大人一杯酒，可使得么？"众官乱嚷道："只怕我们没福消受。"于冰道："倒是大碗爽快。"世蕃道："大碗更好。"众家人将大碗取至，五个仙女各捧了一碗酒分送，慌得众官连忙站起，都说道："有劳仙姑玉手，我辈唯有舍命一干而已。"内中有量大的，量小的，无不如飞吃过。五个仙女又站在于冰桌前。

于冰见夏邦谟已斜倒在椅上，口中流涎，陈大经、赵文华已着酒态，鄢懋卿摇动起来，唯严世蕃尚不曾吃的一样。于冰拣了个第一妖艳的女仙，吩咐道："你去敬严大人两大碗。"那仙女斟满琼浆，到世蕃面前微笑道："大人饮贫道这碗酒。"世蕃手忙脚乱，站起来接去，一饮而干，又是第二碗

第二十三回　救难裔月夜杀解役　请仙姬谈笑打权奸

奉上。世蕃向于冰道："于先生，我要叫这位仙姑陪我坐坐，你肯通融么？"于冰笑道："最好不过。"世蕃大乐，急让仙姑坐在自己座下。陈大经、赵文华大嚷道："世上没有个独乐乐的。"于冰又吩咐众仙女去分陪吃酒。这几个官儿原都是酒色之徒，小人之尤，那里还顾得大臣体统，手下人观瞻？便你搂一个，我抱一个，混闹下一堆。

严世蕃将那仙女抱在膝上，咂舌握足，呻吟不已。于冰向城璧道："我们可以去矣。"用手向各桌连指了几指，只见五个仙女改变了四个，容颜衣服通是时样装束。世蕃猛瞧见他第四房如君坐在赵文华怀中，口对口儿吃酒；陈大经抱住他第十七房最宠爱的美姬亲嘴咂舌，着实不成眉眼；夏邦谟和鄢懋卿两人都醉倒，是他第九房和第十房陪坐。世蕃看见，不由得心肺俱裂，大吼了一声。这一吼，才将众妇人惊醒，心上方得明白，也不晓得怎么便到大庭广众之地，一个个羞得往屏后飞跑。那第十七房如君，也急得要跑去，陈大经紧紧搂住，哪里肯放，还要吃嘴，被妇人用力在面上打了一掌，打得鼻中出血，方才奔脱。严世蕃低头看他抱的仙女，不想是他五妹子，系严嵩第三房周氏所生，才十五岁，还未受聘，果然有七八分人才，比严世蕃的老婆们都强几倍。世蕃大没趣味，连忙丢开。那小姐忽然心上明白，做女孩儿的心上羞愧得要死，没命地跑入屏后去了。

世蕃喝令："快拿妖人！"众人却待上前，于冰拉城璧跑至夏邦谟背后，将袍袖连摆了几摆，众家丁便眼花缭乱，认赵文华为于冰，又认陈大经为城璧，揪翻在地，踏扁纱帽，扯碎补袍，任意脚踢拳打。鄢懋卿醉中看见，急得乱喊道："打错了！打错了！"于冰用手一指，众家人又认他为于冰，揪倒狠打。严世蕃看得明白，见于冰、城璧端端正正站在夏邦谟椅后，没一个人去打，反打得赵文华等苦难，心上气愤不过，喊骂众家丁，又没一个听他，气极了，亲自来拿于冰，被城璧一拳打得跌了四五步远，一头碰在桌角尖上，脑后触下一窟，鲜血直流。于冰又将他袍袖连摆，众家丁彼此乱打起来。于冰趁乱中拉了城璧出府去了。

夏邦谟醉中惊醒，只当又变出什么好戏法儿来，如此喧闹，他也不睁眼，口里还大赞道："精绝！妙绝！"正是：

　　狡兔藏三窟，猕猿戏六窗。

　　神仙顽闹毕，携友避锋芒。

第二十四回

埋骨骸巧遇生死友　设重险聊试道中人

词曰：

兄骸寻觅存何处？古刹聊停住。至亲好友喜相逢，此遇真奇遇！

蟒蛇惊罢心犹惧，又被妇人聒絮。勘破色即空，便是无情欲。可取，许你朝夕聚。

右调《白云吟》

话说于冰和城璧混出了相府，到西猪市口儿，方将剑诀一煞。这里将诀咒松放，那里众人方看明白，都乱嚷："打错了！"严世蕃见赵文华眉青目肿，鄢懋卿口眼歪斜，陈大经踢伤腰腿，自己胸前着了重伤，脑门后又碰下一大窟，血流不止，唯夏邦谟分毫未损，只气得咆哮如雷，向众家丁道："妖人已去，你等可分头追赶。再传太师爷钧旨，着锦衣卫堂官速知会本京文武，差军兵捕役，按户搜查。此系妖人，有关社稷，怠忽者定行参奏。再吩咐吏兵二部，写两人年貌，行文天下，若从该地方经过，不盘查轻纵，一经发觉，与妖人同罪。"众家人分头去了。这话不表。

再说于冰和城璧，疾疾走出彰仪门，到店中。董玮迎着问讯，城璧只是哈哈大笑。于冰道："稍刻即有人来擒拿，你们快将鞋袜拉去，我好作用，大家走路。"城璧是经历过的，连忙伸与两腿，任于冰画符。董玮主仆亦各画讫。城璧道："我们今往何方去？"于冰道："可同去泰安一行。"于是算还店账，将刀也丢在店中，四人向东南奔走。城璧想起耍戏法的事，便捧着大腹欢笑。董玮问明缘由，也不由得笑起来，钦服于冰和神人一样。

只走了两天半，便到泰安地界。于冰向城璧道："此地系你犯过大案件所在，虽有我不妨，何苦多事。"随用手在城璧头发胡须上摸了几下，顷刻变得须发尽白。城璧看见有些不爽快，董玮主仆含笑不言。于冰道："老弟不必作难,离了泰安交界,管保你须发还要分外黑些。"城璧方说笑起来。

四人绕过了泰安,便到山下。四人上到山顶周围一望,见绝壁如屏,攒[1]峰若剑。猿接臂而饮水,鸟怀音而入云。奇石铲天,高柯负日。于冰道:"此境真硕人之考槃[2],神仙之窟宅也。"又回首指一座大庙向城璧道:"此碧霞帝君宫阙[3],为天下士女烧香祈福之所,我们就在此多流连几日,最是赏心。"遂走至庙中,和寺主说明借寓游览之意,又送了四两布施,寺主与了一间干净房屋。到晚间无人处,于冰叫出超尘、逐电二鬼,吩咐道:"你两个领我符箓一道,去湖广荆州府总兵官林桂芳衙门,打探河南虞城县秀才朱文炜并他家人段诚投奔秀才林岱,看他那边相待厚薄如何。如或未到,可从四川路上迎去,务必访知下落复命。"二鬼去了。次日,于冰领城璧、董玮在庙前庙后闲游。这座泰山也有好几座大寺院,并有名胜之地,日日同去游览。次后,董玮只在碧霞宫,唯城璧跟随于冰山谷深处闲行。

一日,城璧向于冰道:"弟自到泰山,即心怀隐痛,每想起我哥哥惨死在那大盘岭上,尸骸暴露,日抱不安。久欲向大哥前告假三四日,到那边寻找掩埋。奈我哥哥生前行止不端,诚恐大哥见恶,未敢言及。今欲到那边走遭,不知使得使不得?"说罢,泪流盈眶,不胜凄楚。于冰道:"这是你极孝友念头,理该早说。你既有埋葬令兄念头,我即伴你一行。庙中吃用俱足,董公子也不用说知,我与你此刻即去。"城璧道:"这事如何敢劳动大哥同行?"于冰道:"不必世套。"

两人缓步行去,城璧回身遥指泰安城道:"此城即某年月日,某某等劫牢反狱,救我哥哥地也。"又言:"离此山二三里,下面有一土坡,即我与某某等杀败官兵处也。"于冰一边听城璧叙说旧话,一边行止止,领略那高下峰岚,泉石树木的景趣。城璧无心观玩,唯有步步吁嗟,每到一山村,便指说道:"此某某等抢夺牲畜饮食处也。"

到了玉女峰,日已沉西,远见那大石堂,又指说道:"此某某等三十

---

[1] 攒(cuán):聚集。
[2] 槃(pán):盘。
[3] 阙(què):古代皇宫门前两边的楼。

余人昼夜团聚，商酌救我哥哥处也。"二人到石堂内，于冰道："此地便可寄宿。"城璧取出些面饼馒头充饥。至三更后，月上山头，于冰道："趁此幽光，可以行矣。"二人出石堂又走，迂回曲径，嵯峨危岭，沿途流连赏玩。至交午时分，方看见大盘岭横亘于层崖绝壁之内。城璧痛泪交流，指说道："此地与某某等对敌官兵，我哥哥自刎处也。"城璧上至岭头，四下一望，见白杨秋草，远近凄迷；碧水重山，高下如故。追想他哥哥回首遗言，并众朋友拼命交锋之事，倍加伤感。同于冰西下至半坡中，到他哥哥自刎处仔细一看，见有几段残骨被狼虫拖得此东彼西，辨不出孰是孰非。当日是三人同自刎在一处，此时只剩有一个骷髅。城璧心肺俱裂，即朝着那几段残骨，连连叩首，放声大哭。于冰也不禁感叹道："人生世上，好结局，歹结局，不过如此。任他富贵贫贱，老少男女，终为枯骨而已。我承吾师恩惠，或可免骨化形销也。"

于冰扶城璧起来，城璧又商量掩埋之法，于冰道："你且下岭去，容我裁处。"城璧下至半岭，听候作用。于冰在岭头拣了块平正地方，口诵咒语，喝声："本山土司到！"须臾，土神听命。于冰道："掩埋骨殖，人皆有恻隐之心，烦于此处率阴丁挖一大坑，将岭前岭后骨殖儿皆收放在里面，用石土掩埋。"土神领命，传齐属下阴兵，顷刻收拾完妥。土神去了，于冰叫城璧上岭验看，见残骨俱皆拾寻干净。又见岭东边起一大堆，于冰指向城璧道："你令兄同你众友俱入此坟矣。"城璧连忙拜谢，在坟前痛哭叩别。

两人下岭复回旧路，本日仍宿玉女峰石堂。次早，于重山环绕之地，见半山腰有一座庙宇，约两层院落。城璧道："大哥缓行几步，我去那庙中吃碗水解渴。"于冰道："我同你去到庙中小歇。"两人走至庙前，城璧叫门，里面出来一小道童开门，让二人入去。刚走到院中，又走出个道人来，两下里六只眼彼此一看，各大惊异。那道人先问于冰道："尊驾可是冷先生讳于冰的么？"于冰才要相认，城璧抢行一步，拉住那道人问道："你不是我表弟金不换么？"那道人乐得打跌道："不是我是谁！"三人皆大笑。不换道："我做梦也再想不到与二位在此地相会。"一手拉了于冰，一手拉了城璧，让入东房内，彼此叩拜，就坐。不换道："冷先生一别三年有余，容颜如旧。怎么二表兄几月不见，便须发白到这步田地？我都不敢

第二十四回 埋骨骸巧遇生死友 设重险聊试道中人

冒昧相认。"城璧笑道："自有黑的日子。你且说怎生到此，便出了家？"不换道："一言难尽！"便将城璧那晚去后，如何吃官司，如何蒙知府开脱，如何弃卖房产，如何在山西招亲，费银二百两，挨了四十个板子，几乎打死。城璧笑了笑。又说到救沈炼之子沈襄，并分银两话。于冰连连点头道："此盛德事，做的好！"城璧道："我口渴的狠，若无茶，凉水也罢。"金不换连忙着小道童烧茶。

城璧又道："你怎么跑到此处出家？"不换道："我屡次考验自己，妻财子禄四字，实与我无缘，若再不思回头，必遭意外横祸。不如学了二位，或可多活几年。打算着冷先生云来雾去，今生断遇不着；或与表兄相逢，亦是快事。岂期今日还能见面。"说着，流出眼泪来。又道："我自与沈公子别后，原要去西湖见见世面，路过泰安州，闻此山内有许多名胜所在，因此入山游走，客居在白云岭玉皇庙中。不意生起病来，承庙中老道士昼夜照拂，才保住性命。我一则感他情义，二则看破世情，送了他二十两银子，拜他为师。此处关帝庙也是他的香火，他着我和这小道童居守。这便是我出家的缘由。"于冰笑道："你两个于患难中，一家救了一个公子，真是难表兄难表弟矣。"

说话间，小童送入茶来，城璧道："苦海汪洋，回头是岸，老弟此举极高。你与我大哥原是旧识，今又出家，即成一体，嗣后不必称呼冷先生，也学我叫大哥为是。快过来与大哥叩拜。"于冰连忙止住道："我辈道义相交，何在称呼叩拜？"城璧道："大哥若不受他叩拜，是鄙薄他了？"不换急忙叩下头去，于冰只得相还，就坐。

不换去后院收拾出素饭来，又配了两盘子核桃仁，请于冰过口。饭毕，道童点入灯来，城璧方细说自己别后话，又道："假如我彼时不口渴，便要走去，岂不当面错过？可见我辈会合，俱是定数，就在此多住些时日，也和在碧霞宫一样。只是董公子主仆尚在那边悬望，老表弟需索与我们同行。"不换道："这何需二哥吩咐，但深山中安可令道童独守？就是玉皇庙老道人，我须亲去与他说明。我不过后日午间，定到碧霞宫了。"于冰道："看你这光景，是决意要随我们。但我们出家，与世俗僧道不同。我们出家，须将酒色财气四字，看同死灰一般，忍饥受寒，自不必说，每遇要紧关头，将性命视同草芥；若处处怕死贪生，便不是道中人了。

与其到后来被我看破,将你弃去,不如此时不与你同事为妙。"金不换道:"人若没个榜样摆在前面,自己一人做去,或者还有疑虑;当日大哥若不是舍死忘生,焉能有今日道果?我如今只拿定'不要命'三字做去,将来有成无成,听我的福缘罢了。"于冰道:"人只怕于酒色财气四字把持不住。你适才说'不要命'三字,就是修仙第一妙诀。一个人既连命都不要,那酒色财气皆身外之物,他从何处摇动起?我明日同连二弟先行,在碧霞宫等你,你定于后日午间要到;若是过了时刻,便算你失信于我。你需记清楚。"不换连声答应。三人坐谈了一夜。

次日,又吃了早饭,不换送出庙来。于冰同城璧走三十余里,见一处山势甚是险恶,林木长得高高下下,遍满沟壑,四围都是重崖绝壁,只有一条盘道可行。于冰暗诵灵文,向山垒内用手一指,又向盘道上指了两指,复走了二里多地,见路旁有一大松树,形同伞盖,遂于树根上画符一道,又拘来一个苍白狐狸,默默地说了几句,那狐狸点首去了。城璧问道:"适才两次作用是怎么?"于冰笑而不言。走至对面岭上,于冰又拣了两块大石,也各画符一道,然后下岭。城璧忍不住又问,于冰笑道:"金不换我前后只见过他两次,也看不出他为人;只是你投奔他时,他竟毫无推却,后被他女人出首到官,他又敢放你逃走,这要算他有点胆气。途间遇着沈襄,他竟肯将三百多银子分一半与他。一个种田的人,有此义举,也是极难得的了。然此二节不过做的可取而已,世风虽说凉薄,像他这样人,普天下也还寻得出一头半个来。细看他眉目间,不是个有悟性人,日后入道颇难。若心上再不纯笃,越发无望,理合试他一试,看他要命不要命?"便将如何试他法子说了一遍。城璧听了,心上甚是替他愁苦。

不言两人回碧霞宫,与董玮诉说埋葬骨殖等语。再说金不换将庙中所有大小物件开了个清单,和小道童说明去意,别了道童,已是申刻时分。他怕山路难走,强行了三十余里,估计日色也是将落的时候。正走间,猛见盘道上堆着有两间房大的一物,有丈余高,青黑色。细看,似有鳞甲在上面,不换甚是惊诧。又走近了数步,仔细一看,原来是条大蟒,不由得毛骨悚然。欲要回去,已与于冰有约,失时便为失信,着他将来看不起;别寻道路,两旁皆层崖绝壁,无路可行,偏这蠢货又端端正正

第二十四回　埋骨骸巧遇生死友　设重险聊试道中人

团屈在盘道中间，心上大是作难。稍刻见那蟒似乎动了两动，心上便怕起来。四面一望，天色比前又暗了些，心上越发着急。猛想起昨日与于冰说的话，有"不要命"三字，便自己冷笑道："生死各有定数，若不是他口中食水，此时也遇不着他；若是怕伤了性命，做个失信人，不但跟随不得姓冷的，且连玉皇庙也不必出家，还了俗岂是正务？"有此一想，便胆大了十分，大踏步直向大蟒身边走来。相离不过四五步，猛见那蟒陡将脑袋直立起来，有七八尺高，又将长躯展开，甚是雄伟。只见那蟒张着血淋淋大口，向不换吞来，不换忍不住呵呀了一声，慌忙向一山凹内一躲，谁想一脚踏空，滚下崖去，被几株树根架住，不至滚到山底，头脸身手擦破了好几处。爬起来定省片刻，向崖下一望，约有四五丈深，又见两三步中有株极高大的核桃树，于是半爬半走，挨到树前，攀踏了上去。只上了二丈余高，便看见那大蟒将一块房大的石头缠绕住，张着口在石下来回寻觅，急将身躯隐藏在树枝重叠之内。只见那蟒又回着头，折着尾，一段一段将所攀大石次第放开，然后展开身躯，夭夭矫矫向盘道行了几步，又回过头来将大石看了看，方奋力一蹿，投南边山湾，入深洞中去了。不换在树上看得明白，心喜道："若不是失脚这一滚儿滚的妙，此时早在它腹中，不知成怎么个苦况？"又待一会，方敢下树。再看天色，已是黄昏时候，此时进退俱难，唯有向前路急走。

约行二三里，见路旁有一间房儿，连忙推门入去，里面寂无一人，炕上倒有旧布被一件，地下还放着些盆碗等类。不换道："这是有人居住的所在，莫管他，且喘息片刻压惊。"随即打火照看，见地下有灯台，点了灯，将门儿顶住。却待要取被子睡觉，听得门外说道："是谁在我屋内？还不快开门？"不换道："房主人来了。"连忙跳下地来，将门儿开放。

门外走入个年少妇人，手提着个小布袋儿，虽是村姑野妇，倒生得是极俊俏人才。那妇人入得门来，将不换一看，也不惊慌，问道："你这道人是从何时到我屋内？"不换将遇蟒逃生事述说与她。那妇人听罢，粉面上落下泪来，道："我丈夫日前打柴，也是与那条蟒相遇，被它伤了性命。客人是有福的，便逃得出来了。"不换道："原来如此，老嫂适从何来？"妇人道："丈夫死了，连日柴米俱无。我又无父母兄弟，今早到表舅家借米，恳求到日落时候，方与我半袋粗米。此身将来靠着哪个？"

说着，泪痕乱落。

不换道："老嫂若住在平川，便可与富户做点生活度日；这深山中，不但度日，便是男子也独自过不来。我不怕得罪老嫂，何不前行一步？"妇人道："我也久有此意，只是妇人家，难将此话告人。"说罢，做出许多娇羞态度。好半晌，又说道："似我这样孤身无倚，客人若有个地方安插我，我虽然丑陋，却也不是懒惰人，还可以与客人做点小生活，不知客人肯不肯？"不换道："我若不是做了道士，有什么不肯？"妇人微笑道："你只用将道衣道冠脱去，便就不是道人了。"不换道："我与其今日做俗人，昔日做那道士怎么？况我四海为家，也没安放老嫂地方。"妇人听了，便将面孔放下，怒说道："你既然愿做道士，就该在庙守着你那些天尊们，三更半夜，到我妇人房内做什么？你就快与我出去喂大蟒去。"不换道："便喂了大蟒，也是我命该如此，我就出去。"跳下地来，却待要走，被妇人从背后用手将衣领揪住一丢，不换便倒在炕上。爬挣起来，心里作念道："不想山中妇人这般力大，亏她还是个娇怯人儿，若是个粗蠢妇人，我稳被她摔死了。"妇人又道："你不必心中胡打算，任你怎么清白，但你此时在我屋内，我一世也不得清白了。"说着，便将被子展放，向不换道："你还等我与你脱衣服么？"不换道："我倒不意料，你们山中妇人是这般爽直，毫不客套，怪不得独自住在此地，原来是等野羊儿的。"说罢，又跳下地来。妇人大怒道："你敢走么？你道我摔不死你么？"不换道："完了。"又见妇人神色俱厉，心上有些怕她，没奈何复坐在炕上，两人各不说话。

好一会，妇人换做满面笑容，到不换身边，放出无限的媚态，柔声艳语，百般勾搭。不换初起坚忍，次后欲火如焚，每到情不能自己处，便用手在自己脸上狠打，打后便觉淫心稍歇。妇人见他自打，却也不阻挠他，过一会，又来缠扰。这一夜何止七八次，直闹到天明，妇人将不换推出门去。

不换如脱笼飞鸟一般，向前面岭上直奔。刚走到岭下，一抬头，见岭头有两只虎，或起或卧，或绕着盘道跳跃。不换道："怎么这条路上与先大不同？蟒也有了，虎也多了。"在岭下等了一个多时辰，两虎没一个肯去。再看日色，已在辰时左边。又想道："日前冷大哥言，修行人每到要紧关头，视性命如草芥。我今午若不到碧霞宫，冷大哥未必怎么怪我，

第二十四回　埋骨骸巧遇生死友　设重险聊试道中人

只是初次跟他学道，便先失信于他，且我又自己说过不要命的话，等这虎到几时？吃便随它吃去！"想罢，放开胆子，一步步硬上岭来，也不看那二虎的举动，只低了头自走。走到岭上，四下一望，那两只虎不知哪去了。不换心喜之至，下了岭到碧霞宫时，日已午错，城璧正在庙外张望，看见不换走来，大喜。不换道："昨晚今早，几乎与二哥不得相见。"

两人入庙，同到客房，于冰满面笑容，迎着不换道："着实难为老弟了，好，好！"不换心内惊讶道："难道他已知我遇蟒遇虎等事了？"于是和董公子大家礼拜就坐。城璧道："怎么此刻才来？"不换将途间所遇详细诉说。城璧笑道："你这一说我更明白了，你昨日遇的那蟒却是真蟒，遇的妇人……"于冰以目示意，城璧不敢说了。不换又问，城璧道："我是和你说玩话。"自此，三人日日游览，也有与董玮同去的时候。于冰又着城璧传与不换导引呼吸之法。只因心悬朱文炜主仆，二鬼尚未回来，只得在泰山等候回音。正是：

埋兄同返烟霞路，古刹欣逢旧日人。

设险中途皆解脱，喜他拼命入仙津。

第二十五回

会盟兄喜重新官任　入贼巢羞见被劫妻

词曰：

颠沛流离，远来欣会知心友。恶兄悔过，不愿终禽兽。误入樊[1]笼，幸遇妻相救。羞颜有，倚门回首，犹把秋波溜。

右调《点绛唇》

再说朱文炜、段诚得了于冰助银，本日搭船起身。走了半月光景，到了荆州，在总兵衙门左边寻了个店房歇下。到次日早间，问店主人："林镇台有个侄子，是去年九月间从四川来的，叫林岱，你们可知道来了没有？"店主人道："去年九月间，果然有大人的家眷到来，我们又听得兵丁们说，是大人的公子，并没听的是侄子。如今衙门内大小事务，俱系公子管理，最是明白宽厚。自从他来，把林大人的声名气质都变化好了，也不晓得他的讳是什么？"文炜道："这一定是林岱无疑了。"

一路还剩下有十三四两银子，彼时四月天气，主仆买了两件单衣穿在外面，又换了新鞋新帽，写了个手本，一个全帖，走到辕门前问兵丁们道："里边可有个林讳岱的么？"兵丁道："此系我公子名讳，你问怎么？"文炜将手本、全帖交与兵丁道："烦你代我通禀一声。"兵丁们见他衣服虽然平常，光景像个有来头的，走去达知巡捕官。巡捕看了手本，又见全帖上写着"同盟弟朱文炜"，连忙叫请入官厅上坐，随即传禀入去。稍刻，吩咐出来开门，慌得大小武弁乱跑不迭。不多时，开放中门，请朱文炜入去相见。文炜忙从角门入去，远远见林岱如飞地跑来，大叫道："老恩弟，真叫人想煞，家父在大堂口伫候。"又向段诚慰劳了几句。文炜见林岱衣冠齐整，相貌也与前大不相同，急急地从引路道旁行走。只见总镇林桂芳须发苍白，站在堂口上高声向文炜道："我们日日思念你，不想你竟来

---

[1] 樊（fán）：篱笆。

第二十五回　会盟兄喜重新官任　入贼巢羞见被劫妻

了。"文炜强行了几步，先跪下请安。桂芳连忙扶起，道："你是个秀才，论理不该开中门接你。我为你是个义气人，又于小儿有大恩，所以才如此待你。"说罢，拉了文炜手到了内堂，行礼坐下。

文炜道："生员一介寒儒，蹇[1]遭手足之变，与公子有一面交识。今日穷途投奔台下，承大人优礼相加，使生员惶恐无地。"桂芳道："你这话说得太斯文，称叫也不是。你既与小儿结拜了弟兄，你就该叫我老伯，我叫你贤侄就是了。"文炜道："樗栎[2]庸才，何敢仰攀山斗？"桂芳道："这还是秀才们的酸话，日后不可斯文，我嫌不好听。"林岱道："家父性情最直，老弟不必过谦。"文炜道："老伯吩咐，小侄今后再不说斯文话。"桂芳点头道："着！这就是了。"文炜又向林岱道："自与哥哥别后，真是艰苦万状。"桂芳道："你两个说话的日子长着哩，此刻且不必说，吃酒饭后再说，快叫厨子收拾饭。"又向林岱道："你看他主仆的衣服，和你夫妻来时也差不多，快寻几件衣服来换换。"林岱吩咐家人们道："我的衣服，朱爷穿太长大。说与里面，把老爷的衣服拿几件来。"桂芳又指着段诚道："这段家人的衣服，你们也与他换了。明日一早，传几个裁缝来，与他主仆连夜赶做。"说罢，又向众家人道："听见了么？"众家人连声答应。

稍刻，严氏请文炜入去相见。桂芳道："还早哩，等我说完了话，你们再相见罢。"文炜道："老伯高寿？"桂芳道："六十三了。我只是不服老，如今还可扯十二个力的弓，还敢骑有性气的马，每顿吃四五大碗饭。晚间还吃十来个点心，才睡得着。"文炜又道："还没有拜见老伯母。"桂芳道："她死了十三四年了，如今房中有几个小女人服侍我，倒也不冷落。你今年多少岁了？"文炜道："二十四岁了。"桂芳道："还是小娃子哩！"又道："内外大小事件，我都交与你哥哥办理，把那娃子每日也忙坏了。你来得正好，可以相帮他。"

文炜道："衙门中文稿书启以及奏疏，请着几位幕友？"桂芳道："还当得起请几个？前几年有个张先生，是北直隶人，与我脾胃甚相投合，可惜就死了。昨年又请了个吴先生，是江南人，他最懒于办公事，终日

---

[1] 蹇（jiǎn）：不顺利。
[2] 樗栎（chū lì）：不好的木材。

咬文嚼字，每夜念诵到三四更鼓，他还要想中会。我也最懒于见他，嫌他之乎者也的。厌恶他背间常和人谈论，说我是一字不识的武夫。我背间拿他做的书札文稿请教人，有好几个说他不甚通。如今有了你，我打发了他罢。"文炜道："小侄一无所能，或者此人是个真才子，老伯亦不可轻言去舍。"桂芳道："你这话当我眼中没见个才子么？昔日在襄阳参将任内，会着王讳鲸的，年纪与你相仿，没一日不吃酒歌唱、下棋笑谈，提起笔来千言立就。我也不知他好不好，但没一个不说他是大学问人。不想真才子用的都是心里眼里的功夫，不在嘴里用功夫；哪里像这些酸丁，日日把本书明念到夜，夜念到明，也不管东家喜怒忙闲，一味家干他的事。你要烦他动动纸笔，不但诗词歌赋他弄不来，且连明白通妥一封书启、一叩禀帖，也做不到中节目处。若说他不用心，他打了稿儿，左改右改，饶改着就与我弄出乱儿了。那王鲸自中一甲第二名后，如今现做翰林院侍读学士，算来不过八九年，哪里像这些舍上命吆喝诗文的怪物！只问他吆喝的学问在哪里？功名在哪里？"说罢，向林岱道："明日着人通与他个信儿，叫他辞了罢。"家人们请文炜更换衣服，文炜到书房中换了衣服靴帽，出来与桂芳拜谢。桂芳笑道："我只嫌秀才们太礼多。"

须臾，酒食停妥，桂芳向文炜举手道："你弟兄两个对面坐，我就僭[1]了罢。"也不谦让，坐了正面。斟酒后，拿来四个大盘、两个大碗，逼着叫文炜吃了三大杯酒，便嚷着要饭吃。

顷刻吃完，三人到书房内吃茶。桂芳道："饭已经吃了，你快说你四川的事我听。"文炜就讲到四川省亲。桂芳道："这话不用说，我知道。你只从赎回你嫂子后说罢。"文炜从帮了银子回庙中，如何被他哥哥打了三四次，如何分家，如何请人代恳，如何赶出庙外另住。桂芳听了，恼得须眉倒竖，就有个要发作的意思，只为是文炜的胞兄，只得忍耐。又听得抛弃父尸，不别而去，不由得勃然大怒，将手在腿上一拍道："这个王八食的，就该腰斩示众！"林岱连忙提引道："这人是朱兄弟的胞兄哩！"桂芳道："你当我不知道么！我有日遇着这狗攮的，定打他个稀烂！"文炜又说到被崇宁县逐出境外，自己和段诚日夕讨饭。桂芳听了恻然，林

---

[1] 僭（jiàn）：古时指地位在下的冒用在上的名义。

第二十五回　会盟兄喜重新官任　入贼巢羞见被劫妻

岱亦为下泪。后说到冷于冰画符治病，帮助银两，方得匍匐至此。桂芳拍手大笑道："世上原有好人，异日会着这冷先生，定要当长者敬他。"又指着文炜向林岱道："不但他在你两口儿身上有恩惠，且便是路人，若到这步田地，我们心上也过不去。等他歇息了半月，与他打凑一千两银子，先着他回去看望家属。他若愿意，再到我们衙门里来更妙，不愿意也罢了。"家人们拿上酒来，三人坐谈了半夜，桂芳才入去。林岱同文炜夜床话旧。

次日见了严氏，备道缘由，严氏更为伤感。自此，饮食衣服总如亲兄弟一般看待。过了两三天，文炜向林岱哭诉隐情，恐怕他哥哥文魁逐离妻子，只求向桂芳说说，并不敢求助多金，只用三五十两，回得了家乡就罢了。林岱道："老弟之苦即我之苦，家父尚要赠千金，愚兄嫂宁无人气？银子倒都现成，只是家父心性过急，老弟去得太速，未免失他敬爱之意。况他已有早打发你的话说，容愚兄遇便代为陈情。老弟主仆二人受令兄凌虐，几至于死，弟妇茕茕[1]弱女，何堪听其荼毒？不但老弟日夕悬结，即愚兄嫂亦时刻眉皱。再过数日，定保老弟起行。"

又过了三四天，家人报到朝命下。林桂芳摆设香案接旨。原来是调补河南怀庆府总兵，荆州总兵系本镇副将施隆补授。文炜听知大喜，随即出来拜贺。桂芳道："随处皆臣子效力之地，只是我离的家乡远，你倒离的家乡近了。"吩咐林岱同文炜办理交代各项。这话按下不提。

且说朱文魁日日盼望山东关解乔武举的信息，过了七八天，文书到来，青州一府遍查，并无乔武举其人。文魁见仇无可报，大哭了一场，与李必寿家夫妇留了十两银子，拿定主意去四川寻访兄弟。雇了好几天牲口，不是三两个，就是六七个，没有个单行的牲口。同人合伙，他总嫌贵。一日，寻着个价钱最贱的牲口脚户，叫周魁，带了三百多两银子，同周魁起身。一路上说起家中被劫事件，并访不着乔武举下落等语，这脚夫听了，心中大喜。不想他是师尚诏手下的小贼，凡河南一省士农工商、推车赶脚、肩担乞丐之类，内中就有他的党羽。别处府分还少些，唯归德一府最多。这脚户见他行李沉重，又是孤身人，有下手之意，只是地方不便，哪有真心和他到四川去。今因他说起拿不住乔武举，那晚抢夺时，此人即在内。

---

[1] 茕（qióng）：孤独、忧愁。

随向文魁笑说道："可惜此话说迟了两天，多走了百十余里瞎路。"文魁道："这是怎么说？"脚户道："你若去四川寻兄弟，我就梦不着；若说寻这乔武举，真是手到擒来。"文魁道："你认得么？"

脚户道："我岂但认得他，连他的窝巢也知道。归德府东夏邑县，有个富安庄儿，我们同在一处住。那边也有六七百人家，这乔武举日日开场窝赌，一个家兄被他引诱得输了好些银钱，我正无出气处，不意料他会做明火劫财强盗们的事业，真是大奇！大奇！他这月前还娶了妾来家，说是费了好几百银子。"文魁问道："你可见过他这妾没有？"脚户道："那日娶来时，我们都看见他在门前下轿，倒好个人才儿。"文魁道："是怎么个人才？"脚户道："长窕身子，白净瓜子面皮，脸上有几个微麻子，绝好的一双小脚，年纪不过三十上下。穿着宝蓝绸袄儿，外罩着白布氅儿，白素绸裙子。"文魁连连顿足道："是，是。"脚户道："是什么？"文魁道："咳！就是我的老婆被他抢了去了。"脚户也连顿足道："咳，可惜那样个俊俏堂客，这几天被乔武举揉擦坏了。"文魁蹙着眉头又问道："这乔武举是怎么个样子？"脚户道："是个极高大身材，圆眼睛，有二十七八岁，眉脸上带些凶狠气。"文魁道："越发是了，不知他这武举是真是假？"脚户道："怎么不真？富安庄儿上，他还算是有钱有势的绅衿哩！"

文魁听罢，只急得抓耳挠腮："你快同我回去，禀报文武官拿贼，我自多多地谢你。"脚户道："不是这样说，事要往稳妥里做。天下相同的人甚多，你骤然禀报了官，万一不是他，这诬良为盗的罪，你倒有限，我却难说；就是官府从轻饶放了我，乔武举也断断不依我。"文魁道："地方和他功名俱相同也罢了，哪有个男女的面貌并身上衣服处处皆同？不是乔武举和我家女人是哪个？快快地同我去来。"脚户道："只因你情性儿太急，好做人不做的事，家里就弄出奇巧故典来。现吃着这般大亏，不想还是这样冒失。"文魁道："依你便怎么？"脚户道："依我的主意，你同我先到那边看看，若不是强盗，除脚价之外，你送我三两银子，这往返也是几天路程；若果是强盗，你送我二十两，我才去哩。"文魁道："就再多些，我也愿意。只是这乔贼厉害，到其间反乱起来，不是我被他打坏，就是他逃跑了；况他是开赌场人家，手下岂没几个硬汉子？且我素未来过，门上人也不叫我入去。"脚户道："他家日夜大开着门玩钱，哪一个入不去？

第二十五回　会盟兄喜重新官任　入贼巢羞见被劫妻　‖177

你要是认出他是大盗，同场的人就要拿他。六七百人家地方，你道没王法么？何况又有我帮着你，你只到富安庄儿问问，哪一个不服我和家兄的拳棒？哪一个不叫一声周大哥、周二哥？"文魁听了这许多话，说："我就和你去，只是此事全要仰仗于你。"那脚户拍着大胸脯道："都交在我身上。"

两人说明，同回夏邑[1]县，到了一处村落，果然有四五百人家。走入街头，文魁道："我这行李该放何处？"脚户道："我同你寄放人家铺子里，要紧的东西你带在身上。"文魁道："也罢了。"随即寄放了行李并安顿了牲口，身上带了银子，跟脚户走到一家门首，见院中坐着几个妇人，不敢入去。脚户道："有我领着，还怕什么？"从这一家入去，弯弯曲曲都是人家，有许多门户。文魁有些心跳起来，要回去。脚户道："几步儿就是了，回去怎么？"又走了一处院落，方看见一座大门，四面都是小房子围着，内中出入的人甚多，倒也没人问他。脚户道："这就是了，快跟我来。"文魁道："我心上好害怕呀！"脚户道："玩钱的出入不断，人都不怕，只你就害怕了？"文魁不敢入去，脚户拉他到二门内，见房子院子越发大了。有几个人走过来问道："这小厮身上有多少？"脚户笑道："大约有三百两。"那几个人便将文魁捉拿。文魁喊叫起来。众人道："这个地方，杀一万人也没人管。"猛听得一人说道："总管吩咐，着将这个人绑入去哩。"

众人把文魁绑入第四层大厅内，见正面床上坐着一人，正是乔武举，两旁带刀剑的无数。众人着他跪下，文魁只得跪在下面。只见乔武举道："这不是柏叶村那姓朱的么？你来此做何事？"文魁哪里敢说是拿他，只得说是寻访妻子。乔大雄问道："他身上有多少？"只见那脚户跪下禀道："大约有三百。"大雄道："取上来。"众人从文魁身上搜出。大雄吩咐："着管库的按三七分与那脚户。"又向文魁道："你老婆我取用了，倒还是个伶牙俐齿的女人，我心上着实爱她，把她立了第三位夫人。前日你说她的脚是有讲究的，果然包得好。也算你痴心寻她一番，着你见见，你就死去也歇心。"吩咐："请三夫人来。"闲人退去，左右只留下七八个人。

---

[1] 邑（yì）：城市。

不多时,殷氏出来,打扮得花明柳媚,极艳丽的衣裙,看见文魁,满面通红。文魁此时又羞又气,不好抬头,乔大雄让殷氏坐。殷氏见文魁在下面跪着,未免十数年的好夫妻,哭亦不敢,笑亦不忍,只得勉强坐在床边。大雄问文魁道:"你看见了么?"文魁含愧应道:"看见了。"大雄吩咐左右道:"收拾了去。"大凡贼杀人,谓之"收拾"。殷氏忍不住求情道:"乞将军留他一条生命,也算他远来一场。"说罢有些欲哭不敢的光景。大雄笑道:"你到底还是旧情不断,但此人放他回去,必坏我们的大事,留在此地,与你又有嫌疑。也罢,着他到后面厨房内,与孩儿们烧火效力去罢。"文魁此时欲苟全性命,只得随众人去了。正是:

一逢知己一逢妻,同是相逢际遇非。

乃弟款留宾客位,劣兄缩颈做乌龟。

第二十六回

闻叛逆于冰随征旅　　论战守文炜说军机

词曰：

　　土雨纷纷，征尘冉冉，凝眸归德行人远。饥乌啄树叶离枝，野鬼吹磷火接电。木偶军门，才思短浅，书生抵掌谈攻战。奇谋三献胜孙吴，凯歌方遂男儿愿。

右调《踏莎行》

　　且说林总镇将各项交代清楚，择了吉日起身，朱文炜欢欢喜喜跟随赴任。过了几天，见诸事已毕，便着林岱替他陈说，要回虞城探望家乡。林总镇听了，当即应允，并着林岱带上一千两银子，同他一走，仍嘱咐他急速回来办事。文炜随即起身。

　　一日，到了虞城，访知妻嫂被劫，兄长无存，把一个好好的人家，弄得家破人亡，不禁呼天抢地，痛不欲生。幸亏林岱痛劝了几回，文炜此时生又无趣，死亦无益，只得仍同回怀庆来苟延日月。

　　且说于冰在碧霞宫又传与城璧凝神炼气口诀。过了几日，二鬼回来详言："先到荆州，不意林桂芳已赴怀庆总兵官任。小鬼等赶至新任，始查知朱文炜、段诚回家始末。"随即详述了一番。于冰收了二鬼，心下想道："姜氏年青，我儿子亦在少年，异性男女安可久在一处？设或彼此有一念悖[1]谬，不惟阴功不积，且与子孙留一番淫报。今林岱父子相待文炜甚厚，将来必帮助他银两，叫他另立家业。不如我去与他说知缘由，着文炜到我家搬取家眷，岂不完全了一节心事？"遂到房内向城璧等说知，驾了遁光，已至怀庆府城外。

　　入城到总兵衙门前，着人请文炜同段诚出来，到衙门东首一关帝庙内相见。主仆一见于冰，就磕了一顿头。于冰随将路救姜氏到成安自己

---

[1]悖（bèi）：混乱、违反。

家中留住一节,详细说知。"一则安你主仆身心,二则说与你知道,速去到寒家搬取令夫人回乡,另立家业方好。"说毕,主仆二人欢喜欲狂,爬在地下一上一下地又磕头。于冰扶起文炜,出了庙门来就走。主仆苦留不住,只得目送于冰而去,方回衙门。

入书房来,见桂芳、林岱俱在,文炜喜极,便将适才见冷于冰如何长短说了一番。桂芳大嚷道:"这是真奇人!真圣贤中人!你为何不请他入来,我见一见?"逼着文炜、林岱,"快快与我赶回。"

于冰刚走到东关尽头处,只见几个兵丁同文炜等跑来,大叫道:"冷老先生请留步!"于冰回头,看见是文炜和一个雄伟大汉同来,见他生得虎头燕颔,猿臂熊腰,神采凛凛,像个国家栋梁之器,问知即系林岱。被他再四跪请,只得仍同回关帝庙内。

稍刻,听得喝道鸣锣,兵丁等入来说道:"我们大人来了。"须臾,听的庙外叫道:"冷先生在哪里?"于冰只得迎将出去。林桂芳看见,紧跑了几步,拉住于冰的手,大笑道:"先生固然是清高人也,不该这样鄙薄我们武夫,若不是小儿辈赶回,此刻已到了安南国交界。"于冰道:"生员山野性成,村俗之态,实不敢投刺辕门。"桂芳大嚷道:"你为何这样称呼?这是以老匹夫待我了。日后总要你兄我弟的方可。"两人携手入房,桂芳先叩头下去,于冰亦叩头相还。两人坐下,林岱、文炜下面相陪。桂芳道:"朱相公时刻说老长兄所行的事,小弟听了,心肝肺腑上都是敬服的。方才又说起他媳妇承老长兄几千里安顿,这是何等的热肠!且能未动先知,真正叫人爱极怕极。"于冰道:"这皆是朱兄过为誉扬,冷某实无一能。"桂芳道:"你也不必过谦。我今年六十多岁了,心上还想要再活一二十年。可到我衙门中住几天,将修养的道理传与我,我才放你去哩。"于冰道:"冷某赋性愚野,不达世故。况贵署事务繁杂,实非幽僻之人情意所甘。"桂芳道:"我知道你,不但我们武官,就是文官,你也厌恶。我衙门里有一处花园,你到那边,我不许一个人来往何如?"于冰仍要苦辞,桂芳道:"你若不去,我是个老猪狗。"于冰见桂芳为人爽快,敬意又诚,不好十分违他的意思。说着,桂芳即拉着一同步行入署,携手到花园内,左右已安放酒席停妥。

大家正在叙谈时,只见家丁禀道:"有军门大人差千总张彪为飞报军

第二十六回　闻叛逆于冰随征旅　论战守文炜说军机

情事，星夜赉[1]火牌前来，在辕门立等回话。"桂芳道："取文书来我看。"须臾，家丁拿至，见上面粘着十数根鸡毛。拆开一看，内言："大盗师尚诏，于本月初六日二鼓，率领数千逆党，在归德府城内各门举火，杀戮官民。刻下已据有归德，宁陵亦同时为贼所有。已飞饬[2]河阳府总兵官管翼，从西南一路起兵。该总兵官即日整点五千人马，拣选勇敢将备，限六日内至归德城下会兵歼灭。本院定于初八日辰刻，带兵赴援。事关叛逆，不得稍延时刻，违误军机，致干未便。火速！火速！"原来明时各省俱有军门，提调通省人马，管辖各镇。督抚只专司地方事务，兼理粮饷。林桂芳看罢，大惊失色，将票文送与于冰、林岱等公看。随发令箭，晓谕各营官弁，汇齐花名册籍，准备衣甲器械、旗帜马匹，今晚三鼓听点，违令定按军法。

又传差来千总张彪问话。家人将张彪领来，参见毕，侍立一旁。桂芳问道："军门大人定在初八日起兵么？"张彪道："千总是初七日申时动身，此刻才到。亦听得说大人早晚发兵，未知定在何日？"桂芳道："怎么陡然有此变异之事？你可知师尚诏是何等之人？并叛逆的缘由么？"张彪道："这师尚诏，是初六日二鼓在归德城内起手，辰刻声息即到开封。午时，陈留县解到奸细一人，系师尚诏妻兄，叫蒋冲。听得他的口供说：这师尚诏原是归德府城人，自幼父母早死，依借他族兄师德庆度日。他生得身长七尺五寸，腰阔八围，双拳开三石之弓，二臂有千斤之力。从十八九岁便在赌博场中寻觅衣食，屡行斗殴伤人，被地方官逐离境外，后便在各府县游走。宁陵县中，有父子几人，姓蒋，名自兴，原是跑马卖解人家。他有个闺女名唤蒋金花，十五岁时遇一姓秦的尼姑，说她有后妃之相，就住在蒋家，传与蒋金花一部妖书，名《法原密录》，内多呼风唤雨、豆人草马之术。这尼姑又闲行市镇，看见师尚诏，说他龙行虎步，将来可做天子。因此蒋自兴听秦尼姑话，招他做了女婿，与金花相配。他嫌宁陵地近省城，不便做事，迁移在彰德府涉县山中居住，从地中掘出银二三十万两，借此招纳四方无赖之徒，无所不为。数年间，逆党遍

---

[1] 赉（lài）：赐，给。
[2] 饬（chì）：古时指上级命令下级。

满一省，各州县乡村堡镇，俱有窝家潜藏叛贼头目，干办事体。本月初六日二鼓时候，率领贼众就在归德一齐发作起来。"桂芳道："我知道了。"吩咐家丁用心打发他酒饭。张千总出去。

桂芳向于冰道："小丑跳梁，劫夺府县，正是小弟等出力报效的时候。老长兄能替朱相公分忧，就不能与小弟出个主见？"于冰道："冷某迂儒，未娴军旅，承下问，诚恐有负所托。然杀贼安民，正是替天行道，我寻思已久，要就这件事成就几个人。只是一件，冷某若去，只可我们三人知道，只怕大人家丁传出冷于冰名姓，那时我即不辞而去矣。"桂芳喜出望外，连忙出席，顿首叩谢道："隐埋老长兄名姓，都交在小弟身上。"一面吩咐中军官，先选二十名精细兵丁，此刻起身，在归德、开封两处打探军情，陆续通报。传齐副、参、游、守、千、把等官，晚堂听点。灯后别了于冰，升堂拣选随征将官。复到教场点齐人马，至四鼓回衙，向于冰道："我与老长兄预备下小轿一乘，伺候登程。"于冰道："我与令郎、朱兄同骑马去。"桂芳道："小儿向曾习学弓马，就是到两军阵前，一刀一枪也还勉强去得。朱相公瘦弱书生，叫他去做什么？"于冰道："我着他和公子同去，有个深意在内，万不可失此机会。"文炜连忙道："晚生虽一无所用，也正要效犬马之劳。"桂芳大喜道："运筹帷幄，决胜千里，原倚赖着老兄。既着朱相公去，便同去走遭。"到天明，祭旗放炮，人马一齐向东南进发。

走了一日夜，探子报道："军门大人初八日起兵，如今还在睢州道上安营，未敢轻进。"原来这军门姓胡名宗宪，是个文进士出身，严世蕃长子严鹄[1]之妻表舅也。严嵩保举他做了河南军门，只会吃酒做诗文，究竟一无识见，是个胆小不过的人，因此躲在睢州道上安营，听候归德的动静。桂芳闻知，心下想道："既然军门停住睢州，我且先会巡抚，亦未为迟。"于是将人马扎住，跟二三人入城。

巡抚曹邦辅接入衙门，叙说目下贼情，言："师尚诏连日分兵，已攻拔夏邑、永城、虞城等处，各差贼将镇守。又于归德城外东南北三面，各安了三座营盘，为四方策应，使我兵不能攻城。又于城西面安了八座连营，防开封各路人马，约有二三万贼众据守。沿黄河一带，并永城地

---

[1] 鹄（hú）：天鹅。

第二十六回　闻叛逆于冰随征旅　论战守文炜说军机

方，各安重兵，阻绝东南两省救应，声势甚是猖獗，传言早晚来攻打开封。两位老镇台又未到，胡大人领兵离开封百余里，就在睢州道上安营，按兵不动，一任叛贼攻取右近州县。今早圣旨到，着军门火速进剿。敕谕弟办理粮草，参赞军机。是这样耽延时日，圣上责问下来，该如何复奏？弟刻下委员于各州县催办粮草，也不过三两日内，就到军前。"桂芳道："据大人所言，这师尚诏竟有调度，非寻常草寇可比。小弟此刻就去睢州见胡大人，请教破贼的军令。"说罢，辞了出来。

带军马到了睢州，离军门大营三里安营。请于冰计议，并说刻下贼形。于冰道："俟大人见过军门后，自有理会。"桂芳到军门营前禀见，胡宗宪传见。礼毕，桂芳列坐在一旁。宗宪道："本院连日打听，知师尚诏相貌狰狞，兵势甚是凶勇，贼众不下十数万之多。本院因此按兵不动，等个好机会破他。"桂芳道："兵贵神速，此时师尚诏虽据有归德，究之人心未定，理当鼓动三军锐气，扫除妖孽，上慰圣天子宸衷[1]，下救万姓倒悬。若待他养成气势，内外一心，日日攻夺州县，似非良策。"宗宪道："林总兵谈军，何易易耶？兵法云：'全军为上，破军次之；攻心为上，攻城次之。'大抵王者之师，以仁义为主，不以勇敢为先。此等鼠辈，有何成算？急则合同拼命，缓则自相攻击，耽延日久，必生内变。俟其变而击之，非投降即鼠窜矣。若必决胜负于行阵之间，使军士血肉蹀躞[2]，此匹夫之勇，非仁智之将也。吾等固应与朝廷用命，亦当为子孙惜福。"桂芳道："此贼筹划，迥非草寇可比，大人还需急为设处。"宗宪道："本院已发火牌，调河阳总兵管翼同到睢州，等他来，大家商一神策，然后破贼。汝勿多言，乱我怀抱。"

桂芳见他文气甚深，知系胆怯无谋之辈，只得辞出，与于冰诉说军门的话。于冰道："贼众备细，冷某已尽知，俟管镇台同曹抚院到来，自有定夺。"不想于冰于怀庆起身时，已将二鬼放出，在归德一府往来查听众贼举动，许他们不论早晚，有信即暗中通报。

又候一日，总兵官管翼到来，先到桂芳营中拜望，问了原委，然后同桂芳去军门营前禀见。军门传入。两总兵参见毕，军门令坐两旁。胡

---

[1] 宸衷（chén zhōng）：帝王的心意。
[2] 蹀躞（dié xiè）：迈着小步走路的样子。

宗宪道："贼势凶勇，断不可以力敌。我看屯兵待降，还是胜算。二总兵有何高见，快我肺腑？"管翼道："探访得贼众志气不小，兼有邪法，必无投降之日；即投降，亦为王法所不容。宜速刻并力剿戮，除睢州腹心之患为是。"宗宪拂然道："此林总兵之余唾也！"管翼道："不知大人有何妙计？"宗宪道："本院欲行文山东、江南两省会齐人马，三路军门同剿，此战必胜、攻必取至稳之计。二镇将有同心否？"桂芳道："贼势疾同风火，山东、江南人马非一日可至，倘再攻陷开封，当如之何？"宗宪忙用手掩耳道："汝何出此不祥之言，诅咒国家，就该参奏才是。"两总兵相顾骇愕，不敢再议。坐了好半晌，宗宪忽然以手书空道："师尚诏，师尚诏，汝何不叛逆于他省，而必叛逆于河南？真是咄咄怪事。"

两总兵见他心绪不宁，各辞了出来。桂芳又同到管翼营中，管翼道："胡大人无才无勇，必蹈老师玩寇之罪。你我这两个总兵，好容易得来，岂肯白白的叫他带累？不如公写一书字，将你我两番议论的话，详细达知巡抚曹大人，看他是何主意？将来你我也有得分辩。"桂芳深以为然。随即公写书字，星夜寄去。

至第三日绝早，巡抚曹邦辅到来。先到军门营中，差人请二总兵议事。于冰将林岱、文炜俱暗中嘱咐过，要如此如此。两人扮做家丁，跟了桂芳到中军帐。诸官见礼毕，军门、巡抚对坐，二总兵下坐，大小武官分列两旁。曹邦辅道："贼势日猖，开封亦恐不保，二位镇台大人不肯动兵，欲师尚诏自毙归德耶？"两总兵俱不好回答，宗宪道："弟等欲商议神策，一戎衣而定归德。奈事关重大，恐蹈丧师辱国之耻，故不得不细细斟酌耳。"邦辅微笑了一笑，又向二总兵道："两位镇台亦有神策否？"二总兵齐声道："统听两位大人指挥施行。"曹邦辅道："我本文官，未知行阵轻重缓急，然此事亦思索已久。若率众攻夺归德，贼众远近俱有连营阻隔；若命将力战，胜负均未敢定。必须使他四面受敌，不能援应方好。无如宁陵、夏邑、永城、虞城等处，又为贼得去，其羽翼已成，奈何？奈何？"

诸官俱各无言。只见朱文炜从林桂芳背后走出，跪禀道："生员欲献一策，未知诸位大人肯容纳否？"胡宗宪问左右道："此人胡为乎来？"桂芳忙起立，打躬道："此是总兵义子朱文炜，系本省虞城县秀才。"宗宪大怒道："我辈朝廷大臣，尚不轻出一语，他是何等之人，擅敢议及军机重事？"

第二十六回　闻叛逆于冰随征旅　论战守文炜说军机

曹邦辅接着道："用兵之际，智勇为先，不必较论他功名大小，此时即兵丁亦可与言。"说罢，笑向文炜道："你莫害怕，有何意见，只管向我尽情说；就说的不是些，不听你就罢了，有何妨碍？"文炜叩头禀道："目今师尚诏四面俱有连营，列于归德城外，西门外人马倍多，此防开封之救援也。依文炜下情猜度，贼四面虽有连营八座，不过人多势众，谅非精练之卒，理应先攻通我开封道路。宁陵虽为贼据，镇守者非大将之才，可一将而取也。文炜访得贼众家属尽在永城寄顿，去归德只有一百八十里，此城内必有强兵猛将保守，宜速选一大将，带领精兵铁骑，偃旗息鼓，绕道直捣永城。尚诏必遣兵救应，比及贼众救到，永城亦攻拔多时矣。永城既得，归德贼众人人心内俱有妻子系念，势必心志惶惑，战守皆不肯尽力。然未攻永城之前，必须先遣一将，引兵攻打宁陵，使贼人无暇议我之后。再着勇将三四员，命一大将保之，带兵直驱归德，攻其四面连营，却断断不可全攻，或攻西北，或攻西南，只攻一营。一营破，则七营定必牵动。复用一二将带兵遥为观望，俟七营救援时，赶来尽力合击。贼众不知有伏兵多少，必散败走归德矣。此时须趁势即勒兵归德城外，佯为攻打之势，使彼不暇照应诸路。姑留虞城、夏邑不攻，俟永城、宁陵两处成功后，则西北正东俱为我有，就以破永城之兵攻夏邑，以破宁陵之兵攻虞城，二城谅无才智之人把守，破之最易。二城破后，沿河守御，贼众可不败而散。大人可一边遣将接应诸路，一边起合营大兵攻归德。师尚诏四面援绝，虽欲逃走，亦无道路矣。庸愚之见，未知各位大人以为何如？"曹邦辅拍手大笑道："此通盘打算，较围魏救赵之策更为灵变敏捷。我亦曾昼夜思索，必须如此，使贼人前功一朝尽废，只是想不着恁般调度。真是圣天子洪福，出此智谋之士。但还有一件，我倒要问你：贼众妻子果都在永城么？"文炜道："此系至真至确，生员何敢在军前乱道，做不保首领之事？"曹邦辅道："永城一破，归德贼众之心必乱，此策最妙。然人家妻子尽寄一城，城内强兵自倍多他处，而猛将定必有数人镇守。必须一勇武绝伦、智谋兼全之将，方克胜任。稍有差池，误国家大事不浅，而虞城、夏邑俱不能攻夺。"说罢，向帐上帐下普行一看，道："那位将军敢当此任？"

众将无一应者，又见林总兵背后，走出金刚般一大汉，跪禀道："生员愿去立功。若得不了永城，情愿将首级号令辕门，为无勇无才妄膺大任者戒。"曹邦辅向众官道："大哉言乎。"又笑问道："看你这仪表，实可以夺昆仑，拔赵帜。你且说你又系何人？"林桂芳欠身道："这是小弟长子林岱。"

邦辅亦欠身拱手道："智勇之士尽出一门。我看令郎汉仗雄伟，气可吞牛，定有拔山扛鼎之勇，此去必成大功。今朱秀才之谋既在必行，理合一齐发作，方使逆贼前后不能照应。老镇台就与令郎拨三千人马，暗捣永城。功成之日，我与胡大人自行保提。攻打四面连营，责任也不在取永城之下，须得英勇大将方可胜此巨任，两镇台属下，谁人敢去？"管翼道："小弟愿带本部人马效力。"邦辅道："老镇台亲去，胜于十万甲兵，小弟无忧矣。"桂芳道："小弟去攻打宁陵。"邦辅道："宁陵不用起动老镇台，遣两员将备带一千人马即足。镇台可带兵接应令郎，倒是第一要务。管镇台只有本部五千人马，攻打贼众八座连营，实是不足，看来再有一二勇将统兵接应协击，方为万全。"

话未完，忽见中军帐下闪出两个武官，跪禀道："小将一系军门左营参将罗齐贤，一系辕门效力守备吕于淳，情愿接应管大人。只是没有人马。"邦辅道："就将胡大人麾下人马拨与你们三千最便，何用别求？"宗宪满面怒容，说道："曹大人以巡抚而兼军门，足令人钦羡之至。只是此番若胜，自是奇功；设或不胜，其罪归谁？"邦辅大笑道："以孔明之贤知，尚言成败利钝，不能逆睹。邦辅何人，安敢保其必胜？至言以巡抚而兼军门，是以狂悖责备小弟。但小弟既为朝廷臣子，理应尽心报国，无分彼此，胜败非所计也。日前奉旨，着小弟参赞军机，就是今日提调人马，亦职分所应为。今与大人讲明：胜则大人之功，败则曹某与二总兵认罪。若大人按兵观望，小弟不敢闻命。"宗宪面红耳赤，勉强应道："小弟亦不敢贪人之功，以为己利，只求免异日之虞而已。"

邦辅又向林岱道："兵贵神速，迟则机泄。公子可回尊公营内整点人马，即刻起行。"又向文炜道："你系主谋之人，若得凯旋，其功不小。"众人散去。邦辅又坐催宗宪发了令箭，点三千兵与罗齐贤等。复到二总兵营内，打发各路兵将起身。然后入睢州城公馆内，发火牌催督军饷。胡宗宪在营内一无所事，守着自斟壶二三把，酤饮嗟叹而已。正是：

秀才抵掌谈军务，巡抚虚心用硕谋。
诸将舍身平巨寇，军门拼命自斟壶。

第二十七回

克永城阵擒师尚义　出夏邑法败伪神师

词曰：

遵依神画，自然军威振大。剑带腥红烟尘扫，小丑惊惧无家。妖尼行诈，又谁知着着俱下。到得斯时，不思求情，只思求罢。

右调《柳梢青》

且说师尚诏据住了归德，又得了四县，他也知道收买民心，开仓赈济，并恤[1]被兵火之家，四县亦如此行事。自己号为雄勇大元帅，有十数个知心将佐，俱号为小元帅，其余二百员贼将，俱号为将军。妻蒋金花，号为妙法夫人，秦尼姑号为神师。他族中的群贼，各有名号。凡攻城掠地、战守接应之策，俱系这尼姑提调。师尚诏久有取开封之意，听得胡军门初八日起兵，只得料理迎敌。后又听得停军睢州调两镇人马，四五天不见动静，遂遣诸贼将傍取夏邑等县。

一日，笑向诸贼将道："军门胡宗宪无谋无胆，今驻军睢州，不过掩饰地方官和百姓耳目，他心上害怕，可想而知。我意欲分兵三路，一军取开封东北，声言取考城，绊住胡军门人马；一军取开封之南，傍掠州县，牵住各处救兵；我领诸将鼓行而西，直取开封，量胡军门庸才，断不敢回军救应。即或敢来，分兵御之，亦未尝不可。只要诸将竭力用命，攻打开封，传檄[2]诸郡，全省可得矣。尔等以为何如？"伪神师秦尼道："此计尚非万全。胡军门提两镇人马早晚即到，我若能一朝而下开封，犹可并归德之力敌三处人马，胜有八九；若屯兵于坚城之下，两镇救军齐至，攻我左右，胡宗宪杀回阻我归路，开封曹巡抚发人马攻我之前，是我四面受敌，反不为美。况归德去开封三百余里，一时不能接济，军兵

---

[1] 恤（xù）：救济。
[2] 檄（xí）：檄文，即古代用于征召或声讨的文书。

一败，人心动摇，归德亦不能守矣。为今之计，速差精细人探听两路军强弱，领兵主将才勇若何，然后相机而动，可战则战，可守且守。再传与四面连营八主将，昼夜防备攻击。胡军门既系胆怯之人，两镇定不服他调度，日久又恐朝廷罪责，势必各军其军。某等可选集诸将败其一路，则三路官军俱皆瓦解矣。此慎重之策也。"师尚诏道："神师所见，甚是明透，我只愁朝廷另换军门，则费手耳！"随差人分路打听官兵动静。

再说林岱领了三千人马，桂芳又派了两员守备相帮，于冰充做总兵府幕客，改为武职衣巾打扮，也随在林岱军中，卷旗息鼓，昼夜潜行，到了永城地界。镇守永城主将，系师尚诏之堂弟师尚义，又有族兄师德庆。还有几个贼将军，一叫邹焰，一叫余铸，一叫王之名，俱皆勇敢善战，而邹焰更是超众，其勇武与师尚诏一般，诸贼将家口寄顿永城，全仗此人保守。这日，探子飞报入城，言："有三四千官兵，打着怀庆总兵旗号，离此不过数里。"师尚义听了，随即点起一千贼众，同邹焰大开城门迎敌。稍刻，见一支人马飞奔前来，门旗开处，一将当先。但见：

虎头燕颔[1]，猿臂熊腰。腕悬竹节钢鞭，鞭指处千军溃散；手提豹尾画戟，戟到处万夫辟易。声似震雷，有斩将搴[2]旗之势；眸如掣电，擅投石超乘之能。身披烂银甲胄，坐跨踢雪乌骓。成都称为宦家子，中州号作冠军侯。

师尚义将人马摆开，出阵大喝道："来将何名？"林岱也不答话，提戟就刺。尚义急忙架隔，只三合，尚义败走。邹焰大叫道："初次交锋，安可失了锐气？"遂倒提大刀，飞马来迎。林岱见贼将身躯长大，相貌凶恶，知是一员勇将，提戟刺去。两将鏖战有四十余合，林岱不归本阵，拨马往北而去，邹焰赶来，林岱翻身一箭，正中邹焰左臂，倒下马来。尚义率兵救起了邹焰，林岱杀回。城内余铸领了二千贼兵助战，这边两个守备亦率众相杀。林岱一支戟、一条鞭，马到之处无不披靡。尚义见林岱凶勇，领兵败入城去。林岱也不攻打，听于冰吩咐于十里以外安营，放尚义等入城。

---

[1] 颔（hàn）：下巴。

[2] 搴（qiān）：拔。

第二十七回　克永城阵擒师尚义　出夏邑法败伪神师

邹焰咬牙切齿，誓报一箭之仇。余铸道："怀庆领兵主将，甚是勇猛难敌，看来不如智取。今他是战胜，晚间必不准备。依我主见，只留五百人守城，其余人马尽数带领，我同元帅至二鼓时劫营。每人用布包头，以便夜战相识，杀他个片甲无存，与邹将军雪恨。"邹焰大喜道："此计最妙！我臂上也算不得重伤，大家同去为是。"尚义依了余铸的议论，请师德庆同王之名守城，约定二鼓后起身。

且说于冰向林岱道："此时天时渐晚，可吩咐将士不必卸甲，速刻饱食，听候将令。"稍刻，逐电暗报，于冰笑道："不出吾之所料也。"随向林岱耳边说了几句："起更时候，请两守备各带人马五百，在营盘两旁埋伏，贼众劫了空营，必要急回，二位可放起号炮，速领人马追杀。"两守备遵令去了。于冰同林岱领二千人马，暗暗地埋伏在永城东北五里之外。又着军士以布包头，临期自有将令。

二鼓以后，师尚义等领众贼五千余人，至林岱营前呐喊杀入，见是一坐空营，喝令众贼速退。号炮一声，两守备带兵杀来。于冰听得号炮震响，知贼入营，吩咐军士假扮贼众败回之样，到城下乱叫乱喊"开门"。师德庆同众贼见城外人马俱用布包头，知是自己的人众，约料是败了回来，连忙开放城门。林岱率军杀入，只有五百强壮贼众，余俱是老弱家属，顷刻剿斩殆尽。于冰道："众贼劫了空营，稍刻便回，诚恐二守备兵少，林兄可领一半人马迎杀上去。我在城中率众搜拿叛党家属。"林岱分兵出城，没有半里远，遥见贼众飞奔而来，林岱率众迎杀。后面二守备又到，两下夹攻，贼众只顾得逃命。师尚义走脱，带贼兵叫门，于冰又放出五六百兵开门便杀。尚义大惊，招呼余铸道："巢穴破矣，你我速奔夏邑！"此时邹焰因箭伤痛甚，不能力战，已死在乱军中。林岱同二守备追杀数里，分一半兵令二人赶去，自己回永城料理。

众贼跑到天明，只见一支人马从西南来，为首一员老将，带领着许多将佐，喊一声，将众贼围住。众贼俱系筋疲力竭之人，哪里当得起生力军剿戮？随后二守备又到，杀死者一千余人。共五千贼众，沿途跑散并带伤死亡者又一千余人，其二千余人，都跪下哀呼乞命，情愿投降，杀贼赎罪。桂芳准其投降，活捉了师尚义，斩了余铸，合兵入永城。

于冰迎着，说道："令公郎已成大功，各贼家属俱皆拿下。冷某还有恳求，未知肯容纳否？"桂芳道："我父子俱系老长兄提携，若有吩咐，无不如命。"于冰道："贼众家属，除师尚诏同族以及亲戚听候军门、巡抚发落外，其余从贼家属妇女，尽行释放。男子未过十六岁，老人已过六十岁者，俱准为民。精壮者，未敢轻纵，理合监候，俟事体平定，任官吏审讯，分别办理；若有逃脱，再投逆党者，拿获立即正法。大人以为何如？"桂芳大笑道："不但老长兄有此仁慈，即小弟亦何乐多杀？将来起解他们时，弟还要细细查问，开脱些出去。"于冰作揖道："如此更见厚德。"又说了得永城始末，并林岱的武勇。桂芳欣悦不已，吩咐各将皆饱餐休息。着书吏将阵亡军士记名，带伤者养病。

次早，留一千五百怀庆兵守城，就着随林岱的两个守备镇守，又将他二人着实奖誉了几句。自己同林岱、文炜、于冰带了投降的二千余贼众，并本部人马，攻打夏邑。差官与军门、巡抚两处报捷。

再说总兵管翼，带了本部五千人马，离归德还有三十里，便下令着军士严装饱食。又吩咐参将郭翰道："我领三千人，先率诸将攻其西北一营，你可远远差人探听，贼营若攻杀不破，你可领兵速来，并力协攻；若贼营已散乱，你可按兵不动，待他别营救兵到来，再领人马帮助。此养精蓄锐、次第收功之法也。"郭翰领命。

管翼带兵急驰，不数里，早望见八座营盘，每营相离各二三里不等。管翼大声向众军道："你们看，贼营人马虽多，率皆乌合之众，一经交战，势必丧胆，断不可存彼多我少之心。本镇今日不要命了。你等求功名叨重赏就在此刻，可舍性命随本镇去来。"众军们暴雷也似的答应了一声，一个个如流星掣电，飞奔贼营。贼众虽有探细的人，及至传报时，兵已到了营门，发声喊一涌杀入。众贼见开封人马久无动静，他们有何纪律，有何军法？便日夕饮酒吃肉，硬夺左近村乡财物东西以为快乐，哪里还作准备。不意此军如风雨驰至，只得勉强迎敌，三两合，俱各弃营望南营奔驰。贼营中传起鼓来，各营俱来救应，反被逃窜败兵踏乱了营盘，管总兵奋力赶杀。贼众见官兵人少，一齐围裹了来，陡听得大炮一声，见一将领兵如推山倒壁风驰而来，兵势甚猛，乃参将郭翰也。众贼一见，各心上慌乱起来。见来兵也少，复勉强相杀。正战间，又听得大炮一声，见一军从正西杀来，两员将官在前，兵丁在后，正是罗齐贤、吕于淳接

第二十七回　克永城阵擒师尚义　出夏邑法败伪神师

应人马，势同山岳般压来。贼众早已心慌，今又见此军骤至，也不知官兵有多少埋伏，多少接应，谁肯舍命相杀，便一齐往归德败走，三路官兵随后追赶。离归德府还有三里余，管翼因兵少，亦不敢直逼城下，就在正西安营，遣官睢州报捷，请军门合兵攻城。

且说败兵跑入归德城内，师尚诏明白缘由，大怒道："八营二万余人，连六七千官兵都战不过，还想攻打开封，真是可笑可恨之事。"伪神师秦尼姑道："管总兵人马远来，又经战斗，可速遣兵破其营垒，使他不能停留城下方妥。此兵容其过夜，则明早开封人马俱集城下矣。"尚诏道："神师所言正合吾意。"却待遣将发兵，只见探子报到："怀庆总兵林桂芳遣子林岱，攻夺了永城，已提兵攻打夏邑去了。"尚诏大惊道："永城本帅弟兄亲戚并各将妻女俱在内，此一残破，断难保全，不可不遣将争取。"诸将听得失了永城，一个个心胆俱碎，都摩拳擦掌，乱嚷着要去夺城。稍刻又报，宁陵已被开封兵打破。随即又报，虞城被河阳总兵遣将攻打，诸将帅众投降。夏邑又被怀庆总兵攻陷。尚诏捶胸大叫道："数年心血，半月辛勤，一朝尽丧矣。"秦尼道："胜败兵家常事，元帅不必过忧。不是贫僧夸口，管保已失州县指日复得。若为永城有元帅并诸将的家属在内，贫僧此刻领一千人马，手到夺回，以安大众之心。目今只存归德一城，可速传令，着城外诸将拔营入城，且不必与官兵对敌，只叫他们预备守城之具并鸟枪火炮，各门派将分守，准备官兵攻城。主帅亦不必战，待贫僧夺了永城回来，再商妙策。"说罢，急急地领兵去了。师尚诏随将城外诸贼调回守城。

且说林桂芳攻打了夏邑，斩了镇城贼将，留兵把守，领人马往归德进发。攻打虞城将佐亦来合兵，又带来沿河守汛许多投降贼众，忙差官去睢州报捷，请军门同巡抚会剿。胡宗宪连接捷报，正在愧悔之间，曹邦辅来至营中，笑说道："诸将成功，皆朝廷洪福、大人威德所致，刻下贼众只有归德一城，四面无援，指顾即可尽歼丑类。大人可速起军马，小弟同去收功走遭。"宗宪羞愤道："此原是大家合谋而行，不意伊等尽能侥幸，到底是诸将之功居多。起兵围城的话尚需缓商。"曹邦辅道："大人之言差矣！昔汉论诸将功，以萧何为功人，诸将为功狗，盖以追逐狡兔者狗也，而发纵指示者人也。今日诸将之功，皆大人发纵指示之力，朝廷论功行赏，大人自应首推，天下安有大元戎披坚执锐，与士卒拼命行阵的道理？"宗宪听了这几句话，连连点头道："大人见解，实足开我茅塞也。"不用邦辅催促，随即下令，着各营此刻俱起，限本日定到归德城下。

且说于冰与桂芳行走中间，超尘在耳边暗报道："适才秦尼领兵一千，夺取永城去了。"于冰想道："我闻此尼精通法术，二守备如何是她的敌手？"忙向林岱道："你可速带一千人马，同我速赴永城。"桂芳欲问原委，于冰道："回来自然明白。大人只管先行一步，去归德城下安营。"

说罢，同林岱领兵，走有三十余里，见一队人马在前。林岱大喝道："叛贼那里走？"秦尼姑见有官兵赶来，用剑虚向地下一画，顷刻竟成数里长一道深沟，军士惊喊起来。于冰看见，用剑向沟上一画，即成平地。秦尼姑见破了她的法术，将人马摆开，瞧见官军队里，门旗下有一将，身高体壮，貌若灵官，提方天戟，骑乌骓马，威风杀气，冠绝一时。秦尼姑看见，大惊道："我见师尚诏相貌，以为真正英雄。此人仪表，较尚诏又大方几倍，足证我眼界小，识人未多。"笑问道："来将何名？"林岱将秦尼姑一看，但见：

　　面如满月，头无寸毛。目朗眉疏，微带女娘韵致；神雄气烈，不减男子魁梧。弃锡杖而挂霜锋，权学曼陀之化相；骑白马而诵神咒，非转阿难之法轮。请她做群贼师傅，有余有余；算她为佛门弟子，不足不足。

林岱道："我乃怀庆总兵之子林岱是也。妖尼何名？"秦尼姑道："我师元帅殿下秦神师是也。日前攻破永城就是你么？"林岱道："是我。"秦尼姑道："你气宇超群，将来定有大福，快回去换几个薄命的来。"林岱大笑道："这妖妇满口胡说。"提戟飞刺，秦尼姑用剑相还。只两合，秦尼姑败走，取一块黄绢儿向林岱掷来，须臾变为数丈铜墙，将林岱围住。秦尼姑正欲擒拿，于冰出了阵门，将剑向铜墙一指，口中念念有词，只看剑尖上飞出一缕青烟，烟到处，将铜墙烧为灰烬。

秦尼姑见此法又破，急向对阵一看，瞧见于冰。但见：

　　儒巾素服，布履丝绦。目聚江山秀气，心藏天地玄机。神同秋水澄清，知系洗髓伐毛之力；面若春霞灿烂，多由息胎辟谷之功。煮汞烧铅，扫尽壶中氤氲；悬壶种药，救彻人世痴顽。

第二十七回　克永城阵擒师尚义　出夏邑法败伪神师

真是：剑尖指处乾坤暗，丹篆书时神鬼号。

秦尼姑看见于冰，大为惊异，道："此蓬岛真仙也，何故在尘世中烦扰？"遂向于冰打稽首[1]道："先生请了。"于冰亦举手还礼。秦尼姑道："先生何名？"于冰道："无名姓。"秦尼姑道："岂有无名姓之人，不肯说也罢了。适才先生破吾两法，足见通品。我还有一小法请教。"于冰道："只管尽力施为。"秦尼姑用剑书符，望空一指，稍刻狂风骤起，飞来房大一石，向于冰打来。于冰微笑，从离地吸气一口，用力向大石一吹，化为细粉，飘飘拂拂，与雪花相似，顷刻消灭。两阵军兵俱无心战斗，一个个眉欢眼笑，看二人斗法。秦尼姑又用一分身之法，将顶门一拍，出十数道黑气，黑气凝结，现为十几个秦尼姑，各仗剑来战于冰。于冰将两手齐开，向众秦尼姑一照，霹雳一声，十几个秦尼姑化为乌有。秦尼姑向怀中取出五寸长一草龙，往地下一丢，立变为三丈余长一条青龙，秦尼姑下马腾身跨上，向于冰道："我要到一地方去公干，亦无暇与你作戏。"用手在龙项上一拍，那龙便口张爪舞，四足顿起风云，将秦尼架在空中，往正东去了。于冰大笑道："妖尼计穷，必去永城作祟。"向林岱道："你可领人马回营，着实吩咐诸军，有人敢露我斗法一字者，定行斩首。"说罢，从马上一跃，只看烟云缭绕，亦飞向正东而去。

两阵军士看得目乱神痴。林岱便催马向众贼大喝道："尔等还是要生要死？"众贼皆倒戈弃甲，跪在地下道："小的们皆朝廷良民，误为妖人诱引，今愿投降，永无异志。"林岱道："你等既愿投降，我何乐多为屠戮，可随我回营。"众贼齐声答应："愿听将军指挥。"林岱将两路人马带回，桂芳已在归德城下安营。林岱入见，与桂芳诉说于冰与秦尼斗法，并于冰吩咐不许传扬的话。桂芳与文炜听了，不由得瞠目咋舌，竟不知于冰为何如人。遂晓谕众军，有人传言斗法一字者，立行斩首示众。正是：

云车风马时来去，人世军营暂听从。

今日阵前传道术，方知老子本犹龙。

---

[1] 稽（qī）首：古代叩头的敬礼。

第二十八回

易军门邦辅颁新令　败管翼贼妇大交兵

词曰：

　　颁新令，拜君恩，刁斗静无声。轻裘[1]缓带立功名，胸藏十万兵。排五花，列七星，龙韬虎略[2]精。遣将发兵次第行，指顾庆升平。

右调《阮郎归》

　　且说于冰驾云赶上了秦尼，秦尼回头向丁冰道："薄伐出境，两贤岂相厄哉？"于冰道："我代天斩除妖逆，亦不得不然。"秦尼道："先生亦不可太小视我。"随骑草龙过了永城，到砀山地界。于冰云路本快，因要看她的作用，遂缓缓地赶来，见她落在一空地上，用剑画一方地，站在正中，仗剑在四方指点。于冰待她作用停当，方才下来，秦尼道："先生既有神通，敢到我画的城内走走否？"于冰道："如入无人之境耳。"提剑走将入去。秦尼将剑诀一念，陡然间天昏地暗，雷雨交作，斗大的冰块如雨点般打下。于冰早已遁出方城，剑上飞一道神符，大喝道："雷部司速降。"顷刻，庞刘苟毕四天君，协同着雷公、电母、风伯、雨师，听候法旨。于冰道："今有妖尼拘来无数邪神，在此地肆虐，烦众圣即速赶逐。"众神领命施威，迅雷大电，薄空乱飞。秦尼请来的众邪神，俱各四散逃匿，依然日朗天清。

　　于冰道："妖尼还有何法？"秦尼稽首道："弟子佩服矣，弟子必定要求大名。"于冰道："吾火龙真人弟子冷于冰也。"秦尼道："我游行四海久矣，道法神奇，无有出先生右者，吾欲拜先生为师，未知肯容纳否？"于冰道："吾师门下，无一女弟子，我何敢擅为收留？你若能改邪归正，速斩师尚诏夫妇投降，吾即收你为弟子。"秦尼道："先生既戒律精严，

---

[1] 裘（qiú）：皮衣。
[2] 韬（tāo）略：战争中用兵的计谋。

第二十八回　易军门邦辅颁新令　败管翼贼妇大交兵

我亦不敢过为强求。师尚诏是我诱他起手，今又杀他，实不忍做此不义之事。先生若肯放我回归德，我劝师尚诏投降，或远遁异域，成先生大功何如？"于冰道："他如不降，该怎么？"秦尼道："不降，便是不知时势之人，我安肯与他同败？即不辞而去矣。"于冰道："你所言亦近理，我也不必追你；你若失信，拿你如反掌之易耳，去罢。"秦尼打一稽首，骑草龙回归德去了。于冰亦借遁回营。

再说秦尼入了归德城，见师尚诏，详言与于冰斗法原委，师尚诏同诸贼将听了，无不惊惧。秦尼道："今官军气势甚大，量归德一城，亦难抗拒王师。我等所凭恃的是法术，今官军营中，又有高出我等百倍之人，不如收拾府库金银，领家属众将杀出城去，贫僧与妙法夫人前后照应，可保无虞。星夜奔到江南，由范公堤驾船入海，在外国另寻一番事业，亦可以称王称帝，传及子孙，何必在中国图谋？就是贫僧月前着元帅亲族并各将妻子尽住永城，也是虑有今日，为走江南留一条便路。不意永城先被官兵打破，反将家属全失，此冥冥中有天意，非人力所能防及。元帅宜趁早回头，贫僧的话，都是审时度势之语。倘若归德一破，玉石俱焚，彼时虽追悔亦无及矣。"师尚诏听了，低头无语。秦尼又着人将妙法夫人请来商议。蒋金花道："吾师偶尔失利，便就惧怕至此。吾视退开封人马，真同折枝之易。谁肯将数年血汗勤劳，坏于一旦？"秦尼苦口陈说利害，金花不从。秦尼道："你既执意不从，容俟缓图。"说罢，自回寓所。稍刻，人来报道："秦神师不知去向。"师尚诏听得，如失左右臂，不禁举止慌措。命众贼满城查访，杳无踪迹。

再说于冰回到了军营，桂芳等迎接入去叩谢，倍加钦服。坐间叙说秦尼去劝师尚诏投降的话，不知尚诏听他不听。正言间，探子报到："军门、巡抚二大人领兵同来，已在归德城西十里之外，遣将预行安营，不过数里，两位大人就到。"随即管总兵差人知会迎接，桂芳吩咐快备鞍马。于冰道："朱兄、林兄亦该随去交令。"桂芳道："自然该去走走。"

三人出营，会齐了管翼，又带领了此番得胜将官，同到军门营中相见，曹邦辅亦在中军。诸将上帐参见报功毕，胡宗宪道："尔等不至于败北，皆朝廷洪福，我与曹大人用人之幸。"曹邦辅道："二位大人身先士卒，竭力疆场，真令弟辈欣喜不已。朱文炜筹划得宜，林世兄勇冠三军，郭翰、罗齐贤、吕于淳随管大人建立奇功，破贼连营八座。平寇之功，管大人同朱文炜、林世兄实为第一。"胡宗宪道："曹大人过于奖誉，歼除些小毛贼，偶尔徼幸得胜，算什么军功？今后只要随我打破归德，方算得奇功万古。"

二总兵道："不敢不听大人指示，报效国家。"

宗宪吩咐："排上筵席，与曹大人洗尘。"不多时，军中奏起乐来，安放桌椅。巡抚与军门上座，二总兵左右坐，副、参等官下坐，余俱两旁站立。曹邦辅道："林世兄、朱秀才出奇用力，非在官者比，我与胡大人该与他贺功酬劳才是。"吩咐："另设一席，在副参之下，本院还要借胡大人之酒，倒先要敬他二人三杯。"胡宗宪道："大人要赏饭，可着他二人在中军帐外另坐罢了，无禄人安可与仕宦同席？"曹邦辅大笑道："大人能量他二人将来，不能做到军门、巡抚么？"胡宗宪瞑目摇头，也大笑道："只怕未能。也罢了，既曹大人开了口，就着他两个在副、参以下坐坐罢。"文炜、林岱先向军门、巡抚叩谢，次向二总兵叩谢，再次同副、参打恭毕，又向两旁诸文武官谢罪，然后就坐。

军中行酒，鼓乐正浓，只见中军官慌来禀道："圣上差缇骑数十人到曹大人营中去了。"众官皆大惊失色，邦辅亦大惊异，心下道："怎么缇骑倒来拿我？"飞忙地别了众官回营，二总兵也要辞去探问。胡宗宪大笑道："二镇将亦太世故了，圣上严明，凡我辈大臣贤否，无刻不在胸臆间。曹大人诸处俱好，也还有点才情，唯'骄'之一字未除，所以有此一跌。他是封疆大吏，师尚诏在本省谋为多年，他所司何事？'纵容反叛'四字，实罪有攸归。即本院亦有失查微嫌，将来圣上问及时，我少不得与他方便一两句。尔等俱各安坐饮酒，无庸代为愁烦。"又吩咐左右："拿大杯来，今日有一不醉者，本院亦不依。"众官各就坐，中军又奏起乐来。

稍刻，巡捕官禀道："曹大人来了。"众官各猜疑道："既有缇骑，为何轻易放回？"胡宗宪率领众官接出，只见曹邦辅向胡宗宪道："大人快将军门印请来。"宗宪慌无所措，只得将军门印传与。曹邦辅接了，递与跟随官。旋即往正面一站，向宗宪道："有圣旨，跪听宣读。"胡宗宪朝上跪了，曹邦辅取出旨意朗念道："胡宗宪身膺军门重寄，不思尽忠报国，自师尚诏叛据归德，宗宪事事畏缩，无异妇人，以逆贼杀官夺城，皆其

第二十八回　易军门邦辅颁新令　败管翼贼妇大交兵

所致。今差缇骑锁拿来京,朕[1]面审一切。其军门印务,着巡抚曹邦辅兼理,率总兵官林桂芳、管翼督师,速擒巨寇,剿灭从贼,早慰朕望。钦此。"旨读毕,闪过缇骑五六人,将胡宗宪官带脱去,就要上锁。邦辅道:"俟入都后再上锁罢。"缇骑道:"此系奉旨钦犯,我等何敢徇私?"说罢,上了大锁,勒令交代军门事务。宗宪泪流满面,向邦辅、桂芳等道:"二位大人俱在此,我有何畏缩不前处?"邦辅道:"此不过圣上急欲取功,借大人鼓励将帅,想蜀日越雪,不久自昭白也。"缇骑等立即押入后营,这是要搜剥他银钱之意。邦辅又淡淡地开解了几句,随他们去了。一面排香案,谢恩拜印;一面吩咐幕客,写本回奏接印日期。众官俱各叩贺。

缘胡宗宪按兵睢州,前此两总兵写书字达知邦辅,邦辅将两镇书字,并目下贼人情形同奏书在一处进呈御览。明帝大怒,还要拿他的家属,亏严嵩开解,有俟宗宪到京审明玩寇误国实情,再行重治其罪,因此才只拿了他一人。

再说邦辅拜印后,升帐坐下,诸官又复行参谒[2]。邦辅道:"大寇未灭,非饮酒奏乐时也。"吩咐将筵席收去。向桂芳道:"镇台领本部人马并投降贼众,我再拨与你人马二千,攻打归德东面;管镇台领本部人马,我拨你人马四千,攻打归德南面;林公子武勇超群,可当一面之任,今权授为先锋之职,领本部院六千人马,偏将二十员,攻打北面。若参、游等官不受节制,不肯尽力,敢于玩忽者,只管按军法从事。"林岱叩谢。又向众官道:"西面本部院攻打。朱秀才又有谋划,可权充本部院参谋之职,自今日始,你就在我营中居住。"文炜叩谢。又唤过罗齐贤、吕于淳道:"与你二人一千兵,可分为两班,每到夜晚,在归德四面巡查,不许放走反叛一人。"又令参将郭翰道:"与你三千人马,不拘归德哪一门外,只拣地势高处安营,于营内再筑一台,差兵轮流眺望,见贼出哪一门,你即带兵救应,一边遣人报知本部院,不得贻误。"又着将此番克敌攻城有功兵将汇一名册,详细注明大小功绩,以便将来升提选用。又着幕客做了十数道榜文,命诸将射入城去,内言:"开门接官兵者,上赏;杀贼携

---

[1] 朕(zhèn):由秦始皇始,专用作皇帝自称。
[2] 谒(yè):拜见。

首级投降者,中赏;私自逾城投降并报贼情、审实非奸细者,下赏;有人擒拿或斩首师尚诏夫妻投献者,其功最大,另行保提,不在三赏之内。若军民人等仍敢从贼为乱,拒敌官兵,城破之日查出,或被人首告,定夷灭三族。"又发火牌,星夜催办粮草,饬令各官解交军前,违限日时者,按律从重参治罪。诸将见邦辅调度井井有条,各互相戒谕道:"新军门与旧军门天地悬绝,宜事事小心,毋[1]犯军令方好。"

且说师尚诏自秦尼去后,心绪如焚,今又于四门接得曹军门榜文,恐兵民有内变之心,越加愁烦。向蒋金花道:"如今军门又是曹邦辅了,若胡宗宪不在军中,则掣肘伊等者无人矣!你我事不可问矣!"夫妻正私议间,忽听得城外军声大振,火炮连天,探子报道:"胡军门已拿解入都,新军门曹邦辅分遣诸将,四面攻城。"尚诏急传令各门贼将用心防守。又问道:"哪一门兵最多?"探子道:"军门在西门,西门人马最多。"尚诏道:"我自据归德以来,从未临阵。既西门兵多,我就出西门试一试官军强弱。"随即披挂,带三千贼军,放开西门,冲杀出去,官兵和波开浪裂一般,纷纷倒退。曹邦辅听得师尚诏亲出西门,连忙带领众将御敌,看见师尚诏在前,四员贼将随后,赶杀官兵。但见:

  头戴银兜鍪[2],顶上撮采线一缕;身披金罩甲,腰间拴丝带一条。两眼圆若铜铃,半红半碧;满面须如钢爪,非赤非黄。身似金刚略小,头比柳斗还肥。手中大砍刀,舞动时风驰雨骤;坐下卷毛马,跑出去电掣云飞。向日潜逃涉县,今朝名播河南。

曹军门看罢,尚诏马已在面前。邦辅道:"你是师尚诏么?"尚诏道:"你有何说?"邦辅道:"你本市井小人,理合务农安分,何得招聚逆党,攻夺城池,杀害军民官吏,做此九族俱灭之事?"尚诏道:"皆因汝等贪官污吏逼迫使然。"曹军门大怒,回顾诸将道:"谁与我杀此逆贼?"言未尽,中军刘总兵听说,催马提枪,与尚诏战不三合,被斩马下。左哨守备谢梦鲤、董昌两将齐出,战不五六合,谢梦鲤左胁中刀,董昌恰待要跑,被尚诏赶上,脑后一刀,砍落马旁。曹军门道:"尚诏非一二将可敌。"众将便一齐出马。

---

[1] 毋(wú):不要,不可以。
[2] 兜鍪(dōu móu):古代作战时戴的盔。

第二十八回　易军门邦辅颁新令　败管翼贼妇大交兵

贼营四将看见，亦各上前厮杀。曹军门见尚诏凶勇异常，众将陆续落马，急传令箭："调北路主将林岱快来。"大战不过一两刻，军门标下官将倒损亡了八九员，诸将败将下来。

尚诏正要挥兵赶杀，只见一将匹马提戟，飞刺面门，尚诏举刀相迎。败下去的诸将，又各勒马观看。两人鏖战征尘，有八十余合，贼妻蒋金花见尚诏临阵时久，吩咐鸣金。尚诏听得锣声乱响，只当城内有故，向林岱道："日已沉西，明日再与你战。"林岱道："我也不逼你，且饶你去罢。"两下各自收军。曹军门大赞林岱道："先锋真神勇也！若再来迟一步，吾大军被贼冲动矣。"重加赏劳，使归镇地。林、管二总兵虽知西门交战，因无将令，不敢私动人马，只得亲到军门处请安。邦辅急令速归汛地。

次日，蒋金花向尚诏道："闻南门系河阳总兵管翼扎营，我今日去报连破八营之仇。"尚诏道："官军内有一林岱，甚是了得，你需小心他一二。日前吾爱将邹焰即死于此人之手。"金花也不回答，领三千人杀出南门。管翼带将佐出营观看，但见：

　　头盘发髻，上罩飞凤金盔；耳带云环，斜嵌盘龙珠坠。身穿玲珑柳叶之甲，足踏凌波莲瓣之靴。两道蛾眉，湾如新月；一双杏眼，朗若悬珠。年纪三旬，也算半老妇女；容颜娇嫩，还像二八佳人。腕携两口日月钢刀，腰系一壶风雷大箭。

管翼看罢，向诸将道："此必贼妻蒋金花也。谁要拿住她，不愁不加官进禄。"猛听前军队内都司单元瑚大呼道："小将擒她。"催马抢斧便砍。金花隔过了斧，问道："来将何人？"单元瑚道："你不用问你总爷姓名，稍刻拿住你，总爷定要取你做个房中人，你叫我的日子在后哩。"金花大怒，匹马交锋。大战数合，金花便走，元瑚赶来，金花回手一飞锤打落马下。众将见元瑚落马，一拥杀出，将元瑚救起。金花暗念诵咒语，顷刻狂风四起，卷土扬尘，飞沙走石，向官军乱打。管翼立脚不住，顾不得队伍错乱，领兵向东南败走，金花率贼众赶来。曹军门听得南门交兵，急发令箭三支，着东北两路主将，各遣一将带兵一千，窥看动静。若官军胜，协力攻城，使贼人不暇救应；官兵败，火速救援。自己也遣将，领兵去策应。

师尚诏在城头，看见三门各有人马向东南飞奔，忙令贼将八人，领兵五千，接蒋金花回城。众贼将杀出城来，一个个打着唿哨，望官军赶去。

蒋金花正在追杀管翼之际,瞧见三路官军前后杀来,急忙带兵回头交战。管翼见有救兵到来,即招呼败兵回身相杀。蒋金花腹背受敌,正要再施法力,听得喊声渐近,原来是自己人马。四五路军兵搅在了一处大战。但见:

愁云滚滚旌旗闪,天地无光;杀气腾腾鼙[1]鼓震,山河失色。弓引弦响处,几多归雁坠长空;鞭影挥时,无数惊猿啼古木。将军疲困,隐闻喘息之声;战马歪斜,无暇啼嘶之力。真是:盔落头飞争日月,血流腹破定龙蛇。

两军混战多时,金花恐官军再添人马,又怕尚诏亲来接应,城内无人守护,不敢恋战,招呼众贼回城,各路官军随后追来。金花向腰间解下一缕红绳,往追兵路上一撒,顷刻变为千余丈长一条红蟒,拦截道路,金花带兵缓缓入城。官军见了大蟒,个个惊疑。稍刻,化为五尺长短红绳一条,众将官方各回营垒。正是:

法无邪正,灵验为奇。

个中生克,个中人知。

---

[1] 鼙(pí):古代军中用的一种鼓。

第二十九回

斩金花于冰归泰岳　杀大雄殷氏出贼巢

词曰：

雾隐南山豹，神龙归渊野。谁料娘行，恁地能贤哲，衷肠依旧向夫说！说不愿做贼妻，仍愿做官人侍妾。我心坚为你情切，孤檠[1]吹灭，果斩了那人去也。

右调《梧桐树》

且说于冰自法败秦尼之后，就在桂芳营中居住，桂芳敬之如神明师祖，又叮嘱随行兵丁，不许谈及斗法一字，宣传者立斩，所以军门同管翼两下俱不知于冰名讳。这日二鬼又来报，说秦尼劝师尚诏归海不从，即刻隐遁的话。于冰深羡其知机，将秦尼远避的话向桂芳说知。于冰又写了秘书一封，着桂芳差心腹家丁，到军门宫中，暗交与段诚付文炜拆览。

到点灯时候，军门忽传各门主将并参守以上官员，俱到营中议事。桂芳、管翼、林岱各率所属去西营听候。邦辅升帐，各官参见。邦辅道："师尚诏不过一勇之夫，无足介意；伊妻蒋金花深通邪术。尔诸将有何策，各出所见以对。"诸将道："逆贼叛乱，小将等不惜身命报国；至言邪法，实是无策可破！"曹邦辅道："本院倒有一法，可以擒拿蒋金花。只要诸将用力，上下一心，则大功成矣。"众将道："愿闻神策。"邦辅道："尚诏孤守一城，已是釜中之鱼，众不即解散者，恃金花邪术也。今后师尚诏出城，林先锋率将御敌；贼将出城，诸将对敌；蒋金花出城，本部院率将对敌。若师尚诏同蒋金花一齐出城，诸将须要协力，必须将他夫妻隔为两处。此后交战之时，要互相策应，不必分营头。俟拿住蒋金花时，然后并力攻城，群贼自然心乱。此时攻城，徒损士卒无益。然各营不可不虚张声势，佯作攻城之状，使群贼坐卧不安。到二更以后，偏要鸣鼓

---

[1] 檠（qíng）：灯架，也指灯。

放炮，着群贼竟夜支应不暇。"又唤过罗齐贤、吕于淳道："你二人闲时，仍照前令绕城游行，以防叛贼逃遁。此后令你二人随行军士，每人各带竹筒一个，长三四尺不拘，竹筒下面打透一孔，内用竹棍抽提，棍头用棉絮包紧，即水枪是也。竹筒内装猪狗血、大蒜汁、妇人精水等项秽物。打探的蒋金花出城交战时，可率兵用竹筒喷去，只要一两点到她身上，则邪法尽属无用。吾闻岛洞列仙，奉行天心正法者，尚要回避此物，况蒋金花耶！她邪法既不能施展，量一妇人，凶勇断不及师尚诏，稍有武艺者即可擒拿。未知诸公以为可否？"众将齐声道："大人妙算，总在情理之内。邪不胜正，从古皆然，某等俱各小心遵依，共奏肤功。"说罢，令诸将速还汛地。此即于冰与文炜书中之调度也。文炜得此书后，打算着将来功名俱在曹邦辅手内，乐得暗中献策，使邦辅居名。

再说蒋金花回到城中，尚诏迎着慰劳。金花道："如今粮草尚可支持，军士也还用命。只是外无救援，强敌困守，日久必生变乱。依我的主见，明早元帅领六千兵，带二将出东门交战，他南北二营必要接应。再着心腹将在城头观望，待他南北二营出兵后，其军势已分，元帅可预伏胆勇之将八员，各带兵五百，直冲其南北二营，使他措手不及。城池着我父亲同二子把守，我领兵五千直冲西营，使曹军门照顾不来。胜则罢了，不胜我再去。此谓出其不意，攻其不备，使官兵四面迎敌。一营丧败，则三营俱星散矣。成败之势，在此一举。元帅以为如何？"尚诏道："此计固妙。只是岳丈年纪过老，二子又太小，俱无威力服人。今诸将也虽说用命，是见你我尚未一败，伊等犹欲攀龙附凤，做开国元勋。今你我俱督兵临阵，城内至亲骨肉无人，日前曹军门又有许多告示射入城内，设或有人开门投降，放入官兵，你我即无家可归矣！依我的主见，今后你我须互相战守，方为万全。"金花道："既如此，我明早带万人出阵，攻曹军门西营；元帅遣四将带兵一万，劫东门林总兵营寨。两军若胜，分头攻南北二营，元帅再遣兵四面接应。这可使得么？"尚诏道："此计大妙！明早立行。"

次早，蒋金花率众出城，声势甚锐。军门遣将御敌。诸将战未数合，曹军门带人马先退，诸将皆望西南而走，金花挥动贼众赶来。约有八九里，军门又遣回战，金花大怒，当先交战。正战间，从北来了一支人马，约

第二十九回　斩金花于冰归泰岳　杀大雄殷氏出贼巢

有四五百马军，一半步军。贼将看见，分兵来战。那些马军从剌斜里跑去，直奔金花阵前，一个个举水筒抽提，向金花身上喷去，弄的上下青红蓝绿，无所不有。金花恼极，挥兵赶杀，那一支人马便飞跑去了。

正赶间，猛听得背后大炮一声，来了一将，旗上写着"先锋林"几个大字，带领着三千人马，从背后杀来，勇不可当。贼将分南北俱奔，曹军门率大众从面前杀来。金花腹背受敌，慌忙拔剑作法，不意一法不应，心内甚是着急。欲带兵回城，后面又有林岱，前面是曹军门大队齐来。又听得一将大呼道："适才军门大人有令，贼妇量无妖法，尔等只要拿她一个，就是大功。余贼便走脱几个，也使得。"话方未毕，众将各奋勇上前，喊一声，将金花围了数层。贼众万人，亡死逃奔，只存二三千人马，舍命保守金花。曹军门吩咐擂鼓。众兵将各要立功，杀的贼军无门可入。此时蒋金花力软筋疲，满心只望师尚诏救应，却被军门右哨下一马兵丁熙趁空一枪，刺于马下。众将军大呼道："贼妇落马矣！"曹邦辅听得贼妇落马，忙传令道："吩咐前军，拿活的来！"不意金花已被众军马踏得稀烂，贼众俱叩首投降。邦辅着记了丁熙名字，差人向三门营中晓谕报捷。

正在擒降纳叛之际，探子报说："贼众在东门劫营，与林总兵大战好半晌了。"曹邦辅传令，着林岱速去救应。林岱如飞地去了。邦辅又遣参将李麟领兵接应。

再说师尚诏在城头眺望，见金花得胜，向西追赶官兵，忙遣四将领兵一万去东门劫营。众贼听得蒋金花已胜，杀出东门，个个奋勇而前，排山倒海地向林桂芳杀来。桂芳听得城外喊声大震，慌率诸将御敌，众贼已拔开了鹿角，撞入营门，桂芳只得率众挡拒，未免心慌。忽见北面转出一支人马，是管总兵的旗号，鼓噪蜂拥，砍杀贼众而来。贼众知林桂芳无备，以为操必胜之券正在拼命相持间，见救兵凶勇，料着不能成事，齐往原路且战且走。南面林岱又转来截杀，众贼慌惧之至。尚诏在城上看得明白，忙遣将带兵截战，救应诸贼入城。

于冰听得蒋金花已死，贼营无用法之人，急传回超尘，只留逐电，吩咐道："你可等归德平后，打听林岱、朱文炜受何官职，到山东泰山报我知道。"说罢，也不与桂芳等告别，驾遁光回泰山去了。

且说师尚诏救回众贼，西门败残贼众有逃回者，言妙法夫人阵亡。

尚诏听了，搥胸大哭道："我本良民，在涉县山中得银二十余万两，做一富家翁，子孙享无穷之福。误听秦尼怂恿，使我一败涂地。今秃贼爱妻受戮，二子尚在孩提，兄弟陷于永城，弄的王不成王，霸不成霸，虽生之年犹死之日也。"说到痛处，就拔剑自刎。众贼解道："昔汉高屡败，而后犹有天下。

今城中粮草可支一年，军士尚三万余人，背城一战，胜负未定；再不然，一心固守，视隙用兵，亦是常策。元帅若如此悲啼，岂不摇撼众人心志？"尚诏听众贼开慰，又只得勉强料理军务。

再说桂芳收了人马，重整残破营垒，到后帐正要和于冰说知蒋金花阵亡之事，不意遍寻无踪。桂芳大怒，要斩伺候于冰的军士。军士们痛哭道："冷老爷听得蒋金花身死，只说了一句'吾之事毕矣'，吩咐小的们帐外听候。小的们数人并未敢离一步，转眼时就不见了。小的们正要报知，还求大人原情。"桂芳想了想道："冷先生来去，原不可令人测度。他知贼营中邪术之人已无，师尚诏我等可以力取。既是此意，也该和我父子执手一别，稍留一点朋情。竟这样不辞而去，殊觉歉然！"喝退了军士，心上甚是依恋。

忽见中军禀道："军门大人差官相请。"桂芳随即到西营，见诸将俱在，曹邦辅满面笑容，说道："师尚诏未平，原非我等杯酌之日，然贼妻伏诛，真是国家快事，不可不贺。"少刻，大陈酒席，众将次第就坐，各叙说前后争战的话。管翼又说起蒋金花飞沙走石，打的众军将头破骨折，真是亘古未有奇异事。军门同众将俱大笑。桂芳道："这些小术，何足为奇！日前秦尼姑斗法一事，方算得大观。"林岱、文炜各以目相示，桂芳自知失言。曹邦辅大惊道："我倒把这秦尼姑忘了，此尼精通法术，系蒋金花之师，怎么从不见她出来？方才林镇台言及，本院又添一大心病矣！"忙问斗法之事若何？桂芳已经说出，难以挽回，遂将朱文炜被恶兄嫂百般谋害，致令流落异乡；将文炜帮助林岱的话隐过不提，只言文炜素与林岱是结义弟兄，后遇冷于冰资助盘费，始得寻林岱至荆州。又说到于冰如何安顿文炜妻子，亲到怀庆相告，如何被林某父子相留。众官无不叹为高人义士。又将隐藏在军中，与秦尼如何斗法，如何驾云雾追赶秦尼，秦尼劝师尚诏不从远遁。若不是此人，贼众还不知猖狂到怎样田地！

第二十九回　斩金花于冰归泰岳　杀大雄殷氏出贼巢

众官俱各惊奇道异，称羡不已。

曹邦辅听罢，连忙站起道："此本朝周颠、冷谦之流，乃真仙也！既有此大贤，纵他不愿着人知道，林镇台也该密向本院说声。"吩咐左右："将酒席重新收拾整洁，待本院亲去东营请冷先生来，大家再饮。"桂芳忙禀道："冷先生已用神术遁去矣！适才总兵正为此事，要重处军士。"林岱、文炜听知，大惊失色，邦辅道："此话果真么？"桂芳道："总兵焉敢在大人前欺罔一字！"又将于冰适才走法，备细一说。邦辅道："纵去，也只在左近，可遣官卒精骑八面赶寻。"林岱禀道："此人日行数千里。日前秦尼斗法，不过骑草龙逃去，此人即于马上一跃，飞身太虚，此林岱目睹者。既已遁去，如何肯回，军将等该从何处赶起？"邦辅抚膺长叹道："此非是本部院无缘见真仙，皆林镇台壅蔽之过也！"又问朱文炜原由，文炜始将自己原由委曲陈说了一遍。邦辅咨叹良久，向众官道："此神仙中之义士也！未得一见，殊可恨耳！"

不言众官饮酒叙谈。且说朱文魁自与殷氏会面之后，总在后面厨房内，做刷锅洗碗烧火之事，稍不如法，便受众人叱喝，遇性暴贼人，还要打。即或与殷氏偶尔相遇，两人各自回避，恐招祸患。师尚诏据了归德，催各贼将家属同入永城。乔大雄因永城去归德远，又钟爱殷氏，恐怕不能随时取乐，将别的女人尽数打发入永城，单留殷氏在富安庄，又拨了两个本村妇女服侍。后来，师尚诏遣心腹贼将，于各乡堡党羽内拣选壮丁，只留老弱男子在家，其余尽着赴归德助战。贼将要着文魁去当军，殷氏有的是银子，行了贿赂，将他留下。

自大雄赴归德后，殷氏又用银钱衣物买嘱服侍的两个妇人，又重赏厨房中做饭菜的等人。一路买通，每晚与文魁同宿，重续夫妻旧好，日夜商量逃走之法。又听得传说师尚诏屡败，听得四县全失，各路俱有官兵把守，恐被盘问住，倒了不得。殷氏平日极有权术，到此时也没法了。文魁也恋着殷氏，不忍分离。

一日，日西时分，殷氏正在院中闲坐，见乔大雄狼狈而来，殷氏接入房中。乔大雄道："此刻这命才是我的了！"殷氏道："这是说何？怎么连帽儿也不戴？"乔大雄道："还顾得戴帽儿哩！今早我随妙法夫人出阵，与官军对敌，原是大家要借仗她的法术取胜。谁想她并不施展法术，唯凭实力战斗，被人家一枪刺于马下。我见势头大坏，舍命往来冲杀。喜得那些官军都以妙法夫人为重，我便偷出了重围，将盔甲马匹弃在了路上。因心上结记着你，与你来相商：如今秦神师走了，妙法夫人也死了，师元帅死困在归德，不久必被官军擒拿，还跟随他做什么？我想家中有的是银子珠宝，我与你可假扮村乡夫妇，逃奔江南或山西山东，还可以富足下半世。你看好不好？"殷氏听罢，半晌不言。大雄怒说道："你想是不愿意么？"殷氏笑道："我为什么不愿意？你忙甚的，且歇息几天，与你同行。"大雄道："十分迟了，归德一破，被同事人拉扯出来，就不好了。"殷氏道："师元帅也是个英雄男子，归德城现有多少人马，就这样容易破？纵破，也得一两个月。我定在后日与你同行，我也好收拾一二。"大雄道："就是后日，也不过耽延一日多功夫。"

殷氏着妇人们预备酒饭。少刻秉起烛来，大雄净了面，更换了衣服。到定更时，酒饭齐备，殷氏与他斟上酒，开慰道："你且放宽心胸。师元帅即或事败，你又不是他的亲戚族党，那些官儿们也想不到你一人身上。你吃几杯罢，也着不得个惊怕。"又吩咐两个妇女道："你们都去安歇了罢，杯盘等物，我自收拾，把酒再拿两大壶来，我今日也吃几杯。"须臾，将酒又取到，殷氏着暖在火盆内。又嘱咐两妇人去安歇，并说与厨下，也都睡了罢，一物俱不用了。二妇人去后，殷氏将门儿闭了，与大雄并肩叠股而坐，放出许多狐媚艳态，说的话都是牵肠挂肚，快刀儿割不断的恩情，让大雄拿大杯连饮，弄的乔大雄神魂飘荡，两个就在酒席傍云雨起来。殷氏淫声艳语，百般嚼念，比素常加出十倍风情。两人事毕，又复大饮，殷氏以小杯换大杯，有时口对口儿送酒，有时坐在大雄怀中劝吃。直到二更时分，大雄满口流涎，软瘫在一边。

殷氏开了房门，亲到各处巡查一遍，见人都安歇，悄悄地到厨房内将文魁叫出来，说与他如此行事。文魁听了，带了大钢刀一把，随殷氏走来。先偷向门内一看，灯光之下，见大雄鼻息如雷，仰着面在炕上睡觉。殷氏将文魁拉入来，叫他动手。文魁拿着刀，走至大雄身旁，两手只是乱抖，向殷氏道："我、我、不……"殷氏着急道："错过此时，你我还有出头的日子么？怎么把我不的话都说出来！"文魁道："我怕、怕他醒了！"殷氏唾了文魁一口，夺过刀来试了试，觉得沉重费力。猛想

第二十九回　斩金花于冰归泰岳　杀大雄殷氏出贼巢

起柜头边有解手刀一把，取下来一看，锋利无比。忙将大衣服脱去，只穿小袄一件，挽起了袖子，跪在大雄头边，双手抱住刀柄，对正大雄咽喉，用刀往下一刺，鲜血直溅得殷氏满脸半身俱是。大雄吼了一声，带着刀子从炕上一迸，跌在了地下。文魁叫了声"呵呀！"也倒在地下。殷氏在炕上往下一看，见大雄喉咙内血流不止，两只腿还一上一下地乱伸不已。再看文魁也在地下倒着，要往起爬。殷氏连忙跳下炕来，将文魁扶起，着他动手，再加几刀。文魁起来、坐倒四五次。殷氏见他无用，自己又将解手刀丢了，拿起那把大刀来，在大雄头脸上劈了十几下，见不动转了，方才住手。将刀往地上一丢，斜倒在炕上歇气。文魁方才爬起来，看了看大雄，早已死了，满地都是血迹。文魁用手指着殷氏道："你果然算把辣手！也该收拾起来，我们好走路，被他们知道，都活不成。"殷氏道："我再歇歇着，此时浑身倒酥软起来。"

原来殷氏亦非深恨乔大雄，下此毒手；只因屡听传闻，师尚诏连失四县并连营八座，她是个有才胆的妇人，便想到师尚诏大事无成，将来必受乔大雄之累，已有杀害之心。今又听秦尼已走，蒋金花阵亡，其志决矣。许在三天内同去江南等处，恐一时下手不得。不意大雄一入门就被她灌醉。厨下叫文魁时，已说明主见，同带了大雄首级到虞城或夏邑报功。她还想要得意外的富贵，或者启奏了朝廷，大小与文魁个官儿，一则对文魁好看，二则遮盖她的丑行，三则免逆党牵连之祸。也是有一番深谋远虑，并不是冒昧做出来的。

这殷氏歇了一会儿，将钥匙递与文魁，道："正面柜内，还有四千多两银子，你取去罢。"文魁将柜子开放，见银子并未包封，都乱堆在里面，心上好不快活起来，站在柜边思索。殷氏知道他的意思，说道："我们还要走路，量力带上几百罢。"自己也下地来，用那把大刀，将乔大雄的头锯下，盛在个毡包内，然后洗了手脸，换了衣服，身边贴肉处，带了两大包珠宝。朱文魁将银子满身带得也没处安放了，还呆呆地端相那柜子。殷氏道："我已收拾停妥，快走罢，此时已交五更了。"文魁走了两三步，觉得着实累赘，定要叫殷氏分带。殷氏道："我还要抱人头，能带多少？"说了好一会，带了一百多两，方才吹灭了烛，悄悄地走至后院，开了门，两人放胆行走。外面院落虽多，都不关闭，是防有变乱，大家好逃走的意思。

夫妻走了几层院子，也有听脚步响，隔着门窗问的，文魁总以乔总管连夜去归德为辞。

　　两人出了富安庄，文魁便叫少歇。殷氏道："这是什么地方，我们做的是什么事，才走了几走，就要歇息！"文魁道："我身上甚是沉重，如何不歇？"殷氏道："你弃了些走罢。"文魁道："弃了如何使得！我不如埋了些再去。"说罢，又将银子埋了几百，方才向夏邑走去。正是：

　　　　妻被贱淫家被劫，今宵何幸皆归结！
　　　　莫嫌那话本钱贴，旧物犹存不必说。

第三十回

囚军营手足重完聚　试降书将帅各成功

词曰：

　　非越非吴因何恼，无端将面花打老。献首军营，原图富贵，先自被他刑拷。脉脉愁思如搅，闻说道同胞来了。细问离踪，几多惊愧，深喜邀天垂报。

右调《明月棹孤舟》

且说林桂芳自军门宴罢之后，奉曹邦辅将令，着诸将并力攻城，一连攻打了两昼夜，反伤了许多士卒。皆缘贼众知道罪在不赦，因此拼命固守。

这日，在营中看着军士修理云梯轰车之类，只见军中官禀道："本镇属下守备宋体仁，今镇守夏邑县，遣兵解到夫妇二人，言在夏邑路西十八里内，被巡逻军士拿住。审明男叫朱文魁，女殷氏，俱虞城县人，为贼众乔大雄拿去，住居富安庄两月余。今趁便杀了乔大雄，携首级到夏邑县报功。并言富安庄实系贼众停留之地，请兵剿除。今文魁身边还有许多银两，未查数目，外有该守备详文一角呈览，并请示下。"林桂芳心内疑惑道："这人的名字不是朱相公的哥哥么？"随即到中军帐坐下，看了来文，吩咐道："左右，带进来。"

少刻，将男妇二人带入，跪在下面。桂芳问道："你叫朱文魁么？"文魁道："是。"又问道："殷氏是你妻子么？"文魁道："是。"又问道："有个朱文炜，是府学秀才，住在虞城县柏叶村，你可认得么？"文魁随口应道："这是小人的兄弟。"桂芳道："他妻子姜氏可在家么？"文魁心内大惊："怎么他知道的这样详细？"忙禀道："小人兄弟文炜，已同妻子姜氏四川探亲去了，如今尚未回来。"桂芳笑道："我把你这千刀万剐的狗攮的！我也有遇着你的日子！你做的事体，本镇备细都知道，我也没功夫与你较论。"吩咐左右："先重打五十个嘴巴。"众兵喊了一声，打得文魁鼻口流血，顷刻青肿起来。又着将殷氏也打五十个嘴巴，众兵又喊了一声，打得殷氏哀声不止，将左腮两个牙也打掉了。打完，桂芳问解来的兵丁道："他的银子在何处？"兵丁们禀道："小的们彼时搜拣出来，在本官面前呈验，本官仍交还他，如今都在他身上带着。"桂芳道："取上来我瞧。"左右向文魁身上取出，放在一旁。桂芳问殷氏道："你有多少？身边取出来。"殷氏道："并无一分。"桂芳向左右道："搜！"殷氏听见要搜，也连忙从身边取出来，道："只有这一百多两银子。"桂芳道："你怎么说一分没有？我知道你这小淫妇子狡猾得了不得。朱文魁硬是你调教坏了。"吩咐左右："再打她二十个嘴巴！"殷氏痛哭求饶。桂芳道："我分明没有夹棍，若有，我定将你这两个丧尽良心的，一人一夹棍才好！"吩咐左右，又打了十个嘴巴。

桂芳着书吏与了批文，打发押解兵丁回去。又兑了银子数目，共四百四十余两，交付中军官收存。文魁同殷氏除埋了外，共带了六百余两，被夏邑上下兵丁刮刷了二百多两，所以只有此数。桂芳复问文魁："你杀的贼头在哪里？"文魁将毡包递与军士，军士打开。桂芳看了，问文魁杀贼原委，并富安庄内举动，文魁都据实禀说。桂芳道："你两个真是廉耻丧尽，还有脸来献首报功！本镇今日只不往反叛里问你，还是看你兄弟的情分！"吩咐押在后营锁禁。朱文魁与殷氏摸不着头脑，倒像与林总兵有大仇的一般，这样处置。殷氏哭得如醉如痴，同往后营去了。

桂芳着人去北营将林岱请来，详言朱文魁夫妻报功，并各打了几十个嘴巴，监禁后营的话。"心上快活不过，因此叫你来商议：是当反叛的处死，还是解赴军门？若叫朱相公知道，那孩子又要讨人情。"林岱道："父亲，这件事做的过甚了！受害者是朱义弟，我们不过是异姓知己，究竟是外人；他弟兄虽是仇敌，到底是同胞骨肉。况文魁妻被贼淫，家被贼破，报应已极，我们该可怜他才是。况他又是杀贼投首，父亲如此用刑，知者说是为文炜弟兄家务事，不知者岂不生疑？且阻将来杀贼报功之路。就是朱义弟闻知，也未免心上歉疚。又将他的银两拘收，越发动人议论了。"林桂芳听了，有些后悔起来，勉强笑道："我不管他是谁的哥嫂，像这样人不打，更打何人？"林岱道："朱义弟事，军门大人前已尽知，莫若将此事启知，看曹大人如何发落。文魁既说富安庄儿是反叛巢穴，这事岂可隐昧不言？父亲还是亲到辕门一行才好。"桂芳道："收他的银子，本意是与朱相公使用，你方才的话也有道理。我此刻就见军门。"又吩咐中军道："朱文魁，我儿子与他讨了情分，可将他夫妻锁开了，那四百多两银子，你当面交与他，说与他知道。"说罢，父子一同出营。

林岱回讯。桂芳到军门处禀见，曹邦辅请入相会。林桂芳将朱文魁杀贼报功，并自己处置的话详细启知。邦辅道："打得爽快！若叫朱参谋知道，本院亦不好动刑矣。"桂芳道："文魁言，富安庄是众贼家属潜聚之所，理合遣兵剿除。"邦辅道："这事使不得。本省像这样村庄，竟不知有多少，只可付之不见不闻。嗣后若有人出首，非师尚诏己亲骨肉一概不准。只可暗中记名，俟平师尚诏后，自然要细加查拿。此刻一拿，内外皆知，非弭[1]乱之道也。"又着人请朱参谋来。

少刻，文炜拜见，邦辅就将桂芳的言语说了一番。文炜听知哥嫂从贼巢遁归，又听见桂芳重加责处，心上甚是恻然，回禀道："生员祖父，功德凉薄。因此萧墙祸起，变生同胞，家门之丑，不一而足。今夫妻于万死一生中，匍匐[2]于义父林总镇营内，情甚可怜！生员欲给假片时，亲去看看，未知可否？"说罢，泪眼盈眶，不胜凄楚。桂芳见此光景，觉得没趣起来。邦辅道："令兄备极顽劣，你还如此体恤，足征徵[3]孝友，本部院安有不着你看望之理？就是林总镇薄责几下，亦是人心公愤使然，你慎勿介怀。"文炜道："生员义父素性爽直，就是生员祖父在世，亦必大伸家法。义父代生员祖父行法，乃尊长分内事，何为不可？"说罢，同桂芳辞出。

到了东营，文炜参拜了桂芳，桂芳又自己说了几句性情过暴的话，方着他到后营。文炜走将入去，见他哥嫂脸上青红蓝绿，与开了染匠铺的一般，上前抱定了文魁，放声大哭。文魁看见是他兄弟文炜，置身无地，也放声大哭。殷氏也在一旁边大哭，三个人哭成一堆。哭了半晌，文魁跪下道："愚兄原是人中畜类，你看在父母份上，恕我罢！"文炜也连忙

---

[1] 弭（mǐ）：平息；消灭。
[2] 匍匐（pú fú）：爬行。
[3] 徵：即"征"，证明，证验。

跪下叩头道:"哥哥休如此说,皆是我兄弟们时命不至,故有此分离之事。"又起来向殷氏下拜。殷氏幸亏脸上盖了许多嘴巴,不然也就羞成火炭了,连忙还礼不迭,一句话也不敢说。

三人方才坐下,文魁就要诉说自己的原委。文炜道:"哥哥嫂嫂的患难,兄弟知之至详至切,倒是兄弟的事,哥哥嫂嫂必不知道,待兄弟详细陈说。"遂从四川遇冷于冰起,说到姜氏同段诚家女人寄居在冷于冰家。文魁夫妻听了又愧又喜,不觉合掌道:"但愿我夫妻做万世小人,只愿你夫妻重相聚会,多生些桂子兰孙,与祖父增点光辉,我夫妻亦可少减罪过。"文炜又说:"目今与军门曹大人做参谋。"文魁大喜道:"此皆吾弟存心仁厚,故上天赏以意外遭逢。若我夫妻的际遇,真令人不堪回想!"文炜又道:"林大人是热肠君子,哥嫂切勿介意。兄弟在军营中办事,不能时时相见,我送哥嫂到林义兄营中住几天,待平贼之后,自可朝夕相聚。家中断去不得,兵荒马乱,恐再蹈意外之虞。"随向桂芳的家丁道:"你们与我叫段诚来。"

不想段诚在帐外已久,听得叫他,答应一声,走入来,也不与文魁夫妻问候叩头,白白地站在一旁。倒是文魁道:"段诚,我脸上甚见不得你!"段诚似没听见的一般。文炜吩咐道:"你到北营先锋林爷处,就说是我的胞兄嫂,今日暂去后营内住几天,一切饮食照拂一二,改日面谢。"段诚去了。

文魁道:"愚兄在贼巢中带来银四百余两,固是不洁之物,老弟可收用了罢。"文炜道:"兄弟在军营正缺使费,此银来得甚好。"急忙收下。殷氏向怀中也掏出那两包珠子打开,向文炜道:"此是我的两包臭物,不知二叔肯赐光不肯?"文炜道:"此珠大而白润,甚好,但军中用它不着,嫂嫂留着罢。"殷氏羞得哭了。文炜恐伤兄意,改口道:"我不是不收嫂嫂的,实因军营中用它不着。既承眷爱,等将来与弟媳用罢。"说罢即揣在怀中,殷氏方才止住泪痕。

不多时,林岱的家丁着人抬两乘轿来,接请文魁夫妇。文炜将银两珠子俱交与段诚,又到桂芳前禀明,方同文魁、殷氏出营,自己回西营去了。

且说师尚诏被困孤城,心若芒刺。意欲临阵,又怕失机,越发人心动摇;坐守又非长计。逐日长吁短叹,深恨秦尼。一日,正捧杯痛饮,贼众又拾得告示几张，言逆犯只师尚诏一家，其余皆系误为引诱。今后凡失身贼中，能逾城投降者，准做良民，将来合家免坐；接应官兵入城者，准做四品武官；生擒师尚诏投降者封侯，斩首者次之；若仍固结党羽，抗拒王师，城破之日，男女尽屠等语。师尚诏看了，倍加心惊，行动坐卧，总着心腹数人围绕。此夜，缒[1]城投降官军者十数人，尚诏严加责打贼将。这夜，逾城投降者更多。三鼓后，火炮之声震得城内屋瓦皆动。尚诏亲自上城率众守御。天明，官军退去。午时又来攻打，申时又退。这晚逾城投降者百十余人。

尚诏见内外援绝，人心日变，大会群贼，为战守之策。贼众议论纷纷，究无定见。尚诏道："吾以孤城，焉能抗河南全省人马？耽延日久，诚恐天下兵集，欲走亦无路矣！日前秦尼劝我由永城趋砀山等路，奔江南范公堤，入海另寻事业，我彼时未曾依允；今时势危急，限尔等两日内，各收拾应带之物，分别前后开路者何人，保护家口者何人，断后拒敌者何人，押解粮草者何人，都要拣选精锐，方为万全。"

贼众道："余事都易处，唯粮草最难。依小人等意，莫若随地劫掠，亦可足用。在后日三鼓起行。还有一计，先驱老弱者率百姓冲西南北三面营寨，牵住官兵，使他不能追赶。老弱等众以及百姓，有不从者，立即斩首。然后元帅同我等并力出东门。既出城后，仍须元帅断后，庶[2]官兵不敢穷追。再分遣诸将连路设伏，若能就便攻破永城，救元帅及诸将家口，更是妙事。"尚诏道："尔等所议亦妥，只是属下诸人贤愚不等，设或泄露，使曹邦辅知道，反受掣肘。从此刻为始，除原旧守城将士外，城上每面各添巡逻将士十员，日夜轮流走动，杜绝奸谋。有人拿获投降人一名，赏银一百两。"尚诏号令已毕，诸贼将各去准备。

内中老弱贼众听了，心下甚是不平，一个个三五合伙在背间议论："怎么强壮者都随他逃走，老弱的就该同百姓去劫西南北三营，替他们挨刀？我们大家设个法子，叫他少壮者先死。"内中有几个道："他如今四面添了巡逻，日夜稽查，投降的话断断不能；若开门接应官兵，我们又无力量；

---

[1] 缒（zhuì）：用绳子拴住人或物从上往下送。
[2] 庶（shù）：众多。

只有个待官兵攻城时,佯为救护,将他们密谋详详细细写几封书,拴在箭上射将下去。到那日,定要分拨我们,只管听他驱使,分出西南北三门,出去时并不接战,就跪倒投降。难道官军连投降的也乱杀不成?"众人道:"此话大通,各要留意。"彼此互传,弄得百姓们也都知道,人人痛恨。

到晚间,官军攻城,各拾得许多书字,向四门主将投递,众将不约而同,齐到军门营中计议。曹邦辅道:"书字是贼人穷极生计,设法诱敌,亦未可知;或竟是实情,亦不敢定。我们毋论虚实,总要预备。诸将有何奇谋,可速说来,共成大功。"只见参谋朱文炜献策道:"贼众固真假未定,此事最易裁处。书字内言明日三更,师尚诏出东门逃走,西南北三门遣老弱者劫营。就依他的书字,明日日落时,四门加力攻打,坚他速走之心;一更时分便退兵不攻,大人同二位镇台,吩咐各营俱严装饱食,率兵等候。若果真劫营,便与他相杀;若实在投降,请二位镇台入城安抚。东门少拨兵丁,留一条走路,让他逃去,亦不必阻挡。将北门林先锋人马,先去永城要路三十里内埋伏,此刻即用羽檄,行文江南文武,备兵截杀,以防漏网之贼。待师尚诏向永城逃走时,大人可率兵合剿,留将镇守归德。贼众或过期不劫营,或出城仍行对敌,则师尚诏不逃走可知,即遣人将林先锋唤回,做一策应亦好。贼中勇悍者,不过一师尚诏,其余无足论也。"众将齐声道:"朱参谋此计周详审慎,极其稳妥,就照此施行。"

曹军门道:"还有一说,如贼众假借投降为名,引诱官兵入城,林管二镇台岂不误遭毒手?依本院主见,贼众若投降,可先遣勇将分三门入城安抚,二镇台随后入城,以备不虞。本院率兵追杀尚诏,与林先锋合击;俟城中安抚后,余军赶来会剿,擒拿逃散逆党,方为万全。"诸将道:"大人神算无遗,尚诏成擒必矣!"众将议定,各回营分派去了。

到了次日酉时,官兵四面攻城,尚诏亲自支应。待到三更,先遣贼将逼迫老弱贼众,同百姓开西南北三门出城,劫官军营寨;自己带贼众还有两万余人,保护家属同行。杀出东门,只存了八九千人。不想少壮贼中,半是老弱贼众子侄亲戚,见尚诏逃走,早定他凶多吉少,皆趁便回城,赶赴西南北三门,随众投降。林、管二总兵遣将安抚镇守,一面带兵追赶下来。

尚诏走了七八里,先是曹军门兵到,两军互有杀伤,尚诏率众且战且走。少刻，林、管二总兵又带兵围裹上来，贼众力战，死亡十分之四，家口并所有俱为官军所得。沿路投降者，又去了一二千人。再看地界才离归德不过十七八里，心下大惊，忙传令众贼道："有马者随行，无马者不必勉强，各寻一条生路去罢，也算你们辅佐我一场！"说罢，含着泪，挥着手，打马如飞地向东南奔驰。众贼有不忍割舍者，犹舍命相随。

未四五里，只听得东面一声炮响，人马雁翅摆开，当头一将正是林岱。众贼看见，喊一声，跑去了一半。尚诏此时人困马疲，交手后，急欲脱身，又被林岱一支戟搅住，支应不暇。又听得背后喊声大震，心内一着忙，未免刀法疏漏，林岱趁空一戟刺中肩甲，倒下马来，军士一齐上前拿住。诸将分头赶杀贼众。

少刻，军门二总兵大队俱至，林岱迎上去报功。邦辅大喜，奖誉道："将军之勇，今古罕俦[1]。吾遣军埋伏此地者，知非将军不能了此巨孽[2]也。本院报捷时，必首先保题。"随传令诸将，各带兵分四路追杀余众，并押解尚诏同他子女亲属回归德。正是：

  登坛秉钺元戎事，斩将擒王大将才。
  露布传闻天子悦，三军齐唱凯歌回。

---

[1] 俦（chóu）：等；辈。
[2] 孽（niè）：恶事，恶人。

第三十一回

沐皇恩文武双得意　搬家眷夫妇两团圆

词曰：

> 风云际会为难，今日报莺迁。荣膺宠命列朝班，文武两心安。握管城，书彩简，遣役迎迓[1]宅眷。从兹夫妇喜相逢，拭目合欢眼。
>
> 右调《喜迁莺》

且说曹邦辅率领诸将回至归德，擒拿余党，安抚军民。遣军从永城将贼众家属提来，委文武大员会审，招出许多容留逆党村庄，派林、管二总兵命将分头擒拿；一边写本，遣官入都奏捷，详叙各将功绩：以文炜、林岱为第一，管翼、郭翰等为第二，林桂芳、吕于淳等为第三。马兵丁熙刺死金花，军营已授千总，听候旨意。诸将见邦辅叙功等第，无不悦服。先将师尚诏并其子女遣官押解入都，余贼俟审明，酌夺轻重再解。复自行检举失察师尚诏并参地方等官，以及失陷城池文武。

捷音到了朝中，嘉靖大悦。随颁旨星夜到归德，诸将官跪拜，听候宣读，内言：

> 师尚诏本市井无赖，屡犯国法。该地方文武并不实心任职，养成贼势，致逆党潜藏各州县，至数万之多。攻城掠地、杀戮官民，叛逆之罪，上通于天。师尚诏并其子女，业经解送入都；其余从贼已差户部侍郎陈大经、工部侍郎严世蕃星驰归德，会同该军门研审，务须尽搜党羽，分别定拟治罪。曹邦辅才兼文武，赤心报国，朕心嘉悦，着加太子太傅、兵部尚书；其失察师尚诏，皆因历任未久，着加恩宽免。其余失察文武地方等官，理合严惩，以肃国法，统交陈大经、严世蕃与该军门，审明有无知情

---

[1] 迓（yà）：迎接。

第三十一回　沐皇恩文武双得意　搬家眷夫妇两团圆

纵寇，拟罪具奏。总兵管翼，身先士卒，连破贼众八营，著有劳绩，着升补松江提督。其总兵员缺，着该军门委员署理，候朕另降谕旨。参将郭翰，遇副将缺出，即行题补。朱文炜、林岱俱系秀才，非仕籍食禄人比，乃一能出奇制胜，足见筹划得宜；一能先克永城，全获逆党家属，又复生擒巨寇，厥功甚大。着即驰驿来京，引见后再授官爵。林桂芳、罗齐贤、吕于淳俱交部从优议叙。其余有功将升并阵亡官员士卒，俟该军门查奏到日，另降恩旨。各营兵丁，按打仗勤劳论功，咨送兵部，以千、把总并指挥陆续补用。今先赏两月钱粮。其枪刺蒋金花之丁熙，勇敢可嘉，亦着送部引见。余依议。

　　旨意读罢，欢声若雷。大小官员谢恩后，又各向军门叩谢。林岱、文炜另谢提拔之恩。邦辅大喜，留两人饮酒，本日俱拜为门生。邦辅欣悦之至，各赠路费银二百两，令速刻起身。

　　二人辞出，匆匆拜谢了各官，同到林岱营中。文炜向他哥嫂道："兄弟已奉旨驰驿引见。此行内外虽不敢定，大小必有一官。引见后，自必是速着人迎接哥哥嫂嫂同往，好搬取父亲灵柩。林义兄已在军门前交了兵符，此营是曹大人官将统辖，我们一刻不可存留。适才军门赏了路银二百两，哥哥可拿去回柏叶村李必寿处暂住，等候喜音。我已托林义兄预备下官车一辆，差军兵四人护送还家。连日贼党俱各拿尽，不必惧怕。"文魁闻听引见，甚喜，要到桂芳面前谢谢。文炜道："我替兄长表说罢。"又嘱咐了几句家中的话，才打发夫妻二人起身，林岱亲自送别。

　　次日，文炜同林岱拜别了桂芳，一同连夜入都。先到兵部报了名，并投军门文书，不过三两日，就传引见。两人入得朝来。这日明世宗御勤政殿，文武分列两旁，吏兵二部带领二人引见。两人各奏名姓、年岁、籍贯讫。天子见林岱气宇超群，汉仗雄伟，圣心大悦，问林岱道："师尚诏是你擒拿么？"林岱奏道："是臣在归德城东三十里以外拿的。"天子道："你可将屡次交战，详细奏来。"林岱奏了一遍。天子向阁臣道："此国家柱石之材也！"阁臣齐奏道："此人人材武勇，不愧干城之选。"又问文炜献策始末。文炜将平归德前后三策，次第奏闻。天子向众阁臣道："宋时虞允文破逆亮于江上，刘琦为国家养兵三十年，大功出于儒者。朱文炜其庶几乎？"又问前军门胡宗宪如何按兵睢州，致失夏邑等县。文炜尽将胡宗宪种种委靡实奏，严嵩听了甚是不悦。天子道："胡宗宪真误国庸臣！"遂传旨，将伊二子俱革职下狱。又问阁臣道："朱文炜所陈是非，可胜御史之任？"严嵩道："御史乃清要之职，历来俱用科甲出身者。文炜以秀才谈兵偶中，骤加显擢[1]，恐科道有后言。"天子道："然则应授何职？"严嵩道："朱文炜可授七品京官，林岱可授都司守备。"天子道："信如卿言，将来恐无出谋用命，为国家者矣！"随降旨："朱文炜着以兵部员外郎即用；林岱人甚去得，着实授副将，署理河阳镇总兵管翼之缺，速赴新任。"

两人谢恩下来，文炜在兵部候补。林岱有速赴新任之旨，不敢久停，将本身应依之事料理了几天，与文炜话别。文炜知林岱还要去见军门，托他将文魁夫妻送入都中。自己看了一处房子住下。又收用了几个家人，买办了一份厚礼，书字内备写于冰始末，救济得官缘由，差段诚同一新家人，星夜往成安县搬取姜氏。

再说姜氏自到于冰家，上下和合，一家敬爱与亲骨肉无异。每想起与亲哥嫂同居时，倒要事事思前想后，不敢错乱一句，主仆二人甚是得所。冷逢春遵于冰训示，非问明姜氏在处，再不敢冒昧入内。每日家在外边种花养鱼，教他大儿子读书，连会试场也不下了。

一日，正在书房院中看小厮们浇灌诸花，只见一个家人禀道："姜奶奶的家人来了，有礼物书字。"逢春着请入厅院东书房坐。不多时，拿入礼物来，逢春看了看，值一百余两银子。两副全帖：一写"愚侄朱文炜"，一写"愚盟弟"称呼。将书字拆开一看，里面备述他夫妻受恩，以及得功名的原委，俱系他父亲始终成全。如今以兵部员外郎在京候补。字内兼请逢春入都一会，意甚殷切。

逢春看了大喜，遂入内与他母亲详说。早有人报知姜氏。卜氏同儿媳李氏到姜氏房中道喜，把一个姜氏欢喜得没入脚处。随着人将段诚叫来要问话。李氏回避了，卜氏也要回避。姜氏道："我家中的话，还有什么隐瞒母亲处，就是段诚，是自己家中旧人，大家听听何妨？"卜氏方

---

[1] 擢（zhuó）：提拔。

第三十一回　沐皇恩文武双得意　搬家眷夫妇两团圆

才坐下。少顷，段诚入来，先与卜氏磕了四个头才与姜氏磕头。回头看见他妻子也在，心上甚是欢喜，问候了几句。姜氏叫他细说文炜别后的始末。这段诚打四川老主人去世说起，说到殷氏被乔大雄擒去。卜氏忍不住地大笑起来。又说到杀了乔大雄，夫妻报功，被林总兵打嘴巴的话，把一个卜氏笑得筋骨皆酥，姜氏同欧阳氏也笑得没收刹。段诚整说了半天，方才说完。卜氏道："可惜路远，我几时会会令嫂，她倒是个有才胆的妇人。"

欧阳氏道："那样的臭货，太太不见她也罢了！"段诚又道："林岱林老爷起身时，小的老爷已托他搬大相公家两口子来京，大约也不过二十天内可到。"卜氏又问于冰去向，段诚又说了一番，卜氏也深信于冰是个神仙了。

段诚出来，外面即设酒席款待。饭后，逢春将段诚叫去细说于冰踪迹，心上又喜又想。

次日，段诚禀明姜氏，就要雇骡轿。卜氏哪里肯依，定要叫住一月再商。段诚日日恳求，卜氏方才许了五天后起身。自此为始，于冰家内外，天天总是两三桌酒席，管待他主仆。卜氏李氏婆媳二人，各送了姜氏许多衣服首饰等类。逢春写书字并回礼，也用盟弟称呼。又差陆永忠、大章儿两个旧家人护送上京。卜氏又送欧阳氏衣服尺头等物，主仆们千恩万谢。

姜氏临行，坐骡轿大哭的去了，在路上走了数天方到。文炜已补了兵部职方司员外郎。夫妻相见，悲喜交集，说不尽离别之苦。文炜厚赠陆永忠、大章儿盘费，写了回书拜谢。姜氏与卜氏、李氏也有书字，就将殷氏的珠子配了些礼物，谢成就他夫妻之恩。凡逢春家妇人女子，厚薄都有东西相送。临行，亲见陆永忠、大章儿，说许多感恩拜谢的话，方才令回成安。

再说林岱到了河南开封，不想军门还在归德，同两个钦差审叛案未完。到归德，知他父桂芳早回怀庆，管翼已上松江任去了。次日见军门，送京中带来礼物，又代文炜投谢恩提拔禀帖。邦辅甚喜，留酒饭畅叙师生之情。又着林岱拜见两个钦差，方赴河阳任。一边与桂芳写家书，差家人报喜，搬取严氏。桂芳恐林岱初到任，费用不足，又想自己已年老，留钱财珍物何用？将数十年宦囊尽付严氏带去。林岱就将严氏带来银两内，取出三千两送文炜，又余外备银二百两做文魁夫妻路费，差两个家人、两个兵丁,先去虞城县,请文魁夫妻一同上京。

不一日,到了柏叶村,将林岱与他的书字,并送盘费银二百两都交与文魁。文魁大喜,将来人并马匹都安顿店中酒饭,告知殷氏。殷氏道:"我如今不愿意上京了!"文魁道:"这又是新故典话。"殷氏道:"你我做的事体甚不光彩,二叔二婶他夫妻还是厚道人,唯段诚家两口子,目无大小,同家居住,日日被他言语讥刺,真令人受亦不可,不受亦无法,你说怎么个去法?"文魁道:"我岂不知!但如今的时势,只要把脸当牛皮象皮的使用,不可当鸡皮猫皮的使用;你若思前想后,把他当个脸的抬举起来,他就步步不受你使用了。就是段诚家夫妻目无大小,也不过讥刺上你我一次两次;再多了,我们整起主纲来,他就经当不起。况本村房产地土出卖一空,亲友们见了我,十个倒有八个不和我举手说话,前脚过去,后脚就听得笑骂起来。你我倒不去做员外郎的哥嫂,反在这龟地方做一乡的玩物?再者,月前二兄弟与了二百两,如今倒盘用了好些。你说不去,立立骨气也好,只是将来就凭这几两银子过度终身么?若说不去,眼前林镇台这二百银子就是个收不成。不知你怎么说,我就舍不得。"殷氏也没的回答,雇了一乘骡轿,殷氏同李必寿老婆同坐,文魁骑牲口起身。

一日入都,文炜上衙门未回。文魁见门前车轿纷纷,拜望的不绝,心下大悦。殷氏下了轿,姜氏早接出来,殷氏虽然面厚,到此时也不由得面红耳赤。倒是姜氏见他夫妻投奔,有些动人可怜,不由得掉下泪来。殷氏看见,也禁不住地大哭。同入内室,彼此叩拜,各诉想慕之心。

少刻,文炜回来,见过哥嫂。到晚间,大设酒席。林岱家人两桌,他弟兄二人一桌,殷氏、姜氏在内一桌。林岱家人交给书字并银两,文炜见书字披肝沥胆,其意唯恐文炜不收,谆嘱至再。文炜只收一半,林岱家人受主人之嘱,拼命跪恳,只得全收,着段诚等交入里面。

殷氏和姜氏饮酒间,姜氏总不题旧事一句,只说冷于冰家种种厚情。殷氏见不提起,正乐得不问为幸。不意欧阳氏在旁边笑问道:"我们那日晚间吃酒,你老人家醉了,我与太太女扮男妆逃走,不知后来那乔武举来也不曾?"殷氏羞恨无地,勉强应道:"你还问我哩!叫你主仆两个害得我好苦!"欧阳氏笑道:"你老人家快活了个了不得,反说是我们害起人来了。"姜氏道:"从今后,只许说新事,旧事一句不许说。"殷氏道:

第三十一回　沐皇恩文武双得意　搬家眷夫妇两团圆

"若说新事，你我同是一样姊妹，你如今就是员外的夫人，我弄得人做不的，鬼变不得！"欧阳氏插口道："员外夫人不过是五品官职分，哪里如个将军娘子，要杀人就杀人，要放火就放火，又大又威武！"殷氏听了，心肺俱裂，捶胸打脸地痛哭起来。姜氏再三安慰，又将欧阳氏大骂一番，方才住口。

次日，文炜将他夫妻叫到背间，尽力数说了一番。又细细地讲明主仆上下之分。此后段诚夫妇方以老爷、太太称呼文魁、殷氏，不敢放肆了。文炜取出五百银子交付哥嫂，烦请主家过度，凡米面油盐、应用等物，通是殷氏照料。银钱出入通是文魁经管。用完，文炜即付与，从不问一声。文魁、殷氏见弟兄骨肉情深，丝毫不记旧事，越发感愧无地，处处竭力经营，一心一意地过度，倒成了一个兄友弟恭的人家。文炜又买了四五个仆女，两处分用。

留林岱的人住了数天，方写字备礼鸣谢，又重赏诸人，才叫起身。过两月后，嘱文魁带人同去四川搬取朱昱灵柩，付银一千两，为营葬各项之费。文魁起身去了。正是：

　　哥哥嫂嫂良心现，弟弟兄兄同一爨[1]。
　　天地不生此等人，戏文谁做小花面？

---

[1] 爨（cuàn）：灶台。

第三十二回

连城璧盟心修古洞　温如玉破产出州牢

词曰：

山堂石室，一别八千里。莫辞十年面壁，修行人，应如此。叛案牵连起，金银权代替。不惜破家传递，得苟免为倖耳。

右调《月当厅》

话说冷于冰自蒋金花身死之后，即遁出林桂芳营中，回到泰山庙内。连城璧道："大哥原说去去就来，怎么四十余天不见踪影，着我们死守此地，日夕悬望。"于冰道："我原去怀庆与朱文炜说话，着他搬取家眷。不意师尚诏造反，弄得我也欲罢不能。"于冰详细说了一遍。城璧大笑道："功成不居名，正是神龙见首不见尾之说，惜乎我二人未去看看两阵相杀的热闹。"自此，于冰与他二人讲究玄理，或到山前山后游走。

一月后，逐电回来说道："林岱授副将职，已署理河阳总兵管翼之缺；朱文炜补授兵部职方司员外郎，差段诚去法师府上搬姜氏去了。"于冰大悦，次日写了一封书字，向董玮道："公子与我们在一处，终非常法。昨查知总兵官林桂芳之子林岱，现署理河阳总兵官；我竟斗胆，于书字内改公子名姓为林润。他如今已是武职大员，论年纪与他，你也该做个晚辈。着他认公子为侄，将来好用他家三代籍贯，下场求取功名。书内已将公子并尊翁先生受害前后原由，详细说明。"又将金不换身上存银百余两，付与他主仆做去河阳盘费。董玮道："承老先生高厚洪恩，安顿晚生生路，此去若林镇台不收留，奈何？"于冰大笑道："断无此理，只管放心。林岱、朱文炜二人，功名皆自我出，我送公子到他们处，定必待同骨肉。因朱文炜是京官，耳目不便，故着公子投奔林岱。到那边号房中，只管说是他侄子，从四川来，又有冷某书字，要当面交投。他听知我名，定必急见。见时只管说着他尽退左右人役，先看我书字，然后说话。你两人俱可心照，从此再无破露之患矣。今日日子甚好，我也不作世套，就请公子此刻同

第三十二回 连城璧盟心修古洞 温如玉破产出州牢

盛价起身。"又向城璧道:"山路险峻,你可送公子下山即回。"董玮感情戴德,拉不住的就磕下头去,那泪不从一行滚下。又与城璧、不换叩头。大家送出庙外,董玮复行叩拜,一步步大哭着同城璧下山去了。于冰见此光景,甚可怜他。又见金不换也流着眼泪,一边揩抹,一边伸着脖项向山下看望。

回到庙中,只觉得心上放不下,随将超尘叫出,吩咐道:"今有董公子投奔河阳总兵林岱衙门,你可暗中跟随,到那边看林岱相待如何,就停留数日亦可,须看听详细,禀我知道。"超尘道:"法师就在此山,还往别地去?说与小鬼,好回复法旨。"于冰道:"你问的甚是,我欲和城璧、不换去湖广,你回来时,在衡山玉屋洞等候我可也。"超尘领命去了。

到次日,城璧送了董公子回来,于冰道:"湖广有黄山、赤壁、鹿门等处,颇多佳境,我意要领你们一行。又在此住了许久,用过寺主柴米小菜等项,理合清还,连二弟可包银十两,交与寺主。"城璧送银去了,不换收拾行李。

两事方完,才出房外,忽见寺主披了法衣,没命地往外飞跑,不多时,迎入个少年官人来。但见:

面如凝脂,大有风流之态;目同流水,定无老练之才。博带鲜衣,飘飘然肌骨瘦弱;金冠朱履,轩轩乎容止清扬。手拿檀香画扇,本不热也要摇摇;后跟浮华家人,即无事亦常问问。若说他笙箫音律,果然精通;试考他经史文章,还怕虚假。

于冰一见,大为惊异,向城璧道:"此人仙骨珊珊,胜二位老弟数十倍。"城璧道:"大哥想是为他生得眉目清秀么?"于冰道:"仙骨二字,倒不在模样好丑。有极腌臜不堪之人具有仙骨者,此亦非一生一世所积。"不换道:"大哥何不度脱了他,也是件大好事。"于冰道:"我甚有此意,还须缓商。"

少刻,庙主入来,不换迎着问道:"适才出去那位少年,是个什么人?"庙主笑着将舌尖一吐,道:"他是泰安城中赫赫有名的温公子,讳如玉。他父亲做过陕西总督,他是极有才学的秀才。他家中的钱,也不知有多少?"于冰道:"他居住在城在乡?"寺主道:"他住在泰安城东长泰庄内,是第一个大乡绅家。"城璧道:"我看他举动有些狂妄。大哥事事如神明,今日于这姓温的,恐怕要走眼力。他家里堆金积玉,娇妻美妾不知有多少,怎肯跟随我们做这苦难事？"于冰笑道："一次不能，我定要两三次度他，与老弟践言。"

三人说说笑笑中间，忽听得温公子要过来谈谈，叫寺主去特来通知。原来温如玉听得有外乡学道人在此居住，亦有惊讶之意。彼此见了面，各叙姓讳，城璧遂将于冰弃家学道始末详说。如玉听了，心上甚是不然，向于冰道："老长兄拥数万家资，又有娇妻幼子，忍心割绝如此，这岂不做的是糊涂事？"于冰道："我有昔日糊涂，才有今日明白。"城璧又说西湖遇着火龙真人。如玉虽听的高兴，到底半信半疑。于冰道："弟辈此刻即要拜别，然既有一日倾盖，即系百岁芝兰，今后公子宜诸事收敛。"如玉以为也不过为嫖赌而言，随应道："小弟非不知坏品伤财，每思人生世上，如风前烛，草头露，为欢几何？即日夕竭力宴乐，而长夜之室，人已为我筑矣！"于冰道："公子既知为欢无多，何不永破长夜之室，做不死完人？况人至七十为古稀，其中疾病缠扰，穷富奔波，父母葬丧，儿女贤愚，方寸内无片刻安然。为十数年快乐而失一大罗金仙，知者恐不为也。"如玉道："老长兄今日已成仙否？"于冰道："吾虽未仙，亦可以不死。"如玉道："老长兄游行四海，即到死时，小弟从何处查考？昔秦皇、汉武以天子之力，遍访真仙于山岩海岛，尚未一遇；况我辈何许人，乃敢存此妄想？"于冰道："秦皇、汉武日事淫乐，若再叫他身入仙班，天地安肯偏私至此？"如玉怒道："小弟上有老母，下有少妻，实不能如老长兄割肉断爱。老长兄请勿复言！"城璧大笑道："何如？"于冰见如玉满面怒容，随即站起道："公子气色上不佳，本月内必有大口舌，须小心一二。我们此刻就要拜别了。"

三人出了庙门，行走着，城璧道："我一见这温如玉，就看出他是个少年狂妄，不知好歹的人。今日良言苦语提引他，他倒大怒起来。"不换道："这也怪他不得。他头一件就丢不下他母亲，况又在少年，有财有势，安肯走这条道路！"于冰道："就是我也不是着他立刻抛却父母妻子，做这不近人情的事。只是愿他早些回头，不至将仙骨堕落。不意他花柳情深，利名念重，只得且别过了他。直到山穷水尽时候，不怕他不入玄门。"说罢，三人坐在一大树下。

城璧道："我们如今还往湖广去不去？"于冰道："怎么不去。一则

第三十二回　连城璧盟心修古洞　温如玉破产出州牢

游览湖广山水，二则衡山玉屋洞内，还有我个徒弟猿不邪，我也要就便去看看他。"不换道："我两人在碧霞宫住了许久，从来未见大哥说起有个徒弟来，今日才知道。大哥肯度脱他，必定是个有来历的人。"于冰笑道："他是一只老猿猴，被我用法力收服，认为徒弟，留在衡山看守洞门。"城璧道："他的道行浅深，比弟等如何？"于冰大笑道："你如今还讲不起道行二字。比如一座城，你连城墙还没有看见。这猿不邪，他也是云来雾去，修炼得皮毛纯白，已经是门内人。再加勤修，一二百年内便可入屋中，道行二字，他还可以讲得几分。"城璧怫然道："我们拼命跟随大哥，虽不敢望做个神仙，就多活百五十年，也不枉吃一番辛苦；似这样今日游泰山，明日游衡水，游来游去，游到老时，一点道行也没有，直至死而后已。今日大哥说连城墙还没有看见，真令人心上冰冷。"于冰大笑道："人为名为利，还得下生死血汗功夫；况神仙是何等样的两字，就着你们随手拈来？就是我，也还差大半功夫。我如今领你们游山玩水，并非为娱目适情，也不过让你二人的皮肤筋骨，经历些极寒极暑，多受些饥饿劳碌，然后寻一深山穷谷之地修炼，慢慢地减去火食，方能渐次入道。至于法术两字，不过借他防身，或救人患难，气候到了，我自然以次相传。似你这样性急，我该如何指授？"城璧道："弟性急有之，怎么敢不受指教？今与大哥相商，我两人立定主意，下一番死命功夫。湖广山水也不过和泰安山水一样，与其远行，不如近守。今日仍回泰山，于山后极深处走几天，或寻个石堂，或结个茅庵，若能运去些米更好；即不然，草根树皮可以当饭，饿不死就是福分。只求大哥将修炼的法术着实往透彻里传示传示，我二人诚心尽力地习学。设或大哥去远方行走，我们被虫蛇虎豹所伤，这也是前生命定，只求积一个来世仙缘。"不换也不等城璧说完，一蹶劣起来，大叫道："二哥今日句句说的都是正紧修行人话。我的意念也淡了，大家舍出这身命去做一做，有成无成都不必论。从今后，我与二哥心上总以死人待自己，不必以活人待自己。现放着大哥就是活神仙，就是我们入道机会，只听大哥吩咐罢了。"于冰听了两人话，大乐道："你们能动这样念头，生死不顾，也不枉我引进你们一番。好，好！可敬可爱！就依二位贤弟议论，再回庙去罢。"

三人一齐起身，复到碧霞宫，烦寺主收拾了些干饼干菜，带在身边充饥,出庙外,即向深山无人处行走。晚间就在树下或崖前打坐功。经历了十八盘、阎王带、鹰愁涧、断魂桥、大蟒沟、金箧玉策、日观神房、老龙窟、南北天门、蜈蚣背等处险峻,看不尽奇峰怪石,瀑布流泉,并珍禽异兽,琼树瑶葩等类。

一日,于层岚叠嶂之下,看见一座洞门。三人走入去一看,但见:

碧岫堆云,青山削翠。双崖竞秀,欣看虎踞龙蟠;四壁垂青,喜听猿啼鹤唳。苍松古桧,洞门深锁竹窗寒;白雪黄芽,石室重封丹灶冷。参差危阁,时迎水面之风;芽搓疏梅,常映天心之月。正是:阶前生意唯存草,槛外光阴如过驹。

三人在洞中前后看了半晌,见前后两层大石堂,四周围回栏曲榭,旁边丹室、经阁,石床、石椅、石桌、石凳、石杯、石碗之类,件件俱全,又有许多的奇葩异卉。前堂正面镌[1]着"琼岩洞府"四个大字。城璧道:"此洞幽深清雅,乃吾两人死生成败之地也。"于冰也说甚好。三个就在石堂内坐下。不换道:"修炼的地方倒有了,只是饮食该如何裁处?"于冰道:"你两人要立志苦修,衣服饮食,都是易办的事。"问城璧道:"你身边还有银子没有?"城璧道:"还有五十多两。"连忙付与。于冰道:"你们在此稍坐,我去泰安城内走遭。"两人送出洞外。

于冰步罡踏斗,将脚一颠,踪迹全无。两人互相惊叹。到日没时分,两人坐在洞外等候。只听得洞内于冰在叫道:"二位贤弟哪里?"两人跑入洞来,见于冰在前层石堂内站着,旁边堆着四十多石米,盆罐、碗盏、火炉、火刀、火纸,每样四五件、十数件不等。还有铁斧四柄,麻绳数十条。又有皮衣皮裤、暖帽暖鞋、大小绵布单衣亦各有七八件。二人大喜道:"诸物皆不可少,只是皮衣裤太多了。"于冰道:"此处风力最硬,非碧霞宫可比。此时炎热还不觉冷,一交三秋,只怕二弟就支持不来。再到冬天,又嫌皮衣太少。修炼至三年后,即可以不用皮衣裤矣。二弟求道过急,只得格外相从。论理还该随我山行野宿,将皮肤熬炼出来,方无中寒、中暑、中湿之病。柴火山中有的物,自去砍取。"二人叩拜道:"大哥用心至此,真是天地父母!"于冰扶起道:"只愿二弟始终如一,勿坏念头,愚兄无

---

[1] 镌(juān):雕刻。

第三十二回　连城璧盟心修古洞　温如玉破产出州牢

不玉成。"

从此，二人轮流砍柴做饭，口淡到极处，采些山花野菜来润补。于冰见他二人向道真诚，不辞艰苦，恐早晚出入遇虫蛇虎豹、鬼怪妖魔，遂传与二人护身逐邪二法。又过了几日，留心细查，见二人没什么走滚坏心处，随即以真诀传授。然于不换，传时犹有难色，再三教戒。再过两日，二人日夕精进，少有不调，便诚求细问，于冰即指示一切。

一日，于冰向二人道："昔年吾师教谕，言修行一道，全要广积阴功，不专靠凝神炼气。我自出衡山，只成就了朱文炜、林岱并平师尚诏，功德尚浅。我再去游行天下。河南遭叛逆之变，不无落难等人，亦须查访，顺便看视猿不邪。你二人在此俱妥，我有几句话，要切记在心。虚靖天师有云：'不怕念起，只怕觉迟。念起是病，不续是药。'盖能剪情欲则神全，导筋骨则形全，慎言语则福全。保此三全，则可以入道矣。迩[1]来与二弟讲究玄理，似有几分领会，连二弟更明白些。只要于出纳时循序渐进，不可求效太速，求效速，则气行异路，为害不小。务须吸至于根，呼至于蒂，使气息绵绵，上下流通，则子母有定向，水火即可立即交会矣。积久结就真胎，便成有道之士。至于你们所行外功虽远不及内功十分之三四，然活筋骨，舒五脏，亦内功之一助。若每天按时行则始终按时，随便行即终始随便。如按时行几天，随便又行几天，于己何益！再一间断，则功夫妄付，反不如一心只行内功矣。良言尽此，我此刻就去了。"不换道："大哥要去，我等何敢即闲。只是回来的日子要说与我们，免得日夕悬望。"于冰指着旁边那米堆道："此米五十余石，你们用完时，我即可以来。"

城璧道："早知大哥又要离别，倒不如去湖广衡山洞内，与猿不邪一同厮守，岂不又添一个道友。"于冰道："我当日出家时，有谁与我作伴来！俗言：'公修公得，婆修婆得。'二位贤弟留我，我岂不知是爱我；但出家人第一要割爱，割爱二字，不只是声色货财，像你二人，今日想我，明日盼我，则道心有所牵引，修为必不能纯一，而道亦终于无成。"说罢起身。两人送出洞外，心上甚是难舍，只是不敢再言。于冰将木剑取出，口诵灵文，在洞门头上画了一道符篆。城璧道："此是何意？"于冰道："你

---

[1] 迩(ěr)：近。

二人法力浅薄，洞外何物无有？吾符虽无甚奇，除岛洞列仙、八部正神，恐无有敢从吾符下过者。此后除去取柴水外，须要少出门，为白龙鱼服困于豫且之鉴。"说着，一步步走去。两人望不见了，方闷闷入洞。

按下于冰。且说陈大经、严世蕃，原是一对刻薄小人，在归德府审了一月有余的叛案，倒不为朝廷家办事，全是借此收罗银钱，报复私仇之地。凡远年近岁，官场私际中，有一点嫌怨者，必要差人通通消息，着叛贼们扳本人或亲戚族党，仕途中人被干连者，也不知坏了多少。不但容留贼众的人，就是一饮一食的地方，也要吹毛求疵，于中追寻富户，透出音信，着用钱买命。曹邦辅深知严嵩父子厉害，也只好语言间行个方便，赖情面开脱一二无辜人，哪里敢参奏他们？明帝屡屡下旨，敕谕不准干连平人；他二人哪里把这旨谕放在心上，只以弄钱为重。

一日，拿到叛案内一散贼叫吴康，夹讯之下，纵着他说富户人家停留饮食并顽闹过的地方。吴康开写了十数人，内中就有温如玉，说他父亲昔日做过总督，手里甚是有钱。陈大经听了，心内甚喜，随即发了温公子窝藏叛党，谋为不轨事火票。又札谕泰安文武官，同去役协拿，添差解送归德等语。事关叛逆，急同风火，不过数日，即到了泰安。

这日，温如玉在家中，正着人摆列菊花，要请朋友们赏玩。猛见管门人跑来，说道："州里老爷和营里守爷，带着许多人拜大爷来了。"如玉摸不着头脚，一边更衣，一边预备茶水。又着厨下收拾便饭。刚迎接到三门外，只见文武官已走入大门。守备看见如玉，指向众人道："那就是温公子，拿了！"跑上便将如玉上了大锁，蜂拥而去，把些大小家中人都吓呆了。如玉的母亲黎氏，听得将儿子平白拿去，吓得心胆俱碎，忙差人去州里打听。晚间家人们回来说道："大爷是为窝藏河南叛案内一个姓吴的，明日就要解去河南听审。"黎氏道："你大爷在哪里？"家人们道："已下在监中。小的们又不敢去问，这还是州宅门上透的信。"黎氏同儿媳洪氏大哭起来。家人们道："太太哭也无益。不如将大爷素日交厚的朋友请来相商，看他们有个救法没有？"黎氏着人分头去请。众人听是叛案，一个个躲了个精光。

众家人跑到二更时候，没请来一个。至四更后，家人说："黎大爷来了。"黎氏是本城黎指挥女儿，他有个侄子叫做黎飞鹏，与如玉是表兄弟。黎

第三十二回 连城璧盟心修古洞 温如玉破产出州牢

氏见侄儿入来,便放声大哭。飞鹏道:"有要紧话向姑母说,此时不是哭的时候。表弟逐日家狐朋狗友,弄出这样弥天大祸来。他一入监,我就去州衙门折了个过,打听来文上言:'温公子窝藏叛贼吴康,着泰安文武官添差押解,赴归德听审。'此事关系重大。我与州主门上家人胡五、蒋二相商,他们说:'这事若问在里面,是要灭族的,受刑还是小事。'如今已代我们在文武衙门并归德提差说合停当,定要三千五百两银子,上下分用。言明过一月后方行起解,着我们速差妥当的人到归德去解脱。他们即有绝好的门路,只要多费几个钱,管保无一点事。又领我到监中与表弟说明,表弟恐姑母结记,着我来禀明。"黎氏着急道:"家中哪有这银子?"飞鹏道:"表弟也说来,着城中两处货铺里,先尽现银凑办,安顿住提差并文武衙门再说。我此刻就回去,明日还要与他们过兑银子。姑母只管放心。"说罢,辞了出来,仍回城去。黎氏听了,心上略略地安些。

次日三更天,飞鹏将银两如数交付与州衙胡五、蒋二。文武两处并提差,以及捕斑,各得了贿赂,乐得静候。飞鹏又向提差讨路,提差俱一一说知。飞鹏又转说与如玉。如玉将他铺中伙计,俱叫入监中,着他们将生意折变与人,好差人到归德料理。众伙计见事关重大,只得另寻财主垫他这生意。忙乱了七八天,方才有人成交。可惜二万余两生意,除用去三千五百两,只剩下七千一百两本银;两处铺房,只算了一千两。向如玉说知,如玉只急得要出监,随将飞鹏请入监中,烦他带了个家人并八千两银子去归德办理,星夜起身。

不想陈大经、严世蕃每人各有腹心门客相随,大经门客叫张典,世蕃门客是罗龙文。两人同寓在归德东岳庙内,凡有通叛案线索者,去寻二人说话,他二人要点了头,就是真叛党,也可以开脱,斡旋的亦不止一家。飞鹏到他二人寓所说了几次,总说不来。飞鹏替如玉日日跪恳,哭诉了好几次,方才依了七千之数,余外要五百两,赏跟随的小厮们。飞鹏将银子如数交割,张罗二人随即打入密票,只说六千两,他二人将一千两下了私腰。

次日,陈大经、严世蕃又将吴康传出复问,审得温公子是同赌人,并无知情容留的事,将如玉照不应同赌例,仰该州发学,打四十板释放回家,斥革话一字没有。并即行交泰安文武衙门,照谕施行。又将案内使费过的，一总开放。没有使费过的，还着监候。讯到第三日，即得放如玉的票，罗龙文也不差人，即着飞鹏看了，然后封讫交付飞鹏，说："你自投去罢。"

飞鹏得了文票大喜，谢了两人。回到下处，与跟来的两个家人说知，将剩下的五百两银，与两个家人每人分了一百，自己分了二百，留下一百做回去盘费，以便开张单儿着如玉看。三人雇牲口，连夜赶至泰安衙门，投递文书。文武官看了大喜，立即将如玉放出监来。

如玉谢了文武官，又到黎飞鹏家叩谢，问明前后情节，虽是心疼八千多银子，喜得免了祸患。又结记他母亲，和飞鹏一同回家，母子各痛哭。黎氏再三向他侄儿道谢，飞鹏又细说归德话。黎氏向如玉道："我已望六之年，只生了你一个。自你入监后，我未常一夜安眠，眼中时滴血泪，精神大不如前。你若是可怜我，将嫖赌永断，少交往无益之人，我尚可以多活几年。"如玉道："我自今以后，再不敢胡行一步，母亲只管放心！那冷先生他也劝我这话，且说不出一月，定有大口舌，今果应了，岂非奇人。"

正言间，家人入来说道："本村内的亲友，在外面看望大爷。"黎氏听了大怒道："平素不分昼夜，天天来吃我家；一闻叛案，请了半夜，狗也没个上门。今日听得无事。又寻不费钱的饭铺吃来了！你们将这没人心的贼子，都与我赶出去，永不许上我的门！"如玉道："你们向众位说，我不敢当，请回罢。"飞鹏将一路剩下盘费交还，又取出一本账，着如玉留下看。如玉心上着实感激，谢了又谢。两人同吃酒饭后告别。过了几日，如玉又备了一分厚礼，亲去拜谢。从此不嫖不赌，安分守己起来。正是：

不嫖心里想，不赌手发痒。

叛案虽除名，可惜壹万两。

第三十三回

冷于冰施法劫贪吏　猿不邪采药寄仙书

词曰：
　　银囊[1]空，金袋碎，惊破奸邪心意。千方百计聚将来，都被神劫去。日渐升，月已坠，玉洞传法周岁。丹砂甫采接仙书，飞入长安省会。

右调《满宫花》

　　话说温如玉出了州监，再不嫖赌了，安分守己过度日月，这且不题。再说冷于冰出了琼岩洞，驾遁光片刻即到归德城外，先在西关游行，次后入城。见此地虽经兵火，士民尚各安业。天色渐晚，随便寻一旅店过宿。
　　打坐至二更天，忽听得一人大骂道："严世蕃，这奴才了不得！"于冰听了"严世蕃"三字，就坐不定了，慢慢地开了房门，走出院来，见西正房内灯烛辉煌。走近了几步，只听得一人道："你虽费了四千多银，你家中还是富足日月，买出命来就好，一个叛案拉扯住，可是顽的！你该吃这一大杯。"又一个道："这两个殃煞。此时离京也不过六七天路了。我听得说，一人有二十多万。陈大经是浙江人，说他的银子着他侄儿同几个家人，由江南水路送回。严世蕃和罗龙文、张典这三人的银子，恐怕议论，分做前后走，严世蕃带了一半，陈大经替带一半。上天若显报应，圣上知道了，将他们各抄家斩首，子孙世世做乞丐，使他一个钱留不下，我心上方快活！"又一个道："你也不过只骂他几句，九卿科道以及督抚，哪一个敢参奏他？圣上从哪处知起？银子已经丢了，说他何益？大家吃酒罢。"于是同嚷闹大杯小杯你多我少起来。
　　于冰回到房内，自己打算道："适才这些人的话若果真，此系搜剔平人脂膏，害人许多身家。与其着他两个拿去，不如我且夺来赈济贫人，

---

[1] 囊（náng）：口袋。

强如他两个胡用。"又想道："他着这银子分南北两路走，水路走得慢，我明日先从都中这条路赶去，得了严世蕃的，然后再从水路取陈大经的。不但叛案所得的钱，着他们一文落不住，就使从京中带来财物，也弄他个精光，使他倒折本钱，与万人解恨。"

想算停妥，次日走出城门，到无人之地，驾遁光约行有一千余里，赶到直隶地界。看见严世蕃在后，陈大经在前，相隔有六七十里，都在路上行走。于冰先到旷野之地，落遁等候。望见陈大经率领多人，押着行李走来，遂用剑尖上飞一道神符，敕令六丁六甲众神起了一阵黑风，飞沙扬尘，刮了个人奔马散，顷刻天气清明。大经速着家人寻觅行李银两，都归乌有，各各相顾失色。无奈，复回旧路与世蕃相见；不料世蕃亦于是时，一样被风迷失行李银两。人人互相嗟异，也猜不着是神是妖，反倒都惧怕起来。世蕃向大经道："罢了，罢了！这叫江里来，水里去，杠费了一番心想。大人原是财福双全，如弟实是薄命。"大经道："大人不必过虑；小弟的银两已送回家乡，将来定寄信去，分与大人一半就是。"世蕃连忙叩谢。二人也嫌声名不好，倒吩咐家人们一字不可泄露，从此一径回京去了。

于冰这里着众丁甲神将，将两处行李物件收在一处，即着都押送湖广衡山玉屋洞，交猿不邪收管。"可到镇江岸口回吾说话。"众神领命，于冰复驾遁光到江口，等候诸神复命。于冰退了众神将，少刻，超尘同逐电俱来。超尘禀道："小鬼奉法旨送董公子到林岱衙门，林岱认为胞侄，相待极厚。小鬼在他衙门中留心看听，住了半月，见其始终如一。前法师吩咐着在玉屋洞等候，小鬼从河南回来，等候了数日。今见逐电，知在此处，故同来缴法旨。"于冰听了，心上大悦，收了二鬼。

随驾遁到镇江江面，见有一只大沙飞走来，船上有户部侍郎门灯，又有官衔旗悬着。于冰看得明白，忙用剑在江面上画符一道，少刻波翻浪涌，本地江神听候驱使。于冰用手指向众神道："适才过一大沙飞，乃户部侍郎陈大经之船，船内有二十余万银两，并应用货物，皆是刻害良民所得。烦尊神率领属下，推他船过焦山放翻，切不可伤损一人性命，俱要扶掖在岸上；再烦尊神将船内金银行李取出，堆在江岸无人之地，我有用处。"

诸神领命，陡然起阵怪风。大风过处，满江的船并未损坏一只，只

第三十三回　冷于冰施法劫贪吏　猿不邪采药寄仙书　∥233

卷定陈大经的沙飞云驰而去。于冰驾遁光随后赶来，过了焦山，翻在了江面。舟中人落水，一沉一浮，都奔在了岸上。那船也不沉底，顺水流了二三里，也便旁岸停住，银两诸物俱堆在岸上。于冰送了水神，又拘遣丁甲将银物仍送至玉屋洞，然后缓缓地跟来。丁甲众神，又于玉屋洞交割了银物，中途相遇，于冰发放讫。

到洞门前用手一指，门锁脱落，其门自开，于冰走入。猿不邪看见，喜欢得猴子心花俱开，跑上前跪下叩头，道："弟子猿不邪未曾远接，望师尊恕罪。"于冰扶起，坐在石床上，猿不邪重新叩拜。于冰道："我原说八九年或十数年后来看你，今因陈、严两贪官赃银一事，随便到此。"遂吩咐二鬼搬放银物于后洞。又向不邪道："你年来道力如何？"不邪道："弟子自尊师指授，日夜诚心修炼，一月间不食亦不饥，多食亦不饱。"于冰道："此服气之功也，积久可以绝食。"又问："火龙真人同紫阳真人来过否？"不邪道："未曾来。"于冰见不邪虽系异兽，举动甚是真诚稳重，于冰心上甚喜，看将来必成正果。

过了几天，教示不邪道："你本异类，修炼千余载，亦能御风驾云，此汝自得之力，非我教授。今见你一心向道，立志真诚，是异类中大有根气者，将来可望成仙。奈满身皮毛，颇碍仙凡眼目。我今传你移形换影、变化人形之法。然此法只可借假三个时辰，后仍复本相；若欲始终不变，你须用一番锻炼苦功，仗吾出纳口诀，便脱尽皮毛，老少人随你心之所欲，虽历千年无改变，永成人形。"随详细指授锻炼之法。不邪跪领玄机，又感又喜，继之以泣。一月后，竟能变化人形，五天后方复本相。于冰惊异，问不邪，他自己也不知所以。于冰思想了几日，方笑说道："是我小看他了！修道千余年，腹中原本有丹，锻炼易于坚固，岂三个时辰所能限定？"随传与不邪净口、净身、净坛、净世界，并安土地、魂魄、清灵等咒。吩咐道："俟尔诸咒练熟后，我好传你大法。"不邪大喜叩拜，诚心日夕默诵。

过五日后，于冰向不邪道："我今传你拘神遣将、五行变化之法。"不邪连忙跪倒，听候指教。于冰道："凡人持大法咒，必先取千里外五方之土，金银珠玉、丹砂铜铁、木石绳线纸笔等，件件全备，方敢作用。余法本自仙传，只用就地用剑画法坛一座，将净口、净身等咒念讫，脚踏罡斗，左手雷印，右手剑诀，取东方生气一口，先念清心咒，次念通灵咒，然后画符。符亦与世人运用大不同，或用指画，或用剑画，皆可以代笔墨。而画符最是难事，定要以气摄形，以形运气，形气归一，则阴阳通贯，天地合德。驱神役鬼，叱电逐雷，即山海亦何难移易！至请神召将，汝异类更要诚敬，每请一神一将，必先定一事差烦。若见神将凶恶丑陋，或生畏惧玩忽之心，受祸即在此瞬间；纵能苟免，神将亦再不肯来。汝宜慎之戒之，切记吾言。"不邪听了，毛骨悚然，连连顿首道："弟子安敢有违师训，自取不测！"于冰将《宝篆天章》内大法，选择十分之七传示。先着不邪炼符精熟后，然后一一教导如何挪移，如何变化，如何召神来，如何送神去。先是于冰掌法，不邪随后演；次便是不邪独自持行。饶不邪天机灵敏，才用了一年工夫，方能指挥如意。他此时固形之法，已炼得百日外方露本相一次，通是人形。身上猴毛脱得七零八落，渐次全无。百日外露本相，又须复变人形，或老或少不一。

他虽具猴形，却本来沉静，因此方能修道千年。自于冰传与火龙出纳口诀，便常以投异胎为恨，近又有此大法力，必须炼成千万年不易之面目，方合他的心。又想起当年与谢二混女儿苟且，虽是前生夫妇，到底有亏品行。今再炼成一少年形像，殊觉可耻，于是化为个童颜鹤发美髯道人：头戴束发铜冠，身穿紫云道衣，腰系丝绦，足踏藤履，居然是个得道全真，比于冰不衫不履，还打扮的齐楚几分。于冰见他内外道术，皆有一半成局；又见他小心诚谨，较前更慎重计多，心中着实喜爱他，向不邪道："吾修道无多年，仰邀吾师同紫阳真人恩惠，指示捷径，血肉之躯已去六七，此皆吾师易骨一丹之大力也。历数修道之士，谁能似我有此际遇？我久欲炼几炉丹，用佐内丹；无如功德施于人者甚少，数端微善，安敢妄冀上仙！今在玉屋洞偷闲一载有余，传汝诸般法力，亦有深意：一则着你九州四海采取药料，你若无道术，安能随地寻觅，禁服诸魔；二则还有几个道友，寄居泰安山内，将来你即传授伊等法篆，省吾提命之劳；三则你具此神通，可代吾分行天下，斩除妖邪，扶危济困，我收指臂之力，你亦可积阴功。今与你一单，共药二十一样，每样下面俱详注分辨真假，所产地道。大要海外居十之八九，中国不过一二。你此刻可带银两下山，于天下城池市镇，觅剑一口，不拘铜铁，只要先代之物，精雅轻妙，可吹毛碎铁者方好。"不邪领命去了。

第三十三回　冷于冰施法劫贪吏　猿不邪采药寄仙书

过两月后方回，用银八百两，买来单双剑各一，捧与于冰过目。于冰见装饰得古雅。先将单剑拔出一看，面列七星，吞口以上，镌着"射斗"二字，光辉夺目，寒气逼人。于冰笑道："此剑虽不可以宝名，亦古剑中之最佳者。"又将双剑拔出看，只见面上镶龙虎，柄带三环，托盘以上日月双分；试之，轻妙锋利无比。于冰又笑道："你还有眼力。此双剑与单剑，身分伯仲，要皆断蛟截狼之器也。"立命不邪盛净水一碗，走到洞院中间，吸太阳精气，吹于右手二指上，在剑两面各画符一道，然后念咒喷噀毕，递与不邪。又将双剑也如此作用完。吩咐不邪道："丹药乃天地至精之气所萃结，非人世宝物可比，不产于山，定产于海；既系珍品，自有龙蛇等类相守。更兼妖魔外道，凡通知人性者，皆欲得此一物食之，为修炼捷径。较采日精月华，其效倍速。仙家到内丹胎成时，必取外丹者，盖非此不能绝阴气归纯阳也。我今再传你几路剑法，庶可以保身无虞。"不邪欣跃，演习两月后，剑法精熟。

于冰选一吉日，令不邪先从海外采取，来来往往不下六七月，内中也有真假。于冰一一分别，贮在丹房内。不邪于山岩海岛，经过许多异怪，明夺暗取，不必尽述。

一日，从嵩山采药归洞，先将药着于冰看了，又从怀中取出一封书字，上写"于冰遵此"。于冰大为惊异，拆开一看，上写："速赴陕西崇信县界"，旁写着"火龙氏谕"。于冰看罢，连忙站起道："此吾师法牒[1]也。"遂安放石桌中间，叩拜了四拜，起来问不邪道："你在何处得遇祖师？"不邪道："弟子从嵩山采药回来，被一老道人在山前用手一招，弟子即风停云止，落在积雪峰下。老道人将书付与，着寄与师尊。弟子正要问他姓名，一转眼就不见了。"于冰吩咐不邪道："药不用采了，可用心看守洞门。"又将超尘、逐电叫入葫芦内，急急地取了些随身应用之物。不邪跪送洞外。于冰将双足一顿，烟雾缠身而去。不邪见于冰行色匆匆，也不敢问归来的年月，只得回洞自行修炼。正是：

　　一闻师命即西行，且止丹砂采办功。
　　待得余闲归洞后，再将铅汞配雌雄。

---

[1] 牒（dié）：文书，证件。

第三十四回

贴赈单贿赂贪知府　摄赃银分散众饥民

词曰：

平凉叠岁遇饥荒，理合分赈穷氓。无端贪墨欲分光，姑与何妨？秘诀搬移贪项，神符窃取私囊。宦途脂膏雪泼汤，扫尽堪伤。

右调《画堂春》

话说于冰驾云行来，顷刻到崇信县交界，见人民携男抱女，沿途乞讨，多鸠形鹄面之流。问起来，说："巩昌、兰州、平凉三府地方，连年荒旱。巩昌、兰州各州县还有些须收获之地，唯我们这平凉一带，二三年来一粒不收，饿死的也不知有多少？"于冰道："本地官府为何不赈济你们？"众人道："听说朝中有个姓严的宰相，最爱告报吉祥事，凡百姓的疾苦，外官们总不敢奏闻，恐怕严宰相恼了。头一年荒歉的时候，地方官还着绅士捐谷捐银赈济；第二年各州县官因钱粮难比，将富户们捐助的银两米谷，不过十分中与我们散一二分，其余尽皆克落在腰内；今年连一家捐的也没有了。先前我们在城市关乡，还可乞讨些食水度命；如今无一人舍与，只得在道路上延命，慢慢地投奔他乡。"

于冰道："巡抚两司，离得远窎[1]；本地道府，他是大员，也该与你们想个法子！"众人道："还敢望他想法子！只不将我们的穷命刻剥了，就是大造化！自我们这本府太爷到任以来，弄得风不调，雨不顺，平凉一府的地皮都被他刮去。不但十两八两，就是一两二两，他也不肯轻易放过。事体不论大小，要起钱来，比极小佐杂官还没身份，没一日不向绅士借银钱。若不借与他，他就寻事件相陷，轻则讨他耻辱，重则功名不保。做生意的人更受他害，也是日日无物不要，要了去便如白丢；讨

---

[1] 窎（diào）：深远。

第三十四回　贴赈单贿赂贪知府　摄赃银分散众饥民

价者重加责处，责处后即刻发价，大要值十文的只与一文。年来绸缎、梭布、当铺各生意，关闭了十分之七。就是卖肉的屠户，也回避了大半，把一个府城竟混得不成世界了。地方连岁荒旱，又添上这样官儿，两路夹攻，我们这百姓哪里还有活处！他还吩咐属下的州县报七八分收成，在上司前显他的德政才能。与巩昌、兰州二府不同，他属下的州县恐钱粮无出，只得将百姓日日拷打，弄得父子分离，夫妻逃散。"于冰道："他是这样作威福，巡抚、司道为什么不参他？"众人道："我们听得衙门中人常说，京里有个赵文华大人，是他的亲戚，他年年差家人上京送赵文华大人厚礼。赵文华与巡抚司道写字嘱托，他有此大门路，谁敢惹他！"于冰道："他姓什么？"众人道："他外号叫冯剥皮，官名冯家驹。听得说是四川升来的。"

于冰想道："这冯剥皮，不是在金堂县追比林岱的那个人么？他怎么就会升知府？我既到此地，倒要会会他。"又不由得嗟叹道："此祖师着我到陕西之深意，也是知道我有严、陈两人这宗银两，着我赈济此地穷民。我一个出家人，久留在洞中何为？只是这三府的饥民甚多，这几两银子济得甚事！"想来想去，想出个道理来，笑道："天下的穷民亿千亿万，我只将这三十多万银子开销去，就是功德。刻下三府之中，唯平凉最苦，理合先于极贫之家，量力施舍。但我非官非吏，该如何查访此事？必须拘遣本地土谷诸神，着他们挨户察查妥当，就着他们暗中分散，庶奸民不能冒领。"又想道："神人异路，无缘无故与百姓们送起银子来，岂不惊世骇俗？"想了一会，又笑道："此事必须人鬼兼用，明暗并行，方为妙用。"

打算停妥，到三鼓时候，走到郊外无人之地，仗剑嘘哈，拘到日夜游神并凉州一府土谷社灶、各大家小户中溜屋漏诸神，一个个前后森列，听候差使。于冰道："今有一件最要事，仰藉诸神大家协力措办。目今平凉一府并所属各州县，连遭荒年，百姓饿死者无数。贫道有银三十余万两，意欲布散贫民。贫道一人，实难稽查。今烦众神于城市乡关，挨门细访，一城清楚一城，一乡清楚一乡，只要于极贫穷之家，分别大口小口，某户某人名下，共男妇大小几口，详细各造一本清册，送至贫道寓所。贫道好按人数估计，便知平凉一府各州县共有贫人若干，每一人分银若干，方能接济到秋收时候。到施放银两之时，还要仰仗诸神，一边领银，一边变化世间凡夫,代贫道沿门散给,使贫人各得实惠,方为妥适。奈此事琐碎之至,未知诸神肯办理否?"众神听毕,各欢喜鞠躬道:"此系法师大德洪慈,上帝闻知,必加记录。小神等实乐于普救灾黎,尚有何不奉行之处?小神等即各分身督率,断不敢教一人舛错,有负清德。"说罢,各凌虚御风,欣喜而去。

于冰回在庙中,写了四五十张报单,差超尘、逐电于城乡市镇人烟众多之处,连夜分贴。上写道:

  具报单人冷秀才,为周济穷民事:冷某系直隶人,今带银数万两,拟到西口外贩买皮货。行至平凉一带地方,见人民穷苦,养生无资,今情愿将此银两尽数分散贫民。有愿领此银者,可将本户男女大小几口,详细开写,具一清册,到府东关火神庙亲交冷某手,以便择日按名数多寡分散。定在三日内收齐,后期投送者,概不收存。专此告白。

天明时,二鬼回来。到日出时候,早轰动了一府,有互相传念的,有到火神庙看来的,还有穷人携男抱女领银子来的,这话按下不表。

且说平凉府知府冯剥皮,果是金堂县追比林岱的那知县。因与工部侍郎赵文华妻弟结了儿女姻亲,用银钱钻营,保举升在此处。他仗赵文华势力,无所不为。这日,门上人禀道:"有快班头役接来报单一张。"剥皮接来一看,笑道:"这冷秀才必是个疯子。他能有多少银两,敢说分散平凉府通府州县?就是做善事,也该向本府禀知,听候示下,怎么他就居然出了报单,着一府百姓任他指挥!"想了想,吩咐道:"可写我个年家弟名帖,到东关火神庙请他,说我有话相商,立等会面。"门上人答应出去。少刻禀道:"冷秀才将老爷原帖缴回,他说正要会会太爷,随后他就到了。"

少刻,门上人又禀道:"冷秀才到。他说太爷传唤甚急,写不及手本。"剥皮吩咐大开中门,迎接至大堂口。于冰将剥皮一看,但见:

  头戴乌纱官帽,内衬着玫瑰花数朵,脚踏粉底皂靴,旁镶着绿夹线两条。面紫而鼻丰,走几步如风折杨柳;发黄而头小,笑一面似跌破西瓜。内穿起花绉纱红袄,外罩暗龙四爪补袍。双眼顾盼靡常,无怪其逢财必喜;两手伸缩莫定,应知其见缝即捯。看年纪已是五旬上下老人,正当端品立行之际;论气质

第三十四回　贴赈单贿赂贪知府　摄赃银分散众饥民

还像二十左右小子，依然疯嫖恶赌之时。

冯剥皮见于冰衣服褴褛，先阻了一半高兴，让到二堂，行礼坐下。剥皮问于冰名讳，于冰道："叫冷时花。"剥皮道："适才接得年兄报单，足征豪侠义气，本府甚是景仰。未知年兄果有数十万银两否？"于冰道："数十万不能，十数万实有之。"剥皮听了甚喜，吩咐左右献茶来。又问道："银两可全在么？"于冰道："有几个小价在后押解，不过三两天即到。"剥皮道："未知年兄是怎么个与百姓分散法？"于冰道："报单上已申说明白：着百姓们自写家口数目，投送火神庙内，生员按户酌量分发。"剥皮道："如此办理，势必以假乱真，以少报多。可惜年兄几两银子，徒耗于奸民之手，于真穷人毫无补益。依我愚见，莫若先遣官吏带同乡保地方，按户口逐一查明，登记册簿，分别极贫、次贫两项，而于极贫之中，又分别一迫不可待者；再照册簿，每一户大口几人，小口几人，另写一张票子，上面钤盖图章，标明号数。即将票子令本户人收存，俟开赈时，持票去领。年兄可预定极贫大小口与银若干，次贫大小口与银若干，先期出示：某乡某镇百姓定于某日在某地领取银两，照票给发。若将票子遗失，一分不与。迫不可待者，即令官吏带银子按户稽查时，量其家大小人口若干，先与银若干，使其度命。即于票子上批写明白，到放赈时照极贫例扣除前与银数给发。如此办理，方为有体有则。再次，百姓多，官吏少，一次断不能放完，即做两次、三次放何妨？若年兄任凭百姓自行开写户口，浮冒还是小事，到分散时以强欺弱，男女错杂。本府有职司地方之责，弄出事来，其咎谁任？依小弟主见，年兄共有多少银两，都交与小弟，小弟委人办理。不但年兄名德兼收，亦可以省无穷心力。未知高明以为何如？"于冰道："老公祖议论，真是尽善尽美。只是注册领票，未免耽延时日，一则百姓迫不可待，二则生员也要急于回乡，只愿将这几两银子，速速打发出去就罢了。至于太公祖代为措处，生员断断不敢相劳。"

剥皮听了，勃然变色道："若地方上弄起事来，我一个黄堂太守，就着你个秀才拼去不成么！"于冰故意将左右一看，似有个欲言不敢之状，剥皮是久经吃钱的辣手，什么骨窍还不晓得，连忙吩咐众人外面伺候，众人都退去。

于冰道："这件事，全仗老公祖玉成生员一点善心，生员还有些微孝敬呈送。"剥皮忍不住就笑了,说道:"平凉百姓皆小弟儿女,小弟何忍从他们身上刮刷。幸喜先生是外省人,非弟治下可比,就收受隆仪,亦不为贪。但未知老先生如何错爱小弟?"于冰道:"鄙菲薄礼,亦不敢入大君子之目,微仪三千,似可以无大过矣。"剥皮作色道:"此呼而与之,老先生可施于行道之人。"于冰道:"半万贼兵,似可供着老公祖指挥。"剥皮连忙将椅儿一移,坐在于冰肩下,蹙着眉头道:"不是小弟贪得无厌,委因平凉百姓愚野。重担是小弟一身肩荷,老先生纵忍心轻薄小弟,独不为小弟功名计耶!此地连年荒旱,小弟食指浩繁,万金之赐贱,高厚全出在老先生。"说罢,连连作揖。于冰亦连忙还礼道:"太公祖既自定数目,生员理无再却,容五日后交纳如何?"说罢,两人相视大笑。剥皮定要留于冰便饭,辞之至再,方别了出来。剥皮拉着于冰的手,一定要送至大堂口始回。

少刻,剥皮到火神庙回拜,见于冰是独自一人,又无家人行李,心下大是疑惑。回到衙门,唤过四个灵变些衙役,吩咐道:"这冷秀才举动鬼谲,你四个可在他庙前庙后,昼夜轮流看守;若他逃走了,我只向你四个要人。此事总要你们暗中留神,不可叫他看破为妙。"四人领命巡守去了。

那平凉百姓听说知府都去拜冷秀才,这分散银两话越发真了,家家户户,各写大小人口清单,向火神庙送来,于冰俱着放在神坐前,直收至灯后方止。二鼓时候,于冰吩咐二鬼:"到玉屋洞说与猿不邪,将后洞皮箱内银两并衣物,着他用摄法尽数带至平凉府,送到火神庙来。再领我符篆二道,尔等佩戴身上,便可白日显化人形,好往来在人前听候驱使,限两日内即回。"二鬼飞行去了。

次日三鼓后,于冰听得风声如吼,随即驾遁看视,原来是诸神交送各州县贫户清册。于冰一一收下,大喜道:"办理极为简当。银两到时,那时再劳动诸神。"众神散讫。

又过了一日,猿不邪亦假变凡人,同二鬼押着许多牲口,驮着银物,还有脚户诸人,于定更时候,到火神庙来。街上人看见,都要问问,二鬼通以冷秀才赈济银两回答。巡查的衙役看见,飞报剥皮。剥皮大喜,立即拨了三十个衙役,二十名更夫,在庙周围看守。又写了两张告示,盛称冷秀才功德,贴在庙外墙上,不准闲杂人等一人入庙。

第三十四回　贴赈单贿赂贪知府　摄赃银分散众饥民

次早，剥皮差内使送到许多米面、鸡鸭猪羊、茶酒果饼、咸糟酱腐等物，于冰只得收下。就着超尘搬一万银子，烦他家人内使与剥皮押去。早有人报知剥皮，把剥皮喜欢得跳了几跳，跑在大堂引路上看的收入去。他也不回避什么声名物议，对着衙役书办大高声吆喝"冷先生是大英雄，大丈夫"不绝。又着厨下做了两桌极好的酒席送去。

于冰着不邪等详查册子，见每一州县后面俱有贫户大小人口若干，总数通共合算，大口二两，小口一两，各州县共需银七十三万余两方足。于冰听了，道："陈、严两家赃银，不过三十七八万，这却怎处？"低头思想这三十余万两的出在何处。忽然大笑道："都有在这里了！"不邪道："从何处取用？"于冰道："我一入平凉境界，便知本府知府冯剥皮，做官甚是不堪。此番又硬要去我银一万两。我且将他的私囊取来，看看有多少。其余仍向严嵩府中取用罢。"吩咐不邪用搬运法取来数斤白面，又着超尘、逐电用水调和，都捏做成老鼠形像，于冰俱用笔在上面画了符，大小也有百十个，都头朝西南摆列起来，一心定向平凉府衙门运动。少刻，见那些白面老鼠口内，吐出青烟，于冰用手一指，喝声："速去速来！"那些老鼠们随声尽化青烟，一股股奔赴平凉去了。

且说冯剥皮平空里得了于冰银一万两，心上快活不过。这日，正和几个细君摸牌，见使女们跑来说道："太太房内各箱柜里面，都是老鼠打咬。太太开看，将银子都变成无数的白老鼠，隔窗隔户地飞去了。"剥皮不信，走来亲自验看。见还有几个未开的箱柜，听得里面乱打乱叫，搬弄的响声不绝。剥皮打开看时，果然都是些白老鼠飞去。瞧了瞧银包儿倒还都在，银子一分无存。剥皮呆了一会，家人们又跑来报道："府库内有许多的白老鼠飞去，请老爷快去开看。"又见他儿子冯奎也跑来说道："了不得！我适才同书吏开库看视，各银柜俱有破孔，将应有公项银二万九千余两，一分无存。"剥皮听罢，用自己拳头在心前狠打了两下，不知不觉软瘫在地，口中涎水直流，只两个月，便病故在署。他儿将平凉所得物事，尽行拿出来变卖，赔补官项，尚欠一万五千有余。又从家中典卖房地，始行还完。这都是后话。

于冰等至午后，见一缕青烟或断或续从西南飞来，内有数十万白鼠落在庙前，皆成银两，唯面做的老鼠，依旧复还本形。

于冰估计有十万余银两，笑向不邪道："这冯剥皮在任也不过四年，怎么就弄下这许多？真要算一把神手辣手。"旋用笔在黄纸上画了符箓一道，又涂成大红圆圈一个，与萍实相似。随用诀咒作用毕，叫过二鬼，吩咐了一遍："此去速到严府，要如此这般。限一日夜即回。"二鬼领命去了。到次日黎明，即见二鬼押着一条大白蟒，自半空中落于地下，即刻俱化为元宝。于冰着不邪细检数目，共计二十六万三千两。是日严嵩府中，有人见井里有火球一个，光耀夺目，不可逼视。赶着报知世蕃，遂悬重赏，着人取了出来。世蕃以为萍实复出，祥瑞之兆，随即禀知严嵩。即刻备了许多酒席，着通请合府妇女夜宴，赏此佳瑞，当真不须灯烛，辉照一室。严嵩父子乐极，赞颂不绝。世蕃意欲剖而视之，刚走近前，那火球响了一声，飞起来打中世蕃脖项；又一声响，触向严嵩胸脯；须臾，那火球便乱触起来，将众男女打得眉青目肿，发散鞋丢。正忙乱间，那火球直滚入第四层院银库门。众家人跟随去看视，猛听见响了一声霹雳，只见库门大开，从里边走出数丈长一条大白蟒来，口内衔着那火球直上云霄去了。一府吓得目瞪口呆。到天明查点银库，少了二十六万三千多银子。事出怪异，严嵩相戒府中人等一字不许漏，竟是暗吃了这番亏苦。

于冰这里查对银数敷足，遂将所请诸神召来，用碎银法着诸神各按一两二两包好，赶紧各按户口分散去了。到第三日，诸神俱来复命云："小神等各按户散给，皆是真正穷人，一两亦未尝错用。耳今百姓称诵法师恩德，昼夜不绝于口。"于冰又向诸神感谢道："此番功德，诸位尊神居半，贫道居半。"又指着殿内道："此处还有衣服、绸缎、杂项等物并所余银两，仰恳诸位尊神尽数拿去，再行施放贫人，统算诸神功德。"诸神听了，各大欢喜道："法师积无量阴德，小神等亦得藉，行些小善事。"各化凡夫，去水旱两路并兰州、巩昌二府地方，遇极贫远客，先行救度众生去也。于冰揖送而别，向不邪道："此皆吾火龙祖师积万万端善果，我不过承命代劳而已。"又向不邪道："泰山还有两个道友，不出一月，我与他们定到衡山，你可回洞等候。我此刻即领超尘、逐电去也。"说罢，师徒各分手而去。正是：

为救群黎役鬼神，摄来俱是赃官银。

平凉百姓人多少，吃尽剥皮片片心。

第三十五回

恨贫穷谋财商秘室　走江湖被骗哭公堂

词曰：

　　人心千古伤心事，被骗最堪嗟。旧时王谢，堂前燕子，飞向谁家？恍然一梦豪华日，电光云影泡花。江州司马，青衫泪湿，想在天涯。

右调《青衫湿》

　　话说于冰赈济了平凉一府的穷民，下了陇山。沿途救人疾苦，慢慢地向山东路上行来，要会合城璧、不换二人，这话不表。

　　且说温如玉自从费了万金银两，出了泰安监，果然安分守己，等闲连大门也不出。不但不做嫖赌的事，连嫖赌的话也绝口不提。只是本城去了这两处生意，日用银钱都得自己打算。就是与家下男女分几匹梭布穿用，离了现钱现银，便觉呼应不灵。他的旧伙计都与新财东做了生意，如玉取点货物也还支应，未免口角间就有些推调的话传来。即或与些货物，率皆是平常东西，到还他时一文也不能短少，反比别家价钱多要些。因此如玉负气，纵寸丝尺缕，斤酒块肉，都用现钱买办。

　　过了半年有余，甚觉费力。自遭叛案后，将现银俱尽，只存了些地土。使用过大钱的人，心上甚是寂然，逐日里眉头不展，要想一个生财的法子复还原本，做吐气扬眉地步。朋友们虽知他现成银两俱无，地产还分毫未动，到底要算一把肥赌手，仍是时来谈笑，引他入局，比昔时更敬他几分。他却动了一番疑心，看得人敬他，是形容他没钱的意思。缘此谋财之心越发重了，只是想不出个发财的道路来。

　　一日，忽想起本城一个朋友来，叫做尤魁，是个聪明绝世极有口才的人，若请他来相商，必有奇谋。前番在监中，他也看望过几次，还未谢谢他。随着家中做了酒席，差人次早去请。到下午时候，尤魁到来。但见：

　　虽抱苏张之才，幸无操卓之胆。幼行小惠，窃豪侠之虚名；

老学权奸，欺纯良之懦士。和光混俗，唯知利欲是前；随方逐圆，不以廉耻为重。功名蹭蹬[1]，丈夫之气已灰；家业凋零，妇人之态时露。用银钱无分人己，待弟兄不如朋友。描神画吻，常谈乡党闺阃[2]；弃长就短，屡发骨肉阴私。人来必笑在言先，浑是世途中谦光君子；客去即骂闻背后，真是情理外异样小人。

如玉见尤魁来，心上甚喜。两人携手入房，各行礼坐下。尤魁举手道："老长兄真福德兼全之人也，高而不危，颠而不覆。处血肉淋漓之事，谈笑解脱，非有通天彻地的手段，安能履险若平！若是没有担当的人，唯有涕泣自尽已耳。如何不教人服杀！"如玉道："不过是钱神有灵，孔方吃苦，于弟何能之有？"尤魁道："什么话！人家还有拿住金山寻不着安放地方哩。"

家人们献上茶来吃毕，尤魁又道："自长兄出囹圄后，小弟急欲趋府听候起居，无如贱内脚上生一大疽，哀号之声，夜以继日，延医调治，倒耗去许多银钱。你我知己，必不以看迟介怀。"如玉道："嫂夫人玉体违和，小弟着实缺礼之至。迩来痊愈否？"尤魁道："托庇好些了。"如玉道："城乡间隔，不获时刻聚首谈心，未详老哥近来做何清高事？"尤魁道："小弟近来竟成了个忙中极闲、闲中极忙之人，自己也形容不来。只有一个字将人害死。"如玉道："是什么字？"尤魁道："穷！"如玉道："我与老哥，真是同病。"尤魁大笑道："这就不是你我知己之话。小弟尽一身发肤，也不能抵长兄之一毛，'同病'二字，还不是这样用法。"如玉道："小弟倒不是随口虚辞。自先君去世，家中尚有三万余金。年来胡混了一万六七，此番因叛案，又是一万余两。只有两座生意，一朝废尽。今仅存薄田十数顷。家中人口众多，有出路而无入路，岂不是同病么？"尤魁道："肉原生于骨，无骨而欲长肉，势不能也。土地即长肉之骨。以地产十数顷之多，仍是排山倒海之势，稍为斡旋，何愁不成郭家金穴。若坐吃死守，恐亦不能生色。"如玉道："小弟正是为此，请兄施一良谋，为财用恒足之计。"尤魁道："谋财必先要割痛；痛不割而欲生财，是无翼而思飞也。以小弟愚见，莫若学寇莱公澶渊之战，庶可收一搏即反之功。"

---

[1] 蹭蹬（cèng dèng）：遭遇挫折。
[2] 阃（kǔn）：妇女居住的内室。

如玉道："愿老哥明以教我。"

尤魁道："小弟意思，乃孤注之说也。忝属至好，理合直言，为今计莫若贩卖货物，然贩卖必须用资本盈余。老长兄田地数十顷，若尽数变卖，至佳者不过卖三四千金。以三四千贸易，与市井人何殊？不但老兄不屑于经营，即乡党亦添笑议；必须大起昔日宦囊，凑足一万两方可。近年北方丝水大长，可到苏州或南京买办绸缎纱罗，在济南立一发局。再不然，运至都中亦可。盖本大则利益自宽，弃死物方能变为活物，生财之道，莫善于此。到其间，或遣心腹人办理，或用小弟少效微劳，不过周转一两次，则财用充足。一二年间，弟包管长兄本利相对。然后因时乘便，开财源，节财流，择物之贱者而居之，则刘晏持筹、陶朱致富，又不足道矣。况尊府簪[1]缨世胄[2]，为一郡望族，今遇遭事变，致令桑梓有盆釜一空之诮，吾甚为长兄耻之。如必包藏珠玉，使之填箱压柜，真愚之至也。若谓耕种土地，可望盈室盈仓，此田舍翁与看家奴事业，非克勤克俭积累二三十年不易得也。迂腐之见，统听高明主裁。"

如玉大喜道："兄言果中要谋，舍此亦再无别法。此时寒家若罄其所有，还可挪凑七八千两。小弟定亲去走遭，敢烦老哥同行。再得一识货人相帮，则大事济矣。"尤魁心中暗喜，又说道："当今时势，友道凌替，宁仅青松色落。小弟一生为人，只愿学刎颈廉蔺，不愿学张耳、陈余。老长兄当全盛之时，试思小弟登堂几次？只缘品行两个字关心，宁甘却衣冻死，与趋炎附势辈同出入，弟不为也。今长兄身价小减南金，小弟方敢摇唇鼓舌，竭诚相告，使采兰赠芍之子，知有后凋松柏，弟愿即足。至言寻觅识货人，弟心中已有两个，皆斩头沥血，知恩报德，万无一失之士，皆系贵铺旧伙计：钱智、谷大恩。弟于此二人中加意选择其一，以备驱策，将来长兄再看如何？"如玉大悦，家人们安设酒席，两个复行揖让就坐。尤魁道："长兄举事，定在何日？"如玉道："求诸己者易，求诸人者难，统俟小弟变卖地土后，再定行止。至期，自然要亲邀老哥同往。"少刻，水陆俱陈，备极三汤五割之盛，两人笑语喁喁，甚是投机。本日

---

[1] 簪：别住头发的条状物，用金属、玉石制成，也是贫富和身份地位的象征。
[2] 胄（zhòu）：古代称帝王或贵族的子孙。

坐至三四更天。次日，又吃了早饭，尤魁才别去。

如玉将此意详细告知他母亲。黎氏见如玉日夕愁闷，也盼他发发财，一开笑颜。问讯了一会买卖如何做法，如玉又高高兴兴地说了一番。黎氏听得说须用万金，卖尽田产只好彀一半，也没用如玉开口，将几世积累的些金珠首饰、字画古玩，并儿媳洪氏所有钗环珠玉等类，拿出交与如玉变价。吩咐："到起身时，务必同你表兄飞鹏去。"如玉道："临期再商。"又将家中些玉带蟒衣并地土，昼夜烦人各处变卖。值十文者卖上五六文。如此胡乱打发，也弄了九千二百余两，倒被替卖的人落去三千余两。差人通知尤魁。

尤魁将谷大恩领来。如玉见他说话儿伶俐，讲论起来贩卖绸缎的话，事事通行，心上大喜。又与尤魁商量："走水旱二路，哪一路稳便？"尤魁道："若走旱路，未免早起迟眠，一上一下的劳苦。老哥的身子比泰山还重，如何当得起！不如从济宁雇一大马溜子，或二号太平船，顺流而下，甚是安妥。又可以兼顾行李。你我说说笑笑，也便宜许多。"又问如玉道："老长兄跟几位尊管？还有别位亲友没有？"如玉道："并无别的亲友，只带四个家人去。"尤魁道："太多，太多！只用两人即足。既讲到做生意，一文也是钱，多一人是一人盘搅。"如玉道："再减一二个也使得。我们定到苏州罢，我还要带些苏州杂货，到虎邱观音山等处要看看。"遂择了吉日，本月十五日起身。各送了两人安家银两别去。

黎氏听得如玉起身，不听得请他侄儿同去，问如玉道："你可约会下你表兄了没有？"如玉道："表兄一则家中事忙，二则生意上不知窍，我与尤大哥、谷伙计去，真是千妥万当。回来时谢多谢少，他们也不好争论。"黎氏听了一声儿不言语，究竟如玉嫌他表兄不合脾胃。

到了起身时，黎氏千叮万嘱，着他路途上小心谨慎。又着他事完即回家，免得倚门盼望。又将三个家人孙二等，也吩咐了一番。如玉道："我这一去，不过两个月即回。"与他母亲留下一百五十两银子盘用，带了九千多两，同尤谷二人起身。先到济宁。尤魁雇了个中号马溜船，往江南进发。

一日到了镇江地方，远远地见金山寺楼台殿阁，层层叠叠地摆列在江中。尤魁大声叫好道："我们生长北方，真正空活一世了！若不出门，焉能观此奇境！"谷大恩道："远看便如此精妙，若到上面，必定和天宫

第三十五回　恨贫穷谋财商秘室　走江湖被骗哭公堂

一样。大爷不可不去走走。"如玉高兴之至，也啧啧地赞赏不已。四五个水手并家人，都七言八语地帮衬道："今日难得这好清明天气，微风不作。我们将船摆在金山背后，只用片刻，就见了大世面了。"

说话间，船已绕到金山后面。如玉见游船甚多，挨次排在山脚下，便拉尤魁同去。尤魁道："我同谷伙计守船，你主仆们只管都上去。好容易到这所在。"如玉强之再三，尤、谷二人总以守船为重。如玉道："你两个不上去罢了，我三个家人着两个同我上去，一个在船中等候。"说毕，急急地下船，走上金山寺去了。

三个家人如飞地跟去两个，留下一个在船中抱怨道："我只迟走了一步，被他两个抢先去了。"尤魁道："后悔什么，快快地上去就是。你主人原说留一个在船中，船中有我两人，还怕什么？你主人若怪你半个字，有我在。再迟一会，他们就回来了，你终身便看不成。"如玉平日用的家人都是些浮华小子，哪有一个知是非轻重的人！听了尤魁做主，深知主人信爱他，也便忙忙地跑下船，上山去了。

再说如玉在寺内东瞧西看，游赏那回廊曲舍，殿阁参差，又上宝塔看了会江景。三个家人都跟着他说长论短，他也毫不理论是几个。好半晌，方同家人游走下来。到原下船处，不见自己的船只，心上甚是着急。问同拢船的人，都说是你们上山去时，就立即开船去了。如玉惊得神魂失散，几个家人也面面厮觑，互相抱怨。如玉道："必定他们在镇江岸边等候，这该如何去寻他？"主仆四人，没一个走过远路，连一只船也雇不下。重新到寺中，烦和尚代雇了一只船，摇到镇江岸上。下船来，在江岸见船叫问，哪里有个影儿！如玉到此时情知中计，眼望着大江，呆了一会，忽然大叫一声，往江中就跳。几个家人连忙抱住。岸上的人问明缘故，说道："你在此闹一年也不中用。一个中号马溜子船，也还可以查访。今日没风，此去必不远，你速到府里去喊禀。我们这位太爷最廉明，好管地方上事。快去，莫误功夫！"

如玉昏昏沉沉，两个家人搀扶到府衙门内，却好知府坐堂判断公事，如玉同家人一齐喊起冤来。两旁人拿住。知府叫上去。如玉等跪在下面叩头大哭，诉说被骗情由，哀声甚是凄惨。知府道："你说船从济宁雇的，拿船票来我看。"如玉道："生员初六坐船南来，不晓得什么叫船票！"

知府道："你这船是谁与你雇的？"如玉道："就是骗生员的朋友尤魁雇的，他说从济宁起到苏州止，共是三十八两船价。"知府道："南方有船行，与北方有车行、骡行一般。设立这个行头，原就是防备此等拐骗、劫夺、杀害等事。你既无船票，这来往的船有千千万万，教本府从哪一只船拿起？"如玉听了，叩头有声，痛哭不止。

知府见他哭得甚是可怜，立即将平素能办事的衙役按名唤上八个来，吩咐道："适才这温如玉被骗情由，你们都是听见的。可着该房出两张票，你八人分为两班：一班沿江向下路追访，一班过江从上路追访，见马溜船无分大小即盘诘，立限十日，有无即来销差。银至九千两，为数甚多，不拘哪一班拿获，着温如玉与银四百两。"又向如玉道："你可愿意么？"如玉连连叩头道："生员与其全丢，果能拿获，就送他们八百两也情愿。"随同差役下来，问了尤魁、谷大恩年貌，并船户人等形状，八人领票欣喜分头而去。

如玉复到江边，站了好半晌，心里还想着他们一时湾船在别处，找寻回来亦未敢定。家人们又扶他入城寻店歇下。虽然行李一无所有，幸而家人们身边，都有几两散碎银子，主仆用度。又时时到府衙探听。至十一日早堂，将如玉传去，知府道："差去衙役，前后俱回，查访不出。我想尤魁俱是山东泰安人，你可连夜回去禀官，拿他两人家属审问去罢，在此无益。"如玉听了，觉得是正话，又怕水路迟延，过江到扬州，雇了包程牲口，星夜回乡。

原来尤魁本意也不妄想八九千两银子，只想着一早二晚，瞅空儿偷窃几百；又虑一人拿不了许多，因此勾通了个谷大恩。这谷大恩是个小官出身，幼年时与尤魁不清楚，如今虽各老大，到底还是知己，这样话是最容易透达的。两人已讲明，得多得少，尤魁七分，大恩三分。自如玉与他们安家银两后，第二日尤魁着他大儿子尤继先、次儿子尤效先搬上家属，同谷大恩儿子螟儿亦带家属，以省城探亲为名，各安顿在济宁小闸口，寻间房子住下，等候消息。皆因尤魁已看透了如玉主仆率皆浮浪有余，都是些不经事的痴货，十分拿稳了九分，不怕不得几百两。若托两人带银兑货，又在几千两上下了。

谁想尤魁雇的船偏又是一只贼船，久惯谋财害人性命。船主叫苏旺，稍子水手各姓张王李赵，究竟都是他弟兄子侄，不过为遮饰客人的耳目。

第三十五回　恨贫穷谋财商秘室　走江湖被骗哭公堂

自那日如玉主仆下船时，早被苏旺等看破，见个个俱是些憨雏儿，只有尤魁略老作些，也不像个久走过江湖的人。又见行李沉重，知是一注大财，只因时候不巧，偏对着贡船、粮船、生意船，昼夜往来不断，硬做不得。欲要将他们暗暗做些毒药，害死六七个人性命，内中有两三个不吃，便不妥当。因此想出个法子，一天只走半天的路，于空野无救应地方湾船，候好机会。过了七八天，方知尤魁、谷大恩是请来的朋友，不是一家人；又见尤、谷二人时常眉眉眼眼的露意。苏旺是积年水贼，看出两人非正路人，时常于船前船后，在尤魁前献些殷勤，日夜言来语去，彼此探听口气，不过三两天，就各道心事，打成了一路。说明若得手后，尤魁是主谋的，分一半，谷大恩与船户分一半。一路随遇名胜地方，帮衬如玉主仆游玩，奈船中总有一两个家人，动不得手脚。这日到金山寺下，系从北至南有名的一处大观地方，活该如玉倒运。

尤魁等人连夜赶回济宁，把如玉箱笼打开，尤魁分了四千余两，谷大恩与船户等人平分了那一半。苏旺将如玉的衣服被褥一件不要，让与尤、谷二人，尤魁又找与一百银子，大家分手。尤、谷二人得此大财，各将家小搬上，雇了一个大毛棚子，星夜奔到浙江杭州城中，租了几间房子住下。后来见省城人烟凑集，恐被人物色出来，两人商量着，又搬到象山县，各买了一处房子，在一条巷内住。尤魁第二个儿子尚未定亲，两人结了儿女亲家，聘定了谷大恩女儿做了次媳，又治买了些田地，过度极受用日月。

不几年，倭寇由大隅岛首犯象山，文武官失守，致令攻破城垣，任情杀戮。其时尤魁钻在一地板下躲避，饿了两日一夜，旋即火发，尤魁从地板中爬出。倭寇倒去了，家中男女一个不见，房屋烧得七零八落。放眼四望，满城烟火迷天，号哭之声振动山岳。不但自己家属不知存亡，谷大恩家男女也没见一个。痛哭了几日，本城内外寻访不见。又传闻倭寇有复来之信，没奈何奔走苏州，盘费告尽，便与人相面，每天混几文钱度日。满心里还想夫妻父子重逢，不意得了一反胃病，起初吃了便吐，一物不能下咽，最后硬行饿死。虽同谷大恩坑害了温如玉，却落了这样结局，天道报还，可不畏哉！正是：

　　这样得来，那般失去。

　　利己损人，究复何益？

第三十六回

逢吝[1]夫抽丰双失意　遇美妓罄囊两交欢

词曰：

　　我如今誓不抽丰矣，且回家拆卖祖居。一年贫苦一嗟吁，无暇计谁毁谁誉。途次中，幸会多情女，顾不得母孝何如，聊且花间宿。乐得香盈韩袖，果满潘车。

右调《入花丛》

　　话说温如玉听了镇江府吩咐的话，连夜雇了牲口，赶到了泰安。也顾不得回家，先到知州堂上苦诉冤情。知州随即差人查拿尤、谷二人家属，俱不知去向。又将伊等邻居族人带来，比讯了一番，俱云："一月以前，已将家口搬去省城探亲去了。"知州倒替他上紧，又添差赴省城捉拿。往来几回，杳无踪影，倒被差人累索盘费，又白丢了无数银钱。

　　他母亲黎氏，自从闻知此事，日夜愁苦。虑着将来如何度过，遂致饮食少进，抑郁成疾；随后又转了痢泻，不上两三月，就呜呼哀哉了。如玉号痛欲绝，无奈，只得竭力备办棺木衾幕，遂将家中衣物典当一空。过了七八个月，又极力搜寻了几十两银子，将他母亲将就埋葬了。无如运气倒的人，这不好的事体，层层皆来。他母亲才亡过年余，他妻子洪氏又得了吐血的病症，不上三两个月，也病故了。连棺木都措办艰难，又将凡买过他的产业人，着人去说合，陆续也得毂百十余两，才将洪氏发送在祖茔[2]。

　　如玉已是穷了，连世仆家人也都逃的逃，散的散，另寻有财势的主人伺候去了。只留下两个人，一个叫张华，一个叫韩思敬，都是无才能之人，如玉素日看不上的。

---

[1] 吝（lìn）：当用的钱财舍不得用，过分地爱惜。
[2] 茔（yíng）：坟墓、坟地。

第三十六回　逢吝夫抽丰双失意　遇美妓馨囊两交欢

一日，带着张华到泰安向他旧伙计等人要长支欠银，住了三四天，得了三两多银子，一千多钱。正还要寻别的伙计，听得本州知州接济东道，问了问，说姓杜名珊，四川茂州人，做过长安县知县。他父亲虽早逝，常听他母亲黎氏说，有个长安县知县杜珊，做他父亲属员，亏空下一万多银子，布政司定要揭参。他父亲爱他才能，一力主持，暗嘱同寅各官捐助，完结国帑，又保举他，后升了平阳府知府。临行，与他父亲认了门生。今日听得名姓籍贯相合，就动了个打抽丰的念头，急忙回家。

如玉此刻是落魄的时候，素常来往亲友，无一个上门，有事也无人商议。忽然想起一个人来，忙叫张华即刻去请了来。但见：

　　头无寸发，颡有深疤。岂是僧头，依旧眉其眉须其须，不见合掌稽颡[1]之态；全象驴肾，居然鼻其鼻耳其耳，绝少垂颈凹眼之形。既容光之必照，自一毛而不拔。诚哉异样狮球，允矣稀奇象蛋。

此人是府学一个秀才，姓苗名继先，字述庵，外号叫苗三秃子。为人有点小能干，在嫖赌场中狠弄过几个钱。只是素性好赌，今日有了，明日输了。年纪不过三十上下，"贫富"二字他倒经过二十余遍。素日原是如玉的个走狗。召得入来，如玉遂将要向杜道台求助的话，说了一遍。苗秃听了，极力撺掇，还要与他同去一走。两人计议停妥。

待了几天，济东道回去。两人雇车，同张华到济南旅店安下，时时打听杜大老爷闲时，方才将手本投入号房。门上拿进去，杜珊看了手本内情节，立刻开门请会。如玉从角门内入去，杜珊迎接到书房中，行礼坐下。叙说起他父亲，杜珊甚是感念。又说道自己贫苦，杜珊又甚是悲怜。本日就留便饭，说道："月前天雨连绵，署内无一间房子不漏，刻下在修补，实无地方留世兄住。且请到贵寓安息，弟自有一番措处。"

如玉辞了出来，苗秃子在辕门外探头侧耳等候。如玉同他走着，说济东道如何相待，如何吩咐。苗秃道："何如？你原是大人家，岂是寻常拉扯？我若有你这些门路儿，也不知发迹到什么地方了！"两人欢欢喜喜地回店，说了半夜，总都是济东道的话。

---

[1] 颡（sǎng）：脑门。

次日，杜珊回拜，将如玉的名讳手本璧回，还了个年通家世弟帖。如玉着张华跪止，杜珊定要拜会，在店中叙谈了好半晌，方才别去。吓的一店客人都议论羡慕不已，慌的店主和小伙计不住地问茶水。苗秃得意到极处，直在光头上乱挠。午后，又差人送来白米一斗，白面一斗，火腿、南酒、鸡鸭等物。如玉倒也罢了，苗秃子是个小户人家，一生没经过个交往官府，看见火腿等物，不住地吐舌。和如玉说到高兴处，便坐不住，笑着在地下打跌。怕道台请说话，连街上也不许如玉闲行。他在店中陪着吃酒、唱小曲、说趣话，和中了状元一般快乐。

到第四日，杜珊下帖请客，如玉又去。席间，杜珊细说道："本道一缺，出多入少，又值公私交困之际，不能破格相帮。"临别，着家人托出十二两程仪。如玉大失所望，辞之至再，怎当得杜珊推让不已。如玉此时觉得不收恐得罪他，收了甚是羞气。没奈何，只得收了拜谢。

原来这杜珊初任知县时，性最豪侠，不以银钱介意；因此本族以及亲戚，经年家来往不绝，食用亦极奢侈，凡赠送人，必使其心喜回家。只几年，就弄下一万多亏空，无一个帮他一分一两，他才想到银钱是去了最难回来的。自此，任凭本家以及至亲好友，想要用他一文钱，吃他一口水，比登天还难。由知县做了道官，虽二三斤肉，也要斟酌食用，前后行为如同两人。此番是感如玉父亲，方肯送这十二两银子。在如玉看得菲薄不堪，在杜珊看得还是有大帮助，除了温如玉，第二人也不能叨此厚赐觃。就是日前送的那一分下程，都是少有的事。

如玉垂头丧气地出来，见苗秃子在仪门外大张着嘴眺望，看见如玉，忙跑向前笑问道："今日又有什么好话儿？"如玉道："说不得，真令人羞死气死！"苗秃着慌道："不好！你这气色也不好！想是你言语间得罪下他么？"如玉道："我有什么得罪他处？"就将里面送的银两数目，一边走一边说。苗秃笑道："你少装做！我不信。"如玉道："我又不怕你抢了我的，何苦诳你？"于是将原包银两从袖中取出，向苗秃眼上一伸，道："看是十二两不是？"苗秃见上面有"薄仪"二字，将脚一顿，咬着牙骂道："好食娘贼！不但你，把我苗三先生一片飞滚热的心肠，被二十四块寒冰冷透！"说毕，又蹙眉揉手，连连点头道："罢了，罢了！我才知道罢了！"

两人回到店中，一头一个倒在炕上睡觉。张华见此光景，也不敢问。

第三十六回　逢吝夫抽丰双失意　遇美妓磬囊两交欢

如玉翻来覆去，哪里睡得着？到二鼓时候，苗秃问道："你可睡着没有？"如玉道："真令人气死，还哪里睡得着！"苗秃道："你明日再去禀谢禀见，求他一封书字，嘱托泰安州诸事照拂你。他与了这封书字，常去说些情分，哪里弄不了几个钱？一个本管的大上宪，又与巡抚朝夕见面，泰安州敢说不在你身上用情！"如玉道："我就饿死，也再不见这没良心悭[1]吝匹夫！"

苗秃道："我还有一策，存心已久，只是不好说出。今见你如此奔波，徒苦无益，只得要直说了。天下事，贵乎自立主见。自己若贫无措兑，虽神仙也没法了；自己若有可营谋，就不肯低头下眼向人家乞讨。尊府的住宅，前庭后院何止七八层，只用将房子出卖，不愁一二千两到手。"如玉道："我也曾想及于此。首则先人故居，不忍割弃；次则也没人买。"苗秃道："讲一'买'字，不但长泰庄，便是泰安州也没人肯拿上钱到那里去住。若估计木石砖瓦拆卖，还可成交。你若说先人曾费了若干银两，好容易修盖得出；你须知，那房子只可遮风避雨，不能充饥变钱。常言说得好：有了置，没了弃。你日后大发财源，或做了大官，怕修盖不了那样十处房子么！此事你若依了我，回家就与你办理。你当汉子的，也不必爱口识羞，怕人笑话，说是卖了祖房了。世上卖房子的大人家，也不止你一个。救穷是第一要务，没的吃穿难受，这是老根子话。我再替你打算，房子卖后，也不在长泰庄住，只用二百两在泰安城中买一处不大不小的房儿，过起安闲日月来。你又不欠人的债负，有什么不快活处？将所有房价或买些田地，或放在铺中吃月利，世上空手空拳起家的不知有多少，何苦着本村人逐日指指点点笑议？你想，我说的是不是？"几句话，说得如玉高兴起来，一蹶劣爬起，将桌子一拍，道："秃小厮，快起来！你的话句句皆是，我的志念也决了，省得在这里受闷气！不如连夜回家办正事。"苗秃也爬起来道："城门未开，天明起身罢。现放着老杜送的酒，大家吃起来，岂不妙。"如玉便连叫张华收拾下酒东西。张华见两人又眉欢眼笑，高兴吃酒，也测度不出是何故。

一到天明，如玉算还店账，又将道署送的礼物装在车内，一同起身

---

[1] 悭（qiān）：小气，贪财。

离省城。走了几十里,到一地方,名为试马坡,相传韩信做三齐王时,在这地方试过马。刚走到堡前,也是天缘凑合,从里面走出个人来,但见:

头戴四楞巾,却像从钱眼中钻出;身穿青绢氅[1],好似向煤窑内滚来。满面憨疤,数不尽三环套日;一唇乱草,哪怕他百手抽丝。逢钱即写借帖,天下无不可用之钱;遇饭便充陪客,世上哪有难吃之饭。任你极口唾骂,他只说是知己关切使然;随人无端殴踢,反道是至交好胜乃尔。真是:烧不熟煮不烂的粗皮,砍不开拉不破的厚脸。

这个人姓萧,名天佑,字有方,也是个府学秀才。为人最会弄钱,处人情世故,倒像个犯而不较的人。只因他外面不与人计论,屡屡在暗中谋害人,这一乡老少男女,没一个不怕他。亦且钻头觅缝,最好管人家闲事。就是人家夫妻口角,他也要说合说合,挨磨的留他一顿便饭吃吃。若是有大些的事体,越发要索谢了。你若是不谢他,他将来借别事,暗中教唆人闹是非,三次两次还不肯放过,是个心上可恶不过的人。又好帮嫖诱赌,设法渔利,吃乐户家的钱尤为第一。因此人送他个外号叫"象皮龟",又叫"萧麻子",为他脸上疤多故也。

这日正从堡中出来,看见苗三秃子在车内,大笑道:"秃兄弟从何处来?"苗秃见是萧麻子,连忙跳下车来,也大笑道:"你是几时搬到这里?"萧麻子道:"已经二年了。"如玉见他二人说话,也只得下车来。萧麻子指着如玉道:"此公是谁?"苗秃子道:"这是泰安州温公子,当年做陕西总督之嫡子也。"萧麻子深深打一恭道:"久仰!久仰!"又将两手高举道:"请,请到寒舍献茶!"如玉还礼道:"弟辈今日要赶宿头,容日再领教罢。"苗秃子也道:"我们都有事体,暇时我还要与你叙阔。"萧麻子道:"温大爷与我初会,我实不敢高攀;你与我是总角朋友,怎么也是这样外道我?我实对你说了罢,我家茅庵草舍,也不敢居停贵客。敝乡从去年二月,搬来一家乐户,姓郑,人都叫他郑三。这个王八最知好识歹。他有个侄女叫玉磬儿,一个亲生的女儿叫金钟儿。这玉磬儿不过是温柔典雅,还是世界上有的人物;唯有这金钟儿,才一十八岁,她才真是天

---

[1] 氅(chǎng):大衣。

第三十六回　逢吝夫抽丰双失意　遇美妓磬囊两交欢

上碧桃，月中丹桂，只怕仙女董双成还要让她几分。若说起她的聪明来，神卜管辂[1]还须占算，她却是未动先知。你这里只用打个哈欠，她那里就送过枕头来。我活了四十多岁，才见了这样一个伶俐俊俏、追魂夺命、爱煞人的一位小堂客。你陪公子随喜随喜去，也是春风一度。"如玉道："承老兄盛情，只是弟孝服未满，不敢做非礼的事。"苗秃笑向如玉道："你也不必太圣贤了。既然有他两个妹子在这里，我们就暂时坐坐何妨？"萧麻子笑道："你这秃奴才，又说起其诸异乎人的话来了。"如玉却不过，同去走走。

到堡内西头，才是郑三的住处。瞧了瞧，都是砖瓦房子，坐东朝西的门楼。三人揖让入去，郑三迎接出来，到如玉、苗三秃前请安。又问明姓氏地方，让到花厅上坐。如玉到厅内，见东西各有耳房，厅中间放着八把大漆椅；正面一张大黑漆条桌，桌子中间摆着一个大驼骨寿星；东边有三尺余高一个大蓝瓷花瓶；西边一个大白磁盘，盘内放着些泥桃泥苹果之类。上面挂着一面牌，都用五色纸镶着边儿，中间四个大紫红字是"蓝桥仙境"。牌下挂着百子画图一轴，两旁贴着对联一副，上写道：

　　室贮金钗十二；门迎朱履三千。

三人坐定，只听得屏后有笑语之声，转身后面走出一个妇人来。穿着玄青纱氅，内衬细夏布大衫，葛纱裙儿；五短身材，紫红色面皮，五官倒也端正，只是上嘴唇皮太厚些；倒缠了一双小脚，大红缎鞋上绣着跳梁四季花儿。走到厅中间，笑说道："与二位爷磕头。"说着将身子往下一弯。慌得苗秃子连忙扶住，道："快请坐，劳碌着了倒了不得！"妇人坐在萧麻子肩下，问了如玉并苗秃的姓氏。如玉道："你的大号就是金钟儿么？"妇人道："那是我妹子，我叫玉磬[2]。"萧麻子道："怎么不见她出来？"玉磬儿道："她今日身子有些不爽快，此时还没有起。再待一会，管情也收拾出来。"萧麻子道："此时还未起，必定是昨晚着人家道了。"玉磬儿笑道："你真是瞎说，这几天鬼也没见个来。"萧麻子道："你休诳我，我是秦镜高悬，无微不照。"苗秃道："这是你的家务事，你心上自然明白。"

---

[1] 管辂（lù）：三国魏术士，幼好天文，后精通《易》和占卜。
[2] 磬（qìng）：古代用玉或石做成的打击乐器。

萧麻子道："你若欣羡这条路儿，就入了行罢，他家里正少个打杂的使用。"

正说着，一个十三四岁的小女厮，托出一盘茶来。玉磬儿先送如玉，次送苗秃，自己取了一杯坐下。萧麻子道："你这小奴才，到我跟前就不送了！我也没有别的法儿，我只须将你三婶子按倒，那就是我出气的时候了。"玉磬儿却待回言，苗秃道："玉姐，你不必和他较论，都交在我身上。他按倒你婶子，我就搂住他姑娘，咱们是冤各有头，债各有主。"萧麻子笑骂道："这秃小厮真是狗养的，说的都是哈巴儿话。"

四人正在说笑中间，觉得一阵香气吹入鼻孔中来。少刻，见屏风后又出来个妇人，年纪不过二十岁上下，身穿红青亮纱氅儿，内衬着鱼白纱大衫，血牙色纱裙子镶着青纱边儿；头上挽着个盘蛇发髻，中间贯着条白玉簪儿，鬓边插着一朵鲜红的大石榴花；周周正正极小一双脚，穿着宝蓝菊压海棠花鞋；长条身材，瓜子粉白面皮，脸上有几个碎麻子儿；骨格儿甚是俊俏，眉梢眼底大有风情，看来是个极聪明的人。入的门来，先将如玉和苗秃上下一看，于是笑嘻嘻地先走到如玉面前，说道："你老好，我不磕头罢！"如玉连忙站起道："请坐。"苗秃子接口道："不敢当，不敢当。"然后又向苗秃虚让了一句，袅袅娜娜地坐在玉磬儿肩下。萧麻子将如玉的家世表扬，金钟儿听了，满面上都是笑容。只因如玉少年清俊，举动风流，又是大家公子，心上甚是动情，眼中就暗用出许多的套索擒拿。如玉是个久走嫖行的人，差不多的妓女最难上他的眼，不意被金钟儿语言眉目就混住了。从午间坐到日色大西还不动身，急得张华与车夫走出走入，在如玉面前站了几次，又不敢催促，与苗秃子不住地递眼色。苗秃又是个随缘度日的人，且乐得快活了一刻是一刻，哪里肯言语。

萧麻子推故净手，走出来向郑三道："温公子这个雏儿也还看得去，银钱虽多的没有，家中的东西物件还多。日色迟了，你与他随便收拾几样菜儿，我替你留下他罢。将来若杀不出血，我打发他走路，缠绞不住你。"郑三道："我见他穿着孝服，万一留不住，岂不白费酒肉饭食？"萧麻子用扇股在郑三头上打了一下道："你这老王八，真是一毛不拔。就算上留不住，与你两个孩子吃吃，她们也好有心与你弄钱。"苗秃在背后插嘴道："就与他吃些儿也好。"三人都笑了。萧麻子道："你这秃小厮，不知什么时候就悄悄走来？"又问道："他身上有现成稍没有？"苗秃子伸了两个

第三十六回　逢吝夫抽丰双失意　遇美妓罄囊两交欢　∥257

指头道："栏杆数是济东道送的，他身上只怕还有些，也没多的了。"萧麻子向郑三将手一拍道："如何？上门儿买卖，你还不会吃！"郑三连忙去后面收拾去。

萧麻子又问苗秃道："这温公子，我也久闻他的大名。你与他相交最久，他为人如何？"苗秃子道："是个世情不透上的憨小厮。若有了钱，在朋友身上最是情长，极肯帮助人。"萧麻子道："我闻他近年来甚是艰苦。"苗秃道："比你我还难么？目今只用一半月，又是财主了。"遂将他要卖住房话一说。萧麻子连连作揖道："事成之后，务必将哥哥也拉扯一把儿！"苗秃道："自幼儿的好弟兄，还要你上托！他如今'赌'之一字，勾引不动了；我看这金钟儿，却是他这一处住房的硬对头。他若看不上眼，休说试马坡，便是蓬莱岛，也留他坐不到这个时候。"

两人说笑着入厅房来。如玉站起道："天色也想是迟了，我去罢？"萧麻子大笑，向苗秃道："你看做老爷们的性儿，总不体贴下情。"又指着金钟儿道："我方才在后边见你父亲，雨汗淋漓在那里整理菜蔬。穷户人家，好容易收拾这一顿饭。"金钟儿听得收拾饭，就知是必留之客，笑盈盈地向如玉道："大爷要走，也不过为我姊妹们粗俗，心中厌恶；这也容易，离我这里二十里，有个黑狗儿，人才甚好，只是脚欠周正些，世上那有个全人，我们与大爷搬来，着他服侍几天。就是我家饭，不但吃不得，连看也看不得，只求大爷将就些，也算我姊妹们与大爷相会一场。大爷忍心不赏这个脸？"如玉道："你休罪我，我实为先母服制未终，恐怕人议论。"苗秃道："你居丧已一年多，如今不过几个月余服未满。咱们泰安乡绅家，还有父母一倒头就去嫖的，也没见雷劈了七个八个，人家议论三双五双。"如玉笑道："你又胡作弄我。"玉磬儿道："我也不是在大爷面前说话的人，只是既已至此，就是天缘，我这个金妹子也是识人拾举的，还求把心肠放软些罢。"如玉已看中金钟儿，原不欲去，又叫他们你一句我一句，越发不肯去了。掉转头向苗秃道："只怕使不得！"萧麻子道："有什么使不得！此刻若去了，于人情天理上倒使不得！"

说着，打杂的将一张方桌移在中间，摆了四碟小菜，安下五副杯筷，又拿来一大壶酒。众人让如玉正坐，如玉要与苗秃同坐，苗秃死也不肯，只得独自坐正面；萧麻子在右，苗秃在左，玉磬、金钟在下面并坐相陪。

少刻,端上两盘煎鸡,两盘炒鸡蛋,两盘调豆腐皮,看看是八盘,究竟只是四样。北方乐户家待贵公子,多有用对子菜,也是个遇物成双之意。金钟儿道:"我们这地方,常时连豆腐皮都买不出来,二位爷休笑话,多吃些儿才好。"苗秃道:"说到'吃'之一字,我与萧麻子包办,倒不劳你悬心。"五个人诙谐调谑[1],盏去杯来。张华同车夫也在南房里吃饭,郑三老婆陪着。

　　如玉等吃到点灯后,方将杯盘收去。萧麻子道:"我如今长话短说罢,我今日就是冰人月老,温大爷着金姐陪伴,苗三爷着玉姐陪伴。"苗秃吱地笑了一声,将脖项往下一缩,又向萧麻子将舌头一伸,道:"我一个寒士,这缠头之赠,该出在那里?"如玉道:"这都在我。"苗秃道:"虽然如此,还不知人家要我不要?"说着,又看玉磬的神色。萧麻子道:"不用你看,我这玉姐,真是江海之大,不择细流。你若到高兴的时候,舍了小秃子,用起大秃子来,这玉姐就不敢要你了。"如玉大笑。金钟儿略笑了笑,玉磬儿将头一低。苗秃子不由脸红起来,说道:"我不过两鬓边少点头发,又不是全无,你每每秃长秃短,不与人留点地步,真是可怒。"萧麻子大笑道:"你今晚正是用人才的时候,是我语言不看风色了;我将来只用与你多帮衬几句好话儿,还要着你感激我。"说罢,彼此道了安置,如玉与金钟儿在东房,苗秃与玉磬儿在西房,萧麻子回家去。正是:

　　　穷途潦倒欲何投?携友归来休便休。
　　　试问彩云何处散?且随明月到青楼。

---

[1] 调谑(xuè):开玩笑。

第三十七回

温如玉卖房充浪子　冷于冰泼水戏花娘

词曰：

嫖场好，密爱幽欢情袅袅，恨煞银钱少。无端欣逢契友，须索让他交好。倾倒花瓶人去了，水溢花娘恼。

右调《长命女》

话说温如玉在郑三家当嫖客，也顾不得他母亲服制未满，人情天理何如，一味里追欢取乐。却好他与金钟儿正是棋逢对手，女貌郎才；两个人枕边私语，被底鸳鸯，说不尽恩情美满，如胶似漆。就是这苗秃子，虽然头秃，于"温存"二字上，甚是明白。玉磬儿虽不爱他，却也不厌恶他。两个人各嫖了三夜，如玉打算身边只有十二两六钱来的银子，主仆上下茶饭，以及牲口草料，俱系郑三早晚措办，若再住几天，作何开发？花过大钱的人，唯恐被人笑话，就将那十二两程仪做了他与苗秃的嫖资。剩下盘费银六钱，赏小打杂儿的。要与郑三说明，告辞起身。苗秃的私心还想嫖几天，怎当得如玉执意要回。郑三家两口子虽然欲留，也不过虚尽世情，知他银子已尽，住一天是一天的盘搅。这金钟儿心爱如玉，哪里肯依？又留住了两天，相订半月后就来，方准回家。玉磬儿怕叔婶怪他冷淡客人，也只得与苗秃叮咛后会。临行时，金钟儿甚是作难，和如玉相嘱至再方别。

两人在路上，不是你赞金钟儿，就是我夸玉磬儿，直说笑到泰安。一到家，就催苗秃去泰安寻买房子的人。来来往往也有人看过几次，争多嫌少，总不能成。苗秃子内外撮合，鬼混了二十多天，还是木行里买，言明连砖瓦石条，与如玉一千四百两，苗秃子暗吃着一百五十两。如玉定要一千六百两。苗秃子急得了不得，恨不得一时成交。

两人正在商论之际，只见张华入来，说道："试马坡的郑三差人请大爷来了，还有两封书字，一封是与苗三爷的。"如玉接在手内，拆开和苗秃子笑着同看。见一张红纸上，写着绝句一首，道：

　　莲花池畔倚回廊，一见莲花一恨郎。
　　郎意拟同荷上露，藕丝不断是奴肠。

旁边又写着三个大字"你快来"，上写"书请温大爷移玉"，下面落着名字是"辱爱妾金钟儿"。其书内又有小荷包一个，装着个珐琅比目鱼儿，闻了闻，喷鼻香。又拆开苗秃书字，上面也是一首绝句，道：

　　君头光似月，见月倍伤神。
　　寄与头光者，应怜月下人。

旁写"俚句呈政可意郎苗三爷知心"，下写"薄命妾玉磬儿摇尾"。如玉看了，笑得前仰后合，不住地叫："妙绝，妙绝！"苗秃子将诗扯了粉碎，掷于地下。

如玉见他面红耳赤，动了真怒，也就不好意思再笑了，向苗秃道："我们还得与她一封回字。"苗秃子一声不言语。如玉又问，苗秃道："我无回字。"如玉道："和你商酌，这来的人，难道教他空手回去？我意思与他一两银子，你看何如？"苗秃道："一两的话亏你也说的出，至少与他一百两，才像做过总督家的体统。"如玉道："你这没好气，在我身上煞放怎么？"苗秃道："你在嫖场中，不知经历了多少？像这一行的人来，不过与他一顿饭吃，十分过意不去，与他二三百盘费钱。若东的一两，西的二两，他们吃着这个甜头儿，婊子本不愿与我们写书字，他还恳求叫写。你头一次与过一两，后一次连五钱也不好拿出。况日日支应王八家的差人，也嫌晦气。"如玉也不回答，一面吩咐张华，收拾三荤两素的酒饭管待来人；自己取出一张泥金细笺纸，恭恭敬敬地写了回字。又寻出一条龙头碧玉簪儿（系他妻子洪氏故物）包在书内。想算着家中还有二千来钱难做赏封，着张华拿钱换了一两银子包好，上写"茶资一两"，余外又与三百钱盘费。

苗秃见他如此珍重，甚合自己的心怀。又想自己与玉磬儿一样相交，形容的不好看。只得烦如玉与他写回书，也要求件押包的东西。如玉批评他道："你三四十岁的人，连个萧麻子和你玩耍你也识不破？你想，玉磬儿就怎样不识好歹，也不肯烦人做这样诗打趣你，你还要在朋友身上使头脸！"苗秃连忙跪下拉腿，认了不是。如玉与他写了回字，又寻出一对镀金耳环,填在书内。将郑三家打杂人胡六叫入来,细问了一回,许在五日内定去。苗秃子慌忙将赏银并书字传与,又嘱咐替他都问候。胡六叩谢出去。

苗秃道:"无怪乎婊儿们个个爱你,你实是外才内才俱全的人。那日临别去,金钟儿分明是对着我与萧麻子,怕我们笑话,她那眼泪汪汪的光景,差些儿就放声大哭。你原说不几天就去,到如今二十多天,不知这孩子想成怎么样儿了?你今日又许下五天内去,房子又不成,就可怜这孩子一片血心,只好付之流水罢了。"如玉道:"我心上急着要去,无如房子不成。"苗秃道:"你只知这房子一千四百两不卖,你哪里知买房子的人甘苦。你是何等聪明,什么事儿欺得了你?年来木价甚疲,他买下房子,又要雇人拆,又要搬弄砖瓦,日日出工钱茶饭,又要雇车骡拉到泰安城,才慢慢地将三根橡两条檩零碎出卖;再若是借人家的银子,出上利钱,还不知是谁赚是谁赔哩!分明遇着这几个瞎眼的木行;若是我,一千二百两也不要他。我只怕小人们入了话,木行里打了反悔鼓,这试马坡不但你去不成,连我也去不成。"如玉瞪着眼沉吟了一会,将桌子一拍,道:"罢,罢!就是一千四百两罢!我也心忙意乱了,只要与他们说明,等我寻下住处方可动手。"苗秃道:"我若连这一点儿不与你想算到,我还算个什么办事人?我已与他们说过,譬如明日成交,明日就与你五百两,下余九百两,两个月内交还,与你立一张欠帖,你只管慢慢寻房。我此刻就去见话,今日就与他们立了契罢。"

于是将木行人叫来,两家各立了凭据,果然本日兑了五百两。如玉谢了苗秃二十两,就托他到泰安寻房。苗秃道:"我也不在这长泰庄住了。"如玉道:"我正有此意,须寻在一条巷内方好。你且同我到试马坡去,回来寻房子也不迟。"苗秃道:"你的房子非我的房子可比,也要不大不小,像个局面。事体贵于速办,你想想,一头住着,一头人家拆房,逐日间翻土扬尘,对着本村亲友有什么意思!"如玉连连点头道:"你说的极是,我独自去罢!那里还有萧大哥相陪,我还要买点东西送他。"苗秃道:"送他水礼不是意思,倒是袍料或氅料罢了。我们借重他处多哩。"如玉道:"我知道了。"忙忙地收拾安顿,连夜雇车向试马坡来。

到次日午后,离试马坡十数步地,看见一人面同秋月,体若寒松,布袍草履，翩翩而来。如玉在车内仔细一看，哎呀了一声，连忙跳下车来，打恭道："冷先生从何处来？真令小弟想煞！"原来于冰自平凉成赈后，一路游行至此，要看连、金二人，不意与如玉遇着。于冰亦连忙还揖，笑问道："尊制想是为太夫人亡故了？"如玉道："自别长兄，叠遭变故，真是一言难尽！

"此堡内有我个最相好的朋友，他家里也还干净，长兄可同我去坐坐，稍叙离索之情。"于冰道："甚好。"于是两人携手行走，到郑三家来。

郑三迎着问候，又到于冰前虚了虚，于冰便知是个混账人家，又不好立即避去。只见院中一个小女厮喊叫道："二姑娘，温大爷来了！"如玉让于冰至厅内，彼此叩拜坐下。又见东边房帘起处，走出个少年妇人来，看着如玉喜笑道："你好谎我，去了就不来了。"如玉欠身道："只因家里穷忙，所以就耽迟了几天。"又问如玉道："这位爷是谁？"如玉道："这是我最好朋友冷大爷，此刻才遇着。"金钟儿复将于冰上下一看，见虽然服饰贫寒，却眉清目秀，骨格气宇与凡н人不相同，不由得心上起敬，恭恭敬敬地磕下头去。于冰扶起，心里说道："这温如玉真是禽兽！母丧未满，就做此丧良无耻之事！"随即站起告别，如玉哪里肯依。金钟儿道："这是我出来冒昧了。"于冰再看如玉，见他爱敬的意思着实诚切，亦且嘻嘻哈哈，与不知世事的一小娃子相似；又见他衣服侍从也是个没钱的光景，心上又有些可怜他，只得回身向金钟儿道："你适才的话过于多疑，我倒不好急去了。"又大家坐下。

正言间，转身后面玉磬儿走出，到如玉前叙阔，将于冰看了一眼，也不说声磕头话，就坐下了。如玉道："才来的号玉磬。"指着金钟儿道："她叫金钟。"于冰笑道："倒都是值几个钱的器物。"须臾，拿上茶来。如玉道："冷大爷不动烟火食，我替劳罢。"又向玉磬道："苗三爷着实问候你。"

于冰问如玉道："公子为何不在家中，却来乐户家行走？"如玉长叹道："说起来令人气死！恨死！愧死！"就将遭叛案、遇尤魁、母死妻亡的事说了一遍。又问于冰动静。于冰支吾了几句，又起身告别。如玉拂然道："小弟不过穷了，人还是旧人，为何此番这样薄待小弟？况一别二三年，今日好容易会面，就多坐几天，也还是故旧情分。"于冰笑道："昔日公子富足时，我亦未尝乞怜。只因有两个朋友要去寻访。"如玉道："可是金、

第三十七回　温如玉卖房充浪子　冷于冰泼水戏花娘

连二公么？"于冰道："正是。"如玉道："为什么与老兄长分手？"于冰道："我辈出家人，聚散无常。他两个也只在左近，须索看望。"金钟儿见如玉十二分敬重于冰，也在旁极力款留。于冰坚欲要去。如玉道："小弟昔时，或有富贵气习待朋友处；如今备尝甘苦，长兄若将今日的温如玉当昔日的温如玉，就认错小弟了。"于冰听了他这几句话，又见他仙骨珊珊，不忍心着他终于堕落。听他适才的话，像个有点回头光景，复行坐下。

少刻，郑三入来说道："请大爷同客爷到亭子上坐，此处甚热。"如玉听了，便代做主人，拉于冰同去。不想就在他这所房东边一个角门入去，里面四围都是土墙，种着些菜，中间一座亭子，也有几株树木和些草花。于冰见亭子正面挂着一面牌，上写"小天台"三字。两旁柱上挂着一副木刻对联，道：

　　传红叶于南北东西，心随流水；
　　系赤绳于张王李赵，情注飞花。

于冰看了，大笑道："倒也说的贴切。"又见桌椅已摆设停妥，桌上放着六大盘苹果、西瓜、桃子等类。这是张华说与郑三，为于冰不动烟火食故也。如玉看见大喜，让于冰正坐，自己对面相陪，金钟、玉磬坐在两旁。于冰见已收拾停妥，也随意用了些。少刻酒肉齐至，比前一番相待丰盛许多。如玉见郑三入来，说道："我与萧大爷带来宝蓝丝袍料一件，缎鞋袜一双，烦你家胡六同张华送去。"郑三道："小的同张大叔送去罢，萧大爷从前日往大元庄去了。"如玉道："你去更妥。"

于冰又要告辞，如玉道："长兄再不可如此，我还有要紧话请教。"金钟儿接说道："我们原是下流人家，留冷大爷，就是不识高低。今日光已落下去，此地又无店住客，和温大爷长谈，最是美事。"玉磬儿也道："我们有什么脸面，千万看在温大爷分上罢。"于冰大笑道："今日同席，皆我万年想不到事，你两个相留，与温公子不同，我就在此住一夜罢。"如玉方才欢喜。

于冰道："公子年来气运真是不堪，未知将来还有什么事业要做？"如玉道："在老长兄前，安敢不实说。小弟于'富贵功名'四字，未尝有片刻去怀，意欲明年下下乡场，正欲烦长兄预断。"于冰道："'科甲'二字，未敢妄许。若讲到功名富贵，公子几时到极不得意处，那就是出人头地的时候了;到那时,不必你寻我,我还要到都中寻你,助你一臂之力。"如玉大喜相谢。又问富贵功名到都中怎样求法。于冰道:"临期自有际遇,此刻不必明言。"玉磬、金钟儿也要于冰相面,于冰都说了几句兴头好话。

四人坐谈到起更时,如玉笑道:"老长兄正人君子,小弟有一秒污高贤的言语,不知说得说不得?"于冰道:"你我知契,就说的不是何妨!"如玉道:"长兄游行天下,这倚翠偎红的话,自然是素所厌闻;今晚小弟欲与长兄破戒,叫玉磬姐陪伴一宿,未知肯下顾否?"于冰道:"我正有此意。只是一件,我与这玉磬无缘,你若肯割爱,倒是这金姐罢。"如玉大笑道:"长兄乃天下奇人,金姐恨不得攀龙附凤。但风月场中,说不得戏言。"于冰正色道:"我从几时是个说戏言的人!"如玉见于冰竟认真要嫖,心中甚是后悔自己多事。又因于冰是他最敬爱的人,就让他一夜,也还过得去。又笑向金钟儿道:"你真是天大的造化!"金钟儿偷瞅了如玉一眼,随即也不说也不笑了,做出许多抑郁不豫之态。于冰但微笑而已,向如玉道:"我一生性直,既承公子美意,便可早些安歇,明日还要走路。"如玉道:"极好。"于是一同起身,到厅房院来。如玉又暗中安慰了金钟儿几句。金钟儿道:"你也该达知我父亲一声。"如玉道:"我自然要说。"

于冰走入东房,只见帘幕垂红,氍毹[1]铺地,摆列着桌椅箱柜,字画满墙。炕上堆着锦被,炉内煨着名香,甚是干净。玉磬儿告辞去了。如玉还在炕上坐着说笑。于冰道:"公子请罢,我要睡了。"如玉方才出去。

于冰将门儿关闭,亲自从炕上拉过被褥来铺垫,将衣服鞋袜都脱在炕后,往被内一钻,向金钟儿道:"我先得罪你罢!"金钟儿笑道:"只管请便。"心中思忖道:"这姓冷的这般情急,必定床事上厉害,若承受不起,该怎处?"要知这金钟儿,是个最有性气可恶至极的婊子。第一爱人才俊俏,第二才爱银钱。她若不愿意的人,虽杀她两刀,她也不要,郑三家两口子也无如她何。只因她看了于冰衣帽虽是贫寒,人物清雅风流,胜如玉四五倍,看年纪又不过三十内外人;只因知道他不能久留,温如玉是把长手,所以头前做出许多不愿意的光景捆拴如玉,究竟他心上急愿与于冰款洽。今见于冰先睡了,她便连忙在妆台前拂眉掠鬓,卸却

---

[1] 氍毹(qú shū):毛织的地毯,古代用以做舞台。

第三十七回　温如玉卖房充浪子　冷于冰泼水戏花娘

簪环,在炕后换了睡鞋,将衣服脱去,喜喜欢欢地钻入被来。

只见于冰面朝上睡着,不言不动。先用手在于冰胸前一搭,觉冷如冰铁;又往肚下一摸,也是如此。推了推,也不言语。仔细一看,见于冰嘴内流出水来。心上甚是怪异,急急地问道:"你是怎么了?"只见于冰大睁着眼,直往顶棚上看。连忙又用手推摇,听得腹内响动起来。稍刻,于冰将嘴一张,有碗粗一股水,从口内咕突突冒将出来。吓得金钟儿神魂俱失,也顾不得穿裤儿,披上衣服跳下炕来,将门儿放开,一边往外跑,一边大叫道:"你们快来,冷大爷不好了!"

众人还都未睡,一齐跑来问道:"是怎么?"金钟儿用手向房内指道:"你们还不看去,了不得了!"众男女抢入房来看视,不见于冰,只见被内高起,像是有东西在内。忙用手掀起一看,原来是他家厅房桌上摆着的大蓝花瓶,有三尺余长,睡在褥子上面,一床被褥被水湿透。金钟儿挖着穿裤子,然后从头至尾说了一番,一家儿大为惊怪,把一个温如玉乐得拍胸鼓掌,不住地哈哈大笑。金钟儿道:"不知从哪里领来一个妖魔,将我一床上好被褥坏得停停当当,还不知笑的是什么!"如玉越发大笑道:"坏你的被褥,我赔你的。我今日见他答应着要嫖,我就疑心,他不是这样人。不想果然。"说罢,又大笑起来。郑三道:"快打灯笼寻一寻,藏在那里去了?"如玉道:"不用寻找,我知道他去了。"郑三道:"大门锁着,他往那里去?你们同我来,到底要大家寻寻他。"

于是打了灯笼,光照厅内,见正面花瓶果然不见了,几枝莲花也丢在了地下。又里外寻找了几遍,哪里有个冷于冰的影儿?一家子见神见鬼,吵乱了半夜方歇。正是:

　　萤火休言热,冰虫莫语寒。
　　不知天上客,犹作世人看。

第三十八回

连城璧误入骊珠洞　冷于冰奔救虎牙山

词曰：

游山却逢魔，肯把清操羡绮罗？勘破个中情与事，叱喝，何惧此身受折磨！救友遇仙客，聊藉谦下息干戈。指授天罡着落处，情多，一任朝夕细揣摩。

右调《南乡子》

话说冷于冰将花瓶移入金钟儿被内，借水遁出了试马坡，顷刻即到琼岩洞门口。用手一指，门儿大开，走将入去，大叫道："连、金二位贤弟在哪里？"叫了几声，不见答应。冷于冰道："想是两人都睡觉么？这如何修得成！"走到石堂内，见有几件衣服，丢得东三西四。忙走后洞看视，米也没一粒，只有绳索斧头等物。心上甚是惊诧。回到前堂，坐下思想了一会，大声长叹道："我云来雾去，看望他们最易，何必拘定三年！此必是出洞砍柴取水，被异类伤了性命；或因米尽，到别处就食。"不由得满怀痛悼，滴泪衣襟。又想道："或者是他们受不得清苦，下山另做事业。"又想："金不换还有二三分信不过，那连城璧是个斩头沥血的汉子，断不至坏了念头。"思来想去，心上甚是不宁。

直到天明，猛抬头，见石堂左壁上，隐隐有些字迹，急忙走到跟前一看，只见上写道：

弟等嘉靖某年月日，在此洞与大哥分首，至今苦历寒暑三十九个月。大哥原说米尽即来，今米尽四个多月，日食草根树皮，总不见大哥来，是立意绝我二人也。本月初六日，金三弟出洞寻取食物，不知所之。弟在本山前后找寻四日，杳无踪迹，大要为虎豹所伤。言之肝肠崩裂，痛不欲生。今留弟一人，甚觉凄凉难过，于本月十一日出洞，去湖广衡山寻访大哥。又恐大哥无意中游行至此，故于两边石墙上各写此话。

第三十八回　连城璧误入骊珠洞　冷于冰奔救虎牙山

下写"弟城璧顿首"。于冰看罢,一喜一愁,屈指打算:"本日是七月二十一日,城璧才去了十天,我且去衡山找寻。若金不换改了念头,不别城璧而去,此人尚何足惜!"想罢出洞,用符咒封了洞门,驾云光飞上太虚。

再说连城璧自出琼岩洞后,他独自赴衡山。喜得他苦修了三年有余,精力日增。讲到凝神炼气,他真是百倍纯笃[1],因此他三五日不吃不饥,即多食亦不甚饱。他只七八天便到了武昌,还要随处游玩山水。

一日,从虎牙山下经过,心里想道:"我何不入此山游走一番,也是出家人分内事。"一步步走上山来。起初离山面相近,还有些人家;两三天后,便通是些层峦峭壁,鸟道深沟。这是七月尽间时候,山中果食甚多,随地皆可饱食。又仗着有于冰传授护身、逐邪二咒,每晚或在山湾,或在树下打坐。

他那日早间攀藤附葛,走过了四五处峰头,见山峰下一条路径,甚是奇异,一株桃一株柳,和人栽种的一般。又走了一会儿,见前面方方正正一块山地,四周围都是异树奇葩,参差掩映,禽声鸟语,啼唤不休。及至走到中间,见半山坡中有一个洞门,半开半闭。城璧作念道:"这里面必有神仙。我修行六七年,或者今日得遇高人,亦未敢定。"走到洞门前,向里一望,觉得黑洞洞的,一无所有。又听了听,里面的风声与雷声牛吼相似,不敢轻易入去。折了一枝大树条,用手探下去试看,不过三尺多深就是平地。城璧本来胆气最大,今又修炼了这几年,越发胆气大了,将身子向洞口中一跳,用脚踏了踏,都是些石头台阶。走了下去,听得风声更大,又像有水来的光景。再听时,澎湃击搏之音,甚是惊人。又走了几步,都是上去的台阶,摸摸揣揣上有二丈余高,方是平地,觉得冷气逼人。隐隐见前面有碗口粗细一个亮孔,走了半里多路,方到跟前。原来也是个洞门,不想那风声水声,都是这个门子里送出去的。

走将出去一看,原来另是一个天地。对面有白石桥一座,桥下从西往东流着一股水,不过有五六尺宽。过了桥,西边一带松柏森列。低头觑了觑,见里面有石墙拦阻,并无道路。东边有一条石砌的阔道,花木

---

[1] 笃(dǔ):忠实、全心全意。

成行,看去弯弯曲曲,又不知通到哪个地界。正中间有两扇石门大开,在石门内立着招凉石屏风一架。城璧道:"我且入这中门去。"走入门内,转过石屏,见院子甚宽大,两旁各有数间石房。房子也与别处洞房不同,上面都有石窗棂,裱糊着红纱绿纱不等。门上珠帘掩映。石房外面尽是石栏杆围绕,刻雕着山水人物,甚是精巧。院内有大树两株,树叶尽皆金色,其大如斗。树头上云蒸雾涌,似有神物栖止。正面大石殿三间,中间楷书大字,镌着"骊珠仙府"。窗棂隔扇,俱皆玲珑透露,倒垂着翠羽珠帘,甚是华美。城璧听了听,寂无人声。于是大着胆子,先走入正殿内一看,见四面悬着八粒明珠,各有一寸大小,大抵皆灵虬神胎,编星照乘之物,晶莹闪烁,可与日月同明。正面摆着水波文大天青石几案一张,光洁如玉。几案上都是商彝周鼎三代以前法物。上面悬着一轴麻姑图,画的风鬟雾鬓,潇洒多姿。两边挂着赤英石对联一副,字若蝌蚪之形,一个也识不得。几案前有蟠龙乾碧罗汉石床一枝,床上铺着五彩洋绒缎褥,有一尺余厚。床前一张大云木方桌,桌上放着一个红玉石新玉旧做碎碾转枝莲茶盘儿,茶盘内有水晶茶杯四个。桌子两边,放着玄山石椅四把,也铺着洋绒垫儿。东边又是一张八板七宝转关床,床架上鲛绡帐幔,斜控着一对玳瑁钩儿。西边墙脚下,又是一张雕刻瑶叶石长条几,几上摆列着宝鉴、金铉、珊瑚树、数榴盘等物。墙上一幅大横条,画着一条乌龙,蜿蜒于白云之内,双睛回视,渤渤欲生。

　　城璧看了,心下沉吟道:"琼宫贝阙,美玉明珠,原是神仙享用的。只是这鹤绫鸳绮的被褥,却太艳丽些了!仔细看来,此地绝非佳境,不如早出去罢!"

　　正欲出去,猛听得洞外有笑语之声,忙转身来跳入一间小些的石屏内偷看。只见四对绛纱灯相引,想是为洞外黑暗之故。中间两个美人,一个有三十四五年纪,生得龙眉凤目,樱口朱唇,袅袅婷婷,大有韵致;后边一个更生得齐整,年纪十八九岁,娥眉星眼,玉齿朱唇,面若出水芙蓉,身似风前弱柳,湘裙飘荡,莲步移金,真是千般婀娜,万种妖娆。两人还是古时装束,头挽玲珑蛇髻,身穿大红绡衣,跟着三四十个侍女。洞后又出来四五十妇女,嬉笑迎接,觉得兰桂冰麝之香透人肺腑。须臾,两个妇女到殿内去了,侍女们卷起珠帘。见她二人东西对坐,叙谈闲说。

第三十八回　连城璧误入骊珠洞　冷于冰奔救虎牙山

连城璧正愁没个藏躲处，只见两个侍女掀开帘子入来，看见了城璧，叫喊起来，说："屋里有了生人了！"只见众妇女跑来，将帘子拉去，七声八气乱吵。

少刻，见那中年妇女走来，将城璧上下一看，问道："你是哪里人？"城璧到此田地，也无法回避，只得朗应道："我是山下樵夫，因迷失道路，误走到此。"那中年妇人又问道："你叫什么名字？"城璧道："我叫陈大。"那妇人见城璧生得蚕眉河目，气宇轩昂，断然不是个凡夫，笑道："陈大也罢，陈小也罢，既然到此，就是天缘。这间房子也亵渎贵体。"城璧想道："既然被她们看见，就在这间房内钻一年，也不是了局。"旋即大模大样走出，来到正中殿上。

那些妇女们四面围绕，没一个不喜笑盈腮。那中年妇人笑道："客人请坐，容我细说。"城璧只得坐下。那妇人道："我是锦屏公主。"又指着那少年妇人道："她是翠黛公主。我们都是西王母之女，因为思凡，降谪人间，在此山数十年，从未遇一佳士。我看客人神气充满，相貌魁梧，必系大有福命之人；今欲将我这仙妹与你配合夫妻，这必是你世世修为，才能得此际遇。"

城璧道："我是福浅命薄之人，安可配西王母之女儿？你只让我出去，便是我的福。"那妇人道："我这洞门已用符咒封固，便是真仙，也入不来出不去。你倒要把这走的念头打歇，匹配婚姻要紧。"城璧道："我没见个神仙还急着嫁人！"那妇人道："你说神仙没有嫁人的事么？我数几个你听：韦夫人配张果，琼英嫁裴航，弄玉要了萧史，花蕊夫人配了孙登，赤松子携炎帝少女飞升，天台二仙姬留住刘晨、阮肇，难道这不是神仙嫁人么？"城璧道："这都是没考证的屁话。"只见那少年妇人将一把泥金扇儿半掩半露地遮住粉面，又偷地送了城璧一眼，然后含羞带愧，放出娇滴滴声音说道："招军买马，要两家愿意。既然这客人不肯俯就，何苦难为人家？姐姐不如放他去罢。"城璧道："这几句话还像个有廉耻的人。"那中年妇人怒说道："只我是没廉耻么？你这种蠢材，我也没闲气与你讲说。"吩咐左右侍女："快设香案，拉他与二公主拜天地。"

众妇女随即安排停当，请城璧出殿外行礼。城璧大怒道："怎一窝子都是这样无耻，我岂是你们戏弄的人么！"那中年妇人道："你们听他好大口气！倒是我们无耻。他不知是个什么品贵人，便戏弄不得他。"于是笑盈盈站起，将那少年妇女扶住道："起来和他拜天地去，这是你终身大事，倒不必和他一般见识。"又向众妇女道："把这无福头的也拉出来。"

众妇女听了，一个个嘻嘻哈哈把城璧乱拉乱推起来。城璧大怒，抡动双拳，将那些妇女们打得头破唇青，腰伤腿折。

那中年妇人跟出殿外，骂道："不识抬举的野奴才！你敢出殿外来！"城璧大喝道："我正要摔死你这淫妇。"说罢，将身一纵，已跳在阶头下面。妇人忙将一个红丝网儿——在手不过碟子大小——向空中一掷，一掷起来便有一间房大，向城璧头上罩下来。城璧急用两手招架，已被它浑身套住。妇人把绳头儿一抽，城璧便立脚不住，和倒了金山玉柱一般跌翻在地，众妇人抢来擒拿。城璧在网内不能动摇，猛想起于冰传的逐邪咒，暗念了一遍，众妇女颠颠倒倒，奔避不暇。那中年妇人笑道："我倒看不出，他肚里还有两句《春秋》哩！"说着，也念诵了几句，将城璧一指，随即轻移莲步，用右手将城璧一提，到了后洞，吊在一大石梁上。笑说道："你几时回心转意，我便饶你。"说罢，便回前殿去了。

再说冷于冰在云路行走，猛听得背后有人大叫道："冷贤弟何往？"于冰吃惊道："云路中是谁呼唤我？"急回头一看，心中大喜，原来是桃仙客。两下里将云头一回。于冰举手道："与师兄一别，二十年来时存渴想。今日相逢，真是意外荣幸。"仙客也举手道："你我安仁县分袂，屈指也是好些年月，贤弟志诚精进，功夫已到六七，真令人可爱可敬。"于冰道："敢问师兄闲游何地？"仙客笑道："我哪里比你，一刻也不敢闲游。今奉师命，因连城璧在虎牙山有难，恐你访查繁难，着我传谕于你，星速救应。"于冰大惊道："未知他有何难？"仙客道："他欲去湖广衡山寻你，路过虎牙山，误入骊珠洞，被两个母狐精儿强逼成亲。他坚执不从，已相吊了四日四夜，再若迟几天，恐有性命之忧。祖师吩咐你这一去，不但有益于他，亦且大有益于你。又念你苦修二十余年，尚未敢换儒服，今赐你道衣道冠，丝绦云履。"说罢，将一包袱递与于冰。于冰道："云中不能拜受，奈何？"仙客道："我回去替你说罢。"

于冰道："没听得祖师说我有过犯否？"仙客道："祖师深喜你是个上进之士，只是嫌你的功德少些。过犯的话，从未说起。"于冰道："小

第三十八回　连城璧误入骊珠洞　冷于冰奔救虎牙山

弟毫末修行，为日甚浅；不知修行二字，以何者为功德第一？"仙客道："玄门一途，总以渡脱仙才为功德第一，即上帝亦首重此。若你度得连、金二人，也还不失为守正之士。只要他们步步学你，就有好处。其次莫如救济众生，斩除妖逆。你在平凉放赈，归德杀贼，这就是两件大功德。其余皆修行人分内应为之事。贤弟从此要倍加勉励，不愁不位列上仙。"于冰道："连城璧有了下落，只是金不换未知存亡，恳师兄示之。"仙客道："目今金不换现在京中报国寺养病，你救城璧后，再去寻他。"于冰道："我找着二人后，意欲亲去见祖师，但昔年未问明是何山何洞？"仙客道："在东海赤霞山流珠洞。预知你有此意，着我吩咐，到功成完满，再去可也。"说罢，举手别去。

于冰亦催云急行，早到虎牙山地界。将云头一按，到山中间四围一看，见万峰竞秀，叠翠流青，瀑布前湾有两行桃柳，中有曲径一条，于冰道："此处是矣。"由那曲径行去，到了洞门前，将火龙真人赐的衣包系在右肩上，用手在洞门上书符，只听得响一声，拴锁落地，其门自开。于冰向洞里一看，上下皆黑。运慧眼努力一看，见下面都是台阶，层层皆可步履而上。觉得烈风吹面，寒气透人。

正欲入洞，只见一老道人飞奔而来。头戴白玉珠箔冠，身穿飞鲸氅，足踏朱舄，矮小身材，须眉如雪，手提一条鸠杖，远远的向于冰举手道："道兄请了！"于冰见他满脸道气，知系大有根行之人，连忙还礼道："老仙师请了，有何见谕？"那道人道："道兄到此何事？"于冰道："有吾一道友连城璧被此洞妖魔困住，特来救援。"道人道："此洞内妖魔与贫道有些瓜葛，我今早心神甚是不宁，一卜始知道兄要至此。诚恐有伤贫道后裔，所以拨冗一来，意欲先入洞内，教诫他们一番，将贵道友送出，两家各息争端。未知道兄肯留此情分否？"于冰道："尊眷属于弟子何仇？倘邀鼎力周全，弟子即感德不尽。"道人道："先生称呼太谦，贫道实当受不起。既承慨允，足叨雅谊。"说罢，一举手入洞去了。

于冰想道："这老道人说与洞内妖魔有瓜葛，则这道人不言可知咦！怎他便修炼亦至于此，可知异类亦可做金仙。假如我执意不从，动起杀法来，胜便罢了；如或不胜，岂非自取耻辱。"等了好半晌，见老道人在前，连城璧随后出来。城璧一见于冰，大是惊喜，连忙跑上前叩拜道："小弟今日真是再生。"于冰用手扶起。城璧正要说说原由,只见那老人向于冰致谢道:"贵道友已完聚,贫道谢别了。"用袍袖将洞门一拂,洞门即自行关了。那道人步履如飞,一直往西去了。

于冰向城璧道:"你且略等一等,我和老道人还有话说。"说罢,从后赶来,高声叫道:"老师慢行,弟子有话说。"那道人站着问道:"先生有何吩咐?"于冰道:"一则要请教老师法号仙居,二则虽是萍水相逢,长幼之分,礼不可废,弟子还要送老师几步。"那道人点头再四,满面笑容,说道:"先生非火龙真人弟子冷讳于冰么?"于冰道:"弟子正是。"那道人道:"吾乃天狐也,号雪山道人。奉上帝敕命,在上界充修文院书吏,稽[1]查符命书籍等事。洞中二妖,乃贫道之二女。伊等不守清规,已大加责处。今日来此,还是向本院同辈私行给假片刻,过期恐干罪戾。贫道细看先生骨气,内丹已成六七,所缺者外丹一助。再加功百五十年,即无外丹,亦可飞升。你今到敝洞降妖救友,定是有大本领人,未知素常所凭何书?"于冰道:"本领二字,言之真堪愧死!数年前承紫阳真人赏给《宝篆天章》一部,日夜炼习,始能唤雨呼云,究之无一点道术。"

道人道:"此书不过是地煞变化,极人世可有可见之物,巧为假借一时。在佛家,谓此为金刚禅邪法;在道家,亦谓此为幻术。用之正,亦可治国安民;用之邪,身首俱难保护。费长房、许宣平等皆是此术,非天罡正教也。我常奉敕到元始、老君、九天玄女、东王公四大圣处领取书册,知之最详。今岁五月,到太上八景宫,见有《正一威盟录》一千九百三十部、《三清众经》三百余部、《符录丹灶秘诀》七十二部、《万法渊鉴》八百余部,率皆玉匣锦装,摆列在架上。其余小些部头,亦有四百部有奇。内有一部,也是锦装玉匣盛放,上写《天罡总枢》四字,被吾窃入修文院内。苦于无暇观览,又不敢无故送还原处;且同事官吏日夜出入,此书每发奇光,极力遮掩,犹恐为众觉察。万般无奈,将此书偷空送至江西庐山凌云峰内,外加符咒封锁。我亦自知罪通于天,取存石峰以内,等候个好机缘送还原地。不意此书夜放光辉,本年六月间,被鄱阳湖一老鲲鱼精看破,到凌云峰下弄神通,将吾符录揭去,连匣吞入腹中,率领众妖鱼在饶州九

---

[1] 稽(jī):查考。

第三十八回　连城璧误入骊珠洞　冷于冰奔救虎牙山

江等地作祟。是我之罪，终身莫赎，只在发觉迟早间耳。此畜修炼五千余年，雷火不能伤，刀剑不能入。我欲亲去拿他，又非三五天所能了事。纵使原书到手，又该何处安置？几欲到老君前自行出首，又虑祸蹈不测，波及二女。将欲传之二女，伊等又系不安本分之流，反是速她们的死期。昼夜愁思，悔恨无及。今见先生忠厚谦谨，必系正大之人，我送你符箓一道，外有戳目针二个，原系插放此书之内，非此符不能开此匣，非此针不能杀此鱼也。然此书与《宝篆天章》不啻云泥之别，展看时光可烛天，鬼神妖魔无不争取。先生得手时，须严行防备，看完一年后，可代吾叩恳火龙真人，转求东华帝君，在老君处求情，将此书缴还八景宫内。倘邀垂怜，吾即可以免大祸矣！慎之戒之！"说罢，将符、针取出，递与于冰。

于冰大喜，拜谢道："弟子叨此惠，何以报德？"道人道："贫道一生只有二女，就在此骊珠洞内。禽犊之爱，时刻营心，又无暇教训她们归于正果。先生若有余闲，可传于伊等些道术，再能得替贫道呵责，使其永绝邪念，安分修为，异日得至贫道地位，即先生再造之恩也。"于冰道："此弟子欢欣鼓舞，乐于玉成者。老师今后只管放心，都交在弟子身上。若二位令爱无成，便是于冰负心忘本，为天地不容。"道人心中大悦，且感且谢道："吾今日传托两得之矣！只是'老师''弟子'之称，闻之惶愧靡宁。将来位列金仙时，不鄙薄我辈，算一知己朋友，即叨光无既。百五十年内外，不过瞬息，我在通明殿下紫玉阶前，拭目看先生授职仙班也。"说罢，举手作别，飞入太清去了。

于冰回来，城璧道："大哥与这老道人可是旧交么？"于冰道："系初会面。"城璧道："初会面，怎说这半天话？"于冰道："也不过是闲谈投机，便费了功夫。"城璧便诉说与不换分离，误入骊珠洞，如何被二女妖逼亲，擒拿捆吊；适才那老道士如何释放，如何痛骂二妖。于冰听了，道："你见美色不乱，就是大根脚、大有为处，足令愚兄敬服。刻下金不换在京都报国寺害病，我和你同去寻他。"城璧道："大哥何以知道弟在此，金不换在京中？"于冰道："在云路中遇着桃仙客，他奉火龙祖师法旨，着我到此地救你，并说与不换下落。"城璧听了，又喜又感，望空叩头。城璧又道："那日不换出洞寻取食物不回，我以为必教虎豹豹伤生；怎么他就跑到都中报国寺去？"于冰道："连我也不晓得。且试试你驾得云驾不得？"说着，将城璧右臂捉住，轻轻提起有二尺高下，大喜道："老弟血肉之躯已去了几分，竟可以携带了。"旋换转左手扶在城璧腋下，嘱咐道："没要害怕。"于是口诵灵文，须臾烟雾旋绕，喝声"起！"两人同上青霄，向都中飞驰。

城璧初登云路，觉得身子飘飘荡荡，起在空中，耳中但觉雷鸣风吼之声不绝。偷眼往下观瞧，见江山城市模模糊糊，一瞬即过。约半个时辰，已到都城彰仪门外，于无人处按落云头。于冰道："你可怕不怕？"城璧道："倒没什么怕处，只是寒冷得了不得。"于冰道："你还在琼岩洞修炼了这几年；若是血肉之躯，不冻死也要病死。再修炼几年，便不觉冷了。"

两人谈论着入都门报国寺来。两人走入庙中，至第二层僧院，见几个和尚从里边走出。于冰举手道："敢问众位师傅，贵寺可有个姓金的住在里面么？"一和尚道："海阔房倒有个姓金的病在那里。"和尚领二人到一小神房内，见一人昏昏沉沉躺在炕上，只有一领破席在身下。二人同看，各大惊喜。城璧道："我再想不起他在这里！"忙用手推了推，不换便狂叫了两声。城璧道："这是个什么病？"于冰道："无妨，这是受了惊吓。"于冰向众僧道："有冷水借一碗来。"于冰在水内画了一道符，又念了安神定惊的咒，令城璧将不换扶起。不换又狂叫起来，于冰将水灌下，仙传法术，效应如神，只听得腹中作响。不换说道："怕杀，好怕！"随即将眼一睁，看见于冰、城璧，拼命地跳下地来，哭拜道："不意今日又得与二位长兄相见！"眼中落下泪来。于冰扶起道："贤弟不必多礼，且将入京原由告诉我听。"不换正要说，那些和尚听得房内问答，都走来看视，见不换站在地下，一个个大为惊异道："可是那碗凉水功效么？"正言间，各房头和尚又来了好些，都乱嚷："是怎么好的？"于冰向不换道："此非讲话之所，可同出庙去。"

三人辞谢出来，直走到土地庙后身，才立住脚，听不换说话。不换道："我是本月初六日早间，出洞去寻食物。刚走到虎沟林，见一青面道人向我道：'你在本山琼岩洞修炼，想是要做个神仙么？你若打得过本月二十五日，将来稳稳妥妥的是个神仙；若是打不过去，做个猪狗亦不可得。'我便问他打得过打不过原由，那道人说：'你前生罪大恶极，定在本月二十五日午时，天雷劈你。一劈之后，不但求一胎生，连卵生亦不

第三十八回　连城璧误入骊珠洞　冷于冰奔救虎牙山

可得。我原是为救你而来，你此时跟我走方可。'说罢，那道人将我左臂捉着，顷刻间起了一阵大风，刮得天地昏暗。约两个时辰，把我飘荡在这报国寺后，与我留了一块银子，叫我住在寺内盘用。到了二十五日早间，那道人到来，看见我甚是欢喜，说我是有大福命的人。从怀中取出两本书，说是什么《易经》，书上画着一道朱砂符。又说：'今日一交巳时，天必阴，午时雨至。到下雨时，你可速去第三层殿内，上了供案，坐在弥勒佛肚前，将《易经》顶在头上，用手扶着。任凭他天大的劈雷，你切莫害怕，有我的书和符在头上，断断劈不了你。只用挨过午时，你就是长生不老的人了。'

"到了巳时下刻，果然云雾满天，点点滴滴地下起雨来。我那时以为劈我无疑，心上着实害怕，急忙坐在弥勒佛肚前。少刻，雷电大作，雨如直倒的一般。猛然电光一瞬，满殿内通红，一个大劈雷却像从头上过去。我那时，可怜连耳朵也不能掩，两手举着《易经》在头上乱颤。此后左一个劈雷，右一个闪电，震得脑袋昏沉，眼中不住地发黑。想了想，这一个时辰也不是轻易过得，自己罪大恶极，何必着老天爷动怒？纵然躲去，也是罪人；不如教雷霹了，可少减死后余孽。我便拿定主意，跳下供案，跑出殿外受霹。不意刚出殿门，便惊天动地地响了一声，较以前的劈雷更厉害几倍。雷过处，从殿内奔出五尺余长一个大蝎子来。我便浑身酥麻，满心里想跑，无如两腿比纸还软，跌下殿台阶去。此时我心里还明明白白。又见大蝎子七手八脚地从殿台阶上也奔下来，我耳朵中响了一声，就昏去了。魂梦中又听得大震之声，此后便不省人事。这几天糊糊涂涂，也不知身在何处？若不是大哥来救，我也断无生理了！"

不换说完，城璧哈哈大笑道："这是那蝎子预知本月二十五日午时，他该着雷劈死，早算到你还是有点福命的人，请你去替他顶缺。顶得过，你两个俱生；顶不过，你两个同死。"于冰道："就顶得过，那蝎子且乐得将贤弟饱吃，做一顿压惊茶饭。"三人说着，走到无人之地，于冰将他二人扶住，驾起云来，同往衡山玉屋洞去了。正是：

　　　救友逢奇士，轩辕道可传。
　　　从兹参造化，不做地行仙。

第三十九回

寿虔婆[1]浪子吃陈醋　伴张华嫖客守空房

词曰：

平康姊妹最无情，势利太分明。刘郎弃，阮郎迎，相对气难平。长叹守孤檠，睡难成。千般恩爱寄高岑，自沉吟。

右调《桃花水》

且说于冰扶了连、金二人，到玉屋洞外落下云头。不换道："此刻的心，才是我的了。好冷，好冷！"城璧叫门，不邪出来跪接。连、金二人见不邪童颜鹤发，道服丝绦，竟是一得道全真，哪里有半点猴相！三人坐在石堂内。于冰向不邪道："这是你连、金二位师叔，可过来拜见。"不邪下拜，城璧、不换亦跪拜相还。

于冰又着排设香案，把火龙真人赐的衣包放在上面，大拜了四拜。打开观看，内有九瓣莲花束发金冠一顶，天青火浣布袍一件，碧色芙蓉丝绦一条，墨青挑丝鞋一双，通天犀发簪一根。于冰拜罢，即穿戴起来。人才原本齐整，又兼服饰精美，真是瑶台玉宇的金仙。城璧等各欣羡不已，说道："大哥既已改换道服，我们不知改得改不得？"于冰道："既已出家，有何不可。"又向不邪道："可将要紧应用法术，传与你两位师叔些，我此刻到江西走遭，大约得数月方回。"不邪等送出洞外，于冰便凌空去了。

再说温如玉自于冰那晚用花瓶替换的遁去，将金钟儿被褥全湿，次日暗中吩咐张华，前往泰安请苗秃子，着他买锦绢被褥面二件，速速送来。过了三四天，张华回来，买了五彩冰纹块式博古图锦缎被料一件，又天青地织金喜相逢蝴蝶褥料一件，呈与如玉过目，说道："这是苗三爷买的，共费了九两八钱银子。住房也寻下了，苗三爷还领小的去看了看，前后两进院子，也有三间厅屋，木石虽小些，房子倒都是半新的。苗三爷说，

---

[1] 虔（qián）婆：旧时开妓院的妇女。

第三十九回　寿虔婆浪子吃陈醋　伴张华嫖客守空房

若典他的,只要二百两;买他的,要三百八十两。又着说与大爷,或典或买,快去商议。这房子还像个局面,迟几天别人家就买了。还与大爷有书字。"取出递与如玉。如玉看了,问道:"苗三爷的住房寻下了没有?"张华道:"苗三爷没有说起。"如玉道:"明日绝早地收拾行李,我好回去。你今日便雇一辆车子去。"张华道:"小的就是坐车来的。"

张华方才出去,金钟儿旋即进来。如玉道:"我与你买了两件被褥,叫你看看,倒只怕不如你的好。"金钟儿也不看,先作色道:"这都是胡做作,何苦又费这些银子?"如玉道:"没多费的,不过十两上下。"金钟儿道:"就是一两也不该。你若和我存起赔垫东西的心来,就不成事了。"说着,又伸手将被褥打开观看,见织的云霞灿烂,耀目夺睛,不由得笑逐颜开,道:"既承你的情买来,我拿去着我爹妈看看,着他们也知你这番意思。"说着,笑嘻嘻地拿将出去了。自此,一家待温如玉分外亲切。萧麻子时来陪伴,又留恋了四天,方回泰安去。临行,与郑三留了十六两银子,与金钟儿订定归期。

到泰安和苗秃子相商,用三百六十两银子将房子买下。搬房的事他也无心照料,都交与两个家人韩思敬和张华办理。又帮了苗秃三十两银子,也在这骡马市左边寻了几间住房。两人略安顿了安顿,便一齐往试马坡来。自此后,来来往往,日无宁贴,和金钟儿热的火炭一般,逐日家讲论的都是你娶我嫁,盟山誓海的话。

苗秃子与玉磬儿相交日久,不由得也单热起来。皆因玉磬儿没多的相交,省得闲在家内,只得也与苗秃几句锥心刺骨的假屁吃。这秃厮哪里经受得起,他每日也要舍命地洗脸刷牙,穿绸袍子,两三双家买新缎鞋,心眼儿上存的都是俏皮。饶如玉与他垫着一半嫖钱,他还耗去了六七十两。又说着叫如玉借与萧麻子五十两,借仗他的汉子镇压试马坡的光棍,不许入郑三家门。又着如玉借与郑三八十两,立了契,他和萧麻子做中间人。又与金钟儿打首饰,做衣服,连嫖钱赏格并自己家中用度,真是水也似的一般往外直流,将房价银一千四百两,只剩下七百来两了。凡人家与他说亲事,不依允也还罢了,他还要以极怒的眉目拒绝,一心只想要娶金钟儿。郑三要八百两,少一两也不肯依,因此再讲不妥。萧麻子和苗秃也替如玉在郑三家两口子面前假意争讲,出到五百两,郑三家老婆总不改口。金钟儿为此事，与他父母也大嚷过几次，几乎把头发剪了。他母亲再四安慰，许到明年准行，金钟儿方不吵闹了。温如玉看见这种情意，越发热的天昏地暗，直嫖到黎氏的二周年，方才回家料理祭祀。去坟上磕了头回来，正欲雇车到试马坡去，不意走起痢来，每天十数次不止。

一日，苗秃子从试马坡来，听得如玉患病，买了几样吃食东西相看，说道："金姐见你许久不去，终日愁眉泪眼，她这几天也瘦了好些；若再知道你害病，怕孩子的小命儿吓不煞么！这二月十三日是她母亲的五十整寿，屈指留下七八天了。我是定要亲自送礼祝寿去的；你就不能亲自去，也该与她带一份礼儿，方觉得情面上好看。"如玉道："我这几天，便数略少些，到二月十三日也就好了。即或不好，我将来亲自去与她补祝罢。"自此，两人日日坐谈。到了十一日，如玉的痢还不止。苗秃子告别，如玉又嘱托了许多话。苗秃道："我这一去，管保金姐连夜打发人探听你来。"

苗秃去后，如玉的痢疾到二十七八才好起来。又见苗秃去了半月，想着他们不知如何快乐！于是亲到缎局内买了一件红青缎氅料，一件鱼白缎裙料，又备办了六色水礼，外添寿烛寿酒，雇人担上，同张华坐车往试马坡来。

一入了门，见院中有六七个穿绸缎的人，都是家丁打扮，在两条板凳上坐着闲谈。见如玉入来，都大模大样的不理论。又听得金钟儿房内有人说笑。郑三从南房内出来，见如玉着人担着礼物，笑说道："温大爷来了。听得说大爷欠安，急得打发人去看望，家中偏又忙。大爷且请到东院亭子上坐坐。"如玉道："这些人都是哪里的？"郑三道："到亭子上，我与大爷细说。"如玉指着挑夫道："这是我与你老伴儿带的寿礼，你可看的收收。"郑三道："又着大爷费心赏赐，小的自有措置。"

让如玉到亭子上坐下。郑三道："大爷适才问院里那几个人，说起来真是叫人无可奈何的事。本月十四日午后，是现任山西太原府知府的公子，姓何讳士鹤，就是武定府人，带领着许多家人，系从京中办事后，回乡走走。此番是与本省巡按大人说话，在济南闻得人说有个金钟儿是名妓，因此寻来，到小的家要看看。小的一个乐户人家，焉敢不支应！只得请到厅上与金钟儿相见。谁想他一见就中意，死也不肯走。金钟儿死也不接他，倒是小的两口子看的事势脸面上都下不来，费了无限的唇舌，金

第三十九回　寿虔婆浪子吃陈醋　伴张华嫖客守空房

钟儿方肯依允。适才院里那些人，都是跟随他的，将几间房子也住满了。"如玉道："这个何妨！大家马儿大家骑，你开着这个门儿，就只得像这样应酬。但不知这姓何的有多少年纪？"郑三道："人还年青哩，才二十岁。"如玉道："人才何如？"郑三道："小的看得甚好，小的女儿却看不上眼，凡事都是假情面。"

正说着，只见苗秃和萧麻子大笑着走来，同到亭子上，两人齐说道："为何如今才来？"如玉道："贱恙到二十七日才好些，所以耽延到如今。"萧麻子笑道："温大爷只知在家中养病，就不管金姐的死活了！"如玉着惊道："敢是她也害病么？"萧麻子道："她倒也没病，只是想你想得了不得。"如玉笑了，三人坐下。郑三道："小的照看大爷的人去。"说毕去了。如玉道："怎么不见金姐？想是陪着新客人没功夫来。"苗秃道："你不可冤枉人家，她听得你来，就打了个大吃惊。只因客人的话多拉扯不断，管情也就会来。"如玉道："你这秃小，怎么就住这些时，也不回家走走？"苗秃笑道："我也解脱不来。"

原来这何公子生得眉目清秀，态度安详。虽是少年孩子，却大有机谋变计，透达世故人情。只两三天，把一个金钟儿鬼弄得随手而转，将爱如玉的一片诚心都全归在他一人身上。行事又极大方，住了三夜，就与郑三三十两。见萧麻子、苗秃会帮衬，便满口许着带到任里去办事。因此他两个日夜趋奉，时时刻刻赶着凑趣不迭，都想要从山西发财。

少刻，玉磬儿笑容满面地走来，到如玉面前问候了一会儿痢疾的话，方才坐，语言间比素常热情三四倍。待了好半晌，方见金钟儿打扮得粉妆玉琢，分花拂柳而来。到了亭子上，笑向如玉道："你来了么？"如玉道："我病了一场，几至丧了性命，你也不着人看看我！"金钟儿道："苗三爷也曾说过。我想，一个痢疾病，也到不了什么田地！"萧麻子道："你两个且说几句知心的话儿，我和老苗且到前边走走。"说罢，两人陪何公子去了。玉磬儿也随着出来。如玉向金钟儿道："你近日得了如意郎君，我还没与你贺喜！"金钟儿道："我也没个不如意的人。"如玉道："这姓何的为人何如？"金钟儿道："也罢了。"如玉道："我今日也来了，看你如何打发我？"金钟儿把脸一高扬，道："我是磨道中的驴，任凭人家驱使。"又道："你还没有吃饭，我与你打听饭去。"如玉道："我又不饥，你急什么着？有你父亲料理就是了，且坐着说话儿。"金钟儿道："我与他说一声就来。"急急地去了。

如玉独自在亭子上走来走去，又待了好半晌，心中诧异道："怎么这金姐打听饭去就不来了！连苗秃也再不见，真是荒唐。"正鬼念着，见苗、萧二人走来，笑道："那何公子听见温大爷到此，一定要请去会会。"如玉道："我不会他罢，我也要回去哩。"萧麻子大笑道："尊驾要回去，该早些走；此刻人家把上下饭都收拾停妥，住房也议论停当，还走到哪里去？难道这时候还要住店不成？"苗秃子道："这何公子年少谦和，你不可不见见他，将来有借仗他处，也未可知。"如玉执意不去。又见郑三也来相请，只得走到前厅。

何公子迎接出来，两人行礼叙坐。如玉让何公子是客，何公子又以如玉年长，讲说了一会，何公子坐了客位，如玉对坐，余人列坐左右。

如玉见何公子丰神潇洒，气度安详，像个文雅人，心里打稿儿道："我当这娃子不过有钱有势，谁想生得这般英俊。倒只怕是我温如玉的硬敌。"又回想道："金钟儿和我是何等交情，断不至变了心术。"只见何公子道："久切瞻韩，无缘御李；今日青楼中得晤名贤，荣幸曷似。"如玉道："小弟樗栎庸材，智昏菽[1]麦，过承奖誉，何以克当！"少时茶至，如玉留神看视，见金钟儿一对眼睛，不住地偷看何公子，心上便添了几分不快。

郑三入来说道："温大爷就在厅上一同用饭罢。"打杂的人来安放桌椅，斟起酒来。何公子在左，如玉在右，萧苗二人在一面，金钟、玉磬在一面，六人坐定，共叙家常。萧、苗二人互相讥刺，笑说下一堆。端来的茶食，不但比素常丰盛数倍，且大盘大碗，一样样的上起来。如玉心内狐疑道："想是我带了寿礼来酬情。"不多时，轩车下坠，雾隐前山，郑三拿入许多的蜡烛来，上下安放。饭食才罢，又是十六个碟子，皆奇巧珍品下酒之物。心里说道："这是款待何公子无疑了。我在他家来回七八个月，花好几百两银子，也没见他待我这样一次。"腹中甚是抑郁。又见金钟儿与何公子以目送情，不打照他一眼。倒是何公子疏疏落落，似有若无。偏是这金钟儿情不自禁，时而与何公子悄语几句，时而含笑低头，时而高声嫩语，

---

[1] 菽（shū）：豆类的总称。

第三十九回　寿虔婆浪子吃陈醋　伴张华嫖客守空房

与苗秃子等争论吃酒话儿，卖弄聪明。如玉都看在眼内，大是不然。

六人坐到起更时候，何公子向如玉道："弟有一言，实出自肺腑，兄勿视为故套。弟在此业已数日，卧花占柳之福，享受太过。兄与金卿素系知己，兼又久别，理应夜叙怀抱；弟与家奴辈随地皆可安息，未知长兄肯赏此薄面否？"如玉正要推辞，只见萧麻子道："敝乡温大爷素非登徒子，磨月琢云之兴，亦偶然耳。况相隔咫尺，美人之光最易亲近；公子上有大人管束，本身又有多少事务，好容易拨冗到此，割爱之说，请毋再言。"温如玉道："弟之所欲言，皆被萧大哥道破，弟亦无可为辞。但今日实为金姐母亲补寿而来，新愈之躯，亦不敢与孙吴对垒。即公子不在，也定必独宿。"何公子道："弟虽年幼，非酒色人也，因见兄晶莹磊落，正是我辈中人。倘邀屈允，弟尚可以攀龙附凤，多住几天；否则明早即行矣。"金钟儿连忙以眼知会苗秃。苗秃道："玉姐渴慕温大爷最久，我今日让你受用几天罢。"玉磬儿听了，笑道："只怕我福命浅薄，无缘消受。"萧麻子笑道："果然你的命薄，七八个月总未相与一个有头发的人；我倒有头发，你又嫌我老。今晚温大爷光顾，真是你的造化到了。"让来让去，如玉总以身子病弱为辞。萧麻子又叫着郑三来安顿如玉同张华在后院住宿。顷间收去杯碟，一齐起身，同送何公子到金钟儿房内吃茶。如玉见他月前买的锦缎被褥料子，已经做成，辉煌灿烂的堆在炕上，先倒与何公子试新，心内甚是气。一猛抬头，见正面墙上贴着一幅白绫字条，落的款是"渤海何士鹤题"。上写七言律诗一首，道：

　　宝鼎香浓午夜长，高烧银烛卸残妆。
　　情深私语怜幽意，心信盟言欲断肠。
　　醉倒鸳鸯云在枕，梦回蝴蝶月盈廊。
　　与君喜定终身约，嫁得何郎胜阮郎。

如玉看到"何郎胜阮郎"之句，不由得醋心发作。又见金钟儿不住地卖弄风情，将全副精神都用在何公子身上，毫无一点照应到自己，哪里还坐得住？随即别了出来。众人又同到温如玉住房内混了一会，方才各归寝所。

如玉与张华同宿，面对着一盏银灯，翻来覆去，哪里睡得着？一会儿追念昔日的荣华，一会儿叹悼近年的境况，一会想着何公子少年美貌，跟随的人都是满身绸缎，气昂昂，旁若无人。又低头看了看张华睡在脚下，甚是囚气。此时手内又拿不出几千两银子来和何公子比势，着萧、苗二人同王八家刮目欣羡。一会儿又想到萧、苗二人，言言语语都是暗中替何公子用力，将素日的朋情付之流水。又深悔时常帮助苗秃，借与萧麻子银两，如今反受他们作弄，只这炎凉二字，也咽不下去。一会儿又想起金钟儿来，这一番冷淡光景，白白地在这麻淫妇身上花了无限的银子，落了这个下场。思来恨去，弄得心胸鼓胀起来，睡着不好，坐着也不好。再看张华，已经在脚下打呼，悄悄地披了衣服，走到东厅房窗外窃听。只听得他二人鸾颠凤倒，艳语淫声，百般难述。自己用拳头在心上打了几下，垂头丧气地回来睡在被内，说道："罢了，罢了！我明日只绝早回家去罢。眼里不见，倒还清净些！"又自己开解道："我和她不是夫妻，我何苦自寻烦恼，不如睡觉养神。"嘴里是这样说，不知怎样心里又去不过，睁着两眼，一直醒到鸡鸣的时候。及至到天明，又睡着了。

睡到次日辰牌时分，觉得被内有一双手儿伸入来。急睁眼看时，却原来是金钟儿，打扮得和花朵儿一般，笑嘻嘻地坐在一旁。如玉看了一眼，也不言语，依旧地合眼睡去。金钟儿用左手在他心口上摸索着，用右手搬着如玉的脖项说道："你别要心上胡思乱想的，我爹妈开着这门儿，指着我们吃饭穿衣，我也是无可奈何！像这等憨手儿，不弄他几个钱，又弄谁的？多弄他几个儿，就省下你的几个儿了。你在风月行不是一年半载的人，什么骨窍儿你不知道！"说着将舌头塞入如玉口内搅了几搅，如玉哪里还忍耐得住，不由得就笑了。说道："你休要鬼混我，我起来还有正紧事，不料就睡到这时候。"金钟儿道："你的正紧事不过是绝情断义，要回泰安，一世不与我见面；你那心里就和我看见一样，亏你也忍心想得出来！"

两人正口对口儿说着，猛听得地下大喝一声，彼此吃了一惊，看时却是苗秃子，笑说道："你两口儿说什么体己话，也告诉我一半句儿。"金钟儿道："他今日要回泰安去哩！"苗秃子将舌头一伸，又鼻子里呼出了一声，笑说道："好走手儿！主人家为你远来送寿礼，心上感激不过，从五更鼓，老两口子收拾席面，今日酬谢你。你反说起走的话来了！"如玉道："我家里有事。"苗秃子低声道："你不过为何家那孩子在这里。

第三十九回　寿虔婆浪子吃陈醋　伴张华嫖客守空房

他原是把肥手儿，该替金姐处处帮衬才是。"如玉道："她赚钱不赚钱，我不管。我只以速走为上，何苦在这里做众人的笑物。"苗秃子道："不好，这话连我也包含着哩。"金钟儿冷笑了一面，借空儿出去听何公子去了。正是：

　　织女于今另过河，牛郎从此奈愁何。
　　嫖场契友皆心变，咫尺炎凉恨倍多。

第四十回

听宣淫气煞温如玉　恨讥笑怒打金钟儿

词曰：

且去听他，白昼闹风华。淫声艳语哎呀呀，气煞冤家！一曲琵琶起干戈，打骂相加。郎君去也各天涯，心上结深疤。

右调《珠沉渊》

话说金钟儿去后，如玉随即穿衣服。苗秃道："我与你要洗脸水去。"少刻，如玉到前边，张华收拾行李。郑三家两口子说好说歹的，才将如玉留下。又暗中嘱咐金钟儿，在两处儿都打照着，休要冷淡了旧嫖客。

如玉同众人吃了早饭，因昨夜短了睡，到后边困觉。睡到午间，爬起到前院一看，却不见一个人，只有郑三在南房檐下坐着打呼。原来苗秃子等同何公子家丁们郊外游走去了。

如玉走入厅房，正欲趁空儿与金钟儿叙叙离情，刚入到门前，将帘儿掀起，见门儿紧闭。仔细一听，里面柔声嫩语，气喘吁吁，是个云雨光景。如玉听到此际，比晚间那一番更是难受，心上和刀剜剑刺得一般，长出了一口气。到后边把桌子拍了两下道："气煞，气煞！"将身子靠被褥上，发起痴呆来。好半晌方说道："总是我来的不是了，与这老王八的做的是什么寿！"

猛见玉磬儿笑嘻嘻入来道："大爷和谁说话哩？"如玉道："我没说什么，请坐。"玉磬儿道："东厅房着人占了，大爷独自在此，不寂寞么？"如玉道："也罢了。"玉磬儿道："他们都游走去了，只有那何公子在金妹子房中睡觉。我头前来看大爷，见大爷睡觉了，不敢干动。"如玉道："这何公子到你家前后共几天了？"玉磬儿道："连今日十八天了。"如玉道："不知他几时起身？"玉磬儿微笑道："这倒不晓得。"又道："他两个正是男才女貌，水乳相投，这离别的话，也还说不起哩。"如玉道："苗三爷与你相交最久，他待你的情分如何？"玉磬儿道："我一生为人，大爷

第四十回　听宣淫气煞温如玉　恨讥笑怒打金钟儿

也看得出来,谁痛怜我些,谁就是我的大恩人。只是自己生得丑陋,不能中高贵人的眼,这也是我命薄使然。"如玉道:"你若算丑陋人,天下也没俊俏的了。"玉磬儿微笑道:"大爷何苦玩弄我?只是大爷到这里来,金妹子又无暇陪伴,倒叫大爷心上受了说不出的委曲。"如玉道:"此番你妹子不是先日的妹子,把个人大变了。我明日绝早就走,将来她不见我,我不见她,她还有什么法儿委曲我?"玉磬道:"嗳哟!好大爷,怎样把这些绝情断义的话都说出来了!我妹子今年才十九岁,到底有点子孩子性;将来何公子走了,她急切里也没个如意的人,除了大爷,再寻哪个!"如玉冷笑道:"我还不是就近的毛房,任人家屙尿哩!今日若不是你三叔和你三婶儿再三苦留,我此刻也走出六十里去了。"两人正叙谈着,忽听得外面有人说笑,玉磬儿道:"我且失陪大爷罢。"一直上前边去了。

少刻,前边请吃饭,大家齐到厅上。只见郑三家老婆入来,看着温如玉向何公子道:"承这位温大爷的盛情抬举我,因为我的贱辰补送礼物已经过分了,又拿来许多的缎子衣服。我昨日细看,倒值六七十两,只是小地方儿,没有什么堪用的东西。今日不过一杯水酒,少伸谢意。"又嘱咐金钟儿、玉磬儿:"你两个用心陪着多吃几杯儿。"说罢出去了。

何公子道:"昨日小弟胡乱僭坐。今日是东家专敬温兄,又有何说?"萧麻子道:"今日是不用逊让的,自然该温大爷首坐,完他东家敬意,何大爷对坐。我与老苗在上面横头,她姊妹两个在下面横头并坐就是了。"说罢,各一一入坐。不多时,杯泛琼酥玉液,盘堆鹿肉鸭舌。兰肴绮馔,摆满春台;三汤五割,极其盈盛。如玉存心看金钟儿举动,见她磕了许多的瓜子仁儿,又剥了两个元肉丸儿,将瓜子仁都插在上面,不知什么时候暗送与何公子。又见何公子将元肉同瓜子仁儿浸在酒杯内,慢慢地咀嚼。如玉甚是不平,踌躇了一会。苗秃子见如玉出神,用手在肩上拍了一下,说道:"你不吃酒,想什么?"如玉道:"我想这乐户家的妇女,固是朝秦暮楚,以卖俏迎好为能,然里头也有个贵贱高低。高贵的只知昏夜做事,下贱的白日还要和人打枪,与没廉耻的猪狗一般。你看哪个猪狗,不是青天白日里闹么!"金钟儿听了,知道午间的事必被如玉听见,此刻拿话儿敲打。便回答道:"猪狗们白日里胡闹虽是没廉耻,它到底还得了些实惠;有那种得不上的猪狗,在旁边狂叫乱咬,那样没廉耻更是难堪。"萧麻子急急地瞅了一眼，如玉顿时耳边通红，正要发作。苗秃子大笑道："若说起这打枪来，我与玉姐没一天白日没有。"玉磬儿道："你倒少拿这臭屁葬送人！我几时与你打枪来？"苗秃子道："今日就有。我若胡葬送你，我就是郑三叔叔。"何公子大笑道："这句话没什么便宜。"苗秃道："我原知道不便宜，且乐得与她姐妹两个做亲爷。"玉磬儿道："我只叫你三哥哥。"

萧麻子道："你们没乱谈，听我说。今日东家一片至诚心酬谢温大爷，我们极该体贴这番敬客的意思。或歌或饮，或说笑话儿，共效嵩呼，与郑老婆婆延寿。"何公子道："萧兄说得甚是，快拿笙笛、鼓板、琵琶、弦子来，大家唱唱。"众人你说我笑，将如玉的火压下去了。

须臾，俱各取来，放在一张桌子上。萧麻子道："我先道过罪，我要做个令官，都要听我的调遣。我们四人普行吃大杯。金姐、玉姐每遍斟二杯，我们都斟十分杯子，要转着吃，次第轮流，每吃一杯唱一曲。上首坐的催下首坐的，乾迟者罚一大杯。你以为如何？"苗秃道："这个令倒也老实公道，只是不会唱的该怎么？"萧麻子道："不会唱的，吃两杯免唱；爱唱的，十个八个只管唱；若唱的不好听，不敢过劳。"说罢，都斟起大杯来。如玉道："我的量小，吃不动这大杯，每次斟五分罢。"萧麻子道："这话不行。就如我也不是什么大量；既讲到吃酒，便醉死也说不得。"于是大家都吃起来。

萧麻子道："令是我起的，我就先唱罢。"金钟儿道："我与你弹上琵琶。"萧麻子道："你弹上，我倒一句也弄不来了。倒是这样素唱为妥。"说着，顿开喉咙，眼看着苗秃子，唱道：

〔寄生草〕我爱你，头皮儿亮。我爱你，一抹儿光。我爱你，葫芦插在脖子上。我爱你，东瓜又像西瓜样。我爱你，绣球灯儿少提梁。我爱你，安眉戴眼的所弹唱。我爱你，一毛不拔在嫖场上浪。

众人听了，俱各鼓掌大笑。

苗秃子着急道："住了，住了，你们且止住笑。我也有个〔寄生草〕唱唱你们听。"唱道：

你好似，莲蓬座。你好似，马蜂窝。你好似，穿坏的鞋底绳头儿落。你好似，半生的核桃被虫钻破。你好似，石榴皮子坑坎儿多。你好似，臭羊肚子翻舐过。你好似，擦脚的浮石着人嫌唾。

众人也都大笑。何公子道："二位的曲子，可谓工力悉敌，都形容得有点趣味。"萧麻子道："快与苗三爷斟起一大杯来。"苗秃子道："为什么？"萧麻子道："罚你。"苗秃子道："为什么罚我？"萧麻子道："罚你个越次先唱。我在你下首，我是令官，我唱了就该何大爷，何大爷唱后是金姐、玉姐、温大爷，才轮着你。你怎么就先唱起来？到该你唱的时候，哪怕你唱十个二十个也不妨，只要你肚里多。若嫌你唱得多罚你，就是我的不是了。"何公子道："令不可乱，苗兄该吃这一杯。"萧麻子立逼着苗秃子吃了。

萧麻子又道："再与苗三爷斟起一大杯来。"苗秃子着忙道："罚两杯么？"萧麻子道："头一杯是罚你越次先唱，这第二杯罚你胡乱骂人。"苗秃子大嚷道："这都是奇话！难道说只许你唱着骂么？"萧麻子道："我不是为你骂我。你就骂我一千个也使得，只要你有骂的。只是这金姐脸上也有几个麻子，你就骂，也该平和些儿，怎么必定是石榴皮、马蜂窝、羊肚子、擦脚石，骂得伤情厉害到这步田地。若是玉姐有几个麻子，他断断不肯骂出来。"金钟儿脸上通红道："这叫个穷遮不得，富瞒不得。我这脸原也生得不光亮，无怪乎苗三爷取笑我。"苗秃子听了，恨不得长出一百个嘴来分辩，忙说道："金姐，你休听萧麻子那疤脸的话，他是信口胡拉扯。"萧麻子大笑道："金姐，你只听听，越发放开口的骂起咱两个是疤脸的来了。"苗秃子打了萧麻子两掌，说道："金姐，你的麻子就和月有清阴、玉有血斑的一样，真是天地间秀气钟就的灵窟，多几个儿不可，少几个儿也不可，没一个儿更不可。就是用凤衔珠、蛇吐珠、辟尘珠、玄鹤珠、骊龙珠、如意珠、照乘珠、滚盘珠、夜明珠一个个添补起来，也不如这碎窟小窝儿好看。哪里像萧麻子面孔，与缺断的藕根头相似，七大八小，深深浅浅的，活怕死人！"萧麻子道："任凭你怎样遮饰，这杯酒总是要罚你的。"苗秃被逼不过，只得将酒一气饮干，说道："罢罢！我从今后连萧麻子也不敢叫你了，我还只叫你的旧绰号罢。"何公子道："萧兄还有旧绰号么？"苗秃子道："怎么没有！他的旧绰号叫象皮龟。"众人听了，俱各大笑。

以下该何公子唱了。何公子将酒饮干，自己拿起鼓板来，着跟随的家人们吹上笙箫，唱了《阳告》里一支《叨叨令》。如玉道："何兄唱得抑扬顿挫，真堪裂石停云。佩服，佩服！"何公子道："小弟的昆腔，不过有腔板而已,究竟于归拿字眼,收放吞吐之妙,没一点传授,与不会唱的门外人无异。"

次后该金钟儿唱了。金钟儿拿起琵琶,玉磬儿弹上弦子,唱道:

〔林稍月〕(丝弦调)初相会可意郎,也是奴三生幸大。你本是折桂客误入章台。喜得奴竟夜无眠,真心儿敬爱。你须要体恤奴怀!你须要体恤奴怀!若看做残花败柳,岂不辜负了奴也。天呀!你教我一片血诚,又将谁人堪待?

萧、苗二人一齐叫好,也不怕把喉咙喊破。温如玉听了,心中恨骂道:"这淫妇奴才唱这种曲儿,她竟不管我脸上下得来下不来!"金钟儿唱罢,玉磬儿接过琵琶,将弦子递与金钟儿,改了弦,唱道:

〔桂枝香〕(丝弦调)如意郎情性豪,俊俏风流,尘寰中最少。论门第,督抚根苗。论才学,李杜清高。恨只恨,和你无缘知好。常则愿席上樽前,浅斟低唱相调谑。一观一个真,一看一个饱。虽然是镜花水月,权且将闷解愁消。

众人也赞了一声好。

底下该温如玉唱了,如玉道:"我不唱罢。"众人道:"这是为何?"如玉道:"我也欲唱几句昆腔,一则何兄的珠玉在前,二则小弟的曲子非一支半支所能完结,诚恐贻笑众位。"众人道:"多多益善,我们大家洗耳静听佳音。"如玉自己打起鼓板,放开喉咙唱道:

〔点绛唇〕海内名家,武陵流亚。萧条罢,整日嗟呀,困守在青楼下。

〔混江龙〕俺言非夸大,却九流三教尽通达。论韬略,孙吴无分;说风骚,屈宋有芽。人笑俺,挥金掷玉贫堪骂;谁怜俺,被骗逢劫命不佳。俺也曾,赴棘闱含英吐华;俺也曾,入赌局牌斗骰挝。俺也曾,学赵胜门迎多士;俺也曾,做范公麦赠贫家。俺也曾,伴酸丁笔挥诗赋;俺也曾,携少妓指拨筝琶。俺也曾,骑番马飞鹰走狗;俺也曾,醉燕市击筑弹铗。俺也曾,效梨园涂朱傅粉;俺也曾,包娼妇赠锦投纱。俺也曾,搂处子穴间窃玉;俺也曾,戏歌童庭后摘花。俺也曾,挒金帛交欢仕宦;俺也曾,陈水陆味尽精华。为什么,牡丹花卖不上山桃价?龟窝里遭逢

第四十回　听宣淫气煞温如玉　恨讥笑怒打金钟儿

淫妇，酒席上欺负穷爷。

众人俱各鼓掌道好。金钟儿笑道："你既到这龟窝里，也就说不得什么穷爷富爷了。请吃酒罢，曲子不敢劳唱了。"如玉道："酒倒可以不吃，曲子倒要唱哩！"又点起鼓板来唱道：

〔油葫芦〕俺本是，风月行一朵花，又不秃又不麻……

苗秃子笑向萧麻子道："听么，只用一句，把我和你都填了词了。"

锦被里温存颇到家。你纤手儿搠过俺弓刀把，柳腰儿做过俺旗枪架。枕头花两处翻，绣鞋尖几度拿。快活时，说多少知心话？怎如今，片语亦无暇！

萧麻子道："前几句叙得甚是热闹，后几句叙得可怜。看来必定这金姐有不是处。"金钟儿笑了一笑，如玉又唱道：

〔天下乐〕你把全副精神伴着他。学生待怎么？他是跌破的葫芦，嚼碎的西瓜。谎得你到口酥，引得你过眼花。须提防，早晚别你把征鞍跨。

何公子大笑道："温兄倚马而成，真是盛世奇才。调笑得有趣之至，就是将小弟比做个破葫芦、碎西瓜，小弟心上也是快活不过。"如玉又唱：

〔哪吒令〕你见服饰盛些，乱纷纷眼花；遇郎君俏些，艳津津口夸。对寒儒，那些闷恹恹懒答。论银钱，让他多；较本事，谁行大？我甘心做破釜残车。

何公子毫不介意，只是哈哈大笑，拍手称妙不绝。如玉又唱道：

〔鹊踏枝〕你则会鬓堆鸦，脸妆霞。只知道迎新弃旧，眉眼风华。把他个醉元规，倾翻玉斝[1]；则俺这渴相如，不赐杯茶。

何公子道："相如之渴，非文君不能解。小弟今晚定须回避，不然，亦不成一元规矣。"说罢大笑。如玉唱道：

〔寄生草〕对着俺誓真心，背地里偷人家。日中天便把门帘挂，炕沿边巧当鸳鸯架。帐金钩摇响千千下，闹淫声吁喘呼亲达。怎无良，连俺咳嗽都不怕！

何公子听了，笑得前仰后合，不住口地称道："奇文妙绝！"苗秃子道：

---

[1] 斝（jiǎ）：古代一种盛酒的器皿。

"怪道他今日鬼念打枪的话说,不想他是有凭据的。"金钟儿笑道:"你莫听他胡说,他什么话儿编造不出来。"苗秃子道:"你喘吁着叫亲达,也是他编造的?连人家咳嗽都顾不得回避了。"众人都笑起来。萧麻子道:"你们悄声些儿,他这曲儿做得甚有意思,有趣味,我们要禁止喧哗。"如玉又唱道:

〔尾声〕心痒痛难拿,唱几句拈酸话。你安可任性儿沉李浮瓜。到而今,把俺做眼内疗痂。是这般富炎穷凉,新真旧假,拭目你那蛛丝情尽,又网罗谁家!

如玉唱完,众人俱各称羡不已,道:"这一篇醋曲儿,撒在嫖场内,真妙不可言!"何公子道:"细听数支曲子,宫商合拍。即谱之梨园,扮演成戏,亦未为不可。又难得有这般敏才。随口即出,安得不着人服杀!"苗秃子道:"扮金姐的人,倒得一个好小旦。不然,也描写不出她这迎新弃旧的样儿来。"金钟儿道:"苗三爷也是这样说我,竟是个相与不得的人了。我也有一支曲儿,请众位听听。"萧麻道:"请吐妙音。"金钟儿把琵琶上的弦都往高里一起,用越调高唱道:

〔三煞双调琥珀猫儿坠〕(加字罗罗腔)你唱的是葫芦咤,我听了肉也麻。年纪又非十七八,醋坛子久该倒在东厕下。说什么先有你来后有他,将瞽院公子抬声价。你可知,花柳行爱的是温存,重的是风华。谁管你祖上的官儿大!一煞

何公子等听了,俱不好意思笑。萧麻子摇着头儿道:"这位金姐,也是个属鹌鹑的,有几嘴儿斗打哩。"金钟儿唱道:

自从那夜住奴家,你朝朝暮暮无休暇。存的是醋溜心,卜的是麻辣卦。筷头儿盘碗上打,指甲儿被褥上挝,耳朵儿窃听人说话。对着奴冷讥热哗,背着奴鬼嚼神喳。半夜里喊天振地叫张华,梦魂中惊醒叫人心怕。二煞

奴本是桃李春风墙外花,百家姓上任意儿勾搭。你若教我一心一信守一人,则除非,将我那话儿缝杀。三煞

金钟儿却要唱下句,当不得众人大笑起来。苗秃子道:"若将金姐那话儿缝杀,只怕两位公子要哭死哭活哩。"萧麻子笑说道:"不妨,不妨,只要你将帽儿脱去,把脑袋轻轻地一触,管保红门再破,莲户重开。"苗

第四十回　听宣淫气煞温如玉　恨讥笑怒打金钟儿

秃子恰要骂，金钟儿又唱道：

> 从来旧家子弟多文雅，谁想有参差：上品的凝神静气，下流的磨嘴粘牙。

如玉因头前有猪狗长短话，已恨怒在心；又听了那两段，早已十分不快。今听了上品下流的话说，不由得心头火起，问金钟儿道："你这上品下流的话，与我讲一讲。"金钟儿道："我一个唱曲儿，有什么讲究。"苗秃子笑道："你们个相与家，什么话儿不说，却论起字眼来了。"如玉冷笑道："你这奴才，着实放肆！着实不识好歹！"金钟儿道："你倒少要奴才长短的骂人！"如玉道："你原是娼妇家，不识轻重的奴才。我骂你奴才，还是拾举你哩！"金钟儿向众人道："人家吃醋都在心里，我没见他这吃醋都在头脸上，连廉耻道不回避！"萧麻子道："嗫声些儿。你两个虽然是取笑，休叫何大爷的尊纪笑话。"

金钟儿又欲说，不妨如玉隔着桌子就是一个嘴巴，打得金钟儿星眸出火，玉面生烟，大叫了一声，说道："你为什么打我？我还要这命做什么！"说着，掀翻了椅子，向如玉一头撞来。萧麻子从后抱住。如玉赶上来又是一个嘴巴，打得金钟儿大喊大叫。如玉又扬拳打下，苗秃子急向金钟儿面前一遮，拳落在苗秃头上，帽儿坠地。萧麻子将金钟儿抱入房里去了。苗秃子两手揉着秃头，说道："好打，好打！"

郑三家两口子从后面两步做一步走来。郑三家老婆问玉磬儿道："你妹子和谁闹？"玉磬儿不敢隐瞒，道："适才被温大爷打了一下，萧大爷抱入东房去了。"郑三家笑说道："好温大爷，我家女儿年轻，有不是处指驳她，防备人家动手脚，怎么你老还动起手脚来了，岂不失雅道？"如玉气得也回答不出。只听得金钟儿在房内大哭，口里也有些不干不净的话。郑三听得，连忙拉了老婆，到房内教训闺女去了。

温如玉走出门来，吆喝着张华收拾行李。苗秃子同萧麻随后跟来，如玉已急急地出堡去了。正是：

> 讴歌逆耳祸萧墙，义海情山一旦忘。
>
> 水溢蓝桥应有会，两人权且作参商。

第四十一回

传情书帮闲学说客　入欲网痴子听神龟

词曰：

把玩发青丝，绣履还重执。整日相看未足时，便忍使，鸳鸯只。契友传书字，神龟送吃食。一番蛊[1]惑一番迷，休怪其车马驱驰。

右调《眉峰碧》

话说温如玉那日负气出了试马坡，苗秃、萧麻赶了一回，如玉执意坚不肯回。萧麻回来，将金钟儿同郑三婆子训饬了一番，金钟儿大是后悔。过了几天，何公子也执意要走，金钟儿百般挽留，何公子只是冷冷的不甚答理。临行只给了十二两银子，郑三婆子与他吵闹了一番，也无如何。金钟儿见何公子走得无情无意，越发思念温大爷的好处。于是大家又想着设法，去请温如玉去了。

一日，金钟儿、苗秃等吃罢早饭，打杂的收拾去家伙，送上茶来。金钟儿道："温大爷话到底该怎么设处？"萧麻子道："此事非老苗不可。"苗秃将舌一伸，道："听说他此番因我趋奉小何儿，恼我入骨，我还愁没脸见他，你反说非我不可，岂不是作弄我！"萧麻道："你真是初世为人，不知骨窍。你要着温大爷喜欢你，你除了金姐这条线索，他纵喜欢了你，也待你必不及昔日。这件事，必须如此如此，我拿有八分，可引他来。我还得寻个善写情书的人打动他。"又向金钟儿耳边说了几句。金钟儿满面笑容，说道："到底是你有妙想头！像这样做去，他十分有九分来了。"苗秃道："你两个说密话，又用我又要瞒我，我就去不成。"萧麻道："不瞒你，你将来自知。"又将郑三叫来，说明意见，郑三办理去了。

过了两天，郑三雇了车，和苗秃一同起身，到泰安便住在苗秃家。

---

[1]蛊（gǔ）：把许多毒虫放在一块儿，使互相吞食，最后剩下不死的毒虫叫蛊，传说可用来毒害人。

第四十一回　传情书帮闲学说客　入欲网痴子听神龟

次日早饭后，苗秃先到如玉家来。

再说温如玉，从试马坡那日惹了气恼，抱恨回泰安，沿途动怒，不是骂张华无能，便嫌怨车夫不走正路。到了家中，每日里丢盘打碗，男男女女都是有不是的人。在书房中，想一回金钟儿数月情分，想一回此番相待情形，又想一回何公子断不能久住，除了自己，他急切间还寻不出个如意的人来。纵然这淫妇心狠，他父母也丢不开我。千头万绪，心上无一刻宁息。又过了几天，想在自己日月上，心内着惊道："我如今只存着六七百银子，连这房子算上，不过千两的家私。若再胡闹尽了，将来作何结局？不如改邪归正，读几句书，明年是科场年头，或者中个举，再中个进士，与祖父争点光，亦未可限量。如今这淫妇绝我至此，安知不是我交运的时候。"主意定了，吩咐张华专管家中门户，买办日用东西；韩思敬照看内里米面家器之类；几个家人媳妇，收拾早午饭食；两个小小厮伺候书房。将三四个大些丫头，即刻托媒人作合婚配，倒还得了三百五六十两身价。就把这宗银子，留做本年的用度。家存房价还有六百八十两，也添成七百两整数，交与他旧日掌柜的王国士，收在他铺中使用，月吃一分利钱。又打算着差张华去郑三家要借银。寻出几本文章来，朝夕捧玩。

这日，正看《四书》讲章，只听得小小厮说道："苗三爷来了。"如玉慢慢地下了炕，苗秃子已到房内，先与如玉深深地一揖。如玉问道："几时来的？"苗秃子道："早间才到。"两人坐下，苗秃子看了看，见桌子上放着《朱子大全》《易经体注》，还有十来本文章。苗秃子笑道："这些刑罚罗列出来做什么？"如玉道："闭户读书。"苗秃道："读书固是好事，闭户倒可以不必。"又笑道："你好人儿，使性儿就先回来了，留下我与萧麻子，日日吃瞎屁。"如玉道："你们吃屁不吃屁我不管，但是郑三借了我八十两银子，你和萧大哥是保人，也该还我的了。我如今是什么时候？"苗秃子道："你知道小何走了？"如玉道："他走不走与我何事？"苗秃子道："不想这小厮是个言清行浊，外大内小的人。开手住了金钟儿三夜，便拿出三十两银子赏郑三。谁想一连住了二十五天，主仆七人，骡马九个，都是郑三支应，临起身，只拿出十二两银子来了事。郑老婆子反复争论，谁想他没见世面到二百分，被郑婆子用反关话骂了个狗血喷头,我和老萧都替他受不得。不意这小厮大有忍性,随他怎么骂,他只是一文不加。逼到至极处,便说出母鸡下蛋的话来,要到山东巡抚堂上算账。你想郑老婆子岂是怕这些话的人,越发语言不逊起来,一句甚过一句。萧麻子怕闹出是非,再三开解,才放他主仆去了。你说这岂不是个痛钱如命的不要脸的王八羔儿!且更有可笑处,只为省这几个钱,连一句话也不敢和金姐说,只怕金姐和他开口。亏他还是现任知府的公子!小何儿前脚去后,萧麻子便把金姐指教了一番。"又将指教的话,前前后后详细说了一遍。

如玉道:"到底这萧大哥还是个汉子。我虽和他相交未久,他还重点朋情,背间说几句抱不平的议论,与那些转眼忘恩、鸡肠鼠腹的小辈大不相同。"苗秃子将秃头连连挠了几下,说道:"不好!杀到我学生关上来了。目今郑三家两口子折了资本,气得要死,日日念诵你的好处不绝。金钟儿也后悔得了不得。"如玉道:"那个王八的也有个后悔?"苗秃道:"言重,言重!她这几天一点饭也不吃。"如玉道:"我不管她吃饭不吃饭;郑三借了我的八十两银子,我只要和你明白哩!当日是你害的我,着借与他。"苗秃子道:"我是个忠厚人,从不会替人说谎话,金姐这几天……"如玉道:"我问你的是银子!"苗秃子道:"我知道,等他有了还你。你且听我说,金姐这几天眉目不展,眼泪盈腮,天天虽和我们强笑强说,她心上却挽着个大疙瘩。"如玉道:"她是为小何儿走了。"苗秃道:"她若是为小何儿,着俺家大大小小都男盗女娼,我活不到明日早间!"

说着,小小厮送上茶来,苗秃子一气饮干。连忙说道:"我前日晚上有四鼓时分,出院外小便,只听得她独自在房内短叹长吁,自己叫着自己骂道:'金钟儿,瞎眼瞎心的奴才!一个活蛇儿没耍成,倒把个心上人儿惹恼了,结下不解的冤仇。你素日的聪明伶俐哪去了?你赚的大银钱在哪里?'我又听得软软的响了两声,像个自己打嘴巴的光景。"如玉大笑,向两个小小厮道:"你们把苗秃子与我推出去。"两个小厮听了,便来揪扭苗秃子。苗秃笑着打开,骂道:"走你妈的清秋露罢!"如玉道:"你也不想一想,这苏秦、张仪、陆贾、随何,这几个人岂是秃子做得!"苗秃合掌道:"冤哉,冤哉!南无通灵显圣孔雀明王大菩萨!你疑我与金钟儿做说客,我今后再不提她一字,你两个喜怒与我何干!只是我起身时,

第四十一回　传情书帮闲学说客　入欲网痴子听神龟

她还有几句话我也不敢说了；与你带来一包物件，嘱咐我当面交与你。"说着，从怀内取出，放在桌子上。如玉拿起来掷在地下，道："你倒不要秽污了我的经书！"吩咐小小厮烧了。小小厮拾起来，真个向火盆内一入，苗秃子急忙跳下地拦起，笑骂道："你家主仆们，没一个识数儿的！"小小厮又笑着来夺。苗秃子唾了一口，说道："烧了她的不打紧，着我拿什么脸去见她？"

复又坐在炕上，问如玉道："你这读书，是真心或是假意？"如玉笑道："又说起秃子话来了。"苗秃子道："若假意读书！我还来与你坐坐；若是真心读书，我休混了你的正务。"如玉道："你莫管真假，只要常来。"苗秃子道："我且去。"如玉道："你吃了饭去罢。"苗秃子道："过日扰你。"

如玉送了苗秃子回来，把一个枕头衬在身子旁边，想着苗秃子的话儿，笑说道："我原知道这淫妇没了鱼儿，就想虾儿来了。小何儿刚才走后，就打发苗秃子来做说客，我还不是那没志气的小厮，听人提调哩！"猛低头，见苗秃子带来的那个包儿还在桌子底下放着，笑道："这奴才真是鬼计百出，他见我明不肯收，又暗中留下了。"拿过那包儿看时，有四寸大小，用蓝绸子包着，外面又加针线缝锁。揣了揣，里边软硬大小的东西都有。如玉道："我且拆开一看。苗秃子又没交付与我，他问起时，我只说不知道。"

将包儿拆开，见里面有字一封，又有一个锦缎包儿，一个红纸包儿。先打开红纸包儿观看，见是一缕青丝，黑油油的有小拇指头粗细，三尺多长，发根用红绒线缠着，那种冰桂之香，阵阵扑鼻。如玉道："这几根头发倒也是这小奴才的。毕竟她的比旁人分外黑些。"又将锦包儿打开，里面是一对大红洋缎平底鞋儿，绣着粉白淡绿许多花儿在上面，石青绿鸳鸯锁口，鹦哥绿绉绸提根儿，锁口周围又压着两道金线。看鞋底儿上微有些泥黑，不过三寸半长短。如玉见了此物，不由得淫心荡漾，意乱神迷。坐起来，将这两只鞋儿不忍释手地把玩，看了这一只，又拿起那一只，约有半个时辰方止，才将字儿拆开细看。上写道：

　　妾以陋质，承父母覆育十有九年。喜怒去就，唯妾所欲者亦十有九年。以故骄纵之性，竟成习癖。前叨惠手泽，迄今掌印犹新；每晨起临镜，未尝不唏嘘叹悼，深感知心教诲之至意。

世非郎君，亦谁肯不避嫌怨，如斯爽直者！唯是郎君抱恨而去，妾又一腔冤愤，无可自明。形迹之间，屡招同行拟议。而忌吾两人素好者，方且出歌入咏，畅快揶揄[1]之不暇。此非郎忍心辱妾，皆因妾青年冒昧，恃爱所致耳！自郎别后，常忽忽若有所失。星前月下，无不涕零；枕畔魂浩，亦多寂感，咽离忧之思，心境至此，伤也何如！郎君司牧青楼，匪伊朝夕，凡吾辈姊娣，每以得邀一顾盼为荣；妾何人斯，敢冀垂怜格外，再续前缘！然始乱之而终弃之，恐仁人君子亦不乐为也。倘蒙鉴宥[2]，俯遂幽怀，儿女之情，宁仅欣羡。如谓遗簪覆水，不堪抵蕙充兰；则蒸梨见逐，啖枣求去者，世不乏人。妾唯有灰此心，断此肠，学叫夜子规，做天地间第一愁种已耳。寄去微物一封，藉鸣葵向。临颖神乱，不知所云。此上温大爷怜我。待罪妾金钟儿摇尾。外小词一章，敬呈电鉴：

锦纸裁篇写意深，愧恨无任。一回提笔一愁吟，肠欲断，泪盈襟。几多恩爱翻成怨，无聊赖，是而今。密凭归燕寄芳音，休冷落，旧时情。

右调《燕归梁》

如玉将书字与词儿来回看了五六遍，心中作念道："这封情书，必是个久走花柳行人写的，字字中窍，句句合拍，无半句肉麻话，情意亦颇恳切。"看罢，又将那一双鞋儿重新把玩了一番，方才将地下书柜开了，收藏在里面。自此后，连书也不读了，独自一个在房内，就像有人同他说话的一般，不知鬼嚼的是什么。

次日早，苗秃子又来向如玉道："包儿内的东西，你定都点验过了，我只交送明白，就是完妥。"如玉道："交送什么东西？"苗秃子作鬼脸道："你少装神变鬼，这间房里，左右是你主仆们出入。我昨日出门时放在你桌子底下，难道你们都是瞎子不成？"如玉道："我实没见。"苗秃子道："我与你说正紧的话，你若与那孩子绝情断义，可将原物还我，我好销差；

---

[1] 揶揄（yé yú）：嘲笑；讥讽。

[2] 宥（yòu）：宽恕，原谅。

第四十一回　传情书帮闲学说客　入欲网痴子听神龟

若是可怜她那点痴心,说不得王媒婆子还得我做。"如玉道:"我与那奴才永不见面。"苗秃子笑道:"咱们走着瞧罢!"如玉也笑了。

正说着,只见苗秃子家老汉同一个小小厮提着一条火腿,一对板鸭,还抱着一大盘吃食东西入来,放在地下。如玉看了看,是五六十个皮蛋,一坛糟鲥鱼[1],四包百花糕,八小瓶儿双料酒,贴着红纸签儿。如玉道:"你又何苦费这些心?"苗秃子道:"我实告诉你罢!郑老汉在我家中已住了两天了,这几桩吃食东西是他孝顺你的。恐怕你不收,知道我和你是知己弟兄,生死朋友,托我送于你。你须赏脸方好。"如玉作色道:"快拿出去!我家中不存留龟物!"苗秃子大笑道:"怪不得金姐说你心狠,不想果然。你想,他远路担了来,还有个担回去的道理么!你若不收,我也不依。"说罢,做鬼脸,杀鸡儿扯腿子,忙乱下一堆。如玉道:"我收下也无滋味,你何苦强我所难?"苗秃子道:"我知道我的脸面小。"随即往外飞跑。

不想郑三早在大门外等候,苗秃领他到书房内,郑三趴在地下只是磕头。如玉扶起道:"有话起来说。"郑三起来站在一边,替金钟儿请安。苗秃子和如玉都坐下。苗秃子道:"以我看来,不如郑老汉也坐下甚好。"如玉着小小厮在地下放了个坐子,叫郑三坐。郑三哪里肯坐,谦虚了好一会儿,方才用屁股尖儿斜跨坐在椅上。苗秃子道:"老人家,你知道么?我费了千言万语,你的礼物温大爷总是不收。"郑三慌忙跪下,说道:"小的承大爷天高地厚的恩典,就变了马也报不过来。这些吃食东西,不过是小的点穷心,大爷留下赏人罢了。若为小的女儿不识好歹,她年青得罪下大爷,小的家两口子又没有得罪下大爷。"如玉道:"你起来,老嘴老脸的说了一会,我收两样罢。"郑三道:"剩下一样也使不得。大爷不全收,小的将这不值钱的老奴头,就碰碎在这地下了。"苗秃子道:"他不要命了,你还不收要怎么?"如玉大笑道:"罢了,罢了,我都收了罢!"叫张华收拾进去,赏老汉和那小厮一百五十钱。郑三方才起来,坐在一边。

如玉道:"你家的财神是几时起身的?"郑三道:"大爷就是小的家财神,外此还哪里有财神?"如玉道:"难道何公子还不是财神么?"郑

---

[1] 鲥(shí)鱼:背黑绿色,腹银白色,肉味极美。

三道："大爷不提他倒罢了！苗三爷也和大爷说过，小的除一点光儿没沾，将几件衣服也都当了与他家主仆们吃了。如今小的女儿也瘦了好些，日日和她妈吵闹，说是害了她了。这件事，其实都是小的老婆招惹的。"苗秃子道："那个说大话使小钱的屁精小厮，还提他怎么！"

小小厮端入茶来，三人吃罢，郑三道："小的还有个下情要求大爷。小的女儿近日病得了不得，这三四天茶饭一点儿也不吃，只是昏昏沉沉地睡觉，心里想要见大爷一面，死也罢了。小的临起身，还嘱咐了许多凄凉话，小的也不忍心说。"随即用手巾揩抹眼泪，又哽咽作声道："着小的来的意思，必欲请大爷见见。"苗秃子大惊道："我那日起身时，见金姐脸就着实黄，不意只三四天，便病到这样时候！真是子弟无情，红颜薄命！"说着揉手顿足，不住地吁气。如玉道："明岁是科场，我还要读几句书。这些事来来往往，未免分心，实不能从命。"郑三又跪在地下，作哭声说道："小的并不是弄圈套想大爷的钱。小的一生只有这个女儿，安忍着她病死？只求大爷今日去见一面，就明日回来也不妨。"如玉道："你起来，我过几天自己去，也不用你请。"苗秃子将桌子一拍，道："温如玉实是没良心的人！"如玉笑道："这秃子放肆，怎么题名道姓起来！"苗秃子道："你与金钟儿虽是露水夫妻，也要算同床共枕；她眼下病到这等时候，与你有什么杀父的冤仇，你必定如此推委？你真是欺君罔上的奸臣，杀人放火的强盗。"说罢，将秃头向窗台一枕，两眼紧闭，只在那里摇头。如玉大笑道："这秃奴才不知口里胡嚼的是什么。"又见郑三跪着不起来，他原是满心满意要去，须得拿拿身份。今见两人如此作成，忙笑向郑三道："你请起来，我们大家相商。"郑三道："大爷若施恩，此刻间就同行。"苗秃子跳起来道："实和你说罢，救兵和救火一样，没有三天五天耽搁。郑老人早已把车子雇下，在我门前等到此时了。"如玉道："就去，也大家吃了饭着。"郑三道："路上吃罢！"如玉不肯，一边吩咐张华另雇一辆车子，着他同郑三坐；一边去内院。苗秃子跑出房叫住，笑说道："我知道你还要带几两银子。我有天大的脸面，钱对不过人。只得求你这救命王菩萨，暂借与我十两，下月清还。"说罢，连揖带跪的下去。如玉笑着问道："你要银子做什么？须实说！"苗秃道："你和我活老子一般，我还敢欺你半字！只因奉承小何儿陪伴他，便和玉磬前后住

第四十一回　传情书帮闲学说客　入欲网痴子听神龟

了三十多夜，分文未与，脸上如何下得来？因此专恳你这心痛我的姑老。"如玉道："等到试马坡后，你用上十两罢。"说着入内院去了。

苗秃子回房来，向郑三道："不是我下这般身份，他还未必依允。当今之时，嫖客们比老鼠还奸，花几个憨钱的，到底要让他。你不看何公子的样子，算做了个什么？"郑三道："多亏三爷作成，我心上感谢不尽。"苗秃子道："什么话，你就是我，我就是你。你多弄几个钱，我更欢喜。"

两人正说着，如玉出来。韩思敬在东西书房内安放杯筷。苗秃道："依我说，一同吃吃罢。今在两处，孩子们斟酒放菜，徒费奔走。"郑三道："我就不吃饭，也不敢和爷们在一处饮食。"如玉道："我也预备下两桌了，你就在那厢罢。"郑三出来到东房内。

须臾，两处都吃完饭。张华也雇了车来，要去里边吃饭。如玉道："路上吃罢，车夫等了半天了。"四人一齐起身。正是：

娼龟多计，帮闲出力。

八臂嫖客，也须断气。

第四十二回

赵章台如玉释嫌怨　抱马桶苗秃受呼叱

词曰：

　　昔时各出伤心语，今夜欢娱同水乳。女修文，男演武，揉碎绣床谁做主？听淫声，猛若虎，也把花娘撑弩。掀翻马桶君知否？秃儿亦苦。

右调《应天长》

　　话说温如玉同苗秃子、郑三坐车到试马坡。入得门来，先是郑婆子迎着，说道："孩子们年轻，得罪下大爷，就连俺老两口子也恼了，许久不来走走？今日若不是老头儿去请，还不肯来哩！"如玉笑了笑，入了厅房。苗秃子就要同往金钟儿房里去，如玉道："我们且在厅上坐坐。"

　　待了一会儿，只见玉磬儿从西房内走出，淡淡地一笑，说道："大爷来了。"如玉道："来了，请坐罢。"玉磬儿坐在一旁。少刻萧麻子也到，一入门便笑道："大爷好厉害人！那日我们四五个赶了好几里，也没赶上。今日来了，全全我们的脸罢。"说毕，各作揖坐了，彼此叙谈着吃茶。苗秃子道："怎么，这金姐还不见出来？"萧麻子道："这行货子，心里还怀着棒槌儿哩！等我去叫她。"于是走到东房门前，将帘子一掀，笑说道："温大爷不来，你三番五次催我们去请；正经来了，你又躲着不见。还不快起来，青天白日里，睡的是什么？"说罢，复回厅上坐着。

　　又待了好半晌，方见金钟儿揉眉抹眼。如玉偷眼一看，但见穿着一件深蓝绸子大棉袄儿，外套青缎灰鼠皮背心，腰里系着条沉香色汗巾，青缎子百褶裙儿，大红缎平底花鞋，头上搭着皂绢手帕一方，乌云乱挽，宝髻斜垂，薄粉轻施，香唇淡点，步履之间比素日又文雅些。走到厅中间，有意无意地斜觑了如玉一眼，拉过把椅子坐在下面，将脸儿朝着门外，一句话儿也不说。

　　苗秃子笑道："我的小肉肉，你和我也恼了？我替你舍死忘生请了一

第四十二回　赵章台如玉释嫌怨　抱马桶苗秃受呼叱

回，你也不与我请个安？"萧麻子道："你不自己想想是个什么东西，敢和人说'请安'二字！"苗秃子道："我在嫖场中不过手内无钱，若论人才，就走遍天下，也是个二等人格，还不值她一请安么？"众人都笑了。萧麻子道："金姐掉过脸儿来说话。"金钟儿总不回答。萧麻子向如玉道："这也怪不得她，委实那日温大爷嘴巴，手太重些了。"金钟儿听了，将粉项一低，那眼中泪就像断线珍珠相似扑簌簌地滚下来。苗秃子骂道："这象皮龟真不成人类！好端端的被他一个屁就点缀哭了。"从袖中取出个手帕儿来，斜着身子替她揩泪，口里骂萧麻子不绝。揩抹了一会，金钟儿不哭了。苗秃子向萧麻子道："他两口子一句话儿也不说，我和你该想个法儿与他两口作合才好。"

随后，打杂的拿入酒菜来，五人坐定。金钟儿连筷子也不拿。问她，只说肚里不受用。略坐了一会儿，就回房里去了。苗秃子与萧麻子就和与酒有仇的一般，你狠一大杯，我狠一大杯，顷刻就干了一壶。打杂的又添上酒来，两人复灌了数杯，方将锋芒下去，又放开憨量吃起菜来。皆因是何公子去后，郑三家二十余天无上眼客人。苗秃子在泰安来往还吃了几次肉，萧麻子口里实淡出水来，今日安肯轻易放过？只吃得瓶尽盘空，方肯住手。萧麻子坐在一旁剔牙，苗秃子嚷着要吃茶。

须臾，各房里点起烛来，萧麻子道："温大爷是久别，苗三爷也是初到，我们早散了罢，明日一早再会。"苗秃道："你说的是。"遂一齐送如玉到金钟儿房内。金钟儿从炕上爬起来，让众人坐。萧麻子道："你两口儿好好安歇罢，我明日早来看你。"说罢，同苗秃出去。如玉要相随，被苗秃将门儿倒扣上去了。

金钟儿见众人已去，拉过枕头来依旧倒在炕上睡去。如玉见金钟儿不睬他，自己坐在一把椅子上，口内沉吟，心中酌量，见金钟儿总是睡觉。一抬头见柜顶上有几本书，取下来看视，是几本算命子评，一句也看不进去，不住地偷眼窥看金钟儿。约有起更时分，只见金钟儿起来，走到如玉面前，将烛拿去，往镜台边一放，对镜子把头发整理了几下，用手帕重新罩了，拿起杯茶来，嗽了嗽口唾在地下；然后到炕沿边将被褥打开，铺垫停妥，又将内外衣服纽扣儿解开，也不换睡鞋，回头向如玉道："你坐一夜么！我得罪你了？"如玉道："我也就睡。"金钟儿脱去上下衣服，面朝里睡了。如玉又坐了有两杯茶时,也将衣服脱去,揭起被子睡在一边,离得金钟儿远远的,面朝上纳闷。金钟儿等着如玉央及她,又不肯失了身份,先搂揽如玉;如玉急欲与金钟儿和合,也不肯先下这一口气。究竟两个都是假做作,没一个睡得着。

约二更时分,如玉见金钟儿睡得声息不闻,心里说道:"我何苦受这样罪!不如出厅屋里去坐着,天明回家是正务。"旋将被子揭起,取过衣服来披在身上,将要穿裤子;只见金钟儿翻过身来,问道:"你这时候穿上衣服怎么?"如玉道:"我与你寻何公子去!"金钟儿道:"你还敢和我说这样话?"如玉道:"你叫我该怎么说?"金钟儿看着如玉点了两下头儿,那泪痕就长一行短一行流在枕边;如玉拿着裤子就穿不上了,忙问道:"你倒有什么说,说个明明白白,较论一番。"金钟儿道:"罢么!你只再打我几个嘴巴就是了。"扑起来,将如玉的衣服从身上拉下,用力丢在旁边,眼含着痛泪,又翻转身面向里睡去了。如玉急忙钻入被内,从后面紧紧地搂住,又用自己的脸蛋儿与她来回揩抹泪痕,笑说道:"谁叫你见了个何公子就爱得连性命也不顾,待我和粪土一般。"金钟儿道:"就算上我爱了何公子,不过是妇人家水性杨花,罪也不至于打嘴巴。"如玉道:"你也不该对着许多人,骂我是下流东西。"金钟儿道:"你骂我成篇累套的,还有个数儿?我和你相交十数个月,没好处亦有好处来,亏你忍心下毒手打我两个嘴巴。"说着,将如玉一推。如玉笑道:"不用你推我,我也没别法报仇,我只叫你今夜死在我手里就是了。"

且说苗秃子睡一觉醒来,想了想:"今夜小温与金钟儿不知和好没和好?我且偷地去看个景象儿。"披了衣服下地开门,玉磬儿问道:"你出去做什么?"苗秃道:"我要出大恭[1]。"自悄悄地出了厅房,走在东房窗子外。只听得聒哑哑响得凶狠之至,忙用指尖将窗子上纸触一小窟,往内一觑,只见金钟儿一只右脚在如玉手中,一只左脚在如玉腰间。穿的是大红缎平底花鞋,又瘦又小,比玉磬儿的脚端正许多,甚是可爱。苗秃子连忙跑入西房,看了看玉磬儿不在炕上,不想在地下马桶上撒尿。苗秃子也顾不得分说,弯倒腰将玉磬儿一抱,不意抱得太猛了,连马桶

---

[1] 大恭:大便。

第四十二回　赵章台如玉释嫌怨　抱马桶苗秃受呼叱

也抱起来。

玉磬儿不晓得他是什么意思，吓得大惊失色，喊叫道："你要怎么样？"苗秃子将马桶丢在地下，抱玉磬儿放在炕沿上。

玉磬儿坐起看了看，马桶也倒在地下，流的尿屎满地，臭不可闻，不由得心中大怒。指着苗秃子骂道："冒失鬼的哥哥冒八鬼冒九鬼，也到不了你这步田地！怎么好好儿出院里去，回来就这般颠狂，比疯子还厉害十倍。这不是马桶也倒了，尿屎流下满地，吓得人一泡尿也没有溺完，真是那里的晦气！平日里接下个你，还不如接个文雅些的王八。虽然说是龟钻了龟，少冒失些也好。"苗秃子用被蒙了头，一声儿也不敢言语，任凭玉磬儿裁剪。他也由不得自笑不已。玉磬儿骂罢，从火盆内取了些灰倒在地下，将尿屎调和了一会，收拾在马桶内，盖上盖儿，将簸箕丢在一边，又在面盆内洗了手，嘴里絮聒了好半晌，方才掀起被子同歇。苗秃子只装睡着，不敢动一动儿，怕玉磬儿再骂。

再说如玉与金钟儿复相合好，两个鸾颠凤倒，闹到了四鼓方止。次日，如玉梳洗罢出来，是萧麻子、苗秃、玉磬儿都在厅上坐着，见如玉走来，一齐站起。萧麻子笑道："一夜恩情，化除了千般嫌怨，实是快乐不过的事。"如玉坐下，说道："我原不计论她。若计论她，也不来了。"苗秃子道："这都是开后门的话。我们朋友们说合着，两个都不依允，睡了一夜就相好起来，也未免重色轻友，太厉害些！"萧麻子道："到底要算你的大功。"苗秃子道："我有何功？"萧麻子道："光头先生之功即汝之功也。"大家都笑了。萧麻子道："小金儿还睡么？"如玉道："她梳了头就出来。"

四人吃了一回茶，只见金钟儿掀开毡帘，摇摇摆摆地走来，打扮得和一朵鲜花儿一样。眉中间点了一点红，口唇上也点着一点红。头上带着青假银鼠卧兔儿，越显得朱唇皓齿，玉面娥眉。走到如玉肩下坐了。萧麻子笑道："好壮脸呀！"金钟儿笑道："虽然脸壮，却不是像皮的。"萧麻子道："这小妖精儿，敢借话儿讥诮我。"苗秃子把两眼硬睁着，只是看。金钟儿道："你看我什么？"苗秃子道："我看你大大的两个青眼圈，是昨夜昏过去的缘故。"金钟儿道："只你看见来？"苗秃道："你倒别要嘴硬。会事的，快与我个嘴吃，我就不言语了；若说半个不字，我数念个七青八黄。况你又曾说过，请着温大爷来与我嘴吃，现有老萧作保。

一共两个嘴,今日都要归结。"金钟儿道:"我的嘴有气味,休要臭着你了。"苗秃子道:"你不必正话而反说,你说我的嘴臭,你只问你玉姐,她还说我嘴里常带些苹果儿香。"玉磬儿道:"你倒不恶心我罢!"萧麻子道:"金姐,给他个嘴吃罢,也算他披霜带露替你请温大爷一回。我又是保人,你不与他吃,他就要吃我的哩!"如玉大笑。金钟儿摇着头儿笑道:"不。"苗秃道:"看这光景,是绝意不与我吃了。我只问你:你家窗棂纸是怎么就破了?"金钟儿的脸不由得红了一红,掉转头向如玉道:"我今早起来就看见,还只当是你弄破的,原来是他做的悬虚。"玉磬儿听了,心下才明白,向苗秃子拍手大笑道:"怪道你昨晚和疯子一样,不想是这个缘故。"说着越发笑起来。苗秃子连连作揖道:"一个相与家,要包含些。"萧麻子道:"必定这秃奴才昨晚不知出了什么大丑,你们看他这鬼样!"问玉磬儿道:"你对我说,我也快活快活!"玉磬儿越发笑得了不得。萧麻子再三盘问,她又不说。

大家正鬼混着,打杂的拿上早饭来。五个人吃毕,苗秃子将如玉拉到院中,说道:"我今日回去罢。"如玉道:"你家又没事,又与玉磬儿有相与,回去什么?"苗秃言:"玉姐与我倒是久交,到她家不在一处歇卧,彼此脸上不好看;在一处歇卧,世上哪有个白嫖的嫖儿?一夜一两头,实是经当不起。今日赶回头车儿家去,岂不是两便。"如玉道:"我原答应你十两银子。是这样罢,可将你以前欠郑三的多少,此后嫖了的日子,将来回家时合算,我替你垫一半何如?"苗秃蹙着眉头道:"就是一半,我也招架不住!"作难了一回,说道:"也罢了,一个朋友情分,我丢下你我也不放心,说不得再陪伴你几天罢!"如玉见张华也无事,打发他回家照看门户。

从十一月初间来试马坡,苗秃还回家走了两次。如玉直住到十二月二十七日,大有在郑三家过年之意。亏得张华三番五次以坟前拜扫话规劝,才肯起身。前后与了郑三一百一十两,替苗秃子垫了三十二两,送萧麻子二十两。将五十两借约也白白地抽与,为他是试马坡的好汉,镇压诸土棍不敢入门。将聘卖使女一百八十多两,花了个干净。又与打杂的并郑三家小女厮留下六两赏银。与金钟儿千叮万嘱,说在明年不过灯节即来。金钟儿哭得雨泪千行,临行难割难舍;连郑三也吊出眼泪,萧麻

第四十二回　赵章台如玉释嫌怨　抱马桶苗秃受呼叱

子做出短叹长吁。金钟、玉磬送出门外，萧麻子、郑三同打杂的胡六送出堡门，主仆方回泰安去了。

天若有情天亦老，月如无恨月长圆。

郎君倒运佳人爱，子弟回头钱是钱。

第四十三回

调假情花娘生闲气　吐真意妓女教节财

词曰：

> 蝴蝶儿，绕窗飞，恰逢淫妓画花枝，玉郎愿代伊[1]。新浴兰房后，见双双二妙窥。千言争辩罢猜疑，始叫痴嫖儿。
>
> 右调《蝴蝶儿》

话说温如玉从试马坡起身回家，已是十二月二十九日。匆匆忙忙地过了个年，到他祖父堂前拜扫后，着张华将苗秃子请来，商量着同往试马坡去。苗秃道："你日前说与金姐，约在灯节后才去，今日正月初三，为时尚早。我又听得州尊传示绅衿行户，今年要大放花灯烟火，预贺丰年。又定了苏州新到的一个凤雏班，内中都是十六七岁子弟，至大不过二十岁。有两个唱旦的，一叫祥麟官，一叫威凤官，声音儿是凤语鸾音，模样儿是天姿国色。自去年在省城唱三四台，远近传名。你也不可不一看。再则，郑三虽是个行院家，新春正月，他在那地方住着，也要请请本处有眉面的人，好庇护他。我们连破五不过便去，一则他多一番酬应，二则着试马坡的人看的你和我太没见世面。我们都是学中朋友，斯文人一脉，叫人看作酒色之徒，不知你心上何如，我苗三先生就不愿要这名号。"如玉道："什么苗三先生！倒是人家的大鸟。不去就是了，有这许多支吾！"苗秃笑道："我若是支吾你，我就是你的个儿子！实是刻下去不得。"如玉道："就过了灯节罢。"

即至过了灯节，直至十八日，方同苗秃坐车，至十九日到试马坡。郑三家两口子迎着拜贺，金钟、玉磬接入厅中坐下。金钟儿笑向如玉道："你还好，竟没有失信了。"如玉道："我初三日就要来。苗秃爷说我没见世面，他是斯文人，怕人说他是酒色之徒，因此迟至今日。若不是早来了数天了。"

---

[1] 伊（yī）：他或她。

第四十三回　调假情花娘生闲气　吐真意妓女教节财

玉磬儿向苗秃道："你这番来的大错了。此处是乐户家地方，坏了你的名声，倒值多少！"苗秃子两手挠头，笑道："这是温大爷无中生有谋害我。我若有这一句话，便是万世王八，顽钱输断大肠！"郑三摆了茶食，吃后，如玉同苗秃与萧麻子拜年。萧麻子相随来回拜，同吃年饭。

次日，郑三设席款待，请萧麻子作陪。过了五天后，苗秃子知如玉身边带着几十两银子，声言他表叔病故，要回泰安行礼，又和如玉借了四两奠仪，雇了个驴儿，回家去了。留下如玉一人，日夜埋头上情。

一日，也是合当要起口舌，金钟儿后面洗浴去了，如玉信步到西房内。见玉磬儿在炕上放着桌子，手里拿有笔，不知写什么。一见如玉入来，满面含笑，连忙下地来，让如玉坐下。如玉道："你写什么？"玉磬儿道："我当紧要做鞋穿，描几个花样儿拣着用。"如玉道："我替你描一个。"

于是提起笔，印着原样儿描了一个。玉磬儿站在如玉身旁，一只手搭伏着桌儿，极口赞扬道："到底大爷是做文章的手，描画出来与人不同；不但枝叶花头好看，且是笔画儿一般粗细。就是这点小技艺，也该中个状元。"如玉与玉磬儿原是耍笑惯了的，不知不觉将手去玉磬儿脸上轻轻地拧了一下。玉磬儿借这一拧的中间，就势往如玉怀中一坐，用手搬定如玉的脖项，先将舌尖送来。如玉是个久走情行的人，不好意思下了她的脸，只得也吮咂几下，见见意儿。玉磬儿道："你不但外才是天下第一，内才更见天下第一。金妹子不知怎么修来，得与你夜夜欢聚。"如玉急欲走脱，被玉磬儿一把紧紧地捉住，再也不肯放松，将舌头不住地往如玉口内填塞。

谁想金钟儿嫌水冷，没有洗澡，只将脚洗了洗，就到前边来。走到东房不见如玉，问小女厮，说在玉磬儿房内。金钟儿飞忙跑到玉磬儿门前，掀起帘子一觑，见玉磬儿坐在如玉怀中，拥抱着吃嘴。金钟儿不瞧便罢，瞧见了眼红耳赤，心上忍了几忍，将帘子狠命地丢开，往东房里去了。如玉失声道："这不是个没趣味么！"说着站起来，玉磬儿哈哈笑道："什么是个有趣味没趣味！一个好姑老也霸不了一个好婊子；好婊子也霸不了一个好姑老。桃儿杏儿是大家吃的，谁也不是谁的亲老婆亲汉子哩！"

如玉也不回她，一直往东房里来。见金钟儿头朝下睡着，叫了几声不答应。用手推了几下，只见金钟儿一蹶咧坐起来，圆睁星眼，倒竖娥眉，大声说道："你推打着我怎么！"如玉笑道："我和你有话说。"金钟儿道："你去西房里说去，我不是你说话的人！"如玉道："悄声些儿！"金钟儿道："我不敢到街里吆喝你们么！"说罢，又面朝里睡下。如玉自觉理短，又见她怒极，难以分辩，待了一会，少不得又去央及。瞧了瞧雨泪千行，将一个枕头倒哭湿了半个。如玉扒在妇人身上，说道："你休要胡疑心。"金钟儿复翻身坐起，将如玉用力一推，大声喝道："我不疑心，你两个连孩子都生下了！许别人这样欺负我，还不许你这般欺负我。你倒是取刀子去杀了我罢！"

郑婆子在南房内听得她女儿嚷闹，慌慌张张跑入来问道："你又和温大爷怎么？"金钟儿见是她妈，说道："你干你那老营生去罢，又浪着跑来做什么！"郑婆子见如玉满脸上都是笑，像个恳央她女儿未停妥样子，才知道是玩耍恼了，急忙跑回南房里去。

如玉又笑道："你只是动怒，不容我分辩，我就有一百的冤枉也无可自明。"金钟儿道："你说！"如玉就将方才的事如何长短，据实诉说了一遍。又道："实在是她撩戏我，我何尝有半点意思在她！"金钟儿哪里肯信？如玉跪在炕上指身发誓，金钟儿方才信了，骂道："我没见这样一种没廉耻的淫妇！自己搂上个秃子，混了几日罢了，又捞挦起人家的口味来！教人这样吆喝着，脸上岂不害羞！"又数说如玉道："你过那边坐去，就是你的不是；你先伸手拧她脸，又是你的不是。从今后，你再和那淫妇多说多笑一句，我看在眼里，我就自刎了！"

两人正说着，萧麻子在门外问道："温大爷在么？"如玉连忙答应，请入来坐下。萧麻子掀帘入来，笑说道："过了会年，屡次承大爷盛情，也说不尽。久矣要请吃顿饭，怎奈小户人家，没个吃的好东西。昨晚小婿带来一只野鸡，几个半翅，一只兔儿，一尾大鲤鱼，看来比猪羊肉略新鲜些。早间原要来请约，我又怕做的不好，恐虚劳柱驾。此刻尝了尝，也还不错，敢请大爷到寒舍走走。"如玉道："承赐饭，我就去。"金钟儿道："就只认的温大爷，也不让我一声儿？"萧麻子笑道："我实实在在有此意请你同去。想了想，小婿也是个少年，我脸上下不去，改日再请你罢！"说罢，陪着如玉去了。

到下午时候，如玉回来。郑三迎着笑说道："大爷用饱了没有？家中还预备着哩！"如玉道："饱了，饱了。"

走入了东房，只见金钟儿才离了妆台，已重勾粉脸，另画娥眉，擦抹得那俏庞儿和两片梨花相似；下嘴唇上又重重地点了一点胭脂，右额角上贴了半块飞金；将银鼠卧兔儿摘去，梳了个苏州时样发髻，髻下转遭儿插的都是五色小灯草花儿；换了一双簇新的宝蓝缎子满扇儿花鞋。见如玉入来，笑嘻嘻将金莲抬起一只来，说道："你看我这双鞋儿好不好？"如玉上下看了几眼，一句儿也不言语，忙将门儿关闭。

金钟儿慢慢地下地来，坐在一旁，问如玉道："日前苗三爷走时，我听得你说叫张华做什么？"如玉道："我身边带的几两银子没多的了，我叫张华来，拿我的帖子到人家铺中取去。"金钟儿道："你这银子还是拿帖子向人家借，还是取自己的？"如玉道："我去岁卖了住房，花费了些，只存银七百两，近月又用了些，收放在我一个旧伙计姓王的手内。他如今与人家掌柜主事，甚有体面，月月与我出着七两利钱，任他营运。"金钟儿道："此外你还有多少银子？"如玉道："我还有三百多银子买的一处房在泰安城中，此外一无所有。家中还有些东西，年来也变卖的没什么了。"金钟儿道："你都是实话么？"如玉道："我的心就是你的心，我何忍欺你半个字！"金钟儿听了，低头拟想了一会，忽然一声长叹，将秋波荡漾了几下，两行痛泪长长地流将下来。如玉着慌，连忙抱住问道："你为何感伤起来？"金钟儿唏嘘[1]道："我素日一片深心，才知道不中用了。"如玉道："是怎么说？"金钟儿道："我对你说了罢！我先日说从良的话，我父母定要八两百；你说拿出八百两来，他又要别生枝节。我父母只生我一个，他断不放我嫁人。或者山穷水尽，我父亲或可回心，我母亲断难松手。我若是拼命相争，也还有几分想望。我昔日虽与你交好，倒觉此心平平；近遇何公子鬼混了一遍，看来情真的人要算你为第一，数日来时动依托终身之想。素常见你举动大方，知为旧家子弟，纵然贫穷，至少也有三五千两私积。今听你所言，使我满腔热衷尽付冰释。是这等嫖来嫖去，将来作何结局！"如玉道："若只是八百两银子，也还易处，我如今还有七百，将住房卖了，便可足用。日后寻几间小房儿安身罢了！"

---

[1] 唏嘘（xī xū）：哭泣后不由自主地急促呼吸；抽搭。

金钟儿道："这都是不思前想后的憨话。一千两家私去了八百，家中上下还有多少人口？余下二百银子够做什么？你是个大家公子出身，不但不能营运，连居家过日子也不晓得。难道我嫁了你双双讨吃去不成？你是个顾前不顾后的人，须得有个人提调你方可，你将来要步步听我说。就如萧麻子，名虽秀才，其实是这个地方上土棍，唯利是图，有他在此主持，也可免无穷的口舌。我闻得他已得过你七八十两。此人不与他些，必有祸端；若必满其所欲，你能有多少钱！此后宜酌情与之。他如开口，可量为给付，不下他的脸面就是绝妙的待法。苗秃子在泰安，我也不知你与过他多少。经我眼里见，他也不下四五十两。若在有钱时，随带个把朋友也罢了；今你自顾不暇，哪里有个他常常做嫖客，你夜夜垫宿钱的道理？依我看，他是个甜言蜜语、一无所能的酸丁，除了弄姓温的钱，连第二人一顿饭也吃不上，便你得罪了他，他也没什么法儿报复。此后他爱来则来，不爱来随他，断不可再拿银钱与没良心无用之人。张华大约早晚必来，若来时，你可虚张声势，着他与我父母取银五十两；可暗中说与张华，过十数天后写一字来，言王掌柜的向苏州买货去了，还得一月后方来，别的伙计未曾经手，不敢付与。像这样说，一迟延便可支撑两月，到那时与他三十两，还怕他不依么！况我父亲又借着你八十两，这是二十年也不偿还的。像这样设法，一次次推了下去，就可暗中折除。宁可叫你该欠我家的，不可叫我家该欠你的。至于我父亲，虽系乐户中人，颇知点恩怨是非，我若立意从良，他无如我何，事事皆可迁就。唯有我妈为人阴狠。我从今下一番苦心功夫愚弄她，不是我夸口说，只用费半年作用，二三百银子就可到你家了。"说罢，摇着头儿笑道："看我的打算好不好？"如玉道："我温如玉本一介寒士，又兼世事昏愚，今承你指示迷途，我只有顶戴感激终身而已。同室同穴之约，慈悲唯望于你。"说着，恭恭敬敬作了三个揖。金钟儿笑道："你还和我闹这些礼数！但只怕你们做男人的，眠花卧柳，改换心肠。我意欲今晚四鼓，同你到后园子里披发盟心，未知你敢与我说誓不敢？"如玉道："我还步步防你变卦，你反疑虑起我来！说誓的话正合我意。"

果然到此夜四鼓，两人在后园内叩拜天地，啮指出血，发了无数的大誓愿，方才回房安歇。此后如玉诸事都听金钟儿的调度，一概全从节俭，

第四十三回　调假情花娘生闲气　吐真意妓女教节财

就是郑三家两口子借银，也便设法支吾。

一日，萧麻提了本春宫[1]册页来寻如玉，说是他舍亲托他代卖，要想二十两银子。如玉执意不要，大麻脸上沉吟片刻，提向玉磬儿房中，坐了一会去了。金钟儿闻知，就料着有事。果然当日就来了一汉，叫做"挡人碑"，一直走入金姐儿房中，胡言乱语，把如玉和金姐折磨了个不堪。如玉走又不脱，受又难忍。可巧苗秃子从泰安走来，一进门被那汉子当作和尚，三言两语，提起来碰了个酒杯大疙瘩。还是郑婆子把萧麻子请来，才得完结。金姐明知是萧麻子所使，也无如他何！说是玉磬与他同谋，叫郑婆子把玉磬臭骂了一顿。自此两人越成不解之仇恨。嫖经上有四句道的好，正是：

酒是穿肠毒药，色是刮骨钢刀。

任他春宵苦短，终成若祸根苗。

---

[1] 春宫：也叫春画，旧时淫秽的图画。

第四十四回

过生辰受尽龟婆气　交借银立见小人情

词曰：

情郎妓女两心谐，豪奢暗减裁。虔婆朝暮恨无财，友朋也疑猜。

一过生辰情态见，帮闲龟子罢春台。陡遇送银一人至，小人侧目来。

右调《忆秦娥》

且说温如玉在郑三家嫖得头昏眼花，辨不出昼明夜暗，只知道埋头上情。金钟儿教与他的法儿，虽然支撑了几个月，少花了几两银子。无如乐户人家比老鼠还奸，早已识破他们的调度。郑三还念如玉在他家花过几个大钱，怎当郑婆子剔尖拔毛，一尺二寸都要打算在如玉身上。这些时见如玉用钱有揿酌，萧麻子三两五两倒叨点实惠，自己贴上个女儿夜夜陪睡，又要日日支应饮食，每夜连五钱银都合不来，心上甚是不平。又见金钟儿一味与如玉打热，不和他一心一意地弄钱，这婆子哪里放得过去！起先不过房里院外吐些掂斤播两的话说，讥刺几句，使如玉知道。后来见如玉断声推哑，是个心里有了主见，就知是她女儿指教的，便日日骂起金钟儿来。不是嫌起得迟，就是嫌睡得早，走了一步也有个不是在内，连饮食都消减了。金钟儿心爱如玉，只要与他省几个钱，任凭她妈大骂小骂，总付之不见不闻。如玉又气不过，倒要按一夜一两找还她，金钟儿又不肯。

昔日，苗秃子嫖钱通是如玉全与，再不然垫一半。自从金钟儿教唆后，苗秃子来来往往好几回，如玉一两不帮，借也不应。苗秃子虽然不如意，知如玉钱亦无多，心上倒也罢了。只是这玉磬儿，深恼如玉待她凉薄，又恨金钟儿那一番痛骂，怨深切骨。因此上每逢苗秃子来，就批评无才无能，"连个憨小厮也牢笼不住。自己在嫖赌场中养大的人，还要掏

第四十四回　过生辰受尽龟婆气　交借银立见小人情

生本儿当嫖客；难道那萧麻子长着三头六臂不成，怎么他就会用憨小厮的钱儿？"日日用这些半调唆半关切的话聒噪[1]，苗秃子也就有些气恼在心。想了些时，想出个最妙的道路。每逢郑婆子与金钟儿拌嘴或讥刺如玉，他便抢在头前虚说虚笑，替如玉哭穷。这却有个大作用在内，譬如一人欠债一人要钱，从中有个人替那欠债的哭穷，十分中就有七八分安顿得下来。这乐户人家，讲到银钱二字，比苍蝇见血还甜，任凭她女儿接下疯子瞎子，毛贼强盗，再甚至接了他同行王八，只要有钱，通不以此为耻。只是见不得这一个穷字，听到耳朵里，真是锥心刺骨，势不两立的勾当。每逢苗秃子替如玉哭一遍穷，便更与如玉加一番口舌。如玉识破他的作用，彼此交情越发淡了。

当日，每饭必有酒肉，并好果品。不是萧麻子相陪，就是苗秃子打趣。如今是各吃各饭，各人在各人嫖房内，同坐时候甚少。如玉的茶饭，午间只有一样肉，至多也不过四两。早间通是豆腐白菜之类，油盐酱醋等物也不肯多加些，反不如苗秃子和玉磬儿的饮食还局面些。金钟儿知如玉不能过甘淡薄，常买些肉食点心暗中贴补。也有时割斤肥肉，拿去厨房中收拾。郑婆子就骂起打杂的来，说他落的是瞎毛，必着他调和得没一点滋味，半生不熟的方送上来。如玉虽说是行乐，究竟是受罪；不但从良的话不敢题，每日除大小便之外，连院中也不敢多走动，恐怕被郑婆子聒咤。

萧麻子也不管谁厚谁薄，总是月儿钱倒要常使用三五两；不与他，就有人来闹是非。饶这般忍气节用，这几个月还用去六七十两。又兼有张华、韩思敬两家老小，没的用度，便着如玉写帖子向王掌柜铺中去取，取得那王掌柜不耐烦起来；又知如玉经年家在试马坡嫖赌，大料这几百银子也不过是一二年的行情，没有什么长寿数在他铺子中存放，好几次向张华说，着回禀如玉，将银子收回。张华恐银子到手，怕如玉浪费起来，作何过度？自己又不敢规谏，只存了个多支架一年是一年的见识，因此总不肯替他说。

一日，六月初四日，是如玉寿日。早间苗秃子和萧麻子每人凑了二

---

[1] 聒噪（guō zào）：吵闹。

钱半银子。他们也自觉礼薄，不好与如玉送；暗中与郑三相商，将这五钱银子买了些酒肉，"算与你三伙请，第二日不怕如玉不还席！"郑三满口应允，说道："温大爷在我们身上用过情，二位爷既有此举动，我将此银买些酒肉，不彀了，我再添上些，算二位与温大爷备席。明日我另办。"话未说完，郑婆子从旁问道："是多少银子？"萧麻子道："共是五钱，委屈你们办办罢。"郑婆子道："那温大爷不是知道什么人情世故的人，我拙手钝脚的也做不来，不如大家装个不知道，岂不是两便！"萧麻子道："生日的话素常彼此都问过，装不知道也罢，只是你的情冷冷的。"说罢，又看苗秃子。苗秃子道："与他做什么寿，拉倒罢！"于是两人将银子各分开，袖起去了。

金钟儿这日绝早地起来，到厨房中打听，没有与如玉收拾着席。自己拿出钱来买了些面，又着打杂的做了四样菜吃早饭。午间又托他备办一桌酒席。回房里来重新妆束，穿一件大红纱氅儿。银红纱衬衣，鹦哥绿遍地锦裙儿，与如玉上寿。若是素常，苗秃子看见这样妆束，就有许多的话说。今日看见，只装看不见。

到了午间，金钟儿去厨房里看打杂的做席，她妈走来骂道："你这臭淫妇，平白里又不赴席，又不拜年，披红挂绿是为什么！闲常家中缺了钱，和你借衣服典当，千难万难；今日怎么就上下一新了，真是死不知好歹的浪货！"金钟儿道："今日是温大爷的寿日。论礼他自到这姓郑的家，前前后后也花费了八九百两银子；就是这几个月手头索些，也未尝欠下一百五十。若将借他的八十两银子本本利利细算起来，只怕除了嫖钱还得倒找他几两。我虽然是个王八羔子娼妇养的，也还颇有些人性人心，并不是驴马猪狗，恩怨不分，以钱为命的人。就是这几件衣服，也是姑老们替我做的，又不是你替我做的，我爱穿就穿，不爱穿就烧了，谁也管不的我。若害眼气，也学我把浑身的骨头和肉都舍出来，叫人家夜夜揉擦，纵弄不上绸子缎子，粗布衣服也骗两件，吃些淡醋怎么！"郑婆子听了，气得浑身乱战，将牙齿咬得怪响，拿起个瓦盆来在炕沿上一墩，立刻成了三个半，口里说道："反了！气煞我！"金钟儿也挝起两个盘子往地下一摔，打了个粉碎，说道："气煞你，气煞你我将来还有个出头的日子！"打杂的胡六道："费上钱治办上酒席，嚷闹的叫温大爷听见，总

第四十四回　过生辰受尽龟婆气　交借银立见小人情

是个不领情。"郑婆子道："谁叫他领情哩！"金钟儿道："你一毛儿不拔，他为什么领你的情！"胡六道："老奶奶老翻了，二姑娘又没老翻了，休叫人家听见笑话！席面我自收拾妥当了，二姑娘也不用再来，请回去罢。"娘儿两个听了，都不言语，四只眼彼此瞅了一会。金钟儿往前边去了。

到了午间，打杂的走入金钟儿房内问道："菜放到厅上了，可用请萧大爷不用？"金钟儿道："平白的又放到厅上怎么？还照素日一样打发就是了。"如玉道："你真是费心多事。我不说么，如今是什么光景，还过生日？你既然备下席，苗老三他们想来也知道，还是在一处坐为是。"金钟儿道："我实嫌他们太凉薄。哪一个没受过你的好处？就来与你作个揖，也是人情，怎么都装起不知道来了！萧麻子还可，这苗老三，他怎么该是这样待你？"如玉听了，也就不言语了。

打杂的把小菜儿搬入来，放在炕桌上，又拿一壶酒来。金钟儿满斟起一杯奉与如玉，笑盈盈说道："我拜拜你罢！"如玉连忙站起来拉住道："这都是没要紧的想头。"两个方才对面坐下，共叙心田，直吃到未牌时分，方才将杯盘收去。

没两杯茶时，只见打杂的入来说话："有泰安州一个姓王的，坐着车来要寻温大爷说话，现在门前等候。"如玉道："泰安有什么姓王的寻我？想是他错寻了。"金钟儿道："是不是，你出去看看何妨。"

如玉走到门前一看，原来是他的旧伙计王国士，如玉连忙相让。见国士从车内取出个大皮褡裢来，赶车的后生抱在怀内，跟将入来。郑三迎着盘问，如玉道："是我的一位旧朋友，到这里看望我。"郑三见那后生怀中抱着褡裢走得有些沉重费力，心上不住地猜疑。

如玉将王国士让在金钟儿房内。金钟儿问明，方知是如玉的旧伙计，上前万福，慌得那王伙计还礼不迭。彼此揖让坐下。金钟儿看那伙计，年约五十多岁，生得肥肥胖胖，穿了一件茧绸单道袍，内衬着细白布大衫，坐下敦敦笃笃，像个忠厚不少饭吃的人。那后生将皮褡裢往炕头一放，把腰直了一直，出了一口气，站在门旁边，眼上眼下地看金钟儿。金钟儿对那后生道："客人且请到我这院内南房里坐。"那后生走将出来。郑三接住问了原由，始知道是送银子来，慌得连忙让到南房里坐，郑婆子催着送茶。

再说王伙计向如玉道："晚生去年领了大爷的七百银子，原说托大爷的洪福多赚几个钱，不意新财东手脚大，将本银乱用。晚生恐怕他花用尽了，今日与大爷送来。除大爷零碎使用外，净存本银五百二十两。"说着从怀中取出一本清账来，里面夹着如玉屡次取银帖子，双手递与如玉看。如玉道："你替我使着罢了，何苦又送来！"王伙计道："晚生适才不说么，实实地不敢在铺中存放了。也曾和张总管说过几次，总不见他的回信，所以亲自来交。"如玉道："你送来不打紧，我又该何处安放？"王伙计道："任凭大爷。"

金钟儿取了四百钱，走出来向胡六道："你快买些酒肉，收拾起来，好打发客人吃。便那个赶车的，也要与他些酒肉吃。"郑婆子连忙跑来，笑说道："你这孩子好胡闹，我家里的客人，还用你拿出钱？快拿回去，我自有妥当安排。"胡六却将钱递回，金钟儿道："你少在我跟前浪，买你的东西罢！"说毕，回房里坐下，骂得胡六把手一拍道："这是哪里的晦气！"郑婆子道："你还不知道他的性儿，从小儿就是个有火性的孩子。你只快快地买去罢，我在厨房里替你架火安锅滚水等你。"胡六去了。

这边王伙计将褡裢打开，将银子一封封搬出来摆在炕上，着如玉看成色、秤分两。又要算盘与如玉当面清算。如玉笑道："我还有什么不凭信你处分，何用清算！你说该多少就是了。"王伙计道："大爷若不清算，晚生也不放心。"讲说了半晌，才不算了。又一定着如玉称称分两。金钟儿道："这银子不但温大爷，就是我也信得过，是丝毫不错的。就是每封短上一头半钱，难道还叫添补不成？"王伙计拂然道："你这婊姐就不是了。亏你还相与过几千百个人，连我王老茂都不晓得！不但一钱二钱，便是一两二两，我也从不短人家的。怎么才说起添补的话来！"金钟儿笑道："是我过于老实，不会说话。"又向如玉道："你就称称分两罢。"说罢将戥子取过来。如玉见他过于小心，随即称兑了几封，都是白银子，每一封不过短五六分，也总算是生意人中的大贤。兑完银子，便立刻要抽借约。如玉道："你的借约还在家中，等我回家时拣还你；若信不过，我此刻与你立个收帖何如？"王伙计道："大爷明日与晚生同回去罢，五六百银子不是玩的。"如玉道："我亲笔写收帖，就是大凭据。我和你财东伙计一场，难道会将来赖你未还不成？"王伙计甚是作难，不得已，着如玉写了收

第四十四回　过生辰受尽龟婆气　交借银立见小人情

帖；自己看了又看，用纸包好揣在贴肉处，才略放心些了，就要起身辞去。如玉道："你好容易到此，我还要留你歇息几天。"王伙计道："晚生手下还管着许多小伙计，如何敢在婊儿家停留！"如玉笑道："怎么你这样腐板[1]！也罢，这里也有客店，你吃了饭，我送你安歇。"王伙计才不推辞了。

金钟儿将银子都搬入地下大柜内。胡六端入菜来，两人对面坐下，金钟儿在下面斟酒坐陪。不意郑婆子又添了许多菜蔬，那王伙计倒好杯儿，酒到便干。如玉见他有几分酒态，指着金钟儿问道："你看他人物好不好？"王伙计看了金钟儿一眼，就将头低下了。少刻吃完酒饭，王伙计连茶也不吃，拿出褡裢，又叮咛如玉回城时抽约。如玉送出院来。慌得郑三急来相留，如玉说明绝意不住的话，同郑三领他到店中去了。又与了赶车的几钱银子

须臾，如玉回来，小女厮将灯送入。没有半顿饭时，忽听得后面高一声低一声叫吵，倒像有人拌嘴的光景。忽见小女厮跑来说道："二姑娘，还不快去劝解劝解，老奶奶和老爷子打架哩！"金钟儿道："为什么？"小女厮道："老爷子同大爷送了那姓王的客人回来，才打听出今日是温大爷的寿日，午间没有预备下酒席，数说了老奶奶几句。老奶奶说：'你是当家人，你单管的是什么？'老爷子又不服这话，就一递一句拌起口来。老奶奶打了老爷子一个嘴巴，老爷子恼了，如今两个都打哩。苗三爷和大姑娘都去了，二姑娘还不快去！"金钟儿鼻子笑了一声，向如玉道："这般伎俩亏他们也想算的出来，真是无耻！"如玉也笑了。小女厮急得了不得，一定要叫去。金钟儿道："我没功夫。任凭他们不拘谁，打杀一个倒好。"小女厮催了几遍，见金钟儿不去，也就去了。

待了半晌，不听得吵闹了。猛见苗秃子掀帘入来，望着如玉连揖带头就叩拜下去。如玉还礼不迭。苗秃子爬起来说道："我真是天地间要不得的人，不知怎么就死背过去，连老哥的寿日都忘记去。若不是劝他两口儿打架，还想不起来！"又指着金钟儿道："你好人，一句儿不说破。"金钟儿道："谁理论他的生日寿日哩！今日若不是人家送着几两银子来，连我也想不起是他的寿日。"苗秃子道："没的说，明日是正生日，我们

---

[1] 腐板：迂腐、呆板。

大家补祝也不迟。"如玉道："我的生日是五月初四日,已经过了。"苗秃子笑道："你休混,我记的千真万真是这两日,昨年在东书房不是我和你吃酒么!"于是虚说虚道亲热了半晌,又极力地奉承了金钟儿几句,方才归房去安歇。

次日,郑三家杀鸡宰鸭,先与如玉收拾了一桌茶食,又整备着极好的早饭。苗秃子知会了萧麻子,在厅内坐着等候如玉起来,补送寿礼。等到巳牌时分,白不见动静,各有些饿得慌。又不肯先吃些东西,都是打扫着空肚子要吃郑三家的茶食和早饭,做补祝的陪客。郑婆子于昨日已问明赶车的后生,说送来五六百两银子在自己女儿房里收着。这是一百年再走不去的财帛,不过再耽搁几月功夫,不愁不到自己手内。今日恨不得把温如玉放在水晶茶碗里,一口吞在肠中。若是平素这时候不起来,这婆子不知大喝小叫到怎么个田地。堪堪地到午牌时分,还不见开门。萧苗二人等得不耐烦起来,不住地到门前院中走来走去的咳嗽,又故意高声说笑。

郑婆子忍不住,到他女儿窗外听了听,像个唧唧喁喁说话。瞅着院内无人,悄悄地用指甲将窗纸掐破一块,往里一觑,连忙退回去。

又待了一会,将门儿开放,小女厮送入水来。两人梳洗罢,胡六请厅上吃茶。金钟儿道："俺们不去,不拘什么白菜豆腐,拿来吃了就是。"胡六去了,转刻又入来相请。又听得苗秃子说道："温大爷起来了没有?萧大哥等候了半天了。"如玉只得出去。萧麻子一见,笑得眼连缝儿都没有,大远的就弯着腰抢到跟前下拜,也不怕碰破了头皮。苗秃子也跪在萧麻子肩下,帮着行礼。如玉还礼毕。萧麻子道："昨日是大爷千秋,我相交不过年余,实不知道。"又指苗秃道："这个天杀的!不知整日家所干何事!自己忘记了也罢,还不与我说声。"苗秃子将舌一伸道："好妙话儿,我既然忘记了,还哪里想的起和你说?"如玉道："我的生日已过了。就算上是我的生日,我如今也不是劳顿朋友做生日的人。"萧麻子从袖内取出两个封儿来,上写着"寿敬二两",下写着他和苗秃名字,双手送与如玉。如玉哪里肯收。推让了好一会,萧麻子向苗秃道："何如?我预先就知道大爷不肯收,你还说是再无不收之理!如今我有道理,你在明日,我在后日,各设一席,今日让与郑三。这几月疏阔得了不得,也该整理起旧日

第四十四回　过生辰受尽龟婆气　交借银立见小人情

家风来了。"苗秃子道:"说的是!大家原该日日快聚,才像个朋友哩!"又见玉磬儿从西房内慢慢地走来,笑道:"我也无物奉献,只磕个头罢!"如玉连忙扶住。

胡六摆放杯盘,是十六样茶食,红红绿绿甚是丰满。随即郑三入来说道:"昨日是大爷千秋,晚生才晓得,还和老婆子生了会儿气。"正说着,郑婆子从门外抢入来说道:"温大爷不是外人,就是昨日未曾整备酒席,实是无心之过,只是没有早磕个头,想起来倒叫人后悔死!"说着,两口子没命地磕下头去。如玉扯了半晌,方扯起来。如玉道:"我这半年来手内空虚,没有多的相送,心上时时抱愧。承你老夫妇待我始终如一,不但饮食茶水处处关切,就是背前面后也没半句伤触我。今早又承这样盛设,倒叫我又感又愧。"郑婆子道:"大爷不必说钱多钱少的话,只要爷们情长,知道俺们乐户人家的甘苦,就是大恩典了。"

萧麻子冷眼看见郑婆子穿着一双毛青梭新鞋,上面也绣着些红红白白花草,因郑三也在面前,不好打趣。少刻,两口子都出去了,萧麻子笑向玉磬儿道:"你三婶今日穿上这一双新花鞋,倒穿得我心上乱乱的。你可暗中道达,着她送我一双。"玉磬儿道:"你要她上供么?"萧麻子道:"谁家上供用那样不洁之物!不过藉她打打手铳,觉得分外又高兴些。"众人都笑了。

苗秃子道:"金姐还梳头么?"胡六道:"二姑娘说来,今日不吃饭,害肚里不受用哩!"苗秃子道:"这又是个戏法儿!她不吃饭,我们还要这嘴做什么?"萧麻子道:"我扯她去。"于是不容分说,将金钟儿扯出,五人同坐。正是:

一日无钱事事难,有钱顷刻令人欢。

休笑乐户存心险,世态炎凉总一般。

第四十五回

爱情郎金姐贴财物　别怨女如玉下科场

词曰：

　　荡漾秋波落泪痕，送郎财物在黄昏，远情深意出娟门。为下科场离别去，空留明月照孤村，一灯相对夜销魂。

右调《浣溪沙》

　　话说如玉在郑三家过生日，萧、苗二人各请了一席，如玉又还了一席，鬼混了三四日。只因有这几百银子入在众人眼内，弄得鸨儿龟子动了贪心，苗秃、萧麻生了痴念，一个个不说的强说，不笑的强笑，整日家簇捧着如玉和羊脂玉、滚盘珠一样，比来时的如玉还新鲜几分。殊不知他们把精神俱属罔用，若依着如玉，他原是公子出身，只知挥金如土，哪知想后思前。就是如今穷了，他的豪奢心性犹存，这几两银子也不愁不到他们手内。无如里面插着金钟儿与他做提调官，这女子不过性情急暴些，讲到人情世故上，真是见精识怪，透露无比。依如玉的意思，念在郑三家日久，虽然款待凉薄，一个乐户人家，原指着姐妹和闺女过日子，就与他五六十两也不为过；又见萧、苗二人爱钱的景况，甚是可怜，也要点缀他们数金，因与金钟儿相商。

　　谁想金钟儿另有主见，向如玉开说道："你不过是为贪恋着我，在他们身上用情。你想想，如今的时候，银子出去最易；你若叫它回来，比登天还难。刻下有这几百银子放在身边，便是个虎豹在山之势，我父母从今断不敢薄待于你，你就再迟一半月与他，也不迟。至于萧、苗二人，且乐得叫他们望梅止渴，日日受享他们趋奉，到看不过眼时，与萧麻子几两罢了。但是我还有一虑，这个去处是风波不测之地，千人可来，万人可去。别人尚不足介意，诚恐萧麻子利心过重，或勾通匪类，意外生枝，你是个孤身，我又是个妇女，五六百银子放在此地，终非妥局。刻下若将银子拿回泰安，不但我父母切骨恨我，萧麻子于你也不肯干休。你我

第四十五回　爱情郎金姐贴财物　别怨女如玉下科场

想要安然相守，一日也恐怕不能。你依我的主见，你可速速写一字，教张华取银子来。字内再说与他，若我父母问时，只说是你家老太太祭辰，请你回去上祭[1]，他们就不疑心了。我连夜做成几个布褡儿，不论三更四更，与张华约定，将银子转去。只用往返两次，就都带回泰安，叫他收存在妥当地方，岂非人鬼不知！你这里连五十两也不用存留，以防不测。

"再如你我终身事体，我打算已久，若轻轻易易地嫁你，断不能够。我已立定志愿，除你之外，今生誓不再接一人，任凭我父母刀锯斧砍罢！他将来见我志愿已决，定视我为无用之物，到那时他们都回心转意，不过用二三百银子，便可从良。我自从接客，至今五年光景，身边零碎积下有百十多两银子，衣服首饰也值百十余两，你将来回家时，可尽数带去。日后我若有福，得与你做一夫一妻，到你家中过起日月来，我又有一番安排。你的住房是三百多两银子买的，不妨卖了，费一百银子买几间小房居住。张华人老实，存心也还为顾你，可留在家中。你家中还有个姓韩的，我听得说闺女儿子也有四五个，这不但天天吃米，即年年穿布也了不得，这该少与他几两银子，着他出去另过。我从良满估上三百两，我与你东西先变卖了，便有二百四五，你不过止出着五十多两，我就是你的人。将来好也是个过，歹也是个过，穷人家一文无有，也未尝尽行饿死，还要养活儿女哩！为今之计，可咬定牙关，只拼出四五十两来，在此混到水尽山穷处，方零碎与他们。将来我父母若赶逐起你来，你只管回家，留下我与他们拌着走。人生在世，能有几何？与你快活得一日是一日，我实实舍不得你，再交好别人。"说着雨泪纷纷，倒在如玉怀内。

如玉听了，感激得入骨切髓，连忙抱起来用自己的脸儿来回与她揩抹，温存了半日，方说道："我温如玉家门不幸，叠遭变故。若在三四年前，早已与你成就了心愿了。你的议论，都是从心眼中细针密线盘算出来的，只是愁你将来要受大凌虐。你父亲还罢了，你母亲不是善良神道。"金钟儿道："任凭她，拼上个死，谁也打发的下去。"如玉道："你今说到此际，我也有个隐衷，屡次想要说，只是不忍与你分离。"金钟儿惊问道："你为何说出离别两字？"如玉道："我如今家业凋零，只有一日不如一日，

---

[1] 上祭：上坟。

断无兴发之期。目今已六月初十日,离科场仅有五十来天,我意思要回家读几句书,或者借祖宗功德,侥幸一第。异日纵不能中进士,挨次做个知县,踪或迁就别途,也是日后的饭根。"金钟儿听罢,呆了一会儿,说道:"你这一下场,不知得多少日子才能回来?"如玉道:"若从如今回家,到八月初八进场,十六七完场,二十内外我可与你相会。此地离省城百余里,比泰安还近一半路,我场事一完,即来看望你。"金钟儿道:"这是你功名大事,我何敢误你!但愿上天可怜,从此联捷,你出头的日子,就是我出头的日子。只是要与你隔别两月功夫,我真是一日也受不得。"如玉道:"你若不愿意着我去,我就不去。"金钟儿道:"这是什么话说!我不是那样不识轻重的女人。但是你回家读几句书固是要紧;我想命里该中,也不在用这几天功!"如玉道:"我于八股一途,实荒疏得了不得。若要下场,必须抱抱佛腿。"金钟儿又自己屈着指头数算了一回,方许在十天后回家。两人斟酌停当,如玉写了字,暗中雇人送与张华,着他十八日雇车来接。至此后,也没别的议论,唯有夜以继日干那勾当。

萧、苗二人见他们青天白日,常将门儿关闭,也不过互相哂笑而已,哪里知道他们早晚就要分别。只是不见如玉拿出银子来相帮,萧麻着急之至。到了十六日,金钟儿又与如玉相商,起身时与萧麻子留四两,说在下场后再多送些。与郑三留二十两。如玉道:"萧麻子送多送少,又不该欠他的,倒也罢了;只恐这二十两银子,你父母未必肯依。"金钟儿道:"我早已都想算停当了,此番王伙计与你送银子来,数目多少他们都知道,我猜必是那赶车的后生露的风声。你若将银子带回家去,不但我父母从头至尾清算嫖账,就是萧麻亦必搬弄是非。如今有一妙法,我这后园中有的是砖头石块,你我今晚收些来,都用纸厚厚地包做十来封,每封写明数目,画上你的花押,放在我柜内;临行,将我父母叫到跟前,着他们都一一看过,当面将柜子外面加上你的封皮,钥匙交付我收管。你的原银并我与你的银子衣服首饰,该在身边带的,你可同张华分带;该在被套内装的,俱装入被套内。我母见你的银子不拿去,不但还与她留二十两,就一两不留,她也可以依允。将来你去了,设有客来,他们看在这几百银子份上,也必不肯过于说我。待你中了,人情是势利的,我们再想别法。如此行去,看来还可以谎过他们去。"如玉听了,喜欢得心花俱开,说道:"此计指鹿为马、以羊易牛,实妙不可言!"连忙将金钟儿抱过来放在怀中,亲嘴咂舌地说道:"谁似你这般聪明,这般才智!我温如玉将来得你做夫妻,也真不枉生一世!"说罢,急急地将门儿关闭,两人又干起旧生活来了。

到了十八日,张华如期而至。如玉暗中与张华说明,张华大喜。郑三家两口子见张华来接,真如平空里打了个劈雷。那萧、苗二人探问如玉回家不回家?如玉总是糊涂答应,怕郑三等生心防范。

此夜四鼓,从窗门内与张华银三百五十两,钗环首饰,一总转运过手,张华俱妥贴收藏。如玉原定在二十一日起身,到二十日晚间,两个难割难舍,又改在二十三日。郑婆子又嘱咐金钟儿,着将如玉千万留下,金钟儿满口应允。到此晚,将如玉的两个褥子两个被子俱皆拆开,将棉花去了些,所有的单夹皮纱,凡新鲜的衣服尽铺絮在被褥内。又各用针线牵引得稳稳当当。至二十二日,这一夜千言万语,叮咛不尽,如玉也安慰了金钟儿许多话。五鼓时,两人将被套打开,把被褥四件装好,天色才有亮光。张华便叫车夫套起车来,在窗外请如玉。如玉又将二百五十两用搭膊自带在身上。

郑三家两口子听得套车,各没命地爬起,到如玉房中问讯。如玉说明要回家读书下场的缘故,又将柜子开了,着郑三点查了银子封数,随即锁住,外面贴了封条。将钥匙交与金钟儿收存,嘱咐小心门户,到下场时还来。又言明场事完后,再来久住。郑三家两口子见十数封银子不带去,大放怀抱,心上甚是欢喜。如玉又拿过二十两一包银子,说道:"我在你家糟扰日久,心甚不安。这些银两,权做家中茶水钱用。等我下场回来,再加十倍酬情。"郑三家夫妇见银子虽然极少,却大头还都在自己家里存着,于是赔着笑脸说道:"大爷在我身上恩典甚重,只可惜没有好管待,早晚不知得罪下多少!"郑婆子又接着说道:"大爷何必多心,与我们留这几两银子?至于嫖了的时日,大爷更不必多心,将来上算盘也是打的出的。下场读书是个正大题目,我们也不敢强留,但是走得太鬼秘了,也该早和我们说声,收拾一杯水酒送送,令旁人也好看。难道定是鹿鸣宴才好吃么!"如玉道:"我正怕你老夫妻费心,所以才不肯达知。"郑三向金钟儿道:"怎么你一句也不言语?"金钟儿道:"自张大叔来,我问他走不走的话,也不知几百遍;今日五更鼓时,忽然爬起来要走,我把舌头都留破了,他决意要去。就着他去罢,我还有什么脸再说!"如玉又拿过四两银子道:"烦送与萧大爷,说不堪微礼,与小相公买双鞋穿罢!我大要不过一月后就来看望令爱。"

正说着,张华入来,如玉着他搬褥套。郑三道:"怎走得这样急?"哪里肯教张华搬取,自己揪起来扛在肩头,郑婆子连忙拿起衣服包。如玉向金钟儿举手道:"话也不用再说,我去了,你要处处保重。"说着,眼中泪行行直下。金钟儿只说了一句:"我知道。"那眼泪与断线珍珠相似,在粉面上乱滚。如玉出了东房。郑三道:"不用和苗三爷说说?"如玉道:"等他起来时,替我表白罢。"出了大门,向金钟儿道:"你请回罢!"金钟儿也不回答,一步步流着痛泪,送出堡来。

如玉走一步,心上痛一步,只是不好意思哭出声来,不敢看金钟儿一眼。此时街上行人甚少,看他的都挤眉弄眼,跟着观玩。一同出了堡门,车子跟在后面,如玉向郑三夫妇道:"感谢不尽,容日补报罢!"又向金钟道:"我说过的话,你要处处保重,你快回去,我走罢!"金钟儿流着泪点了两下头儿。郑三扶着上了车,还要送几里,如玉再三止住。少刻,马行车驰,走的望不见了,金钟儿方才回家。有如玉与打杂的胡六留下二两银子,并小女厮的五钱,都送与他们,把门儿重新关闭,也不吃饭,低声痛哭不止。

苗秃子起来,方知如玉去了,心上甚是怪异。又询知银子未曾带去,只与了郑三二十两,萧麻子四两,自己一分也无。与萧麻子说知,萧麻子心中作念道:"这温如玉好没分晓,怎么敢将五六百银子交放在王八家内,若我断不如此。"又想了想笑道:"男女两个,都热得头昏眼花,还顾得什么!"苗秃子总以不辞而去为歉。萧麻子道:"他与我留下四两,与你没有留下,他自然要早去,你叫他怎么辞别?"苗秃子道:"这小子真是瞎了心,谁想望你哪卖住房钱!"

再说如玉到家中,安顿妥当带的银物,也无暇读别书,只将素年读过的几本文章并先时做过的窗稿,取出来捧玩。无如他分了心的人,哪里读的入去!一展书时,就听得金钟儿在他耳边说话;离过书时,便想她的恩情并嘱咐要紧的话儿。茶饭拿来,吃几口就不吃了,不知想算什么。人见他不吃了,要将盘碗收去,他又低头吃起来。每一篇文章,再不能从头至尾读完,只读到半篇上,他自己就和鬼说起话来。时而蹙眉,时而喜笑,时而长叹愤怒,一刻之中便有许多的变态。过了七八天后,才略好些。亏他有点才情,饶这样思前想后,不过二十五六天,肚里也装了三四百篇腐烂墨卷。又因与金钟儿会面心切,经文章也没功夫打照,只将正大拟题看了看讲章,表判、策论打算着到省城再处。将自己和金钟儿的银子共六百三十两,赏了张华十两,着他制办衣服跟随;自己带了一百五十两;其余的一宗宗都点与韩思敬收管,嘱咐他两口子小心门户。又将金钟儿首饰衣服,交与张华家老婆收存,为她是个妇人,不敢将银子与她。忙忙地收拾了一天,同张华坐车到试马坡来。

金钟儿自从如玉去后,两人的情况都是一般,终日家不梳不洗,埋头睡觉。幸亏郑三是个怕是非的王八,当日他妹子未从良时,因嫖客吃醋打了一场官司,被地方重责了四十板,逐出境外,他心上怕极,才搬到这试马坡来。从不敢寻找嫖客,有愿来的,碰着是个肥手,便咬嚼到底。只待那肥手花用精光,他才另外招人。不然一个乐户人家女儿,哪里闲的了一月两月,只三天没有嫖客,便急的猴叫。郑婆子倒是个不怕是非的,恨不得夜夜有客。只因她心上贪恋着如玉那几百银子,又大料着金钟儿不肯轻易接人;若强逼她,万一惹恼如玉,将银子都取去,倒为小失大了。因此有个把嫖客来,都着玉磬儿支应,金钟儿便装起病来。因此如玉去后,她竟得安闲。

这日正在房中闷坐,猛听得小女厮在院中说道:"温大爷坐车来了。"金钟儿一闻此言,欢喜得心上跳了几跳,连忙用手整理容环,拂眉掠鬓,又急急地将鞋脚腿带紧了紧,迎接出来,如玉已同他父母在院中说话。金钟儿笑嘻嘻地问道:"你来了!身上好?"如玉笑道:"来了,来了!你好!"

两人到房内坐下,打杂的将被褥套放在一边。张华拿入送金钟儿的吃食,并送他父母几样东西。金钟儿笑道:"来就是了,何苦又买这些东西费钱!"如玉道:"表意而已。"金钟儿道:"你这四五十天,读下多少文章?"如玉笑道:"一句也没有读在肚里。"随即吃茶净面。如玉问苗秃子,金钟儿道:"你去了十数天后,他就回家了。难道你没有见他么?"如玉道:"我没见他,想是和我恼了!"金钟儿道:"随他去罢!"少刻,萧麻子来看望,并谢日前相赠的银两,说了又说,是个示知嫌少之意。须臾,玉磐儿也来陪坐谈笑了一会。打杂安放杯筷,一同吃了饭。萧麻子早早回家,玉磐儿也走了。两人重新诉说一月心情,不起更便安歇。

一连住了三天,如玉道:"离场期止留下十三四天,我场后就来。"金钟儿知是正务,也不敢强留。又数算着二十天外便可相聚,因此两人欢欢喜喜的离别,不似前番那样凄苦。如玉与郑三留下十两银子,做下场回来地步,方才起身赴省。

假情尽净见真情,情到真时情倍深。

莫谓嫖情通是假,知情真假是知音。

第四十六回

埋寄银奸奴欺如玉　逗利口苗秃死金钟

词曰：

女心深，郎目瞎，痴儿今把情人杀。秃奴才，舌堪拔。趋奉乌龟胯下。这女娘，遭毒打。恨无涯，登鬼录。深恨付托迂拙。

右调《渔歌子》

话说如玉别了金钟儿，上省乡试去了。再说韩思敬收存着如玉四百七十两银子，不但晚间，连白日里也不敢出门。一日，他老婆王氏问道："主儿家这几百银子，可是他下场回来就要收回去的么？"思敬道："他不收回去，难道与我不成！"王氏道："你想他这几百银子，可以过得几年？"思敬道："这有什么定规，从今若省吃俭用，再想法儿营运起来，也可以过得日子。若还在郑三家胡混，一半年就可以精光。"王氏道："我听得她和个什么金钟儿最好，眼见的下场回来还要去嫖，这几两银子不愁不用尽。只是将银子用尽了，你我该靠何人养活？如今是一个儿子三个女儿，连你我共是六口。将来他到极穷的时候，自己还顾管不过来，你我如何存站得住！到那时该怎么着，你说？"思敬道："既与他家做奴才，也只得听天由命。"王氏鼻子里笑了一声，骂道："呆哥哥，你若等到听天由命的时候，我与你和这几个孩子们，讨吃还没有寻下门子哩！"思敬道："依你便怎么？"

王氏道："依我的主见，主人不在家中，只有张华家老婆和他儿子。一个女人，一个十数岁娃子，量他两个有什么本领防范我们？你我可将他交与的银子并家中该带的东西收拾停妥，你买一辆车儿，再买两个牲口，不拘哪一日三更半夜起身，或山西或河南，寻个住处。南边地方湿潮，我不愿意去。"思敬道："这真是女人见识。连半日也走不出去，就被人家拿回来。"王氏"呸"的唾了一口，骂道："没胆气的王八！那尤魁难道就不是个人？坑了他万数多银子，他也没有拿回他一根毛来。倒只说旱路上行走一起一落,你我孩子们多,不如水路里容易做事。我还有个主意:咱们这房子背后就是一块空地,中间又有一个大坑,这半月来又没有下雨,水也渐次干了。你不拘今晚明晚,等到四更以后,只用一柄铁铲,挖一个深窟埋在里头,管保神鬼不觉。此事做得大早了有形迹;大迟了设或主人回来,有许多掣肘。他如今才去了七八天,到十二三天后,你可于夜半上房去,将瓦弄破几个,像个人从房上下来的情景;将你我不拘什么衣服,丢在房上房下几件;再将那边小窗子摘下来放在地下,柜上的锁子也须扭在一边。到天明时,然后喊叫不住,左邻右舍信我们被盗。就是张华家女人也没什么猜疑。你还得写一个状子告报官府,故作张皇着急的光景,遮饰人的耳目。官府必定差人拿贼。你可先去省城禀主人知道,看他如何举动。想来无贼可拿,他势必卖这一处房度用,那时不用咱们辞他,他养活不起,他先辞咱们了。然后遇空儿将银子挖出,另寻了地方居住,岂不是子子孙孙的长算。你看好不好?"

韩思敬蹙着眉头道:"你说的倒甚是容易,也不想一想事体的归着!主人如今只有这几两银子,还是先时的房价,此外再别无产业。四五百银子不见了,真是财命相连;况又是一五一十交给我的,怎肯轻轻地和我罢休?就是官府审起来,也要向我问个实在下落。贼倒也未必拿,只怕先将我动起刑来倒了不得!"王氏道:"呸!臭溺货,世上哪有个贼未曾拿,就先将事主动刑的道理?就算上到水尽山穷,难为我们的时候,你不拼上一夹棍,我不拼上一拶子[1],就想叫儿女享福,自己饱暖么?何况你也是四十多岁的人,非小孩子可比,还是招架不起一夹棍的怎么?人家还有挨七八夹棍的哩!"思敬道:"你把这夹棍不知当什么好吃的果子!讲起七下八下来了。"王氏道:"我把话说尽了,做也由你,不做也由你。我今日须先和你说明,你若到讨吃的时候,我便领上孩子们嫁人。想着我陪你受罪,那断断不能!好容易一注外财飞到手内,他还有许多的踌躇哩!"韩思敬两只眼瞅着地想了半晌,将头用手一拍道:"罢了!拼上命做一做罢!"王氏道:"你可也想过味来了!若行,今晚就看机会埋银子。"

---

[1] 拶(zǎn)子:古时夹手指的刑具。

第四十六回　埋寄银奸奴欺如玉　逞利口苗秃死金钟

韩思敬出了巷口，转在房背后，在那坑内看定了地方，又见坑对过北边，远远的有四五家人家。那日系八月初十日，埋了银子，直到二十日，天一明，方声张起来。

张华家老婆在内院东房内，听得思敬家两口子在西房中叫喊，急忙起来看时，见西房窗子在地下丢着，院基台阶下有两件衣服。到房内一看，地柜大开着，柜旁边还有一把斧子，锁子也扭断在一边。也不知没的是什么东西，问起来，才知将主人银子尽数被贼盗去。又见思敬止穿着一条裤子，在地下自己打脸，老婆在炕上帮着哀叫。

早惊动邻舍并地方人等，都来询问了根由。大家在房内院外巡视一番，齐向思敬道："银子丢了四五百，非同儿戏，你哭叫也无益。快寻人写张呈子，报官严拿。"思敬道："众位哪一个会写，就替我写写罢！"众人道："我们不识字的甚多，何况这个文章也不是胡乱做的。"内中一个道："何用远求，东巷子里秃子苗相公，我们这几天见他在家中，何不烦他一写？"思敬道："他是我家主人好朋友，我们同去烦他。"说毕，一拥齐来。

叫开苗秃子的门，苗秃子还在被内睡觉。被众人喊叫起来，心上倒有些惊怕，疑惑是同赌朋友们出首下了。出得门来，见韩思敬跪下啼哭，还有七八个人在他后面站着。苗秃子拉起道："为什么？"众人吵吵杂杂地说了一遍。苗秃子道："你主人缘何有这许多银存放在你手内？"思敬就将试马坡带来六百多两银子，又带去一百余两下场，余下四百七十两托小人收着。昨晚睡熟，不知什么时候，被贼盗去，说了又哭。苗秃子听了，大笑道："你主人这一番才停当了。"又问道："这宗银子可真是试马坡带来的么？"思敬道："怎么不是！王掌柜的送在试马坡，我主人从试马坡带回，还有些衣服首饰，交与张华家老婆，若交我，也都一齐被偷了。"苗秃子又大笑道："我才明白了，原来如此！"又问道："这首饰衣服还在张华家女人手内么？"思敬道："他没被盗，自然还在。"

苗秃子问明根由，替他写了个报窃的禀帖，才打发去了。心里作念道："小温那日绝早地去，既带回自己的银子，又得了金钟儿的外财。谁知天道难容。这不消说，留在郑三家的银子是假的了。只可恨金钟儿这淫妇奴才，屡屡在小温面前排挤我，弄得一个钱也到不了手内。不料他们也有跌倒的日子。我今日即去郑三家送个信儿，看这伶俐的淫妇又有什么法儿摆脱！不叫老龟婆打断她的下截，誓不姓苗！"跑到市上立刻雇了个飞快的驴儿，一路唱着时调《寄生草》，向试马坡来。

次日未牌时候，一入郑三的门，便大喝小叫："我是特来报告新闻的。"郑三家两口子迎着询问，他又不肯说，一定着请萧麻子去。少刻，萧麻子到来，他又把金钟儿、玉磬儿都叫出来，同站在厅屋内，方才说道："我报的是温如玉的新闻。"金钟儿道："他有什么新闻，想是中了？"苗秃子道："倒运实有之，若是中，还得来生来世！却被人偷了个精光。"萧麻子道："被人偷了些什么？"苗秃子道："小温儿这小厮，半年来甚是狂妄。他也不想想能有几贯浮财，便以大老官气象待我们。月前他回家时，带回银六百余两，一总交与他家人韩思敬收管，他下场去了。本月二十日，也不知几更时分，被贼从房上下去，将银子偷了个干净。如今在泰安州禀报。这岂不是个新闻？"郑三道："这话的真么？"苗秃子道："我还有个不说话的先生在此。"遂将替韩思敬报窃的稿儿取出，对众人朗念了一遍；又将贼从某处入，从某处出，韩思敬如何大恐，地方邻里如何相商，指手动脚，忙乱了个翻江倒海，方才说完。金钟儿听罢，低垂了粉项，改变了朱颜，急抽身回自己房内，又气又苦，心中如刀割箭射一般。

苗秃子见金钟儿扫兴回房，越发高声说笑。郑婆子说道："到底是温大爷有钱，一次被人家偷六百多两！"苗秃子笑说："你还做梦哩，不但他叫人偷了，连你家也叫人偷了。适才金钟儿在这里，我不好明说，你只用打开她房里柜子，将小温的银子看看，便知端的。月前那姓王的来，我们问那赶车的后生，他是五百多两；前番小温回家与你家留下二十两，又与萧大哥四两，还赏了打杂许多，这一百四五十两银子是从何处多出来？我再实和你们说罢，还有许多的钗环首饰、皮夹棉衣。你家人送与姓温的，姓温的没福消受，一总送与做贼的了。"郑三家两口子听了，就和提在水盆里的一般，气得只是打战。萧麻子道："银子不用看，我明白了。若说衣服首饰都送了人，金姐必没这大胆子丢开手罢！"玉磬儿道："苗三爷既有确据，这事不是个含糊的；只用将金妹子箱柜打开一看，真假就明白了。"

金钟儿紧是气恨不过，听了他们这些话，心上就和有十七八个吊桶，

第四十六回　埋寄银奸奴欺如玉　逞利口苗秃死金钟

一上一下的乱翻；打算着他们必有一看，将胆气正了一正，爽利坐在炕中间等候他们。又听得他父亲说道："万一温大爷的银子不假，衣服首饰俱在，金钟儿是我生养的，我还怕得罪她么，只是日后温大爷知道，我们私自启他的封条，又看他的银子，觉得不像个事。"苗秃子将舌一伸，冷笑道："老先生，你好糊涂呀！温大爷的银子放在你们家里，就是他没斟酌处。分明你是个老实人，假若是我，他前脚去了，我后脚就将他的银子拿去，与他留下一半还是大人情。就告到官司，只说他欠嫖钱未与。他也做的不是正大事，官府替他追比不了，一总入官，大家得不成。真银子存放尚且要如此，何况如今都是假的。"又向郑三家老婆把舌头一伸，急掉转头脚向厅屋正面来来往往，一步一步踱去了。

郑婆子向萧麻子道："我们大家都去看来。"萧麻子道："不用看。从今丢去姓温的，另做事业罢。"不意玉磬儿在前，郑三随后，入金钟儿房去，苗秃同郑婆子也相同入去，唯萧麻子独自坐在厅上听候风声。

金钟儿见他们入来，在炕上坐着不动一动。郑三问道："柜上的钥匙哩？"金钟儿从身边取出来，往地下一摔，道："看去！"众人见他这举动，倒有几分疑惑起来，看来这几百银子，多是有真无假。苗秃子向郑三道："先开皮箱。"郑三又问金钟儿道："皮箱上的钥匙在哪里？"金钟儿大声道："在柜顶上！"郑三将钥匙取下来，先把一个大皮箱抱在地下，觉得甚轻。开看，只有她寻常穿的几件衣服，并无一件新的在里面。金钟儿共有四个皮箱，倒是两个空的，钗环首饰，一无所有。郑婆子指着金钟儿道："你的衣服首饰哪里去了？"金钟儿道："都送了温大爷了！"郑婆子大怒道："你为什么送他？"金钟儿道："我心上爱他！"郑婆子咬着牙先将自己脸上打了两个嘴巴；郑三也气极了，用手将柜上锁子一扭，锁链折断。把银子取出一封来，打开看时，却都是些石头；又开一封，也是如此。随手将金钟儿脸上打去，金钟儿一闪，响一声却打在窗棂上，大小石块乱滚。郑三见没打中，扑上炕去，将金钟儿头发提在手内，拉下炕来，用拳头没头没脸地乱打。萧麻子飞忙跑入来，好说了半日，方才拉开。郑婆子又将金钟儿抱住，在头面上乱咬。苗秃见萧麻做人情，自己也只得动手开解，忙乱了好一会，方才劝了出去。

金钟儿在地下躺着，定醒了一会。睁眼一看，门上的帘子也不见了，苗秃子和萧麻子在厅屋西边椅上坐着说话,玉磬儿在正面条桌前站着,不由得心中恨怒。忍着疼痛爬起来,指着苗秃子大骂道:"你这个翻舌递嘴的王八羔子!温大爷待你和他的亲儿子一样,要吃就吃,要穿就穿,要银钱就与你使用,还有什么亏负你处!就是我的衣服首饰,也是我的姑老们送我的,又不是你娘和你祖奶奶的东西,与你姓苗的何干!似你这样献勤劳,不过是嫖那玉磬儿厚嘴唇矮淫妇少出几个嫖钱;你哪里知道,你龟娘龟老子也要和你一十一五的算账,没有你个下流王八羔子白肉的人!"几句话,骂得苗秃子瞪着眼张着口,一句也说不出来。金钟儿还在那里秃长秃短骂不绝口。

郑三在南房里气的睡觉,头前听得骂,也就装不知道;后来听得越骂越刻毒,脸上下不来,跑入东房,一脚踢倒,又重新没头没脸地乱打起来。萧麻子饶拉着,已打得眉青目肿,鲜血淋漓,昏倒在地。打杂的胡六拉着郑三的一只胳膊,萧麻子推着,方才出去。萧麻重新回来,将金钟儿抱在炕上,用手巾与她揩抹了血迹,说了许多的安慰好话,金钟儿倒在炕上,闭目不言。

苗秃子在门外点着手儿叫:"萧大哥。"萧麻子走出来,苗秃道:"我别过你罢!"萧麻子道:"你也浑起来了!她是在气头上,还有什么好言语,听见只当没听见。此时天也晚了,你往哪里去?"苗秃道:"我在这里还有什么意思?"萧麻子道:"郑三为你又打了一遍,你若是去了,倒不是恼金钟儿,倒是连郑三也恼了。我明日自有一番妥处。"玉磬儿道:"你休动瞎气,骂由她骂,打还是她挨。"将苗秃子拉入西房去了。

萧麻子到南房内向郑三家两口子道:"我有几句话,你们要听我说。乐户家女儿原是朝秦暮楚,贴补了嫖客东西的,也不止她一个,量她那衣服首饰也不过在百金内外,为数无多。温大爷在你家中,前前后后实不下七八百两。你就折算起来,还剩他的五百多两。有金钟身子在,不愁弄不下大钱。温大哥此后也是极穷的人,再知道这番打闹,他还有什么脸面再来!但是你家金姐是个有气性的孩子,自幼儿娇生惯养,今日这两顿打,手脚也太重了。若再不知起倒,定要激出意外的事来。今晚务必着个妥当人伴她,还要着实醒睡些的才好。"郑婆子道:"萧大爷怕她寻死么?我养出这样子女儿来,倒不如她死了,我还少气恼些!"萧

第四十六回　埋寄银奸奴欺如玉　逞利口苗秃死金钟

麻子道："我把话说过了，你们要着实留心些！"说罢，回家去了。

郑三家两口子虽说是痛恨金钟儿抵盗了财物，到底是他亲生亲养的女儿，打了她两次，也就气平了。又听得萧麻子嘱咐，未免结计起来。将小女厮叫到面前，与了她三四十个钱，着她和金钟儿作伴，又嘱咐了她一夜不许睡觉。

谁想金钟儿被郑三第二次打后，又气又怒又恨，想着将来还有什么脸面见人！趁萧麻子走去的时候，挨着疼痛爬到妆台前，将三匣官粉都用水吃在肚里。此物是有水银的东西，下坠无比，少吃还最难解散，况于三匣！没有半个时辰，此物就发作起来，疼得肝崩肠断，满炕上打滚。一家子大大小小都来看视，见桌子上和地下还洒下许多的官粉，盛粉的匣子丢在皮箱旁边。郑三家两口子吓得魂飞魄散，郑婆子连忙跳上炕去，抱住金钟儿大哭大叫道："我的儿呀！你怎么就生这般短见！"又骂郑三道："老王八羔子，你再打她几下儿也不好么！坑杀我了，儿呀！"郑三在地下急得抓耳挠腮，没做摆布。又见金钟儿双睛突暴，爬起来睡倒，睡倒又爬起来，两只手只在炕上恨命地乱挝，挝得指头内都流出血来。少刻，唇青面黑，将身子往起一迸，大叫了一声，一副小金莲直蹬了几下，鼻子口内鲜血迸流，就呜呼哀哉了，直是死得凄惨可怜。正是：

一腔热血还知己，满腹凄凉泣九泉。

未遂幽情身惨死，空教明月吊痴魂。

第四十七回

萧麻子贪财传死信　温如玉设祭哭情人

词曰：

秋霜早，桐花老，几多离恨愁难扫。佳期阻，如何处？乍闻凶信，神魂无主。苦！苦！苦！情难竭，柔肠结，泪痕滴尽心头血！读哀札，奠浆茶，新坟三尺，永埋冤家。呀！呀！呀！

右调《钗头凤》

话说金钟儿死去，郑婆子搂住脖项，没命地喊叫道："我的儿！我的苦命的儿！你杀了我了！我同你一路上去罢！"把头在窗棂上一碰，差些儿碰个大窟窿。郑三在地下跳了两跳，昏倒在地。

猛见郑婆子丢开金钟儿，往外飞跑。苗秃子正在厅屋隔扇前走来走去想算道路，又不敢偷走，怕郑三将来有话说，后悔得揉手挝心；不防郑婆子在背后用头一碰，身子站不稳，往前一触，触在门框上，碰了个大疙瘩。掉转身子，正要看时，被郑婆子十个指甲在脸上一抓，手过处皮开肉破，鲜血长流。苗秃子见势不好，就往外跑，又被门槛子一绊，腿不能做主，跌下台阶。郑婆子赶上按住，在脖项上乱咬，两个人滚成了一堆。

郑三在房里喊天震地地哭叫，早惊动了许多邻居都来看视。入的门，见一个和尚被一个披头散发的妇人搂在院里乱滚，众人向前用力分开。一家子又哭又嚷，问也问不明白。到房中一看，才知道郑三家闺女死了。又见郑三和疯子一样，在房内不住扢心乱跳。

忽见萧麻子急急地走入来，问道："还有气哩没有？"打杂的胡六道："死了这一会儿了。"萧麻子道："何如？我原是料着有这一番。"又将金钟儿仔细一看，只是乱发蓬松，鼻口流血，头上青一块红一块，俱是咬打的伤痕，把个千伶百俐俊俏佳人，弄得与阎王殿上小鬼无异。萧麻子把手一拍，口里嗟叹道："咳！死的可惜可怜！"

第四十七回　萧麻子贪财传死信　温如玉设祭哭情人

　　话未说完，猛见人丛中钻出个光头，搽抹许多鲜血，真与那打破的红西瓜相似，扑上来将萧麻子一抱，萧麻子大吃了一惊。仔细看时，才认得是苗秃子。忙问道："你是怎么？"苗秃子道："了不得，了不得！反了，反了！"正说着，见郑婆子大披着头发，从院外大放声哭入来。苗秃子拉着萧麻子往人丛中急忙一钻，让郑婆子入去，方说道："你快同我到院里来，我和你说。"

　　两人到西房檐下，又向萧麻子作了一揖道："没的说，一个知己朋友，难道还不如个王八的交情么！你有什么好主见，快说与我，我与他家势不两立。怎么他的女儿死了，拿我出气？良贱相辱，还要分别治罪；他竟敢殴辱斯文，我辈还要这秀才何用？"萧麻子道："你这殴辱斯文的题目，倒也想的有一二分；只是他的题目若讲出，比你更厉害几倍。"苗秃道："他有什么厉害题目，难道朝廷家名器，是该叫娼妇龟婆白打的么？"萧麻子冷笑道："你这秃兄弟，都说的是醉里梦里话。我不该说，你今日做的，都是伤天害理刻薄不过的事情！金钟儿抵盗财物与温大哥，她抵盗的是王八家的，须知不是你家的，你怎便那样着急？就是温大哥家被盗，我们与他交往一场，该动个可怜他、帮助他的意见才是，谁想你得了风儿就是雨儿。你说被盗，也还是人情以内的事；怎么又说他存放的银子是假的，又说衣服首饰都抵盗与温大哥？我彼时已明白银子出落，唯恐怕起是非，还从旁开解，说金姐没有这般大的胆子。你和玉磬儿左一句，右一句，必定要叫查看她的箱柜，验银子的真假。我几次阻说不听，你说这金钟儿的命不是你要了她的，是谁要了她的？这件事体，郑三家两口子一翻过脸来，他女儿现有脚踢拳打的伤痕，他竟一口咬定你，说是因嫖角口，被你重加殴打，当时殒命。告到官前，纵然抵不了命，熬出来也头白了。"苗秃子听了这些锥心刺骨的话，不由得着慌起来，两只手不由得在秃头上乱挠，口里道："呀！呀！呀！这还了得！"萧麻子见他怕了，越发说起霹雳闪电的话来。苗秃被萧麻子吓恐了一番，反倒求他设法维挽[1]。

　　两人鬼混了一夜，苗秃家中还有三十两银子、五千大钱，都交与萧麻，

---

[1] 维挽：维护、挽救。

安顿郑三目下且不报官。又将一处住房——是六十两银子典的——说定十五天内搬去，交与萧麻管业。可怜苗秃不过百两家私，被萧麻几句话弄尽，连五千钱也没落下，致令家产尽绝，岂不可笑！

郑三于试马坡西，用银六两买了一亩来地，将金钟埋葬。郑婆子恨玉磬儿挑唆搜看箱柜，日日不管有客没客，定和她要五钱银子，没了就用鞭子痛打。到九月初间，萧麻子知玉磬儿人才平常，从她身上吃不了大油水，出了主见，叫郑三带二百多两银子，他同去各乡各堡，于穷户人家采访有姿色妇女，只半月，就买了本州周家庄良人女子小凤儿，日夜着郑婆子鞭打，逼令接客。这话且按下不表。

再说韩思敬递被盗呈子后，州官将思敬传去问了被窃原由，随即差人去温如玉家验看，委令捕头拿贼，与了三日限期。韩思敬回到家中，和他老婆说了一番。又过了五六天，雇了个驴子，往省城寻温如玉报信。

且说温如玉出场后，在省城闲游了两三天。那日正在寓中吃完了午饭，忽听得张华在院内说道："韩思敬来了。"如玉着惊道："他来做什么？"只见韩思敬入来，跪在地下大哭。如玉道："是怎么？快说！"思敬将如何被盗，如何寻问到此处……如玉未曾听完，耳朵里觉得响了一声，便昏闷在床上。急得张华乱叫好一会，如玉才起来，一句话儿也不说。着张华买了个手本，如玉写毕，暗中吩咐张华伴着韩思敬，不许着他出门。独自一个到济东道衙门里来投禀求见，备诉原由。即将韩思敬着历城县专差押解来州。又求了一封嘱托书字。

如玉到了家，另写了一张呈子，把韩思敬夫妇告了个监守自盗。次日早，到州宅门上投递。那州官见有济东道的书字，立刻叫捕役来问明白了情形，旋即坐了大堂，将韩思敬覆加刑讯，打了四五十个嘴巴，又夹了两夹棍，他才吐出实情。当即差捕役同去起赃，不想只起出了二十两一小包，那四百五十两大总，竟归乌有——想是被旁人识破，转挖去了。又将他女人王氏拿来打了二三十嘴巴，拶了一拶子，究竟供不出下落来。州官只得差捕役查访转挖之人，先将二十两银子交与温如玉收存。

这温如玉着张华打听得韩思敬夫妇供出真情，押到房后坑中起赃，心上甚喜；后又听只起出二十两，余银俱无下落，心下又慌乱起来。自己一个咨嗟太息，怨恨命苦，想算着不但将来日月难过，还有什么脸面

第四十七回　萧麻子贪财传死信　温如玉设祭哭情人

去见金钟儿！从此茶饭减少，渐渐的黄瘦起来。

一日，正在书房中闷坐，只听得张华说道："试马坡萧大爷来了。"如玉听见"试马坡"三字，心上动了几动，连忙迎接到房内，叙礼坐下。萧麻子道："大爷是几时来的？文章必定得意！"如玉道："我回来四五天了。还讲文章得意不得意，将来连穿衣吃饭处还未定有无！"萧麻子道："我久知大爷被盗，倒想不到韩令价身上；昨日在苗秃子家方知根由，真是世间没有的怪事。"如玉道："总是我命运该死，未知此信金姐知道不知？"萧麻子笑道："你问金姐么，她知道之至。"如玉道："她可有什么话说？"萧麻子道："她闻信的那半晌，话说最多，到如今十数天，我从未听见她说句话儿。"如玉道："想是她气恨极了，所以她一言不发。"萧麻子道："正是。"如玉叹恨了一声。张华送上茶来，萧麻子吃毕，问道："大爷共失去多少银子？"如玉道："四百七十两。"萧麻子道："金姐首饰衣服还在么？"如玉着惊道："她有什么首饰衣服，老哥何出此问？"萧麻子道："我承金姐不弃，除大爷而外，事无大小，从不相欺。"如玉听了，不由得面红耳赤起来。萧麻子道："大爷当嫖客一场，能勾着行院中人倒贴财物，真不愧为风流子弟。"如玉道："她因何事就与老哥说起这莫须有的话来？"萧麻子冷笑道："这'莫须有'三个字休向小弟说！就是大爷这番被盗的银子，还是郑三家柜内锁着的原物，只可惜没有将那十几包石头带回来，所以就该吃了大亏了。"如玉听了，吓得痴呆了半晌，忙问道："老哥倒要说明。"萧麻子道："你要叫我说明么？也罢了！"遂将苗秃子如何翻舌根，玉磬儿如何挑唆，她彼时如何开解，她父母如何搜拣，金钟儿如何痛骂苗秃，她父母如何毒打……温如玉忍不住浑身肉跳起来。后说到吃了官粉，如玉往起一站，挝住萧麻子肩臂大声道："她死了么？"萧麻子道："你坐下，我和你说。"如玉哪里还坐得住，只急得揉手挝腮，恨不得萧麻子一气都说出来，他好死心塌地。又见萧麻子必要叫他坐下，只得隐忍着，坐在炕沿边催说。萧麻子又将郑婆子如何与苗秃打架，他从中如何劝阻，苗秃子如何许了三十两银子，方才说到金钟儿自己吃了官粉，到定更时如何肝崩肠断，如何鼻口流血……说到此处，将桌子用手一拍，大声吆喝道："死了！"如玉听了个"死"字，把眼一瞪，就跌倒在地，面色陡然透黄，早已不省人事。

萧麻子本意原不过将金钟儿负气衔怨，服毒暴亡的事说得可怜些，感动如玉，好借买坟地安葬话插入，鬼弄他几十两银子，一则完郑三信义，二则自己于中也可以取他几两使用，倒不意料如玉多情到这步田地，忙上前帮着张华叫喊。只见他两手冰冷，闭目不言，口中止存微气。正在急忙时，又被张华说了两句道："我家主人若有好歹，也不愁你不偿命。"萧麻子听了这两句话，见如玉死生只在须臾，他虽然有胆量，也心里要打一个稿儿；走又不好意思，没奈何，拉过一把椅子来坐下静候。待了好半晌，方才听得如玉喉内喘息有声，少刻，口中吐了许多的白痰，张华才将心放在肚内。萧麻子道："好了，我这老命才算是保住了。"说罢，摇着头冷笑着出来。

如玉自得此信，昏昏迷迷有两昼夜，才少进些饮食，仍是时刻流泪。每想到极伤心处，便说道："是我杀了你了！"亏得张华百方劝解，不至弄出意外的事来。到半月以后，方在房内院外行动，竟和害了一场大病一般。无日不梦见金钟儿言新叙旧。只因他心上过于痛惜，每见了蜂游蝶舞，花落云行，无不触目伤心。差张华去试马坡，打听金钟儿停放在何处，几时埋葬她。过了几日，张华回来说道："金钟儿是八月十四日晚上死的，十七日就打发出去，在试马坡村西一个姓苗的坟旁埋着。小的也没到郑三家去问，她本村里人都说，郑三同萧麻子近日买了良人家一个闺女叫小凤接客。小的还到金钟儿坟前看了看。"如玉道："你叫个金姐，也低不了你！"说着，泪流满面。吩咐张华买办祭物并香烛纸马之类，自己又哀哀切切做了一篇祭文，叫张华家女人谨守门户，雇车子同张华到试马坡来。

他是来往惯了的人，又值深秋时候，一路上见那夕阳古道，衰柳长堤，以及村坊酒市，往还行人，都是凄凉景况。车子绕到了试马坡村西，张华用手指道："那几株柳树下就是姓苗的坟。"又指着北边一个新冢[1]道："那就是金姐的坟堆。"

如玉连忙下了车。抬头一看，只见新堆三尺，故土一坯，衰草黄花，萋迷左右。想起从前的幽欢密爱，背间嘱咐话儿，心上和刀剜锥刺一般。

---

[1] 冢（zhǒng）：坟墓。

第四十七回　萧麻子贪财传死信　温如玉设祭哭情人

离坟堆还有十四五步，他就舍命跑到跟前，大叫道："金姐！我温如玉来了！"只一声，便痛倒在地。张华同车夫搀扶了好一会，他才苏醒过来，又复放声大哭。早惊动了那些垄头陌畔受苦的农人，都来看视，你我相传，顷刻就积聚了好些。如玉哭得力尽神疲，方才令张华取出了祭品，就在地下摆设起来。自己满酌了一杯酒，打一恭，浇奠毕，将祭文从怀内取出，自己悲悲切切朗念道：

> 维嘉靖某年月日，温如玉谨以香烛酒醴之物，致奠于贤卿金姐之茔前曰：呜呼痛哉！玉碎荆山，珠沉泗水，曾日月之几何，而贤卿已成泉下人矣！卿以倾国姿容，寄迹乐户，每逢客至，未尝不惊羞欲避，愧愤交集。非无情于人也，恨无一有情人付托终身耳。辛酉岁，玉失志朱门，路经卿间，缘萧姓牵引，得近芝兰，欢聚十有四月。复承卿青目，不鄙玉为陋劣，共订生死之盟。又虑玉白镪[1]易尽，恐致红叶无媒，爰[2]授良法，节减繁费，以月计之数，省二十余金。用情至此，感激曷[3]极！奈卿母志在鲸吞，谇诟[4]之声，时刻刺耳。卿则多方安慰，戒玉忍辱，以俟机缘。后王国士赍房价银至，而卿父母贪狠益迫矣。卿惧伊等鸮獍[5]存心，遂动以石易银之见。既叨明示，兼惠私房，完璧归家，皆卿锦肠绣肝所赐也。无何，试期甚迩，致令寄托匪人，萧墙变起。因被盗故，竟星驰州堂；而涓滴之水，又为外贼窃其所窃。月前二十五日，萧姓过访，始知贤卿服粉夭亡。玉闻信，即欲挂树沉河，一谢知己，苦为张华夫妇防范，莫遂所思。柔肠之断，岂仅百结已耶！呜呼痛哉！贤卿因父母凌虐而死，而死卿者本由于苗贼。苗贼架言，致卿于死，而究其所以死卿者，实由于如玉也。痛哉！痛哉！王国士不交银于昔日，卿犹嬉笑于今夕；如玉不应试于月前，而逆奴亦无由盗窃于场

---

[1] 白镪（qiǎng）：银子。
[2] 爰（yuán）：于是。
[3] 曷（hé）：古代疑问词，意为怎么、何时。
[4] 谇诟（suì gòu）：讥讽、谩骂。
[5] 鸮獍（xiāo jìng）：生性凶恶的禽兽。

后。反复相因,终始败露;虽曰天命,岂非人为!是卿名登鬼录,定衔怨于九泉;玉身寄人间,将何以度无聊之岁月耶!夫飞英守椟,尚传美于千秋;关盼绝食,犹流芳于奕世。以卿之捐躯赴义,节烈更为何如?玉非木石,又安忍不情竭桃花之纸,泪尽子规之血也哉!痛哉!痛哉!卿不遇玉于富足之时,是卿薄命;玉得交卿于贫寒之际,即玉寡缘。卿今为玉而死,玉尚偷生;玉今为卿而来,而卿安在耶?呜呼!西域人遐,恨名香之莫购;琼田路渺,哀仙草之难寻。卿如有知,或现芳魄于白昼,或传清梦于灯前,畅叙卿生前未尽之余情,指示玉异日苟延之一路。此固玉之所厚望于卿,想亦卿之所欲言于玉者矣!尚飨[1]!

如玉读罢祭文,坐在地下大哭,只哭得目肿喉哑,还不肯住手。试马坡是个小地方,见如玉与金钟儿交好,并此番抵盗了东西,激得金钟儿身死,十个人倒有九个人都是知道的。今见如玉悲痛到这步田地,没一个不点头嗟叹,且说是金钟儿为这样个有情有义的嫖客死了,也还算有眼力。还有那些心软的人,也在一旁陪着长一行短一行地流泪。

众人正议论间,猛见一个妇人,身穿青衣,头缠孝布,手里提着一条棍儿,一边跑一边哭着,往金钟儿坟上来。众人看时,原来是郑三家老婆。她听得人说温如玉在他闺女坟上烧纸,又摆着许多的祭品,她也赶来陪祭;还要向如玉诉说一番苦恼,求如玉念死了的情意,帮几十两银子。及至走到跟前,见如玉哭得如醉如痴,她也就动了见鞍思马的意念,不由得一阵伤感起来。抢行了几步,到金钟儿坟上高声哭道:"我的儿呀!我的聪明伶俐的儿呀!你死得好委屈呀!我若早知道你有今日,我一个钱儿不要,就把你白送了温大爷了。我的儿,你看温大爷是有情有义的人,今日还来祭奠你,与你烧一陌纸钱,供奉的都是新鲜的吃的东西。儿呀!你为什么不出来说句话儿!"

如玉正哭得头昏眼花,耳内听得数黑道黄,有人陪哭。一抬头,见是郑三家老婆前仰后合地声唤,口中七长八短,不知嚼念的是什么,心上又怕又怒。头前张华解劝了几次,他总不肯休歇;今见了郑婆子,连

---

[1] 飨(xiǎng):用酒食款待人。

第四十七回　萧麻子贪财传死信　温如玉设祭哭情人

忙走至车旁，向张华说："将祭奠的东西一物不许带回，都与我洒在金姐坟堆上，速将盘碗壶瓶收在车子内，我先在大路上等你们，你可同车夫快些来。"说着，大一步小一步急急地去了。

张华听了主人的吩咐，将那猪首鸡鱼，并献饭乾菜之类，拿起来向坟堆上乱丢。郑婆子哭的中间，眼角里瞥见，便急地说道："好张大叔，可惜东西白丢了！"小娃子同看的人，一个个没命地乱抢夺。郑婆子再一看，不见了如玉，忙问张华，张华说不知道。问看的人，有人指与他道："适才往村东大路上去了。"这婆子提起棍来，如飞地赶来。

如玉在大路上等候车子，猛见那婆子赶来，说道："好大爷哩！你是见俺女儿死了，她那间房还在，就去坐坐，或者她的阴魂再见见大爷，也是她拼着死命为大爷一场。何况她的肉尚未冷，怎么样不认亲起来？"如玉要走，又被她拉住一只袍袖，死也不放。如玉道："我刻下现有官司，早晚还要听审，再来时到你家里去罢。"婆子道："唉呀！好大爷，我还有许多的衷肠话，又有俺女儿与大爷留下的遗言，要细细地说哩！"正在没摆布处，张华同车夫俱来。见郑婆子拉住如玉啰唣不已，走上前去，将婆子的手捉定，往开一分，如玉得脱，急忙坐上车，向车夫道："快跑！快跑！"车夫扬起鞭子来，将马打了几下，如风卷残云地去了。

那婆子却待要赶，又被张华捉着两只手丢不开，于是便变了面孔，说道："张华，你敢放他去么！他将我家财物抵盗一空，我女儿被他谎骗自尽；你今放他去了，我就和你要人。"张华听了大怒，就将他的两手用力向婆子怀中一推，说道："去你妈的罢！"推得婆子跌了个仰面脚着天，随即踢了两脚，向大路飞跑去了。

那婆子起来时，见张华已去，料想赶不上。一分银子也没弄上，倒挨了一顿好踢打，气得坐在当道上，拍手拍脚，又哭又骂。她本村人看见，才扶她回去。

张华跑了二三里地，方赶上车子，向如玉告诉打郑婆子话。如玉摇着头道："那泼妇奴才还了得！今日若不是你，我在试马坡必出大丑。"主仆回到家中。只一两天，科场报录的到来，泰安中了两个，偏没自己的名字，只落的长叹而已。日望拿刨银子的人，毫无下落。又把个有嘱托的州官，因前任失查事件挂误坏了。幸亏有下场带的一百多两银子，除用度外，还存有五六十两，苟延日月。真是踽踽凉凉[1]，反不如张华夫妻父子完聚。把一个知疼知痒的金钟儿也死了，一个好朋友苗秃子也成了仇隙，几两房价也断了根苗，弄得孤身子影，进退无依。正是：

郎为花娘甘共死，友无钱钞弗包含。

不如意事常八九，可与人言无二三。

---

[1] 踽踽（jǔ）凉凉：形容孤零凄凉的样子。

第四十八回

郑婆子激起出首事　朱一套审断个中由

词曰：

萧麻指引婆娘闹，风驰云行来到。温郎一见神魂杳，与他争多较少。闻狺[1]语，肝肠如搅；喊屈苦，州官知晓。帮闲土棍不轻饶，龟妇凶锋始了。

右调《杏花天》

且说郑婆子被张华踢打后回到家中，她新买的小凤和玉磬儿都迎接出来。见她鬓发蓬松，走着一步一拐，也不知何故。一齐到南房内，郑三问道："怎么这般个形状？"郑婆子气得拍手打掌，细说张华踢打情由。郑三道："温大爷与金钟儿祭奠，这是他的好意，你赶到大路上拉住他怎么？张华虽是个家人，也不是你破口骂的。"郑婆子道："放陈臭狗贼屁！从来王八的盖子是硬的，不想你的盖子和蛋皮一样。难道叫张华那奴才白打了不成么？"向玉磬儿道："你着胡六快请萧大爷去！"玉磬儿如飞地去了。

少刻，萧麻子走来，郑婆子便跳起来哭说道："我被张华打了！"又子午卯酉地说了一遍。萧麻子连连摆手道："莫哭莫叫！金姐的衣服首饰有要的由头了。天下事只怕弄破了脸，今你既被张华重打，明日可雇车一辆，到泰安温大哥家去吵闹，就将你女儿抵盗衣服财物话，明说出来也不妨。"郑三道："他是什么人家子弟，安肯受这声名！我看来说不的。"萧麻子笑道："凡事要看人做。温大哥那个人，他有什么主见？只用你家婆子一入门，就可以把他吓杀。再听上几句硬话，乱哭乱叫起来，也不用三天五天，只用半天一夜，他多少的拿出几两安顿你。"郑婆子道："我久已要寻他去，如今又打了我，少了一百，便是九十九两我也

---

[1] 狺（yín）：狗叫的声音。

不依！"萧麻子道："你这主见又大错了。做事要看风使船，若必定要一百、五十，弄得他心上脸上都下不来，岂不坏事。"郑婆子道："我一个王八的老婆，还怕拌总督的儿子不值么？"郑三道："萧大爷的话是有斤两的，以我看来，吃上这个亏罢。温大爷如今也在极没钱的时候，激出事来，我经当不起。"郑婆子道："我怎么就嫁了你！倒不如嫁个小王八羔子，人惹着他，他还会咬人一口！真是死没用的东西！明日天一亮，我就要坐车起身。你若到日光出来，我和你先见个死活！"萧麻子道："就去去也罢了。我有个要紧诀窍说与你，总之要随机应变。他软了，你方可用硬；他若是硬起来，你须用软。不是一块石头抱到老的。多少得了几个钱就快回来，切不可得一步进一步。我去了。"

到次日，郑三无奈，只得打发起身。一路行来，入了泰安城，到如玉家门首。郑婆子下了车，也不等人说一声，便一直入去。如玉正在院中闲步，猛见郑婆子走来，这一惊不小，就知要大闹口舌，只得勉强笑道："你真是罕客。"郑婆子冷笑道："我看大爷今日又跑哪里去！"说着，将书房门帘掀起，一屁股坐在正面椅上。如玉也只得随她入来。

郑婆子道："张华打了我了。我今日寻上门来，再着他打打我！我的头脸也胖了，腰腿也断了。大爷该如何计断，还我个明白。我今日要死在这里哩！"如玉也坐在炕沿边上，说道："张华那日在路上也曾和我说过，他将你推了一跤，我还说了他几句不是。但你也不该骂他的祖父。"郑婆子道："呵呀呀！好偏向他的话儿！我骂他，谁见来？我还当是张华冒失，不想是你使作！"如玉道："你还要少你长你短地乱叫，我这书房中也不是你坐的地方。"郑婆子道："这不是陕西总督衙门，少用势利欺压我！"如玉道："你快出去！我不是受人上门欺辱的。"郑婆子道："若着我出去，须得将我女儿的首饰衣服，金银珠玉，一宗宗还我个清白，我才出去哩！"如玉听了此话，心肝俱裂，大怒道："你今日原来是讹诈我么？"郑婆子冷笑道："我怎么不讹诈别人，单讹诈姓温的？"如玉越发大怒道："我这姓温的，可是你嚼念的么？我打你个不识上下瞎眼睛奴才！你本是人中最卑最贱的东西，你看你哪还有点龟婆样儿？"郑婆子道："温大爷还要自己尊重些儿哩！少不干不净地骂人！"

如玉道："我在试马坡受你无穷的气恼，我处处看在金姐分上，你当

第四十八回　郑婆子激起出首事　朱一套审断个中由

我怕你么？我便不自重，你个王八禽的敢怎么！"郑婆子也大怒道："你赶人休赶上，我不是没嘴的，你再骂我，我就要回敬哩！"如玉气得乱颤道："好野王八食的！你要回敬谁？你听了，苗秃子活将你女儿立逼死，你又托萧麻子买良人家子女小凤儿为娼。我的一个家完全破坏在你手，我正要出首你和萧麻、苗秃，你反来寻我！"说着，走上去，在郑婆子腿上踢了两脚。郑婆子立即回转面孔，哈哈大笑道："我和大爷取笑，就恼了！这样骂我踢我，也不与我留点脸！"如玉道："放屁！我是你取笑的人么！"又大声喊叫张华。张华连忙入来，如玉道："我把这王八肉的交与你。你若放走了她，我只叫本州太爷和你要人。"说罢，掀翻帘子，大一步小一步出门去了。

郑婆子情知不妥，向张华道："张大叔，快将大爷请回来，我赔罪磕头罢！"张华道："他正在气头上，我焉敢请他。"郑婆子道："大爷素常和谁交好？烦你请几位留留罢！"张华道："他和你女儿金钟儿最好，哪里还有第二个？"郑婆子道："这是刻不可缓的时候，还要拿死人取笑哩！你和我寻苗三爷去。"张华道："我家大爷恨他切骨，你倒不火上烧油罢。"郑婆子道："着他转烦几个人相劝如何？"张华想了想，万一出首下，弄得两败俱伤不好。向郑婆子道："也罢了，我和你走遭。偏他搬下东关住，来回倒有二三里。"郑婆子道："快快去来。"于是男女两个寻苗秃子去了。

再说温如玉鼓着一肚子气愤，走入州衙，正见州官在堂上审事，他便叫起屈来。州官吩咐押住。须臾，将案审问完，传如玉上去。

原来这州官姓朱名杰，是陕西肃州府人，一榜出身。他初任江南吴县知县，因卓异引见，明帝着发往山东，以事繁知州题补。前任官失查书办雕刻假印挂误，委他到泰安署印，到任才十数天。人颇有才能，只是性如烈火，好用重刑，又好骂人。看见如玉，问道："你是哪里人，你瞎喊叫什么？"如玉道："生员叫温如玉，系本城秀才。"州官道："说你的冤屈我听。"

如玉便将先人如何做陕西总督病故，如何与济东道杜大老爷系世谊旧好，从省城拜望回来。州官向两行书役道："你们听见么？他先用已故总督吓我，这又用现任上司吓我，就该打嘴才是。也罢了，只要你句句实说。"如玉道："彼时路过试马坡，如何被萧麻、苗秃两人引诱，到乐户郑三家与妓女金钟儿相交；如何被萧、苗二人屡次借贷局骗银四百余两，分文未还；往返三年，如何被郑婆子百般逼取银钱财物一千七百余两，将先人所遗房产地土，变卖一空；萧、苗二人见生员无钱，如何教郑婆子赶逐，再招新客；金钟儿念生员为他破家，立意从良，不接一客，郑婆子天天如何毒打；生员八月间往省城下乡场，有卖住房银四百二十两，如何被家人韩思敬盗窃，苗秃子去试马坡报信，言生员被盗银两俱系金钟儿抵盗衣服首饰，偷送生员变卖始能有此银数，又教唆郑婆子如何搜拣，如何百般拷打，金钟儿受刑不过，如何吃官粉三匣断肠身死；金钟儿死后，萧麻子领郑三于各乡堡寻访有姿色妇人，于九月间买得良人子女小凤，日夜鞭责，逼令为娼，萧麻子于中取利；今日郑婆子又受萧麻子指示，到生员家中坐索金钟儿抵盗等物，如何讹诈，如何痛骂先人，不留余地，此刻还在生员家拼命吵闹。生员情出急迫，万不得已，始敢冒死匍匐在太老爷案下。将前后各情由一一据实出首。"说罢，连连叩头，痛哭不已。

州官道："我细听你这许多话，倒还没有什么虚假，你下去补一张呈子来。"如玉答应，下去补写投递。又将三班头役叫至面前，吩咐道："我与你们两条签，一条在本城拿苗三和郑婆子，一条去试马坡拿萧麻、郑三并妓女小凤。你们此刻就起身，连夜快去。这男妇五个人，若有一个脱逃，我将你们的腿夹得东半边一条，西半边一条！去罢！"众役跪禀道："试马坡系历城县管，还求老爷赏关文一角。"州官道："放屁！一个买良为娼的秀才和一个干名犯罪的王八，还用关文！只带十来个人硬锁来就是了。"众头役连声答应下去。

郑婆子寻着苗秃子，刚入城门，被原差看见，俱押入店中候审。众衙役去试马坡，来回只两日半，便将萧麻子等拿到，立即打了到单，州官批示，午堂听讯。苗秃子在衙门中与萧麻子大嚷，恨他叫郑婆子来城闯祸。郑婆子也嫌怨萧麻，吵闹不休。

少刻，州官坐堂，先将苗秃子叫上去。州官向两行书役道："你们看这奴才，光眉溜眼，不是个材料。"说罢，怒问道："你身上还有个功名儿没有？"苗秃道："生员是府学秀才，叫苗继先。"州官道："既是个秀才，为什么与王八家做走狗？温如玉家被了盗，你去试马坡报信怎么？"苗秃道："这是温如玉造言，生员并未去。"州官道："你既没去，金钟儿

第四十八回　郑婆子激起出首事　朱一套审断个中由

为何吃官粉身死？看来不打不说！"吩咐左右打嘴。"苗秃道："祈看先师孔子分上，与生员留点地步。"州官道："我何许人，敢劳至圣讨情分！"苗秃子忙说道："去来！去来！"州官道："温如玉的银子，你怎么向郑婆子说是金钟儿抵盗与他的？即系抵盗，此系暗昧之事，怎么你就能知道？"苗秃道："生员深知温如玉年来没钱，一旦被盗四百余两，便心疑是金钟儿弄鬼，不想果然。"

州官道："这'果然'二字，有何凭据？"苗秃道："她母亲郑婆子搜拣时，金钟儿柜中包着十几封石头。"州官道："你看这狗攮的胡说！她平白将石头包在柜中怎么？"苗秃道："太老爷问温如玉便知。"州官道："叫温如玉上来说。"

如玉跪禀道："这有个隐情在内，如玉不敢欺太老爷！"遂将伙计王国士于五月间去试马坡，"他铺中原存着生员卖房银四百八十余两，与生员面交。王国士去后，金钟儿说：'这几百银子他们都知道了，你若拿回家去，不但我父母恨你，就是萧麻子也恼，将来越发要赶逐你。若留在此处，系来客去风波不测之地。况萧麻子为人不端，万一见财起意，勾通本村匪棍，弄出意外事来，就到官前，你也做的不是正事。不如包了几封石头假充银子，上面加了封皮，着我父母看看，然后锁在我柜中，你将真银子和你家人张华偷行带回家中。我父母见有银子存留，或者不逼迫我接客，等你下场回来，再做裁处。'谁想这几百银子，又被家人韩思敬盗窃。"说着，泪如雨下。州官连连点头道："我才明白了。怪道苗三说金钟儿抵盗，不想抵盗的还是你的银子。这样看起来，这金钟儿是个有良心的婊子，可惜被苗三这狗攮翻舌头激迫死了，这须得好好打哩！"向众衙役道："手不中用，你们拿好结实沉重鞋底，加力打这奴才的嘴和脸！"众衙役打了十鞋底，打得苗秃爷娘乱叫。州官道："打的少。你们再打他二十鞋底！"打得苗秃眉膀眼肿，鼻口流血。须臾打完，州官拍着手向众书役道："你们看，好容易出这一个有良心的婊子，被这奴才断送了，我就活活的恼杀他。都多的是这些嘴，管的是这些闲事。"

说罢，向如玉道："你和苗三且下去，叫郑婆子那臭烂腿来。"郑婆子跪在案前。州官向刑房道："这奴才头脸眉眼，也不是个货，看来比苗三还讨厌。"刑房微笑道："老爷品评得一点不差。"州官伸开五指连摆道：

"我有法儿治她。"说罢,问道:"温如玉在你家花费了一千六七百两,你还贪心不足,又去他家讹诈。我只问你,是谁叫你去的?"郑婆子道:"老爷,你不知道。"州官大怒道:"好驴子食的!你敢和我你来我去!你说我不知道,我且先打你个知道!"向众衙役道:"快与我用鞋底打二十!"众衙役将婆子打得蓬头散发,和开路鬼一般。州官道:"你说罢,是谁叫你讹诈人?若有一句虚话,再打二十鞋底。"郑婆子道:"是萧秀才着我去来。"州官道:"小凤儿是谁家女儿,你和萧麻子敢买她为娼?"郑婆子道:"是我亲生亲养的,从哪里去买?"州官道:"叫小凤来。"小凤跪在面前,州官道:"你愿做娼妓,就休说实话;你若愿做个良人,可将你父母兄弟,并所住地方,一一实说,我此时便救你出火坑。"小凤道:"我是本州周家庄人,我父叫王有德,我哥哥叫王大小,此外无人了。"州官道:"当日买你时是谁去来?"小凤道:"是萧大爷同郑三去来。"州官道:"是多少银子买你的?"小凤道:"我听我得父亲和我母亲说,是一百二十两,媒人是十五两。"州官道:"媒人是何处人?叫什么名字?"小凤道:"他也是周家庄人,我不知他名姓,素常人都叫他'四方蛋'。"州官笑了笑,又问道:"你到郑三家几月了,可接过几次客?"小凤道:"一个半月了,也接过十来个客。"州官道:"你可愿意接客么?"小凤道:"起初我不肯,郑婆娘两次打了我三百多鞭子,我受刑不过,才接了客。"州官道:"下去。"向众役道:"将皮鞭拿十来把来。"郑婆子连连叩头道:"小凤从来未见过官,是她害怕胡说。"州官道:"我偏要信她这胡说。"吩咐将婆子衣服剥去,两人对打。郑婆子痛哭哀告道:"原是从周家庄买的,求老爷开恩!"州官喝令重打,打得婆子满地乱滚,皮肉皆飞,约有二百多鞭,州官方叫住手,拉了下去。

着传唤萧麻子。萧麻子跪在案下,州官道:"你引诱温如玉嫖,并屡次借骗银两,此番又教郑婆子讹诈,这三件我都不究问了。你只将买小凤情由据实供出,我即开恩办理。"萧麻子微笑了笑,说道:"太老爷和温犀秦镜一般,远近百姓十数万人,哪一个不传说太老爷听断如神,极疑难的大案,不知办过多少,何况眼底小事,反能得逃洞见!"州官道:"我只爱人实话,不爱人奉承。"萧麻道:"生员与郑三同住在试马坡堡内,闲时去他家坐谈是有的;至于买小凤为娼,生员忝列学校,何忍做此丧

第四十八回　郑婆子激起出首事　朱一套审断个中由

良损德之事。况得利系郑三夫妇，于生员有何取益？"州官道："适才小凤说你同郑三亲去买她，你还支吾什么？"萧麻又笑了笑道："同堡居住，见面时多，生员岂无一言一事得罪小凤处！"州官道："你既说小凤与你有嫌怨，我且不着她和你质对。"叫郑三跪在下面，州官道："你买小凤时，萧麻子和你同去来没有？"郑三道："小人不敢欺太老爷，同去来。"萧麻子道："看！他也胡说。"州官道："未买小凤时，是你两个谁先起意做此事？"郑三道："小人女儿金钟死后，萧相公说：'你不必过于悲痛，只用一二百两银子，我和你去各乡村采访穷户人家有姿色的妇女，买她一个接客，也不愁抵不上你女儿。'至九月间，才于周家庄买了小凤是实。"萧麻子又笑说道："你举个证见来，再说这天昏地暗的话。"州官道："萧麻子，你可知本州的外号么？"萧麻道："太老爷是圣贤中人，焉有外号！"州官笑道："誉扬太过。我当年在江南做知县时，人都叫我'朱一套'，何谓'一套'？夹棍拶子板子鞭子嘴巴打一个全，便为一套。我看你这光景，是要和一套儿见个高下哩！"吩咐左右拿夹棍来。

萧麻连连叩头，道："生员为人口直，得罪的人极多，还求太老爷详情。生员与一王八出主见买人，效这样下流劳何为？"州官道："夹起来！"萧麻恨不得将地皮碰破，说道："恳太老爷念斯文份上，生员与百姓不同。"州官大怒道："好可恶的狗攮！这明是说本州审事不按律例，擅夹打未革秀才。你也不想想，你做的是什么事！方才挨嘴巴的苗三，他不是个秀才？你这秀才，难道有加级纪录不成！"吩咐："夹！"众役将萧麻子才拉去上了夹棍。萧麻道："生员招了，就是个买良为娼罢。"州官道："这是个大可恶东西！我当不起你这'就是'两个字。"向众役道："收！"众役将夹棍收对了头，萧麻便昏了过去。好一会，萧麻苏醒来。刑房问道："你还不实说么？"萧麻道："实是我着郑三买良人家子女，只求太老爷开恩。"州官着松去夹棍。萧麻画了供。州官吩咐收监，候详文回日定案。

又向郑三道："我看你人还忠厚些，与你老婆天地悬绝。有萧麻子承罪，我详文内与你开脱开脱罢！"郑三连连叩头。州官着打四十板，少刻打完。州官道："本该把你监禁，看你不像个偷跑的人，准讨保，候上宪批示。"

又着叫温如玉、苗三上来。两人跪在案下。州官向如玉道："你为一娼妓倾家破产，情亦可怜；我只问你，你还要这秀才不要？"如玉道：

"求太老爷恩典！"州官道："苗三挑弄唇舌，致令金钟儿惨死，其存心甚是险恶。为他与谋杀、故杀不同，例无偿抵之理，革去秀才，满徒三年，实分所应该。但将苗三详革，你这事亦有干法纪，我实难违例保全。你若要这秀才，我将萧麻子买良为娼，另想个法儿办理；你若深恨苗三，情愿将秀才革去，本州自将他按例申详。"如玉道："金钟儿死于苗三之手，生员抱恨无涯，今情愿与他同归于败，使死者瞑目九原，即是太老爷天恩。"

苗秃听了此语，甚是着急，向如玉连连叩头道："我苗继先原是爱钱匹夫，无耻小人，还求温大爷宽一步！我当日播弄唇舌，原不过叫金钟儿受点折辱，哪里便想到她死上！此实是本心。况我因此事被萧麻将一处住房弄去，三十两私积与了郑三，刻下穷无立锥之地。今再详革问拟军徒，我唯有一死而已。且我又抵偿不了金钟儿性命，于她既无益，反于大爷有损。今太老爷尚开天恩，大爷就连个小人容放不过么？"说着，又连连叩头。州官道："温如玉以为如何？"如玉道："苗三话说到这步田地，一总求大老爷垂怜。"州官道："既如此，我就结了案罢。但你身为秀才，又是官宦后裔，经年家在嫖场混闹，法不可容。但念你父亲做总督一场，你又与杜大老爷有世谊，我少不得存点势利之见，不退底衣打你。"吩咐刑房，将他两手上重责四十戒尺。刑房见本官心上用情，责打亦不甚着力。须臾打完，如玉叩谢。

州官向苗秃子道："这件事太便宜你了！"着众役拿头号大板，重打苗秃四十板，不得容情。苗秃又再三哀恳，早被众役掀翻，打得杀猪般叫喊，两腿血流。打完，州官向刑房吩咐道："小凤身价一百二十两，候将他父兄拿到，郑三出一半，他父兄出一半入官。媒人四方蛋，待审讯后再追谢银。"说罢，州官退堂。

如玉虽挨了四十戒尺，见将郑婆子、苗秃、萧麻子被州官夹打得甚是痛快，心上快活不过，得意回家。正是：

　　萧麻指引龟婆闹，闹得温郎把状告。
　　倒运遭逢朱一套，五刑重用人心乐。

第四十九回

嗅腥风九华寻妖物　仗神针桥畔得天书

词曰：

九华山内住妖鲲，几千春。《天罡总枢》被伊吞，日欣欣。闯入蛟螭幕，先飞戳目神针。迅雷大电破其身，从此步天津。

右调《望仙门》

前回言温如玉弄得人财两空，孤身无倚，过那凄凉日月。今且按下不表。

且说冷于冰自那日将连城璧等领回玉屋洞内，一驾云光，早到江西阁皂山凌云峰下。但见碧峰叠翠，古木参天，千红万绿，遍满幽谷，觉崇山峻岭之中，另具一番隐秀。再将那凌云峰仔细审视，真如一根翠竹直立半天，自上至下，毫无一点破绽。心里想道："那修文院天狐说，《天罡总枢》一书在此峰内，被鄱阳湖一鲲鱼精盗去。我看此峰披青挂绿，与刀斩斧削的一般，并无一点空隙，这书从何处可入，何处可出？"又想道："毕竟他们的法力大似我，能于铁石内开通门户，贮放东西。这鱼精于无可搜寻处盗去，其法力广大，不言可知。"又想道："他已将书盗去，我在此处流连何益！不如到鄱阳湖看他动静，再做理会。"说毕，飞身云路，已至鄱阳湖地界。又询知此物不在鄱阳湖内，迤逦[1]行来，已到饶州地方。于是在饶州左近府县，凡名胜之地，随处踪迹。

一日，飞升在鞋山顶上，看那山形水势，并往来舟船。猛见正西上起一股黑气，直奔西南。运目力细看，似有妖物在内凭依。于冰情知怪异，驾云随后追来。见那股黑气从半空里落将下来，顷刻化为散丝，被风吹尽，毫无点形迹。于冰亦落下云头，在一山顶上四下观望，踪影全无。下山来寻问居民，知系庐山境界。又见山岙中男男女女，各拿香纸祭物，

---

[1] 迤逦（yǐ lǐ）：曲折连绵。

三三五五，都奔这座山来。于冰讯问原由，都说是五虎沟天堑岭子孙娘娘会上进香还愿去。于冰想道："妖气也不知散归何地，我不如同他们走走，或者人烟众多处有些议论风声，也未可知。"

随即跟定了众男女，走了半响，已到天堑岭上。见对山坡有一处庙宇，规模阔大。于冰走入庙来，见许多男女，在正殿上拥挤叩拜。正要到后层庙内去，陡然间起一阵怪风，刮得些善男信女颠颠倒倒，乱喊乱跑起来。只见屋宇震动，砖瓦飞腾，石走沙迷，云黑日暗。于冰见风势陡至，刮到对面通不见人。须臾，天地昏黑，只听得男女喊叫之声不绝。运双睛努力一看，见庙内外摆设的猪羊祭品全无。慌忙起在空中，急用手将风尾挝来在鼻孔上嗅了嗅，觉得有些腥气。于冰道："是了，不趁这踪迹寻他们的下落，更待何时。"放眼四下一望，见前次所见那股黑气从风内透出，往西去了。于冰在云中估计，相离已有百余里，连忙催云去赶。

只差数里远近，猛见正南来一片乌云，内有两个妇女。一个穿青龙钻云对襟氅，黑色百花裙，头盘凤髻，腰系丝绦，上挂宝剑一只；柳眉星眼，玉面樱唇。那一个侍女打扮。于冰心内说道："真仙焉有驾乌云之理！此必是妖精无疑。"

见云头切近，问道："仙卿何人？"那青衣妇人见于冰骨格秀雅，道气充盈，急将云头停住，笑应道："我九江夫人是也。上仙何人？"于冰道："吾衡山炼气士，别号不华。仙卿'九江夫人'可是上帝敕授么？"夫人笑道："非敕授也，乃同道吹嘘耳。"于冰道："今欲何往？"夫人道："因鄱阳圣母相招赴宴，系应命而来。"于冰道："鄱阳圣母何人？"夫人道："圣母修道五千余年，法力通天彻地，为我辈之师祖。近又得《天罡总枢》一书，越发神通广大。道兄若有余暇，可同我去一见，便可大受教益。"

于冰心中大喜，"今日才访着了！"又心里想道："此亦妖类，若与她同去，反与鲲鱼精添了牙爪，万一招架不来，岂不失机！"于是将雷火珠取在手中，说道："本意与你同去，只是我手中此物不依。"夫人笑道："道兄手中何物？"于冰道："当下着你便知。"说罢，劈面打去，火光到处，大震了一声，二妖现形，即刻丧命。九江夫人乃数丈长一乌鱼，一系五丈余长一虾，即跟随侍女也。又见二妖一翻一覆，从半空中坠落深山溪涧去了。

第四十九回　嗅腥风九华寻妖物　仗神针桥畔得天书

　　于冰向西一望，那股黑气也不知走到哪方去了。于冰道："不意一珠打去，二妖俱死，这鄱阳老妖知她居住哪里？"正在作难间，又见正东上，一前一后有两块云滚滚而来。于冰道："此云邪气弥漫，必有妖在内，我何不迎了他去；万一他走别路，又得追赶。"于是催云直迎了去。云头渐近，仔细一瞧，只见前一块云内有一妇人，头缠蛇髻，鬓插双花，面若水上芙蓉，腰似风前弱柳；穿一身大红金缕衣，下配藕荷白鹤裙，腰带宝剑，手提拂尘。后面云内也是个侍女打扮。于冰道："不用说，也是九江夫人一类。"心里说道："此番若再用雷火珠，设或两个俱死，这鄱阳老妖又从何处找她！不如用飞剑先斩那有本领的妖妇，留下后面侍女做活口，好问老鲲精下落。"

　　主意拿定，两处云头止相隔数步，于冰停云问道："仙卿请了。"那妇人见于冰问她，也将云头停住，先将于冰上下一看，知系道德之士，忙笑应道："上仙何人？今往何处去？敢劳下问。"于冰道："我衡山炼气士也。今于终南山会一道友始回。仙卿法号，祈为示知。"妇人道："我广信夫人也。今鄱阳圣母差侍女请我吃酒，特来一会儿。上仙问我，有何话说？"于冰心里说道："这鄱阳老妖教下，也不知有多少夫人，真是可笑。"说道："也没有什么话说，意思着你试试我的宝剑。"急将木剑从腿内抽出，向妖妇头上掷去，只见一道寒光，疾同掣电，直奔妖妇顶上。那妇人见剑来甚急，忙用衣袖一遮，响一声，衣袖上金光四射，不损分毫。于冰大惊，忙将木剑收回。妇人大怒道："我与你素不相识，又无仇怨，平白地为何用剑暗行伤我？"后边那侍女见两个要大动手脚，有些害怕，刺斜里推云往西直奔。于冰且用停云法将剑一指，喝声："住！"那云便和钉定住的一般，停留在半虚空内。一回头，猛见有茶杯大小一红珠与火炭相似，迎面飞来。于冰见珠来切近，躲避不及，忙从丹田内提一口刚气，用力向珠一吹，那珠如柳絮轻尘，飘起在半空中。妇人见宝珠无功，急将口一张，其珠自归口中去了，连忙拨云住回奔走。于冰恐追赶不及，将雷火珠从后打去，大震了一声，只打得霞光万道。再看那妖，依旧不损分毫，于冰惊诧不止。那妇人试着此珠的厉害，唯恐打在头脸上断无生理，如飞向东逃奔去了。

　　于冰提剑回来，寻着那个侍女，用左手拿住右臂，右手举起宝剑，大声说道："你是要死要活？要活，可句句实说，你主人鄱阳圣母住在何处？她洞中还有几个夫人，多少妖党？你适同那妖妇要往哪里去？据实说来，我便饶你。你若要死，我便是这一剑将你分为两段。"那侍女战哆嗦地说道："真人饶我性命，我一一实说！"于冰道："我且饶你，你快说来。"侍女道："我主人叫鄱阳圣母，她修炼了四五千年，有通天彻地的手段，现在九华山天桥洞修炼。她门下有三位夫人：一叫广信夫人，她原是鳌鱼修炼而成，即真人适才赶逐者；一叫九江夫人，系一乌鱼修炼而成者；圣母洞中还有一白龙夫人，系一银条鱼修炼而成者。她三个各有一二千年道行，都能隐显变化，法术超群。若得些珍奇异物，或美味佳珍，必要与我圣母进献。今午白龙夫人带领侍从，不知从何处弄来些猪羊鸡鸭、酒菜面食之类，到我圣母洞中进献，又差我与一侍女分头请广信、九江二位夫人。今被真人拿住，问我原由，我一字不敢涉虚，尽情实告，只求真人饶我去罢！"于冰道："你得领我到九华山天桥洞外，我便饶你。"侍女道："我就领真人去。"于冰道："你可先行，我在后面跟你。"用手一指，其云便行。

约行有一杯热茶时候，侍女回头用手指道："前面双峰直立，峰中间即系九华山洞门。"于冰下视，已看得真切，又将云停住，向侍女道："我本意饶你性命，一则与你巢穴甚近，怕你走露消息；二则看你伶牙俐齿，久后必作怪人间。"那侍女还欲哀告，于冰手起剑到，在云内现一个大虾，从云内坠落深涧去了。

于冰将遁光落下，一步步到洞门前。正欲用法开门，忽见洞门开放。于冰入了洞门，不过数步，便看不清楚道路，觉得阴气扑面，耳中但闻决江倒峡之声。一步步缓行前去，有一里多路，方看见一座洞府。于冰入了头门，见二层门上，有许多奇形怪状、雕颈鱼鳃之人，或坐或立，在那里把守。看见于冰，大喝道："你是何处野道士，擅入圣母宫阙，真该碎尸万段！"于冰笑道："你们还是和平些儿，听我说。我是个会耍戏法儿的道人，特来奉献圣母。"把门的道："量你有何妙法，敢在俺圣母面前卖弄？"又有几个道："戏法儿最是醒脾。我们与她回禀一声，看娘娘意旨如何。"去了片刻，出来说道："娘娘传你入去哩，你须要步步小心着。"于冰听罢，便随那妖入去。

第四十九回 嗅腥风九华寻妖物 仗神针桥畔得天书

走入二层门内，见周围俱是峭壁重崖，地方约有二三十亩阔，中间大大的一池水，水上面一座大石桥。过了石桥，还有一百余步远，正中有间大石堂，此外也没有什么奇异花卉禽鸟只有大树三四株。再看那石堂极其宽广，看来可容千人。四面有十数间小石堂，堂内外有许多妇女出入。于冰走至堂内，见正面石床上坐着一个年老的婆婆，容貌甚是古怪。但见：

> 唇薄口大，眉细眼圆。额匾而阔，也长着白发一撮；鼻宽而塌，时流着清涕两行。头戴鱼尾霞冠，脑后飘扬金缕；身穿围鹤锦袄，腰间缠绕丝绦。紫电裙罩着红缎鞋，长过一尺四五；黄罗袜包定白腿骨，粗有六寸七八。手擒玉如意一条，肩挂折铁刀二口。

又见旁边坐着一个妇人，生得甚是俏丽，穿一套缟素衣裳。但见：

> 面若凝脂，红粉中露些少桃花之色；目同点漆，黑白间荡几多秋水之神。细柳腰迎风欲舞，小金莲落地生香。可惜长在妖魔洞中，真是羊脂玉沉埋山径；若教贮于金屋队里，无异夜光珠辉映兰堂。戆戆眉梢，捧心西子风流；恹恹情绪，出塞王嫱[1]态度。素裙飘雪，时离倩女之魂；白衣飞霜，日卖观音之俏。

于冰看罢，众侍女大喝道："圣母在此，还不跪拜么！"于冰笑着朝上拱手道："久仰，久仰。"只见那圣母面上陡生不悦之色，向白龙夫人道："此子骨肉轻清，大有道气；只是举动疏狂，令人可恼。"那白龙夫人笑应道："这人眉目俊秀，态度风流，与人世俗道士大不相同。但他系草野之士，安知见圣母的礼法，不与他较论也罢。"说罢，低头笑了。

只见那圣母将大嘴略动了一动，也有些微笑的意思。又将头点了两点，道："你赏鉴的不差。若果然有些来历，我自然有番好安排，待我细细地盘问他。"说罢，问于冰道："你是何方人氏？在何地出家？做道士多少年了？今来此是何意思？"于冰道："我是直隶人，就在这九华山庙内出家。听得说你家今日宴客，我有几个好戏法儿，着你们看看。不知你们爱看不爱看？"那圣母笑向白龙夫人道："这道人要在我跟前卖法，真是不知天高地厚。"那白龙夫人问于冰道："你都会些什么戏法儿？"于冰道：

---

[1] 王嫱（qiáng）：王昭君。

"随心所欲,无所不能。"那圣母道:"你可会五行遁法么?"于冰道:"颇知一二。"圣母道:"你既会五行遁法,你可能在石上钻出钻入么?"于冰心里道:"此法吾师能之。当日在西湖传道毕,将身子钻入地内去,我焉有此大术?此妖神通广大,我非其敌。常人说的好:打人不如先下手,莫叫吃了她的大亏,致伤性命。"忙向身边将天狐送的两个戮目针拿在右手里,说道:"钻石不过遮掩小术,我有个挥针引线的大法,你可将眼睛睁大,休要胡乱看过。"说罢,用手将针向圣母眼上丢去。只见随手放出碗口粗细两道金光,直刺入圣母两只眼内。那圣母大叫了一声,昏倒在地。于冰正要看那针的下落,不知不觉两针还归在自己手中,两指掐着,真奇宝也。

那大小群妖都来捉拿于冰,于冰用呆对法将众妖止住,一步不能动移。旋将双针向白龙夫人丢去,金光到处,已透双睛,白龙夫人喊一声倒在一旁,须臾,化成十数丈长一大白条银鱼,满身都是锦鳞细甲,绵亘在石堂西边。于冰见白龙夫人已死,心里说道:"此妖真到现形,其本领去老妖天渊。"又回看众妖,一个个如钉定住一般,随将木剑取出,挨次斩去,头落俱皆现形,率皆鳞甲之类。又于洞前洞后,歼除无遗。

回到堂内,看那圣母还在地下倒着,原形不现,亦未知她生死。用雷火珠连击数次,竟不能伤损分毫。只见那大池中水,就像数丈长一条银蟒,直向那圣母奔来,将于冰淹在水中,通身衣履皆尽湿透。于冰急驾水遁起在空中,低头下视,见那水在洞前洞后堆起来,就如数丈玻璃积累在一处,比钱塘江的潮还好看几分。约有一个多时辰,水势一散,若翻江倒峡之势,声音极大,仍归在大池内。于冰将遁光一按,离地不过一丈高下,再看圣母,依然端坐中堂。左思右想没个制服她的法子。又见她双眉紧蹙,时时在胸前用手乱挡,似个因眼看不见,心上急躁气狠的意思。于冰看了一会,说道:"我有计较了。这针名为戮目,安见不能戮心?想神物自遂心听用,若不灵验,再设别法。"复将二针取在手中,两眼看那圣母心头,从上往下一掷,金光如电,针回手中。那圣母大吼了一声,往起一跳,有数丈高下,落下来,即成一奇大无比的鲲鱼,长愈千尺,粗若丘山,头虽触在洞中,鱼尾还在西边山顶上,真是五湖四海少有之物。于冰大喜道:"此针竟可谓如意针,有此至宝,吾可擒尽天

第四十九回　嗅腥风九华寻妖物　仗神针桥畔得天书

下妖魔矣。"于是向离震二地作法，大喝道："雷部司速降！"顷刻阴云四起，诸神如飞而至。于冰指着大鲲鱼道："此妖毒害生灵，有干天怒，今被贫道打死，诚恐复生。烦众天君可速发雷火，将她肉霹烂，自必后患永绝。"众神道："法师请离远些。"于冰将遁光又起有百十丈高。只见邓、辛、张、陶四位天君，率神丁力士各施威武，顷刻迅雷大电，震得那山石树木乱滚乱摇，飞禽走兽亡魂丧胆。再看鲲鱼，已霹得皮翻骨碎，血水流溢，满洞就像铺了一层肉海一般。

于冰退了诸神，看不出《天罡总枢》在哪处肉内。彼时日已将落，又怕被邪神恶怪抢去，急将二鬼放出，在那鱼肉骨内四下搜寻。猛抬头，见一股白光，闪闪烁烁直冲霄汉，相去不过数十步远近；低头下看，光气从大石桥上透出。于冰道："有了！"也不怕血肉秽污衣履，急忙从石堂顶上跳下，走到桥头招呼道："超尘、逐电快来！"二鬼飞跳到面前，于冰道："我已看出天书下落，就在这座桥前，尔等速刻拣来。"二鬼将那鱼皮鱼肉以及鱼骨搬来搬去，忽见逐电大叫道："有了！有了！"于冰急看时，见在几段鱼肠上取出一匣，长仅八寸，玉色青莹，光可鉴人；四面是一块整玉琢成，并无丝毫破绽，在血肉泞泥之中，亦无半点沾污。

于冰捧玩再四，欣喜欲狂，亲自揣在怀中，扣紧丝绦。带同二鬼，也不回玉屋洞，竟赴山东泰山琼岩洞中。令二鬼将前层石堂打扫干净，先在正堂上坐了。将二鬼唤至床前，吩咐道："吾自柳家社收服你两个，数年来，汝等服劳奉役，甚是勤苦。今我欲用火龙真人仙术法牒，移会冥司，着汝等各托生极富贵人家，享受人间福禄，偿汝等数十年辛勤。就在今日放汝等前去。"二鬼闻知，一齐伏地痛哭。二鬼道："法师大恩，驱遣数十余年，朝夕伺候，未尝片刻相离。方思殚竭驽骀，效力数千百年；今闻法师钧谕，令小鬼等托生人间，此去纵得荣华富贵，受享不过四五十年，依旧要名归鬼录。小鬼既受大造洪恩，万死不愿远离。"说罢，又各伏地大哭。于冰恻然半晌，向二鬼道："我与汝等相伴多年，虽说人鬼分途，情义无异父子，我亦何忍与汝等永离！若着汝等始终沉埋在我这葫芦内，不唯你们心上不甘，即我亦有所不忍。但汝等至阴之气凝聚成形，不过借我符箓游行白昼，究属悖理反常的事。我怜汝等一片至诚，今各与汝等一上进之路，加意修为，将来皆可做鬼仙；那时出幽入明,逍遥造化,也是天地间最乐之身,较世间有富贵而不能久享受者,天地悬绝。"又着二鬼跪在膝下,随将中指刺破,向二鬼泥丸宫内各滴了几点。二鬼觉得一股热气,如汤泼雪,从顶门直至涌泉,顷刻面色回春,不复纯阴气象。于冰道:"吾精血调养有年,非肉骨凡夫可比,汝等得此一点真阳,各保天和。我再次第传汝等炼气向阳之法,三年后,以心炼气,以气归神,欲人则人,欲鬼则鬼,阴阳无间,形色成矣。虽欲不为鬼仙,不可得也。"二鬼喜欢得抓耳挠腮,一个个叩头有声,感激不尽。

于冰道:"我今日得的《天罡总枢》一书,乃八景宫不传之秘,展玩时必有白光烛天,不但邪神恶怪见了,动觊觎之心,即八部正神、九天列宿,以及三山五岳岛洞群仙,亦所欣慕。倘有疏忽,被伊等或夺或窃,失此至宝,我之罪尚不小,而修文院天狐休矣!负人负己,莫大于此。从此刻为始,每日夜你两个轮流守视,一在石堂顶上眺望,一在石堂下面巡行。不但有耳闻目见,即风声鹤唳,亦须大声疾呼,早为通报,我好预做防范之法。"二鬼禀遵。

于冰净了手脸,将玉匣安放在正面石桌上,大拜了八拜,将天狐送他的符箓在匣上一拂,随手铿然有声,其匣自开。内有锦袱,将锦袱解开,见此书一寸余厚,七寸长,四寸宽,外写《天罡总枢》四字。内中尽是龙章凤篆,字有蝇头大小,朱笔标题著门类,光辉灿烂,耀目夺睛;大要皆泄天地之机,造化之源,阴阳之秘,鬼神之隐显,人物之轮回,山川草木之生灭,万法万宝之统会,非紫阳真人之书所能比拟万一也。

于冰就从这日,将石堂上下四围,俱用符箓封闭,独自一个潜心默读此书。至夜间,奇光炳焕,照映一堂,如同白昼。到三个月后,便知天地始终定数,日月出没的根由。真可藏须弥于芥子,等万物如蜉蚁矣。起先也有些神怪野仙,或明夺或暗来,或调遣龙虎,或播弄风云雷雨,但来的俱被二鬼道破,于冰得从容防备,不致有失。后来的本领一日大如一日,事事皆先知,哪里还用二鬼禀报。到后法力通天,亦无一敢来者。此时冷于冰,虽上界大罗金仙,亦不过互相伯仲而已。超尘等得了于冰的指授,亦迥异昔时。正是:

  大道究何在?天罡法枢全。
  从今参妙义,永做一金仙。

第五十回

温如玉时穷寻旧友　冷于冰得道缴天罡

词曰：
　　富贵何可求，执鞭不自由。浪子痴心一旦休，弃家乡，奔走神州。
　　五气朝元，三花聚首，乾坤大，一袖能收。缴天罡，归原手，超万劫，泮涣悠优。

右调《新月沉钩》

　　前言温如玉被盗，金钟儿惨亡，从试马坡祭奠回来，过了个凄凉年。逐日心绪如焚，思来想去，打算终身的结果。想一回自己原系督抚门第，巨万家私，被一场叛案官事弄去了大半，真是愧见祖父。随又与尤魁贩货江南，弄得人离财散，着老母含恨抱怨而死。想到此间，更觉不可为人，不可为子，不禁捶胸饮痛。又想到既卖祖房，又入嫖局，弄得盆干瓮涸，孤身无倚。一个金钟儿也为自己横死惨亡，尚有何颜面视息人间！看来已是个落花流水的穷命，再要想谋取人间功名富贵，岂不是痴心妄想，眼看将来也不过做一个饿殍[1]罢了。翻来覆去，真是心如死灰，求生无路。猛然间想起冷于冰来："他说得过我几次，说我身有仙骨。果然跟他，一旦登仙，也不辱没了父母。"又思："冷于冰他也是个富贵公子，尚然丢弃家私，抛离妻子，终年访仙求道。回想自己家中，还有什么过度？不如将这住房也卖了，赏张华几两银子，着他自行过日，我且入都中去，或者得遇冷于冰指点佳境，亦未可知。"

　　主意定了，将张华叫来，告明己见，要上北京。张华听了，呆了半晌，说道："此事大爷还要细想。那冷于冰行踪无定，知道他如今在哪里？就算上遇着他，他一个游方的人，有什么真话！小的为大爷事体，也曾日

---

[1] 饿殍（piǎo）：饿死的人。

夜想算。这处住房是三百多银子买的,目今城中房屋缺少,也不愁卖不了原价。还有金姐送大爷的衣服首饰,若变卖起来,小的估计着也可卖二百来两银子。每年用十来两赁一处小房居住,余银或立个小生意,或安放一妥当铺中讨些利钱,也可胡乱度日。大爷年纪还不到三十,若发愤读书,何愁不中不会,不做个官!若说卖上银子寻冷于冰,这是最低不过的见识;设或再有外错,将这几两银子弄尽,小的家两口子讨吃,原是本分,有什么辱及祖父,只怕大爷一步一趋,都是难行的了。大爷就便打死小的,也不敢遵命。当日金钟儿在时,知道大爷情深似海,断不是言语劝得过来的,只得任大爷闹去。如今金钟儿已死,正是大爷该交好运的时候,怎么又想起寻冷于冰来了?"

如玉听了,半晌道:"我好运是已经交过了,死灰何能再燃!将来遇着冷先生,安知不又是我的好运呢?你以后不必多拦,我的主意已经定了。限你三日,与我寻变卖房子的主儿,我只要三百两。金姐的衣服首饰,你可按物开一清单,到当铺中当了。将来到京里,寻着冷于冰寻不着冷于冰,都不要你管我。"张华又苦口劝谏,如玉竟是百折不回。张华见主人志愿已决,没奈何,只得尽心办理。金钟儿衣物当了一百六十两,房子卖了三百五十两。正月初三日与买主立了契,言明正月十八日腾房。

如玉将银子收讫,含着泪眼将张华夫妇叫到面前,说道:"我当日有钱的时候,在你夫妇身上甚平常;如今骗我的、偷我的、赚了落了我的,俱皆星散,唯你夫妇始终相守,且在我身上甚厚。"张华听了,泪流满面,他女人也哭泣起来。"我一生总吃了眼中认不得人的亏,致令一败涂地。如今在这泰安城中,也没个出头的日子,且到都中去走遭,听凭命运罢!日后若有个好机会,还与你们有相会之期。我走后,这房子要与人交割,里面桌椅铜锡瓷器等物,虽没什么值钱的,胡乱还可以卖几两银子,你夫妇可拿去变卖了过度罢。两个小小厮,一个是你儿子,也不用我嘱咐;唯有已故家人孙禄之子,他今年才十一岁,你们可念他父母俱无,今日就收他做你夫妻的养子,凡事推念我,不可凌虐他。"又取过两封银子道:"这共是一百两,你夫妇用八十两寻两间房儿居住过度,也算你们伺候我一场。那二十两,等孙禄之子到十六七岁,与他娶个老婆,完我做主人的心事。我亦不过数天就别你们去了。"说着流下泪来。张华夫妇跪在地下,

第五十回　温如玉时穷寻旧友　冷于冰得道缴天罡

哭得连话也说不出来。那孙禄之子，也在旁边啼哭不止，也听出主人要走路的说话。

张华哭着说道："大爷出门定在哪一日？小的好收拾行李，伺候了同行。"如玉道："我如今还讲跟人么！只我独自走罢。你又有家口牵累，况又连个住处未曾寻下。我这一去，和漂洋的一样，将来还不知栖流在何所？我是绝意不要人跟随的。"张华道："大爷从未走过远程，亦未独自出过远路，小的如何放心的下！纵大爷不要小的，小的明不跟随，暗中也要跟随，哪怕把主仆弄不在一处。小的女人虽没房子，她父母家中即可居住，便是二三年他还可以养活得起。大爷赏的家器等物，都交小的丈人变卖，甚是妥贴，小的正好跟随大爷出门，守定妻子做什么？"如玉想了一会儿道："也罢了，就依你跟我走走，到京中再做定规。你们只管跪着怎么，可起去料理。"张华又道："大爷赏了八十两银子，小的实不忍心收领。有家器等物，足够小的一家过了。出外比不得家居，将来盘费短了，是没处投告的。"如玉道："我原该与你多留几两，只恨我手内空虚；你若不收，我也断不着你跟去。"张华无奈，和他女人磕了七八个头，方才起来将银两收下。如玉又指着孙禄之子说道："你顽劣得了不得，你们管教只顾管教，衣与食要留心他些。"张华夫妇回说道："不但大爷嘱咐，就大爷不言，小的们定和自己亲生的儿女一般看待，大爷只管放心。"如玉叫过那小厮来，与了他二两银子，又指教他几句，当下教他与张华夫妇叩头，认为父母，一同揩着泪眼出去。

如玉看定正月初八日起身，初六日到他父母坟上痛哭拜别回来。张华将各项物件开了清单，把他丈人叫来，当面交割。如玉就托他与买主交房。至初八日，主仆二人坐车起身。张华女人送了主人和丈夫，与她父亲雇人搬运一切停妥，领了孙禄之子同他儿子，坐了车子，大哭着回他父母家去了。

如玉到了京中，寻了个客寓安下，主仆两人，每天出着二分房饭钱。如玉举目无亲，日日在大街小巷行走，存了个万一遇着冷于冰的念头。行走了二十余天，哪里有个冷于冰影儿！张华见不是个归结，复行苦劝，着如玉回家，谋为正务。如玉道："我已出门，断无空回之理！况冷于冰也不是谎我的人，早晚定有遇着他的日子。若过二十年后遇不着，再做道理。"张华十分劝急了,如玉便说:"你若想家任凭你便,我是绝不回去的。"张华也自无法。

不言他主仆在都中闲度岁月。再说冷于冰自得《天罡总枢》一书,日夜在琼岩洞诚心捧玩,半年后已洞悉精微,才明白了天地始始终终的根由,万物生生化化的原委。看那两轮日月一起一落,无非老人的须眉,促人的寿数。觉得此时神通广大,法力无边,回想紫阳真人送他的《宝篆天章》,不过是斩妖除祟,趋吉避凶而已,讲到超神夺劫,参赞造化,还无十分之二三。今日竟成了个与天地同体的人,真是千万世难逢的际遇。又想天狐嘱咐,一年后将此书赍送火龙真人,烦恳东华帝君缴还八景宫。今已通首至尾烂熟胸中,此书久落尘凡,恐与天狐招愆[1],反辜他一片好心。又预知温如玉在京寻访;且董公子自到河阳镇,知他已入林岱籍贯,改名林润,算了林岱胞侄,中了第六十一名举人,已从今年正月,由林岱任内到朱文炜家居住,等候下会试场。他今科功名有分,后日还有多少事在他身上起结,也须见他一面,等他服官受职日,好做后事的地步。明日是黄道吉日,理合到吾师洞中走遭,将此书交送,腾出身子来办别的事业。

到次日五更时分,令二鬼将石几案抬放在石堂院中,将玉匣安在几上,自己虔心静气大拜了八拜,然后揣在怀中。吩咐二鬼道:"今我往赤霞山祖师处去,尔等可用心修炼,各图正果,静候我的调遣,不得私出洞门。"二鬼出洞跪送。

于冰驾云光,早到赤霞山回雁峰前落下。只见桃仙客大笑道:"祖师命我在此等候多时。"于冰忙作揖问讯。仙客道:"贤弟不必多礼,快随我来。"于冰跟定仙客走至洞门前站定,于冰道:"你我虽同是祖师弟子,然师兄是日夕亲近之人,不妨随便出入;我与师兄有别,理应替我回禀一声为是。"仙客道:"贤弟小心至此,足见诚敬。"说罢,先入去了。少刻出来,说道:"祖师着你进见。"于冰将道袍拂了几下,才跟定桃仙客一步步走入去。但见:

门以内,有山水,有池桥,有楼台树木,花卉禽鸟,另是

---

[1] 愆(qiān):罪过、过失。

第五十回　温如玉时穷寻旧友　冷于冰得道缴天罡

个世界；堂以上，有琴棋，有书画，有金石珠玉，床帐桌椅，另是处大家。其中冰桃雪藕，火枣交梨，另是一样滋味；银筝象板，锦瑟鸾笙，另是一般宫商。壁挂蛟螭之镜，炉焚兰麝之香。云母屏前，远映一轮皎日；水晶帘下，斜拂八部和风。白鹿衔芝，闲行丹房灶户；玄鹤啄果，欢舞曲径回廊。真是：万物静观皆自得，四时佳兴与人同。

于冰将洞中景物大概一看，遥见火龙真人穿一件大红百花无缝仙衣，戴一顶扭丝八宝束发金冠。蚕眉河目，赤面红须，端端正正坐在上面。于冰抢行了几步，到真人座前拜了四拜，请候毕，站在一边。真人笑道："《天罡总枢》一书，乃八景宫不传之秘，身列金仙能读此书者，百无一二。你修行了几日，便能际此奇缘，真好福运也。"于冰将玉匣从怀中取出，放在正面几案上，真人亦连忙站起，坐在一旁。于冰又跪禀道："弟子正为此书久落尘凡，恐被老君查知，致干罪尤。今日特奉献于老师座下，仰冀大开恩典，代行缴送，庶天狐盗窃之事不致泄露，弟子亦可以瓦全矣。"

真人大笑道："你如今尚能推算未来事体；老君为万国九州群仙之祖，他的书籍被别人盗去一年有余，他焉有不知之理？当日天狐那意念一动，他早已就知道有今日了。只因他念你立心纯一，勇往向道，不过假手天狐成就你的正果，你道他竟不知道么！"说罢，又大笑道："此书亦不敢久存，明日即到东华帝君你祖师宫阙，恳还转送，保全天狐。"

于冰又禀道："弟子承师尊高厚，遣桃师兄颁赐衣冠；彼时拟救连城璧之后，即来叩谢洪慈。缘桃师兄述师命，再四相阻，有功夫圆满之日，再来未迟等话，因此弟子迟至如今。"真人道："我着仙客止你，不过为省一番往返也。"于冰复行叩谢，真人吩咐道："起去。"于冰侍立一旁。真人道："目今你法力，可出群仙之上。只是静中功夫还未完足，将来猿不邪自可与你分劳。"又问道："我的木剑你可曾带在身边？"于冰急忙取出，放在桌上道："弟子承师尊恩赐，未尝片刻相离。"真人叫童子们："拿我那口宝剑来。"少刻，一童子取到，递与真人。真人道："此剑名为'雪镂'，我从战国时得道，承吾师东华帝君颁赐，佩服数百余年。我在西湖与你的木剑，不过斩妖除邪，若异日会诸天岛洞道友，带在身上，殊欠冠冕。此剑与木剑大不相同，岛洞列仙、八部正神有背义邪行者，可飞斩千百里之外，妖魔又何足道也。"于冰叩头领受。真人道："你去罢，功成圆满之期，我别有法旨。"说罢，真人回归后洞。桃仙客同许多道友并仙吏仙童，都来与于冰叙同门一脉，请入丹房内饮食。好半晌，方一齐送出洞外。

于冰谢别离洞，走了百余步，将剑囊解去一看，只见金装玉嵌，耀目夺睛。又将那剑拔出来看视，宽不过一寸，长倒有三尺，面镶双龙，柄列七星，剑尖上镌着"雪镂"二小篆字，剑鞘上拴着紫丝绦两根。于冰看罢，将剑装好，就用丝绦纠系在右边臂上，驾起云光，早到玉屋洞来。

这日，城璧等正在洞外闲立，忽见猿不邪用手在空中指道："师尊来矣！"城璧合不换道力甚浅，哪里看得出，瞬目间，于冰已落在面前。城璧、不换大喜，各作揖问候。猿不邪在一旁跪接。于冰到洞中正面坐下，猿不邪站在一旁。不换问道："大哥背后挂着可是口宝剑么？"于冰道："适才从吾师洞中来，此剑系吾师所赐。"不换道："祖师所赐，必有不同，我们先看一看，再叙别情。"于冰解下付与。不换将锦囊解去，大家拭目同看。但见光芒映日，寒气侵人，装束亦精雅之至，一个个极口赞扬。唯独城璧爱得不得，看了又看，不忍释手。不换接过来，用套儿装好，亲自与于冰系在背后，方才就座，询问六七月别后事情。于冰也不相瞒，就将得《天罡总枢》始末，并今日交还赐剑的原由，详细说了一遍。不邪等欣羡不已。

于冰又道："我早晚还有事入都。"城璧道："都中又有何事？"于冰道："董公子改名林润，算是林岱胞侄，已中了举人，要见他一面，等他中了进士，将来好完结严世蕃、阎年等案件。还有泰安的温公子，在京找寻我一月有余，少不得再去点化他一番。我此番还得到御史朱文炜家住几天。"城璧道："要去，大家走遭，我正要看看董公子。"于冰道："朱文炜是个京官。你我俱是道装，去他家内，也须招人议论。"城璧道："这有何难？我们只用将道冠暂时摘去，便是俗人。"于冰道："那岂是出家人做的事！"又问猿不邪道："你二位师叔可学会些什么法术？"不邪道："凡弟子所能者，已学一半有余。"于冰道："得此亦可以全身远害。会试场期只有四五天了，我今日就去罢。"众人送出洞外，于冰驾云去了。正是：

　　书缴赤霞洞内，飞身故友人家。

　　牵怀难裔甲第，度取浪迹仙葩。

第五十一回

指前程惠爱林公子　渡迷津矜全温如玉

词曰：

十年窗下讴吟，柳汁欲染衣领。真仙指示功名径，折取蟾宫桂影。荣枯枕上三更，光阴眼前一瞬。人生富贵总浮云，个中人儿自省。

右调《醉高歌》

话说于冰出离了玉屋洞，驾遁光早到了都中。原来朱文炜自平师尚诏得官之后，这几年已升了浙江道监察御史。只因他是受过大患难的人，深知世情利害，凡待人接物，也不肯太浓，也不肯太淡。当日严嵩因他面奏胡宗宪，心上甚是恼他。即至升了御史，恐怕他多说乱道，倒有个下手他的意思。后见他安分供职，上的本章都是些民生社稷的话说，毫不干涉他一句，心上又有些喜欢他，闲时也请去吃饭。文炜总是随请随到，虽极忙冗亦不辞。遇年节寿日，必去拜贺，却不送礼，因此得保全禄位。他如今又搬在棉花头条胡同，地方也还算僻静，每天不到日西时分便下了衙门。

这日正在房内与他妻子闲话，忽见段诚飞忙地跑来，说道："老爷快去迎接，恩人冷大老爷来了！"夫妻两个一齐问道："可是那冷讳于冰的么？"段诚道："正是，正是！适才小的在门前看见，竟认识不得了——穿的是道家衣服，容貌比先时越发光彩年少。老爷快去迎接罢，等了这一会儿了！"慌的朱文炜连忙穿公服不迭。姜氏着小厮们速刻打扫客房，同文炜道："就请入我房里来罢。"

文炜如飞地跑了出去，见于冰在大门内站立，遂高叫："老伯大人，是什风儿吹得到此？"于冰一看，见文炜纱帽补袍迎接出来，意思甚是谦谨。文炜到面前，先向于冰深深一揖。段诚在前斜着身子导引，文炜随在于冰后面，一直让入院内。早有姜氏同段诚家女人，领着几个使女在院中迎接问候，相让到姜氏房内。夫妻两个，男不作揖，女不万福，一齐跪在地下磕头。于冰哪里扯得住，也只得跪下相还。夫妻两个磕了七八个头方才起来，让于冰炕上坐下，夫妻二人地下相陪。随即就是段诚家夫妇叩头。家中大小男妇，素日听主人和段诚常常说于冰种种奇异，一个个抢来叩头，于冰倒周旋了好半晌。

　　文炜吩咐家下众男妇道："冷太爷此来，至少在我家中也得住五六年，尔等切不可向外人传说；若外边有一人知道，我定行详察重处，连妻子一并赶将出去，绝不姑容。"众人答应退去。朱文炜道："自从在河南军营别老伯大人后，今又这几个年头。小侄夫妻性命并功名，无非老伯再造之恩！小侄也别无酬报，祠堂内已供奉着老伯生位，唯有晨夕叩祝福寿无疆而已！"于冰道："朱兄不可如此称呼。倘邀不弃，只叫一先生足矣。"姜氏道："那年在虞城县店中，承恩父天高地厚，打发我到母亲处。"于冰大笑道："越发不成称呼了，实足刺于冰之耳，贫道告别罢！"姜氏道："我在恩父家中已拜认老太太为母，恩父又何必过谦。"于冰听了，不由得面红耳赤起来，说道："我一个出家人，消受不得这般亲情，请无复言。"文炜道："这是她名分应该如此。"又道："老伯今从何来？一向在何处？"于冰道："我的形迹实无定所，今日为两件事来。"朱文炜道："是什么事？"于冰道："说起来话长。"就将温如玉的事大概一说，并言他有些仙骨，此番要度他去出家。又说起救董公子一事，"他如今已与林岱大兄认为胞侄，改名林润。"朱文炜也等不得说完，便："他刻下现在小侄家住着，要下会试场。每每提起老伯，还有一位连先生，便感激得流泪不止。"于冰道："若不是为他在尊府，我也不来见朱兄了。"随将自己来的意思，又说了一遍。朱文炜道："这都是老伯大人天地父母居心，成就他的终始，小侄辈也替他感激不尽。"说罢，于冰道："我到外面会会林世兄去。"

　　文炜同到厅院西边一处书房内，高叫道："林贤侄，你我的大恩公冷老伯来了！"那林公子听得，忙跑出院来，一看见于冰，便跪倒叩头不已。于冰亦连忙跪下相扶起来，携手入房，复行叙礼坐下。问了城璧并不换起居，又说了一会儿别后行踪。于冰也问了林岱并老总兵林桂芳话。家人们排上许多的果食来，于冰随意用了些。向文炜道："我在尊府还要盘桓三两天，诸事不必过着意。"文炜道："这三两天话，老伯再休提起！"

第五十一回　指前程惠爱林公子　渡迷津矜全温如玉

于冰道："我还有一说，知己相对，理应久谈，但素常以静为主，大家安歇了罢。"文炜亦不敢相强，随令家人秉烛，同林润都送到东院书房内。

于冰着家人们退去，向林润嘱说道："你今科甲第有分，日后须要建功立名，须得如此这般替国家除奸安良，才是我成全你的意思。我此来正是为此。"大概说了些日后的话，林润唯唯听命，文炜也钦服之至。说罢，于冰道："二公就请便罢。"文炜道了安置，于冰打坐至天明。

朱文炜知道于冰断不能久留，与他多款洽一日是一日，差人去衙门告了假，在家中陪侍。凡有客来拜望，总以有病为辞。次日辰牌时候，于冰将段诚叫来，向他说了几句，段诚去了。

再说温如玉在菜市口儿店内，居住一月有余，也无处找寻冷于冰，每日家愁眉不展，在那大街小巷乱走，存一个万一遇着的见识。晚间睡着，不是梦见金钟儿，就是梦见冷于冰，弄得心上无一刻舒怀。

这日吃罢早饭，正要上街，听得院内有人问道："泰安州的温公子可在你店内住么？"又听得店东道："有个泰安州姓温的人，倒不晓得他是公子不是公子！"那人道："可是姓温讳如玉的不是？"如玉着惊，急急出来道："我便是泰安人，老兄何以知道贱名？"那人道："我原不晓得，我家老爷府内，有一位冷太爷讳于冰，着我来此店相请。"如玉听了，惊喜相伴，走入房内向张华道："你可听见么？冷于冰寻我来了！"

于是换了衣巾，和段诚同走到文炜门前。段诚道："请站一站，我去回禀一声。"须臾，出来说道："冷太爷说请入相会。"如玉跟段诚到二门前，见于冰金冠道服，丝绦皂靴，肩背后挂着宝剑一口，容貌与先时大不相同，真是人中龙凤，天上神仙，缓步从里边迎接出来。如玉想起昔日，一旦到这样时候，心生惭愧。于冰将如玉上下一看，见他虽在极贫之际，却举动如常，没有哪般贱相。于冰笑说道："久违公子了！"如玉抢行了几步，向于冰一揖。于冰即忙还礼。两人到东书房内叙礼坐下。如玉问罢于冰的行踪，便蹙着眉头，要说自己年来的事业。于冰道："公子的行为，无大无小，冷某即和亲见的一般，不用劳神细说。"家人们送入茶来，如玉独自吃了一杯。于冰道："公子的气色与前大不相同了。"如玉听了，跪在地下说道："小弟年来真是命途多蹇，从今年正月初八日即起身入都，寻访长兄指示一条明路，伏望大发慈悲！"于冰也连忙跪扶道："公子请起。

诸事交在我冷某身上。"

两人方才入座，忽听得门外有人说道："老伯大人会佳客么？"于冰道："正要请你来坐坐。"如玉见个三十多岁的人入来，头戴幅巾，身穿云氅，气度像个官儿，忙站起问于冰道："此位是谁？"于冰道："此东翁朱先生讳文炜，现任御史。"如玉急趋向前叩拜道："生员蓬门下士，因冷先生呼唤，得至公堂，不曾带来手本叩谒，甚觉冒昧之至！"朱文炜答拜毕，三人分宾主坐下。文炜道："此位即老伯所言督抚温大人长公子温世台么？"于冰道："正是。"文炜道："此兄丰姿秀雅，真鸡群之鹤也。"如玉一面谦抑，甚有欣羡他的意思。于冰道："可吩咐人将林公子请来，也与温公子会一会，我还要留温兄伴我两天。"文炜道："最好，最好！"

少刻，家人们将林公子请来，与温公子叙礼毕，坐在文炜下边。如玉问明，才知是河阳总兵林岱侄子，二十一岁就中了举人，在此下会试场。心上甚是愧羡，不免又动了自己求功名的意念。又询知他二人功名皆成全于于冰之手，心上怔怔忡忡，将访仙求道的心不觉挪移了一半。

叙谈间，家人们拿入杯筷来，安放桌椅。如玉要辞去，文炜哪里肯依。于冰向如玉道："都是知己聚会，我还要留你住几天，朱兄不是外人家。"如玉道："老兄吩咐，无不如命，只是未向小价说明。"文炜道："这有何难，可着人唤张华盛价将行李取来，最是妥当。"于冰道："使得。"如玉还要相辞，家人已经去了，只得上前拜谢。文炜先与如玉送酒，道："随便饮食，有亵世台。"如玉再四推让，让于冰独坐了一桌，他与文炜、林润坐了一桌。从此为始，如玉主仆就在文炜家住下。晚间如玉张华在东房安歇，于冰在西房与林润闲话。

到第三日午间，管门人走来说道："衡山来的两个客人寻访冷太爷说话。"于冰就知是城璧、不换来了，心中嫌怒道："他两人才学会些小法术，便这般云驰乱跑起来；况我起身时那样嘱咐，又来做什么！"朱文炜向于冰道："此二位是谁？"于冰道："是我的两个道友。"随向管门的人道："烦你请他们入来。"文炜听了"道友"二字，知是有来历的人，随即整衣迎接。

至二门前，见一胖大汉子，庞眉河目，紫面丹唇，一部长须比墨还黑，飘飘拂拂直垂在膝下。头戴宝蓝大毡笠，身穿青布袍，腰系丝绦，足踏皂靴。文炜心里说道："这人汉仗仪表，倒与林大哥差不多；只是这一部

第五十一回　指前程惠爱林公子　渡迷津矜全温如玉

连鬓胡须,就比他强几十倍。"又见后面相随着个瘦小汉子,二目闪烁有光,面色亦大有精彩,长着几根八字胡须,戴一顶紫绒毡帽,穿一领蓝布袍。也是腰系丝绦,足踏皂靴。文炜知是异人,恭恭敬敬地让到东书房行礼。如玉看见连城璧和金不换,心上甚是羞愧,自己也到投奔人的田地,只得上前行礼叙旧。礼毕,城璧和不换与于冰深深一揖,然后大家就坐。

文炜举手问道:"二位先生贵姓?"于冰俱代为说讫。文炜道:"二位先生从何处来?"城璧道:"还未请教贵姓,想是朱老爷了。"文炜道:"正是贱姓。"城璧道:"我们系从湖广衡山来。"文炜道:"几时动身的?"不换道:"是今早动身的。"文炜大惊道:"好几千里片刻即到,非驾云御风,何能至此? 真冷老伯之友也!"于冰道:"我起身时那般嘱咐,你二人又来做什么?"城璧道:"我因董公子在此,心上悬记他,故来走走。"于冰道:"是林公子,哪有董公子?"城璧随即改口道:"是我说错了。"于冰又道:"你二人怎么俗装打扮,这是何说?"不换道:"二哥原不肯改装,是我因朱老爷是京官,来许多道士到他府上,恐怕人议论,因此扮做俗人,不过暂时改用。"文炜道:"究系二位先生多心。"

左右送上茶来,大家吃讫。城璧向如玉道:"我们在贵庄分首后,至今已是五六个年头。"如玉道:"那日三位别去,小弟差人遍访无踪,真是去得神妙之至。"文炜道:"素日都相识么?"如玉道:"俱在寒家住过几天。"城璧道:"公子不在家中享荣华、受富贵,来朱老爷这边有何贵干?"如玉道:"我与诸公俱系知己,说也不妨。小弟年来否败之至,今无可如何,寻访冷先生指一条明路,做下半世地步,倒不是专来朱大人府上的。"城璧笑道:"我们都是几个穷道士,有什么明路指人!"如玉不由得面红起来。于冰急以目视城璧,城璧才不言语了。

午错时候,家人们摆了一桌果食,一桌荤席。城璧、不换和于冰坐。林润从西书房来,看见城璧大喜,又见不换也在,连忙上前叩拜,复叙别岗,和如玉、文炜同坐,闲谈到二鼓方散。城璧等同于冰在西房,如玉仍归东房。

次日午饭后,于冰同着众人向如玉道:"公子年来困苦已极。我二年前有言在先,公子若到不得意的时候,只管入都寻我。公子今日来意,还是欲做富贵中人,还是欲做烟霞中人?"问得如玉半晌不言语。少刻,从容答道:"小弟此来穷极奔人,有何主见! 唯祈长兄指示前途。"于冰叹了一声,说道:"圣门尚云:'死生有命,富贵在天。'那是恶此而逃的,是有命焉!你看他二人功名,原是他命中所有,只是遇合有数,不过假手于人一作合耳。公子试自想,从前一遇叛案,再遇骗局,以致人离财散,母丧妻亡。即一少有良心娼妓,且不能消受,尚何功名富贵足云!我冷某哪里有回天之力,造命之术!况古人云:'浮生若大梦。'人生世上,哪有个不散的筵席?富贵者如此,贫贱者亦如此;一日如此,虽百年也不过如此。好结局老死床被,坏结局身丧沟渠,哪有快活的日月,长久的寿龄?我为你一身仙骨,大有根气,亦非一世之缘;只因你世情太重,痴念未忘,所以三番两次点醒于你。你若仍然执迷不悟,我便与你从此永别矣。"如玉听了这一篇言语,不由动魄惊心,夹背汗流,趴倒在地连连顿首道:"我温如玉今日回头了!人生在世,无非一梦,寿长者为长梦,寿短者为短梦。可知穷通寿夭,妻子儿孙,以及贪痴恋欲,名利奔波,无非一梦也!此后虽有极大富贵,吾不愿得之矣!"连城璧掀着胡子大笑道:"这个朋友此刻才吃了橄榄了。"冷于冰用手扶起,笑问道:"你可真回头,还是假回头?"如玉道:"既知回头,又何论真假?"于冰道:"你回头要怎么?"如玉道:"愿随老师修行,虽海枯石烂,此志亦不改移!成败生死,任凭天命!"于冰道:"你既愿修行,且让你再静养一夜,明早再做定归。"一席话,说得众人俱各赞叹不已,把一个朱文炜欣羡得了不得,若不是有家室牵连,也就跟于冰出家了。吃罢晚饭,到了定更后,仍是照常安歇。

夜至二更,于冰等正在东房里打坐,听得西房有人哭泣起来。城璧道:"这必是温如玉后悔出家了。"不换道:"去听他一听。"待了好一会儿,不换入来。城璧道:"可是我说的那话么?"不换道:"他如今是绝意出家了。身边还带着三四百银子,都赏了张华,着他逢时遇节与他祖父坟前上个祭。那张华跪在地下,哭着劝他还家,说了许多哀苦话,我听了倒替他感伤。"城璧道:"到明日看他如何。"

次日天明,如玉便过东房坐下。于冰道:"我们此刻就要别了东家起身;你还是回家,还是在京中另寻事业,还是和我们同走?"如玉道:"昨日

第五十一回　指前程惠爱林公子　渡迷津矜全温如玉

于老师前,已禀明下悃[1],定随老师出家,都中还有何事业可寻?"于冰道:"张华可舍你去么?"如玉道:"我昨晚与他说得斩钉截铁,他焉能留我!"于冰道:"我们出家人,都过的是人不能堪的日月,你随我们一年半载,反悔起来,岂不两误!"如玉听了,又跪下道:"弟子之心,可贯金石!今后虽赴汤蹈火,亦无所怨。"说罢,又连连顿首。于冰扶起道:"老弟不必如此称呼,通以弟兄呼唤可也。"

少刻,文炜出来,于冰等告别,并嘱林公子出场后烦为道及。文炜道:"小侄亦深知老伯不能久留。况此别又不知何日得见,再请住一月,以慰小侄敬仰之心。"于冰笑道:"不但一月,即一日亦不能如命。"正说着,张华走来跪在文炜面前,将晚间如玉话,并自己劝的言语哭诉了一遍,求文炜替他阻留。文炜问如玉道:"老世台主意若何?"如玉道:"生员心如死灰,无复人世之想。虽斩头断臂,亦不可改移我出家之志。"又向张华道:"你此刻可将银子拿去起身。我昨晚亦曾说道,你只与我先人年年多拜扫几次,就是报答我了!"张华还跪着苦求,文炜道:"你主人志愿已决,岂我一言半语所能挽回!"张华无奈,只得含泪退去。于冰道:"我们就此告别罢!连日搅扰之至。"文炜又苦留再住几日。于冰也不回答,笑着就往外走,文炜连忙扯住衣袖,道:"请老伯再住一天,房下还有话禀!就是小侄,也还问终身归结,并生子年头!"于冰道:"你今年秋间,恐有美中不足,然亦不过一二年,便都是顺境了。生子的话,就在下月定产麟儿。"原来姜氏已早有身孕,四月内就该是产期。文炜听了,钦服之至,扯住于冰总不肯放去。于冰无奈,只得坐下。文炜又问终身事,于冰笑而不答。

少刻,姜氏要见于冰,请朱文炜说话。文炜出了厅屋,向家人们道:"可轮班在大门内守候,若放冷太爷走了,定必处死!我到里边去去就来。"家人们守候去了。

于冰见厅内无人,向城璧等道:"我们此刻可以去矣。"城璧道:"只怕他家人们不肯放行。"于冰用手向厅屋内西面一指,道:"我们从此处走。"城璧等三人齐看,见那西墙已变为一座极大的城门。于冰领三人出

---

[1] 下悃(kǔn):诚心。

了城门，一看，已在南西门外。往来行人出入不绝，朱文炜家已无踪影矣。金不换乐得满地乱跳，温如玉瞪神呆。连城璧掀髯大笑道："这一走走得神妙不测，且省了无数脚步。"又笑问于冰道："此可与我们在温贤弟家，从大磁罐内走是一样法术么？"于冰道："那是遮掩小术，算得什么？此系金光挪移大转运，又兼缩地法，岂遮掩儿戏事也！"

四人向西同走约有六七里，到一无人之地，于冰道："温贤弟，你听我说，我们的洞有两处：一处在湖广衡山，名玉屋洞，这是紫阳真人炼丹之所，我们不过借住几年；一处就在你山东泰山，名琼岩洞，现有超尘、逐电两个在那里修炼。我们如今要回玉屋洞去，若将你也带在那里，与我朝夕相伴，未免分你的志；亦且修行的人，必预先受些苦难，扩充起胆量来，方能入道。意欲送你到泰山琼岩洞，同超尘、逐电等修炼数年后，再做商酌，你意下如何？"如玉道："任凭吩咐，我就到琼岩洞去。只求三位大仙时常看看我，我就感激不尽了。但不知超尘、逐电是些什么人？"于冰笑道："你到那里便知。"随向如玉道："你既欲去，我叫城璧送你。"向城璧道："你可送他到琼岩洞，传与他凝神御气之法。待他呼吸顺妥，你再回玉屋洞中。"城璧道："温贤弟人必聪明，凝神御气，看来不用费力。只是他一身血肉，未去半分，云断驾不起。若步行同去琼岩洞，道路有许多危险地方，和他走两个月，还定不住怎么？"于冰大笑道："他若驾不起云，仙骨也不值钱了，我还度他怎么！你刻下试试瞧。"城璧将如玉左肩扶住，着他闭住眼，口中念念有词，顷刻云雾缭绕，喝声道："起！"同如玉俱入太虚。

金不换连声喝彩道："亏他，亏他！一日未曾修炼，起去时毫不费力，竟与我们一般，果然这仙骨不可不长几段在身上。将来倒怕他将走到我们头前。"于冰道："他若心上将世情永绝，必先你二人成就几十年。你此刻可仍回京中，弄几两银子与温贤弟买皮夹棉衣、暖鞋暖帽为御寒之具。皮衣分外多些才好，他纯是血肉之躯，非你二人可比。再买办几十石米，吩咐超尘等，着他两个轮流砍柴做饭，早晚要殷勤扶持他。他是豪华子弟出身，焉能乍然受得艰苦？过三五年后，再着他自己食用。若他两个少有怠忽，我定行逐出洞外，说与他们知道。我今去骊珠洞教化修文院雪山二女，以报他指引《天罡总枢》之情。"说罢，驾云赴虎牙山去了。

第五十一回　指前程惠爱林公子　渡迷津矜全温如玉

　　不换在地下挝了一把土，向坎地位上一洒，口中秘诵法语，喝道："那物不至，更待何时！"须臾，袍袖内叮当有声，倒出五六十两银子来。将头上毡帽取下，把银子装在里面，揣在怀中。将道冠取出，戴在头上，口中鬼念道："万一朱御史差人向西南门寻找遇着时，我只将脸儿用袍袖一遮，他们见是道士，便不理论了。"于是复回旧路。

　　再说朱文炜从内院走出，请于冰与姜氏说话。不意遍寻无迹，心知去了。张华着急之至，哭请文炜示下。文炜劝他回山东，还赏了他二两盘费，又留他住了一天，方才回去。正是：

　　斩断情缘无挂碍，分开欲海免疑猜。
　　他年再世成仙道，皆自片言点化来。

第五十二回

买衣米恰遇不平事　拔须眉辱挫作恶儿

词曰：

　　再赴京畿，恰遇不平奇事。热肝肠，反复问冤抑，成全片刻时。阊年添晦气，须髭[1]尽拔之。迁怒抢亲人，丑结局。

右调《女冠子》

话说金不换用搬运法弄了几十两银子，走了一二里路，见后面来了数十人，簇拥着一顶四人喜轿。又听得轿内妇人大哭大叫，从身旁过去。不换笑道："做女孩儿的，好容易盼着这一日，怎么倒喊哭起来？"低了头向前来。

少刻，见一个后生，赶着一辆车子过去。又有一少年秀才，一边跑一边口里乱喊道："青天白日，抢夺良人之女，天理难容！"看那秀才头脸上带着血迹，像个挨了打的。只见他满面气愤，纯是以死相拼的光景。不换将那秀才扯住，问道："你有何冤苦，快对我说，我自有道理。"那秀才将不换一看，是个瘦小道人，用手推开道："谁要你管我！"如飞地跟着车子去了。

原来这秀才是山西太原府人，姓王，名福昌。家中有数十亩田地，也还勉强过得。娶了太原府内开鞋铺的钱元女儿为妻，虽生在小户人家，却倒有八九分人才。王秀才与她，夫妻间甚是和好。只因钱元开鞋铺折了本钱，便入都寻做生意。遇着几个同乡，念他为人忠厚，借与他些资本，在樱桃斜街开了个油盐店，又收籴[2]米粮，不上一二年，生意甚是茂盛。又在顺城门大街开了一座杂货店，却租的是严中堂总管阊年的房子。此后大发财源，铺子后面有十来间房儿，也是阊年的，一总租来，将家眷

---

[1] 髭（zī）：嘴上边的胡子。
[2] 籴（tiáo）：卖粮食。

第五十二回　买衣米恰遇不平事　拔须眉辱挫作恶儿

也搬来同住。钱元老婆因思念女儿，想算着女婿王福昌也闲在家中，因与钱元相商，着他夫妻同来，就管理银钱账，到底比伙计心实些。因此寄字，又捎去五十两盘费，着他夫妻上京。依王秀才，要在家读书下科场；怎当得他妻子钱氏日夜絮聒，这秀才无奈，便买了一个好骡子，弄下一辆车儿，令家仆王二小赶着，一同到京，住在钱元家才两日。

适值阎年家人来取房钱。素常逢取房钱时，即将阎年家人让入内院酒饭，也是加意钦敬的识见。不意他女儿在院中取东西，与阎年家人相遇，一时回避不及，被这家人看在眼内。酒饭间问明端的，回家便告诉阎年，说是钱元女儿是仙女出世。阎年说他素无眼力，还不深信，这家人不服此话。阎年次日即着四五个眼界高的妇人，去钱元家闲游，得与王秀才妻子相见。众妇人回来，一口同音说钱元女儿是世间没有的人物，这阎年便害起相思。他房中侍妾，也和他少主人严世蕃差不多，共有二十六七个，出色的也有两三个。倒被世蕃打听出，头一个出色的硬要去，他心上正要寻个顶好的补缺。今众妇人话皆相同，他安肯放得过去？思量着："钱元女儿是有夫之妇，又是个秀才的妻室，断难以银钱买她；唯有依强恃势抢来，成就好事。量一秀才，他会怎的？"于是选了几个能干家人，拿了些绸缎钗环，硬到钱元家送定礼，要娶他女儿做妾。钱元是个生意人，早吓得发昏。王秀才大骂大吵。众家人将定物丢在铺中，一齐去了。

钱元与众伙计商议，亲自拿了定物到阎年家交割，又被众家人打出，反说钱元收定礼在前，擅敢反悔，做目无王法，不要脑袋的事。钱元觉得此事大难解脱，又不敢去衙门中告他，深悔着他夫妇来的不是。晚间，邀同众伙计相商，打发他夫妇连夜回家，留下自己，任凭阎年处置。又怕阎年抄抢，银钱账目并值钱的货物，俱星夜雇车搬移在众伙计家内。又商量着不敢走向山西去的正紧门头，便想到走这南西门，绕道奔山西大路，使阎年家人揣摸不着，追赶无地。五更鼓就打发女儿女婿奔出南西门，待到天明，即出城去。

却好阎年竟是这日差许多人来抢亲。天色正在将明的时候，一齐打开铺门，直入内室各房搜寻，并无他女儿踪影，连王秀才也不见，情知是打发走了；再不然即在亲戚家藏躲。将钱元并他家中做饭挑水的人一齐乱打。钱元身带重伤，死不肯说；他家做饭的人吃打不过，便以实告。众人恐被欺谎，拴了这做饭的，一同赶出南西门去，只十来里，便被赶着。做饭的人指点与众人，将钱氏从车内抬出来放在轿内，又将轿门儿从外捆了。王秀才舍命相争，倒挨了一顿好打。他也没有别的高见，只想着碰死在阎年门首，做个完局。

孰意造物另有安排，偏偏就遇着金不换。此时不换问王秀才，他哪里有心肠告说，只顾得喊叫飞跑。金不换已明白了八九，但不知抢亲的是谁，也飞跑地赶来，复将秀才扯住。王秀才跑不脱，便和金不换下死命以头碰来。不换笑道："你莫碰，听我说。适才那顶大轿子里面，必是你的亲眷被人抢去，你可向我说明，哪怕他走出一千里外，只用我嘴唇皮一动，便与你夺回。量你一人赶上他们，会做什么？"王秀才不得脱身，又见不换是个道士，说话有些古怪，只得急急说道："我是山西太原府秀才，叫王福昌，轿内是我的妻房，被严宰相家人阎年抢去了。"金不换笑道："这是豆大点事，还不肯早说！"王秀才说："早说，你会怎么？"

不换道："前面站着的车儿可是你的么？"秀才道："是我的。"不换道："我与你同坐了赶去。"秀才道："车子慢，倒是跑快。轿子早已不见了！"不换道："我不信四条腿的还不如两条腿的快。我和你坐上，你看如何？"秀才道："快去坐，我看你坐上怎么？"不换道："忙甚的，只用半杯茶时，管保你令夫人还坐在这车上。"

说着，同到车前，不换道："你和赶车的都坐在车上，车外沿让我坐，我有作用。"王秀才急忙上车。不换向赶车的道："你呆什么，此刻不上去，你就得跑个半死！"赶车的也坐在车内。不换跨上车沿，手掐剑诀，在骡子尾上画了几下，用手一拍道："敕！"只见那骡儿得了这个"敕"字，顷刻足下生风，和云飞电逝的一般走去。王秀才心知怪异，也不敢言。没有数句话的功夫，便看见喜轿同抢亲人在头前急走。只听得不换说道："住！"那骡儿便站住，半步不移。

秀才大嚷道："先生满口许我将贱内夺回，怎么看见轿子，倒反站住？"不换道："你好性急呀！我着他们回来，岂非两便？"说罢，又见不换口中念诵了几句，伸出右手向抬轿轿夫并抢亲诸人连招几招，道："来！"那些人和得了将军令一般，个个扭转身躯，随着轿子飞奔到不换面前。

第五十二回　买衣米恰遇不平事　拔须眉辱挫作恶儿

不换又用手一指道："住！"那些人又和木雕泥塑一般，站住不动。秀才主仆喜欢得惊神见鬼，在车内叩头不已，乱叫真神仙不绝。

不换道："王兄不必多礼，快下去将令夫人请出轿来，你夫妻一同坐车，我好打发你们走路。"说罢自下车来。秀才同他家人王二小，也连忙跳下车来，走至轿前，将绳子解去，开放轿门，将钱氏扶出轿来。秀才着与不换拜谢。钱氏不知缘故，只眼上眼下看不换。秀才又催她拜谢。不换道："罢罢！快上车儿。"秀才扶钱氏上了车，又到不换面前趴倒地下连连叩头。不换一边扶，一边说道："多礼，多礼！"于是又走到车前，在那骡儿尾上又画了几下，口中念诵了几句，向赶车的王二小说道："此刻已交午时，到点灯时候，还可走二百五十里。阎年纵有势力，量他也赶你们不回。到明日早，便可按程缓行。但你们只能任他走，不能着他住。王兄可伸手来。"秀才将手递与不换，不换在他手心内也画了一道符，又写了个"住"字。嘱咐道："今日到日落时，看有安歇处，可用此手在骡上一拍，口中说个'住'字，他就站住了。他站住便一步不能动移，你速用净水一碗，将你手并骡尾骨一洗，则吾法自解矣。"又向二小道："此车仗我法力，虽过极窄的桥极深的河，你通不用下来，只稳坐在上面任他走。假若你离车两三步，再休想赶得上。切记！切记！"秀才又跪在地下求不换姓名，不换道："我一个山野道士，有什么姓名。你看往来行走的人都看我们，你三人快坐车走罢！转刻抢亲诸人醒过来，你又要着急。"秀才听了此言，才同王二小上车。不换用手将骡儿一招，那骡儿便转回身躯，不换道："走！"那骡儿拉了车子比风还快，一瞬息就不见了。

不换看众人时，一个个呆站在一处，心里想道："还是放他们去，还是着他们再站些时？"又想道："阎年这奴才，常听得大哥说他作恶，我从来未见过他；我今日何不假装个钱氏，与他玩玩，他将来还少抢人家几个妇女。"想罢，走至轿前，把帘儿掀起，坐在轿内，用手将四个轿夫一招，道："来！"四个轿夫一齐站在轿前，不换又道："抬！"四个轿夫将不换抬起。不换又道："走！"四个轿夫直奔衙门。不换将帘儿放下，心里说道："我生平不但四人轿，连个二人轿也没坐过。不意到底不如驾云受用。"轿子入了南西门，不换在轿内用手向原路一指，这里将诀咒一煞放，那些抢亲的人一个个倒倒颠颠，和梦醒一般，大家见神见鬼地嚷闹。

嚷闹了一会儿，都一齐回来。

再说金不换被四个轿夫抬了飞走，阎年又差人跟寻打探，看见是自己轿夫，各欢喜问道："得了么？他们怎么不来？"四个轿夫回答不出，只抬着飞走，众家人跟随在轿后，跑得乱喘。

将到阎年门前，已有人眺望见轿子来了，都没命地跑去报喜。阎年这日在相府给了假，同几个趋时的官儿并家中门客等，在书房笑谈，听候喜音。听得报说"喜轿到了"，心下大喜，吩咐着内院众位姨娘们迎接，一边又着催办喜酒。

轿夫将轿子抬入厅院，不换在轿内说道："落！"四个轿夫将轿落下，内院早走出五六十妇女，俱站在阶前等候新妇人下轿。大小家人以及佣工等众，老老少少，俱在两旁看新妇人人才。

须臾，走来两个妇人，打扮得花花簇簇，到轿前将帘儿掀起一看，见里面坐着个穿蓝布袍的道人，睁着圆滴溜溜两只眼睛将两个妇人一看，吓得两个妇人大惊失色，往里急走。众男妇各低头向轿内窥看，只见轿内走出个瘦小道人来，满面都是笑容。众男女大哄了一声。又见那道人出了轿，便摇摇摆摆直向众妇人走去，众妇人连忙退避。那些看的家人赶来十数个，要捉拿不换。不换回头道："啐！"被这一口唾得各呆站在一边。随后又来了好些人，俱被不换禁住，动移不得。不换急往里走，见众妇人已到内院台阶。不换见台阶上是过庭，庭内有椅儿，不换走入，将一把椅儿安放在正中坐下，用手将妇女一招，道："入！"众妇女俱入过庭内。不换向众妇女分东西指了两指，众妇女便分立在不换左右。不换左顾右盼，见众妇女粉白黛绿，锦衣翠裙，不禁失笑道："此皆我自出娘胎意外之奇逢也。"

忽见外面又跑来七八个家人，到门外张望，却没一个敢入来。不换笑道："众位管家，烦你们到外边，将阎年那奴才叫来，我有好物件送他，快去，快去！"正言间，猛见外院走来一人，高视阔步，后面跟随着几个小子，口中说奇道怪，头面上大不安分。但见：

　　存心傲物，立意欺人。一笑细眼迷缝，端的似晒干虾米；片言呲开大嘴，真个像跌破阴门。肚阔七围，胀胀膨膨，哪里管尊卑上下；面宽八寸，疙疙瘩瘩，全不晓眉目高低。连须胡

第五十二回　买衣米恰遇不平事　拔须眉辱挫作恶儿

黄而且短，秤锤鼻區而偏肥。头戴软翅乌巾，恍若转轮司抱簿书吏；身穿重丝缎氅，依稀东岳庙捧印崔官。真是：傀儡场中无双鬼，权奸靴下第一奴。

不换看罢，就知他是阎年了。阎年走在院中，看见不换坐在过庭正中椅上，他家大小妇女侍立两旁，不由得气冲胸膈[1]，急急走来，大声喝道："好妖道！你敢在我府中放肆，你不怕凌迟么？"不换笑道："阎年，你莫动气，你听我说。我原是个游方道士，今日从南西门过，见你家人率众抢良人家妇女。我看见不平，将他夫妇放走，又怕你无人陪伴，因此我替她来。"阎年哪里还忍受得，喝令："小子们！将贼道拿下！"众小子强来动手，被不换将手一挥道："去！"众小厮都跑去了，只留下阎年一个。急得阎年咆哮如雷，挽起双袖走来擒拿。不换笑嘻嘻地用手指道："跪！"阎年心里明白，只是那两条腿不由自主，便跪在了地下，急得他通体汗流，不但两腿，连自己两手也不能动作。不换道："阎年，你听我教训你。你是个宰相的堂官，休说百姓，就是小些的文武官，也没个不刮目待你的。你也该存个堂官的体统，怎么光天化日之下，抢夺良人家的妇女？这些事都是市井无赖行为，有志气的强盗也不做它。"又看着两边妇女们道："像这些堂客，只怕大半都是你抢夺来的；妇女尚敢抢夺，人家的房地金珠，越发不用说了。奴才，你怎不想一想，你能有多大点福，一个人敢消受这许多妇女，还心上不足！奴才，岂不该下油锅炸酥，装入大磨眼中磨你！今后要改过方可。若再如此，我早晚间定以飞剑斩你脑袋。"

阎年耳中听得明白，口中却说不出一句。直气得他双睛叠暴，怒形于色，恨不得将不换碎尸万段。不换看出他意思，向众妇人道："我这样金子般好话教训于他，你们看他这头脸气相，凶的还有个收煞！这非动刑不可。"说罢，用手在阎年脸上一指道："打！"阎年伸开自己右手，就在自己脸上打了五六十个嘴巴，直打得面红耳赤，眼中冒火。众妇人也有惊怕的，也有微笑的，只是不能说话。不换又向众妇人道："你们看，阎年这两只贼眼睛圆标标的，胡子都乱撑起来，这是他心上恨我。"遂拣

---

[1] 胸膈（gé）：人胸腔和腹腔之间的肌肉。此处指胸腔。

了两个少年俊俏的妇人,指着阎年胡子说道:"这奴才满脸长毛,其可恶处正在此。你两个可下去。"两个妇人立即走下来。不换用手指着阎年的胡子道:"拔!"两妇人走至阎年前,一个抱住头,一个双手捉住胡子,用力硬拔,拔的一丝一缕,纷纷落地。好一会,将左边胡子拔尽。疼得阎年通体汗流,每疼到极处,唯有一哼而已。不换见鲜血从肉皮内透出,说道:"右边的胡子我与你留下罢,只是上嘴唇胡子也饶不得。"两个妇人又拔起来。拔了一会,不但嘴唇上,连项下的胡子也拔尽了。此时,门外有许多男女,看得亲亲切切,哪一个敢入来替阎年顶缸。不换站起来,笑向两个妇人道:"你两个该着实感念我,阎年今晚若与你二人同床,这半个没胡子后生,须知是我作成的。"又向阎年举手道:"得罪之至,改日再领教罢。"于是又摇摆出来,通没一人敢再拦阻。

　　大家目送不换去了,家人跑来搀扶阎年,那两条腿和长在地下一般,哪里搀扶得起。众妇女也是一样,没一个能动移者。只待金不换走出前门,把诀咒开放,众男妇方能动履。一家内外反乱得惊天动地。阎年吃此大亏,愤无可泄,将抢亲诸人个个痛行责处,为他们将道士抬来;又差人去钱元家铺中乱打了一番,打坏了许多东西物件。钱元也不敢在京中做生意,连夜变卖资本,逃回太原。阎年没了胡子,怕主人究问,推病在家,只一两天,早传得相府知道。严世蕃大笑不已,严嵩将阎年叫去痛行责骂。此时正于相府西边买了几十间民房,修盖花园,罚阎年一万银子助工,为家人不守本分者戒。相府的人都说是钱元的女儿作成他,殊不知都是金不换用一个字作成他。阎年耻于见人,暗中托本京文武官,查拿穿蓝的瘦小道士报仇。自己将右边胡子索性也剃了个干净,反成了一无胡子的少年,闻者见者无不痛快。

　　再说金不换先到东猪市口儿故衣铺内,买了几件皮夹棉衣,又从摊子上买了棉鞋袜等类几件,打包在一处,扛在肩头。又到米铺内买下几十石米,当时就把银子付与,吩咐将米另放在一空房内。包了一斤多米带在身边,出了都城,驾云直赴泰山。起更时方到洞外,叫开门,逐电接了衣服等物。不换入去,见城璧、如玉俱在石堂内坐着。城璧道:"怎么这时候才来?大哥衡山去了么?"金不换笑着走到石堂东北角下,将带来米包儿打开,心想都中那座米铺,口中念念有词,随手倒去,只见

第五十二回　买衣米恰遇不平事　拔须眉辱挫作恶儿

米从包儿内直流，好半晌才流完，地下已堆有三十来石仓米。如玉欣羡不已。不换方才坐在一处，向城璧道："二哥同温贤弟起身后，大哥去虎牙山寻天狐的两个女儿，传她们道术去了，是为酬他送书的情义。"又向超尘、逐电道："法师着我吩咐你两个，天天做饭打柴，服侍温贤弟饮食；稍有怠忽，定行逐出洞外。"二鬼笑了。不换道："这实是法师临行的话，你当和你顽么！"城璧道："温贤弟已饿了一天，你两个快去做饭。"二鬼急忙收拾。

不换又说道："二哥说我来迟，这都有个缘故在内。"遂将山西王秀才和阎年的事，详详细细说起。说到拔了半边胡子处，连城璧大笑道："你处置得甚好！我没你这想头，唯有立行打死而已。"金不换说完，城璧又大笑道："当年我和大哥在严嵩家请仙女，打了他们个落花流水，又将严世蕃老婆们都闹出来。我看他的处置到尽头处，你今日这拔胡子，更凶数倍。拔了一半边，又与他留下一半边；不消说，那半边也存不住了。"说罢，捧着大肚又大笑起来，笑罢又说道："猿不邪传我们拘神遣将、挪移搬运诸法，我看也都罢了，只是这呆对法和这指挥法最便宜适用，要叫他们怎么他们就得怎么。"温如玉道："人家若用此法禁我们，该如何？"城璧道："也有个解法。若是没解法，便和阎年一般，什么亏也吃了。"说着，又不由得大笑起来。

不换道："大哥去虎牙山。我想那两个女朋友若见了大哥，未免要想起二哥来。"城璧笑道："我倒不劳她们错爱。"如玉问虎牙山的话，不换从头至尾说了一遍。又道："贤弟休怪我说，你是个风流人儿，将来于这色之一字，倒要立定脚跟，庶不妄用功夫，为外道所摇。"如玉道："小弟今日梦醒之后，真觉心如死灰，便是天上许飞琼、董双成，我总以枯骨相待。"不换道："若是金钟儿不死到此地，你又要勾起旧情。"如玉道："就是她重生，我也视同无物。"不换道："这话我总不信。"三人都笑了。

少刻，超尘送上一大碗饭，一碗白水煮的野菜。连、金二人此时颇能服气，也是断绝了烟火食水，常吃些草根药苗等类，桃、李、榛、杏、核桃、枣儿，便是无上珍品，不和如玉同食。如玉虽年来穷苦，肉酒却日日少不的。到此地步，他偏要大口嚼咽，怕二人疑他向道不坚。城璧留神见他吃得勉强，笑向如玉道："我当日做强盗时，吃的东西只怕比你做公子时饮食还精美些。后来随大哥出了家,觉得冷暖跋涉都是容易事,只这饮食甚是艰苦。到二年以后,也就习以为常。贤弟从此还得瘦一半,必须过三年以后,方能复原。这都是我经验过的。但要念念存个饱着比饿着好,活着比死了好,便吃得下去了。"如玉道:"谨遵训示。"到一鼓后,城璧传如玉出纳气息,吞津咽液之法。次日午刻,不换回玉屋洞去了。正是:

　　胡长髭短心多险,况是严嵩大总管。
　　今日抢将道士来,吁嗟总管不成脸。

第五十三回

访妖仙误逢狐大姐　　传道术收认女门生

词曰：

前情，持重，停云古洞。狭路逢仇，数言提训。痴狐不醒去如飞，任他归。相传口诀无人见，二妖欣羡，泥首于堂殿。须臾剑佩隐无迹，凝眸皎日，长空碧。

右调《月照梨花》

前回言不换别了城璧、如玉，回衡山玉屋洞去。再说冷于冰接引温如玉后，驾云光早到虎牙山，在骊珠洞外落下。用手一指，门锁尽落，重门顿开，一步步走了进去。见对面一座石桥，桥西松柏影中一带石墙，桥东有一条石砌的阔路，花木参差，掩映左右。正中间两扇石门，已大开在那里，门内立着一架石屏风。转过屏风，见院落阔大，房屋颇多。院内有许多妇女，穿红挂绿，行坐不一。

众妇女看见于冰，一个个大惊失色，都围了来问讯。于冰道："你家主人可在么？"众妇女道："这是我家翠黛二公主的府第。我家公主与我家锦屏大公主俱在后洞下棋，你问着是怎么？"于冰道："你可速将你两位公主请来，就说我是衡山玉屋洞的冷于冰相访。"众妖妇久知冷于冰名姓，听了这三个字，无不惊魂动魄，大家呼哨了一声，都没命地跑入后洞去了。

于冰走至正殿内，见摆设的古玩字画，桌椅床帐，件件精良，不禁点头叹息道："一个披毛带尾的小妖，便享受人间不易有的服饰珍玩，真是罪过！你看她们闻我的名头去了，少不得还要转来，我不如在此坐候。"

再说两个妖狐，正在后洞下棋玩耍，猛听得侍女们报说冷于冰如何长短，直入我们前殿了！两妖私相计议道："我们先时曾拿他道友连城璧，他今日寻上门来，定是立意晦气，倒只怕要大动干戈。我们也无可回避，只索与他见个高低。"商量了一会，各带了防身宝物，准备着与冰赌斗。

于冰在前殿早知其意，心内不禁失笑。

须臾，听得殿外语声喧哗，从殿阶下走上两个妇人来，打扮得甚是艳丽，面貌无异天仙。腰间各带着双股宝剑，后面跟随着百十个妇女。于冰念在天狐分上，不好以畜类相待，欠身举手道："二位公主请了！"那两个妖妇将于冰上下一看，见于冰头戴九莲束发冠，身穿天青火浣布道服，腰系芙蓉根丝绦，足踏墨青桃丝靴，背负宝剑一口；面若寒玉凝脂，目同朗星焕彩，唇红齿白，须发如漆，俊俏儒雅之中，却眉间稍带点杀气，看之令人生畏。二妖看罢，心里说道："这冷于冰果然名不虚传！"随即也回了个万福。于冰道："贫道忝系世好，到贵洞即系佳客，坐位少不得要僭了。"说罢，在正中坐下。

二妖见于冰举动虽有些自大，却语言温和，面色上无怒气，心上略放宽些，随口应道："先生请便。"两妖在下面椅上分左右坐下，问道："先生是法师冷于冰么？"于冰道："正是。"二女妖道："久仰先生大名，轰雷贯耳。今承下顾，茅屋生辉。方才先生言世好二字，敢求明示！"于冰道："系从令尊雪山推来。"二妖喜道："先生是几时会过家父？"于冰不题连城璧事，改说道："贫道去年在江西九华山与令尊相遇，极承关爱，送我《天罡总枢》一部。这'世好'二字，系从此出。"二女妖起初闻于冰名姓，动拼命相杀之心，继见于冰言貌温和，不动猜疑防备之心；今听道受他父亲《天罡总枢》一部，又动同道一气之心，不由得满面生春，笑问道："家父经岁忙冗，不知怎有余暇得与先生相晤？"于冰道："令尊名登天府，弃上界修文院总领之职，九华山一晤，适偶然耳。"二女妖见于冰说得名号俱对，深信无相杀之心，两个一齐起身重新万福，于冰亦作揖相还。二女妖等得于冰坐下，方才就坐，说道："心慕尊名，时存畏惧。不意先生与家父有通融书籍之好，平辈不敢妄攀，然家父年齿必多于先生几岁，今后以世叔相称可也。"于冰大笑道："世叔称呼断不敢当，只以道兄相呼足矣。"

一女妖又低嘱众侍女："速备极好的酒果。"一语方出，诸物顷刻即至，众妇揩抹春台。于冰道："倒不劳费心，贫道断绝烟火有年矣。"二女妖笑道："世叔乃清高之士，安敢以尘世俗物相敬。敝洞颇有野杏山桃，少将点孝敬之心。"于冰推辞间，已摆满一桌，约有二十余种奇葩异果，皆

第五十三回　访妖仙误逢狐大姐　传道术收认女门生

中国海外珍品杂陈。二女妖让于冰正坐，亲自将椅儿移至桌子两旁相陪。侍女们斟上酒来，二女妖起身相奉。于冰道："既承雅谊，我多领几个果子罢，酒不敢领。"二女妖亦不敢再强，拣美好之物，布送过口。于冰也不作客，随意食用。二女妖道："家父赠《天罡总枢》，未知书内所载何术？"于冰道："此书泄天地始终造化，详日月出没玄机。大罗金仙读此书者，百无一二。书虽出自令尊所授，令尊却一字未读。"二女妖道："这是何说？"于冰就将他父亲盗老君书起，直说到诛九江，追广信，戳目针钉死白龙夫人，并雷火焚烧鲲鱼，将此书熟读后，到赤霞山交火龙真人，转送八景宫等语。

众女妖听了，俱吓得目瞪神痴，唯翠黛女妖，心下有些疑信相半，看于冰是以大言唬吓他们。随伸纤纤细手，将盘中松子仁儿挝了一大把，递在锦屏女妖手内，自己又挝了一把紧紧握住，向于冰道："世叔既具如许神通，定知我两人手内松子仁数目，恳求慧力试猜一猜。"于冰笑道："此眼下些小伎俩，也算不得什么。但你两个手中，并无一个松子仁，叫我从何处猜起？"二妖皆大笑道："世叔真以小儿待我们，松子现都在我们手里，怎说一个没有？"于冰道："你两个可将手展开一看，便知有无。"二女妖一齐将手开看，果然一个没有，众女妖皆大为惊异。翠黛向锦屏道："你我明明握在手内，怎么一开手就不见了，端的归于何处？"于冰笑道："却都在我手中。"随将两手一开，每一只手内各有松仁一把，众妖妇俱大笑。二女妖道："即此一斑，可知全豹，安得不叫人诚信悦服！"又问道："世叔今日惠顾，还是闲游叙好，还是别有话说？"于冰道："我奉令尊谆托而来，非闲游也。"二女妖道："不知家父所托何事？"

于冰正欲说明来意，只见一个侍女报道："安仁县舍利寺梅大姑娘来了。"锦屏女妖道："你可说家有尊客，且请到我那边坐坐。"于冰道："这小妮子怀恨于我，非一年矣。她今日来得正好，我倒要见见她。"二女妖道："二十年前，舍利寺雷劈赛飞琼，可是世叔么？"于冰道："正是我。"二女妖道："既如此，此女断与世叔相会不得。"于冰道："你们还怕我见不过她么？"二女妖道："她的道行与萤火相似，岂有个天心皓月反见不过她的！只恐世叔心存旧隙，不肯轻饶，我们做主人的不安。"于冰大笑道："断无此理，只管叫她入来。"二女妖不好过却，吩咐侍女们道："你们不必说冷先生在此，可照常请入来。"

少刻，见那小狐精戴着满头花朵，从屏风外袅袅娜娜地进来。只见那小狐精儿斜眉溜眼，带着许多鬼气妖风，前行行后退退，走将入来。二女妖也接将出去，谦谦让让到了殿中。看见于冰，装做出许多娇羞模样，用一把描金扇儿将面孔半遮半露，用极嫩的声音问道："这位先生是谁？"二女妖便夸张道："这是我们嫡亲正派世叔，今日才来看望我们。"那小狐精又吐娇声问道："不知是哪座名山古洞的真人？请说名姓，奴家也好见礼。"二妖道："我这世叔，我们倒不便向你说，说起来你也知道，他姓冷，法号于冰。"

那小狐精儿听了，大惊失色，也顾不得用扇儿遮她面孔，忙问道："他叫什么？"旁边一个嘴快的侍女道："他叫冷于冰。"那小狐精儿听了，心惊胆碎，扭回头便跑，不意被台阶滑倒，跌在殿外，将花冠坠地，云髻蓬松。于冰不禁大笑。众侍女将她扶起来，又没命地跑走。还未跑了数步，于冰用手一招道："回来！"那小狐精儿又跑回来，站在殿内。二妖道："你不必害怕，有我两人在此。"向侍女们道："与梅大姑娘拿椅儿来，吃杯酒压压惊罢。"于冰道："我面前没她坐处。且她走不动，如何会坐！"锦屏女妖道："我试试。"她拉了一会，分毫不动。五六个侍女一齐拖她，她两腿比铁还硬，休想移动一分，侍女们个个吐舌。翠黛女妖道："走不动罢了，怎么连话也不说一句？"于是笑问于冰。于冰将小狐精用手一指，向翠黛道："你问她，她就会说了。"翠黛笑道："梅姑娘，你是怎么？"小狐精儿泪流满面，道："我被她法术制住了。我和他是不共戴天之仇，今日断无生理，还求二位公主救我！"于冰道："你为母报仇，怀之二十余年，这正是你的孝处；今准你见我，也是取你异类有点人心，但是你将主见立错。当日你母亲修道千年，再加精进，便可至天狐地位；她却不肯安分，屡次吸人精髓，滋补自己元阳，死在她手内人也不知有多少。又半夜三更到舍利寺戏弄我，我当年纵不击死她，她如此行为，必不为天地所容。人贵自反，勿徒怨人。你今服神炼气，也有二百余年，从此立志苦修，积久岁月，可望有成。若必逆理反常，学你母亲事业，吾立见其死耳。良言尽此，你须慎之，毋再遭吾手。去罢。"那小狐精儿得了这个"去"字，两腿便能移动，哪里还顾得与二妖作别，便如飞地跑去

第五十三回　访妖仙误逢狐大姐　传道术收认女门生

了。要知于冰道几句话，虽是劝诫小狐精，却也是借她劝诫二女妖意思。二女妖见小狐精跑去，笑向于冰道："这娃子几乎被世叔吓死。"于冰道："她的结果我也颇知，将来与她母亲是一样结果。"翠黛道："约在何时？"于冰道："二百一十年后，必为雷火所诛。"

二妖道："适才被这娃子来打断话头，世叔说是为家父谆托而来，愿闻其详。"于冰道："二位若不怪我愚直，我就据实相告。"二妖道："但有吩咐，无不敬遵。"于冰道："我去年与令尊相会时，令尊道：'我一生只有二女，钟爱最甚。我如今受职上界，无暇教训她们。奈她们行为不合道理处甚多，诚恐获罪于天，徒伤性命。'再三着我到贵洞一行，传二位修炼真诀，异时升令尊职位。"二妖喜道："我等苦无高明指示，倘世叔不吝奇法妙术，传与我等，我等有生之年，尽皆戴德之日。"

于冰道："我今日此来，所欲传者性命之学，非法术之学也。盖法术之学，得之只不过应急一时；性命之学，得之便可与天同寿。"二妖道："敢问何为性命之学？"于冰道："本乎天者，谓之命；率乎己者，谓之性。然'性命'二字，儒释道三教各有不同：儒教以尽性立命为宗，释教以养性听命为宗，道教以炼性寿命为宗。其要领在于以神为性，以气为命。神不内守，则性为心意所移；气不内固，则命为声色所夺。此吾道所以要性命兼修也。"

二妖道："敢问守神固气之道，修为若何？"于冰道："神与气乃一身上品妙药，其妙重在不亡精。故修道者炼精成气，炼气化神，炼神合道；此即七返九还之妙药也。"

二妖道："敢问七返九还之药如何？"于冰道："已去而复回，谓之返；已得而又转，谓之还。其回转之法，端在采药。然采药有时节，制药有法度，入药有造化，炼药有火候。修道者于未采药之前，先寻药之根源。西南有乡土，名曰黄庭，恍惚有物，杳冥有精。先仙曰：'分明一味水中金，可于华车仔细寻。'此即寻药之本源也。垂帘塞兑，窒欲调息；离形去智，几于坐忘。先仙曰：'劝君终日默如愚，炼成一颗如意珠。'此采药之时节也。天地之光，浑然一气；人生之初，与天地同。天以道化生万物，人以心肆应百端。先仙曰：'大道不离方寸地，功夫细密要行持。'此制药之法度也。心中无心，念中无念，注意规中，一气还祖。先仙曰：'息息绵绵无间断，行行坐坐转分明。'此入药之造化也。清净药材，密意为先；十二时中，火煎气炼。先仙曰：'金鼎常教汤用暖，玉炉不使火微寒。'此炼药之火候也。"

二妖道："敢问采药、炼药、火候等说，条要如何？"于冰道："采时谓之药，药中有火焉；炼时谓之火，火中有药焉。能知药而收火，则定里丹成。先仙曰：'药物阳内阴，火候阴内阳；会得阴阳理，火药一处详。'此其义也。修道者必以神御气，以气定息，呼吸出入，任其自然。转气致柔，含光默默，行住坐卧，不离这个功夫。纯粹打成一片，如妇人之怀孕，如小龙之养珠，渐采渐深，渐炼渐凝。动静之间，更宜消息。念不可起，起则火炎；意不可散，散则火冷。炼之一日，一日之周天；炼之一刻，一刻之周天也。无子午卯酉之法，无晦朔弦望之期。圣人传药不传火之旨，尽于此矣，何条要之有？"

二女妖道："敢问龙虎如何调法，方为至善？"于冰道："调龙虎之道有三：上等以身为铅，以心为汞，以定为水，以慧为火，在片刻之间，可以疑结成胎；中等以气为铅，以神为汞，以午为火，以子为水，在百日之间，可以混合成象；下等以精为铅，以血为汞，以肾为水，以心为火，在一年之间，可以融结成功。先仙曰：'调息要调真息，炼神须炼真神。'则龙降虎伏矣。"

二妖道："敢问婴儿姹女产育之道若何？"于冰道："精从下流，气从上散，水火相背，不得凝结成胎，则婴儿姹女从何产育？人苟爱念不生，此精必不下流；忿念不生，此气必不上炎。一念不生，则万虑澄澈，水火自然交媾，产之育之何难也？"

二妖道："修持大成日，有五气朝元，三花聚顶，敢问若何？"于冰道："眼不视而魂在肝，耳不听而精在肾，舌不味而神在心，鼻不香而魄在肺，四肢不动而意在脾，是为五气朝元。精化为气，气化为神，神化为虚，是为三花聚顶。"

二女妖道："敢问入手功夫以何为先？"于冰道："心者神之舍，心忘念虑，即超欲界；心忘缘境，即超色界；心不着空，即超无为界。故入手功夫总以清心为第一。"二妖道："功夫既纯之后，若少有间断，亦能坏道否？"于冰道："坏道必先坏念，念头一坏，收拾最难。回头返照，

第五十三回　访妖仙误逢狐大姐　传道术收认女门生

亦收拾念头之一法耳。"二妖道："某等已修持各一千六七百年，道虽小同，其实大异，人畜之别即此以定贵贱。今承提命，德同天地。我父若能闻此修持，一天狐安能限其造就。然某等还有冒昧妄请指教者：若采男子之真阳，滋下元之肾水，于丹道补益功效如何？"于冰大笑道："盗人之精而益己之精，吸人之髓补己之髓，忠恕先失；亦且装神变鬼，明去夜来，甚至淫声艳语，献丑百端，究之补益亦属有限。况舍己之皮肉为人之皮肉，点污戏弄，恐有志成仙者不肯如此下贱也。"二妖满面通红，羞愧无地，说道："从此斩断情丝，割绝欲海，再不敢没廉耻矣！"说罢，一齐倒身下拜，求认于冰为师。于冰扶起道："这断断使不得，我承你令尊一书见惠，始得有今日道果，何敢忘青出于蓝！昔吾师火龙真人曾传我呼吸出纳口诀，其法至简至易，较你们导引炼气其功迅速百倍，亦可见冷某是一不忘本人。"

二女妖大喜，将众侍女赶出，于冰暗传了口诀。二妖喜欢得无地自容，一齐说道："弟子等得此，三十年内便可脱尽皮毛，永成不没人体，不复与禽兽伍矣！此恩此德，天地何殊！"一定要请于冰正坐，拜为师尊。于冰推阻至再，说道："但愿二位从此正心诚意地修炼，我对你令尊方为有光，何必再拜从门下。但还有一节要紧之至：适所传口诀，系得自吾师火龙真人，戒令毋传同道。同道尚不许传，今传与二位，我实担血海干系。此诀只可自知。若从此再传你们道类，我何面见吾师？"二妖道："不但我们同类，即我父欲学，非禀明师尊可否，亦不敢妄传。"说罢，又定请于冰正坐拜从。于冰哪里肯依，且要立行辞去。

二妖见于冰坚意不允，又说道："师尊不肯收认我们，为是披毛带尾异类。只求看我父面上，少鄙薄一二，就是大恩。"于冰听了这几句话，诚恐将来天狐知道，脸上过不去，于是也不再说，吩咐众侍女将椅儿放正坐了。二妖知是依允，心上大喜，拜了于冰四拜，分立两旁。于冰道："我当年收一猿不邪，即被吾师大加罪责。今你二人既列吾教下，须要守我法度，杜门潜修，不可片念涉邪，弄出事来，干连于我不便。我今后倒添许多不放心矣。"二妖道："谨遵师尊严训，一步不敢胡行。"于冰道："每到三年后，定来考验你们得失。令尊我已预知后日必来看望于你，可代我多多致意，我去了。"说罢，将袍袖一摆，满殿通是金光。众妖眼睛一瞬间再看,已不知于冰去向。跑出殿外仰面观望,见一朵红云,离洞起有二百余丈高下,如飞地向东南去了。众侍女无不咬指咋舌。二妖又喜又惧:一喜得此神通广大师尊,为同类所欣羡;一惧有犯戒律,知他事事前知,恐遭雷火之诛。自此断绝尘念,一洗繁华。每到三年后,于冰果来考证,指示得失。

至第三日,天狐来望看二女,知拜从在于冰门下,又传道术口诀,大喜过望。到三十年后,二女脱尽皮毛,永成人体。一百六七十年后,各入仙班,比她父雪山高出百倍,皆于冰口诀之力也。正是:

> 为送天罡那段情,始行收认女门生。
> 须知此会非常会,他日瑶池俱有名。

第五十四回

温如玉游山逢蟒妇　朱文炜催战失佥都

词曰：

深山腰袅多歧路，高岑[1]石畔来蛇妇。如玉被拘囚，血从鼻孔流。神针飞入户，□□人如故。平寇用文华，与蛇差不差？

右调《菩萨蛮》

且说温如玉在琼岩洞得连城璧传与出纳气息功夫，城璧去后，便与二鬼修持，日食野菜药苗、桃李榛杏之类，从此便日夜泄泻起来，约六七个月方止，浑身上下瘦同削竹，却精神日觉强壮。三年后，又重新胖壮起来。起先胆气最小，从不敢独自出洞。自四年后，于出纳气息之暇，便同二鬼闲游，每走百十里，不过两三个时辰即可往回，心上甚是得意。此后胆气一日大似一日，竟独自一个于一二百里之外随意游览，领略那山水中趣味。

一日，独自闲行，离洞有七八十里，见一处山势极其高峻，奇花异草颇多。心里说道："回洞时说与超尘、逐电，着他们到此采办，便是我无穷口福。"于是绕着山径，穿林拨草，摘取果食。走上北山岭头，见周围万山环抱，四面八方弯弯曲曲，通有缺口。心里又说道："这些缺口，必各有道路相通，一处定有一处的山形水势，景致不同。我闲时来此，将这些缺口都游遍，也是修行人散闷适情一乐。"

正欲下岭，猛听得对面南山背后，唧唧咕咕叫唤了几声，其声音虽细，却亮高到绝顶。如玉笑道："此声断非鸾凤，必系一异鸟也。听它这声音，倒只怕有一两丈大小。"语未毕，又听得叫了几声，较前切近了许多。再看对山，相离也不过七八十步，只是看它不见。四下一望，猛见各山缺口，俱有大蟒蛇走来，有缸口粗细、长数丈者，有水桶粗细、长四五丈者，

---

[1] 岑（cén）：小而高的山。

次后两三丈、一两丈以及七八丈、三四丈大小不等,真不知有几千百许,各扬头掀尾,急驰而来。吓得如玉惊魂千里,见有几株大桃树枝叶颇繁,急急地爬了上去,藏躲在那树枝中四下偷看。见众蟒蛇青红白绿,千奇百怪,颜色不一,满山谷内大小石缝之中,都是此物行走。如玉心胆俱碎,自己鬼念道:"我若被这大蟒大蛇不拘哪一条看见,决无生理。"喜得那些蟒蛇无分大小,俱向对面南山下直奔。又见极大者在前,中等者在后,再次者更在后,纷纷攘攘,堆积得和几万条绳索相似。

少刻,又听得叫了几声,其音较前更为切近。再看众蟒蛇,无一敢摇动者,皆静伏谷中。陡见对面山岭上走过一蟒头妇人来,身着青衣白裙,头红似火,顶心中有杏黄肉角一个,约长尺许,看不过一钱粗。又见那些大小蟒蛇,皆扬起脑袋乱点不已,若叩首之状。自己又叹息道:"我今日若得侥幸不死,生还洞中,真是见千古未有之奇货。"只见那蟒头妇人将众蟒蛇普行一看,又在四面山上山下一看,又叫了几声。叫罢,将如玉藏躲的树用手连指了几指,那些大小蟒蛇,俱各回头向北山看视。只这几指,把个如玉指得神魂若醉,只手握着树枝在上面乱抖。又见那蟒头妇人将手向东西分指,那些大小蟒蛇,各纷纷摇动,让出一条道路来。那蟒头妇人便如飞地从对面山跑来,向树前直奔。如玉道:"我活不成了!"语未毕,那蟒头妇人已早到树下。用两手将树根抱住一摇,如玉便从树上掉下来,被蟒头妇人用双手接住,抱在怀中,复回旧路。一边跑,一边看视如玉,连叫不已,大约是个喜欢不尽之意。如玉此时昏昏沉沉,也不知魂魄归于何地。少刻,觉得浑身如绳子捆了一般,又觉鼻孔中有条锥子乱刺,痛入心髓。猛然睁眼一看,见身在一大石堂内。那蟒头妇人已将身躯化为蛇,仍是红头、杏黄角、黑身子,遍身都是雪白碎点,一丈余长,碗口粗细;从自己两肩缠绕到两腿,头在下,尾反在上。即用尾在鼻孔中乱刺,鲜血直流。她却将脑袋倒立起来,张着大口吃滴下的血。如玉看罢,将双睛紧闭等死。

正在极危迫之际,觉得眼皮外金光一闪,又听得唧的一声,自己的身子便起倒了几下。急睁眼看时,那蟒头妇人已长拖着身子,在石堂中分毫不动。身上若去了万斤重负,唯鼻孔中疼痛如前,仍是血流不止。忽见连城璧走来,将两个小丸子先急急向鼻孔中一塞,次将一大丸子填

第五十四回　温如玉游山逢蟒妇　朱文炜催战失金都

入口中。须臾，觉得两鼻孔疼痛立止，血亦不流；那丸子从喉中滚下，腹内雷鸣，大小便一齐直出。又见城璧将他提出石堂，立即起一阵云烟，已身在半空中飘荡，片刻落在琼岩洞前。

城璧扶他入洞，二鬼迎着问道："怎么是这个形象？"如玉放声大哭，诉说今日游走情事。二鬼听了，俱各吐舌。又问城璧道："二哥何以知我有此大难相救？"城璧说："我哪里晓得。今日巳时左近，大哥在后洞行坐功，猛然将我急急叫去，说道：'不好了！温贤弟被一蟒头妇人拿去，在泰山烟谷洞石堂内，性命只在此刻。你可拿我戮目针，了绝此怪。'又与了我大小三丸药，吩咐用法，着我'快去！快去！'我一路催云如掣电般，急急找寻到石堂前，不意老弟已被她缠绕住，刺鼻血咀嚼。若再迟片刻，老弟休矣！塞入鼻中者，系止血定痛之丹；含入口中者，系追逐毒气之丹。"如玉道："我此刻觉得不复如旧，皆二哥、大哥天地厚恩！但我身上系不洁净之至，等我去后洞更换底衣，再来叩谢。"说罢，也不用人扶，入后洞去了。

城璧向二鬼道："着他惊惊也好，还少胡行乱跑些。须知一点道术没有的人，他也要游游山水，且敢去人迹不到之地，岂不可笑。他今日所遇，是一蛇王，每一行动，必有数千蟒蛇相随；凡她所到地界，寸草不生，土黑如墨。今已身子变成人形，头尚未能变过；再将头一变换，必大行作祸人间矣！"

须臾，如玉出来叩拜，并烦嘱谢于冰。城璧道："贤弟此后宜以炼气为主，不可出洞闲游。你今日为蟒头妇人所困，皆因不会驾云故耳，我此刻即传你起落催停之法。"如玉大喜。城璧将驾云法传与，再四叮嘱而去。

再说林润得于冰指点一番，随即入场，高高中了第十三名进士，殿试又在一甲第二名，做了榜眼。传胪之后，明世宗见他人才英发，帝心甚喜，将林润授为翰林院编修之职。求亲者知林润尚无妻室，京中大小诸官，俱烦朱文炜作合。文炜恐得罪下人，又推在林岱身上。本月文炜又生了儿子，心上甚是快乐，益信于冰之言有验。这话不表。

一日，明帝设朝。辰牌时分，接到浙江巡抚王怀的本章，言奸民汪直、徐海、陈东、麻叶四人，浮海投入日本国为谋主，教引倭寇夷目妙美，劫州掠县，残破数十处城郭，官兵不能御敌。告急文书屡咨兵部，三四月总不回复,又不发兵救应。明帝看了大怒,问兵部堂官道:"你们为何不行奏闻?"兵部堂官奏道:"小丑跳梁,地方官自可平定。因事小,恐烦圣虑,因此未行奏闻。"明帝越发怒道:"现今贼势已炽,而尚言'小丑'二字耶?"兵部堂官俱着交部议罪。殊不知皆是严嵩阻挠,总要说天下治平,像这些兵戈水旱的话,他最是厌见厌闻。严嵩此时怕兵部堂官分辩,急急奏道:"浙江既有倭患,巡抚王忬何不先行奏闻?军机大事,安可以文书咨部卸责!今倭寇深入内地,劫掠浙江,皆王忬疏防之所致也。"明帝道:"王忬身为巡抚,此等关系事件不行奏闻,其意何居?"随下旨:"王忬革职,浙江巡抚着布政司张经补授讨贼。"哪知王忬为此事本奏四次,俱被严嵩说与赵文华搁起,真是无可辩的冤枉!

严嵩又奏闻:"张经才识,还恐办理不来。工部侍郎赵文华,文武兼全,名望素著,浙江人望他无异云霓。再胡宗宪虽平师尚诏无功,不过一时识见偶差,究系大有才能之人,祈圣上赦其前罪,录用两人,指日定奏奇功。"明帝便下旨:"赵文华升授兵部尚书,督师征讨。"又想起朱文炜有权谋,加升都察院左佥都御史,胡宗宪升授右佥都御史,一同参赞军务。于河南、山东二省拣选人马,星赴浙江。其浙江水陆诸军任凭文华调用。旨意一下,兵部立刻行文四省。

朱文炜得了此旨,向姜氏道:"赵文华、胡宗宪岂是可同事之人,此行看来凶多吉少。前哥哥寄字来言,家中房产地土俱皆赎回,不如你同嫂嫂速刻回家,这处房子就着林贤侄住,岂非两便?"姜氏道:"你的主见甚是。但愿你早早成功,慰我们悬望。"文炜即着人将林润请来,说明意见。林润道:"叔父既执意如此,小侄亦不敢强留,自应遵谕办理。但赵文华倚仗严嵩之势,出去必不安静,弄起大是非来,牵连不便,叔父还要留意。"

正言间,家人报道:"赵大人来拜!"文炜道:"我理合去见他为是,不意他倒先来!"忙同林润出来。文炜冠戴着,大开中门等候。少刻,喝道声近,一顶大轿入来。赵文华头戴乌纱,身穿大红仙鹤补袍,腰系玉带,跟随着黑压压许多人。文炜接出去,文华一见,大笑道:"朱老先生,你我着实疏阔得很!今日奉有圣旨一同参赞,我看你又如何疏阔我?"文炜道:"大人职司部务,乃天子之喉舌;晚生名位悬绝,不敢时相亲近。"

第五十四回　温如玉游山逢蟒妇　朱文炜催战失金都

文华扯着文炜的手儿,大笑道:"这话该罚你才是。御史乃国家清要之职,与我有何名位悬绝处?是你嫌厌我辈老而拙,不肯轻易措爱耳。"说罢,又大笑起来。两人同入大厅,行礼坐下。文华道:"老先生今日荣膺恩宠,领袖谏垣,又命主持军务,圣眷可谓极隆。弟一则来拜贺,二则请候起身吉期。"文炜道:"晚生正欲凫趋阶下,用伸贺忱;不意反邀大人先施,殊深惶恐之至。至于起身吉日,容晚生到大人处听候钧谕。"文华道:"倭寇跳梁,王巡抚隐匿不奏,至令攻城夺郡,遗害群黎。弟又闻得一秘信,温州、崇明、镇海、象山、奉化、新昌、慈溪、馀姚等地,俱被蹂躏,杭州省城此时想已不保。老先生平师尚诏时,出无数奇谋,这几个倭寇,自然心中已有定算。倘蒙不弃,可将机密好话儿先告诉我,庶可大家商同办理。"说罢,又嘻嘻哈哈笑起来。文炜道:"用兵之道,必须目睹贼人强弱情形,监期制胜,安可预为悬拟。即平师尚诏时,晚生亦不过谈兵偶中,究之心无打算,倒要请大人奇策指示后辈。"

文华掀着胡子大笑道:"我来请教你,你倒问起我来了。依我的主见,圣上灭寇心急,你我再不可在京中久延,今晚即收拾行李,明午便行起身。我已嘱兵部,连夜行文山东、河南二省,着两处各拣选劲卒一万,先在王家营屯扎等候。我们出了京门,不妨慢慢缓行,走到了王家营,再行文江南文武,着他们拣选水师。少了不中用,须将数万汇齐在扬子江岸旁等候。我们再缓缓由水路去,到那时另看风色。"朱文炜道:"浙省百姓,日受倒悬之苦,如此耽延,圣上见罪若何?"文华道:"倭寇之祸,起于该地方文武不早防闲;目今休说失了数处州郡,便将浙江全失,圣上也怪不到我们身上。若说用兵迟延,我们都推在河南、山东、江南三省各文武身上,只说他们视同膜外,不早应付人马。兼之船只甲胄诸项不备,你我同胡大人三个书生,如何杀得了数万亡命哩?"文炜道:"倘若倭贼残破浙江,趁势长驱江南,岂非我们养疥成疮之过!"文华大笑道:"你好过虑呀!浙江全省地方,水陆现有多少人马,巡抚镇副等官,安肯一矢不发,一刀不折,便容容易易放他到江南来!等他到江南来时,我们大兵已全积在扬子江边。以数十万养精蓄锐之劲卒,破那些日夜力战之疲贼,与摧枯拉朽何殊!此知彼知己,百战百胜之道也。"说罢,又嘻嘻哈哈地笑起来。文炜道:"大人高见与晚生不同,统候到江南再行计议。"

文华听了，低下头用手拈着胡子，自己鬼念道："不同，不同！"又复抬头将文炜一看，笑道："先生适才说道到江南再行计议，也罢，我别过罢。"即便起身。文炜送到轿前，文华举手儿说："请回，容日领教！"随即喝着道子去了。

文炜回到书房，正要告知林润适才问答的话，林润道："赵大人所言，小侄在屏后俱听过了。他如此居心，以朝廷家事为儿戏，只怕将来要遗累叔父。"文炜蹙着眉头道："我本一介青巾，承圣恩高厚，冷老伯栽培，得至今日，唯有尽忠竭力，报效国家。我既职司参赞，我亦可以分领人马，率众杀贼。至于胜败，仗圣上洪福罢了。"林润道："依小侄主见，到江南看他二人举动，若所行合道，与他共奏肤功；若事务掣肘，便当先行参奏，亦不肯与伊等分受老师费饷、失陷城郭之罪。"文炜道："凡参奏权奸，求其济事。文华与严嵩乃异姓父子，圣上又唯严嵩之言是听，年来文武大臣被其残害杀伤者，不知多少！量我一个金都御史，弹劾他到哪里？我此刻到赵大人、胡大人处走走。"随即吩咐写了个晚生帖与文华；一个门生帖与胡宗宪，是为他曾做河南军门，在营中献策得官故也。

原来宗宪自罢职后，便欲回乡，严嵩许下他遇便保奏，因此他住在京师。文炜先到文华府第，见车马纷纷，拜贺的真不知有多少！帖子投入，门上人回复去严府未回。又到胡宗宪门上，拜喜的也甚多，大要多不相会。帖子投入，宗宪看了，冷笑道："这小畜生又与我称呼起门生来了！当年在圣驾前，几乎被他害死。既认我做老师，这几年为何不来见见我？"本意不见，又想了一想："他如今爵位与我一般，况同去平倭寇，少不得要会面的。"书呆子心性，最爱这"门生"二字，遂吩咐家人，开中门相请。文炜既与他门生帖子，便不好走他中门，从转身旁边入来，直到二门前，方见宗宪缓步从厅内接出来。文炜请宗宪上坐叩拜，宗宪不肯，斜着身子以半礼相还。礼毕，文炜要依师生坐次，宗宪心上甚喜，定以宾主礼。相让了一会，却自将椅儿放在上一步，仍是师生坐法。

文炜道："自从归德拜违，只疑老师大人文旌旋里，以故许久未曾叩谒。昨圣驾命下，始知养静都中。疏阔之罪，仰祈鉴宥。"宗宪道："老夫自遭逐弃，便欲星驰归里，视尘世富贵无异浮萍。无奈舍亲严太师百法款留，坚不可却；老夫又恐重违其意，只得鼠伏都门。又兼时抱啾疾，应酬尽废，

第五十四回　温如玉游山逢蟒妇　朱文炜催战失金都

年来不但同寅，即至好交情，亦未尝顾盼老夫。曾记得孟浩然诗云：'不才明主弃，多病故人疏。'正老夫之谓也。"文炜道："八荒九极，伫望甘霖久矣！将来纶扉重地，严太师外舍老师其谁属！今果枫宸特眷，加意老臣，指顾殄歼倭寇，门生得日亲几杖，钦聆教言，荣幸奚似！"宗宪道："老寅长，'门生'二字无乃过谦！"文炜道："归德之役，端赖老师培植。是牛溲马渤，当年既备笼中，而土簋陶匏，宁敢忘今日宰匠耶？"宗宪道："昔时殿最奏功，皆邦辅曹公之力，老夫何与焉？师生称呼，老夫断不敢当。"文炜道："天下委土固多，而高山正自不少。曹大人吹嘘于后，实老师齿芬于前之力也；安见曹大人可为老师，而大人不可为老师乎？"宗宪听了，心上快活起来，不禁摇着头闭着眼，仰面大笑道："苟以是心至，斯受之而已矣。"文炜作揖起谢，宗宪还了半个揖，依就坐下。

宗宪道："贤契固执若此，老夫亦无可如何。"文炜道："适承赵大人枉顾，言明午起身，未知老师酌在何时？"宗宪道："今日之事，君事也。他既拟在明午，即明午起身可耳。"文炜道："闻倭寇声势甚大，愿闻老师御敌之策。"宗宪道："自反而缩，虽千万人吾往矣！又何必计其声势为哉？"文炜心里说道："许多年不见他，不意比先越发迂腐了。"随即打一躬告别。宗宪止送在台阶下，就不送了。

文炜回家，也有许多贺客，只得略为酬应，连夜收拾行李，派了随从的人役。次日早，又到赵文华家。却好宗宪亦在。文华留吃了早饭，一同到严府中请示下。严嵩说了几句审时度势用兵的常套话儿，一同出来，议定本日午时出京。

文炜回家嘱托林润，择日打发家眷回河南，遂与宗宪先行。赵文华第二次走，约在山东泰安州会齐。早有兵部火牌传知各路伺候夫马。到了泰安，合城文武都来请候，支应两人一切。等了八九天，还不见文华到来。

不想文华回拜了贺客各官，严世蕃又通知九卿与他送行，酒筵直摆至卢沟桥。凡所过地方，文武官俱出城迎接二十里；次日起身，还要送出郊界外。公馆定须悬灯结彩，陈设古玩。他住的房用白绫作顶棚，缎子裱墙壁。跟随的也要间间房内铺设整齐，就是马棚，亦须粉饰干净。内外院都用锦纹五色毡毯铺地。他每住一宿，连跟随人，大约得十一二处公馆方足用。上下酒席，诸品珍物无不精洁，每食须二十余桌，还要嫌长道短，打碗摔盘，也有翻了桌子的时候。稍不如意，家丁们便将地方官辱骂，参革发遣的话，个个口中练得透熟，比几十只老虎还凶。至于驿站，更难支应，不是嫌马匹老瘦，就是嫌数目不足，殴打衙役，锁拿长随。再不然回了赵文华，就不走了。地方官两三天家支应，耗费不可数计。虽说出在地方官，究之无一不出在百姓。有那灵动知窍的官儿，孝敬赵文华若干，与跟随的人若干，按地方大小馈送，争多较少，讲论的和做买卖一般。银钱使用到了，你便与他主仆豆腐白菜吃，他还说清淡的有味；文华还要传入去赐坐留茶，许保举他的话。各地方官知他这风声，谁不乐得省事？就是极平常的州县，也须挪移送他。他又不走正路，只拣有州县处绕着路儿走。二三十里也住，五六十里也住；由京至山东泰安，不过十数天路，他倒走了三十四五天。人都知道他是严嵩的干儿子，谁敢道个不字。

及至到了泰安，朱文炜问他来迟之故，他便直言是王公大臣与他送行，情面上却不过，因此来迟。文炜将河南、山东领兵各将官投递的职名禀帖，并两处巡抚起兵的文移、军门的知会，着他看视。他见两省军兵已等候了数天，日日坐耗无限粮草，只得择吉日起身。到了王家营，又装做起病来，也不过黄河，也不行文通知江、浙两省，连胡、朱二人面也不见了。浙江告急文书雪片般飞来，他又以河东两省人马未齐咨覆。文炜看大不成事，常到文华处听候，催他进兵。文华被催不过，方行文江南文武，要于各路调集水师八万，大小船只三千只，在镇江府停泊，听候征进。江南大小文武，哪一个敢违他意旨，只得连夜修造战船，并调集各路人马。幸喜文书上没有限定日月，尚得从容办理。

又过了月余，通省水师俱到镇江聚齐，文武官员俱在府城等候，各差官到王家营迎请钦差验兵。文华方发了火牌，示谕起程日期。又饬知淮安府，备极大船一千只，出淮河进发。到了扬州，彼时扬州盐院是鄢懋卿，与文华同是严嵩门下。懋卿将三个钦差请入城中，日日调集梨园子弟看戏。文炜恐军民议论，亲自催促文华动身。文华因各商与他凑送金银未齐，着文炜同宗宪领河东人马先行，约在三日后即到镇江。文炜无奈，只得率众先行。督抚等官俱问文华不来的缘故，文炜只得说他患

第五十四回　温如玉游山逢孀妇　朱文炜催战失金都

病在扬州，究之各官早知他在盐政衙门玩耍，又知鄢懋卿派领各商摊凑金银相送，不过背间叹息而已。

又等了数天，文华方才到来。看见兵说兵不好，看见船说船不好，把失误军机、参革斩首的话，在口里直流。着江南文武各官，另与他选练兵将，更换船只。那些大小文武官员，也都知道他的意思，或按营头，或按地方，暗将金银馈送，方才将兵将船闹罢。他又要水陆分兵，着江南文武与他调战马五千匹，限半个月汇齐。那些督抚提镇，又知他心上的毛病，纵办来，他不是嫌老，就是嫌瘦；于是各派属员，每马一匹捐银若干，各按州县所属庄村堡镇，着百姓按户或按地交送本地方官，星夜解送军营。又暗与文华馈献。

此时浙江虽遭倭寇涂炭，还是一处有，一处无。自赵文华到江南，通省百姓没有一家不受其害。究竟所得不过十分之四，那六分被承办官员以及书吏衙役地方乡堡人等分肥。他要了这几个不打紧，被衙门中书役人等，逼得穷百姓卖儿女，弃房产，刎颈跳河，服毒自缢而死者，不知几千百人。哪一个不欲生食其肉，咒骂又何足道耶！朱文炜见风声甚是不妥，打算着据实参奏。严嵩在内，这参本断断到不了朝廷眼中，只有个设法劝止他为妥。于是亲见文华，说道："浙江屡次报警，近又失绍兴等地，与杭州止一江之隔，倘省城不保，非仅张经一人之罪也。且外边谣言都说我们刻索官民，鲸吞船马银两，老师靡费，流害江南。况自出京以来，两月有余，尚未抵浙江边境；拥兵数万，行旅为之不通。倘朝中查知，大人自有回天之力，晚生辈职司军务，实经当不起。祈大人速行起兵，上慰宸衷，下救灾黎，真万代公侯之事也。"赵文华听了，佯为吃惊道："我们品端行洁，不意外边竟作此等议论，深令人可怒可恨！"说罢，两只眼看着文炜，大笑道："先生请放开怀抱，你我谁非忧国忧民之人？两日后，弟定有谋划请教。"

文炜辞了出来，到胡宗宪处，将适才向赵文华的话，详细说了一遍。宗宪大惊道："贤契差矣！这话得罪他之至，这还得我替你挽回。赵大人他有金山般靠依；我辈当此时，只合饮醇酒，谈诗赋，任他所为，怎将外边议论话都说了！"说罢，闭着目只是摇头。文炜道："门生着赵大人见罪，纵死犹生；若将来着圣上见罪，虽生犹死也。"于是辞出回寓。

且说赵文华听了文炜这几句话，心中大怒。又想着胡宗宪当日，也是朱文炜在圣驾前参奏坏的，若不早些下手，被他参奏在前，虽说是有严太师庇护，未免又费唇舌。思索了半晌，便将伺候的人退去，提笔写道：

兵部尚书赵文华、右金都御史胡宗宪一本。为参奏事：前浙江抚臣王师，纵寇养奸，废弛军政，致令倭贼攻陷浙江省府县等处，始行奏报。蒙圣恩高厚，免死革职，命臣总督军马，协同金都御史臣朱文炜、胡宗宪，殄灭丑类。臣奉命之日，夙夜冰兢，唯恐有负重寄。于五月日星驰王家营地界，守候一月余，河东两省人马，陆续万至。臣知倭贼势重，非一旅之师所能尽歼，旋行文江南文武，调集水军，分两路进剿，臣在镇江暂行等候。又念浙江日受屠毒，若候前军齐集，恐倭贼为患益深。因思朱文炜平师尚诏时，颇著谋猷[1]，令其先统河东两省人马，与浙抚张经会同御寇。臣所调江南水军一到，即行策应。奈文炜恃平师尚诏微功，不屑听臣指使，臣胡宗宪亦屡促不行，羁延二十余日，使抚臣张经全师败没；又将绍兴一带地方，为贼抢劫，杀害官民无算。目今贼去杭州，止一江之隔，倘杭州一失，而苏常二州势必震动。是张经辱国丧师之由，皆文炜不遵约束所致也。军机重务，安可用此桀傲鸷不驯之员。理合题参请旨，速行正法，为文武各员怠忽者戒。仰祈圣上乾断施行。谨奏。

赵文华写毕，差人将胡宗宪请来，向袖中取出参文炜弹章，递与宗宪看。宗宪看罢，惊问道："大人为何有此举动，且列贱名？"文华大笑道："朱文炜这厮，少年不达时务，一味多管闲事。方今倭寇正炽，弟意浙抚张经必不敢坐视，自日夜遣兵争斗，为保守各府县计；就如两虎相搏，势必小死大伤，待其伤而击之，则权自我操矣！无如文炜这蠢材，不识玄机，刻刻以急救浙江聒噪人耳，诚恐他乱渎奏起来，我辈反落他后。当日大人被他几句话，将一个军门轻轻丢去，即明验也。今请大人来一商。你我同在太师门下，自无不气味相投。弟将尊讳已开列在本内，未知大人肯俯从否？"宗宪道："承大人不弃，深感厚爱；只是这朱文炜是小弟

---

[1] 猷（yóu）：计谋，打算。

第五十四回　温如玉游山逢蟒妇　朱文炜催战失金都

门生,请将本内正法二字改为严处如何?"文华大笑道:"胡大人真是长者。仕途中是一点忠厚用不得。只想他当年奏对师尚诏话,那时师生情面何在?"宗宪道:"宁教天下人负我罢了!"文华又大笑道:"大人书气过深,弟倒不好故违,坏你重师生而轻仇怨之意,就将'正法'二字改为'革职'罢,只是太便宜他了。"宗宪即忙起身叩谢。文华道:"机不可泄,大人务要谨密。"宗宪道:"谨遵台命。"又问题本日期,文华道:"定于明早拜发。"宗宪告别。正是:

大难临头非偶然,此逢蟒妇彼逢奸。

贼臣妖物皆同类,毒害杀人总一般。

第五十五回

寄私书一纸通倭寇　冒军功数语杀张经

词曰：

贼兵不退愁偏重，打叠金银聊相送。倭寇依计钓奸雄，算把烟尘净。冒功邀赏，又将同人掀弄。封疆大吏丧刀头，恨入阳台梦。

右调《阳台梦》

且说赵文华参本，系军前遣发，不过四五日即到了都中。严嵩同众阁臣看后，即行票拟[1]，送入内庭。明天子看罢，心中大是疑惑，随传阁臣到偏殿内，说道："赵文华参奏朱文炜，不肯率河东人马接应张经，本内大有空漏。朱文炜非武职可比，不过在军中参赞军务；今绍兴失守，岂可专罪他一人？不但张经，即文华亦不能辞罪。况文华身为总帅，既要接应张经，彼时在王家营，就该遣一武职大员，统率现在人马，先赴浙江救应，何必等候河东人马处处到齐；又调集江南水师，羁延两月之久，方行遣发？这事，赵文华不得辞其责。且从五月起身，至今还在镇江停留，宁不耗费国帑[2]？是本大有情弊。诸卿票拟'失误军机立斩'等语，这是何意见？"众阁臣无一敢言者。严嵩奏道："河南、山东、江南三省水陆人马，原非一半月所能聚齐，赵文华在镇江停留，必是船只器械不备之故；着朱文炜领河东人马先去接应张经，是为文炜素有谋略，借其指示军将，并非着他亲冒矢石杀贼。今文炜骄抗，致失绍兴；赵文华身为总帅，法令不行，将来何以驭众收功？依臣愚见，将文炜免其斩首，立行革斥，庶军内众文武各知惊惧。"明帝道："朱文炜非无谋划者，着他在军中戴罪立功如何？"严嵩道："圣上既以平寇大权付文华，而必容一梗令之

---

[1] 票拟（nǐ）：明代内阁接到奏章后，用小票写所拟批答，再由皇帝用朱笔批出，名为票拟。

[2] 国帑（tǎng）：公款。

第五十五回　寄私书一纸通倭寇　冒军功数语杀张经

人在左右，恐非文华尽忠报效之意也。"天子准奏，随下旨将朱文炜革职。

不几日，旨意到了。朱文炜闻知大喜，道："但愿如此，真是圣上洪恩，从此身家性命可保全矣！此皆赵文华作成之力也。"随即脱去官服，到文华公馆告别，文华以抱病不见。又到胡宗宪寓所辞行，宗宪请会，脸上甚是没趣。叙及参本内话，将立斩二字着文华改为议处，圣上方肯从轻发落。文炜起身叩谢。宗宪道："圣上明同日月，贤契不过暂屈骥足，不久定当起复大用。"文炜道："门生本一介寒士，四五年内即隶身金都，自知宠荣过甚；今如此下肩，实属万幸！此刻拜别老师大人，就行起程了。"宗宪心上甚是作难，一定要留文炜在自己公馆住几天。文炜固辞，方肯依允。素日止送在厅廊下，这番倒送在大门外，拉着文炜的手儿低说道："你倒去了，我将来不知怎么散场？"文炜见他一片真心，又念他是个腐儒，也低低说道："老师宜急思退步。赵大人行为，非可共事之人。纵侥幸一时，将来必为所累。"宗宪蹙着眉头道："我也看得不好，只是行军之际，退一步便要算规避，奈何！奈何！"文炜道："老师年已高大，过日推病，何患无辞？"宗宪连连点头道："你说的极是！"文炜话别后回寓所，那些各营中将官，以及江南大小文武，听得说文炜革职，没一个不嗟叹抱屈，俱来看望，文炜概辞不见，本日即回河南去了。

文炜既去，赵文华益无忌惮，只等各营将马价银折齐，随把一路所得的金银古玩分为两大份，一份自己收存，又将那一大分份为两小份，一份送严嵩父子，一份送京中权要并严府同门下人。

又过了几日，浙江警报到来，倭寇已至杭州。文华此时方有些着急，令宗宪领人马从旱路起身，自己领水军由水路起身，都约在苏州聚会。文华一路见老少男女逃走赶食者，何止数万人。问属下官，方知是浙江百姓，心内也有点惊慌，道："不意浙江一至于此！"便动了个归罪张经，为自己塞责的念头。兵至无锡，探子来报："杭州省城为贼所破，杀害官民无数，仓库抢劫一空。巡抚张经领败兵俱屯在平望驻扎，等候大兵。"苏州巡抚亦遣官告急，恐倭寇入境。赵文华听了这个信息，心上和有七八个吊桶一样，上下不定。欲要停兵不进，断断不可；欲要进兵，又怕敌不过倭寇。一路狐疑，到了苏州，各文武官都出城远接。文华问了番倭寇动静，将人马船只俱安插在城外，和宗宪一同入了城，回拜各官。他两人都不肯在城外安歇,唯恐倭寇冒冒失失地跑来,劫他们的营寨,倒了不得。晚间在公馆内与宗宪商量了半夜,将人马船只拨一半去乌镇守候倭寇;留一半,分水旱两路保护苏州。他又不和巡抚司道武职大员计议,恐怕失了自己的身份,日日在城内与几个心腹家人相议。

议了几天,通无识见。不得已,又将胡宗宪请来计议。倒是宗宪想出个法子来,他打听到贼中谋主俱是中国人,内中谋主,一个是和宗宪是同乡,叫做汪直。宗宪意思要写字与他,许他归降,将来保他做大官。若肯同心杀贼,算他是平寇第一元勋;再不然,劝倭寇回国,也算他的大功。欲差人去试一试,只是无人可差。赵文华大喜道:"此话,大人在扬州时就该早说。天下事只怕没门路,倭寇之所欲者,不过子女金帛而已,地方非他所欲。我们只用多费几两银子,就买得他回去了,难道他乐得和我们舍命地杀么!只要他约会战期,着他们佯输诈败,成就了我们的大功就是了。倒是这银子数目和交战的地方,必预先定规,我们也好准备。"宗宪道:"假若不肯依允,该怎么?"文华道:"再想别法。"宗宪道:"他们劫州掠县,也不知得过多少金帛!少了,他断断看不起;多了,哪里去弄?"文华大笑道:"若大的个苏州,诚恐弄不出几百万银子来么?大人快回去写字,别的事都交在我身上办理。"宗宪回去了。文华与众家人公议去投书字的人,众家人都不肯去。文华悬起两万银子重赏。众家人你我相挤,挤出两个人来:一个叫丁全,一个叫吴自兴。文华授以主见。

午后,宗宪亲送字来。内中与汪直叙乡亲大义,并安慰陈东、麻叶、徐海三人;若肯里应外合共谋杀贼,便将杀贼之策详细写明。功成之日,定保奏四人为第一元勋,爵以大官。若不愿回中国,只用劝日本主帅约会战地,须佯输诈败,退回海隅。要银若干,与差去人定归数目,我这边驾船解送,亦须约定地方交割,彼此不得失信。如必执意不允,刻下现有二十万控弦之士,皆系与浙江男妇报仇雪恨之人,等语。文华看了看,也不过是这样个写法。随即将丁全、吴自兴又详细嘱咐了许多语,与了令箭一支,驾船起身。

到了平望,被巡抚的军士盘诘,他两人以探听倭寇军情回复。军士们见有兵部尚书令箭印信,只得叫他过去。到了塘西,便被倭寇巡风人拿住。他两个说是寻汪直说话,巡风倭寇将他二人送至汪直处。汪直亦久有归中国之心,看了胡宗宪书字,吩咐打发他二人酒饭。又问了备细,到晚间将陈东、麻叶、徐海请来,把书字叫三人看。三人见到书上面俱有印信,知非假书。三人看后,问汪直道:"你的意思要怎么?"汪直久知三人无归国之心,说道:"我的主意,我们既归日本,便是日本人。里应外合的事不做;向他多要几两银子,暂且退归,过一二年后再来如何?月前张经前后还杀我们五千多人,刻下赵文华、胡宗宪统领三省人马二十余万,只怕取胜不易。"

四个人彼此议论了一番,商酌停当,拿了书字同到日本主帅夷目妙美公所处,又将副头目辛五郎请来,着他两个看书字。他两个一字认不得。汪直说了缘故,夷目妙美哪有个不依允的理,随即叫了丁全、吴自兴来,与他定归银两数目。争论了半晌,讲定四十万,就在本月十八日,交付于塘西地方,此处可差人收取。只看船上有彩凤旗,便是银船。交战的日子定在本月二十五日,钱塘江会战。夷目妙美拿起他国的一支令箭来折为两段,着人递与丁全,仍着人护送两人过塘西。丁全、吴自兴叩谢了,拿上那折断的令箭,同差人过塘西。沿路虽有张经巡兵盘问,他二人仗有文华令箭,直到苏州,见了赵文华,细说汪直等语,并夷目妙美诸人问答的话,居了天字号的大功。

文华看那折断的令箭,两半截合在一处,不过有一尺多长,上面也有些字画,却一个也识不的。文华知事已做妥,心中甚喜,将两人大加奖誉。又将宗宪请来告知原委。宗宪听了喜道:"若果如此,似无遁辞[1];只是这四十万银子,十天内从何处凑办?"文华笑道:"大人不必心忧,我自有地道措处。"宗宪辞去。

文华将巡抚、司道、首府、首县等官,俱着人请来。没多时,诸官俱到。文华道:"现今倭寇已破杭州,苏州在所必取,弟奉命统水陆军兵数万,实为保守苏州而来。刻下诸军正在用命之时,必须大加犒赏,方能鼓励众心。又不便动支国帑。弟意欲烦众位向本城绅衿士庶,以及各行生意铺户人等,暂借银六十万两,平寇之日,定行奏闻清还。这也是替圣上权变一时之意,不知院台大人和众位先生肯与圣上分忧,向本城士民一说

---

[1] 遁(dùn)辞:因理屈词穷而故意避开正题的话。

否？"先是巡抚吴鹏道："大人此举，真是护国佑民之至意。苏州素系富庶之乡，这六十万银子，看来措办还不难。"随向司道等官道："诸位老大人以为何如？"司道见巡抚如此说，一齐应道："此事极易办。然亲民之官，莫过于知府知县，必须他们用点力方好。"知府知县见司道如此说，各起身禀道："苏州士庶人等，若肯急公，休说六十万，便是一百万亦可凑出；但恐绅衿恃势，富户梗法，设有不遵分派者，还求钦差大人与各位宪台大人与卑职等做主，卑职等亦好按户上捐。"巡抚笑道："此事有赵大人做主，就是圣上知道也无妨，只要府县认真办理。"文华道："正是，正是！也不拘定六十万，越多越好。"府县各回禀道："这件事都交在卑职们身上，大人放心。"文华听了大悦，指着府县官向巡抚吴鹏道："我一入江南境界，就闻苏州首府首县，俱是才能出众之员。今遇国家大事，你看他们何等肝胆，何等识见！将来平寇之日，院台大人若行保举，务将他们列名。"吴鹏道："还求大人特奏。"文华笑道："这何须说！"知府知县如飞地向文华叩谢，又向巡抚司道叩谢，知县等又向知府叩谢，然后起身告别。文华向府县道："军情至重，还求众位年兄在五日内交送本部院行寓方妥。"府县一齐禀道："定在三日内完结。"文华连连举手道："仝望！仝望！"

　　众官都辞了出来。首县又同到首府衙门，大家会商了一遍，分了城内城外地方，各回私署，令房书按户打算，某家某人某业若干，硬派捐银若干两，某绅士某商民捐银若干两。做了几句为国犒军，保障人民地方的文字，自巡抚至知县，俱有名帖，挨门逐户地授送。所派银两定限在第二日午时交齐。有不肯捐输，或以半交送者，无论绅衿士庶铺户，或拿本人，或拿家属，百般追呼，必至交了银子方才了手。虽欲欠一两五钱者也不能，比钱粮更紧二三十倍。其中书役借端私收，或仗地方官势余外索诈。倭寇还在杭州，苏州倒早被劫掠，弄得城里城外，人人怨恨，户户悲啼，投河跳井、刎颈自缢者，不下二三十万人。赶办至第二日午时，即起结了八十余万两，还不肯罢休。司道们私相计议，怕将地方激变，各轮流着亲去府县衙门查点数目，已足多出二十余万两，立令停止。那府县书役人等，城中不敢催讨，皆散走各乡催诈。直至第三日早，司道率同府县到巡抚前商议，与赵文华交六十五万，下余十五万余两，存作公项，也是防备赵文华再行多要之意。

第五十五回　寄私书一纸通倭寇　冒军功数语杀张经

文华除与倭寇外，还净落了二十五万两，快活到绝顶。赏了丁全、吴自兴各一万两。又计算日期，预派山东随营参将一员，监押十只船，带兵去塘西交割银两。密嘱成事之后，保举他做副将。若他属下兵丁敢泄露一字者，立即斩首。又每船都有家人一名看守。丁全、吴自兴是交割之人。船上都插了五彩凤旗，外又加大旗一面，写"巡哨"二字，饰人眼目；一边行文浙抚张经，使他知道差参将某人巡哨，免其心疑；又言明定于某日兵至平湖，一同征进。张经见了文书，立即点验人马船只，好同钦差征讨。

赵文华银船到塘西，早有倭寇接应，收查银数。次日丁全等俱回，详言交割银两并无异辞，定于二十五日，钱塘江一战归海。文华深喜。

至二十日，水陆大军起行，张经亲来迎候。二十三日，兵至塘西。探子报说："夷目妙美于昨晚将城内外抢夺的子女金帛，尽行打发远去。今日辰刻时分率众都入钱塘江中停泊。城内一贼俱无。不知是何意见？"文华听了，心中暗喜，急催军前进。张经道："倭贼空城而去，必有诡谋，大人还要缓行，再差人打听动静。"宗宪亦以为然。文华道："兵以气胜，一犹豫间，军气堕矣！此等见解，非二公所能知也。"水陆军到杭州，果然城内并无一贼。问百姓，都说贼船尽停泊在钱塘江内。文华传令：水军尽停城外，命张经总理；自己带兵入城，以防不虞。

住宿了一夜，次日五鼓，发令箭晓谕各船将士，天一明，俱着聚齐在候潮、草桥、螺丝三门，随他杀战。他恐怕张经多事，万一追杀倭寇过急，弄得失了和气，认真战起来，还了得！于是将张经、胡宗宪俱着和他在一只大船上。他手执令旗，命中军船上起鼓。须臾，各船鼓声如雷，众水军在江中走有四五里水面，远见贼船俱雁翅般排列。文华将号旗一指，各船俱杀上前去。忽听得倭寇船中一声大喊，各将船头掉转，如飞地向海口去了。众军将见倭寇退去，各放鸟铳大炮追赶。约赶有二里水面，文华便叫鸣金。少刻，金声乱响，各船军将把船拨回，听候将令。张经道："贼一矢不发，便行退去，必系诱敌，大人收兵极是。"赵文华忽然变色道："你尚以倭寇为诱敌耶！此皆托天子洪福，诸将箭无虚发，方能成此大功。鸣金收军，正是穷寇无追之意。你看江水亦赤，还要杀贼到什么地位？"张经忍不住大笑起来。文华见张经大笑，不由得耳红面赤，也大笑了。于是大声传令，着各船奏乐，齐鸣凯歌回城。

回到城中，文华直至巡抚衙门。让胡宗宪同坐大堂，宗宪再三不肯正坐。文华一人正坐了，并未让张经一句。张经此时也自知得罪下他，让宗宪在左，自己在右坐了。文华满面笑容，用许多大功大捷的话奖誉诸将，诸将皆出意料之外。吩咐水师仍在城外，陆路军将分一半入城值宿。也不言及被害百姓如何赈恤，残破府县如何整顿，各海口如何防守以免后患。约宗宪入后堂饮食，巡抚张经倒得另寻地方。文华连夜修本报捷，并参巡抚张经。上写道：

　　　　兵部尚书臣赵文华一本。为报功罚罪事：臣于六月十四日抵镇江，调集水师，至八月初旬，船只器械尚未完备。彼时倭贼夷目妙美正率众攻击杭州，臣遂星夜行文，知会巡抚张经，励其固守五日，臣定率众解围。又虑张经懦弱成性，恐误国事，水陆各先遣兵二万，在杭州十五里外屯扎，遥为声势。不意张经于初八日夜间，领众弃城出北关门，至平望地界，致令倭寇尽劫仓库，屠戮官民，伤心惨目，莫可名状。警闻传至，臣与贼势不两立矣，于是日晚进兵，十九日午抵塘西。探知倭贼闻大兵至，已尽数移入钱塘江内，列阵以待我兵。臣即率诸将先入江口，饬令胡宗宪为后援，张经亦押船继进。遥望贼船蜂屯蚁聚，战舰何止数千只。斯时臣率前军鸣鼓，直搏贼众，炮尽而继之以鸟铳，鸟铳尽而继之以弓矢，弓矢尽而兵刃相接。臣船被贼围数匝[1]，刀中臣盔立破。幸宗宪兵至，各拼命相持。历午未申酉四时，贼始大败，江水尽赤。是役也，斩倭寇三万七千有奇，夺海船五百余只。此皆仰赖圣上洪福，诸军将血战之效也。臣念穷寇勿追之戒，追逐至海口始还。凯旋后查问张经，伊于未战之前，已先归城内，借言以巡逻未尽倭寇为辞。似此丧师误国之流，断难片刻姑容！浙省被陷郡县，无一非张经萎靡退缩所致。伏祈宸纲独断，将张经速正典刑，为大臣不用命者戒。至招抚老幼，赈济灾黎，已属宗宪办理。臣又分水陆遣将，于倭贼存留地界搜拿。其诸海口，臣自妥行布置，无虞圣虑。所有得功将士，俟各路收功后，再行录呈。臣文华无任欢欣舞蹈之至。谨奏。

---

[1] 匝（zā）：周；圈。

第五十五回　寄私书一纸通倭寇　冒军功数语杀张经

捷闻到京，严嵩甚是畅快，以为荐举得人。天子览奏大悦，加文华太子太保，颁赐玉带蟒衣，荫一子为锦衣千户。胡宗宪加升兵部侍郎，即署浙江巡抚。诸将俟平寇后，交部叙功。知浙省库帑空虚，令巡抚于藩司库内拨银三万两，赏战胜士卒。又下旨将张经于杭州城内正法。

旨意一到，文华率众谢恩，将张经拿赴法场。张经沿街大叫道："我张经未署巡抚之日，前巡抚王忬已失陷数郡，这时兵微将寡，日盼赵文华救应。赵文华在苏、扬二州，大索金帛，拥三省人马，不来救应。我与倭寇前后大战两次，杀贼五千余人；虽杭州失陷，实系我力不能支，非张经怕死之过也。我近日才知，赵文华着苏州地方官，向本城绅衿士庶捐犒赏军银八十余万两，遣家人与倭寇夷目妙美暗中交通，以查访贼情为名，拨战船十只，送银六十万两，买得倭寇退归海岛。随征兵将，一矢未折，一贼未伤，假冒军功。今日反参奏杀我，我死后必为厉鬼报仇！众位若不信我话，苏州与浙江相隔能有多远，到这苏州问这八十多万银子，绅衿士庶并铺户商人，是哪一家没有出过，哪一家不是受害之人！"从绑拿后即吆喝此话，一直到法场。皆因他是本地巡抚，又被赵文华参得冤枉，因此由他缓缓行走，在街道上任意吆喝。军丁百姓，这日看者何止数万人，无不痛惜！看《明史》并张经本传，所载极详。闻其死，有"天下冤之"一语。六十万两银子买倭寇话，无不家传户议，只两三天，江南通省皆知。

苏州人被赵文华同各衙门书办差役刮去了一百一十多万银子，如今听知是买退倭寇，又假冒军功，屈杀了张经。这匿名帖子，从江南起直贴到赵文华寓处，词曲对联都有，有做得极精工的，还有骂得极痛快的。赵文华见了，又羞又气，深悔当时不该参张经，又怕风声传到京师，心中添了无数的愁虑。殊不知此等音信最快，只十数天，早传到都中。言官闻之，皆惧怕严嵩，无一敢参奏其事。当赵文华参张经本意到了朝中，明帝大怒，彼时给事中李用敬、御史阎望云各上本保奏张经，将二人俱革职，廷杖六十。正是：

奸臣伎俩唯营私，卖国欺君无不为。
可惜张经刀下死，教人千古叹明时。

第五十六回

结婚姻郎舅图奸党　损兵将主仆被贼欺

词曰：

　　鸾笙宝瑟声声奏，且歌目前愁。冤仇报复，时候自有，姑记心头。

　　贼臣败走，曳兵弃甲，鼠伏扬州。修书严府，营求活计，无任含羞。

右调《人月圆》

话说赵文华虚冒军功，杀了巡抚张经，声名越发不堪。过了几天，沿海被陷府县，俱各禀报倭寇尽归海洋，百姓渐次复业。文华甚是得意，以为这四十万银子用到地方上，将诸路军马调回。又上了一本，某营某将如何杀贼，某营某兵如何用力。虽是他自己张大其功，倒便宜了许多将士，升的升，赏的赏，兵部里为他倒忙了好几日。严嵩又在明帝前极口赞扬赵文华文武全才，算得国家柱石之臣。明帝又颁赐了许多珍物，赏文华功劳。撤回河南、山东、江南三省人马。

这时明帝喜尚青词，日日着近御大臣并翰林院进献，又着人于名山采药，重用方士，一任严嵩作恶。内中恼坏了个林润，他心切报父之仇，日夜痛恨。只是因严嵩势力甚大，一个新进翰林院，敢做什么？自从朱文炜起身，三日后他便打发姜氏同上下男妇还乡。自己又差了林岱署中跟他来的两个极老练家人，送姜氏到虞城县，就近去河阳送家书，问自己婚姻话。姜氏起身后，林岱差人与林润寄到盘费银一千两，着在京寻房居住，又与朱文炜书字并许多礼物。书字中言及林润的婚姻，烦文炜与他择配，不拘官职大小，只要清正之人。林润见文炜已去，就将此事搁起。

过了两月后，见赵文华将朱文炜参倒，把一个林润几乎气死，便动结亲仕宦，做自己的帮手，好参严嵩父子，为父报仇的念头。从此留心

第五十六回　结婚姻郎舅图奸党　损兵将主仆被贼欺

试看，见上科状元邹应龙，新升福建道监察御史，为人颇有些刚直，同在翰林院内两三月，从未见他奔走权门。又访得他有个妹子年已二十一岁，尚未许人，旋托同寅道达。谁想到应龙与林润是一个意思，也要借他妹子寻一个肝胆丈夫，做他参严嵩父子帮手。今见林润托人与他妹子执柯，他心里笑道："一个十八九岁的娃子，侥幸得了个榜眼，量他有什么胆气，做惊天动地的事业！"因向那作合的人辞道："舍妹多病，不能主中馈，请林榜眼另选名门盛族罢。"林润知他不允，心上甚是气恼。不想邹应龙还有母亲在堂，家人们将林润求亲的话，向王老夫人如此长短都一一说了。王夫人听知，甚是愿意。应龙又请原作合人一同相烦林润本房会试老师张起凤作合，始将婚姻议定，本月择吉成亲。过门之后，林润见新妇雅润多姿，性复聪明，心中甚喜。九朝后即同到王夫人前拜见，与邹应龙叙郎舅亲情，彼此甚相投合。

过了几月，林润将他父亲董传策如何被严嵩谋害，自己在清风镇得连城璧如何救解说明。邹应龙听罢，拍案大叫道："不意你就是董公之嫡子，真可谓忠良有后矣！只可惜冷于冰这样一个空前绝后以理兼术的人，无缘会面，殊恨寡缘。"林润又说起为父报仇，参劾严嵩父子的话。应龙道："我身列谏垣，目睹豺狼当道，与权奸势不两立之心久矣。只是圣上于他父子宠眷方深，必须候时窥隙，方可动作。若急于一试，昔日椒山杨老先生与尊公老伯大人皆前鉴也。只知杀身成仁，不能除国家大害。你既有心，我们大家留神，再候一二年看是如何？"两人既是至亲，自此更是至亲中知己，旦夕互相打听，记录严嵩父子过恶。

一日，两人闲话间，长班报说："户部主事海老爷今早下狱，只怕性命有些难保！"应龙惊问道："却是为何？"长班道："海老爷本稿，小的抄得在此。"应龙接来与林润同看。上写道：

　　户部主事臣海瑞一本。为敬陈忠烟，仰祈睿悟事：圣上即位初年，敬一箴心，冠履分辨，天下欣然。望治未几，而妄念牵之，谬谓长生可得，一意修玄。二十余年，不理朝政，法纪弛矣；数行捐纳，名器滥矣。二王不相见，人以为薄于父子；以猜嫌诽谤戮辱臣下，人以为薄于君臣；乐西苑而不返，人以为薄于夫妇。兼复日宠严嵩父子，任其专权纳贿，毒国害民，致令吏贪官横，人不聊生，水旱无时，盗贼滋炽。圣上诚思今日天下为何如乎？古者，人君有过，赖臣工匡弼；今乃修斋建醮，相率进香，仙桃天药，同词表贺。建宫筑室，则匠作竭力经营；购觅市宝，则度支差求四出。圣上误举之，而诸臣误顺之，无一人肯为圣上言者，谀之甚也。自古圣贤垂训，未闻有所谓长生之说。

圣上师事陶仲文，仲文则既死矣。彼不长生，而圣上何独求之诚？一旦翻然悟悔，日御正朝，标诸贤臣，讲求天下利病，速拿严嵩父子并其党羽赵文华等，急付典刑，洗数十年之积误，使诸臣亦得自洗数十年阿君之耻，天下何忧不治。此在圣上一振作间而已。臣海瑞无任冒死待命之至！谨奏。

按海瑞本传，明帝读谏本讫，极愤怒，有"毋令逃去"之语。一内官奏言："闻瑞于两日前，备棺十数口，为全家死地计，决非逃走人也。"帝气阻，急令系狱，缘此病甚。诸王大臣候安宫门，诏入，出瑞本示之，帝曰："古今詈[1]辱君上，有如此人者乎？"诸臣请即正法，帝不语。后新君即位，始释。

再说应龙同林润看罢，向长班道："我知道了。你可再去打听海老爷下落禀我。"长班出去。应龙向林润道："此公胆气可谓古今无双。只是语语干犯君上，而做君上者情何以堪。若论人品，真是好男子，烈丈夫！"说罢，又拍膝长叹道："可惜此公下这般身份，却无济于事，而奸党亦不能除。"林润道："我意欲舍命保奏他，大哥以为何如？"应龙道："你自料可以救得下他么？若保奏不准，将你与海公同罪，又当如何？"林润道："亦唯与海公同死而已，后世自有公论。"应龙道："此等识见，只可谓之愚忠。当日尊公老伯也只如此，究竟算不得与国家除奸斩恶、计出万全的勾当。当今元恶，无有出严嵩父子右者，我们做事，总要把他放倒为第一。你看搏牛之虻，不破虮虱，盖志在大不在小也。嗣后你要看我行事，好歹有等着老贼的日子。"自此，林润安心静候。

再说赵文华，一生功名富贵都是从谄事严嵩父子起，因此将这屈膝

---

[1] 詈（lì）：骂。

第五十六回　结婚姻郎舅图奸党　损兵将主仆被贼欺

拜跪作日夕寻常事，到要紧时，连磕爬头亦在所不惜。自假冒军功回京后，做了宫保尚书，与严嵩只差一阶，自己觉得位尊了，待严嵩父子渐不如初。辞色间虽还照常承顺，却带出些勉强情况。严嵩看在眼里，便恼在心里。

一日，文华造了一种百花酒进与明帝，面奏此酒益寿延年。明帝还未深信，文华便奏说："臣师严嵩之寿，皆此酒力。"后过了几天，明帝问及，严嵩久已恼他，又深恨不先达知，独自敢进酒取宠，随奏道："臣闲常也些须吃几杯南酒，却不知百花酒为何物，也不知赵文华从何处得来，诚恐里面热药过多，有伤圣体。"明帝听了，以文华为欺诳，立刻将酒发还。

文华打听出是严嵩作弄，连忙到严嵩家斡旋。严嵩像骂家奴一般大加耻辱，立誓不和文华往来。文华百般跪恳，严嵩总不喜悦。又寻着世蕃跪恳，求替他作合。世蕃道："你当年放个屁，也要请教我们。自做了宫保尚书，眼内便看不起我们来，忘了我家的恩典。既做了百花酒，不先送我们一尝，敢独自进上。我也不会与人作合，将来走着看罢！"说罢，一直入内院去了。文华怕极，日夜登门，严嵩父子通不见面，文华竟是没法。

过半月后，便是严嵩寿日。诸王有差人与他送礼的，公侯世族、九卿科道自不消说。这日，文华亲自带了各色珍品古玩，也去祝寿。严嵩对着合朝文武，着家人们立将文华推出，不准他在酒席上坐。文华也顾不得自己是个宫保尚书，便直掇掇跪在院外。诸官皆讲情不下，亏得吏部尚书徐阶、户部尚书李本，两人皆系明帝宠信大臣。严嵩方准了情面，才许文华入席。京师哄传，以为奇谈。

过了寿日，依旧不准文华入门。文华昼夜虑祸不测，大用金帛，买通内外上下。严嵩妻欧阳氏，将文华藏在卧房内，晚间和严嵩闲谈，欧阳氏将文华叫出，跪在地下痛哭流涕，自己呼名咒骂，愧悔乞怜，无所不至。严嵩见他屡次自屈，方喜欢了，遂为父子如初。从文华进酒起，凡严嵩父子叱出辱逐，祝寿被逐，对众文武跪院，欧阳氏容留卧室讨情，事事皆入赵文华本传。读者必以为小说未免形容过甚，要知小说不过文理粗俗，作者于文华有何仇恨也。

时光易过，瞬息已到次年秋间。江南总督陆凤仪奏称："倭贼由镇海、宁波等处，分道入寇。"明帝问道："倭寇昨年既已退去，如何今岁又来？怎么江南总督陆凤仪倒奏报，胡宗宪现做浙江巡抚，倭贼分道入寇，他竟一言不提,这是何说?"严嵩奏道:"倭贼性情与犬羊无异,忽去忽来,原无厌足,必须杀尽,方绝后患。前赵文华、胡宗宪血战成功,止将倭贼赶入海内,未曾入海追逐。祈圣上再命文华、宗宪征讨,臣管保大奏奇功。"明帝怒说:"此番若再经理不善,朕只和你说话。"遂下旨,着赵文华再调集河南、山东、江南人马星夜进兵。

文华领了这道旨意,心下甚是着慌,连忙到严府计议。严嵩道:"圣上着实大怒,若不是我巧为回护,你与宗宪皆大有可虞。这次不比前次,你须处处收敛,银钱古玩,断断要不得了。可速调河东人马起身,一边行文浙江督抚,预备水师战船,限二十日完备,仍于镇江聚齐。再与宗宪一字,着他将事务交与两司,也来镇江等候。你两个商酌办理,只用将倭寇再诱归海内,各添重兵严守海口,他们无门可入,岂不是你永远大功。"文华道:"倭贼所爱的是金银。去年从江南弄了几两银子,倒送了他一大半。恩父方才吩咐不许要银钱,那些倭寇岂肯空手回去!看来,此番非六十万不可。若说与倭寇认真相杀,万一不能胜敌,圣上见罪不便。"严嵩道:"你也虑的是。昨日圣上辞色不像平日,连我也怪了一两句儿。我如今有个权变之法;你自己打凑二十万,我帮你十万,着你大兄弟世蕃向我们相好的人出个知单,以军营犒赏为名,大家帮你。我的脸面,量他们不敢不依;少了,他们也不敢拿出来,也不愁三十万两。只要你用钱用得妥当,不可着倭贼骗了。"文华道:"京官还可三五天内措办,外省官恐非一月不能。"严嵩道:"外官我量道路远近,即与他们写字去,着他各差人星夜到你公馆交割。也不用再来辞我,可在河间府等候,我着罗龙文与你送银子去。"

文华叩谢回家,私自带了三十万,也顾不得向各官告辞,从兵部发了四道火牌,限日行五百里,调河东人马,二十日内齐到镇江。一边又行文浙江文武,预备军兵战船。自己率领家丁在河间府等候。过了几天,都中各官凡严嵩门下,通有帮助,连严嵩的共送来二十余万两。文华一路遗行,只二十五六天便到了镇江。胡宗宪早在城内等候。文华问他倭寇的情形,宗宪说了一番,言声势比前更大。文华惧怕之至。查江南水师共有八万,河东两省人马三万,唯浙江一卒一官未到,只有告急文书申说缘故。总督陆凤仪在江宁,日夜拨兵堵御各处海口并州县要紧地方,

第五十六回　结婚姻郎舅图奸党　损兵将主仆被贼欺

也无暇与文华相会。过几天，外省各官也将银两陆续赍送，亦不下二十来万两。远处还有未到者。浙江告急文书，每一天不下四五角。文华因外官银两还有许多地方未送来，意欲再候几天。苏州告急文书又到，言浙江府县失陷者甚多，杭州又被攻破，倭寇前军已入苏州界内，势甚猖獗，催文华速来救应，有刻不可缓之语。文华看了，只是心跳。因奉严旨，哪里还敢像昨岁模样，只得点验人马船只，忙乱了三天，率领水陆人马起行。

走至常州地界，探子报说："苏州已被倭寇攻破，军民及文武各官，被害甚多。仓库钱粮，通为贼有。"赵文华听了，呆了半晌，也别无御敌之策。又着胡宗宪与汪直写了书字，仍差丁全、吴自兴前去商议。又复回到镇江，听候好音，哪里还敢到常州驻扎。常州通府人民，见文华将大兵退回，城里城外男女老少，分四下远避，文武官禁止不住，也各寻了赵文华来，将库银俱运至镇江城内。

过了几天，丁全、吴自兴回来，言夷目妙美定要五十万两，与了折断令箭一支，仍照昨年行事。约在本月二十七日，在扬子江中一战，诈败佯输，尽归海岛。只许带一两千水师，带多了，恐中国人失信，或认真厮杀，或奋力穷追，那时失了和气，虽与一千万银子，也不肯住手了。银子约在五日内与他送过常州地界，他自有人接应。送银子的船还着插五彩凤旗，他们此时还在苏州停泊。文华问了回苏州光景，又问了倭贼兵势，大料着没有什么虚假，心中甚喜，笑说道："我岂是失信之人！"

到了第五日，着丁全等仍照上年行事，交割清楚。夷目妙美赏了众人酒饭，然后才打发回来。文华又细细问了一番，始将怀抱放宽。至二十六日，探子来报："倭寇船只俱停泊在江中，离此不过四五十里。"文华暗喜。

次日五鼓下令，自带水军二万先行。他也恐怕倭贼有变，着胡宗宪带水军三万在后跟随，前后两军只许相隔十里水面，以备不虞。文华走有二十里江面，猛听得江声大震。须臾，望见倭船桅杆，便与麻林相似，也不鸣锣击鼓，各趁风使船飞奔前来。文华望见形势与前次大不相同，早已明白了十分，心上跳得有一丈高，两腿苏软起来，口里说了声："快放箭！"不知不觉就倒在了船内。几个家丁一边扶掖，一边鸣起金，喝令水军快快回船。此时官军见各处贼船渐近,都一齐施放炮箭。两下正在争胜间,猛见中军船上那杆大帅字旗,飘飘荡荡往回退走,更减气百倍,炮箭急同骤雨。各船军将知主帅已去,谁还肯舍命迎敌,都将船头拨转,如飞地乱奔。倭寇大众如泰山一般压来,官军着伤沉水者不可数计。胡宗宪听得前面喊声渐近,知是两军对敌,早吓得神魂无主,浑身寒战起来。

少刻,见官军乱败,他晓得什么催军救应,口中只说"快回!快回!"本船水军听了,如逢了大赦一般,急忙掉船回走。孰意败军船只,反将胡宗宪各船乱碰,后面倭寇刀枪齐至,喊杀如雷,官军死亡者甚多。文华败至镇江,也顾不得上岸入城,率领水军尽赴扬州。跑入城中,将各门紧闭,防备倭寇寻来。镇江岸上屯扎人马,见官军败回不顾而去,各营将士谁肯与倭贼拼命。也有入镇江城内,也有向扬州来的。

倭寇追至镇江,也不赶杀文华,一声大炮,招动旗号,各奋勇登岸,攻打镇江。河东、山东人马,陆续皆奔至扬州,还有二万四五千人马,俱入镇江城内。

赵文华察点军兵,阵亡并逃散者有四千余人。听得说河南、山东人马俱到城外,心上又放宽些。遂传令河东人马尽数入城,江南水军仍出城外停泊。再不时着探子远听镇江下落,倭寇若有来扬州之意,火速传报。又吩咐水军:"倭贼若来,可各弃船入城,保守城池,卫护本部院要紧。"河东人马在城中日夜酗酒赌钱、奸淫贼盗,无所不为,合城士庶无不恨怨。胡宗宪原本木偶,赵文华又漫无约束;即或有人首告兵丁不法等事,文华恐冷将士之心,反将首告人立行责处,因此益无忌惮。只知道后悔他那五十万银子用在空处,急急写了密书,差人连夜驰送,求严嵩替他设法。正是:

> 鼠辈有何知,欺人人亦欺。
> 丧师长江日,无计慰愁思。

第五十七回

议参疏一朝膺宠命　举贤臣两镇各勤王

词曰：

激浊扬清后，恩波自九天。离合升降有奇缘，相会在军前。二竖辱国日，英雄奋志年。无分晓夜赴江南，指顾靖风烟。

右调《巫山一段云》

话说赵文华兵败镇江，在扬州闭门自守，写书字求严嵩与他设法。江南总督陆凤仪本不敢将文华败兵事奏闻，怕得罪严嵩。只因失了苏州并各处郡县，现今倭贼围困镇江，日日分兵在各县抢劫，去江宁省城不远。赵、胡二人，老钻在扬州，水陆军兵还有十一万人马。凤仪遣官行文二三次，求他留一半兵守扬州，发一半兵来江宁，一则保守省城，二则分救各州县；再不然，统领水陆人马救镇江之急，内外夹攻，未尝不是胜算。谁想他文书也不回，差官也不见，一个兵也不分与。陆凤仪怕祸连及己，不得已将赵文华兵败启奏。此时文华书字早到严府，严嵩看了，着急之至，与世蕃相商，意欲保举河南军门曹邦辅替回赵文华，好卸这重担子。世蕃又怕邦辅不徇情面，将文华在江南诸款参奏，倒是大不方便。着别人去，又恐怕不能胜任。父子正在作难之际，陆凤仪的本章也到了内阁，严嵩越着急，唯恐送入内庭，圣怒不测，将陆凤仪的本暗行扣起。

此等兵败事，传闻最速，不知怎么都纷纷扬扬，乱讲起来。林润听知，与邹应龙相商，要借此事下手严嵩。应龙道："这事真假未定，岂可因人传言，便冒昧举行。"林润道："我今日去吏部尚书徐老爷处探听探听，或者那里有确见，也未可知。"原来这尚书徐阶，是林润会试的大座师，为人极有才智，也是个善会钻营的人，明帝甚是喜欢他。他心里想做个宰相，只是怕严嵩忌才。林润是他最爱的门生，听见他来，就请相会。林润请安叙礼毕，坐在下面。徐阶道："数天也不见你来走走，我正要着人约你去。圣上留意青词，近日嫌阁臣做的无佳句，你们是翰林衙门，设或圣上考试起来,定须早早练习才是。我日前拟了几个题目,你可拿去做做我看。"随吩咐家人取至。

林润看了,打了一躬道:"承老师大人出题,门生照题做完呈览。"又道:"日前圣上遣兵部赵文华督师平寇,未知近日收功否？"徐阶笑道:"贼势已成,赵大人恐无济于事。然系严中堂保荐,即不收功,亦无可虑。"林润道:"门生闻得许多传言,说赵大人有阵前失机的话,想来也未必真。"徐阶道:"这话是何人告诉你的？"林润道:"刻下街谈巷议,已遍传都中。因老师大人日在内庭,定知其详,故敢渎问。"徐阶道:"你是我的门生,非外人可比,就与你说说也不妨。昨与华盖殿大学士张璧闲谈,他说江南总督陆凤仪五日前有一本,说苏州、常州及各县俱为倭寇残破,镇江府现今被攻。赵、胡二人领败兵退守扬州。陆凤仪请旨发兵救援。严中堂将此本拿回家去,迄今四日,尚未奏闻。这是张中堂与我的私话,你少年人须要紧密。"林润道:"如此说,这赵文华兵败是实了。严嵩将此等本章隐匿不奏,老师大人何不即行参劾？"徐阶将林润上下看了一眼,说道:"你平日人极聪慧,怎今日如此说？你可知近日海瑞下狱么？你可知当年杨继盛、沈炼、郑晓么？"林润道:"门生尽知。"徐阶道:"以上四公,我都不敢学,你敢学他四人么？"林润道:"门生虽年少愚蠢,说到胆气二字颇有。赵文华系严嵩力保之人,今赵文华兵败,门生就敢参奏他。"徐阶冷笑道:"我且问你要参他们些什么款件？"林润道:"门生参严嵩权倾中外,藐法串奸；赵文华丧师辱国,假冒军功,屈杀张经等语。"徐阶道:"你是才动这念头,还是决意要做？"林润道:"门生存心久矣！今既有隙可乘,这可是决意要做的。"徐阶听了,复将林润上下看了两眼道:"我倒看不出你！"又道:"赵文华兵败,实而又实,你这本几时入奏？"林润道:"今晚起稿,明早定行进呈。"徐阶站起来说道:"难为你少年有这志气！"说罢,拉林润并坐。林润道:"门生怎敢与老师并坐！"徐阶道:"你只管坐下,我有话说。"林润只得斜着身子坐在徐阶肩下。

徐阶道:"你今志愿既决,听我说与你做法。严嵩圣眷未衰,前人多少志节之士,都弄他不倒；你一个少年新进,如何弄得倒他！你只可参奏赵文华一人,须如此如此,方能有济于事,是你参文华而严嵩已在参中矣。"说罢,拍手大笑道:"你以为如何？"林润起谢道:"承老师大人

第五十七回　议参疏一朝膺宠命　举贤臣两镇各勤王

指教，门生顿开茅塞。只是一件，若圣上问及本内赵文华在江南不法等事，门生亦难以'风闻'二字回奏，必须有个指证方妥。"徐阶笑道："这有何难？圣上所重者，在近日兵败失陷苏常地方。今兵败属实，纵所参赵文华句句皆虚，圣上亦必以为实矣。你明白了？"林润又道："圣上若再问起，江南总督既有本入都，怎么朕倒未见，你从何处知道？"徐阶道："你到那时，就说是我和你说的，我临期自有回奏。"林润道："老师肯这样作成，真是天地父母。此一举荣辱祸福，听命于天可也！门生语已禀明，就此告别。"徐阶道："你且住着，我还有话说。上本不拘定明日后日，可将本稿先拿来我看看，再上不迟。"林润道："今晚起更后呈阅，明早还求老师设法代门生送入，不由通政司内阁两处方好。"徐阶道："我与你亲送宫门，自无泄漏之患。但还有一说，假若圣上准了你的本章，将胡、赵二人革除，若问你平寇何人可用，你也须预备个回答。"林润想了想道："门生有人了！"徐阶道："你快说，我斟酌可否。"林润道："已革金都御史朱文炜、门生叔父林岱二人何如？"徐阶连连点头道："好，好！你参倒赵文华，我就保举他二人立功。"

说罢，林润辞回，急急地到邹应龙家，将前后徐阶问答的话，与应龙说知。应龙瞑目凝神想了一会，大笑道："此本一奏，赵文华休矣！只怕严嵩也有些不方便。"林润道："不知大哥有何明见？"应龙道："文华兵败，全在陆凤仪本有无。此本你原未见过，今徐大人既肯慨然承应是他和你说的，你纵参虚，也是因他一言而起，你还怕什么！就是徐大人敢于承当，也是要往中堂张大人身上安放，话是从张中堂说起的，纵虚了，徐大人也不落不是。然徐阶是大有权术人，在圣驾前必有妙作用，只照他所嘱说的话做起本来，十分中便有八九分稳妥。这件功让你先做，留下严嵩父子我与他作对。"林润道："必须大哥巨笔代弟一挥，自可使权奸立败。小弟磨墨效劳。"应龙也不推让，提笔写道：

翰林院编修臣林润一本：为权奸丧师误国，仰祈即行正法事。去岁春三月，海边疏防，倭寇深入，残破温州、崇明、镇海、宁波、象山、奉化、新昌、余姚数郡，圣上命尚书赵文华总督河南、山东人马并江南水师，殄灭群丑，安靖灾黎。命金都御史朱文炜、胡宗宪参赞军机。文华理合竭忠报效，仰副圣上委任至意。无如文华贪黩性成,唯利是欲,恐朱文炜不便己私,于未出都之前,遣文炜先赴泰安,饬河东两省人马尽集王家营。守候月余,耗帑不可胜计。文华由直隶至山东,日缓行二三十里四五十里不等,所至勒索地方官金帛,约四五万两。至王家营,始文移江省,调集水师。又月余,在扬州,各商摊凑金珠古玩相送,盐课为之亏折。未几,杭州失守。前巡抚张经屡催进兵,朱文炜备极苦谏[1],文华委靡退缩,无异妇女,反将文炜妄行参革。至苏州,又借饷军为名,搜剥绅士商民一百余万两。斯时倭寇所获何止数千百万,竟席卷各郡脂膏归海。文华探知倭寇远扬,方督兵钱塘江一巡而反,旋以大捷奏闻。张经苦战三越月,斩贼五千余人,此天下所共知者,而文华又以养寇纵敌参勘正法。倭寇既退之后,若能于沿边要地,严行警备,亦可无今日之虞。奈文华儿女情殷,视回家事如膜外,预行端归,将善后重务,付一庸懦无识之胡宗宪经理,致令倭寇重来,攻陷浙江数郡外,复波及苏常二府。文华拥水陆大兵数万,扬子江一败之后,退守扬州,为自己计。刻下镇江被围,江南总督陆凤仪恐江宁、淮扬有失,遣官奏本,于前六日至内阁,迄今未邀圣鉴。臣闻之无任骇异,以故不避斧钺,冒死渎陈。伏冀速遴智勇,尽歼穷贼,治文华欺君误国之罪。非仅江浙民幸,亦社稷之幸也。谨奏。

写完,林润看了,极为誉扬,亲送徐阶看过,然后录写端正,烦徐阶替他由宫门送入。

午后,明帝见了此本,大为惊异,随即御偏殿,传内阁九卿并林润见驾。须臾文武齐集,分班侍立,见天子满面怒容,着近侍官将林润本章宣读一遍。把一个严嵩吓得面目失色,正欲上前巧加粉饰,只听得明帝说:"着传林润来!"林润跪在下面。明帝问道:"你是京官,倭寇攻陷浙江并苏、常二府,赵文华兵败退回扬州,镇江目下受困,这话你何处得来?"林润道:"赵文华兵败退回扬州,满京城街谈巷议,人所共知,非仅臣一人知道。"

---

[1] 谏(jiàn):规劝。

第五十七回　议参疏一朝膺宠命　举贤臣两镇各勤王

明帝又道："你本内说江南总督陆凤仪有告急本章，于前六日已到内阁，怎么朕就没有见？这话又是何人向你说的？"林润道："这是吏部尚书徐阶向臣说的。"明帝问道："徐阶在么？"徐阶连忙出班跪奏道："臣亦未见此本，是日前大学士张璧向臣说，江南总督陆凤仪有本，言苏、常二州被倭寇攻破，肆行杀掠，赵文华退守扬州，目下镇江被围，江宁一带地方只恐难保。圣上问张璧自明。"严嵩目视张璧，张璧也不敢说无此本，只得替严嵩回护道："此本原是前日午间到内阁的，大学士严嵩正票拟本章，误将墨汁泼在此本上面，他原说带回家中收拾干净，方敢进呈是实。"明帝大怒道："此是何等事件，严嵩敢带回私第，不行奏闻，是何意见？"严嵩吓得心惊胆战，免冠顿首奏道："臣该万死！"明帝道："如今本在何处？"严嵩顿首道："还在臣家，未曾收拾干净。"明帝大笑道："军机重务，迟早由你送闻，你在内阁也可谓有权！"严嵩俯伏不敢仰视，明帝亦怒目不言。

待了好半晌，明帝说道："你回家取来！"严嵩退下，满面汗流，正欲差人去取，不料内阁官早已从严嵩家取至。严嵩跪呈御览，明帝看了看，还是干干净净，并无什么墨汁在上面，心里想道："这必是严嵩收拾干净了。"展开细看，上写着："去秋倭寇退归崇明，浙江抚臣失于防范，致令今秋又复分道入寇，浙江数郡复受屠毒，苏、常二府尽遭贼破，仓库人民，劫杀特甚。本朝自开国以来，倭寇之患，未有如此之甚者也！尚书赵文华、巡抚胡宗宪，于本月二十七日战于扬子江中，为贼所败；水军八万，并河南、山东人马二万五千余，俱随赵文华赴扬州。刻下镇江被围甚急，贼又分道掠劫各州县。臣标下军马于一月前被文华调去十分之七，余军保守江宁尚且不足，安能解镇江之围，并旁救各州县耶？仰冀圣上速命智勇贤员，星驰救应"等语。明帝看罢，拍案大骂道："赵文华误国庸臣，败逃扬州，尚有水陆大军十万余人，拥兵远避，唯恐为贼所伤。若将人马分拨各郡县御堵倭贼，各城百姓何至受害如此！今与胡宗宪死守扬州，陆凤仪兵微将寡，刻下不但镇江，只怕江宁也要坏于两匹夫之手！真万剐不足以尽其罪也！"随下旨：着锦衣卫堂官速差提骑将赵文华、胡宗宪锁拿入都，交刑部照林润参本内严刑审讯。所有财产，着都察院即行抄没，并详查有无寄顿；再将两家男妇老幼，毋得轻纵一人,一总拿交刑部监禁。候审明赵文华各款情弊,胡宗宪有无合同知情与否,再行具奏。又向严嵩道:"你将陆凤仪本章隐匿,不过为赵文华是你保举之人。此等伎俩,与山鬼何异!"严嵩又免冠顿首道:"臣保荐匪人,理合与赵文华同罪。但臣叨承覆育四十余年,仰报知遇之心,可对天地。今圣上疑臣为赵文华隐匿,臣存心至此,尚何以为人!尚何以偷生人世也!"说罢,顿首痛哭,触地有声。明帝信任他多年,见这般分说,心上早软了大半,降旨:严嵩着交部议处。又向林润道:"你小小年纪,倒有此胆量,敢与国家除奸,自是上达之士。即日授为翰林院侍读学士。"

又向众大臣道:"倭寇作乱内地,一刻不可容留。朕欲再遣大臣督师,尔众臣可举才勇兼全者,朕便委用。"徐阶奏道:"臣所知才勇兼全之将,无有过河阳总兵官林岱,真定总兵官俞大猷。"明帝喜动颜色,道:"林岱、俞大猷二人去得!"徐阶又奏道:"二总兵固勇冠三军,然出谋制胜,有昨岁被赵文华参革之朱文炜,实堪胜提调之任,昔年平师尚诏多建立奇功。仰恳圣上开恩复用。"明帝道:"非卿言,朕几忘之矣!此人为赵文华所参,则其人不言可知。年来朱文炜大抱屈抑矣!赵文华既经拿问,其兵部尚书着兵部左侍郎沈良材补授。朱文炜即着补授兵部左侍郎,总督河南、山东、江南人马,与二总兵一同进剿。着吏、兵二部火速行文知会该员等,驰驿速赴军前。"又道:"林润本内言,前巡抚张经苦战三月有余,杀倭贼五千余人,想非虚语,可惜被赵文华参革正法。张经着追封原官,荫一子锦衣千户。还有给事中李用敬、御史阎望云系保奏张经革职之员,俱着复用。"徐阶、林润俱各谢恩归班。

这几道旨意一下,朝野称庆,京中大小文武,没一个不服林润少年有胆气。唯有严嵩,自入阁以来,从未受明帝半句言语。今日招此大辱,心上脸面上都过意不去,恨林润、徐阶入骨;忙忙地老着面皮,向刑部堂官替赵文华嘱托,说了许多感情不尽的话。若是素日,就硬行吩咐如何办理了。吏、兵二部,各发文书调朱文炜、林岱、俞大猷星夜驰赴军营。

再说文炜自被参之后,回到虞城县柏叶村。不但不与外人交往,连本地父母官也不见一面,只是到祖茔上拜扫。逐日家养花、吃酒、看书,顽耍他的儿子。家中事务,总付他哥嫂和段诚料理,自享清闲自在之福。

一日正与文魁闲话,家人们跑来说道:"京报到,老爷升了兵部左侍

第五十七回　议参疏一朝膺宠命　举贤臣两镇各勤王

郎。"文炜听了，向文魁道："这又是何说！莫非有人保荐么？"文魁乐得手舞足蹈，笑说道："将来人叫入一问便知。"文炜令家人唤入，那几个京报人叩贺毕，将报单呈阅。文炜问道："你这信从何处得来？"京报人道："小的们是吏部听差人役，如今兵部尚书赵大人同浙江巡抚胡大人已奉旨锁拿入都，交刑部严刑审讯。大人是吏部尚书徐大人保荐。"文华惊问道："为什么拿问他二人？"京报人道："小的等恐怕大人猜疑，已从吏部将林润老爷参奏全稿并圣旨，尽行抄来。"说罢，从怀中取出进上。文炜通行看完，大喜道："我不料林润贤侄小小年纪，能做这般大事业，真令我辈愧死！"京报人又将严嵩隐匿陆总督本章，圣上如何动怒，京中哄传林润老爷少年有胆智说了一遍。文炜大喜不尽，令家人们打发酒饭，京报人辞去。

文炜将前后情由，细细与文魁说知。文魁说："如此真是天大喜了！只是你早晚就得起身到军前去。"文炜道："出力报效，乃臣子分所应为。兄弟倒不喜起升这一官，喜的是林贤侄有此奇胆，又喜此行得与林大哥相聚，真是快事。只是这徐大人，我不过在公所地方一揖之外，再无别言，又从无半点交往，怎么他保荐起我来，实出人意想之外！我想军机事件，刻不可缓，早晚必有部文知会，行李今日就收拾，以便闻信起身。"

至午后，虞城县知县亲拿部文，到文炜家请安、贺喜、禀见。文炜着文魁留酒席，并赏发京报人去后。第二日早间，接到林岱羽檄，传来书字一封，内贺升兵部并想念情节。又言真定府镇台有飞札约会，倭寇破两省郡县，官民望救甚切，天子日深悬计。若带领本属下人马一同起身，未免耽延时日，已吩咐参、游等官押人马后行，约同驰驿先到淮安府，商议破敌之策。扬州现有赵文华所统水陆军兵，即可挑选应用，并着札商贤弟。愚兄已于某日起身，伫候星夜赴淮安等语。文炜看罢，向文魁嘱咐了些家事，发谕帖晓示沿途驿站伺候夫马，第三日即带领家人起身。

不过八九日，与林岱先后俱到淮安。二人相见大喜，言及林润参赵文华，互相嗟叹。又过几日，俞大猷亦到，先差人与文炜投递手本。缘明朝不是一侍郎，便是兵部一员武官，哪里敢轻慢他；即至会面，文炜见大猷志节忠诚，语言慷慨，甚是投合。次日，即约同林岱，三人结为生死弟兄，大猷甚喜。序齿以大猷为长，林岱为二，文炜为三。私际让大猷中坐,官场办公文炜中坐。传问淮安文武各官,知倭寇已攻破镇江,目下大众俱攻围南京省城,陆凤仪鼓励大小文武、绅衿士庶,并藩王府中各出丁壮守城,以待救兵。又问明赵、胡两人在扬州,拥水陆军兵尚有十一万众。众官退去。

林岱道:"水陆军至十万余,何须等候我们属下人马!只用拣选精壮者十分之六七,破贼足矣!"文炜道:"赵文华拥兵扬州,全是为保全自己身体,等候严中堂与他想开解妙法,哪里知道林贤侄已将他纱帽打破。只是这提骑还未到扬州,不解何故?"俞大猷道:"你与林二弟一日夜行四百里,我从真定一日夜驰行五百里,提骑至快一日夜走二百里,便是极大程头。我打算也只在五六天可到。"又向林岱道:"扬州水陆军兵既足应用,我们理合先解江宁之围,以保全省城为重。"文炜道:"大哥所见极是。此刻就与扬州文武官并水陆军将发谕单各一张,内言我们系于本月某日奉旨驰驿到江南,提调河南、山东并本省水陆人马剿除倭寇,定于某日到扬州。文官修理船只,武官整齐人马,伺候讨贼,违者定按军法斩首。赵文华说话一字不提。所发谕单,限明日巳时到扬州,我们即于明日早间起身可也。"至次日,三人一同赴扬州。正是:

受命悬牌日,此身属国家。

征夫宜竭力,不必赋《皇华》。

第五十八回

读火牌文华心恐惧　问贼情大猷出奇谋

词曰：

　　钦差促至，兵权扫地，腼颜问个中情事。恐惧，恐惧！老花面无策躲避。细问贼情，度时量力，预行定埋伏奇计。知趣，知趣，大元戎威扬异域。

右调《鸳鸯结》

　　且说文炜发了谕单，淮安至扬州不过三百余里，驿站传递军情事，未五六个时辰即到。赵文华所统军将并地方文武官，见了谕文内话，一个个互相私议，将谕单送入赵文华公馆。文华看了第一行"钦命总督河南、山东、江南三省水陆人马兵部左侍郎朱"，看了这几个字，觉得耳朵内响了一声，心下乱跳起来。连忙又往下看，第二行是"河南河阳总镇左都督林"，第三行是"直隶真定总镇都督同知俞，为晓谕事"。再往下看，是他三人奉旨统兵平倭寇的话头，也不知把自己安放何地，不由得神魂俱丧。心中想道："难道我的书字没寄到太师府中，兵败江中的话圣上知道了？就是江南有人启奏，这严太师在内阁是做什么的？也该设法存留，与我想个解脱妙法才是；怎么任凭人家作弄，这不是故意儿闹我！"又想道："我们本兵部侍郎内，没个姓朱的。这若是朱文炜，就了不得了！"又笑道："他是参革之人，纵有保举，也不过与他个御史，连金都也想不上，怎能到兵部侍郎？"急急地将中军传入询问原委。中军道："此谕单是昨晚戍时从淮安发的，上面是如此等语，中军也不晓得是什么缘故。刻下满城文武并合营大小水陆将官，俱准备衣甲战船，迎接钦差，听候命令。中军还要在大人前禀知，好去远接。大要今晚不到，明早一准到。"文华道："河阳总兵官自然是林岱，真定总兵官我记得是俞大猷，这兵部侍郎朱，到底的是那个？"中军道："谕单上只有姓，没填着名讳，沿途探马传说，是昨年同大人领兵讳文炜朱大人。早晚来了，大人一见就明白。"文华道：

"你快去查明,禀我知道。"中军去了。

　　文华抓耳挠腮,甚是恐惧,在地下来回乱走。忽见家人报道:"胡大人来了!"文华迎将出来。胡宗宪道:"我与大人的事有些可虑!目今各营将士文武官员,俱支应新钦差。公馆看在天宁寺,还定不住他们在城里城外住。细问一路塘站,都说是提调水陆军马总帅是朱文炜,喜得还是我们的旧人。副帅是林岱,也是我的旧人。唯俞大猷我认不得他。如今他们来了,我们的旨意还未定吉凶;有严太师,也错不到那里去,不过是调回交部议处,纵降级调用,将来还可斡旋。"文华瞑目摇头道:"你我这事,不破则已,破则不可救药。"宗宪大惊失色道:"不可救药便怎么?"文华道:"身家性命俱尽,岂止降级调用而已!"宗宪听了,也着急起来,和文华商解脱之法,议论了半晌,也没个摆布,宗宪辞回。

　　少刻,家人禀道:"淮安又发了令箭来,吩咐各营水陆诸官,一个不许迎接。又听得河东人马在城内驻扎,大不是朱大人的意思,此刻都用令箭押出城外安营;擅入城者,照违军令治罪。又吩咐我们的中军,拣拨一百名精细小卒,去镇江、江宁探听倭寇动静。发来三四十款条要,违令斩杀的话极多,声势甚是威严。刻下公馆外,只有几个千把和佐杂官,副参府道大些的一个也不见。怎么他们该这样势利!就是不叫老爷领兵,到京里还是个兵部尚书,这也该晓谕他们一番。一次宽过他,他便要日日放肆起来。"赵文华合着眼,摇着头道:"不是争这些的时候了,你们须要处处收敛。设或事有不测,徒着人家笑话。我想朱文炜去岁被我参倒,他自怀恨在心。今他领兵平寇,若是败了,与我一样;假如胜了,我的事件都在他肚里装着,被他列款参劾起来,真活不成!须想妙策,奉承得他喜欢了,忘却前仇才好。"想了一会道:"也罢,你们可写我一年家眷寅教弟帖,与朱大人配二十四色礼物,须价值三千两方好,务必跪恳他全收才妥。此事必须丁全一行。再写年眷侍生两帖与二总兵。"又教了丁全许多话,方押礼物迎接去了。

　　到三鼓时分,丁全回来禀说道:"小的拿老爷名帖与礼物,亲见了朱大人,颜色甚是和气,也结记老爷的事体。小的看光景,不但不怨恨,且还有些感激。"文华道:"信口胡说!都是遇见鬼的勾当!"丁全道:"小的在老爷前敢欺半字!看朱大人口气,不过是难说出来,其意思间,若

第五十八回　读火牌文华心恐惧　问贼情大猷出奇谋

不是老爷去年参了他,到今年也和老爷一样了。"文华听了,点了点头儿道:"这话还有一二分。我也不求他和我喜欢,只求他将来放过我去,就是大情分了。"又问道:"礼物收了几样?"丁全道:"虽一样没收,话说得甚好。向小的道:'一则有两个总兵同寓,二则行军之际,耳目众多。将礼单收下,诸物烦老爷代为收存,回京时定行亲领。'着老爷不必挂怀。"文华心上甚喜,又问道:"你也该探探我的下落。"丁全道:"小的亦曾问过,朱大人说:'我是在虞城县接得部文,星夜到此,连我升兵部侍郎的原由尚且不知,哪知你大人的话。'大要一到,就来见老爷。两个总兵俱有手本请安。"文华听了这一番话,又放心了一头。正言间,只听得大炮震响,人声鼎沸,丁全道:"小的是迎到邵伯见朱大人,此时入天宁寺了。"

再说文炜等三人,在天宁寺住了一夜。次早,林岱道:"赵、胡二人和盐院鄢[1]懋卿俱差人远接,府道处不去罢,这三处也须走走。"俞大猷道:"赵文华、胡宗宪都做过兵部尚书,谁耐烦与他投手本走角门。况在行军之际,人马船只俱要察点,是极有推托的,差人去一说罢了。"林岱道:"三个人没一个人去,到底不好看。"文炜道:"我去走遭罢!"

随即三人吃罢早饭,文炜先打轿到文华公馆,文华老着面皮,迎将出来。到庭上叙礼,文华先跪下顿首道:"去岁小弟误听谗人之言,一时冒昧,实罪在不赦,数月来愧悔欲死!本拟平定倭寇,替大人再行奏请,少赎弟愆,不意才庸行拙,又致丧师。今天子圣明,复以军政大权委任,固是公道自在,却亦大快弟心。"说罢,又连连顿首。朱文炜亦顿首相还,道:"弟樗栎散材,久当弃废,蒙圣恩高厚,隶身言官。去岁承大人保全回籍,正可以苟延岁月;今复叨委任,无异居炉火上也。"说罢,两人方起来就坐。文华道:"大人率同二总兵督师,小弟与胡大人事亦可想而知矣!但不知已问何罪,乞开诚实以相告,毋记前嫌。"说着,又连连作了几个揖。文炜道:"昨承大人遣尊纪慰劳,已详告一切,嘱令代陈。小弟得升兵部,尚在梦中,大人与胡大人旨意,委实一字未闻。"文华道:"二总兵必有密信,大人不可相瞒,万望实告。"文炜道:"伊等接兵部火牌,即日束装起身,日夜跧行四五百里不等,连本部人马一个未暇带来,他们越发不知首尾。"

---

[1] 鄢(yān):姓。

文华蹙着眉头道："胡大人还可望保全,小弟若死于此地,自是朝廷国法,设有一线生机……"又跪下去。文炜亦跪下扶起。文华道："小弟在苏、扬二府事件,还望格外海涵!"文炜道："大人在苏、扬二府光明正大,有何不可对人处;即小事偶失拣点,小弟自应留心。"叙谈了一会,文炜告辞。文华亲自送到轿前,看他上了轿方才回去。

文炜又到胡宗宪公馆,宗宪连忙请入,接到大厅阶下。文炜行礼请候毕,各就坐。宗宪道："去秋一别,时刻想念。今贤契又叨蒙圣眷,越格特升,指顾与林、俞二总兵大建勋绩。我与赵大人,将来竟不知作何究竟,旨意也不知怎么下着,你须向我据实说,开我怀抱。"文炜道："赵大人问之至再,门生不好直说;今老师大人下问,理合直言无隐,老师好作趋避。"遂将林润如何参奏文华,圣上如何大怒,辱及严中堂,徐阶如何保奏,详详细细说了一遍。宗宪道："我与赵大人可俱革职罢?"文炜道："革职焉能了局!已着锦衣卫遣提骑矣,大要早晚即到。老师可早些打点一切。"宗宪听了,只吓得浑身乱抖,面目失色,好半晌方说出话来,向文炜道："贤契去岁临别,着我告病速退,我彼时深以为然,后来赵大人报捷,将我也叙在里面,又补授浙江巡抚,一时贪恋爵禄,又爱西湖景致,处处皆是诗赋,将身子牵绊住,致有今日。这皆是我年老昏庸,不察情势之过!"说着,放声大哭起来。

文炜道："林润所重参者,赵大人一人,老师不过一半句稍带而已,必无大罪。况老师原系科甲出身,军旅之事未谙,即圣上亦所深悉,将来不过革职罢了。即或别有处分,但愿门生托圣上威福,速平倭寇,奏捷之时,只用与老师开解几句,自然万无一失矣。"宗宪拭泪,与文炜作揖道："但愿贤契速刻成功,救我于水深火热,便是我万分侥幸。只是指顾拿交刑部,赵大人要了银钱,把我乱动无情夹棍,我这老骨头如何经当得起!你须大大地教个主见方好!"文炜道："只用将赵大人在苏扬种种贪贿剥索商民,又复屈杀张巡抚,假冒军功,都替他和盘托出,老师自可从轻问拟。"宗宪道："若审问官问起,你当日为何不参奏?"文炜道："老师只说日日苦劝不从,又惧他威势,不敢参奏是实。"宗宪道："我又怕得罪下严太师。"文炜道："老师要从井救人,门生再无别策。今午还要察点军马船只,就此拜别罢。适才的话,可吩咐众家人,一字向赵大

第五十八回　读火牌文华心恐惧　问贼情大猷出奇谋

人露不得。"宗宪点头道："你有公事，我也不敢强留。"说罢，送至二门内，复低低说道："你好生救我，师生之义即父子之情也！"文炜点头别去。

又会了盐院，然后回寓。林岱道："今日有许多重务要办，怎么去了这时候才来？"文炜道："被赵、胡两人牵绊住，如何得早回。"随将他二人问答的话说了一遍。俞大猷和林岱都笑了。少刻，文华等陆续回拜，俱皆辞回。

于是林、俞二总兵下教场拣水陆人马，文炜在运河一带看战船衣甲火炮之类，本日即在营盘内宿歇。林、俞二人在教场，直到四鼓方回，共挑了陆路人马一万九千余，八万水军只挑了五万余，其余老弱分派在各郡县守城。俞大猷问文炜所看船只共有多少。文炜道："衣甲旗帜不齐备些尚在其次，战船不坚固，误人性命不浅。我从二千八百余只内，只挑了一千二百余只，虽大小不等，看来还可用的。总缘赵文华无一处不把钱吃到，地方文武官，哪里还有坚固船只与他。此时实赶办不及，我恐不足用，又谕令修补三百只，着连夜措办，大要明日一天亦可以完工。"俞大猷道："此共是一千五百余只，足用矣。"

五更时，三人吃罢饭，吩咐中军起鼓，传水陆各营副参游守等官问话。须臾，众将入中军参见毕，文炜各令坐了，说道："本部院同二位镇台大人奉旨平寇，闻命之日，即驰驿到此。二位镇台连本部人马一个未曾带来，恐误国家大事，致令倭贼多杀害郡县官民。今验看水陆军兵，内多老弱疾病，又兼船只损坏年久，不堪驾用者甚多，因此各裁汰十分之四，勉强应敌罢了。刻下倭寇围困江宁，救应刻不容缓，尔众将可将倭寇近日情形兵势，详细陈说，我们也好斟酌进兵。"

内有水军都司陈明远躬身禀道："倭寇今年分道入寇，皆因胡大人做了浙江巡抚，于各海口共添了五百多兵镇守。"文炜道："五百多兵济得甚事！且又分散在众海口，无怪乎倭贼去来如入无人之境也。"林岱大笑道："这正是胡大人的调度，做巡抚的功德。"明远又道："胡大人探得贼势甚大，将杭州交付两司，去江宁与总督陆大人商议退兵之策。陆大人具奏入都，朝廷差赵大人复来领兵。胡大人连夜到镇江与赵大人一同起兵。行至常州左近，闻倭寇将苏州攻破，急调水陆军马退回镇江。"文炜笑道："这是为常州与苏州又近些，万一倭寇杀来，便须交战，因此退回镇江。倭寇到镇江,他又退回扬州;假如倭寇到扬州,他定必退回淮安;倭寇若到了淮安,他定没命地过黄河矣。"说罢大笑,众将亦各含笑不言。明远又道:"至九月二十一日五鼓,赵大人与胡大人统水师五万在大江中与倭寇相遇,两军未交,赵大人便拨船回走,众将亦各退避,被倭寇炮箭齐发,伤了我们无数军士,遂一齐败将下来。彼时镇江城外驻扎河、东两省人马,城外亦有军兵,赵、胡两大人若督兵回战,也还胜败未定;不意二位大人领兵直奔扬州,河、东两省人马亦皆陆续跟来,此常州、镇江两府之所由失也。倭寇料赵大人不敢再来交战,又见不遣兵救援各郡县,因此率贼众由溧水、句容取路攻围江宁。陆大人也不出城交战,日夜同兵民互守,屡次向赵大人求兵相助,赵大人一卒不发。今倭寇攻打江宁已及一月,尚未攻破。近闻夷目妙美大是气恨,将各路贼众数万,俱行调集江宁城下,并力合攻已四昼夜矣。若再过几日,只怕陆大人支持不来。乞众位大人早定良谋。"林岱拍案长叹道:"江、浙两省数十万生灵,皆死于赵大人一人之手,言之痛心!"俞大猷道:"前在淮安,发谕单示知中军,差精细军卒百人,打听倭寇动静,昨晚伊等陆续俱回,探得倭寇大众尽数屯集在江宁城下。今陈明远所言与探子相合,刻下江宁危在旦夕,虽一日不可缓。诸位将军,谁非朝廷臣子,可各按营头,即将衣甲器械、船只火炮整齐完妥,我只在早晚进兵。设有不齐苟且塞责者,一经察知,朝廷自有军法,我三人不敢容情也!"众将答应退去。

　　俞大猷道:"我有一条拙计,与二位老弟相商举行。"文炜、林岱喜道:"愿闻大哥妙谋!"大猷道:"倭寇举动与苗蛮大概性情相同,胜则舍命争逐,败则彼此不顾,唯利是趋,不顾后患;人数虽多,总算乌合之众,难称纪律之师。今群贼尽积江宁,为是省城地方,金帛子女百倍于他郡。虽是他贪得无厌,也是天意该他丧在一处,若是散处各州县,我们分路剿杀,一则没这些军兵,二则哪里杀得尽?闻贼营中有一陈东、汪直,极有谋略。两个都是我们中国人,凡劫掠州县,都是此二人指挥。他见赵文华萎靡退缩,看得朝廷家所用大臣不过如此。因此要害地方,他毫不防备,将贼众尽聚宁。虽是赵文华拥兵之故,实为我等一战成功之地。兵书云:'出其不意,攻其无备。'正在此时。林二弟武勇绝伦,名扬天

第五十八回　读火牌文华心恐惧　问贼情大猷出奇谋

下,今河东人马我们已拣选一万九千余人,可用大战船一百五十只,艄公、水手必须南方人善于驾船者,老弟率领河东众军,将官至千总以上者方准带马,余外再拨渡马船二十只,于今晚灯后驾船赴南京。仰赖圣上洪福,夜间若得顺风,更属利便。次日天明,舍船登岸,先与贼人会战。贼众虽多,以老弟视之,无异犬羊,胜贼十有八九。陆大人在城上看见交兵,亦必开门接应。此辈一败,必不敢散走各州县,沿江内定有倭寇船只渡他们逃命,为归海计。再于沿江一带遣参、游、守备等十人,各带兵一千,在各要路埋伏截杀,逼他奔焦山这条路入海。老弟切不可赶杀过急,若过急,伊等必舍命回战,诚恐多伤我士卒。只管遥为赶杀,使他有上船功夫。朱三弟带水军二万,在江面截杀。我在焦山海口,带水军三万截其归路。这四战,倭贼纵不尽死,所存亦无多矣。一面严防各海口,使余贼无路可归;一面提兵直捣崇明。纵有逃命在各州县地方者,百姓谁不欲食倭贼之肉!任凭他走到哪里,自有人拿他杀他,毋庸遣将发兵,百姓皆兵将也。愚见如此,二位老兄弟以为何如?"林岱、文炜大笑道:"大哥妙算,可谓风雨不透,倭寇尽在掌中矣!"大猷道:"还有一节,只可惜我们兵少,未免悬心。"文炜道:"大哥还有何地要用?"大猷道:"我想江宁城下贼大众集聚,纵无十数万,七八万必是有的。林二弟只带河东兵一万九千来人,胜则我们大功必成;万一寡不敌众,我们多少打算,皆成虚设矣!而水路所用诸将,又皆在不可减少。设或陆总督畏惧不敢出城发兵接应,此胜败之大机,关系于此,不无忧耳!"林岱听了,大笑道:"倭寇至多不过数万。他便有百万,我何惧哉!我固知恃[1]一人之勇,能杀他多少人!然兵以气胜,我一人所向无敌,斩其元首,余众势必惊避,则我随带之一万九千余人,个个皆林岱也。陆总督接应不接应,原不在弟打算中,大哥只管放心。"大猷道:"全仗老弟神勇,吾无忧矣!"三人议妥,林岱道:"兵贵神速,此刻即传令,示知河东人马、官将,整备一切。朱贤弟可速挑选坚固大船一百五十只,外挑载马船二十只,更须查点久走江路水手为妙。此时已交辰时,弟定在未时下船。"说罢,忙发令箭示知河东人马去江宁起身时刻。文炜亲去挑选战船去了。

---

[1] 恃(shì):依赖、仗着。

到未时，林岱领兵上船，望江宁进发。文炜同大猷送林岱起身后，即晓谕水军，准备战船器械，听候令箭径进。两人回公馆，即传入将备十人，每人带兵一千，示与各处埋伏地方，俟日落时，各暗行动身。本日五鼓，大猷带水军三万赴焦山；天大明时，文炜带水兵二万，于沿江等候倭寇。正是：

未至交锋日，奇谋已预行。

岂同胡赵辈，庸懦误军情。

第五十九回

剿倭寇三帅成伟绩　斩文华四海庆升平

词曰：

随军旅，满目干戈飞血雨。沿海崇明城里，斩获知几许！天子闻捷嘉予，赏功罚罪始。佞[1]臣相对愁无语，身首皆异处。

右调《归国遥》

且说夷目妙美和辛五郎听陈东、汪直相引，复行残破杭州，又破了苏州、常州并各郡县地方，杀败了赵文华，破了镇江。见文华统数万兵卒退守扬州，无一军一将与他作对，把中国人视同无物。因此去攻打江宁省城，打算着得了此处，其子女金帛必多于别郡县百倍。攻了月余，攻打不破，夷目妙美恼了，将各路诸贼尽数调来。在他看着，至多不过用三天功夫，再无不破之理。亏得陆凤仪遍贴示谕，详言破城之害，并倭贼杀戮之惨，凡现任大小官员并城内绅衿，以及商贾士庶，无分贵贱，俱要一体保护，自全性命，并非全为国家仓库城池打算。蕃王府中亦尽出丁壮相助，人人皆存死守之心。缘此倭寇虽众，竟不能得手。陈东、汪直也防备有救兵来，时时差人打探。见赵文华拥大兵死守扬州，知道他是神魂吓坏之人，纵有百万人众，量着他也不敢再来。又见朝廷不发兵救应，他两个也就心胆大了，隔数日才差人探一次。

那日正与夷目妙美、辛五郎商破城之法，贼党报道："中国有兵从江中来，此时已上岸了。"夷目妙美道："约有多少人马？"贼党道："远望也不过二万来人。"陈东道："怎么来得这样快，想是连夜走的！"辛五郎道："恐怕还是扬州人马，赵文华遣来救应。"夷目妙美道："管他是哪个差来的，着众头目分兵一半围城，使城中不能救应；我带一半去迎敌，必须杀他个尽绝才好。"徐海道："说得是，我们大家去来。"于是传大令下去，

---

[1] 佞（nìng）：善辩、巧言谄媚。

众贼分了一半跟夷目妙美迎来。

林岱上了岸，骑马率兵，遥望贼众不下五六万人，却没队伍，一个个手执利刃，喊天震地，直奔我军。林岱顾众将大叫道："我们只一万余人，他倒有五六万，若容他与我兵杀在一处，未免军士心内各存多寡之见。你们看众贼中间，有一杆红旗甚是长大，与贼众别的旗号大不相同，我想贼首必在此旗下。你们可将人马排开，列阵莫动，待他临近，我先入贼中斩其主帅，倒他那杆大旗。贼帅被杀，余贼自胆落矣！"

少刻，贼大众齐至，势如山岳一般压来。林岱高叫道："有胆力的汉子，先随本镇立功去来！"语未毕，有百十余兵丁，还有三四个将备，暴雷也似的一声答应，各飞马与林岱冲去，步兵在后跟随。只见林岱当先，提戟直入贼阵，百余人随后跟来。马首到处，贼众如波开浪裂一般，颠颠倒倒，往两边乱闪。夷目妙美正在大旗下同汪直、徐海并众头领催军迎敌，猛见众党类纷纷退躲，心下大怒。忽见一金甲大汉跨马舞戟，后面有百十人马相随，急同风火，瞬息间已到面前。夷目妙美大为惊骇，正欲上前，林岱的戟已到身边。急忙用刀隔架，无如林岱力大戟重，哪里隔架得过，响一声，已透心窝，倒撞在地。徐海率众举刀乱砍，被林岱用戟一搅，打倒十二三个，百余将士齐上，早将徐海、汪直杀死，那杆大旗便丢在地下。众贼不见了大旗，又望见中军摇动，俱知主将有失，心上都慌乱起来。我军看见大旗一倒，知是林岱成功，一个个勇气百倍，大呼陷阵，无不以一当十。众贼见中国军士和猛虎一般，枪刀过处，迎刃即倒，遂各没命地乱跑。

辛五郎在城下见党类败回，摇动旗号，贼众放起炮来，围城倭寇俱解围赶来对敌。辛五郎率众直迎林岱，被林岱一戟刺倒。众头目拼命报仇，林岱戟刺鞭打，纷纷倒地。官军呐喊攻击，贼众胆惧，又失了主帅，一个个向江上奔逃，寻他们的船只。

陆总督同众文武军民，在城上早看得明白，见一金甲大将，所到之处，无不披靡。本欲开门遣兵接迎，见贼势甚大，未敢迎敌。今见群贼乱奔，陆凤仪率众杀出。两处人马合击，只杀得尸横遍野，平地血流。林岱见城内人马分四面杀出，便领兵沿西北江岸追杀下来。少刻，陆凤仪人马亦追杀而至。林岱忙差人知会，着陆凤仪驾船在江内追杀。凤仪向差人道：

第五十九回　剿倭寇三帅成伟绩　斩文华四海庆升平

"贼船尽在江内停泊，此时追杀，使他无暇上船。少为宽纵，便皆逃去矣！你可上复林大人，我且顾不得会面，也惜不得兵力，乐得杀一个与浙江百姓报一个仇恨。"说罢，打马催兵，向倭寇多处追杀去了。

众贼沿江岸跑了许多路，眼睁睁看着本国船只跟随下来要救他们，只是被官军追赶得连一线余暇没有。林岱倒记得俞大猷穷寇莫追的话，只因陆凤仪不肯住手，也只得随着下来。众倭寇亡命乱奔，猛听得一声大炮，人马雁翅排开，拦住众贼去路。众贼到这田地，各喊杀拼命战斗。正战间，凤仪人马赶至，两下合击，前后斩杀约有三万余贼众，人马踏践死的无算。林岱随后亦到，一面传令前军放众贼一条生路；一面着人留住陆总督，彼此下马相见，凤仪大喜。林岱传令：三处人马就在此处扎营，歇息造饭。凤仪道："着兵将歇息甚好，只怕倭贼归海。放他去了，他将来还要害人。"林岱笑道："旱路凡通海口处俱有兵将埋伏；沿江水路亦有重兵等候杀贼。文炜朱大人、镇台俞大猷专司其事，他走到哪去！"凤仪拍手大笑道："怪不得镇台大人着驾船从江中追赶，原来水旱两路俱有埋伏。我若早知，也要爱惜兵力，不像这样追赶了。"又道："林大人真神勇也，我在城头，从一交战时就见大人带百十人，匹马直入贼阵。自那杆大旗倒后，贼众即乱矣。"

正言间，众军已先将营盘立起，两人同入坐定。凤仪问赵、胡二人在扬州举动，并起兵来江南原委。林岱将凤仪本章入都，严嵩隐匿说起，直说到他三人领兵，今日杀贼方止。陆凤仪听了，乐得拍手大笑，叫快不绝。问林岱道："令侄系新科榜眼，我们俱知其名，但不知年纪多少？"林岱道："他今年二十二岁了。"凤仪大惊道："小小年纪敢做此天大事业，将来定是柱国名臣。我告急本章，若非令侄老先生参奏，此时还怕圣上未必知道。"又回头指着江宁说道："这座城池也只是早晚为贼所得了。我当年做御史时，也曾参过严嵩，几乎丢了性命。"两人谈说了半夜，甚是投机。次日又各带人马追赶下去。

再说倭寇被官兵杀得七断八续，又跑了五六里，见追兵渐远，一个个寻至江边，只有二十多只海船，众贼争渡，自相残杀。人多船少，通船俱皆站满，连撑船扯棚空隙俱无，众贼还扳拉不放，撑船人即以刀砍断其手臂者甚多，嚎哭之声，惊天动地。上不了船的，还在江边奔走。

即至将船开去,人多船重,又沉了几只,内中也有善水的,又爬上岸来奔命。少刻,日本船只沿江下来三四十只,将众贼前后渡去。奈天意该绝,到此偏遇顶风,只得折樯[1]行走,又坏了几只,伤了多少贼众。岸上跑的贼,有未及上船者,无一不力倦神疲,腹中饥饿,沿路倒毙或不能行动者,尽被官军斩绝,何止四五千人。天明追兵又至,四处搜拿,即投降亦必杀戮。皆因此辈屠害江浙官民过甚,为天道人心两不相容也。

船内贼众正走间,忽听得江声震撼,一声大炮,满江都是战船,火炮火箭雨点一般乱打。倭寇中箭炮者,伤损几尽;翻在江中者,又去了数只。前后倭船凡到文炜等候处,十丧其九。即有逃去船只,到焦山地界,又被大猷火炮连船打得粉碎。倭寇善水者,俱身带重伤,在水中也不过随波逐流,多延半刻性命而已。水路中端的未走脱一船,生全一人。各处海口,大猷俱有埋伏,斩杀逃贼亦极多。即有逃匿隐藏者,官军去后,又无船可渡,被百姓看见,哪个肯饶放他,其死更苦,端的没走一人。其中国奔逃至日本四人,亦俱为官军所杀。

文炜收功后,又分拨战船,遣将各带水军,沿江上去,巡察倭寇并船只下落。贼虽未得,倒得了许多倭船。日落时,大猷驾船收功回来,与文炜同到镇江,水陆诸将各陆续报功。

至次日午,林岱同凤仪人马俱至,大家会合在一处。凤仪盛称大猷之谋,大猷亦谦让至再。凤仪又言林岱斩贼帅夷目妙美、辛五郎于数万强寇之中,功冠诸军。文炜尽灭丑类,使无遗种,"从此江浙永无倭寇之患,皆三位大人之盛德也。"文炜道:"弟等上赖圣上洪福,诸军将用命,侥幸成功,何敢当大人过奖!"又道:"倭寇虽说杀尽,究之未尽者尚多。弟文臣不谙武事,今与众位大人相商。日本远在大洋之外,剿灭须大费经营,重耗国帑。崇明原是内地,今为倭寇来往潜聚之所,若不斩绝余党,克复国家版图,数年后贼众定必复来。朱某欲请二位镇台大人攻夺崇明;我与陆大人分路搜杀逃逸贼寇,于各沿江要地,安军将永行镇守。再烦二位镇台速发谕帖,差人止住直隶、河南人马各回本镇。一面察点军士,一面上本奏捷。其有功将士,统俟崇明收功后,再行奏闻。未知众位大

---

[1] 樯(qiáng):船上挂风帆的桅杆。

第五十九回　剿倭寇三帅成伟绩　斩文华四海庆升平

人以为是否？"凤仪道："朱大人分派极是，我辈俱遵议行。但奏捷本章不必公上，我定要另上一本，细表三位大人之功。"俞大猷道："我们所率水师，今日是以逸待劳，又无伤损。既去崇明，便一日不可迟缓，查沿江所得倭寇船不下二十余只，可拣大而坚固者挑选一半，我同林大人连夜入海，想贼众还未必知道信息。"林岱道："俞大人所见极是，理合即刻起兵。"朱文炜道："小弟还有一拙见。沿江死亡倭寇极多，可遣人剥其衣甲，尽着我军穿戴；再于路拾其旗帜，插于船上。崇明贼众自必认为自己党类，不行防备，可率众直入，不劳而定也。二位镇台明日午时起兵何如？"陆凤仪拍手大笑道："此计妙不可言！我军可省无穷气力，管保一矢不发，入崇明城矣。"遂请文炜发令箭，遣军士星夜办理，定限明日辰巳两时到齐。文炜因各军交战劳苦，命中军官于城内外未出征军士内点五千名，星夜前往沿江一带，剥取倭寇衣甲头盔，旗帜不过百余杆足矣。限明日辰巳二时到齐，违误者斩。中军领令去了。

　　四人饭罢，至二鼓时，于副参游守水陆两营内，四人共同拣阅，择精壮勇悍者一百余员；于总督陆凤仪带来将官内，也挑了二十余员。又吩咐所挑人员，于水军内各行拣选少壮勇悍兵丁两万六千，于陆营内挑选四千。将倭寇战船搭配分用，定于明午起行赴崇明。众将各归营办理去了。

　　次日，差去兵丁于辰巳二时，将剥来倭寇衣甲旗帜俱在辕门交纳。文炜发出令箭，随行兵将穿戴。到午时，林、俞二人带兵下船，赴崇明去了。文炜同凤仪一面修本奏捷，一面行文江浙文武等官，晓谕战胜倭寇原由，饬令搜杀逃散余贼。又于沿海地方，加兵把守，俟崇明收功后，再行安排。陆凤仪去苏州，朱文炜去浙江，分头安抚被害州县。

　　捷音到了扬州，赵文华吓得心胆俱碎，向众家人道："怎么成功如此之速，岂非天意！"胡宗宪倒喜欢起来，喜文炜成功，可以救己也。又隔了一日，提骑到来，将两人俱锁拿入都。扬州人恨文华纵兵殃民，日日在地方追索各项公用，今见拿去，合城商民焚香庆幸。

　　再说林、俞二人领兵，趁顺风，两日夜便到崇明。却好众倭寇将去岁今秋两次所得子女金帛，俱收贮在崇明。此番若打破江宁，便心满意足，一总运归日本。不意他没福享受中国之物，俞、林二人领兵到来。这日，众头目与中国妇女并清俊子弟饮酒作乐。众巡视的倭寇望见有海船数百只，趁风扬帆，如飞而至，大是惊惧。即到近界，才看明是自己的船只，本国旗号，连忙报入去，俱一齐欣喜跳跃，出城迎接。此时我军早已上岸，杀将起来，众贼做梦也想不到有这一日。林、俞二人率兵先抢入城，众贼四下惊走。林岱等一边动手，一边令军士分门把守，到者即杀。又差人谕令未入城军兵将城围住，不许放走一贼。崇明百姓见本国军兵入城，各持棍棒刀斧帮杀，又领官军于大街小巷、庵观寺院，处处搜寻。本日还有落后船只皆陆续俱到。从辰时杀起至午初时分，将群贼洗净。又分遣诸将率兵于各乡镇搜杀。地方百姓听知大军到来，哪一个还肯饶放，家家户户到处搜察，可怜众贼一个未得全生；即有逃至海边者，船只俱被官军所夺，除非跳入海中。

　　四处搜杀了两日夜，诸将交令。林、俞两人出示晓谕安抚百姓，委员察点倭寇掳掠的江浙男女，约三千余人，俱着问明地方名姓，开写册籍，将男女分为两处养育，俟大军回后，再差官押船来搬取他们回乡。又将抢掠的金银珠玉，并各色货物以及古玩珍宝，不下十余库，各堆积如山。林、俞二人相商，歇兵六日。议定将金银珠玉、珍宝古玩，他二人领水师五千，做第一起押解起行；各色货物绸缎铜锡等类，委参副将带水师五千，做第二次起行；其余物件，委游击、都司等做第三次押解，亦带水师五千起行。又每一库委大小武官十员，共同点验，各封记号数，按所分三项，以次搬运在一处，以便上船。察点仓粮共三十余万石，起出十万石分赈本县民人，余俟补授新官到日收管。又分派了镇守大小官员。诸项完妥，然后大排贺功筵席，以酬诸将勤劳。又从库中颁发银两，赏随行军士。

　　歇兵至第四日，三更时分陡起大风，刮得海水吼声如雷。须臾，天地昏暗，众军皆惊，通城士庶无不悚惧，皆言自来未有之风。至五鼓风息，依旧清明如故。到第五日开库上船，谁想一物无存。连忙报与林、俞二人，大为惊异，将各库打开，库库皆然。诸军众将神色俱失，言妖魔神鬼盗去者，议论不一。俞大猷向众将道："此昨晚三鼓大风所由来也。其中有天意，中国与倭寇俱不能得耳。言之何益。定于明日一同起身罢了。"原来是冷于冰知道林岱、大猷收功崇明，有此项财物；因此弄神通取归洞府，

第五十九回　剿倭寇三帅成伟绩　斩文华四海庆升平

为普天下穷民济急之用。

到第六日，林、俞二人留官镇守，率众将祭神、放炮开船。约走到未牌时分，陡然起一阵大风，将前前后后各船俱刮拢在一处，在水面上旋转起来，诸军众将叫喊不绝。正在危迫间，忽然换转风头，卷定诸船向西北飞走。少刻，大雾弥漫，看不见东南西北，耳边但闻水声相为吼应。林、俞二人虽然有胆气，到此亦唯有虔心默祷、许愿叩头而已。估计有八九个时辰，渐次天清月朗，众军将各拭目观望，前面隐隐已有城池。船行切近细看，乃杭州东门外也，亦不知从哪一个海口入来。此亦是冷于冰之作用，知林、俞二人起身日子不好，到申时要起飓风[1]。此风与别的风不大相同，一起则东西南北四面乱刮无定，舟船遭遇无不坏者。于冰恐伤中国军士，因此命连城璧来救应，送军将至杭州。只是他送得太勇猛些，令大众担无限地惊险。

再说杭州城外百姓同城上巡逻军士，瞧见数百只海船，都是以为倭寇又至。此时文炜正在杭州安顿一切，住居在巡抚衙门内。听得传报说倭寇大至，连忙从被中爬起，发令箭晓谕合城军民官吏，都着上城防守，顷刻哄动了一城。林岱遣人到城边叫喊，城上不是放炮，就是放箭。俞大猷道："怪不得他，爽利等到天明，有什么要紧！"

文炜在城上坐守了半夜，到天大明，方知是林、俞二人带兵回来，心下大喜，率各官到城外船内相见。林、俞二人先言："今日海风之险，几乎不得相见！诸军众将和做梦一般，不知怎么便到杭州城下，此天意着与老弟遇也。"又详说崇明杀贼并一切事，问文炜是几时到杭州。文炜道："自二位老哥起兵后，我与陆大人亦各分开。他回江宁，派遣文武各官办理江南被寇地方事务。昨日有字来，他已在苏州。我到杭州，察办被寇郡县地方事务，屈指仅十一日。不意二位老哥已收功航海归来，真是天大喜事！可一同入城，安息几日。军士疲劳，也令其休歇。我此刻即遣官驰驿，传报陆大人。"林岱道："我们的船只人数，还不知有伤损否？俟察明入城。"文炜喜道："只用委官三四员便可立办，何用亲察。"说罢，一同上岸骑马入城，同到巡抚衙门。文炜大设酒筵，请崇明得胜大小官

---

[1] 飓（jù）风：发生在大西洋西部的热带气旋，一种极强烈的风暴。

员贺功。三日后，将陆路水师俱打发回镇，倭船留在杭州，备搬运抢去男妇使用。

过了几天，诸文武俱皆销差，已察明通省被害郡县，兵火之后，仓库空虚。文炜只得从未被害郡县提取银米，遣官按户挨查男妇人数，分别赈济，将来与凤仪会奏罢了。浙民甚是感戴。

诸事安顿俱毕，三人坐船赴苏州，凤仪率文武迎接入城贺功。叙说各办事务，同具一公本奏捷。凤仪又另上一本表奏三人之功。文炜于奏捷本内又添一本，特参文华、懋卿贪婪不法等情，并前假冒军功。

且说明帝见了朱文炜等头一次报捷本章，帝心大喜，立传齐九卿。天子道："朱文炜、林岱、俞大猷到扬州，只点兵三日，第四日即各分水陆两路进兵。不意赵文华拥水军八万、河东人马三万死守扬州，他的意思朕亦深知，并非为保守扬州，不过为保守自己，怕倭寇来杀他耳。江浙两省之失，生灵受害，皆坏于文华一人，言之痛恨。前严嵩奏称江浙人望赵文华甚殷，朕不解江浙人望此屠毒何益！"严嵩听了，心若芒刺。又问众臣："赵文华拿到否？"刑部堂官奏道："计程提骑应回，想只在早晚必到。"明帝道："朱文炜等于文华所统水军八万，只用了五万，河东人马三万，只用了一万九千，两总兵本部人马一人未用。仍是赵文华所统之兵，一日夜水陆杀贼数万，使无遗漏，屈指成功，究系一朝，嗣后选将不可不慎也。且更有可喜者，破倭寇之谋虽出于大猷和文炜，而林岱于江宁城下领百余人，首先驰入贼阵，于数万人中斩其贼帅夷目妙美，夺大旗后，复杀贼副帅辛五郎。此非有拔山扛鼎之力，不能奏此奇功也。贼首既杀，群贼自瓦解矣。陆凤仪开城接应，昼夜驰追，文臣能如此，足见勇敢。保全江宁月余不破，凤仪之功，可与文炜、大猷等相同。刻下林岱、大猷已去崇明，收功想亦在指顾。徐阶保荐得人，足见忠心为国，统俟捷音再至，朕另降谕旨。"诸臣顿首辞出，商酌上表庆贺。只有严嵩，虽对众强为色笑，却心上难过得了不得。

本日晚，即将文华、宗宪解到，交送刑部。严嵩立即托尚书夏邦谟向刑部堂官代讨情分，又差人入监安慰去了。

不四五日，又接到崇明收功，并陆凤仪、朱文炜安插抚恤两省被寇郡县本章。遂下旨：陆凤仪保守江宁，深费心力，加太子太傅，赐蟒衣

第五十九回　剿倭寇三帅成伟绩　斩文华四海庆升平

玉带，荫一子入监读书；林岱着升授提督，充补江南通省军门，统辖各镇，驻扎镇江，防御诸处海口。朱文炜即补授浙江巡抚，挂通省军门衔，统辖各镇，防御诸处海口。俞大猷着升授提督，驻扎山西大同府，挂通省军门衔，统辖各镇；尚书徐阶，着充经筵讲官，加太子太保。并赐徐阶、朱文炜、俞大猷、林岱各蟒衣玉带一袭。其余水陆有功诸官，俟凤仪、文炜奏到日，再降谕旨升补。

看第二本是朱文炜参奏赵文华于去岁奉旨督兵，在直隶沿途索诈地方官金帛古玩，复于扬州、苏州二府种种贪贿敛积商民银两，折收船马价值，兼复假冒军功；并参鄢懋卿在盐院任中，骄侈不法等款，又替赵文华派敛诸商金珠古玩，侵吞盐课等事。明帝览奏，越发大怒，敕下江南总督陆凤仪，锁拿鄢懋卿入都；抄没本籍并任所两处家私，兼详察寄顿地方；监禁老少男女，毋得轻纵一人。与赵文华一同赴刑部严刑审讯，定罪奏闻。又看到胡宗宪，文炜替他极力开脱，说他是书生，未娴武略，其赵文华贪贿诸事，委不知情。明帝看后，也就不深究了。又想起林润曾参奏赵文华在前，竟是个少年有胆气的官儿。遂下旨，升林润兵科给事中，巡按江南通省地方事务。旨意一下，徐阶、林润、邹应龙各大喜，只有个严嵩父子甚是畏惧。满朝文武谁不知赵文华、鄢懋卿是严嵩得力门下，今前后两个俱倒，如去了他左右手一般。

刑部堂官见明帝甚怒，也不敢尽依严嵩脸面，将索诈苏、扬二州衿商士庶银两问实，假冒军功问处，又过了几日，将鄢懋卿解到，审出欺隐盐课四十余万两，又拉出巡盐御史袁淳，协同纳贿。胡宗宪刑部照文炜参本，也替他以"不知情"三字开脱。具奏入去。明帝大怒，将赵文华解赴苏州斩决，其子赵怪思同妻女，俱发烟瘴地方永远充军；鄢懋卿赴扬州斩决，其子发边地永远充军，妻女卖与人为奴；袁淳解赴扬州立绞，亦令抄没家私。胡宗宪于未审之前，他不知从何地弄了白龟两个、白鹿一只进献，刑部拟他为革职，亦奉旨依议。

赵文华自入刑部后，日夜愁惧，肚上起了一个疮。京差解至常州，其疮凶肿异常，哀呼一夜，将肚腹崩裂，五脏皆出而死。江南人听得将他解赴苏州斩决，家家焚香称庆。还有许多人等他斩决时，大家要零割其肉，盼望他来。后听得他死在常州，未蒙显戮，百姓又都不快活起来。

总督陆凤仪恼他在江南百般索诈商民，拥兵自固，致失陷苏、常、镇江等府；旨意原无号令之说，凤仪愤恨他，斩尸传首号令，苏州人心才略为舒服。

朱文炜将倭贼抢去的男女，从浙江遣官于崇明运回。江南人押交陆凤仪，浙江人着亲属具结认领。又于未被兵火之府县，提请转运仓粮，赈济被兵火地方，兼请恩免累年拖欠钱粮，并恩赏曾经战胜并阵亡军将。三事俱蒙天子恩准。浙民感激切骨。

怀庆总兵林桂芳见林岱爵尊功大，便告老乞休。明帝知是林岱之父，下许多温旨，赏给服物，加太子太保、兵部尚书衔，准其致仕，真武职中未有之际遇也。林岱、林润此时同在江南，各差人迎请到镇江衙门养老，天天非游玩山水，即宾客满座看戏。朱文炜每年定请去游西湖，住一月两月不等，这老翁大是快乐。

再说冷于冰一日向连城璧等道："刻下江浙倭寇已平，百姓流离冻馁者，十有八九。朝廷虽有恩典，焉能使一夫不失其所。我前在崇明摄来财物，理合赈济穷乏。我此刻即入后洞，你们不得惊动我，我好办理此事。"说罢，入后洞趺坐入定，用分身法化为数千道人，施散银物等类。不但江浙被寇地方赈济[1]无遗，即普天下穷困无倚赖之人，也有许多沾了恩惠，全活不下百万生命，约费三个来月日方完。不邪等只见财物日少，直至一无所存，方见于冰出定。问起来，方知是用分身法立此大功德，各心悦诚服。于冰又吩咐猿不邪道："与你柬帖一联、书字一封，可速去江西广信府万年县城外拆看。办完事体后，回洞缴吾法旨。"不邪领命，驾云去了。正是：

　　一阵成功倭寇平，捷音报到帝心宁。
　　文华腹裂悬头日，百万灾黎颂圣明。

---

[1] 赈（zhèn）济：用钱或衣物救济灾民。

第六十回

叶体仁席间荐内弟　周小官窗下戏娇娘

词曰：

彤云散尽江涛小，风浪于今息了。倩他吹嘘聊自保，私惠知多少。郎才女貌皆娇好，眉眼传情袅袅。隔窗恨伊归去早，相思直到晓。

右调《桃园忆故人》

且说沈襄自从金不换于运河内救了他的性命，又在德州店中送了他百十多两银子合驴儿一头，一路感念金不换不尽。晓行夜宿，那日到了江西万年县地界。先寻旅店安歇，次日便问本县儒学叶体仁下落。早有人说与他，在县东文庙内西首一个黑大门便是。沈襄找到学门前，见两个门斗坐着说话。沈襄道："烦二位通禀一声，就说是叶师爷的至亲从北直隶来相访。"门斗道："先生贵姓？"沈襄道："你不必问我姓名，你只如此说去就是了。"那门斗必要问明方肯传说。

正言间，早见体仁一老家人朱清从里边走出，看见沈襄，大惊道："舅爷从何处来？"沈襄使了个眼色，朱清会意，将沈襄领入客房内，急入内院向体仁夫妇说知。沈小姐听得她兄弟到了，又惊又喜。叶体仁是个极小胆的人，沈炼问成叛逆正法，他久已知道；又见部文到处缉拿沈襄，听了这句话，不由得面上改了颜色，心上添了惊怕，口里说不出话来。沈小姐早明白了她丈夫的意思，说道："你不用狐疑，我家兄弟是你至亲，你便不收留他，他出外被人拿住，也会扳你，不怕你不成个叛党。那时人也做不成，鬼倒要做哩！"体仁无可如何，问朱清道："可有人看见舅爷没有？"朱清道："只有两个门斗在外边问舅爷名姓，舅爷不肯说。还是小人将舅爷领入来，现在书房内。"体仁道："此后有人问及，就说是我家的从堂兄弟。你去请入来罢。"

少刻，沈襄入来，看他姐姐早哭得雨泪千行。先与体仁叩拜，次与沈小姐叩拜。沈小姐扯住大哭起来。慌得体仁乱嚷道："哭不得，哭不得！休要与我哭出乱儿来，不是玩的！"拉沈襄到房内坐下，姐弟二人揩拭泪痕。这沈小姐问他父亲沈炼被害原由，沈襄细细诉说；说到伤心处，二人又大哭起来。急得体仁这边一拉，那边一推，恨不得将他二人口唇割下，直闹乱得不哭了方休。次后说到不换救命赠金话，小姐道："天下原有慷慨义气、不避祸患救人的好男子！若是你投河时遇着你姐夫，十个定淹死九个了。"体仁道："我是为大家保全身家计，但愿不弄破为妙。据你这样说，我不是嫌厌令弟来么！"一边着收拾饭，一边走至外面将门斗并新买的一个小厮合厨房做饭挑水二人都叫来，特地表白一番，说："适才来的是一从堂兄弟，并不是亲戚，你们都要明白。"说罢，入内室，又叮嘱沈襄改姓为叶，着叫他大哥，叫沈小姐嫂子；见两人都应允，方才略放了些怀抱。

沈小姐为兄弟初到，未免日日要买点肉吃吃。体仁最是俭省，一年四季只有丁祭后方见点肉；非初一十五，若买了豆腐也要生气。沈襄一人住了五六天，倒吃了二斤多肉，白菜豆腐又搭了好几斤。体仁嘴里虽不好说，心上着实受不得，日夜皱着眉头，合家中死下人的一般，想算个安顿沈襄地方。又不知有何才能，且恐怕到人家露出马脚，于己不便。

又想及沈襄曾教过学，便欣喜道："日前本地绅衿周通，托我与他留心一个学问渊深先生教训他儿子周琏。那周通六七十万两家私，且是个候补郎中；沈襄有了破露，他的身家甚重，只用他出钱料理，连我也无事了。"想到此处，急急入来，便问沈襄道："你日前说教过学，可教的是大学生、小学生？"沈襄道："大、小学生都教过。"体仁道："想来你的八股是好的了。"沈襄道："也胡乱做几句，只是不通妥。"体仁道："我此刻与你出个题目，你做一篇。"沈襄道："若必定着我出丑，我就做。"体仁见不推辞，甚喜，口中便念出"浩浩其天"一句题。不意沈襄腹内融经贯史，又是极大才情，此等题都是素常打照过的，随要过纸笔来，没有一顿饭时，即写成送体仁过目。体仁是中过乡试第三名经魁的人，于八股二字，奇正相生，大小无不合拍。只因屡下会场，荐而不中，又兼家贫，才就了教职。自知命里没进士，因此连会场也不下，恐费盘缠，他倒是江西通省有数的名士。今见沈襄下笔敏捷，又打算着此题难

第六十回　叶体仁席间荐内弟　周小官窗下戏娇娘

做，将沈襄的文字接在手中，口中不言，心内说道："这小子完得这般快，不知胡说些什么在内！"只看了个破承起讲，便道好不绝。再看到后面，不住地点头晃脑，大为赞扬。将通篇看完，笑说道："昌明博大，盛世元音也。当日岳丈的文字我见过许多，理路是正的，不及你当行多矣，只可惜你在患难中，只索将会解二元让人家罢了。"又怕沈襄于此等题目素日做过，又随口出一题道："虽不得鱼。"着沈襄做。沈小姐道："做了一篇好，就罢了，怎么又出题考起来？"体仁道："你莫管。"沈襄做此等题，越发不用费力，顷刻即完。

体仁看了，喜欢得手舞足蹈，向沈小姐道："令弟大事成矣。"沈小姐道："什么大事可成？"体仁便将周通日前所托详说，又道："他儿子文字，素常都是我看，每年总有五六十两送我，还有衣服靴帽之类。我若将令弟荐去，他就不用我了，为自己亲戚，也说不得。"沈小姐道："此举极好，只怕他已请了人，便把机会失了。"体仁道："至今他儿子的文章，还都是我看，哪里便请了人。就请人也要请教我看个好歹。"沈襄道："这周通佩服姊丈，想来也是个大有学问人。"体仁道："他有什么学问，不过以耳作目罢了。刻下他儿子不过完篇而已，每做文字，还是遇一次有点明机，一次便胡说起来。人物倒生得清俊不过，若认真读书，不愁不是科甲中人，只要请好先生教他。"沈小姐道："既然他父子都不通，还认得什么好丑，你为何两三次考我兄弟？"体仁道："他父子虽不通，他家中来往的门客却有通的。诚恐令弟笔下欠妥，着他们搬驳出来，将令弟辞回，连我的脸也丢了。"沈小姐道："事不宜迟，你此刻就去。"体仁道："今日天色还早，我就去走遭罢。"随即到周通家去。

至日落时，还不见回来，沈小姐甚是悬结，只怕事体不成。直等到定更后，体仁半醉回来，一入门先向沈襄举手道："恭喜了！"沈小姐道："有成么？"体仁道："我一到他家，便留我吃便饭，却是极丰厚的酒席。席间我将令弟学问赞扬得有一无二，怕他不成么！已面订在下月初二日上馆，学金每一年一百六十两，外送两季衣服。今日就先与了五十两，作添补零用之费。"说着，将银从怀中掏出，放在桌上。又向沈襄道："你到他家吃穿俱足，要这些修金何用！不如都支出来，让穷姐夫买点米吃，岂不是好！"沈襄道："我原是苟延岁月人，只不饥不寒得有安身处足矣，要那修金何用。我身边还有金恩公送我的几十两银子，也一总与姐夫留下罢。"叶体仁听了喜欢得心花俱开，随即出去说与朱清："此后日日加六两肉与舅爷吃；若剩有未吃尽的肉，只用添买四两。外可像此等调度，全要你留心。"嘱咐罢，入来向沈襄道："还有一句要紧话，休要到临期忘记了。我已向你东家说过，你是我从堂兄弟，名字叫做向仁。你须切记在心。"沈襄唯唯。

次日，沈襄从行李内将不换送的银子取出六十两，送了体仁；把骑来的那个驴子也送了他。体仁大喜收过，说道："你今日将驴儿送我，就是我的了，我说也不妨，这几天草料，吃得我心上甚慌。我实用他不着，早晚卖了，得几两驴价，贴补贴补也好。"沈襄笑了。沈小姐道："亏你是个读书人，怎爱钱到这步田地！"又道："周家是个大富翁，我兄弟到他家，衣服被褥平常了，他便要小看我兄弟。方才送你这六十两银子，你收不得，与我兄弟治买了衣服被褥罢。"体仁乱嚷道："不成话了！谁家寒士还讲究衣服被褥！越穷，人越敬重！"夫妻两个为这六十两银子嚷了两天，终被沈小姐做主，着朱清办买一切，又叫了两个裁缝做妥，将体仁几乎疼死，饶还是沈襄的银子。

到了初一日，周通家先下了两副请帖，初二日亲来拜请。体仁送沈襄入馆，周通领儿子拜见。即设盛席相待。体仁至灯后回家。自此沈襄便教读周琏，一家上下通称沈襄为叶师爷。

万年县虽是个小县分，此时风气却不甚贵重富户，重的是科甲人家。每提起周通，便说他是"臭铜郎中"。止是见了周通，和奉承科甲人一般。周通听在耳中，心上甚恨这"臭铜郎中"四字。因见他儿子周琏生得聪明俊雅，便打算他是科甲翰院中人，想他中会，出这"臭铜郎中"之气。虽一年出一千两银子请先生，他也愿意，只怕把儿子教不通。先时请了个举人叫张四库，倒也是个有学问的人，教读周琏只教了一年多，学院按临，周琏彼时才十八岁，不知怎么便进了学，张四库倒得了四五百两谢仪，周通得意到极处。谁想张四库便中进士做翰林，周通大失所望。他久知儒学叶体仁是个名士，因此连先生也不请，恐怕教坏他儿子，只叫体仁看文字。今请了沈襄，打算着体仁所荐必不错，又问明是个秀才，心上有些信不过起来，诚恐学问浅薄，教坏了儿子，须借众人考验。随

第六十回　叶体仁席间荐内弟　周小官窗下戏娇娘

烦朋友们牵引本县生童起了个文会，每一月会文六次，轮流管饭。家道贫寒的，或四五人管一会、七八人管一会不等。唯周通家不轮流，每月独管三会。会文也不拘地方，虽庵观寺院，亦去做文字。会了两三次，通是沈襄评阅。人见沈襄批抹讲解甚是通妥，况又是本学叶师爷兄弟，越发入会的人多了。

这日，该本城文昌阁西老贡生齐其家管会。他家倒也还有饭吃，只因他一生只知读书，不知营运，将个家道渐次不足起来。却为人方正，不但非礼之事不行，即非礼之言亦从不出口。生了两个儿子：大的叫齐可大，为人心地糊涂，年已二十四岁，尚未进学；次子才八岁，叫齐可久。他还有个女儿，名唤蕙娘，年已二十，尚无夫家，生得风流俊俏。其人才还不止十分全美，竟于十分之外另加出几分。亦且甚是聪明，眼里都会说话。

这齐可大也在会中，诸生童一早都在齐家厅上。齐其家出了两个题目，大家各分桌就坐，一个个提笔磨墨，吟咏起来。这齐其家厅房前后都有院子，前后俱有窗隔。厅房前面的窗隔俱皆高吊，厅房后的窗隔却关闭着，为其通内院也。周琏这日辞过沈襄入会，在后面窗隔内西北角下面，朝着窗隔做文字。齐贡生家闺女蕙娘，听得众生童俱到，便动了个射屏窥醉的念头，趁老贡生在外周旋，他母亲庞氏厨下收拾菜饭，便悄悄地走出内院，到厅房北窗外，先去中间用指尖挖破窗纸，放眼一觑，见七大八小倒有五六十个。虽然少年人多，却眉目口鼻都安顿得不是正位。即有几个面皮白净的，骨格都不俊俏，且头脸上毛病极多。又走到东北角窗外，也挖破窗纸看了看，总是一般。心上委决不下，回身到西北角窗外，也挖开窗纸一觑，这一眼便觑在周琏脸上，不由得目荡神移，心上乱跳起来，哪里还肯罢休，重新把窗纸挖了个大窟窿，用左右眼轮流着细看。

周琏正握笔凝神想算文理，猛然回过眼来，见窗外雪白的一个面孔，闪了一下就不见了。心里想着，这必是齐贡生内眷偷看我们，也不去理会。怎当那蕙娘不忍割舍，又来偷视。谁想周琏两只眼睛注意在那窟窿上，四目一照，那蕙娘又缩了回去。周琏想着道："她尽看我，难道不许我看看她！"将身子站起，隔着桌子往窗外一觑，见不肥不瘦、不高不低、如花似玉的一个大闺女，站在对面窗外。再看香裙下面，偏又配着周周正正瘦瘦小小追魂夺命一对小金莲,真是洛神临凡,西施出世。周琏不看则已,一看之后,只觉得耳内响了一声,心眼儿上都是麻痒,手里那枝笔不知怎么掉在桌上。

正在出神之际,一个童生走来,在肩上一拍道:"看什么?"周琏即忙回头,笑应道:"我看他这后边还有几进院?"童生道:"《易经》上有'拔茅连茹','茹'字怎么写?"周琏道:"草头下着一'如'字便是。"那童生去了。周琏急忙向窗外一看,寂然无人。坐在椅上,将桌子一拍道:"这个一万年进不了学的奴才,把人害死!"正在怨恨间,那窗外的一只俊眼又来了,周琏也便以眼相迎。只见那白面孔一闪,忽见纤纤二指伸入,将窗纸抵去一大片,把那俊俏脸儿端端正正放在窗孔前,两个人四只眼互相狠看。

正在出神会意,彼此忘形之际,只听得有人叫道:"周大兄!"周琏即忙掉头一看,见第三桌子前,与他同案进学的王曰绪笑问道:"头篇完了么?我看看。"周琏道:"才完了两个题比,也看不得。"又见王曰绪笑说道:"你必有妙义精句,不肯赐教,我偏要看看。"从人丛中挤了来,周琏此时恨入切骨。只见他走来将周琏文稿拿起,一边看一边点头晃脑,口中吟咏,赞声不绝。看罢,说道:"你笔下总灵透,我也是这意思,无如字句不甚光洁。"说着,从袖中掏出来,着周琏看。周琏只得接过来,见一篇已完了,哪里有心肠看他,大概瞧一瞧,连句头也没看清楚,便满口誉扬道:"真是妙绝的文字,好极!好极!"王曰绪又指着后股道:"这几句我看来不好,意思要改换她。"周琏随口庆道:"改换好。"王曰绪道:"待我改换了,你再看。"说罢,又挨肩擦背地走出去了。

周琏急急地往窗外四下一看,那俊俏女娘不知哪里去了。把身躯往椅子上一倒,口里骂道:"这厌物奴才杀了我!这是一生再难得的机会,被他惊开,实堪痛恨!"急忙又向窗外一看,哪里还有什么心肠做文字,不由得胡思乱想道:"此人不是齐贡生的闺女,便是他的妹子。怎么那样一个书呆子,他家里有这样要人命的活天仙,岂非大奇事!"想算着,又站起来向窗外再一看,连个人影儿也无。复行坐下,鬼念道:"难道竟不出来了?"又想着:"自己房下也还算妇人中好些的,若和这个女儿比较,他便成了活鬼了!"又想道:"我父母止生我一个,家中现有几十万资财,

第六十回　叶体仁席间荐内弟　周小官窗下戏娇娘 ‖ 449

我便舍上十万两银子，也不愁这女儿不到我手。"

正胡想算着，见窗外一影。却待站起来看视，那女娘面孔又到。两个互看间，忽见那女娘眉舒柳叶，唇缩樱桃，微微地一笑。这一笑把周琏笑得神魂俱失，却待将手上带的金镯要隔窗儿送与，只听得后窗外一小娃子叫道："姐姐，妈妈一地里寻你，不想你在这里。"那女娘急将俏庞儿收去，周琏连忙站起，将两只眼着在窗孔内看去，只见那女娘莲步如飞，哪里是人，竟像一朵带露鲜花被风吹入内院去了。周琏在厅房内总看的是此女前面，此刻才看见后面，正合了《洛神赋》四句："肩若削成，腰如约素；凌波微步，罗袜生尘。"正此女之谓也。

周琏看罢，复坐到椅上，有气无力地说道："我从今后活不成了！"定醒了一会，看自己的文字，止有了少半篇；再看众人，已有将第二题写真半篇多了，不由得心下着急起来，也无暇思索，只就合题敷演。一边做着文字，一边又向窗外偷看，只怕耽误了。猛听得老贡生高说道："午饭停妥，诸位用过饭再做罢。"众生童俱各站起，扯开桌椅板凳，坐了八九桌。饭毕，又做起来。周琏此时真正忙坏了，要做文字，又要照管那窗隔上窟窿，直到日落时，总不见那女娘再来。原来前半日蕙娘的母亲庞氏，只顾与各童生收拾茶饭，蕙娘便可偷空出来。午后他母亲无事，她哪里还敢乱行！况老贡生家教最严，外面的雇工也是足迹不许入内院的，蕙娘和他儿媳足迹不许出外院的。此刻把个蕙娘急得要死，唯盼下次管会而已。

周琏苟且完了两篇，已是点灯时分，大家各散回家。素常与他妻子最是和美，今晚归来一看，觉得头脸脚手都不好起来，便一句话也不说。何氏问他，也不回答，还当他与会中人闹了口角，由他睡去。哪知周琏一夜不曾合眼，翻来覆去想算道路。正是：

人各有情丝，喜他无所系。
所系有其人，此丝无断际。

第六十一回

买书房义儿认义母　谢礼物干妹拜干哥

词曰：

情若连环终不解，假颜且把干妈拜。学堂移近东墙外，无聊赖。非亲认亲相看待，暂将秋波买卖。一揖退去人何在？须宁耐，终久还了鸳鸯债。

右调《渔家傲》

话说周琏思想蕙娘，一夜不曾合眼。这边是如此，那边蕙娘到定更后，见家中雇的老婆子收拾盘碗已毕，他哥嫂在下房安歇，他父母在正房外间居住，他和小兄弟齐可久同小女厮在内间安歇，早存下心要盘问他兄弟话，预备下些果饼之类，好问那厅房西北角内做文字的人。谁想那可久原是个小娃子，哪里等到定更时，一点灯便睡熟了。蕙娘直等得她父母俱都安寝，外房无有声息，方将他兄弟推醒，与他果子吃。那娃子见有果子与他吃，心下就欢喜起来，一边揉眉擦眼，一边往口内乱塞。说道："姐姐这果子个个好吃！"蕙娘道："你爱吃，只管任你吃饱，我还有一盘子在这里。"那娃子起先还是睡着吃，听了这话，便要坐起来。蕙娘怕他父母听见，说道："你只睡着吃罢，休叫爹妈听见了骂你我，我还有话问你。"娃子道："你问我什么？"

蕙娘道："今日来咱家做文章的相公们，你都认得么？"那娃子道："我怎么认不得！"蕙娘听了大喜，忙问道："认得几个？"那娃子道："我认得我哥哥。"蕙娘道："这是自己家中人，你自然认得；我问得是人家的人。"那娃子道："人家的我也认的。"蕙娘又喜道："你可认得那厅房西北角上做文章的相公？他头戴公子巾，外罩黑水獭皮帽套，身穿宝蓝缎子银鼠皮袍，腰系沉香色丝绦；二十内外年纪，俊俏白净面皮；手上套着赤金镯子，指头上套着一个赤金戒指、一个红玉石戒指；唇红齿白，满面秀气那个人儿，你认得他么？"那娃子道："怎么认不得！"蕙娘听

第六十一回　买书房义儿认义母　谢礼物干妹拜干哥

了，忙问道："他姓什么？他在城内住城外住？他叫什么名字？他是谁家的儿子？"那娃子道："我不知道他住处，他又从没与我玩耍。"蕙娘道："你不知住处罢了，你可知他姓什么，是谁家的儿子？"那娃子道："他是他妈的儿子。"蕙娘拂然道："这样话，是你认不得他，你为何口口声声说认得？"那娃子道："我怎么不得的他，他是来做文章的相公。"蕙娘听了，气恼起来，在那娃子头上打一掌，骂道："死不中用的糊涂东西！"那娃子便硬睁着眼嚷道："你打我怎么！果子是你与我吃的，又不是偷吃你的！"蕙娘一肚皮深心，被这娃子弄了个冰冷，伸手将果子夺来，盘内还有几个，一总拿去放在桌子上。那娃子见将果子尽数夺去，不由得着急起来，大嚷道："你打我怎么，我为什么叫你白打！"说着就啼哭起来。庞氏听见，骂道："你们这时候还不睡觉，嚷闹什么？"蕙娘怕他嚼念出来，连忙将盘中果子尽数倒在他面前。那娃子见了果子，便立刻不哭不嚷了。虽然不嚷了，他也骤然不好吃那果子。见蕙娘上床换鞋脚，那娃子拿起一个果子来，笑着向蕙娘道："你不吃一个儿？"蕙娘也不理他，歪倒身子便睡。那娃子见不理他，悄悄地将果子吃尽，就睡着了。

　　蕙娘前思后想，在这边思想周琏。周琏在那边思想蕙娘，想来想去，还是周琏想出个道路来。次早，到书房完了功课，带了两个得用家人，一个叫吴同，一个叫周永发，一齐到齐贡生门前。详细一看，见他房子左右俱有人家。左边的房子甚破碎，右边的房子还整齐些。向跟随的人道："这右边房子是谁人住着，你们可认得么？"吴同道："小的都知道，这中间房子是齐贡生家，左边是张银匠住，右边是钟秀才弟兄两人住。大爷问他怎么？"周琏道："家中读书，男女出入甚不方便，我看这右边的房子，倒好做一处书房，这里街道又僻静。但不知他卖不卖？"吴同道："容小的问他。"周琏道："价钱不拘多少，只要他卖就好。这件事就交与你办理。"吴同听了价银不拘多少，满心欢喜道："小的就与大爷办理。"周琏道："限你两天回我话。还有一说，若右边的不成，就买那银匠的房子也罢。"吴同道："只要出上价钱，不怕他不卖。"周琏道："你不用跟随，就此刻问他去。"吩咐毕回家去了。

　　真是钱能通神，到午间，吴同便来回说话："那钟秀才的房子问过了。起先，他弟兄两个为是祖居，都不肯卖；小的费无限口舌，哥哥肯，兄弟又不肯,讲说到此时方停妥。这房子两进院,外层院正房三间,东西厦房各三间。北厅房三间,楼门一座。正房东边还有一间,西边小门楼一座,通着内院。内院也是正房三间,东边一个小院儿,与齐贡生家只隔一墙,院内有小正房一间。西边和东边一样,又与王菜店只隔一墙。东西各有房三间,北面无房,便是前院的后墙。合算共房二十六间,木石要算中等,价银一千二百两。"周琏听了内院东小院,与齐家只隔一墙,便满心欢喜,向吴同道:"一千二百两太多,与他一千两罢。"吴同道:"这钟秀才弟兄两人,都是有钱的,少一分也不卖。"周琏情心过重,还论什么价钱多少,随口说道:"就与他一千二百两。说与管账的,就与他兑了罢;老爷问起来,只说是五百两买的。"吴同大喜,不想卖主止要八百,他倒有四百两落头。周琏道:"几时搬房?"吴同道:"搬房大约得半个月后。"周琏道:"如此说,我不买了。定在三日内搬清方可。他图价钱,我为剪绝。"吴同忙答应出去。

原来买齐贡生家左右房子,也是周琏费一夜心力想出来的。他素知齐贡生为人古执,不但说将他女儿做妾,就是娶做正室,他还要拘齐大非偶的议论,除了偷奸,再无别法。到了未牌时分,吴同和管账伙计来回复道:"房价一千二百两兑了,立的房契已取来,定在后日一早搬去。"周琏听了,又看了契,大喜。随即到他父亲周通面前说明己意,嫌家中人多,耳目中不得清净,要同叶先生去新买钟秀才房子内读书。他父亲见是极正大事,心上颇喜,也不问房子价钱多少,只说:"城里城外,家中有许多房子,拣上一处就是了。何必又买!"到第三日午后,打听得钟秀才搬去,亲自到那边看了房儿,吩咐雇各行匠役,连夜兴工修理。先生在前院正房居住,三间北厅会客,内院正房也做会客之所。西小院房贮放吃食,西厦房三间做厨房,东厦房三间,家人们住,前院亦然。自己单拣了东小院房居住。

家人们领了话,立刻连夜兴工修理停妥,将那东小院房上下普行修盖,裱糊得雪洞一般。摆设起琴棋书画,古董珍玩,安设了床帐桌椅,铺放下锦绣花茵,大家图小主人欢喜。于是同沈襄搬了过来。

齐贡生知叶先生搬入隔壁,心上甚喜,早晚可以讲论文章,率领两个儿子来拜贺。周琏接见齐贡生,比在会中又加敬十倍,留可大、可久同饮食,顽笑到灯后,方放回家。次日备了极厚的八色礼物,同沈襄回拜。

第六十一回　买书房义儿认义母　谢礼物干妹拜干哥

贡生留茶，一物不肯收受，周琏没法，谈论了一会诗文，送了出来。从此时常往来，可大、可久不时到周琏处，来了定留饭，走时必要送些物件，从没个叫他兄弟空手回去的。把一个齐贡生老婆庞氏，喜欢得无地缝可入，日日嚷闹叫贡生设席请周琏酬情。齐贡生是个一介不与、一介不取的人。听见他儿子们常收周琏的东西，深以为耻，无如庞氏挡在前头，弄得这贡生也无法。他女儿蕙娘只知周琏是个大富家子弟，搬来读书，却不知就是厅房西北角与她眉眼传情的人。

　　过了二十余天，周琏要和齐可大结拜个兄弟。可大先对他母亲说知，庞氏喜出意外，随即告知贡生。贡生道："汉时张耳、陈余，岂不是结拜的兄弟，后来成了仇敌，比陌路人更甚几倍。"庞氏道："我不管你张家的耳朵陈家的鱼儿，弟兄总要拜哩！他一个满城大财主的儿子，先人又做过极大的官，他肯与我们交往，我们就沾光不浅。人家到要下顾，你反穷臭起来！"贡生道："你这沾光下顾的话再休对我说！孟子曰：'彼以其富，我以吾仁；彼以其爵，我以吾义。'吾何畏彼哉！"庞氏道："你敢和他家比人比脚么？比人，家中上下只有九口，他家中男女无数，奴仆成行；比脚，他家父子们不穿缎鞋便穿缎靴，你看看你的脚穿的是什么？"贡生咬牙大恨道："你看他胡嚼么！我说他仁，是仁义的仁，我说的爵，是爵禄的爵，你不知乱谈到哪里去！真是可恨可厌！"庞氏道："恨也罢，厌也罢，总之结拜弟兄定在明日。到其间，你若说半个不字，我与你这老怪结斗大的疙瘩，势不两立！休说周相公要和我儿子结拜弟兄，就和你结拜个弟兄，你也该知高识低，做个不负抬举的人才是！我再问你，你见谁家遇着财神拿棍打来？"老贡生听罢，用两手掩耳，急急地走出去。又知此事势在必行，次日一早，便往城外访友去了。

　　周琏于是日，先着人送贡生和庞氏缎衣各两套，外备羊酒等物。与可大、可久缎衣各一套。连日已问明可久，蕙娘二十岁了，比自己小一岁，他是在厅房窗眼中看过的，想算着身材长短，令裁缝做了两套上好缎子裙氅，配了八样新金珠首饰送蕙娘。都拿到庞氏面前，庞氏爱得屁股上都是笑，全行收下，只等老贡生回来，商酌找几件东西做回礼。

　　少刻，周琏盛选衣帽，过来拜见干妈。庞氏着请入内房相见。蕙娘在窗内偷看，心下大为惊喜，才知西北角下做文字的书生就是周琏。心中鬼念道:"这人才算得个有情人,像他买这隔壁房子,和我哥哥兄弟结拜,屡次在我家送极厚的礼物,毫不惜费,他不是为我,却为得是哪个!"又心里叹道:"你倒有一片深心,只是我无门报你!"急急地掀起布帘缝儿,在房内偷窥,见周琏生得甚是美好,但见:

> 目同秋水,眉若春山。鼻梁骨高低适宜,口唇皮厚薄却好。逢人便笑,颐间绽两瓣桃花;有问必答,口中露一行碎玉,头戴远游八宝貂巾,越显得庞儿俊俏;身穿百折鹅绒缎氅,更觉得体态风流。耨[1]史耕经,必竟才学广大;眠花宿柳,管情技艺高强。

蕙娘看了又看,心内私说道:"妇人家生身人世,得与这样个男子同宿一夜,死也甘心!"又见他坐在一边,说的都是世情甜美话儿,又听得问他父亲不在家的缘故。吃罢茶,便要请干妹妹拜见。只听得她母亲说道:"过日再见罢,她今日也没妆束着。"又听得周琏说道:"好妈妈,我既与你老做了儿子,就和亲骨肉一般,岂有个不见我妹妹之理!"只听得她母亲笑向她兄弟可久道:"你叫你姐姐出来。"蕙娘听了,连忙将身子退了回去,站在房中。可久入来说道:"周家哥哥要见你,咱妈妈叫你出去。"蕙娘满心里要与周琏觌[2]面一会,自己看了看,穿着一身粗布衣服,怕周琏笑话。她向可久道:"你和妈妈说,我今日且不见他罢。"那娃子出去回复,又听得周琏道:"这是以外人待我了,必定要一见。"他母亲又着可久来叫。蕙娘忙忙地换了一双新花鞋儿,走到镜台前将乌云整了整,拂眉掠鬓,薄施了点脂粉,系了条鱼白新布裙子,换上一件新紫布大袄。着他兄弟掀起帘儿,她才轻移莲步,含羞带愧地走将出来,周琏对面一看。真是衣服不在美恶,只要肉和骨头儿生得俊俏。但见:

> 粉面发奇光,珠玉对之不白;樱唇喷香气,丹砂比之失红。眉湾两道春山,任金刚定须肠断;目飘一汪秋水,虽罗汉也要魂消。皮肉儿宜肥宜瘦,身材儿不短不长。细腰围抱向怀前,君须尚飨;小金莲握在手内,我亦呜呼。真是颠不剌的随时见,可喜娘行盖世无。

---

[1] 耨(nòu):锄草。
[2] 觌(dí):相见。

第六十一回　买书房义儿认义母　谢礼物干妹拜干哥

　　两人互相一看，彼此失魂。周琏向蕙娘深深一揖，蕙娘还了一拂。大家就坐，蕙娘便坐在他母亲背后，时时与周琏偷眼送情。周琏见蕙娘的面孔比窗内偷窥时，更艳丽几分，禁不住神魂飘荡。坐了大半晌，只不肯告别。庞氏回头以目示意，着蕙娘入房去，蕙娘也不肯动身。庞氏老下面皮，向可大道："你陪周兄弟到外面书房里坐。"周琏没奈何，舍了出来。

　　庞氏收拾茶，周琏略用了些，即回隔壁书房内，倒在床上自言自语道："我这命端的叫我这干妹妹断送了！如今面虽见了，同睡还没日子，该怎么消遣这相思日月。"于是合着眼儿，想着蕙娘的态度，并眉眼的深情。又想半迎半避、半羞半笑、半言不言的那种光景，恨不得身生两翼飞到齐贡生家，将蕙娘抱到一无人地，竭生平气力治她故卖风情要人性命的罪案。又想着蕙娘上下通是布衣裙，便大不快活道："岂有那样艳如花白如玉的人儿，日夜用粗布包裹，可惜极细极嫩的皮肤，都被粗布磨坏。"便动了做家常穿用的衣服与她送去，又转念："齐贡生是个小人家儿，将绸子衣服送去，必不着她寻常穿。"思索了半晌，用笔开了个单儿，笑说道："只用每一样做上四件，如此之多，不怕他不与她穿。"随即将家人叫来，与他们长短尺寸，用杂色绸子、棉、单、夹三样，每一样各做四件裙裤、大小衬衣，俱须如数办理，限两日做完。众人们听了，背间互相议论，也猜着是送齐贡生家，却猜不着是送他儿妇，送他闺女，大家嗟叹为前世奇缘。又知他性儿最急，连夜叫了二十几个裁缝与他赶做，只一夜通完，拿到周琏面前。周琏甚喜，又配了些戒指、手镯、碎小簪环之类，将可大、可久请来，留酒饭后，就烦他兄弟与蕙娘送去。

　　再说老贡生于昨日晚回家，庞氏将周琏认了干儿子，并送的许多衣物都取出来，着贡生看，说了又说，感激周琏的好处。老贡生大概瞬了一眼，说道："一介不取，方是我们儒者的本色。今平白收了人家无限东西，于心何安？总之你们做妇人的，不明白'义利'二字，就与圣贤道理不合了。"庞氏见老贡生见了许多东西，脸上没半点喜色，心上早有些不爽快。今听了这几句斯文话，不由得大怒道："放屁！什么是个圣，什么是个贤？和你这种不识人抬爱的杀才说话，就是我不识数儿处！人家昨日恭恭敬敬地来，连一顿饭也没留人家吃；再不想明日找几件东西做回礼，打发儿子们到人家父母前磕个头，也算孩子们结拜一场。"老贡生道："我一个寒士,哪有东西送他!"庞氏道:"白收人家东西么?"贡生道:"谁叫你收下他的?为今之计,只有个都把还他,实为两便。"庞氏道:"放狗屁!"贡生见庞氏不成声气,有些惧怕地说道:"着孩子们走走罢了!"庞氏道:"不!我要东西哩!"贡生无奈,只得在内外搜寻,寻出米元章一块墨刻法帖,一方假蕉叶白砚台,两匣笔,一部《书经体注》。庞氏打开箱笼,寻了几件瓶口荷包、香袋之类,算蕙娘的人情。

次日辰刻,着两个儿子穿了新衣鞋袜,到周通家叩拜干爹妈去。周通不知来头,见他两个兄弟入门便乱叫干爹,还要去内里要见冷氏,又不便问他缘故。周琏从书房中赶来,说明结拜弟兄话,周通心上大不如意。周琏领他弟兄见了冷氏,冷氏留他弟兄在内房吃茶食。临行,每一人给了个小荷包,荷包内各装小银锭五六个送他们。弟兄二人回到家中,诉说周家如何款待,庞氏大喜,将荷包银锭都替儿子收了。

蕙娘自周琏送许多衣服首饰之类,她就明白周琏是不叫她穿布的意思。见她母亲不说,她如何敢穿在身上,只是心上深感周琏。不过也知周琏已有妻室,是没别的指望,只有舍上这身子,遇个空隙酬谢他屡次的厚情。自此茶里饭里、醒着睡着,无一刻心上不是周琏矣。

过了几天,庞氏嚷闹着叫请周琏;老贡生无奈,只得备席相请。周琏听得请他,欣喜之至,整齐衣帽,到齐贡生家。酒饭毕,周琏三四次说道要拜庞氏。贡生见阻不住,只得叫儿子可大陪了入去。庞氏亲亲热热地周旋,谢了又谢。又着蕙娘出来。蕙娘早准备着相会,就穿戴了周琏送的衣服首饰,打扮得粉妆玉琢,到周琏跟前拂了两拂,说道:"叫周哥屡次费心,我谢谢。"慌得周琏还揖不及。妇人家固以人才为主,服饰也是不可少的,今日蕙娘打扮出来,周琏看时,见比上次大不相同,真是广寒仙子临凡,瑶池琼英降世,禁不住眼花缭乱,魂魄颠倒起来。一同坐下吃茶。周琏正要叙谈几句话儿,被老贡生着雇工老汉,立刻请出去,周琏只得出去。蕙娘随着庞氏送出院外。周琏回身作谢,见蕙娘双眉半蹙,那对俊秋波透露出无限抑郁,无限留恋,欲言不好言,欲别不忍别的情况。周琏此际心神如醉,走到院门外还回头观望,然后到书房与贡生作别。正是:

妇人最好是秋波,况把秋波代话多。
试看临行关会处,怎教周子不情魔?

第六十二回

跳墙头男女欣欢会　角醋口夫妇怒分居

词曰：

墙可逾，炭可梯，男女相逢奇又奇，毛房遂所私。盼佳期，数佳期，昼见虽多夜见稀，求欢反别离。

右调《长相思》

话说周琏从齐家赴席回来，独自坐在书房内，细想蕙娘临别那种神情眉眼，越想越心上受不得。一日，齐可久独自跑在周琏书房内玩耍，周琏取出许多点心让他吃，盘问他家内事。那娃子倒也知无不言，言无不尽。周琏遂指着东小墙问道："那边想来就是你妈妈的住房了？"娃子道："那边是茅房，不是我妈住房。"周琏又问道："那边毛房有几间？"娃子道："一间。南边是个夹道儿。"周琏问道："这夹道儿有多宽？"那娃子道："不多大宽。"周琏道："茅坑可是掘在那边么？"娃子道："我不知道。"周琏道："就是人出恭时蹲的一块地方儿。"娃子向北用手指道："在这一头儿，地底下有一个缸，缸上头还有木头版子。"周琏指着南头问道："夹道这一头有茅坑没有？"娃子笑道："没有，没有。这一头柴也放，木炭也放。"周琏道："这夹道儿可有门子没有？"娃子道："怎么没有。我妈入去不关闭门，我姐姐和我嫂嫂入去都关闭门。"周琏忙问道："你姐姐什么时候出恭？"娃子道："我姐姐天一明就去出恭。我妈妈和我嫂嫂吃了饭出恭，我家老婆儿后响出恭，我只在院里出恭。"周琏听了大喜，心里说道："这便有点门路了。"又问道："别人出恭，天一明去不去？"娃子摇头道："不去，不去，只是我姐姐去。"吃了一会点心，周琏又着他拿了几个回家去吃，这娃子跑两步跳一步地去了。

周琏急急出房将那东墙一看，估量着还没一丈高，心里想要弄个梯子来，又怕家人们动疑。想了一会，欢喜得手舞足蹈，说道："我的亲干妹妹，我也有得了你的日子，也不枉我费了一番血汗苦心！"随即将一家人叫来，吩咐道："你着木匠与我做两个桌子，一个要比房内方桌周围小三寸，高二尺五寸；再做一个小些的，也要高二尺五寸，比方桌周围小六寸。今晚定要做完，也不用油漆。我要在床边放零碎东西用。"那家人道："一个绝好的书房，摆上两张白木头桌子，恐不好看。房儿又小，添上它，越发没地方了。"周琏道："你莫管我，你只做去就是了。"家人出去。

周琏复行算计道："房内的方桌有三尺余高，只上两张新做的桌子，叠起来放在上面，便有八尺余高，我要过墙去，止差着二尺上下，还有什么费力处！"心上甚是得意。猛然又想道："我这边便好上去，她那边该如何下去？"纵然跳下去，如何上得来？一丈高下的墙，跳断了腿，岂不完哉。"想到此处，把一肚皮快活弄了个干净，只急得抓耳挠腮，想不出个道路，倒在床上睡觉去了。睡了半晌，忽然跳下床来，大笑道："我的亲干妹妹，不出两天，你就是我的肥肉儿了。"喜欢得也不回家，立刻差人和父母说，要往书房同叶先生读书。

这晚独自关闭院门，睡了一夜。次早，将家人叫来，吩咐道："此刻买四十担木炭与隔壁齐奶奶送去，若少买一担，我将来问出，定要当贼处置。可先和齐大相公说明，是我们太太送齐奶奶的。"家人如命而去。这是他想起那娃子有南头夹道内堆放柴炭之说，故买这许多相送，打算他家必在夹道内安放，便可堆积成下去的道路了。也是于无中生有，费心血想出来的法儿。

早饭后，家人们将两张新做的小桌抬来放在院中。周琏道："我这房儿小，有一张方桌够了，可搬出一张去，放在东墙脚下南头。客人来你们放茶酒，也有个地方。"一个家人道："就只怕被风雨坏了。"周琏蹙着眉头道："你买东西时只少落我几个钱，比在这一张方桌上尽忠强数倍。"将桌子安放停妥。

少刻，听得墙那边妇人同男人嬉笑说话，又听得倒炭之声来往不绝，心上得意之至，以为不出所料。又打算着蕙娘明早出恭，我若过去，她不知怎样欢喜，这喊叫不依从的话，是断断没有的。须臾，家人来回话说："木炭四十担，都领炭铺中人向齐家交割，此时还担送未完。齐奶奶着在太太上请安道谢。"周琏听了，也没言语。

到这夜四更时候，把新做的两张桌儿做两层，都叠放在方桌上，看了一看，离墙头不过一尺六寸。随即爬上去，向墙那边一看，见南头炭已堆得和墙高下不差许多，往北看不甚明白。忙下来到房内点了个灯笼，爬上桌子去照，看见炭从南头堆了有一丈多长，竟堆成大大的炭坡，极可步走下去，心中大喜不尽。再用灯笼照看北头，离这炭还有三四尺远，中间有个门儿开在那里。周琏看明白，回到房中，暖了一壶酒，独自坐饮，等候天明。好大半晌，方听得鸡叫，只怕误了好事，趴在桌子上，两只眼向那夹道门儿注视。

　　直到天大明亮，方见墙中间门儿一响，周琏将身子缩下去，只留二目在墙这边偷看。见一妇人走入来，乌云乱挽，穿着一件蓝布大棉袄，下身穿着一条红布裤儿，走到茅坑前面，朝南将裤儿一退，便蹲了下去。周琏看得清清白白是蕙娘，不由得心上跳了两下，先将身子往墙上一探，咳嗽了一声。蕙娘急抬头一看，见墙上有人，吃一大惊，正要喊叫，看了一看是周琏，心中惊喜相半，急忙提起裤儿，站起来将裤儿拽上。只见周琏已跳在炭上面，一步步走了下来。到蕙娘面前，先是深深一揖，用两手将蕙娘抱住，说道："我的好亲妹妹，今日才等着你来！"蕙娘满面通红，说道："这是什么地方？"话未完，早被周琏扳过粉项来，便亲了两个嘴。蕙娘用双手一推道："还不放手！着我爹娘看见还了得！"周琏道："此时便千刀万剐，我也顾不得！"

　　自此一连数日，说不尽的受用。蕙娘因思道："妇人家做下不好的事，原也由不得。"又想着："普天下除了周琏，第二个也没这个本领。"从此一心一意要嫁周琏，拿定他母亲是千说万依的，只是他父亲的话断无指望。到第三夜五更时，又与周琏欢聚。事完后，蕙娘说起了要嫁的话。周琏道："此事从那日会文，在窗下见你时，从此想算直到如今。只是我家有正妻，不但将你与我做个偏房，就与我房下做个姐妹，你父亲也断断不依。我也思量了千回百转，除非我房下死了，那时名正言顺，遣媒说合，内中又有你母亲做主，这事十分就有十分成就。如今该怎么向你父亲开口？"蕙娘道："我已是二十岁了，早晚我父亲把我许了人；我的身子已被你破，哪堪又着人家再破。我到那时，不过是一条绳子自缢死，就是报了你爱我的一场好心。只是我死了，你心上何忍！"说着，雨泪纷纷从脸上滚下。周琏抱住温存道:"你休要忧愁,且像这样着做等候机缘,即或到水尽山穷,我从这墙上搬你过去到我家中,禀明父母,费上十万银子打官司,也没个不妥当的事。万一不妥当,再着上十万。若二十万还无成,我陪你同死,也舍不得叫你独死,叫你再嫁第二个人!"蕙娘听了这几句话,拭去泪痕说道:"我的终身总要和你说话。你若是误了我,便做鬼也不依你!"两个相亲相偎,到天明别去。

自此,一连七八天,周琏没回家去,总在书房歇宿。偶尔白天回家走走,周琏的父母以为儿子下苦攻书,心上倒也欢喜。怎奈妻何氏与周琏是少年好夫妻,每日晚上定要成双。今一连七八夜不见周琏回家,哪里还挨得过去,便生了无限猜疑,打算着周琏不是嫖便是赌,不过借读书为名,欺谎父母。又见周琏回家,只到她房内两次,面色上大不同前,看得冷冷淡淡,连多坐一刻也不肯。已看出破绽,只是摸不着根儿;将伺候周琏的大小家人、厨子、火夫都轮班儿叫去细细盘问,众人一口同音,说主人实在独自歇宿,用心读书,并无半点外务。何氏又疑他们受周琏嘱托,因此不肯实说。

想了半天,想出一套话来,到婆婆冷氏面前说道:"夫婿连夜不回家,与众家人都打通一路,包着个娼妇在新书房左近,夜去明来已七八天了。咱家有钱,谁不忌恨,久后被人讹诈[1]事小,设或一出一入被人家伤了性命,媳妇罢了,只怕爹妈的后嗣有些可虑。"冷氏听了别的话,知道他们是少年夫妻,不愿丈夫离开的意思;后听到伤了性命等语,心上有些怕起来,立刻将周通请入内室,照何氏适才的话告诉周通。周通笑道:"我一生一世只有此子,凡他一举一动,我昼夜无不留心。暗中着人察访,委系在新书房中。只是和齐贡生家两个儿子稠密些,他们少年合得来也罢了。若讲说到邻家那齐贡生,品端行方,言笑不苟,是我们本城头一个正路人,也是我一万分信得过的人。今他另立书房读书,这是最难得事体;若把他这读书高兴阻了,惹得他恼怒起来,胡嫖胡赌,你我只合把他白看两眼,谁舍得难为他。这是媳妇儿贪恋丈夫,我今日就吩咐与他,白日在书房中,晚间回家来罢了。"随即着人将周琏叫来,说明此话。周

---

[1] 讹(é)诈:假借某种理由向人强迫索取财物。

第六十二回 跳墙头男女欣欢会 角醋口夫妇怒分居

珽听了,和当心打个劈雷一样,又不敢在他父母前执拗,含怒出来。深信家中大小没人敢掇弄他,随到母亲冷氏前细问。冷氏道:"这是你父亲怕你少年没守性,设或在外眠花卧柳,叫我们担忧。况你媳妇独宿也不是个常事,因此着你回来。"

周珽听了这两句话,便明白是何氏有话了。连忙走到何氏房内问道:"你今日和母亲说什么话来?"何氏满脸笑容说道:"我没有说什么。"周珽道:"你既没说什么,怎么父亲陡然叫我回家歇宿?"何氏笑道:"连我也不知道二位老人家是什么意思,敢是怕你在外嫖赌。"周珽怒说道:"我便嫖赌,将我怎么!"何氏见丈夫恼了,低低笑道:"你就嫖赌去,只要你有钱。"周珽道:"有钱有钱,一百个有钱!只是不嫖你!"何氏道:"我要你嫖我么!"周珽道:"你既不要嫖你,你为什么在老爷面前过舌?"何氏道:"那个烂舌头的生疔疮的才过舌哩!你只回书房里睡去就是了,何必苦苦向我较白!"周珽道:"你能有多大的鬼儿,敢在我跟前施展!"正嚷闹间,他母亲冷氏入来,说道:"叫你回家是你父亲的意思,与你媳妇何干?你两个不必吵闹,我明日自有安排。"周珽道:"我的被褥俱在书房中,我明日再回家罢。"冷氏道:"这使不得,你父亲方才和你说了,你便与他相拗,他岂不怪你!现放着你媳妇被褥,何必定要书房中被褥怎么!况此时也是点灯时候,还去做甚。"说罢,冷氏出去。

周珽无可如何,只得遵他母亲言语。深虑没和蕙娘说声,恐她独自苦等,夜饭夜酒都不吃,也不脱衣服,和衣儿倒在床上,一心牵挂着蕙娘。到三更时分,何氏只当周珽睡熟,忍不住到他怀前,替他解纽扣,松腰带,拉去靴袜。正要脱底衣,周珽睁开两眼向何氏脸上重重地唾了一口,骂道:"没廉耻的货,我原知道你挨不住了。"何氏此时,羞愧得无地可入,低头走至床脚下面,又不敢高声大哭,心上又悔又气,恨不得一头碰死。

到五更时,周珽哪里还睡得住,坐起来,只觉得一阵阵耳热眼跳,不由得嘴里说道:"罢了,罢了,这孩子今夜苦了!"何氏只当丈夫说她苦了,越发在床脚下哽哽咽咽悲伤不已。周珽见何氏甚是悲切,素日原是和好夫妻,想了想:"她也是贪恋我的意思,我头前处置过甚了,做妇人的,谁没个羞耻!省得我这般肉跳心惊,倒不如且拿她出火,"伸手将何氏一搬,见何氏二目红肿,哭得和酒醉一般。随蹲在床上将何氏用两手抱起,放在床中间,正要对面亲嘴说话,被何氏用力一推,周琏不曾防备,一个翻斤斗倒跌下床去,头上碰下个疙瘩。爬起来双睛出火,怒不可遏;却待将何氏揪扭痛打,回想他父母睡熟,惊动起来不便,忍了一口气,将靴袜穿上,叫起女厮们点了灯笼,出外边书房中去了。正是:

绝粮三日随夫饿,一日无他心不诚。

妇女由来贪此道,休将醋味辨酸咸。

第六十三回

阻佳期奸奴学骗马　题姻好巧妇鼓簧唇

词曰：

　　他也投间抵隙，若个气能平理。不合血淋墙壁，此大顺人情意。这事莫教消停，须索妙妇私行。知他舌散天花，能调凤管鸾笙。

右调《相思人儿》

　　且说冷氏到次日将周琏夫妇口角话，说与周通得知。周通将周琏极力地数说了几句，吩咐他在家住五天，在书房住五天。周琏才略有些喜欢，急急地到书房，在先生前打了照面，将小院门开放，看见那堵墙和那张方桌，便是一声嗟叹。入房来往床上一倒，想算道："这蕙娘不知怎样怨恨我！若今晚负气不来，真是将人坑死，谁能过去与我表白冤枉！"猛想起可久那娃子最好多说，"此事除非着他有意无意地道达，使蕙娘知道我不来的缘故方好。"随即叫一个小厮，吩咐道："你去隔壁请齐二相公来。"

　　少刻，那小厮将可久领来，周琏先与他吃果子，又留他吃早饭，问他家中长长短短。渐次问到蕙娘身上，可久道："我姐姐还在睡觉哩！"周琏道："我昨晚也是没睡觉。"娃子道："你为什么没睡！"周琏道："我昨晚三更鼓，被我父亲叫去说话，因此没有睡觉。我也是才从家中来。"娃子道："你昨晚没在这里么？"周琏道："正是。"那娃子吃饭毕，周琏与了他两包花炮、五百钱，那娃子喜欢得怪叫，回家放炮去了。

　　少时，蕙娘听得院中炮响，就知是周琏与他兄弟的。急急地爬起来，将他兄弟叫来问道："你周哥做什么哩？"娃子道："我来时，他说要睡觉。他又说昨日他爹叫他去，一夜没睡。"蕙娘听了，才明白是他的父亲叫去，并不是周琏变心，把一肚怨恨丢在一边。原来蕙娘五更到夹道内，直等到天明。随向娃子嘱咐道："你周哥问我的话，不可向爹妈说；若是说了，我叫你周哥一点东西不与你。"娃子去了。

到这晚,蕙娘洗脚净牝,等候接续良缘。到四鼓时,在镜台前匀了粉,鬓边戴了一朵大红灯草花,穿了红鞋,悄悄地走出房来。到夹道内,先向墙上一看,见墙上有人,就知是周琏等候,回身将门拴了。周琏打算今夜蕙娘必早来,从三更时分便等候起。今见蕙娘入来,随即将枕头褥子丢在炭上,提灯笼过来。到蕙娘面前,将灯笼枕褥放下,向蕙娘深深三揖,两条腿连忙跪下,双手抱住蕙娘,正要表白昨晚不曾来的话。蕙娘笑嘻嘻地扶起,道:"我都知道了。"周琏起来,将枕头重新安放好,蕙娘便坐在上面。两人搂抱着,周琏诉说:"房下在父母前进了谗言[1],因此晚昨被叫了去。"又言如何口角,才许了书房歇五夜,家中宿五夜。蕙娘道:"可惜一个月平白里少了十五天,是哪里说起!"周琏道:"你莫愁,只要夜夜像这个时候来,做两次事,已补过那十五天。"蕙娘道:"一夜不见面,不知怎么心上不好过,我昨晚已领教过了!"

光阴易过,已到五日之期,周琏说明回家,约定过五天至某夜相会,去了。周琏有个家人,名唤定儿,为人颇精细。自周琏与齐贡生家来往后,他便事事留心,见周琏和可大、可久那弟兄送衣服首饰、银钱柴炭等物,他和众人背间有无数的议论。又见做了两张白木头桌子放在房内,院外东墙下安放一张方桌,心上已明白十分,但不知是齐家哪一个?打算着不是他闺女,就是他儿媳妇。这番该他在书房上宿,他于这晚三鼓,在小院门隙内偷窥。到交四鼓时,见周琏将桌子叠起;又待了几句话功夫,见点出灯笼,怀内不知抱着什么,在墙头上站着。少刻,便跳过墙去,直到天大明,方才过来。

定儿一连看了五夜,俱是四鼓。他不肯和同伴人露一字,便存了个"以羊易牛"之心。这晚,周琏回家,他不肯跟回去,要替别人值宿,别人何乐不为。到天交四鼓时分,从小院门楼上爬过墙去,到书房内将那两张桌子搬出来,也叠放在方桌上,却不敢点灯笼,怕同伴人看见。于是上了桌子,往墙下一望,见都是些黑东西,离墙头不过二尺上下。他心里说道:"这必是数日前送的那几十担木炭,作了他的走路。"跳过墙去,一步步走下来,闻得北头有些气味,瞧了瞧是个毛坑,中间有个门

---

[1] 谗(chán)言:毁谤的话,挑拨离间的话。

第六十三回　阻佳期奸奴学骗马　题姻好巧妇鼓簧唇

儿。站了一会,不见一点动静,他想着,必在前院有个密静房儿干这勾当。悄悄地拿脚缓步,开了夹道门儿,走到那边院内;见四围俱无灯火,听了听人声寂寂。将走到正房东窗下,不防有两条狗迎面扑来,急往回走时,被一狗将他左腿咬住,死也不放。定儿挨着疼痛,用拳打开,那一条狗又到。幸亏离夹道门不过四五步,飞忙走入,将门儿关闭,那两条狗在门外没死没活乱叫。他却急急地爬上炭堆,跨上墙头,登着桌子下来。摸了摸腿上,已去了一块肉,袜子也拉成两片,疼痛得了不得。急急地将桌子搬在房内,翻身出来,仍爬上门楼过去,回到自己房内,收拾他腿伤。

　　齐贡生家听得狗咬甚急,将下房老婆子吆喝起,着他查看。那婆子点了烛走出来,见一条狗在夹道门口叫,一条狗已入夹道内,也在那里叫。走到夹道内一看,一无所有。那两条狗见老婆子来,都扬着头摇着尾,来回在婆子身边乱跳乱跑,倒不喊叫了。贡生在房里问道:"狗咬什么?你须在各处细细照看。"婆子想睡得狠,应道:"是狗在夹道内咬猫儿,适才一个猫儿从夹道炭上跳过墙去了。"庞氏在房内道:"她们出了恭,总记不得将门关住。"闹了一会,老婆子回房睡去了。蕙娘在房内心惊胆战,疑心是周琎没有回家;后听得老婆子说狗咬猫儿,方才放了心。

　　再说周琎回到家中,也不去里边歇宿,在外边书房睡了一夜,一早就到书房。开了小院门锁,到书房内,见两张桌子放的不是原地方。正在疑惑间,猛然见桌腿上有些血迹,白木头上非油漆过的可比,分外看得清楚。将书房中的家人小厮叫来细问,都说门子锁着,谁能够入来,这血迹倒只怕是原旧有的。周琎道:"这都是该打死的话!一个常在我面前的东西,我怎么看不见!且放的地方一前一后,也不是原处。"又问道:"你们昨晚是哪几个上宿?"众人道:"师爷院中是某某,内院是某某。"周琎道:"都与我叫来。"少刻,众人俱至,周琎看只是大定儿不在。问众人道:"怎么定儿不来?"众人道:"他还未起。"周琎怒道:"与我叫了来!"须臾,定儿来至。周琎将他上下一看,见他有些神气不宁,便指着桌上血迹问道:"这是哪里来的血?"定儿道:"小的不知道。"话虽是这样说,看他的面色,大是更变。周琎虽是个二十一二岁人,他心上颇有点识见,就知是他弄的鬼。对着众人不好究问,普行骂了几句不小心门户的话,随即着家人出去。自己到墙下看了一遍,低头在地下详验,只见有三四点新红,淋淋漓漓到院门前,看门楼上的血迹,倒有两三处。用手将门儿关闭,只见中间门缝有一指多宽,内外皆可傍视。周琏道:"是了!我的情景必定被小厮们从门缝中看破,昨日回家,便假装我的招牌。若将蕙娘骗奸了,我真正就气死!"又想:"那晚是与她说得明明白白,她断不肯四五更鼓到夹道中等我。且这桌上地下等处血迹,必是受了伤回来。适才看定儿气色,较素日大变,这奴才平日是个细心人,这事有一百二十四分是他无疑了。常言道机事不密则害成,又言先发者制人。我须预为之地方可。这便打死他也无益,将来徒结深仇。"说罢,瞪着两只眼想了一会,连连摇头道:"这事比不得别事,大则性命相关,是一刻姑容不得的。"又想了一会,笑道:"我有道理了。"

到第三天早起,从家中到书房,将众人叫来吩咐道:"本府道台府台皆与老爷相好。刻下三月将尽,一转眼便立夏,我想了一会,没个送府道的东西,唯扬州香料比别处的都好。这得一个细心人去,方能买得好材料物件来。你们出去大家公举一人,我再定夺。"众家人商酌一番,想出两个细心人来:一个叫周之发,一个叫大定儿。周琏道:"周之发老爷常用他。可说与大定儿,此刻收拾行李完备,着他来,我有话说。"众人去了。午间大定儿来,周琏道:"买香料话你也知道。"说着,取过三封银子来交与定儿,共一百五十两。定儿见上面俱写有大小锭数包封在内。又着人与他五千钱,做搭船盘费。又吩咐:"速刻起身。此物急用之至。你若故为迟延,误我的大事,你父母妻子休想在我家中存留一日。我也不限你的日期,去罢。"

定儿领了银子,见他吩咐得紧急,立即带了应用的衣服起身去了。连夜赶到扬州,打开银包一看,见里面方的、圆的、长的、匾的、铜的、铅的,尽是些秤银子的旧砝码,只吓得神魂俱失。再拆开一封,也是如此。那一封也不用看了,把桌子一拍道:"好狠心的狗子,杀得我苦!"又一回想道:"这是那一日晚上的事破露,在他心中如何容得过我!我彼时除非当面验看此银,他又要想别法治我。这都是我做的不是,怨不得他。等过了二年后,他的事也定了,气也平了,那时回乡恳求人情,求他收留罢!"从此定儿就流落在扬州。

定儿去后,周琏将院门更换,心上日怀狐疑,只愁蕙娘被定儿奸骗了。

第六十三回　阻佳期奸奴学骗马　题姻好巧妇鼓簧唇　‖467

向齐可久也探问不出，唯有日夜盼到第五天，方好问下落。到了这晚三鼓，便爬到墙头等候。不想蕙娘也记结着，只到三更将尽，便悄悄到夹道内。两人相会，蕙娘便嫌怨道："你日前原说不来，为何又来了？将炭踏下几块，滚在夹道中间，还是我绝早起来，收拾上去。那日只没着狗咬到你就是万幸。"周琏连忙问道："你如何知是我来？"蕙娘道："怎么不是你！那日天交四鼓，我家的狗在这门子前不住地叫，我妈叫老婆子起来点火看视。老婆子说是狗赶猫儿，上这夹道墙上去，我才略放心些。"周琏听了大喜，方才将一块石头落地，知道蕙娘不曾着手，又明白那血迹是狗咬的。蕙娘又道："你日后切不可如此。"周琏也不分辩，到天将明时，周琏方将定儿前后话告知。蕙娘道："这真是我的万幸，倘若叫他骗了，我拿什么脸见你！从今后，我入夹道内，你看见时先丢一块石头在炭上，我便知道是你。若不丢石头，我就跑去了。我若来在你前，我与你院中丢一块炭，你听见就快过来。以此做个暗号，你记着。"周琏点头。

蕙娘又道："是你我这样偷来偷去，何日是个了局？依我主见看来，我妈最是爱你，莫若托个能言快语的人与我爹妈前道达，就说与你夫人做个姊妹；倘或我爹依了，岂不更妙。"周琏连连摇头道："你的父亲你还不知道，金银珠玉、绸缎珍宝，这六宗他听见和仇敌一般，这言语还能摇动他么！此事若和他一提，他把以前相好都看的是为你，反生起防闲疑惑来；不但先前送的东西交还，这一堆炭他也不要了。那时断了走路，再想像今日之乐，做梦也不能。"蕙娘拂然道："你的意思我也明白了，不过为我是小户人家女儿，配不上大家公子，嫌我玷辱你！好歹和我混上几日，大家开交就是。你既如此存心，就不该被坏了我的身体。"说着，用纤纤细指在周琏头上一㧽，秋波内便流下泪来。周琏急忙跪在一旁发誓道："我周琏若有半点欺心，不日夜思量娶齐蕙娘做妻，把我天诛地灭，出门被老虎……"蕙娘没等他说完，急急用手把周琏的嘴掩住，说道："我信你的心了！只是久后该如何？"周琏道："就依你打算，先差个会说话的女人，来试探你母亲的口气，她若依允，大家好商量着做。"蕙娘听罢，看着周琏笑了笑，将身子向周琏怀中一坐，用手抱住脖项，口对口儿低低地叫了周琏个"亲汉子"。又笑了笑，问周琏道："你爱我不爱我？"周琏亲嘴道："我不爱你爱谁！"蕙娘道："你既然爱我，你也忍心不娶我，叫我再嫁别人！"说着站起来，向周琏道："快过去罢，今日比素日迟了。"

周琏爬过墙去，洗了脸，穿上大衣服，到先生前应了应故事，也不吃早饭，回到家中。将家人周之发老婆苏氏叫到无人处，把自己要娶齐贡生女儿做次妻，又细说了贡生情性。交与苏氏一百两银子，着她如此如此。又道："我这话都是大概，到其间，或明说，或暗露，看风使船，全在你的作用。家中上下并你男子，一字是说不得。"苏氏是个能言快语、极聪明的妇人，她也有些权诈，周家上下人等都叫她"苏利嘴"。她听了主人托她，恨不得借此献个殷勤，图终身看顾，便满口承应道："这事都交在我身上，管保替大爷成就了姻缘。"周琏甚喜，把贡生住处说与她。苏氏到冷氏前告假，说要去他舅舅家看望，本日即回。然后回到自己房内，与丈夫说明原委。周之发道："必须与他说成方好。"

苏氏换了极好的衣服，拿上银子，一径到齐贡生门前，说是周家太太差来看望的。贡生家人将他领到庞氏房内。这妇人一见庞氏，就恭恭敬敬和自己主人一样相待，也不万福，爬倒就叩[1]下头去，慌得庞氏搀扶不迭。起来时，替自己的主人都请了安。庞氏让他坐，他辞了三番五次，方才斜着身子坐下。庞氏问一句话，他就站起来回答，满口里称呼太太。庞氏是个小户人家妇女，从未经过这奉承，喜欢得和驾上云一般。小女厮送上茶来吃罢，苏氏低低地说道："我家大爷自与太太做了干儿子，时时心上想个孝敬太太的东西，只是得不了稀罕物件。"说着，从怀内掏出两个布包儿来放在床上，打开共是四锭纹银，每一锭二十五两，笑说道："我家大爷恐怕齐太爷知道，老人家又有收不收话说，专专地叫小妇人送与太太，零碎买点物事。"庞氏看见四大锭白银，惊得心上乱跳，满面笑色，说道："大嫂，我承你大爷的情，真是天高地厚。日前送了我家许多贵重礼物，今又送这许多银子来，我断断不好收，再不了你还拿回去罢。"苏氏道："太太说哪里话！一个自己娘儿们，才客套起来了！"又低声说道："实不瞒太太，我家大爷也还算本县头一家有钱的人，这几两银子能费到他哪里？太太若不收，我大爷不但怪我，还要怪太太不像个娘儿们，岂不冷他的一番孝顺心肠。"说着，将银子重新包起，早看见床头有个针

---

[1] 叩（kòu）：磕头。

第六十三回 阻佳期奸奴学骗马 题姻好巧妇鼓簧唇

线筐儿,他就替庞氏放在里面。喜欢得庞氏心内都是奇痒,说道:"你如此鬼混我,我也没法。过日见你大爷时,我当面谢罢!"苏氏又问道:"太爷在家么?"庞氏道:"在书房中看书。"苏氏又道:"闻得有位姑娘,我既到此,不知肯叫我见不见?"庞氏笑道:"小户人家女儿,只怕你笑话。她身上没得穿,头上没得戴,有什么见不得!"苏氏道:"太太说哪里话!这大人家全在诗礼二字上定归,不在银钱多少上定归。"庞氏向小女厮道:"请姑娘来!"又道:"我真正糊涂,说了半日话,还没问大嫂的姓。"苏氏道:"小妇人姓苏,我男人姓周。"

蕙娘在房里听了一会,知道必要见的,早在房中换了衣服鞋脚等候。此刻听见叫她出来,随即同小女厮掀帘出来。苏氏即忙站起,问庞氏道:"这位是姑娘么?"庞氏道:"正是。"苏氏紧走了一步,望着蕙娘便叩下头去。蕙娘急拉着,哪里拉得起,只得也跪下扶她。庞氏也连忙跑来跪着搀扶。苏氏见蕙娘跪着扶她,心上大是喜欢。爬起来将蕙娘上下细看,见头是绝色的头,脚是绝好的脚,眉目口鼻是天字第一号的眉目口鼻,模样儿极俊俏,身段极风流。心里说道:"这要算个绝色的女子了,我活了四十多岁,才见这样个人。"又向庞氏一看,也心里说道:"怎么她这样个头脸,便养出这样个女儿来?岂非大怪事!"看罢,彼此让坐。

苏氏拉了把椅儿放在下面,等着庞氏母女坐了,方说道:"这位姑娘将来穿蟒衣,坐八抬,匹配王公宰相;就到朝廷家,也不愁不做个正宫。但不知哪一家有大福气的娶了去!敢问太太,姑娘有婆家没有?"庞氏道:"她今年二十岁了,还没有个人家。只为高门不来,低门不去,因此就耽搁到如今。"蕙娘见说她婚姻的话,故意将头低下,装做害羞的样儿。苏氏道:"我家大爷空有数十万家财,只没这样一位姑娘去配合。"庞氏道:"闻得你家大爷娶过这几年了,但不知娶的是谁家小姐?"苏氏道:"究竟娶过和不娶的一样。"庞氏道:"这是怎么说?"苏氏道:"我家大奶奶姓何,是本城何指挥家姑娘。太太和姑娘不是外人,我也不怕走了话,我家大奶奶生得容貌丑陋,实实配不过我家大爷的人才。我家大爷从娶至今,前后入她的房不过四五次。我家老爷太太急着要抱孙儿,要与我家大爷娶妾,我大爷又不肯,一定还要娶位正夫人。"庞氏道:"这也是你大爷胡打算,他既放着正室,如何又娶正室?就是何指挥家也断断不肯依。"苏氏道："原是不依的，我大爷只送了他五百两，他就依了。将来再娶过，总是姐妹相呼，伸出手来一般大。只是我大爷福薄命小，若能娶府上这位姑娘做我一家的主儿，休说我大爷终身和美，享夫妻之乐，就是小媳妇等也叨庇[1]不尽。"蕙娘见说这话，若再坐着，恐不雅像，即起身到内房去了，庞氏听了也不好回答。苏氏又道："也不怕太太怪我冒昧，我家大爷既是太太的干儿子，小妇人还有什么说不出的话？纵然就说错了，太太也不过是笑上一回。依我看来，门当户对，两好一合，我家大爷青春，府上姑娘貌美，倒不如将干儿子做个亲女婿，将来不但太爷太太有半子之靠，就是太太的两位少爷，也乐得有这门亲。"说罢，先自己嘻嘻哈哈笑个不了。

庞氏道："你家大爷我真是愿意，只怕我家老爷的话难说。"苏氏见话有说头，又笑嘻嘻地道："好太太哩！姑娘是太太三年乳哺、十月怀胎抚养大的，并不是太爷独自生养大的，理该太太主持八分，太爷主得二分。像太太经年家看里照外，谁饥谁寒，太爷哪一日不享的是太太的福！一个婚姻，太太主持不得，还想主持什么！我主人家也曾做过两淮盐运司，后做到光禄寺卿；自今老主人又是候选郎中，少主人是秀才，也不愁没纱帽戴。至于家中财产，太太也是知道的，还拿得出几个钱来。若怕我大爷将来再娶三房五妾，像府上姑娘这般才貌，他便娶一万个也比不上一半儿，这是放心又放心的事。倒只一件，姑娘二十岁了，须太太拿主意，听不得太爷。太爷是读书人，他老择婿只是打听爱念书的就好，至于贫富老少，他不计论。将来错寻了配偶，误了姑娘终身，太太到那时后悔就迟了。再叫姑娘受了饥寒，太太生养一场，管情心上不忍。"

庞氏听了这一篇话，打动了念头，想算着寻周琏这样人家断断不能，像周琏那样少年美貌更是不能。又想到蕙娘见了周琏，眉眉眼眼，是早已愿意的。随说道："大嫂，你的话都是为我女儿的话，等我和当家的商量后再与你回信。但是方才这些话，是你意思，还是你主人的意思？"苏氏道："老主人小主人都是这个意思，只怕太太不依允了丁脸，就不敢烦人说合了。"庞氏道："还有一说，假若事体成就，你家大奶奶若以先

---

[1] 叨庇：沾光。

第六十三回　阻佳期奸奴学骗马　题姻好巧妇鼓簧唇

欺后，不以姐妹相待，小视我家姑娘，该怎么处？"苏氏笑道："太太什么世情不明白，女人招夫嫁主，公婆怜恤不怜恤还在次，第一要丈夫疼爱。况姑娘与我大爷做亲，系明媒正娶，要叫通城皆知，不是瞒着隐着做事。那何家大奶奶会把齐家大奶奶怎么？休说姑娘到我家做正室，就是做个偏房，若丈夫处处疼爱，那正室的只合白气几日，白看几眼罢了。太太和镜子一般明亮的人，只用到睡下时合眼一想，我家大爷若爱我家大奶奶，又要娶府上姑娘做什么？"庞氏连连点头道："你说的是。"苏氏道："小妇人别过罢。"庞氏道："叫你家大爷屡次费心，今日又空过你。"苏氏道："太太转眼就是一家人，将来受姑娘的恩，就是受太太的恩了。"庞氏送出二门，苏氏再三谦让，请庞氏回房。庞氏着老婆子同小女厮送到街门外，苏氏去了。正是：

欲向深闺求艳质，先投红叶探心机。

请君试看苏婆口，何异天花片片飞。

第六十四回

捉奸情贼母教淫女　论亲事悍妇打迕夫

词曰：

　　此刻风光堪乐，却被娘行识破。教他夜去和明来，也把墙头过。夫妇论婚姻，同将牙关锉。老儒无术奈妻何，躲向书房坐。

右调《误佳期》

　　话说苏氏向庞氏说了做亲的话，回家从头至尾，把彼此问答的话告知周琎。周琎甚喜，说道："这件事你倒做得有点门路，我深感你。只是何氏和老爷、太太还不定怎么？"苏氏道："大爷到疑难处，只管和我说，大家想法儿办，不怕不成。"周琎点头道："如此甚好。"苏氏又道："我还见齐姑娘来。"周琎笑问道："人才如何？"苏氏道："不像世上的人。"周琎惊讶道："这是怎么说？"苏氏道："是天上的头等仙女降落人间。从头上看到脚下，我虽然是个女人，我见了她也把魂魄失去，不知大爷见了她是怎么？"周琎听了，直乐得手舞足蹈，狂笑起来，向苏氏道："这事全要你成就我。你可偷空儿探问太太口气，不可令何家那醋怪知道，坏了我的事。"苏氏去了。

　　过了两天，苏氏回复道："太太的话，我费了无限唇舌，倒也有点允意。昨晚我听得太太和老爷说，老爷怒起来道：'怎么，他这样没王法！家中现放着正妻，又要娶个正妻，胡说到哪里去！他要娶妾，三个两个由他；我也想望得几个孙儿。况齐贡生最古执不过的人，这话和他说，徒自取辱。'又道：'怪道他日前认齐贡生老婆做干妈，原来就是这个想头，真是少年人不知好歹，以后倒要着他将念头打灭，安分读书为是。'"周琎听了这几句话，便和提入冰盆内一样，呆了好半晌，方向苏氏道："你还须与我在太太前留神。老爷的话我再设法。"苏氏道："这还用大爷吩咐？再无不舍命办的。况那庞奶奶已依允了，此事若罢休，我脸上也对不过人家。"周琎道："你说的甚是，此事若不成，我还要这性命做什么！总之，这事

第六十四回　捉奸情贼母教淫女　论亲事悍妇打迁夫

都交在你身上。"苏氏满口应承去了。

周琏屈指计算，明日该到书房中宿歇，苦挨到那晚四更时分，即爬在墙头等候。不想蕙娘自苏氏去后，也急着要问个信息，倒先在夹道内。周琏看见忙拾一小块炭丢下去，先拿过枕褥，后提了灯笼。两人到一处，且顾不得说话，先行干事。事完，周琏将蕙娘抱在膝上，便说他母亲和他父亲的话。蕙娘道："你父亲尚如此，我父亲更不须说。难道就罢了不成！"周琏道："我便死去也不肯罢了！我这几天想算，着叶先生并我父素日相好的朋友说这话，再看如何？"蕙娘道："你是极聪明的人，你估料烦他们说也有个中用，只用你父亲几句道理话，他们就是个罢休。你依我说，咱两个且欢会这五夜，过了五夜，你回到家中便装做起病来，一口饭不要吃，却暗中说与苏大嫂，与你偷着送东西吃。你父母定必着慌。到危迫时，然后着那苏大嫂替你在太太前以实情直告，若要不娶姓齐的女儿，情愿饿死。只用三天，你父母只生你一个，又没孙儿，不怕他老两口不依，倒只怕还要替你想妙法儿成就这件事，也定不住。"周琏听罢，抱住连连亲嘴，道："我的心肝！我此时才知你是我的老婆了！此计大妙，你我事体无不成矣！"蕙娘道："还有一件大疑难处，你丈人丈母未必肯依，又该怎处？日前苏大嫂说用五百两银子已安顿住了，未知确否？"周琏笑道："我丈人是个赌钱的魁首，又不重品行，只用泼出一二千两银子，叫他怎么便怎么。倒是你父亲，真令人没法！"蕙娘道："有我母亲与他作对，有何不妥。我如今也顾不得羞耻，早晚和我母亲一定告知，着她救我罢！"

两人商量停妥，又大干起来。不意庞氏出恭素日在午后时分，昨日吃了些烙饼，大肠干燥了，便不曾出恭。此时鸡鸣时候，忽然肚中作痛，穿了衣服，提了碗灯，将走到夹道门前，只听得有男女交媾之声，大吃一惊，连忙将灯吹灭。侧耳细听，是她女儿与人做事，淫声艳语，百般难述。不觉得浑身酥软，气倒在一边。彼时便欲闯将入去，又怕有好有歹，坏了自家声名。没奈何，一屁股坐在台阶上等候下落，心上猜疑，不知和谁胡干。这婆子越听越气，越气越恼，越恼越恨。须臾，听得那男人道："是时候了，我去罢。"

少刻，蕙娘开门出来，乍见她妈坐在门旁台阶上，也不知是什么时候来的,只吓得惊魂千里,浑身打起战来。庞氏看了一眼,将上下牙齿咬得乱响,恨骂道:"不识羞的贱淫妇,臭蹄子!"蕙娘知事已败露,连忙跪下痛哭起来。庞氏道:"你还敢哭,只怕人不知道么!"说着,一蹶劣站起,入夹道内,坐在一块大炭上。蕙娘也跟了入来,又跪在面前。庞氏道:"你做的好事呀!恨煞我,气煞我,呵呀呀!把亏也吃尽了,把便宜也着人家占尽了。你快实说,是个谁?是几时有上的?"蕙娘到此地步,也不敢隐藏,低低地说:"是周大哥。"庞氏听罢,将一肚皮气恼尽付东流,不知不觉地就笑了,骂道:"真是一对不识羞的臭肉,你还不快起来,在这冷地下冰坏了腿,又是我的烦恼。"蕙娘见庞氏有了笑容,方敢放心起来。先时止是惊怕,此刻倒有些害羞,将粉项低下,听庞氏发落。

庞氏又道:"臭肉,是从几时起首,如何便想到夹道中来?"蕙娘将前前后后,从首至尾说了一遍。庞氏道:"真无用的臭货,他会过这边来,难道你就不会过他那边去!夜夜在这冷地下着尿屎熏蒸,他不要命,你也不要命了么?今夜晚上你就到他那边去,赶天明过来。叫他与你写一誓状,他将来负了你,着他爹怎么死,着他娘怎么死,他是怎么死,都要血淋淋的大咒,写得明明白白。你父亲是万年县头一个会读书的人,岂有个读书人的女儿,叫人家轻轻易易玷污了就罢休的理!况男子汉哪一个不是水性杨花,你不拿住他个把柄还了得!你只管和他明说,说我知道了,誓状是我要哩。若写得不好,还要着他另写。他若问我识字不识字,你就说我通得利害,如今许大年纪,还日日看《三字经》。此后与你银子,不必要他的。你一个女儿家,力最小,能拿他几两,你只和他要金子。我再说与你,金子是黄的。"说罢站立起来,恭也不出了。

正要开门出去,蕙娘将衣襟一拉,庞氏掉转头来问道:"你拉我怎么?"蕙娘低下头,略笑了笑,庞氏道:"臭肉,你要说只管说罢,还鬼什么哩!"蕙娘道:"日前周家那家人媳妇儿说的话,全要妈做主,不可依我爹性儿。"庞氏虚唾了一口,笑着先出去了。蕙娘随后回房坐在床上,又有些讨愧,又心上喜欢。

齐贡生家素常睡得最早,起得也早。这晚蕙娘见他父母和兄弟俱睡了,便将贴身小衣尽换了绸子的,外面仍穿大布袄,以便明早回来。又换了

第六十四回　捉奸情贼母教淫女　论亲事悍妇打迂夫

一双新大红缎子花鞋，在妆台前薄施脂粉，轻画娥眉，将头发梳得溜光，挽了个一窝蜂髻儿，戴了几朵大小灯草花儿，系上裙子，仍从外房偷走出去，那胆子就比素常大了好些。走到夹道内先将门儿扣上，拾起块炭来，向墙那边一丢。周琏此时尚未睡，正点着一枝烛看书，听得院外有声，吃了一惊。随即又是一块落地，周琏想起蕙娘相约暗号，往下一看，见有人站在炭上。蕙娘道："是我。"周琏听说是蕙娘，惊喜相半，忙忙地下了炭堆，用手搂住问道："怎么你此时就来，可有什么变故了？"蕙娘笑道："有什么变故，我还要过你那边去。"周琏大是猜疑，蕙娘看出形景，笑说道："你莫怕，我过去和你说。"周琏道："我取灯笼来。"急忙到墙那边，将灯笼取至，说道："我扶你上去。"蕙娘道："我怕滚下来！"周琏道："我背了你上去。"于是蹲在地下，蕙娘扒在周琏背上，两手搂住脖项，将腿儿弯起。周琏一手执灯笼，一手扶着蕙娘，腿股轻挪，款步地走上炭堆。到墙头边将蕙娘放在炭上，他先跨过去，然后将蕙娘抱过去放在桌上，扶掖到地。两人到了房中，蕙娘笑嘻嘻地说道："此时的心才是我的心了，我只怕你一脚失错，咱两个都滚了下去。"说罢，见周琏的房屋裱糊得和雪洞相似，桌子上摆着许多华美不认识的东西，床上铺设着有一尺多厚，都是纹锦灿烂的被褥。周琏将蕙娘让的坐在椅上，问今晚早来之故，蕙娘将他妈识破奸情，并所嘱的话，子午卯酉细说了一番。

　　周琏大喜道："从此可放胆相会矣！"急急地将床上被褥卷起，放了一张小桌。又从地下捧盒内搬出许多的吃食东西放在桌上，取过一小壶酒来，安了两副杯箸[1]，将蕙娘抱在床上并肩坐下。先亲嘴砸舌，然后斟了一杯酒递与蕙娘。蕙娘吃了一口道："好辣东西，把舌头都折麻了，闻着倒甚香。"周琏道："这是玫瑰露和佛手露、百花露三样对起来的烧酒。早知你来，该预备下惠泉酒，那酒甜些。"蕙娘又呷了一口，摇头道："这酒厉害，只这一口，这就有些醉了。"周琏让蕙娘吃东西，自己又连饮了六七杯，猛见蕙娘脚下露出一只鲜红平底缎鞋，上面青枝绿叶绣着些花儿，甚是可爱。忙用手把握起细细赏玩，见瘦小之中却具着无限刚坚在内，不是那种肉多骨少可厌可恶之物，不禁连连夸奖道："亏你不知怎么

---

[1] 箸（zhù）：筷子。

下工夫包裹,才能到这追人魂、要人命的地步。"蕙娘道:"不用你虚说,这只还好,那一只倒弄上黑了。"周琏又将蕙娘的鞋儿脱下一只,把酒杯放在里面,连吃了三杯。又含着酒送在蕙娘口内,着蕙娘吃。只四五口,蕙娘便脸放桃花,秋波斜视,道:"我不吃了。"周琏见她情意已浓,将鞋儿替她穿上,跳下地去替蕙娘脱去上下衣服,两人搂抱着。歇了片刻,周琏替蕙娘穿了衣服,自己到书案前胡乱写了几句誓状,从书柜内取出两副时样赤金镯儿,约重六七两,着蕙娘带在胳膊上。说道:"这镯儿切不可着你母亲拿去。"又取出三封银子,用手巾包住,向蕙娘道:"回去和干妈说,金子此时实不方便,这是几封银子,且与干妈拿去,改日我再补罢。外誓状一张,可一总拿去。"蕙娘道:"我只为和你久远做夫妻,因此我母亲说的话,我便一字不敢遗漏,恐拂了她的意思,坏你我的大事。像这镯儿,我若有福嫁你,仍是你家的东西。这银子我拿去,脸上讨愧地了不得。"周琏笑道:"这也像你和我说的话!我的就是你的,将来还要在一处过日子哩。只是我还有个和你要的东西,你须与我。"蕙娘道:"我一个穷贡生家女儿,可怜有什么东西送你!你若要,就是我这身子,你又已经得了。"周琏道:"你这双鞋儿我爱得狠,你与我罢。我到白天看见她,就和见了你一般。"蕙娘道:"你若不嫌厌它,我就与你留下。"说着,笑嘻嘻地将两只鞋儿脱下,双手递与周琏。周琏喜欢得满心奇痒,连忙接住,在鼻子上闻了一闻,然后用手绢包了,放在小柜内。蕙娘将两只脚用裹布紧紧拴缚停当。周琏将蕙娘抱出房来,一层层挪移上去,又抱过了墙头,照前背负了,一步步送下炭堆。将三封银子并誓状从怀中取出,交付蕙娘,搀扶着出了夹道,看着蕙娘扶墙托壁,慢慢地走入正房去了。周琏回来,将一切收拾如旧,倒在床上歇息。

　　这边庞氏到日将出时,就忙忙地到里间屋内,见她小儿子和小女厮还熟睡,急问蕙娘:"誓状写下了?"蕙娘将誓状交与,庞氏看了看,一个字儿认不得。次复将一百五十两银子着庞氏过目,把周琏话详细说知。庞氏听一句笑一句,打开银包细看,一封是三五两大锭,那两封都是五六钱七八钱雪白的小锭。庞氏挝起一把来,爱得鼻子上都是笑。倒在包内叮当有声,看了大锭又看小锭,搬弄了好一会。见小儿子醒来问他,她才收拾起,笑向蕙娘道:"俺孩儿失身一场,也还失得值。不像人家那不争气的，一文不就，半文就卖了。"蕙娘道："那话也该和父亲说说了。"庞氏道："你那老子真非人类，另是一种五脏。见了银钱和见了仇敌一般，全不想久后儿孙们如何过度？我细想，若不与他大动干戈，虽一万年也没个定局。等他洗脸罢，我就和他说。"说着将银子和誓状仍包在手布内，藏在衣襟底下，提到外间房内，暗暗地归入柜中。

少刻，贡生净罢脸，穿完衣服，却待要出外边用早功，读殷盘迁都章。庞氏道："你且莫去，我有话说。"贡生道："说甚什？"庞氏道："女儿今年二十岁了，你要着她老在家中么？"贡生蹙着眉头道："我留心择婿久矣，总不见个用心读书的人。"庞氏道："我倒寻下一个了。"贡生道："是哪家？"庞氏道："是我的干儿子周琏。"贡生道："你故来取笑？"庞氏道："哪个王八羔子和你取笑哩。"贡生道："周琏是何指挥的女婿，已娶过多年，怎么说起这般没人样的话儿来，真是昏愦不堪[1]！"庞氏道："你才是昏愦不堪哩！我那干儿子又好人才，又好家业，又有好爹好娘，好奴仆，好骡马，好房产。一个人占了十几个好，就是王侯宰相，还恐怕不能这样全美。你不着我的女儿嫁他，还嫁哪个？"贡生道："放屁！周琏现有正室，难道叫女儿与他做妾不成么？我齐其家的女儿可是与人家做妾的么！"庞氏道："人家也是明媒正娶，哪个说与他做妾！"贡生道："蠢材，是人家谎你的哩！我的女儿岂是受人家谎的么！"

庞氏道："怎么是你的女儿？说这话岂不牙麻！我三年乳哺，十月怀胎，当日生她时，我疼得左一阵右一阵，后来血晕起来，几乎把我晕死，这都是你亲眼见的。我开肠破肚打就的天下，你这老怪物，你坐享太平。我问你，你费了什么力气来？"贡生气得寒战道："看，看！看她乱谈！"庞氏道："就算上你费过点力气，也不过是片时。我肚里生出来的倒不由我做主，居然算你的女儿！"老贡生气得手足俱冷，指着庞氏道："上帝好生，把你也在覆载之中。"骂罢，又冷笑道："是你的女儿，要嫁个周琏，岂非缘木求鱼之想。"

庞氏道："你休拿文章骂我。你骂我，我要骂你哩！"贡生道："你这样天昏地暗的杀材！理该把你投彼豺虎，豺虎不食，投彼有昊，有昊

---

[1] 昏愦不堪：发昏、糊涂之意。

不受,投彼有昊而已。"庞氏大怒道:"说着你还要拿文章骂我么!我把你个不识好歹的老奴才,不识抬举的老奴才,千年万世老王八奴才……"贡生大怒,先从桌上取起一个茶杯摔碎,又将一个汤碗也摔碎在地,一翻身倒在床上,只将胸脯狠拍道:"安得上方斩马剑,断却泼妇一人头。"庞氏道:"打了家伙就算了;你便将家伙打尽,我也要着女儿嫁周琏哩!"贡生怒坏,反将双目紧闭,任凭庞氏叫吵,一言不发。

庞氏见贡生不言,跑来用两手把住贡生头巾乱摇道:"老怪!你便装了死,我也着女儿嫁周琏哩!"贡生恨极,一翻身向庞氏脸上打了一掌,疾趋在地下抱火盆要打,却待将腰一弯,不意庞氏一头触来,正触在贡生腰眼间,贡生呵呀了一声,早从火盆这边倒过那边去。贡生忍痛爬起,在火盆内挏一把灰向庞氏脸上洒去,洒得庞氏头脸俱白,被灰掩了二目。贡生见庞氏揉眼,心上得意之至,忙用手捧灰又洒。不防庞氏狠命扑来,将贡生撞倒在地,用手在贡生头上乱拧。贡生急伸二指触庞氏之口,被庞氏将指头咬住,贡生大声叫道:"痛杀哉!"

蕙娘见闹得不成局势,方才出来解劝,拉开庞氏,将贡生扶起坐在床上。贡生气得唇面俱青,指着庞氏向蕙娘道:"此妇七出之条,今已有二。"说罢,喘吁吁将头乱摇道:"吾断不能姑息养奸!"庞氏大吼道:"你还敢拿文章骂我么?"贡生又摇着头道:"斯人也,而有斯凶也,出之必也。"庞氏道:"你少对着女儿戾矣球矣地胡嚼!"贡生大恨了一声,疾疾地趋出外边去了。正是:

识破奸情不气羞,也教爱女跳墙头。

贡生不解闺中事,拼命犹争道义由。

第六十五回

避吵闹贡生投妹丈　　趁空隙周琏娶蕙娘

词曰：

河东吼，又兼鼠牙雀口。可怜无计挫凶锋，思索唯一走。酿就合欢美酒，欲伊同相厮守。牡丹花下倩蜂媒，偷娶成佳偶。

右调《醉花春》

且说贡生与庞氏打吵了一场，负气到书房想了好半晌，也没个制服庞氏的法子。想到苦处，取过一本《毛诗》来，蹙着眉头狠读。庞氏不着人与贡生吃饭，直饿至午后，蕙娘过意不去，向庞氏再三说，方拿出饭来。贡生自此日始，只在书房宿歇，庞氏又不与他被褥，就是这样和衣睡卧。

再说周琏得蕙娘夜夜过墙相会，又送了庞氏几十两金子，瞬息间已满了五日，该回家的日期。这晚两人千叮万嘱，方才分首。周琏回到家中，至次日便装做起病来，整一天不曾吃饭，慌得周通夫妇坐卧不安。请了大夫来，他不但不吃药，连脉也不着看，只是蒙头昏睡。赶空儿，苏氏便偷送干果桃仁二物，别的怕显露形迹，周琏便在被中偷吃。又饿了一天，做父母的如何当得起！周通还略略好些，只苦了冷氏，直掇掇守了一日两夜，水米未曾粘牙。问周琏身上到底是怎么不好？周琏总一字不答。到第三日午后，见周琏无一物入肚，冷氏越发大惧，只急得走出走入。周通不住地长吁，在家人身上搜寻不是。

苏氏见是光景了，便将冷氏请到一间空房内，说道："太太可知道大爷患病的缘故么？"冷氏忙问道："是什么缘故？你快快说！"苏氏道："就是为齐姑娘的亲事，小的日前亦曾和太太禀过，不意老爷不依，小的只得据实回复大爷。大爷只说了一句道：'此事若不成，我还要这命做什么！'谁想大爷别无主见，拿定要自行饿死。今日已是三天了，若再过今日，只怕大爷饿得有好歹。"说着跪在地下痛哭道："小的家两口子受主人恩养四五十年,眼见得老爷太太都是六十一二年纪,只有大爷一位,关系得了不得。因这样一件小事,叫大爷抱恨伤生,老爷太太心上管情已过不去。现放着偌大家私,再连这样一件事办不了,要那银钱何用!况大爷是少年人,识见还不大老练;纵不饿死,万一因此事动了别的短见念头,留下这大家私,将来寄托哪个?小的若不说,老爷太太如何知道大爷不要命的意见。"冷氏只当周琏真个患病,听了此话,倒将心放开大半,向苏氏道:"你起来!你该早和我说,这亲事我许他做了罢!叫他好好儿吃饭,不可生这样没长进念头。"

苏氏听罢,如奉恩诏,急忙到书房中向周琏细说,她如何跪着哭,如何说惊吓,如何争着辩论,方才得太太应允,连老爷的话也包满了。周琏大喜道:"真亏你有才智,将来事体成后,你一家大小都交在我身上。还有一件,我若吃了饭,太太又变了卦,这该怎么?"苏氏道:"我看太太断不反口。设或反口,大爷再不吃饭,就是第一妙法。"周琏连连点头道:"此事我深感激你。"苏氏道:"一家儿受大爷的恩,但愿亲事成就,就是我们的福。请快起来吃饭,以安老爷太太之心。"

正说着,冷氏已令人大盘大碗端了出来,摆满一桌。周琏穿了衣服,大饮大嚼,比素常吃得多出一倍,倒把些家人们糊涂住了,不知他这病是什么症候。苏氏看着周琏吃完,即入内报与冷氏。冷氏道:"他是饿肚子,不该着他吃许多。"随即着人将周通请来,把周琏舍命饿死要娶齐家女儿的话细说,又道:"我已许了,他才肯吃饭。你看该作何裁处?"周通听了,一句儿不言语,靠着枕头,在一边想算;想算了一会,向冷氏道:"何亲家为人,我知之甚详,只用与他几两银子,便着他的女儿做妾,他也愿意,此事易处。今齐贡生女人虽说愿意,但齐贡生为人,我也知之甚详,与何亲家天地悬绝,此事倒极难处。"又道:"这皆是梦想不到的事。"说着,将床拍了两下道:"也罢了,只恨我偌大年纪,只生他一个,由他做罢。只说与他,休要做出大是非来。"说罢,周通出去。

冷氏将周琏叫来,先骂了几句,然后将周通话告知。周琏大喜道:"只要爹妈许我做,断不着弄出半点是非来。"他也不回避冷氏了,当面将苏氏叫来,对着冷氏说了一遍。又道:"我这边老爷太太话俱妥当,你可速去齐家和庞氏说知,看她是怎样话说,达我知道。"

第六十五回　避吵闹贡生投妹丈　趁空隙周琏娶蕙娘

　　苏氏领命，随即到齐家门首。却好齐可大正出来，将苏氏领至庞氏房内。庞氏连忙迎着。苏氏满面笑容道："我今日是与太太道喜。"说着，拉不住地叩下头去，慌得庞氏扶搀不迭。苏氏叩头起来，庞氏让他坐，苏氏哪里肯坐，只要站着说话。庞氏道："你若是这样，只索大家站着罢。"苏氏道："这里有个小板凳儿，小媳妇坐了罢！太太如今和我太太是一样主人了，若是不依，我此刻就回去。"庞氏笑道："就依你坐下罢，只是我心上过不去。"苏氏等着庞氏坐了，方才坐在小板凳上，道："我家太太和大爷请太太安，问候二位相公和姑娘好！日前提姑娘喜事，蒙太太允许，我家老爷太太喜欢得通睡不着。只因何宅话未定归，这几日没回复太太。如今何宅也满口应许，且说的都是情理兼尽的话，真是内外上下，无一不妥，小妇人方敢过来。一则与太太道喜，二则问问这边老爷，想也是千依万依了？"庞氏道："说起来叫你笑话。我日前为此事，与那老怪物大闹了一场，他如今躲在书房中通不见我。既承你家主人爱亲做亲，不嫌外我，我感情不尽，早晚少不得和那怪物说这话。事若不成，我也没脸面见你了。"苏氏笑盈盈地说道："这事总要太太做主。齐老爷性子我们也都知道一二，不怕得罪太太说，他老人家过于忠厚些。太太是惊天动地的人才，想算着那们可成就，就只管举行。依小妇人主见，将齐老爷闹得远去几日，我们那边急急下定礼，急急择日完婚，齐老爷到回来时，只好白看两眼，生米已成熟饭，会做什么？即或告到官前，齐老爷是一家之主，这做亲下定是何等事，只怕说不出个全是太太主裁，以'不知道'三字对满城绅衿士庶。"庞氏大喜道："这个主见高我百倍，我就闹他离门离户的。只是你说何指挥家也依允了，可说的两下俱都是正室么？这事不是搭桥儿的。"苏氏大笑道："太太真是多心，我家主人有多大胆子，敢将诗礼人家姑娘骗去做偏房侍妾。"庞氏道："既如此，等我打发怪物走了，通知你家主人，择日下定完婚罢。"苏氏又极口地赞扬了庞氏几句有才智、有担当等话，方才回家，将庞氏问答的话，细细地回复了周琏，又禀知冷氏。

　　冷氏告知周通。周通见事在必行，吩咐厨下收拾了几桌酒席，将自己并何指挥素常相好的朋友，请了二十余人。席间，将要娶齐贡生的女儿与儿子做继室，委曲道及，烦众亲友去何家一说，吐了一千两的气。

众亲友素知何指挥是个重利忘义的人,大料着十有八九必成,谁不乐得与财主效力。可笑二十余人,内中连一个说半句不可的也没有,各欣然奉命去了。

到了何家,正值何其仁赌败回家。众亲友先从周通夫妇年已六十余年,还未见孙儿,令爱已出阁二三年,从未生育,说到要娶齐贡生令爱与周琏做继室话。话未说完,何指挥跳得有二三尺高下,大怒发话道:"有周家要做这事的,便有众位来说这事的!众位俱都是养女之家,可有一位做过这样不近情理的事没有?小女前岁才出阁,屈指仅二年,便加以'从不生育'四字,人家还有二三十年不生育的,这该问个什么罪过?况儿孙迟早有命,莫说周亲家六十岁未见孙儿,他便是一百二十岁不见孙儿,只合怨自家的命!众亲友今日若说与小婿娶妾,虽是少年妄为,也还少像人话。怎么现放着小女,才说起娶继室话来!此后不但娶继室,只提娶妾一字,周舍亲虽有钱有势,他父子的性命却没七个八个。"说着,又连拍胸脯大喊道:"我何其仁虽穷,还颇有气骨,凭着一腔热血,对付了他父子罢!我是不受财主欺压的人,他这财主只可在众位身上使用罢。"

众人见何其仁话虽激烈,也又说得极正大处,彼此顾盼,竟没的回答。内中还有深悔来得不是的。此时,何其仁挺着胸脯,将双睛紧闭,斜靠着椅儿,比做了宰相还大。众亲友道:"话没说头,总是我们来得猛浪了,大家回去罢,休再讨没趣。"内中一个道:"我们既来了,话须说完,也好回复人家。"向何其仁道:"我们还有一句不识进退的话儿,尊目又紧闭不开,未知容说不容说?"何其仁将手向天上一举道:"只管吩咐。"那人道:"令亲于我们临行时说:'何亲家年来手索些,此事若蒙俯就,我愿送银八百两为日用小菜之费。'令亲既有这句话,我们理合说到,依不依,统听尊裁。"何其仁听见"银子"二字,早将怒气解了九分,还留着一分争讲数目。急忙把眼睁开,假意道:"舍亲错会意了!且莫说八百两,便是一千六百两,看我何其仁收他的不收!"嘴里是这样说,却声音柔弱下来。

那人道:"送银多少,令亲主之;收银不收,系尊驾主之。尊驾若一分不受,此话无庸再提,我们即刻回去;若因数目多寡之间,有用我们调停处,尚求明示。"何其仁将胸脯渐次屈下,说道:"小弟参入仕宦,

第六十五回　避吵闹贡生投妹丈　趁空隙周琏娶蕙娘 ‖ 483

尚非以小女拍银钱的人。但舍亲自念年纪衰老，注意早见孙儿，此亦有余之家应有情理。既系骨肉至亲，何妨以衷曲告弟，而必重劳众亲友道及，弟心实是不甘。"众人道："这是令亲不是，我等来的也不是。今话已道破，不知尊驾还肯曲全我等薄面，体谅令亲苦心否？"何其仁道："舍亲既以利动弟，弟又何必重名！得借此事脱去穷皮也好。一则全众位玉成美意，二则免舍亲烦恼。只是八百之数，殊觉轻已轻人。"众亲友说道："微仪一千何如？"何其仁伸了三个指头道："非此数不敢从命。"众亲友道："与者是令亲，受者是尊驾。令亲与其出上三千金娶齐家一个，惹尊驾气恼，就不如出三千金买三个美色侍妾，名正言顺了。难道尊驾真好不准令婿娶妾么！就是令婿，他竟终身不敢娶妾么？三千金之说，我等实不敢慷此大概，就此告别罢！若令亲愿出此数，统听令亲面谈。"说罢，一齐站起。

其仁换成满面笑容，拦住道："且请少坐片时，弟还有一言未结。"又吩咐家中人看茶。其仁道："君子周急不继富，众位何必以舍亲之有余，窘小弟之不足？此中高厚，还望众位先生垂怜。"众亲友彼此相顾了一会，其中一人道："八百之数原是我们众人和令亲面争出来的，后说一千，便是大家斗胆担承。今尊驾以贫富有无立论，我们若不替周全，尊驾心上未免不骂我们趋炎附势了。今再加二百，共作一千二百两，此外虽一分一厘，亦不敢做主。"其仁故意作难了半晌道："罢，罢！就依众位吩咐罢！"众亲友各举手相谢，笑说道："既承慨允，必须立一执照，方好回复令亲。"何其仁指着自己鼻头道："小弟不是不知骨窍的人，安有银至一千余两，还着众位空回。"于是取过纸笔，亲写道：

　　立凭据人原任指挥副使何其仁，因某年日月将亲生女出嫁与候补郎中周亲家长子琏为妻，今经三载，艰于生育。周亲家欲娶本县齐贡生女与女婿琏为继室，挽亲友某等向其仁道达。其仁念周亲家年近衰老，婿琏病弱，安可因己女，致令周门承祧乏人。已面同诸亲友言明，许婿琏与齐氏完婚。齐氏过门后，与其仁女即同姊妹，不得以先到后到，分别大小。此系其仁情愿乐成，并无丝毫勉强。将来若有反悔，举约到官。恐口无凭，立此存照。

下写同事某某等。众亲友看了，见写的凭据甚是切实，各称其仁是明白爽快汉子。又要请其仁的娘子出来当面一决,其仁贪着银子,连忙入去。好半晌,方见其仁的娘子王氏出来,向亲友一拂,众人俱各还揖,将适才话并立的凭据细说一番。王氏也没的说,只说了个:"若娶了新的,欺压我的女儿,我只和众位说话。"说罢,那泪和断线珍珠相似,从面上滚了下来。众人道:"贵亲家是最知礼的,就是令婿,也非无良之辈,放心,放心!"王氏入去了,众亲友将凭据各填写了花押名姓,袖了作别。其仁问银子几时过手?众亲友道:"准于明日早饭后,我等俱亲送来。"其仁送出门外,大悦回房。

众亲友于路上也有慨叹的,也有笑骂的,纷纷议论。到周家门首,周通即忙迎接出来,让到书房中,问了前后话,又看了凭据,笑了笑,遂留众亲友晚饭,同着儿子周琏叩谢。复面约众亲友,明日早饭与何指挥家送银子。至次日,众亲友将去时,周通因王氏落泪,说道:"心上甚是过不去,余外又称了二百两,烦众亲友面交亲家王氏,为些小衣饰之费。"众亲友也有立刻誉扬的,也有心里喜他厚道的,这话不表。

再说庞氏自苏氏去后,这日午间,便寻到书房与贡生大闹一次。二日一连闹了三次,打了两次,闹得贡生心绪如焚。果不出他们所料,思想着别无躲避处,要到他妹丈家去几天。主意拿定,连饭也不敢吃,怕庞氏再出来作对,急急地步走出城,在城外雇了个牲口,向广信府去了。

庞氏知他必是去妹子家,母女皆大喜,便差可大去周家送信。周琏喜极,也不顾得选上好吉期,看见本月十六日还没什么破败,即于此日下定。屈指只是两天,恐怕齐家支应不来,先差四个家人过去,整备了六七桌酒席,留下定人吃饭。又替庞氏备了各项人等赏封,就着苏氏暗中带去,住在齐家帮忙。又将可大将何其仁凭据抄写了,念与庞氏和蕙娘听,母女欢喜不尽。

到下定这日,抬了十二架茶食,四架定礼,俱摆设在齐家厅上。庞氏见黄的是金,白的是银,五色灿烂的是绸缎衣服,乐得心花俱开,乱了多半天,方才完事。苏氏回家销差。

周琏只怕齐贡生回来口舌,择在本月二十一日就娶。先禀知他父母。次后于城里城外叫了五六十个裁缝,与蕙娘赶做四季衣服。此时蕙娘将一片深心,方才落肚,昼夜准备着做新妇人。庞氏将蕙娘素时衣服,并

第六十五回　避吵闹贡生投妹丈　趁空隙周琏娶蕙娘

周琏送的衣服和钗环首饰等物类,都和蕙娘要下,说是到大财主家去用不着,与小儿子将来娶亲用。又见蕙娘有赤金镯二副,也着留下。蕙娘因周琏叮嘱,不肯与他。这婆子恼一会,喜一会,虚说虚笑一会,蕙娘无奈,与她留了一副。又着可大向周琏要了四个皮箱,将下定衣服首饰装在里面,算了他的陪妆,真是一根断线也没陪了闺女。普天下像庞氏的,实没第二个。肯将定物算了妆奁,没有全留下,还是周琏之幸也。

这婚嫁的信息,早传得通县皆知。到娶亲那日,不但本地绅衿士庶、文武等官亲来拜贺,还有邻邦文武等官差人送礼者亦极多。总是两个字,为周通家"有钱"。周通请了沈襄和教官叶体仁,替他应酬文武官;又请何其仁原说事的亲友二十余人,替他应酬往来贺客。在内院东边另一处院落,收拾了喜房,摆设得花攒锦簇,无异贝阙瑶宫。将蕙娘娶来,送入洞房。次日,同周琏拜天地祖先,次后拜见公姑。周通和冷氏看见蕙娘,各心里说道:"怪不得儿子连性命不要,安心娶他,果然十二分人物,妇女中的全才。"冷氏差人叫何氏出来,与新妇人会面。差人叫了两三次,总不出来。冷氏向蕙娘道:"何氏媳妇到在你前,你该以姐姐待她。她既不来,你去到她那里走走为是。"蕙娘听了,着众人导引,到何氏房中来。

原来何氏从周琏未下定之前,早已知道了,气得要死要活,在冷氏面前痛哭了几次,着冷氏做主。冷氏通以好言安慰。后来听得下了定,急得要回娘家去。又听得父亲吃了好几千银子,反立了凭据,更气得死而复生。昨日过门时,女客来了无数,她将门儿关闭,一个人也不见,直哭到天明。此刻因婆婆打发人来说话,无奈,只得开门支应。猛听得门外众妇人喧笑,却待叫女厮关门,早见家中大小妇女,捧着一个如花似玉的新人入来。苏氏向蕙娘道:"这床上坐的,便是头前的大奶奶。"蕙娘朝着何氏深深一拂,见何氏坐着丝毫不动,蕙娘便不拜了。却待要回走,只见何氏放下面孔道:"你就是新娶来的么?将来要知高识低,不可没大没小。你若说你和我一样,你就是不知贵贱的人了。你去罢。"几句话说得蕙娘满面通红,自己又是个新妇,不好回言,抱恨在肚内,急转身出来,仍到冷氏房内站立。冷氏问道:"你两个见了礼么?"苏氏便将何氏说的话,一一诉说。冷氏听了,登时变了面孔,向众仆妇道:"怎她这样不识人敬重!"又向蕙娘道:"倒是我打发你去得不是了,以后不必理她！"

　　蕙娘见婆婆做主，心中方略宽爽些。回到自己房内，一见周琏，便落下泪来。周琏慌忙急问，蕙娘又不肯说，还是苏氏说了一遍。周琏大怒，一阵风跑到何氏房门前，见门儿关闭，大喝着叫开门，丫头们谁敢不开。周琏闯入去，指着何氏骂道："我把你个不识人敬倒运鬼奴才！你方才和你新奶奶是怎么样的话说？你责备人知高识低，没大没小，口中且要分别贵贱；我问你，你的贵在那里？你但要值半文钱，你老子也不与我写凭据了。我说与你个不识进退的奴才！你今后要在你新大奶奶前虚心下气，我还把你当个上边人看待；你若始终不识好歹，我只用再与你那老子一千两银子，立一张卖仆女的文约。到那时，她坐着，你还没站着的地方哩！"何氏见周琏脸上的气色大是无情，一句儿也不敢言语，低了头死挨。

　　猛听得冷氏在窗外说道："外面许多男客，里面许多女客，两三班家叫上戏，此刻还不唱！素常没教训出个老婆来，偏要在今日做汉子。还不快出去。"周琏见他母亲说，方气恨恨去了。何氏放声大哭，便要寻死碰头。亏得众仆妇劝解方休。到晚间，周琏将骂何氏话细说，蕙娘才喜欢了。正是：

　　　　惧内懦夫逃遁去，贪财恶妇结良姻。
　　　　今宵欢聚鸳鸯被，不做茅房苟且人。

第六十六回

老腐儒论文招嫌怨　二侍女夺水起争端

词曰：

旨酒佳宾消永昼，腐鼠将人臭。箫管尽停音，乱道斯文，惹得同席咒。茶房侍女交相诟，为水争前后。两妇不相平，彼此成仇寇。

右调《醉花荫》

话说周琏与蕙娘成就了亲事，男女各遂了心愿，忙乱四五天，方将喜事完毕。周琏吩咐众家人，将齐家隔壁房儿租与人住，一应物件俱令搬回。将沈襄仍请回原旧书房住。众家人越发明白这一丸药的作用。

庞氏见蕙娘已过门，量老贡生也没什么法子反悔，又急着要请女儿和女婿，非贡生来不可。着大儿子可大拿了何其仁凭据稿儿，又教道了他许多话，向周琏家借了个马和一步下人相随，到广信府城去请贡生。

可大到了城内，先暗中见了他姑丈张充并他姑娘齐氏，将周琏前后做亲话从头至尾细说了一遍，今奉母命来请他父亲。齐氏与庞氏意见倒是不约而同，听见周通家富足，便满心欢喜，反夸奖庞氏做得极是。

随请贡生到里边，将可大来请，并和周家做亲话替可大说了一番，把一个贡生气得面青唇白，自己将脸打了几下，随即软瘫在一边。慌得张充夫妇百般开解，又将何其仁立的凭据稿儿张充高声朗诵，念与贡生听。贡生听了凭据上话，心中才略宽了些。问可大做亲举动，可大将周琏家怎般烦亲友向何指挥家说话，家中怎般支应，到娶的那日怎般热闹，满城大小文武官员，并地方上大家都去拜贺。"到我们家拜喜的，也有三四十人，俱是文会中秀才、童生和叶先生、温先生，别人未来。"又言："周家请了三班戏，唱了五天。我送亲那日，也看了戏。如今母亲要请妹子和妹夫，须得父亲回家方好。"可大说完，齐氏帮说道："像这样人家，我侄女做个媳妇，也不枉了在哥哥前投托一场。这是一万年寻不出来的好机缘。只恨我没生下有人才的女儿；若有，不但做正室，就与周家做个偏房，我也愿意。哥哥即该回去，方对周亲家好看。我随后还要着妹夫补送礼物，将来有借仗他处哩！"张充也极口誉扬。贡生的面孔回转过些来。问可大道："媒人是谁？"可大道："没有媒人。"贡生瞑目摇头道："难乎免于今之世矣！"又问道："学校中朋友议论何如？"可大道："也没有人学我们，也没有人笑我们。"贡生恨道："蠢材！你和你母亲竟是一个娘肚中养出来的！"自己又想着事已成就，便在妹子家住到死后，少不得骨殖也要回家，即辞张充起身。张充夫妇又留住一天。

次早，父子各骑脚力回来。贡生恐怕可大语言虚假，将到城门，着可大先去家中，直挨到昏黑时候，方入了城。

他素日有个知己朋友叫做温而厉，也是本城中一个老秀才，经年家以教学度日。其处己接物和齐贡生一般，只有一件比贡生灵透些，还知道爱钱。一县人都厌他，唯贡生与他至厚。他又有个外号，叫"温大全"，一生将一部《朱子大全》苦读，每逢院试，做出来的文章和讲书也差不多，虽考不上一等、二等，却也放不了他四等、五等，皆因他明白题故也。贡生寻到他书房时，已是点灯时分。一入门，见温而厉端坐闭目，与个大些的学生讲正心诚意。学生说道："齐先生来了。"那温而厉方才睁开眼，一见贡生，笑道："子来几日矣？"贡生道："才来。"说罢，两人各端端正正一揖，然后就坐。贡生道："弟德凉薄，刑于化歉，致令牝鸡司晨，将一女偷嫁于本城富户周通之子周琏，先生知否？"温而厉道："吾闻其语矣，未见其人也。"贡生道："我辈斯文中公论若何？"温而厉道："虽无媒妁[1]之言，既系尊夫人主裁，亦算有父母之命，较逾墙相从者颇优。"贡生道："此事大关名教，吾力纵不能肆周通于市朝，亦必与之偕亡。"温而厉道："暴虎凭河，死而无悔者，吾不与也！不观齐景公之言乎？既不能令，又不受命，是绝物也。兄之家势远不及齐，而欲与强吴相埒[2]，吾见其弃甲曳兵而走也必矣！"贡生道："然则奈何？"温而厉道："成事不说，遂事不谏。若周通交以道，接以礼，斯受之而已矣。"贡生道："谨

---

[1] 媒妁（shuò）：旧时的媒人。
[2] 埒（liè）：同等。

谢教。"于是别了温而厉，回到家中。

庞氏早在书房中等候，换成满面笑容，将贡生推入内房，收拾出极好的饭食与贡生接风，把蕙娘到周家好处说得天花乱坠。贡生总是一言不发。庞氏赔了不是，又拜了两拜，贡生方略笑了笑，旋即又将脸放下。庞氏着贡生定归女儿、女婿回门日期，贡生只是低头吃饭，吃罢饭便到书房中去睡。庞氏便拉了入来，庞氏替他脱衣解带，同入被中，搂抱着说笑。

两口和好罢，庞氏复同议回门话，贡生道："聘女儿由你，回女儿也由你。至于女婿，我不但回他门，我连面也不与畜生相见。他恃富欺贫，奸霸了我女儿，我不报仇就够他便宜了，难道还着他跟随上门无礼么？"庞氏笑道："你又来了！当日我父亲回你门时，你也曾跟随着我去；你那无礼岂止一次，我父亲报复的你是什么？只有更加一番恭敬待你。"贡生想了想，也笑了。

次日，庞氏一早又取过宪书来，着贡生择日子。贡生定在下月初二日。庞氏也不着贡生破钱，自己拿出银子来褙房屋，雇仆妇，买办各色食物。到二十九日，即下帖到周家。至初二日，先是蕙娘早来，打扮得珠围翠绕，粉妆玉琢，跟了四房家人媳妇，两个女厮，拜见爹娘和兄嫂，说婆家相待情景。周琏见贡生回来别无话说，心上甚喜，这日鲜衣肥马，带领多人到齐家门首，可大、可久接了入去。好半日，贡生方出来与周琏相见，那颜色间就像先生见了徒弟一般，毫无一点笑容。周琏心上大不自在。随后去见庞氏，庞氏满口里叫姑爷不绝，相待极其亲热。

午间，内外两席，外面是贡生和两个儿子相陪。席间别的话不说，只是来回盘问周琏学问，又与周琏讲了两章《孟子》。从此，早午都是贡生陪饭，讲论文章。周琏心恶之至，只住了两天，定要和蕙娘回去，庞氏哪里肯依。又勉强住了两天，才放他夫妇同回。临行，老贡生将自己做的文字八十篇，送周琏做密本。在贡生看是莫大人情，非女婿，外人想要一篇不能；在周琏看还不如个响屁。

过了几天，周通设戏酒，请贡生会亲，又约了许多宾客相陪，贡生辞了两次方来。刚才坐下，便要会叶先生。周通将沈襄请来。贡生只看了两折戏，便着罢唱，与沈襄讲起文来。腐儒的意思，要在众宾客前，借沈襄卖弄自己也是大学问人。将沈襄赞不绝口,又将周琏叫到面前说道:"叶先生学问比我还大,你须虚心请教,受益良多。"宾客们俱知他是个书呆子,不过心里笑他。只是不得看戏,未免人人暗中要骂他几句。酒席完后,内外男女打算着看晚戏。周通酌酒后,金鼓才发,贡生又着罢唱,拼命地与沈襄论文。蕙娘在屏后急得要死,恐公婆厌恶,着人请了三四次,贡生口里答应,只不动身。皆因他见众人都看见,越发得意起来,论文不已,哪里还顾得蕙娘。沈襄知久拂众意,请他到书房中细讲。贡生志在卖弄才学,如何肯去?沈襄又不好避去,恐得罪下少东家妇,只讲论得众宾客皆散而已。

二鼓,别了周通父子出来,到大门外,还和沈襄相订改日论文。一路快活之至,将到自己门首,才想起蕙娘请他说话,又复身回到周家叫门。周家听得是贡生,一个个尽推睡熟,贡生还敲打不已。亏得贡生家老汉还略知点世情,将贡生开解回去。次日传说得蕙娘知道,心上又气又愧,告知周琏,周琏将管门人每个打了二十板,还赶去一人。此后周家没一个不厌恶贡生。

再说蕙娘自到周家月余,于冷氏前百般承顺,献小殷勤。放着许多丫环仆妇,她偏要递茶送水。不隔三五天,便与公婆送针指,也有自己做的,也有周琏买的,奉承得冷氏喜爱不过,无日不在周通前说新妇贤孝。蕙娘偏又不回避周通,见了就爹长爹短,称呼烂熟,周通也甚是欢喜。周琏已派了两房家人媳妇,两个女厮,早晚伺候。冷氏除与珠翠衣服等物外,又将自己两个女厮也与了蕙娘。

何氏看在眼中,都是暗气恼。又兼周琏自娶蕙娘后,通未到她房内一宿;也有在冷氏房中与蕙娘见面时候,两人都不说话。每见蕙娘窥公婆意旨便卖弄聪明,做在人先,形容得自己和块木头一样。素常俱是和周琏同吃饭,如今是独自一个吃,饮食也渐次菲薄。又兼家中这些大小男妇,没一个不趋时附势,将新大奶奶举在天上,片语一出,奔走不迭。自己要用点吃食,不是这个说没有,就是那个推说没功夫。即或有人去买来,多是不堪用之物,且还立刻要钱。只这些,都是无穷气愤。父母家要了钱,又不与做主,唯有日夜哭泣而已。也有人劝她勘破时势,与蕙娘和好,借蕙娘挽回丈夫。她听了更是气上下不来,反将劝她的人数

第六十六回　老腐儒论文招嫌怨　二侍女夺水起争端

说不是，谁还管她。

一日，也是合当有事。周通家内共是两处茶房。这日管内茶房的人告假回家，众妇人只知用水，用尽了却没人添水。何氏要洗了手做针指，差小丫头玉兰来取水。玉兰见两把大壶放在灶台前，都是空壶，咒骂了茶夫几句，便从缸内盛水在壶内，少刻水响起来。不意蕙娘因周琏去会文，要趁空儿洗脚，伺候她的一个大丫头落红，提了盆儿也到茶房取水。何氏家玉兰将水顿得大响起来，落红走至，提起壶便向盆内倾去，急得玉兰抱住壶梁儿大嚷道："我家奶奶等候要洗手，我好容易顿了这半日，才得滚了，你倒会图现成么！"落红道："我家奶奶也急得要洗脚，你让我倾了，你再顿罢。"玉兰道："我为什么让你？等我倾了你再顿也不迟。"落红道："我与你分用了罢！"玉兰道："我为什么和你分用！"落红道："这水着你霸住不成！"说着，提壶便倾；玉兰抱住壶儿死也不放，口里乱骂起来。骂得落红恼了，将壶向玉兰怀内一推，道："就让你！"不意玉兰同壶俱倒，那水便烫在玉兰头脸上，烧得大哭大叫。

落红连忙搀扶她，谁想何氏大女厮舜华也来催水，见玉兰烧坏头脸，却待要问，落红道："她急着要倾水，不知怎么将壶搬倒，压在地下，我在这里扶她。"玉兰两手抱住面孔大哭道："你将我推倒，夺我的水，烧我的脸，还说是我搬倒的！"舜华听了，一句也不言语，将玉兰斜拖入何氏房中去了。何氏见衣服浸湿，头脸上有些白泡，忙问道："是怎么来？"舜华将落红夺水，推倒玉兰，烧了头脸话怒恨恨地说了一遍。

何氏听罢，不由得新火旧恨一齐发作，急急地走到茶房，指着落红骂道："你个不睁眼的奴才，你伺候了个淫妇便狂的没样儿了！你仗着谁的势头，敢欺负我？"落红道："看么！大奶奶家玉兰，自己将壶搬倒烧了脸，与我什么相干，便这样骂我！骂我罢了，怎么连我家奶奶也骂起来了！"何氏大怒道："我便骂那个淫妇，你敢怎么？我且打打你，叫你知个上下。"扑来便将落红揪住，用手在头脸上乱拍。落红用手一推，险将何氏推倒，口中唧唧哝哝几句，说道："尊重些儿，倒不惹人笑话罢！"何氏气得乱抖，扑向前又要打，早来了许多仆妇将何氏劝解开。

落红趁空儿跑去，一五一十哭诉蕙娘，又添了骂蕙娘的几句话。蕙娘也动起大气恼来，一直到茶房院内。何氏将要回去，见蕙娘跟着五六个妇女在后面走来，不由得冷笑道："狐子去了，叫着老虎来了，我正要寻你呢！"蕙娘道："你的丫头搬倒壶烧了脸，与我的丫头何干？你打了丫头也罢了，你平白骂我怎的？"何氏道："你家主儿奴才休将势利使尽了，我当日也曾打有势利时走过！怎么着，女厮拿滚水烧人，你着她拿刀杀人不更快些！"

蕙娘道："大嫂，你从后要安分些儿，汉子和你无缘，你何必苦苦寻趁我，难道把我变成汉子，重新爱你不成？"何氏大怒道："你叫我大嫂，我便叫你小妇。"蕙娘道："你便说我是个小妇，我却是鸣锣打鼓，合城文武官员送礼拜贺娶来的；你先时倒也是个大妇，被你老子写文约立凭据，只一千二百两银子，就卖成人家真小妇了。你若稍有人气，就该自尽，敢和我较论大小！"何氏又羞又气，骂道："贱淫妇，你不是被人先奸后娶么，你问问这一家上下，哪个不知道！"蕙娘道："先奸后娶，我也不回避，但我还是叫自己汉子奸的，不像你个贱淫妇！"何氏道："不像我什么？我今日就和你要人。"蕙娘道："你有你那娘老子卖了你，就够你一生消受，还问我要人？"何氏道："你也有人爱，我今日断送了你罢！与你个众人爱不成！"说着便向蕙娘扑来，早被众妇人一二十只手拦住。何氏喊道："你们众人打我么？把你们这一群傍虎吃食，没良心的奴才！"

正嚷乱着，冷氏从后院跑来，骂道："你两个也有一个有妇道的，通将廉耻不顾，也不怕家人们笑话！我周门清白传家，肯教你两个坏我门风！我只用一纸休书打发得你两个离门离户。还不快回房中去么！"两人见婆婆变了脸色，方各含怒回房。

少刻，蕙娘便到冷氏房中，叩头赔罪，诉说何氏先打先骂，自己不得不和她辩论。冷氏道："辩论什么！你若不出来，也没这番吵闹了。对着那大小家人，成个什么样子！将来传播出去，连我也叫人家说笑坏了。"蕙娘道："我们原和禽兽一样，万般都出在年轻。妈妈宽过这一次，下次她就骂死我，也再不敢较论了！"说着，又跪在地下去。冷氏不由得就笑了，一边拉起，说道："我儿，你凭公道说，我待你比何氏媳妇如何？"蕙娘道："承妈妈恩典，待我比她实强数倍。"冷氏道："却又来，我既待你好，你女婿又待你好，那何氏媳妇如今还有谁理论她？我一个做父母的，不该管你们宿歇事；但自你过门后四十余天，你女婿从未入她的房门。

第六十六回　老腐儒论文招嫌怨　二侍女夺水起争端

人非木石，你叫她心上如何过得去！论起来，你该调停这事，才是明白'忠恕'两个字的人。"蕙娘道："妈妈教训的极是，我也劝过女婿几次，他总不肯听。"冷氏道："你女婿今日会文去了，他回来若知道，又必与何氏作对。我总交在你身上；你女婿若有片言，你就见不得我了。"蕙娘道："只怕外边有人告诉他，却不关我事。"冷氏道："这是开后门话了。你们少年人不识轻重，我只怕激出意外事来。"蕙娘满口应承。

晚间，周琎回来，等他安歇下，方说道与何氏嚷闹，又述冷氏叮嘱的话，方将这事大家丢开。正是：

腐儒腹内无余物，只重斯文讲典故。

二妇两心同一路，借名争水实争醋。

第六十七回

赵瞎子骗钱愚何氏　齐蕙娘杯酒杀同人

词曰：

　　春光不复到寒枝，落花欲何依！安排杯酒倩盲儿，此妇好痴迷。金风起，桐叶坠，鸣蝉先知。片言入耳杀前妻，伤哉后悔迟！

　　　　　　　　　　　　右调《醉桃源》

且说何氏与蕙娘嚷闹后，过了两天，不见周琏动静，方才把心落在肚内。这日午后，独自正在房中纳闷，只听得窗外，步履有声，大丫头舜华道："赵师夫来了。"但见：

　　满面黑疤，玻璃眼滚上滚下；一口黄齿，蓬蒿须倏短倏长。足将进而且停，寄观察于两耳；言未发而先笑，传谲诈于双眉。忧喜无常，每见词色屡易；歌吟不已，旋闻吁嗟随来。算命也论五行，任他生克失度；起课亦数单拆，何嫌正变不分。弦子抱怀中，定要摸索长短方下指；琵琶存手内，必须敲打厚薄始成弹。张姓女好人才，能使李姓郎君添妄想；赵家夫多过犯，管教王家妇婢作奇谈。富户俗儿，欣借若辈书词闻识见；财门少女，乐听伊等曲子害相思。既明损多益少，宜知今是昨非。如肯断绝往来，速舍有余之钞；若必容留出入，须防无妄之灾。

何氏见赵瞎子入来，笑说道："我们这没时运的房屋，今日是什么风儿刮你来光降！"赵瞎将玻璃眼一瞪，笑说道："这位大奶奶忒多心。就是那位新奶奶房中，我也不常去。"舜华与他放了椅子，赵瞎摸索着坐下。何氏道："怎么连日不见你？"赵瞎蹙着眉头道："上月初六日，把我第二个女儿嫁出去，就嫁了我个家产尽绝。本月又是大女儿公公六十整寿，偏些时没钱，偏又有这些礼往。咳！活愁煞人！"说罢，又把嘴一咧笑了。

何氏道："你知道么，我日前和那边贱淫妇大闹了一场。把我一个小丫头被淫妇的落红万死奴才一壶滚水几乎烧杀，被我把她主仆骂了个狗

第六十七回　赵瞎子骗钱愚何氏　齐蕙娘杯酒杀同人

血喷头。我只说九尾狐叫汉子杀了我，不想也就罢了。"舜华道："那日若不是我抢她回来，那半壶滚水不消说也全烧在她脸上了。是最狠不过的人。"何氏道："你领她着赵瞎摸摸，看烧得还像个人样！"舜华便将玉兰拉在赵瞎怀前，赵瞎摸了摸，道："可惜我前日没来，叫这娃子多疼了两天。"说罢，便蹙眉瞪眼，口中嚼念起来，在小丫头脸上唾了几口，又用手一拍道："好了！"

何氏道："你们也不与赵瞎茶吃？"赵瞎道："茶倒不吃。"却待说，又笑了笑。何氏道："你要吃什么？"赵瞎道："有酒给点吃吃才好。"何氏笑道："你不为吃酒还不肯来哩！"向舜华道："你把那木瓜酒与他灌上一壶。"赵瞎道："大奶奶赏酒吃，倒是白烧酒最好。那木瓜酒少吃不济事，多吃误功夫。"何氏道："我这边没烧酒。"舜华道："我出去着买办打半斤来罢。"赵瞎道："还是这位舜姑娘体贴人情。"何氏道："好话儿，他是体贴人情的，我自然是不体贴人情的了。"赵瞎忙分辩道："好大奶奶！不得大奶奶吐了话，这舜华姑娘一万年也不肯发慈悲。"何氏道："你今日到太太房中去来没有？"赵瞎道："去来。"何氏道："可向你说我和那淫妇的话没有？"赵瞎道："我去时见太太忙得狠，与宅中众位大嫂姑娘们分散秋季布匹，我就到奶奶这边来。"

正言间，舜华已到，笑说道："赵师夫的好口福，我已经与你顿暖在此。"赵瞎满面笑容道："好，好！我日前看你的八字不错，管情将来要做个财主娘子哩。"何氏道："又说起看八字。你看我八字内到几时才交好运？"赵瞎道："今年正月间，我与大奶奶曾看过。自昨年十二月二十一日仇星入度，住一百九十六天方退。"何氏道："如今这淫妇就是我的仇星，你这话是说在正月未娶她以前，果有应验了。"赵瞎低笑道："哪一次算命不应验来！"舜华与他地下放了一张小桌，又放一个小板凳，领他坐下，把酒壶酒杯都交在他手内，说道："还有两碟菜，一碟是咸鸭蛋，一碟是火腿肉，你受享罢。"赵瞎道："好，好！"连忙将酒先吃了两杯入肚，寻取菜吃。何氏道："你们看他吃上酒就顾不得了。"

赵瞎道："大奶奶是甲午年，己巳月，壬子日，癸卯时，六岁行运。初运戊辰。交过戊辰，就入卯运。上五年入丁字，丁与壬合，颇觉通顺。今年入卯字运，子卯相刑，主六亲不睦。又冲动日干，不但有些琐碎，且恐于大奶奶身上有些不利。"何氏道:"是怎么个不利?"赵瞎道:"不过比肩不和,小人作祟罢了。又兼白虎入度。"何氏道:"不怕死么!"赵瞎道:"你老人家只打过今年七八月间,将来福寿大着哩!到七十六岁上我就不敢许了。"何氏道:"你看我运气还得几年才好?"赵瞎抢着指头掐算道:"要好,须得交了丙寅。丙寅属火,大奶奶本命又是火,这两重火透出,正是水火既济,只用等候四五年,便是吐气扬眉的时候了。"何氏道:"看目下这光景,便四五个月也令我挨不过。"又道:"你看我几时生儿子?"赵瞎又将指头掐了一会,笑说道:"大奶奶恭喜生子年头,却在交运这年。这年是丙寅运,流年又是甲辰,女取干生为子,这年必定见喜。"何氏道:"你看在哪一月?"赵瞎道:"定在这年八月。八月系金水相旺之时,土能生金,金又能生水,水能生木。从这年大奶奶生起,至少生一手相公。"何氏道:"怎么个一手?"赵瞎道:"一手是五个。"何氏道:"我也不敢妄想五个,只两个也就有倚靠了。"赵瞎道:"从今年二十一岁至二十六岁这几年,大奶奶要事事存心忍耐,诸处让人一步为妥。"何氏道:"嫁鸡随鸡,嫁狗随狗,女人一生不过倚仗着个汉子。你也是多年门下,不怕你笑话,我把个汉子已经全让与那淫妇,你叫我还怎让人?"赵瞎一边吃酒,一边又笑说道:"我不怕得罪大奶奶,像这样张口淫妇长淫妇短,这便是得罪人处。"何氏道:"我得罪了那淫妇便怎么?"

少刻,又笑道:"你也劝得我是,我今后再不了。我还有句话问你:"我常听得人说夫妻反目,何谓夫妻反目?"赵瞎道:"夫妻不和,就是个反目。"何氏道:"可有法儿治过这反目来不能?"赵瞎道:"怎么不能。只用大奶奶多破费几个钱。"何氏道:"多费钱就可以治得么?"赵瞎道:"这钱不是我要,庙里面要买办好多法物,钱少了如何办得!"何氏道:"你怎么办法?"赵瞎道:"自有妙用,管保夫妻和美。大奶奶若信这话,到临期时便知我姓赵的果有回天手段;若不信,我也不敢相强。"何氏道:"你要多少?"赵瞎道:"如今不和大奶奶多要,且与我十两白银。等应验了,我只要五十两。你老是旧主人家,又且待我好,若是别家,这个功劳最大三个五十两我还未肯依他。"何氏道:"若果然能治得夫妻重新和美,我与你两个元宝。假如不灵验,该怎么?"赵瞎道:"我先拿十两去,若

第六十七回　赵瞎子骗钱愚何氏　齐蕙娘杯酒杀同人

不灵验，一倍罚我十倍。舜姑娘就做证见，做保人。量这十两银子也富不了我一世。我若没这本领，也不敢在主顾家说这般大话。大奶奶再细访，我赵瞎子也不是说大话的人。"何氏道："既如此，我的事就全借重你了。"

赵瞎也顾不得吃酒，侧着耳朵儿听动静。何氏道："你只顾说话，倒只怕酒也冷了。"赵瞎道："不冷，不冷！"又道："大奶奶既托我做事，这两位大小姑娘还得吩咐她们谨言，若走露了风声，我瞎小厮当不起。"何氏道："你休多心，她两个和我的闺女一样。"又道："银子几时用？"赵瞎道："要做，此刻就拿来。"何氏忙叫舜华开了银箱，高高地秤了十两白银，着舜华包了，递在赵瞎手内。赵瞎接着银子，顷刻神色变异，喜欢得两只玻璃眼上下乱动，嘴边的胡子都乍起来，向何氏道："我就去了。三日后，我绝早来，大奶奶到那日起早些。"说毕，提了明杖，出了何氏门，便大一步小一步不顾深浅地去了。

到第三日，内外门户才开，这赵瞎便到何氏窗外问道："大奶奶起来了没有？"何氏亦悬计着此日，却不意他来得甚早，连忙叫起舜华开门，将赵瞎放入来。赵瞎道："都是谁在屋内？"何氏道："没外人，只有我的两个丫头。事体可办了么？"赵瞎道："办了。"于是神头鬼脸地从怀中掏出个小木人儿来，约有七八寸长，着舜华递与何氏。舜华道："这是小娃子玩耍的东西，你拿来何用？"赵瞎冷笑道："你哪里晓得！"何氏接在手中细看，见那木人儿五官四体俱备，背上写一行红字，眼上罩着一块青纱，胸前贴着一张膏药。何氏急忙将木人放在被内，问道："这是怎么作用？"赵瞎悄语低声道："这木人儿便是大爷，身上红字，是用朱笔写大爷的生年月日。眼上罩青纱一块，着大爷目光不明，看不出谁丑谁俊；胸前贴膏药一张，着大爷心内糊涂，便可弃新想旧。大奶奶于没人的时候，将木人儿塞入枕头内，用针线缝了，每晚枕在自己头下，到临睡时叫大爷名讳三声，说：'周琏，你还不来么？'如此只用十天，定有应验。若还不应……"说着又从袖内取出膏药二张，递与舜华道："可将枕头再行拆开，将木人心上又加一张膏药，看来也不用贴第三张，管保大爷早晚不离这间房子。此事了不得！那枕头要好生紧守，宁可白天锁在柜内，到睡时取出为妥。一月后，我还要和大奶奶要一百银子哩。从今后不但夫妻和美，连不好的运气都治过来了。此刻天色甚早，我也不敢久停，我去罢。"说罢，提了竹杖，和鬼一般地去了。何氏依他指教如法作用，这话不表。

再说苏氏自与周琏作成了蕙娘亲事，周琏赏了她一百银子，五十千钱；又将她丈夫周之发派管庄田二处，并讨各乡镇房钱，一年不下六七百两落头。夫妻两个也无可报答主人，只是一心一意奉承蕙娘，讨周琏欢喜。别的仆妇只有锦上添花，在蕙娘跟前下工夫；唯苏氏，她却热闹处冷淡处都有打照，闲常到何氏前送点吃食东西，或些小应用物件，不疼不痒的话也偷说蕙娘几句。何氏本是妇人，有何高见，况在否运时候，只有人打照她，她便心上感激。起初也防备苏氏，知她是蕙娘媒人；到后来只一两个月，被她甜言蜜语，便认她是个好人。苏氏又将大丫头舜华认做干女儿，不时与些物件，又常叫去吃点东西，连小丫头玉兰也沾点油水。因此何氏放个屁，苏氏俱知；苏氏知道，蕙娘就知道了。然每日传递，不过是妇人舌头，蕙娘听了或骂何氏几句，或付之不言，所以无事体出来。

这日赵瞎绝早走来，众家人仆妇多未起。即有看见问他的，都被他支吾过去。却不防苏氏的男人周之发，因蕙娘与何氏不睦，他夫妻也便与何氏做仇敌，借此取宠。这日周之发在本县城隍庙献戏还愿，正是第二天上供吉期，领了他十来岁两个儿子，各穿戴了新衣去参神。也是冤家路窄，便与赵瞎在二门前相遇。他是周家家人内第一个细心人，比大定儿还胜几倍。一见时，他便大动疑心，悄悄地跟他到内院，着两个儿子在二门前等候。早见赵瞎入何氏房中去了，他便急急回房告知苏氏，然后才领上儿子出门。苏氏穿衣到院，见赵瞎走来，便迎着问道："赵师夫早来做什么？"赵瞎道："我的一块手巾子昨日丢在太太屋内，不想上边还未开门，转刻我再来罢。"说着出去了。

苏氏从这日费了半天水磨功夫，从大丫头舜华口内套弄出来，心中大喜，看得这件功劳比天还大。只隔了两天，于无人处子午卯酉告知蕙娘。蕙娘听了，咬着牙关冷笑道："这泼妇天天骂人，不想也有头朝下的日子。"又恐怕不真，再三盘问苏氏。苏氏道："这是关天关地的勾当，我敢戏弄奶奶！将来若不真实，只和我说话。"蕙娘再不问了。

周琏和沈襄讲论文章，至起更时到蕙娘房内，两人说笑玩耍。蕙娘说："你吃酒不吃？"周琏笑道："我陪你。"随吩咐丫头收拾酒。少刻，南北

第六十七回　赵瞎子骗钱愚何氏　齐蕙娘杯酒杀同人

珍品摆一桌子，丫头回避在房外，两人并肩叠股而饮。蕙娘见周琏吃了数杯后，方说道："你这几天身上心上不觉怎么？"周琏道："不觉怎么？你为何问这样话？"蕙娘道："我有一节事，若不和你说，终身倚靠着是谁！况又关系着你的性命；说了，又怕惊吓着你。因此才和你吃几杯酒，壮壮你的胆气。"周琏大惊道："此非戏言，必有缘故，你快说。"蕙娘将某日赵瞎天将明即来内院，被周之发看见入何氏家房内，好大半晌方出来——一说与周琏。周琏道："快说几时有奸的？"蕙娘道："周之发不过看见赵瞎入去，有奸无奸，他哪里知道？你听我说，还有吓杀人的典故哩。罢了！这也上天可怜你，今日有我知道，周门不至断绝后人！"又将苏氏如何套弄舜华，才得了恶妇贼瞎谋害你的首尾，将木人儿写了你的八字，罩眼纱、贴膏药镇压着，叫你双目俱瞎，心气不通，一月内身死。他们还有一番作用，可惜苏氏没打听出来。周琏一边听，一边寒战起来，只吓得面青唇白。蕙娘见周琏害怕，眼中即扑簌簌落下泪来，拉住周琏的手儿道："这都是因我这坏货，叫人家暗害你的性命。倒不如害了我，留下你还可再娶再养，接续两位老人家香火。"周琏呆睁着两眼，一句话也说不出。蕙娘又道："我听得说她已将木人儿缝在枕头内，每晚到睡时，还要提着你的名讳叫你的魂魄。"说罢，两泪纷纷，着周琏速想逃生道路。

周琏总不回答，反用大杯狠命地吃酒。一连吃了七八大杯，即喝叫女厮们点灯笼，从床上跳下地就走。蕙娘忙将周琏拉住，问道："你此时要怎么？你和我说。"周琏道："我此时到贱妇房内看个真假。"蕙娘道："你可是个做事体的人！她每逢到睡时，才将枕头取出；此时不过二更多天，她还未睡，设或你搜检不出，岂不被她耻笑，且遗恨于我。"周琏道："你真是把我当木头人子相待！这是何等事，我还怕她耻笑。不但枕头，便是她的水月布子，我还要看到哩。"蕙娘道："迟早总是要去，何争这一刻！我劝你到三鼓时去罢。"周琏被蕙娘阻留，只得忍耐。也没心情说话，唯放量地吃酒。蕙娘又怕他醉了查不出真伪，立主着叫女厮们将酒取去。周琏便倒在枕头上假睡等候时刻。众丫头也听不明白是为何事，只得支应着。

到二更以后，周琏着两个丫头打灯笼，到何氏这边来。走到门前，见门儿紧闭，灯尚未息。两个丫头道："大爷来了！"何氏听得说大爷来了，心上又惊又喜：惊的是心有短弊，喜的是赵瞎作用应验。一边自起，一边忙叫舜华开门。舜华穿了衣服，将门儿开放。周琏带醉入来，变做满面笑容，向何氏道："你好自在，此刻就睡了。"何氏许久不见丈夫，今晚笑面入来，越发信服赵瞎之至。也急忙赔着笑脸道："谁料你此时肯来！"如飞地下床相迎。周琏用手推住道："我也就睡，你起来怎么？"又吩咐送来的两个丫头道："你两个回去罢。"两个丫头去了。舜华替周琏拉去鞋袜，闭了门，和小女厮去套房安歇。

周琏脱去衣服，睡在何氏被内，将枕头往中间一拉，枕了便睡。何氏连忙将衣服脱尽同宿。见周琏面朝上睡着，好一会不动作，也不说话，忍不住自己招揽道："你好狠心，我不过容貌不如新人，你便怎么待我凉薄，我心上实没一刻放得下你。你就不念今日，也该念念昔日！我有过犯，你不妨打我骂我，使我个知道。怎么两三月不来，来了又是这样！"说着便纷纷泪落。周琏道："我今日有了酒，你让我略睡一睡，迟早饶不了你。"

周琏睡了片刻，一蹶尔爬起，在枕头上用手乱捻。何氏大惊，也忙忙坐起，问道："你，你捻什么？"周琏道："好怪异呀，我适才睡着，梦见个小人儿在枕头内和我说道：我就是你，你就是我，你还不快救我出来！"何氏听了，心胆俱裂，犹强行解说道："一个梦里的话，也值得如此惊惧？"说着，反笑了笑。周琏道："此梦与别梦大不相同，我倒要看看这枕头。"随将枕头提起放在膝上，用手来回细揣，何氏吓得浑身寒战，面若死灰。周琏揣摸了一会，不见有东西在内，心中疑想，口内作念道："难道是假的么？"何氏见周琏沉吟，心胆稍放开些，复强笑道："一个好端端的枕头，平白的有什么？"周琏猛想起衣服上带有佩刀，随手拔出，将枕头一刀刺入，用刀一割。何氏此时魂飞千里，只觉得耳内响了一声，遍体皆苏，就迷迷糊糊起来。周琏将手入在里面，先拉出些碎棉絮来，次后又拉出一卷棉絮，拿来打开，早见一木人儿在内，急向灯前一看，果有眼纱膏药。再看背面，朱笔写着"县学生员周琏，年二十一岁，四月初四寅时生。"周琏扭回头来，用手拍着木人子向何氏冷笑道："使得使不得？"挝了裤子蹬入两腿，也顾不得穿衣服，赤着膊，拿上木人，开了门便吆喝到后院去了。

周通夫妇安歇已久，听得是周琏叫喊，心下大惊。又听得早到窗外，

第六十七回　赵瞎子骗钱愚何氏　齐蕙娘杯酒杀同人

喘吁吁道："爹妈快开门！"周通夫妇吓得没作理会，口中只说了个"是什么？"丫头们将门开放，周琏赤着身子入来。周通夫妇一边穿衣，又问道："你是怎么？"周琏将木人儿递与周通，说道："这是贱妇何氏做的事！"周通在灯下看罢，神色俱失。冷氏急问道："这木人儿哪里来的？"周琏前后诉说了一遍。周通摇头道："这个媳妇儿真个了不得了！"

　　后边嚷闹，早惊动了合家男妇，都来探听。须臾，灯火满院。蕙娘自周琏去何氏房内，即着丫头们暗中窃听动静，早已知道何氏事破，此刻也来公婆房内。丫头们将周琏衣服鞋袜，又从蕙娘那边取了来穿了。周琏拿着木人走到院中，着众家人同看，大嚷道："你们也见过老婆镇压汉子用这般物件么？"又向众人道："着几个去将何氏那两个女厮拿来，我审问她！"众家人哪一个不是炎凉的，今见何氏做出这般事来，早跑去五六个闯入何氏房内，将两个丫头横拖倒曳，拿到后院去了。

　　何氏这半晌坐在床上，和木雕泥塑的一般，心神散乱之至。今见将两个丫头拿去，不知怎么凌逼。想了想，此后还有什么脸面见家中大小男女！素常最好哭，此时却一点眼泪不落，将那刀割破的枕头拉过来，用力往地下一掷，口里说道："赵瞎子，你害煞我了！"急急地穿了随身小衣，将一条腿带儿挽在窗子上面，朝着门外点了两下头儿，便自缢身死。

　　众家人将两个丫头丢在后院。此时周通夫妇同蕙娘俱在院中。周琏向大丫头舜华道："你快实说，赵瞎子和你贼主是怎么相商镇压我的？"两个丫头早吓得软瘫在一边，哪里还说得出半句话。周琏见不说，跑去把舜华踢了两脚，踢得越发说不出了。冷氏道："你不必踢她，她是害怕了，可着她慢慢地说。"苏氏将舜华扶起，说道："我的儿，你不必害怕，这是主人做的事，与你何干？你只要句句从头至尾实说，就完了你的事。你若是怕她将来打你，你想她如今做出这样事来，难道还着你伺候她么！"舜华听了，忍着腿疼，从赵瞎吃酒算命起，并何氏来回问答的话，一直说到将木人儿装在枕头内，今日被大爷识破。一边哭一边说，倒也说得甚是明白详细。

　　冷氏听罢，说道："这就是了。我说何氏媳妇素常不是这样个毒短人，这是受了赵瞎子的愚弄了。总之，少年妇人，没有什么远见，恨不得丈夫一刻回心转意，便听信这万剐的奴才！"又向周琏道："你做事忒得猛浪。像这些话传到你耳内,你也该和我说声,怎么天翻地覆到这步田地?她一个做妇女的,如何当得起!我还得安顿她去,这孩子心上苦了。"又向周琎道:"像你何氏媳妇,总是一片深心为你,你该诸处体谅她、可怜她才是。你若恼她,便是普天下第一个没人心的猪狗了!"周琎道:"到底不是正气女人,哪有个把丈夫名讳八字,着瞎子作弄的!"周通大怒道:"你还敢不受教么!你若设身处地是个何氏媳妇,着她也如此待你,你心上何如?"

冷氏率领众仆妇到何氏房中来,一入门,早看见何氏高挂在窗格上,只吓得心惊胆裂,众妇女叫吵不已。周通、周琎俱跑来看视。周通连连顿足,向周琎道:"狗子,你真是造孽无穷!"家人们解救下来,通身冰冷,不知什么时候就停当了。冷氏大哭,周琎见何氏惨死,也是二年多恩爱夫妻,止不住扑到跟前,抚尸大哭。何氏两个女厮,见主人吊死,悲切更甚,众妇女俱都哭。蕙娘见何氏已死,深悔和周琎说的言语太重,也只得随众一哭。少刻,周通着人将周琎叫去,父子商酌去了。正是:

休将瞽者等闲窥,贼盗奸淫无不为。
试看今宵何氏死,叫人拍案恨盲儿。

第六十八回

何其仁丧心卖死女　　齐蕙娘避鬼失周琏

词曰：

陌路之人也断魂，忍将死骨换白银，佳名免称何其仁。怕黄昏，岂期避鬼遇妖氛。

右调《忆王孙》

话说周通见何氏已死，将周琏叫至外面书房，说道："棺木我已吩咐人备办，可着人将西厅收拾出来停灵。何亲家夫妇，明日一早达他知道。可先将亲友们请几位，防他啰唣。此事若到官，现有木人儿和赵瞎子可证，是她羞愤自缢。只是要检验，你我脸上都下不来。没得说，还得几百银子完事。只是这赵瞎子，我恨他不过，务必将他送到本县捕厅处严加重处，追出原银，方出我气。"又道："何亲家做人，没什么定凭，须防他借端抄抢。可说与你齐家媳妇，将房内要紧物件，连夜收拾。"说着，又叹气道："好端端一家人家，被你不守本分弄坏了。那木人儿不可遗失，明早有用它处。"言讫双眉紧蹙，回后院去了。

周琏吩咐家人分头办理。又到内边和蕙娘说了，着她率领仆妇收拾何氏东西。蕙娘满口应承，先打开何氏衣箱，捡了两套上色衣服，着妇女们替何氏穿套上。又寻两床新被褥，本夜将何氏停放西厅。

次早，众亲友来了。周通将夜来事告知，并将木人儿着亲友公看，"烦候何亲家来，大家作合送他几两银子完事，免得报官相验，两家出丑。"众亲友道："这事不过遇着尊府盛德人家，才肯下这气；若是我们，现放着赵瞎子是活口，这'蛊毒压昧'四字，只用一夹棍，便可成招。若说为夫妻不和，才有此举动，世间哪有这样和法！那时不但银子，只准亡过的令儿妇入尊府茔地，就是大情分了。"周通道："我只愿多一事不如少一事好。等何亲家来时，再做理会。"

正说着，家人报道："亲家何老爷和太太都来了。"周通着人通知冷氏，一面迎接入来。何其仁娘子入内院去,其仁同众亲友坐在厅上。他倒也毫无戚容,问周通道:"小女是昨夜什么时候去的?"周通将何氏听赵瞎教唆,用木人镇压周琏话,详细说了一遍。其仁道:"既是镇压,事关暗昧,令郎怎么知道?"周通又将大丫头舜华如何泄言,告知家人周之发女人苏氏,苏氏告知小儿。着家人将木人拿来着其仁看。其仁有意无意地扫了一眼,笑了笑,此后即闭目不言。家人们拿上茶来,其仁也不吃,只是将双眼紧闭。

好半晌,王氏哭得眉膀眼肿出来,寻其仁说话。众亲友俱各站起。其仁问王氏道:"你看了么?"王氏道:"看过了。却不在女儿房内,已停在西厅。"其仁冷笑道:"怎么又早移动了,可有伤没有?"王氏道:"我将衣服内外开看,倒没伤。"其仁道:"是缢死的么?"王氏道:"是。"其仁道:"八字交了没有?"王氏道:"两耳顺行,八字未交。"其仁道:"你先回去罢。"周通道:"亲家还未用过饭。"其仁道:"讨扰尊府的日子还有哩。"王氏定要回去,周通也不好强留,王氏坐轿子哭回去了。

其仁道:"我还要到小女灵前走走。"周通陪了入去,哭了几声,随即出来,向周通道:"小弟一生只有此女,不意惨亡,言之痛心。但是我与亲家是何等契好,诸事任凭亲家主裁,叫我怎么样我便怎么样!亲家是何等明决人,也不用我多饶舌,我去了罢。"周通定要留吃早饭,其仁道:"小弟心绪如焚,改日领情罢!"周通留不住,送出大门,也坐轿去了。

周通回来陪众亲友吃早饭,众亲友道:"我们预备下许多话和他争辩,谁想一句也用不着。"内中一个道:"这何亲翁真是难夫难妇,适才他夫人一个做堂客的,她怎么晓的'两耳顺行','八字未交'的话说?我不怕得罪周老爷,《洗冤录》她也未必读过,倒只怕和仵作[1]有点交涉!"众人俱大笑起来。又一个道:"今日这事就如此了局不成?我看何大哥临行时是露八分的话。"周通道:"弟于他未来时就早已打算,俟诸位用毕饭,还劳动一行。他是大伤怀抱的人,就与他三四百也罢了。只是此番更比不得前番,话说结后,须着他立一切实凭据,说他女儿年幼,因夫妻口角不和,听信赵瞎用木人书写小儿年月日时八字,并罩眼纱贴膏药,被

---

[1] 仵(wǔ)作:旧时官府检验死伤的人。

第六十八回　何其仁丧心卖死女　齐蕙娘避鬼失周琏

小儿识破，羞愤自缢身死。又言小弟不准入坟埋葬，何某恳烦亲友再四讨情，方肯依允。嗣后若敢借端索诈，举此凭据到官，如此方妥。"一个道："只怕他未必肯这样写。"又一个道："老何为人，通国皆知，只说与他几两银子，着他写不合于某年月日谋反，他也敢写。"众人又皆大笑起来。须臾吃罢饭，周通叮嘱相别。

将到午未时候，众亲友回来，向周通道："幸不辱命，银子多出了些，言明六百两。令亲说的话也甚是可怜，言他令爱已死，此后没什么脸面再使亲家的钱，多出几两，权当与他夫妇做买棺材钱罢！凭据已照尊谕写了，银子说在明早过手。至于丧葬厚薄，他一点闲事不管，爱几时打发出去随便，只求临期差人吩咐一声。"周通将凭据细看，写得切实之至，竟将他女儿描画得无人味了。周通看罢，又笑了笑。谢了众亲友，又留吃午饭。众亲友又道："还有令亲家母，亲自出来，她说如今没闺女了，意欲将齐宅这位令儿媳认个续闺女；妇人家心肠，不肯和尊府断了亲，日后多少要沾点光哩。"周通又笑了笑。到午间酒席上，总都是说笑何其仁先卖了活闺女，如今又卖死闺女，连周通也不回避。次早，又烦众亲友送银子，午晌回来，周通父子叩谢，又留酒席款待。周通将王氏要认蕙娘做续闺女话告知冷氏。

至第三日，将何氏棺敛，请僧道念经到首七。何其仁娘子上纸，与蕙娘带来一套织金缎子衣裙，四样针线，八色果食，嘴里虽不好说认续闺女，却明明是这个意思。冷氏便着蕙娘拜认在王氏膝下，做了女儿。王氏喜欢得了不得，到蕙娘房中亲热了好半日。稍刻庞氏上纸来，又和庞氏认了亲家，直坐到起更后方回。

庞氏见何氏死了，和除了心头大钉一样快活不过，同蕙娘住了三天别去。与老贡生细说何氏死的原由，得意之至。贡生听了大怒道："怎么我就生出这样个女儿来！'夫子之道，忠恕而已矣。'子贡曰：'我不欲人之加诸我也，吾亦欲无加诸人。'女儿如此存心，恐怕将来不寿。"又道："此皆你熏陶渐染而成，所谓青出于蓝者，信有然耳。"庞氏也不晓得贡生说道什么，见贡生面貌甚是不喜，也便大恼道："你经年家拿文章骂我，怎么今日又拿起文章骂闺女起来？人家的狗都是向外咬，你却是向内咬。"贡生听了，越发大怒，满心里要打庞氏，只是自觉敌不过，忍耐着到书房去了。

周家忙乱地过了三七,然后择日安葬了何氏。赵瞎子于何氏吊死第二日早间闻风逃去,捕厅将他儿子拿去,与周通追出一千五百钱,自己得了三千,衙役书办得了四千多钱,如此完事。赵瞎子骗去十两银子,所剩也无多,徒害了何氏一命。捕厅将他儿子打了二十板,回复了周通。周通家耳目众多,查知捕厅受贿,又不缉拿赵瞎,将节礼寿礼一分不与,一年倒丢了一百六七十两,捕厅后悔得欲死。

但是周琏自埋葬何氏后,郁郁不乐,回想与何氏系结发夫妻,素无怨嫌,一想起为新妇杀故妇,心里万分对不过何氏。而死者不可复生,懊悔欲绝,竟有断发入山之意。又念父母只自己一子,少妻无主,身下又无子嗣,万难离弃,使父母乏嗣,日夜忧郁难释,行动忽忽若有所亡。

这晚周琏和蕙娘正收拾要睡,只听得外屋内响了一声,不知怎么把个茶碗滚在地下,打了个粉碎,吓得两个女厮跑入内房里来。周琏也有些心疑,以为碗在桌上未曾放好所致。只是蕙娘怕极,于外房内又叫来两个丫头作伴。真是妖由人兴,其气焰有以取之。次日二鼓时分,周琏正和蕙娘行房,猛听得顶棚上与裂帛相似一声响亮,吓得蕙娘喊了一声,急急看视,顶棚如故,毫无破绽。忙将四个丫头都叫入内房,问她们也俱皆听见。此时周琏也怕起来,直坐到天明。

次日想出个地方,同蕙娘搬到庭院旁东书房内。此院上房三间,西下房两间。周琏着四个丫头在西房,自己和蕙娘住东房。厦房内周琏又安了两个老妇人值宿。二更以后,周琏和蕙娘吃酒,丫头们提壶侍立,只听得窗外一把土撒来,打得窗纸乱响。四个丫头倒爬上床,三个与蕙娘、周琏挤在了一堆。那一个失手将酒壶落地,也要奔上来,不意脚尖入在面盆架内,一跑人和盆架齐倒,越发吓得怪叫起来,往床前直奔。两个老妇人听得上房喊叫,急忙出来问讯。周琏见院中有人,令丫头们拿了烛,亲到院中一看,一无所有。再看窗台上,果然有些土在上面。只觉得微风飘拂,不由得发根倒竖,心上却像何氏在侧。忙忙走入房来,看蕙娘和两个丫头搂抱在一处,见周琏走入,方彼此丢开。周琏坐下道:"真是作怪之至。明早定叫两个好阴阳靖邪方妥。"蕙娘道:"这是死了的大奶奶捉弄你我,不如再请些好和尚,放大施食,超度她老人家早生好地为

第六十八回　何其仁丧心卖死女　齐蕙娘避鬼失周琏

是。"周琏道："未出引时，怎么倒毫无一点动静？家中别人都不寻，只寻住你和我，岂不是个糊涂。"蕙娘道："想是大奶奶割舍不得你，又回家来。"周琏无语，两人同几个丫头又坐了一夜。周通夫妇闻知，也没法措处，唯有叹惜何氏少年屈死，故她不肯安静。

次日，蕙娘禀明冷氏，自己拿出银钱来，请僧人上大供献，设坛在西厅院中，念了三昼夜经，每晚还是照常响动，毫无应验。周琏道："是这样夜夜不着人睡觉，如何当得！"和父母说明，要同蕙娘到城外园中暂住几日。周通也无可奈何，只得着他夫妻暂避他时，遂分拨厨子火夫、家人妇女三十余人，同去住下。周琏白天，或回一次两次不等，也有周通夫妇同去的时候，住了几天，甚是安贴。询问家中，自周琏去后，内外无分毫响动。

一日申牌时分，周琏同蕙娘和几个妇女在平台上坐，看那高山停云，落日斜辉景象。陡然间，起一阵怪风，真是厉害之至，但见：

依稀地震，仿佛雷鸣。

大风过后，众妇人各睁眼看视，诸人俱在，唯不见周琏和蕙娘。大家下平台，见蕙娘同两妇人俱睡倒在平台之下。众妇人急来扶掖，不意蕙娘将左边头跌破，鲜血直流，左臂亦被跌折。两妇人腰腿重伤，不能行动。皆因蕙娘同周琏并两个妇人俱站在平台紧北边，大风过处，一齐刮倒，掉下台来去各分行抬入房内，早哄动了大小男妇。见树木细小亦多倒折，房上瓦块亦多落地，真历来未有之大风。又知不见了周琏，众人在园子内外四下找寻，哪里有个影儿？蕙娘疼痛得死而复苏。四五个家人去城中报知，周通夫妇听见不见了儿子，又跌伤蕙娘，各心神慌乱，急急坐轿到园中查问，见蕙娘已不成形象。稍刻，沈襄亦来探视。周通着人于城里城外八面寻访，直闹到次日天明。又差人各乡村市镇写报单，有人能访着周琏下落报信者，与银五百两；送来者，三千。只因悬此重赏，弄得远近土庶若狂。又一边延医与蕙娘调治接骨。

这日绝早，老贡生和庞氏也到园中看问，把个庞氏坑得学鬼叫。唯贡生举动若常，心中以女儿害死何氏，应有此报。又想到："周琏无踪，必是被那大风吓糊涂了，跑出园外，不知被谁家妇人留恋住，过几天自然回来。从盘古至今世，安有人叫风刮去不知下落之理！"不住得和沈襄讲论文章，周通痛恨厌恶之至，恨不得扎老贡生几刀，躲在外层园房内独自嗟吁。冷氏如醉如痴，大有不能生全之势。贡生直厌恶到日落，吃了晚饭，方与沈襄、周通作别。庞氏见一家上下状如疯狂，也不便守住蕙娘，只得愁恨回家。沈襄亦私自叹悼命薄，方才得此好安身之地，又闹出这般意外事来。合城文武以及绅衿亲友，无一不来看望，弄得周通送了这个，迎接那个，嘴不闲，腿不闲，心上越发不闲。蕙娘身带重伤，又听知丈夫无下落，与冷氏日夜啼哭，饮食少进。众家人也和去了头的瞎蜢一般，被周通骂得四下里乱碰。周通也无心回城，向沈襄道："我年逾六十，只有此子。若终无下落，周氏绝矣！今岁家中叠遭变故，就是不祥之兆，总是上天杀我！"说罢大哭。沈襄再四安慰，日夜陪伴着他。

　　再说周琏见大风陡起，瞬目间天地昏暗，心悬着蕙娘，猛然觉得有人将他抱起，飘荡在半空。初间还听得风若雷鸣，身体寒战；次后便昏昏沉沉，神魂两失，直到五祖山潜龙洞外落下，早有许多侍女将他扶入洞中，椅儿上坐下。定醒了好半晌，方睁眼一看，身在一石堂中，有许多妇女围绕。内中有一妇人，衣服鲜艳，容貌绝伦，真有万种风流，千般袅娜，心上大是惊疑。只见那妇人吐娇滴滴声音，笑向周琏道："郎君不必疑虑，我乃上元夫人之次女，小字月娟，在此洞带领众侍女修持已久。今早氤氲大使和月下老人到我洞中，着我看《鸳鸯簿籍》，内注郎君与我冥[1]数该合，永为夫妇，同登仙道。"说罢与周琏轻轻一拂。周琏心里恍惚，也不知她是仙是神，是妖是鬼。只见她面庞儿俊俏，盖世无双；身段儿风流，高低恰好。香裙下金莲瘦小，鸳袖内玉笋尖长，不由得魂飞魄散，意乱心迷起来。妇人又喜恰恰让周琏坐在对面椅上。那些侍女们皆眉欢眼笑，夸奖周琏人才不已。随即献上百花露，着周琏润喉。周琏接在手中，觉得清香馥郁，直冲肺腑，吃了几口，极其甜美。又细问妇人根底，妇人照前回答。周琏道："仙姑既说在数该与我相合，何不在人间配偶，而必将我弄在洞中，使我父母含愁，上下悬望。"妇人道："郎君但请放心，相会不愁无日。今天缘凑合，且成就喜事，过日再商。"吩咐侍女们备酒。

　　少刻，点一对红烛，安放在桌上，摆列了许多不认识的果品，却无

---

[1] 冥（míng）：迷信说法人死后进入的世界。

第六十八回　何其仁丧心卖死女　齐蕙娘避鬼失周琏

片肉在内。妇人起立，笑说道："仙家所食，不过是此等物件；若必喜吃荤腥，明午即有，色色立办，安肯着郎君受屈。"说着，伸纤纤玉手斟一杯送与周琏；周琏亦起立接酒，又复斟酒回送，方一起坐下。妇人问周琏家世，周琏皆据实相告。数杯后，妇人放出无限妖媚，引得周琏欲火如焚。众侍女看周琏同妇人到后洞，见床帐被褥桌椅等物，陈设与人间一般，只觉太阴冷些。侍女们扣门避出，两人鸾颠凤倒，直到天明，这一夜便有四五次。自此恩爱甚笃。

周琏深幸际遇非常，只是悬结父母和蕙娘，不知如何慌乱，如何找寻！虽和妇人欢娱笑谈，而愁容时刻露形。妇人知道周琏想念家乡，唯恐他受了郁结，着侍女们百般献媚，博其欢心。至第四日巳牌时分，周琏与妇人相商，要和妇人一同回家安慰父母。妇人通用好语支吾，总不肯应许。周琏情急，不由得眼中落泪，跪在地下恳求。妇人心爱周琏，只怕伤他怀抱，连忙扶起笑说道："夫君请起，我与你从长计议。"周琏起来拂拭泪痕。妇人扶周琏并坐床上，说道："神仙不是轻入凡尘的，今你想念父母至此，万一想念出病来，我心何忍！也罢，我明日就与你去走遭。但话要讲说在先，你父母见我云来雾去，疑我为妖魔鬼怪，或请法师，或延僧道，当邪物制服我，那时惹得我恼起来，大家失了和气，你心也不安；若肯把我当个仙人看待，你的父母就是我的父母，我自尽做儿妇道理，如此便可长久同居。还有一节，也要讲得牙清口白，不许反悔。我一入门，你妻子便须远行回避；你若和她偷会一次，我便将你仍行摄回洞中，那时休要怨我恨我。必须过一年后，方许你夫妻相合，你可依得我么？"

周琏听了许他回家的话，心中大喜道："这有什么不依！便与她终身不见面何妨。至于我父母的话，我一力担承。家中上下哪有一个敢藐视你，你和我说。"妇人笑了笑，两个叮嘱停当。

至次日早，周琏即恳求动身。妇人吩咐了众侍女谨守洞府。一同走出洞外，着周琏将两眼紧闭，用手相扶。须臾，身子飘起来，耳中但闻雷鸣风吼之声，直奔万年县。正是：

死骨犹能卖大钱，理合骨肉不相连。

两人避鬼逢仙女，也算人生意外缘。

第六十九回

骂妖妇庞氏遭毒打　盗仙衣不邪运神雷

词曰：

打得好，泼妇锋芒全罢了，吃尽亏多少！寿仙一衣君知晓，偷须巧。符箓运神雷，犹恐惊栖鸟。

右调《望江怨》

话说妇人和周琏驾云雾升在半空，不过顿饭时刻，已落平地。妇人着周琏睁眼看视，依就还归在平台上。周琏大喜，妇人道："我在此等你，你先去见你的父母，把我的话要说得明明白白，一句不可含糊。依得依不得速来回复我。"周琏一口答应，下了平台。

早有众多男妇看见，欢声若雷，各分头去传报。周通夫妇和蕙娘皆欣喜如狂，没命地跑来看视。周琏早到面前，父母妻子重见，犹如死去复生，各喜出意外。周琏见蕙娘包着头、络着左臂，忙问缘故，方知是被风刮下平台所致，心上甚是疼怜。一同到蕙娘房中，大小男妇于门内窗外，听说原由。周琏将如何去，如何来，并妇人相叮的话，详详细细说了一遍，众男妇都听呆了。大家心内都胡猜乱疑，周通向冷氏道："但得儿子回来，你我便有生路。此妇神通广大，是仙是妖均未敢定，她说话须句句依她，将来再做裁处。"又向蕙娘道："你须权变一时。若不回避，不但于我全家不利，只怕你的性命也难保。若再将我拿去，便终身无见面之期矣！你可于此时收拾一切，将伺候的妇人女厮俱同去你娘家住，听候动静。千万嘱你父母，断不必来。"蕙娘听了，满肚中不快活、不服气。因公公苦口叮咛，无奈何，只得含着泪，坐轿回家去了。

周通又向周琏道："工夫大了，她在平台久候，你快去回复，请她进来。"少顷，众男妇见周琏和一天仙般美人走来，看人才，又比蕙娘在上些。只见她轻移莲步，袅袅婷婷，同周琏走入东屋。周通夫妇连忙迎接，妇人便端端正正叩拜下去。冷氏双手相扶，说道："我老夫妇皆尘世凡人，

第六十九回　骂妖妇庞氏遭毒打　盗仙衣不邪运神雷

怎敢当仙姑重礼！"妇人道："媳妇与女婿系天数该合，始到此了此情债。望二位大人以儿女看成，莫疑为妖灵狐媚，便是大幸。媳妇今后若稍有道理不合处，求二位大人当面叱责，毋从世套。至于仙姑称呼，不但母亲不可，即家中男妇亦不可。今既做女婿妻房，便是一家骨肉。若还以路人相待，媳妇何以存身！"周通道："我儿子说你是上元夫人之女，我老夫妻实不敢以尊长自居。今既说明，我便以儿媳相待了。"妇人又深深一拂道："多谢二位大人垂怜。"周通向众妇女道："快与你新大奶奶烹茶备饭。"随即出去。众男妇见她人才绝世，说话儿句句可人，没一个不以她为真仙下界，私叹周琏有大命大福，羡慕不已。早传得通国皆知，以为今古未有的奇事。

次日早，齐贡生来，周通同沈襄迎接。贡生举手道："昨日小女回家，说令郎同一妇人驾云而回，此天皇氏以来未有之奇闻。《学庸》云：'国家将亡，必有妖孽。'老亲家急宜修省。"周通也不回答他，让他到书房坐下。贡生道："此妇还在么？"沈襄道："现在内园东屋。"贡生道："先生可知其根底否？"沈襄道："她来去不测，兼通幻术，我焉能知其根底！"贡生道："至诚之道，可以前知。我辈俱未能造此，言之可愧。"又向周通道："此妇可许一见否？"周通怕他言语迂腐，得罪下了，连忙止他道："此妇不肯见客，就见她也无益。倒是叫小儿出来一见，以慰亲家悬望。"贡生道："弟欲见之心，确乎其不可拔，必须一见，以释弟疑。"周通却他不过，着人说与冷氏，先向新妇道达，并言贡生说话冒昧。稍刻，家人出来向周通低语道："太太道，达过了。新妇说：这有何妨，着请入去拜见。"

周通请沈襄一同相陪，到妇人房内。冷氏先向贡生一拂，贡生还揖。沈襄忙与冷氏下拜，周通拉住。妇人与贡生、沈襄万福，大家坐了。贡生伸二指指着妇人问周通："昨日驾云来的，就是她么？"周通点头。贡生听了，便将两眼紧闭，口中默默念诵起来。周通低头向沈襄道："舍亲是无书不读的人，或者是念诵什么咒语亦未敢定。"沈襄道："不必惊动他，稍刻自知。"不意他念诵功夫颇大，众妇女交头接耳，互相窃笑。好半晌，只见贡生将两眼睁开，大声道："你还不去么！"两只眼硬看妇人。看了一会，向周通、沈襄道："吾无能为矣。"周通道："老亲家适才念诵什么？"贡生道："我闻圣经最能辟邪，方才从大学之道直念到读者不可以其近而忽之也。"沈襄忍不住鼻子内呼出了一声,勾引的大小妇女都笑起来。周通也由不得笑了笑,连忙让贡生外边坐,和沈襄陪了出来。贡生向沈襄道:"此妇明眸善睐[1],娇艳异常,好淫必矣,吾甚为小婿忧之。假如死于此妇之手,于小女大不利焉!"一边走一边说着去了。

周通回到书房,同沈襄秘商遣除之方,甚是无计可施。随后又请龙虎山两位法官来,也制服不住她。

一日,庞氏闻说法官也制不住,大是不平,一早坐轿到园里来了。进门见冷氏,便问道:"妖妇还在东房么?我去看看她,还要看看女婿。"冷氏道:"亲家,看也是白看,只索听天由命罢!"庞氏一定要去,冷氏只得相陪。妖妇见冷氏和庞氏入来,即忙下床,还拜了庞氏。庞氏放得脸有一尺厚,也不回礼,随到东边椅子上坐了。

素常周琏见了庞氏,必先作揖,说几句热闹话儿。今日看见庞氏,和平人一样,坐着动也不动,庞氏又添上不快活。大家也没个说的。冷氏让庞氏到西边房内用早饭。庞氏正要起身,冷眼见周琏与妖妇眉目传情,又见妖妇与周琏含笑送意。庞氏眼中看见,心中便忍受不得,素日和贡生吵闹惯了的性儿,不由得眼睛内出起火来,脸和耳根都红了。冷氏见庞氏面色更变,说道:"亲家,我们去罢!在此坐着无益。"庞氏听了"无益"二字,越发触起火来,道:"我管它有益无益,我今日既来,倒要问问她。"于是指着妇人说道:"妖精,你什么人儿勾搭不得,你必定将我的女婿勾搭住。若人认不得你也罢了,如今家中男男女女,谁不知你是个妖精,你好没廉耻呀!"妇人听了,将脸掉转。冷氏道:"亲家,不必说顽话了,请到那边用早饭去罢。"庞氏道:"我还要问问这妖精,她把我女婿霸住,要霸到几时是个了手?我见了些妖精,也没见你这无耻的妖精!呵呀呀!将霸占人家的汉子当平常事做。"骂得众妇女都忍笑不住。冷氏恐怕惹起大风波来,连忙站起,劝说道:"亲家,罢说了,快同我到那边去罢!"

庞氏骂了好一会,见妇人一声儿不言语,只当她有些惧怕,越发收拦不住,向冷氏道:"亲家,你不知道,我今日定要问她个明白!她苦苦害着我娘儿们,为什么?"说着,只两步走到妇人床前,用手一搬,道:"妖

---

[1] 睐(lài):看;往旁边看。

第六十九回　骂妖妇庞氏遭毒打　盗仙衣不邪运神雷

精,你不掉过脸……"一句话未完,那妇人将身躯一扭,随手一个嘴巴打在庞氏左脸上,打得庞氏一脚摔倒有三四步远,半截身子在门内,半截身子在门外,将门帘也触下来。若是别的妇人,哪里当得这一跌!登时爬起大吼一声,奋力向妇人扑来。又被妇人迎面一个嘴巴,打得鼻口流血,冠簪坠落,仰面着又摔倒地下。

众妇人你拉我拽,把庞氏抢出房门,大家扶架她到西边房内床上坐下。她此时也顾不得骂了,反呢呢喃喃哭起来。冷氏又替她担惊,又忍不住肚中发笑。猛听得众仆妇丫头们大哄了一声,各手舞足蹈,欢笑不止。冷氏大骂道:"你们怎么这样没规矩,你们倒乐么么!"众人见冷氏发怒,还喧笑不已,指着庞氏右脚道:"太太看,亲家太太鞋儿没了一只。"众妇人只顾拉扯庞氏往西房内走,不知被哪个妇人将她的鞋踏掉。彼时无人理论,此刻坐下,见庞氏伸下腿来,才看她精光着一只脚。冷氏低头一看,也忍不住笑了。众妇女将鞋寻来与庞氏穿,庞氏方知为此喧笑,心上愧悔欲死,越发放声大哭。冷氏同众妇女劝解了好一会,才不哭了,哪里还坐得住,用手挽起了头发,便大一步小一步往园外飞奔。冷氏赶到园外,她已坐轿去了。众家人彼此互传,做了奇闻笑话。

庞氏回到家中,告知蕙娘,母女各添了一肚子气愤,也不敢让贡生知道。

周琏至十四五天,愈发消瘦得不得了。周通也知无望,唯有与冷氏日夜悲泣而已。

再说猿不邪在玉屋洞领了冷于冰法旨,驾遁在万年县城外落下。先将柬帖拆看,上写道:

吾昔年在江西,用戳目针斩除妖鱼鄱阳圣母。其时有一九江夫人、白龙夫人,皆被吾雷火诛杀。内有一广信夫人,系年久鳖鱼,交接上元夫人侍女琼琼,盗窃寿仙衣护体。彼时雷火未曾打入,致令免脱。年来在江湖上吹风鼓浪,作恶百端。兼又到处寻访清俊少年,为快目适情之资,精枯髓竭而死者,不可胜数。近因路经江西万年县,见吾表弟周琏美好,随播弄妖风,摄至五祖山潜龙洞内。旋复回吾姑丈周讳通家寄居。汝歼除此妖后,可将吾书字传吾姑丈寓目。若问吾行止,不妨据实相对。

此系吾己亲,无庸饰说也。再吾表弟周琏,是有凤根人,因为情欲所迷,一时竟将本性汩没,将来究竟是我们一路上人,宜急拯之,勿忽。

又将与周通书字一看,上写道:

自嘉靖某年,感蒙关爱,遣人至广平相迓,始得瞻依慈范,兼与家姑母快聚八越月余。回里时,复叨惠多金。屈指已三十余年矣。每怀隆情,莫名高厚。几欲趋候姑丈、姑母二大人动定,缘侄于嘉靖某年入山修道,此后云飘雨笠,到处为家,今暂栖于衡山玉屋洞内。逆知鱼妖作祟,致表弟琏大受淫污,重劳二大人萦心。今特遣侄弟子不邪收降此怪,藉伸葵向。愚诚知已故弟妇何氏与新弟妇齐氏,两人前世有命债冤愆,齐氏今世始得报复,无足异也。但何氏尚有四十余日阳寿未终,而齐氏藉木人促之速死,破额折臂,有由来耳。再西宾叶向仁,原名沈裹,系已故都察院经历沈晴霞先生讳炼之难裔,因奸相严嵩缉捕甚力,投本县儒学叶体仁,以故假从叶姓。伊向曾捐躯运河,得侄友金不换救免,侄理合始终玉成。仰冀推侄分上,代为安置家屋,量与田产,庶忠烈子孙栖身大厦,获免风雨之嗟。仁德如姑丈,想定有同心也。肃此虔请福安,并候表弟近祉。来书不邪面悉。愚内侄冷于冰顿禀。

不邪看完,复将书字封好,一步步走入城来,问周通家,花园外向管门人说知。门上人见不邪鹤发童颜,两只眼睛滴溜溜滚上滚下,和闪电一般,形容甚是古怪。不敢轻忽,笑说道:"道爷少停,待我传报。"须臾,周通迎接出来,将不邪一看,但见:

白发束金冠,颊下垂银丝万缕;绛袍披仙体,腰间拖青带一条。插春山于鬓旁,双眉并竖;滚寒星于额畔,二目同明。剑吐霜华,寸铁飞来妖魔遁;符焚丹篆,片纸到处鬼神钦。若非东海骑竹云中子,定是西蜀卖卜严君平。

周通见不邪鬓发皓[1]然,满面道气,两个眼睛光辉四射,顾盼非常,

---

[1] 皓(hào):洁白。

第六十九回　骂妖妇庞氏遭毒打　盗仙衣不邪运神雷

看之令人可畏，与世间俗人道士天地悬绝，急忙作揖下去。不邪相还。让到迎辉轩，沈襄亦来见礼陪坐。周通道："敢问仙师法号？"不邪道："贫道衡山炼气士猿不邪是也。适奉师命至此，知尊府妖妇为害，特来拿妖救令郎性命。"周通道："令师为谁，何以预知小儿受害？"不邪道："俟除妖后再说。"又指着沈襄问道："此位可是亲戚么？"周通道："此是叶先生，在舍下教读小儿。"不邪向沈襄道："尊讳可是改名向仫么？"沈襄大惊，道："老师何以预知改名？"不邪道："贫道也是适才知道。"又问周通道："妖妇现在尊府么？"周通蹙着眉头道："在寒舍。这几天将小儿迷乱得神魂颠倒，骨瘦形消；先时还认得人，近日连人也认不出，只是和妖妇说笑。"不邪道："可能叫令郎来，贫道一看么？"周通摇头道："数日前便叫他不动，如今连人都不认识了，如何叫得来？倒是妖妇始末须与仙师细说，以便擒拿。"不邪道："贫道已知根底，无庸再说。"左右献上茶来。不邪道："贫道不食烟火物有年矣。"

又道："尊府若有伶变使女或妇人，叫一个来，我有用处。"周通想了想，向众人道："叫周之发女人来。"少刻，苏氏来至。不邪道："可伸手来，我写一字。"苏氏笑着将手伸与不邪，不邪在苏氏手心内写一"来"字。周通和沈襄看了，不知何意。不邪将笔付与家人，向苏氏道："我看你倒还像个伶变人，可持吾此字，到妖妇房内，于有意无意之间，将此字向你小主人面上一照，照后即速刻到我这边来。只是一件你要明白，不可着妖妇看破举动。"苏氏笑着应道："这事我做得来，管保妖精看不出。"说罢，手内握着那个字到妖精房中。正值周琏在地下走来走去，和妖精说话。苏氏推取茶碗，瞅妖妇不看，向周琏面上一照，随即收回，周琏打了个寒噤。苏氏回身就走，见周琏跟在后面，苏氏甚是惊讶，将周琏引到迎辉轩内，周琏便痴呆呆站在地下。周通、沈襄皆大喜。

苏氏将适才如何照周琏出来说罢，不邪道："你可将手伸开我看。"苏氏将手伸开，不邪用手一指，其字即无。周通等无不惊服，向不邪道："适承仙师用一字将小儿招来，足征法力。但此子神痴至此，还望仙师垂怜！"说着，跪了下去。不邪即忙扶起，道："容易之至，此必是令郎吃了妖妇的迷药。我正要叫他明白了，有话问他。吩咐尊纪盛一碗水来。"众家人顷刻取至，不邪在水内画符一道，着人与周琏灌下。周琏觉得从顶门一股热气直贯至脚底,须臾,神清气爽,看见他父亲同叶先生陪一老道人坐着,忙问道:"妖妇可拿住了么?我此刻心上甚是清朗。"周通大喜之至,问他连日光景,他说和做梦一般。周通将连日情形并面貌消瘦说了一遍,周琏甚是惊怕。周通道:"你此刻心里明白,皆这位神仙之力,还不跪求解救之法。"周琏即忙跪倒,叩头有声。不邪扶起道:"有我在此,保你无虞。"周琏起来,也坐在一旁。

猿不邪问周琏道:"官人这几天心地糊涂,可还记得每晚与妖妇同睡时,她脱衣服不脱?"周琏道:"每晚睡时,大小衣服俱皆脱尽。"不邪问到此句,向周通道:"可吩咐大小尊管们都回避了。"众家人连忙避去。不邪向周琏道:"官人今晚与妖妇同宿,可将她衣服不论大小,趁空儿尽数偷来,贫道自有妙用。若被她知觉,便大费事矣。"周琏听着,仍着他和妖妇同宿,心上甚是害怕,说道:"我宁死在此地,也再不敢去了。"不邪道:"你若不去,她的衣服断不能偷来,贫道恐不能了结此怪。"周通道:"仙师必要她的衣服有何用处?"不邪道:"贫道不肯说明,诚恐令郎害怕。今令郎不肯与妖妇同宿,我只得要说明了。此妖系一千五六百年一鱼精也,颇能呼风唤雨,走石飞沙。兼有邪宝,又会变化,非等闲妖怪可比。所差者,尚不知过去未来事,故易治耳。以本领论,贫道可以强似她六七倍,只是偷窃了上元夫人寿仙衣,自必时时刻刻穿在身上。此衣刀剑水火、各种法宝,俱不能入,不但贫道,即岛洞上品金仙,也无如她何。"周通和沈褱听了,相对吐舌。周琏自服法水后,心上明白,着实惧怕。今听得明白是个鱼精,他倒胆子大起来了。周通道:"你的身子、我一家性命,在此一举,你须要随机应变方妥,我们今晚就在此处等你。"周琏连声答应。不邪道:"官人和我们坐久,她必生疑。若问你,你还照素常痴呆光景回答她。就请去罢。"正是:

也把妖精当老贡,遗簪脱履拼穷命。

若非乃婿做偷儿,此气终身出不尽。

第七十回

诛妖鱼姑丈回书字　遵仙柬盟弟拜新师

词曰：

风雷叱咤走天衢，吐真火，诛妖鱼。一家欢庆，铭感寄回书。终南法旨到仙庐，顿教盟弟做门徒。

右调《江城子》

话说周琏去至妖妇房中，妖妇果然心疑，问道："你往哪里去了，这半日方回？"周琏照前痴呆的样子，上床去与她相偎相抱地说道："我适才去出大恭，被许多人将我围住，我就回来了。"妖妇道："是什么人围住你？"周琏摇了摇头儿。妖妇见他还认识不得人，便将心放下。此晚周琏将门儿半掩半闭，预备下出路，和妖妇还竭力斡旋了两度，便假睡在一边。挨至四鼓，听妖妇微有鼻息，灯儿半明半昧。素日妖妇将衣服脱下，俱放在迎头一张桌上。今晚周琏更是留心，悄悄地爬起，也顾不得穿衣服，光着两腿下床来，把妖妇大小衣服轻轻抱起，将门儿款款搬开，偷了出去，飞步至迎辉轩。

此时不邪闭目打坐，周通和沈襄守着一大壶酒，等候消息。猛见周琏赤着身体，抱着一堆衣服进来，周通忙问道："得了么？"周琏应道："得了。"不邪听得，跳下床来，四人在灯下同看。猛见不邪提起一件衣服，大喜道："此衣到手，妖怪休矣！"周通等齐来看，此衣红如炭火，薄若秋霜，展开时颇长大，团来止盈一握。不邪也不暇讲论，急将此衣穿在道袍上，向众人道："快取朱红笔砚来。"须臾取至，不邪就在房内桌上，左手叠印，右手书符，口中秘诵灵文，向正东吸气一口，吹在符上，递与家人道："此时妖妇未醒，可悄悄去贴在她住房门头上，自有奇应。"家人捧符去了，不邪又向周通道："可速差人将内院大小男妇叫起，远远回避，断不可着一人在妖妇院内，那时受了惊惧，或有疏失，与贫道无涉。"众人分头去了。

周琏即将妖妇大小衣服穿了,站立在一边。

少刻,前后差去人俱来回复,言符已贴好在妖妇门头上,内院男妇俱各避去。不邪道:"我此刻即到妖妇房中等候,防她逃脱。"说罢,众人跟出院来。只见不邪将身一纵,离地有五六丈高,飞入内院去了。吓得周家人神色俱失,也有说是神仙的,也有说是剑仙的,各互相惊异,听候动作。

不邪去了有顿饭时候,猛听得天崩地裂响了个霹雳,震得屋瓦俱动,众人惊魂失魄。此时月光正中,远望妖妇院中,云蒸雾涌,忽见一块乌云从下而上,比箭还疾,直奔东南。随后又见一块白云,如飞地追赶那块乌云,也向东南去了。沈襄向周通道:"适才霹雳,即系老仙师那道符箓作用。只可惜这样一个大雷,竟让妖妇逃去。"周通道:"先生何以知妖妇逃去?"沈襄道:"前走乌云必是妖妇,随后白云即老仙师也,大家同去一看便知。"

周通听了,且信且疑,和众家人一步一停地到内院窥探,寂无一人。又着人潜去妖妇房中偷窥,不但妖妇不见,连老道人也不知所之。周通向沈襄道:"先生真高明士也,果不出所料,老仙师定是追赶妖精去了。只是此番若不斩草除根,留下她,我一家断无生理。"又见冷氏也率领众妇女走来,猛听得一妇人大叫道:"你们快看来,我脚下踏着一物,甚是光亮。"家人打着灯笼各去争看,只见一片鳞甲有斗盆大小,丢在西台阶下。众男妇看了,无不吐舌。周通道:"老仙师原说是鱼精,这便是她的鳞甲,被雷劈下来。但她一甲就其大如此,身子真不知多长!"周琏看了,心胆俱寒。周通又着家人在各院细细搜寻,再无别物,将鳞甲收放在桌上,大家说白道黄,议论到天明。

忽见管门人跑来报道:"那位老神仙爷回来了,现在园外。"周通父子和沈襄没命地跑出去迎接,将不邪让至迎辉轩,叩头谢劳。冷氏也顾不得内外,率领众妇女都站在院中,听说妖怪下落。只听周通道:"仙师真好法力,一雷将妖怪劈下斗大一片鳞甲,落在院中,但不知追赶下去,可将妖怪斩除了没有?"不邪笑道:"若非令郎将寿仙衣偷来,贫道穿在身上,定必挨她一珠,虽不至于大伤,只索让她逃走,又须四下找寻。"随将妖鱼如何吐出红珠打来,自己如何吹出真火将此物烧死,说了一遍。

第七十回　诛妖鱼姑丈回书字　遵仙柬盟弟拜新师

众男妇听罢，个个心惊。冷氏大悦，周通父子谢了又谢。不邪将剜来鱼目取出，着众人看视，约有一尺大小，虽成死物，还烂灿有光。周通父子复行叩谢。

不邪道："贫道原欲除妖后即回衡山，因吾师有书字，曾吩咐面交，所以复来。"周通道："令师尊是何人，书字与哪个？"不邪道："台驾一看，自然明白。"随将于冰与的柬帖书字取出，一同递与。周通先看了柬帖，点头不已，说道："真是神仙，事事前知。"次后看到"在姑丈周通家作祟，淫吾表弟周琏"等句，大是惊诧，却想不到冷于冰身上。急急将书字细看，一边看，一边喜得眉欢眼笑，心花俱开。后看到沈襄话，便将沈襄连连地看了几眼，看完将书字揣在怀中，只乐得拍手拍膝，大笑不已。冷氏听得大笑，还只当是为除妖快乐。周通笑着跳起，拉住不邪道："不意贵老师是我的内侄，原籍是直隶广平府成安县人，名唤冷于冰，字不华，可就是他么？"不邪道："正是。"周通又拍手打掌地笑将起来。周琏也心喜不尽。冷氏在院中听得明白，高声问道："适才说冷于冰，可是我侄儿不是？"周通笑着应道："正是，正是！你不必回避，快入来。"

冷氏连忙走入。看见不邪，先行跪拜，叩谢除妖救子活命之恩。不邪知是于冰姑母，不敢怠慢，也急忙叩首相还，口中连说："不敢！不敢！"冷氏起来，问周通道："我侄儿在哪里？也来了没有？"周通笑道："他如今已成了神仙，哪里还肯来看望你我？有与我们的书字在此。"冷氏道："你快念与我听。"周通道："改日与你念，此刻说说罢。"遂将书字中话详细告知，沈襄话没敢提出。冷氏听罢，和明珠落掌一般，喜欢到极处，反落下泪来，向不邪深深一拂，说道："恳求老仙师将我侄儿自出家到如今，从头至尾和老拙说说。我侄儿自与老拙别后，我曾差人至广平府三四次，倒知我侄孙逢春如今做封翁，两个小孙孙都是好孩子，少年科甲：大的中了第八名举人，娶的是都察院掌院王大人的女儿；第二人做了翰林院庶吉士，娶的是户部侍郎张大人的女儿。我侄孙总不叫他们做官，怕奸臣严嵩谋害，现告假在家，他们也常差人探听老拙。可惜我侄妇卜氏前年病故了。倒是我侄儿的音信，不但老拙不知下落，连我侄孙逢春也不知道。"说罢，又深深一拂。

不邪道："请太师姑坐了，待门生细说。"周通道："倒叫仙师站了好半晌。快大家就坐，洗耳静听。"沈襄见冷氏止住了忙乱，方过来作揖，一齐坐下。不邪因柬帖内有"系吾己亲，若问及，不妨实说"，只得将于冰出家学道，得火龙真人指教起，随他擒妖降怪，济困扶危，前后度脱了六个徒弟，直说到入定分身，赈济浙江并天下贫苦民人，以及此番奉命来拿鱼怪，倒说了好半日方完。众人听了，无不惊羡为真正神仙。但妇人家问长问短，聒噪不已。不邪清修已久，哪里受得，恨不得摆脱速去。只因冷氏话再说不断，不邪看了于冰分上，只得随问随答。家人们拿出许多新鲜果品，摆满一桌，不邪一个也不吃，只急得要辞去，怕冷氏絮烦。冷氏哪里肯放，说道："老师长既是我侄儿徒弟，就和我是己亲一般，我定留住十天。我还有些东西烦与我侄儿带去。且我小儿中了妖气，也不说与他治治，只急得要走。"不邪道："日前符水，胜似千服补药。只要独宿百日，便可回元。"说着，又站起来告别。

周通将不邪拉在院外，道："弟深知寒舍非仙人久停之所，亦不敢强留。只是弟与贱内回书未写，况沈襄话还未与他说破，祈稍停片刻，即舍亲知道，也断不以迟回为过。"不邪听得有回书，这是不敢不带去的，只得复入房中坐下。

周通将沈襄领至一僻静房内，取出于冰书字、柬帖，着沈襄看。沈襄看了又惊又感，连忙与周通跪下恳求，不可泄漏。周通也跪着扶起，大笑道："先生此话，非以小人待弟，竟是以禽兽待弟了！不但舍亲有字相托，即无字，弟亦久已存心要安顿先生。但袁仙师去意甚速，先生可到西院书房，代弟夫妇写一回书。"又将回书意见告知，方到迎辉轩，见冷氏还盘问于冰的话。

家人报道："大奶奶回来了，请老爷太太安。"冷氏道："她来得甚好。"遂将被风刮下平台，跌折左臂，至今未愈话告知不邪，求即医治。周琏向家人们道："请你大奶奶就来此处，不必回避。"不邪连连摆手，着家人盛来水一碗，书符一道，令拿入去，一洗患处，立即愈矣。家人捧水去了。

又待了半晌，沈襄拿来三封书字，俱着周琏看过，问不邪道："有讳金不换的，此公可在令师尊洞内没有？"不邪道："他此时正在。"沈襄道："书字一封是晚生与金先生，禀帖一叩是与令师尊冷老爷的。烦代为传说，叶向仁今生无可报答厚恩，唯有日祝二公寿与天齐而已。今就在此地与冷、

第七十回　诛妖鱼姑丈回书字　遵仙柬盟弟拜新师　521

金二公磕几个头罢！"说着，朝上端端正正磕了四个头。不邪也不好拉他。次后，又叩谢不邪，付与书字。周通也将回书交讫。不邪道："贫道去了。"冷氏道："祈稍候片刻，我还有物事捎寄我侄儿。"周通道："令侄千百万黄金吹口气立至，你我安可以人间俗物亵渎！只愿他早做天上金仙罢了。你我可向袁仙师拜谢救合家性命之恩。"于是老夫妻同周琎俱叩拜在地，不邪急忙相还。众家人仆妇体贴主人意思，也都来叩头。不邪各作揖相还，然后作别。周通父子和沈襄定要步送十里，不邪止他们不住。约走有百余步，不邪向天上一指道："妖妇又来了！"周通父子并大小家人等，一齐仰面向天上看视，猛见寒光一闪，再看时，已不知不邪去向。大家方知妖精来话，也是个影子，各欣羡嗟叹。

　　唯周琎惊得目瞪口呆，恍然若悟。眼见得神仙也是人作的，并不荒唐，从此深慕冷于冰之为人。自己想算："若非仙人解救，必当死于妖妇之手，岂不可痛可惜！何如立定脚跟，自己做一个长生不死的仙人。"他自那日服了不邪的符水，已觉得色欲一空，美妇亦妖妇也。此后即见了蕙娘，也视若平常，反时觉得愧见死妇，从此离家学道之志益坚。唯因父母生成之恩未报，周氏又没宗嗣，这两件却是摆布不脱的事。只得将人生这两件办过，再去学做神仙未迟。这是周琎立定志愿，却也不向人说。从此将一年所入除用度外，凡有余利，即着施衣食棺木。不但亲友，即本县远近有贫不能葬、壮无力娶者，查访的确，无不帮助，每一岁之中，做许多善果。从这年起，蕙娘连生三子二女，后皆贵显，岂非积德之报。周通夫妇皆寿至八十余而终。周琎到他父母没后，他见两件大事皆已遂心，人生之道也算略尽；看蕙娘也是四五十岁的人，又有子女田产可靠，尽可过度，自己倒可无忧无虑。他便立定主意，趁空儿私自脱走，一直赴衡山玉屋洞，从冷于冰游去了。此是后话。

　　再说猿不邪回玉屋洞缴于冰法旨，将周通夫妇回书并沈襄禀帖呈览，又将寿仙衣取出着于冰看。于冰道："此系上元夫人至宝，只因她用不着，至今未加检点。你且存在身边，将来她自有人来取，与她可也。"不邪回完于冰话，取沈襄书字递与不换。不换看了，亦深喜寄托得所。

　　忽见于冰慌忙站起，吩咐："快备香案，吾师法旨到了。"不邪和不换刚才收拾停妥，早见一仙吏入来，于冰让至石堂中，同城璧等将法帖

供放在桌上,一同拜叩,然后大家公看。上写道:

　　冷于冰自修道以来,积善果大小十一万二千余件,天仙册籍,久已注名,惜内功不足,飞升尚需年日。可率同弟子猿不邪,赴福建九功山朱雀洞静修,以免城璧等日夕问答纷扰。再连城璧、金不换皆浊骨凡夫,俱邀于冰济渡,遂得云行并出纳口诀,真数劫难逢之福遇也。诚能励志精进,将来何患无成!是诸子皆沐于冰再造之恩,犹敢以雁行并列,何无心肺至于乃尔!可于我法帖到日,即行拜于冰为师,并传谕温如玉知之。猿不邪出身异类,能沉潜人道,静一不杂,甚属可取。今即赏姓为袁,嗣后于冰。凡有示谕,毋加犬旁,为将来大成时膺受上帝诏命之地。嘱令益加奋勉,吾于伊亦有厚望焉!至不邪所救之周琏,数世前曾修道有功,今为情欲所迷,离失本性。后能觉悟,终当度之,其成就不在数子下也。

城璧、不换看毕,道:"此弟子等所祷祝而求者也。今蒙祖师责备,倍深羞愧。"随请于冰正坐。于冰亦不谦辞,只向仙吏举了举手,便正坐了。城璧和不换大拜了四拜。于冰道:"此系吾师念汝等出身所自始,实系公论,非我好为尊大,忘却前盟也。"又着城璧、不换与不邪对拜,俱以师兄呼袁不邪。于冰向仙吏道:"山洞荒野,苦无佳品留宾,有昔年峨眉山大仙送吾桂实数个,味颇芬芳。"遂取枣大的两个相送。仙吏在火龙真人洞中,凡三界诸仙珍物,目所见者最多,从未见如许大桂实。又见黄光四射,香气盈堂,受之大喜过望,再三叩谢而别。后火龙真人闻知,差仙吏走取,于冰将茶杯大者一、枣大者四敬之。此系后事。

于冰送仙吏出洞回来,正坐石床,不邪、城璧等两旁侍立,不复前时举动矣。于冰道:"我此刻即去九功山,着袁不邪跟随,完吾道果。城璧、不换可分前后洞修持,除采办饮食外,不得片刻坐谈,误静中旨趣。我去后,着城璧赴琼岩洞示知温如玉,再传与他出纳口诀,亦不得与二鬼游谈误事。并饬谕二鬼,加意修炼,以图上进。"城璧唯唯受命。说罢出洞。城璧、不换也只得学袁不邪样子,跪送洞旁,直看得驾云后,方才起来回洞。正是:

　　斩妖万年县内,回洞细陈前情。
　　领到火龙法旨,盟弟尽做门生。

第七十一回

避春雨巧逢袁太监　　走内线参倒严世蕃

词曰：

　　郊原外，雨作缘，晤内官。朱楼杯酒论权奸，天使然。一疏惊，雷走电，欣逢术士扶鸾。豪奴游子寄危颠，庆弹冠。

右调《春光好》

　　前回言袁不邪回玉屋洞，火龙颁法旨，于冰赴九功山，这话不表。且说邹应龙自林润出巡江南后，日夜留心严嵩父子款件，虽皆件件的确，只是未能下手。此年他胞叔邹雯来下会试场，因不中，急欲回家，应龙凑些盘费，亲自送出彰仪门外。见绿柳已舒新眉，残桃犹有余笑。蒙茸细草，步步衬着马蹄；鸟语禽声，与绿水潺盟之声相应。遥望西山一带，流青积翠，如在眼前，因贪看春色，直送了二十余里。

　　忽然落下雨来，起初点点滴滴，时停时止。最后，竟大下起来，又没有带着雨具，衣襟已有湿痕。猛见前面坐北朝南有一处园林，内中隐隐露出楼阁。遂吩咐家人，策马急趋。到了门前，守门的问道："做什么？"家人们道："我家老爷姓邹，现任御史，因送亲遇雨，欲到里面暂避一刻。"守门人道："请老爷暂在门内略等等，我去问声主人，再来回复。"少刻，守门人跑出道："我家老爷相请，自己还接出来了。"

　　应龙下马，随那家人走入第一层园门。只见一个太监，后跟着五六个家丁，七八个小内官，都站在第二层门等候。见应龙到了面前，方下台阶来，举手笑说道："老先是贵客，难得到我们这里来。"应龙也举手道："因一时遇雨，无可回避处，故敢造次趋谒。"那太监又笑道："你若不是下雨，做梦也不来。"说罢，拉着应龙的手儿并行入去，到一厂厅内叙礼坐下。

　　太监道："方才守门的小厮说，老先姓邹，现做御史。不晓得尊讳叫什么?"应龙道:"小弟叫邹应龙。"那太监道:"这倒和上科状元是一个样儿的名字,难得。"应龙笑道:"上科徼幸,就是小弟。"那太监道:"呵呀!你是个状元御史,要算普天下第一个文章的头儿,与别的官儿不同,我要分外地敬你。快请到里面去坐,这个地方儿平常,不是叫状元坐的去处。我还要请教你文章和你的学问。"应龙笑道:"若是这样,小弟在此坐罢;被老公公考较倒了,那时反难藏拙。"那太监大笑道:"好约薄话儿,笑话我们内官不识字,你白试试瞧。"于是又扯了应龙的手儿,过了厂厅循着花墙北走。又入了一层门儿,放眼一看,见前后高高下下有无数的楼阁台榭,中间郁郁苍苍,树木参差,假山鱼池,分别左右,倒也修盖得富丽。又领应龙到一亭子内,见四面垂着竹帘,亭子周围都是牡丹,也有正开的,也有开败的,一朵朵含芳吐卉,若花茵锦帐一般,无愧国色天香之誉。再看那雨,已下得大了。

两人就坐,左右献上茶来,应龙道:"小弟还没有请教老公公高姓大讳,并在内庭所执何事?"那太监道:"我姓袁,名字叫天喜。"应龙道:"可是元亨利贞的'元'字么?"太监道:"不是了,我这姓,和那表兄表弟'表'字差不多。"应龙笑道:"小弟明白了,尊姓果然像个表字。"袁太监拍手大笑道:"何如,连你也说像了。我如今现掌上衣监事,这几日才将夏季衣服交入去,又要干办秋季的衣服。昨日趁闲空儿出来走走。"应龙将他出入禁掖、日伴君王的事着实揄扬了几句,又将他的花园也极口道好。袁太监大乐,向众小内官道:"这邹老爷是大黑儿疤的状元出身,不是玩儿的,他嘴里从不夸奖人。人若是叫他夸奖了,这个人一万年也不错。"众小内官和家丁们齐声答应道:"是,是!"袁太监又向众人道:"我们坐了这半天,也不弄点吃的东西,都挤在这里听说话儿。"应龙道:"此刻雨小了,小弟别过罢!"袁太监恼了,道:"这都是把我当王八羔子待哩!难道我们做内官的就陪状元吃不得一杯酒么,就立刻要告辞!你不来不怎么。"应龙见袁太监恼了,忙笑说道:"小弟为初次相会,实不好讨扰。今既承厚爱,小弟吃个烂醉回去,何如?"袁太监又笑了,说道:"归根这一句才像个状元的话。"

须臾,盘盛异品,酒泛金波,山珍海错,摆满春台,食物亦多外面买不出来的东西。应龙见袁太监人爽快,也不作客,杯到即干。吃到半

第七十一回　避春雨巧逢袁太监　走内线参倒严世蕃

酣时分,应龙道:"小弟躬逢盛景,兼对名花,此时诗兴发作,意欲在这外面粉墙上写诗一首,只恐俚句粗俗,有污清目。"袁太监道:"你是中过状元的人,做诗还论什么里外!里做也是好的,外做也是好的。但是诗与我不合脾胃,倒是好曲儿写几个,我闲了出来看的唱唱,也是一乐。若说做诗,我们管奏疏的乔老哥,他还是个名公。"应龙道:"可是乔讳承泽的?"袁太监道:"这又奇了,你怎么知道他的名字?"应龙道:"去岁我闻圣上将他做的诗三十余首发到翰林院,着众词林和王公看,也还难为他,竟做得明白。"袁太监笑道:"他才只是个明白!不该我说,翰林院里除了你,还没有第二个人做得过他哩。"应龙笑道:"我也做不过他。"袁太监道:"你倒不必谦着说,他实厉害得多着哩!我们见他拿起笔来,写小字儿,还略费点功夫;写大字,只用几抹子就停当了。去年八月里,他到我这里来,也要在我墙上写诗,我紧扯着,他就写了半墙。他去了,我叫了个泥匠把他的字刮掉,又重新粉了个雪白。后来他知道了,倒说我是个俗品。你公道说罢,这墙还是白白儿的好,还是涂黑了好哩!"应龙道:"自然是白的好。"袁太监道:"既然知道白的好,你还为什么要写?"应龙笑道:"我当你不爱白的。"自此将做诗的话再不提起。

两人只是吃酒,袁太监又叫过几个小内监来唱《寄生草》《粉红莲》《凤阳歌》。唱了一会,向应龙道:"这个地方儿吃酒低,我们到高处去罢。"应龙道:"高处吃酒自然又好似低处了。"袁太监大乐,吩咐家人移酒到披云楼上坐下,将四面窗隔打开。只见青山叠翠,绿柳垂金,远近花枝红白相映,大是豁目赏心。两人复行畅饮。

又听了会曲儿,应龙见袁太监有酒了,便低低说道:"小弟有心腹话要请教,祈将尊纪们暂时退去。"袁太监向众人道:"邹老爷有体己话儿告诉我,你们把酒留两壶在桌上,我们自己斟着吃。打发邹老爷的人吃饭,不醉了我不依!"众人答应,一齐下楼去了。

应龙道:"老公公日在圣上左右,定知圣心,年来诸大臣内,圣上心中到底宠爱哪个?"袁太监道:"宠爱的外大臣也有十来个,总不如吏部尚书徐阶第一。你听着罢,就要做宰相哩。"应龙道:"比严中堂还在上么?"袁太监道:"你说的是严嵩么?"应龙道:"正是。"袁太监道:"那老小妇养的走了背运了。"应龙忙问道:"我见圣上始终如一,宠眷与前无异,怎样说他走了背运？"袁太监道："你们外边的官儿哪里知道内里的事！二年以前，这老头子还是站着的皇帝。不知怎样，从去年至今，青词也做得不好了，批发的本章拟奏上去都不如圣意。启奏的事万岁爷未尝不准他的，只是心上不舒服。"应龙道："老公公何以知道这般详细？"袁太监道："我在上衣监，见万岁爷的时候少，一月不过两三次。司礼监赵老爷和奏疏上的乔老爷，他们两个是日夜不离的，万岁爷脸上略有点喜怒，他们就可以猜个八九分儿是为什么事体。一个爱严嵩不爱，有什么难测度处。"应龙以手加额道："此社稷之福也！"袁太监道："你说是谁的福？社稷是什么人？"应龙道："我没有说什么福不福。"袁太监拂然道："你这人就难相与了。你今儿个和我一会，咱们从今日就是好哥儿，好弟兄，好朋友！我的爹妈就是你的父母，我的侄儿们就是你的儿女。有了话你也不要瞒我，我也不要瞒你。你方才来来回回盘问爱谁不爱谁，必定有个意思。又把严老头子紧着问，你到底是心上疼他还是恼他哩？你只管告诉我，我替你拿主意。你要怕我走了话，我到来生来世还做个老公，叫人家割了去！这个誓儿对不过您么！"应龙道："老公公出入内庭，品行端方，断断不是走话的人。弟因严嵩父子荼毒万姓，杀害忠良，贪赃卖官，权倾中外，久欲参他一本，诚恐学了前人，徒死无益国家。适听公公说他圣眷渐衰，谅非虚语。小弟志愿已决，今晚回去，定连夜草成奏疏，上达宸听。事之成败，我与老贼各属天命罢了！"袁太监把桌子一拍道："好，好！你听我告诉你。你前几年参他，不但参不倒，只有祸患；若再迟几年参他，他将万岁爷又奉承喜欢了，可惜就失了机会；如今不迟不早，正好分儿。你做这件事，不但成就你的声名，还替我报了仇恨，正是一举两得。"

应龙道："老公公与他毫无交涉，怎样说'仇恨'二字？"袁太监道："说起来我就恼死！我们祖籍是河间府人。我自入宫后二十多年，也弄下几个钱儿。我的父母已死了，只有个同胞的老哥哥和几个侄儿子，在珠宝市儿买了两处大铺子，费了四千二百来的银子，只讨了半年房银。不意严家有个总管叫什么阎七，他硬出来做原业主，只给了我哥哥二千两银子，就把两处铺房都赎了去。我哥哥不敢惹他，我又怕弄出是非来，叫万岁爷说我们有钱。赔了二千二百多两本儿，叫他刮了去，你说气也不气！

第七十一回　避春雨巧逢袁太监　走内线参倒严世蕃

分明他是知道是我们内官的房子；若是平常人，休说找二千，连一千还未必找给。你今日要参他，我心上先就乐起。还有个诀窍，我说给你：你的参本别要在通政司挂号，那老奴耳目众多，一露风声，你的本章白搁在那里，他就叫人先参了你。当日赵文华不知和他做了这么多少次，我们内里知道，谁肯在万岁前翻这舌头！今日四月初二日，也功夫忒促急，你定到四月初四日早饭后，亲到内阁，我叫管奏疏的乔老哥在内阁等你，你暗暗递与他就是了。我们哥儿两个相交的最厚，年年总要送他几套衣服穿。"应龙道："这乔公公虽素日闻名，只是认识他不得，万一交错了，关系非浅。"袁太监道："他有什么难认，一脸麻子，长条身材，穿着蟒衣玉带。且他常到内阁和中堂们说话的，别的内官没有旨意，谁敢到内阁里去！"应龙道："假若圣上追究不由通政司挂号，该怎么处？"袁太监道："你好啰嗦呀，这样胆儿就想参人！你不由通政司挂号是你的不是，他私自收你的本章，替你传送，难道他不担干系么！只因他有那个武艺儿，他才敢收你的本章哩。我想了一会，你且不必参严老头子。他受恩多年，此时他就要算国之元老。你一个上科新进的小臣，虽说是言官，你参他轻了，白拉倒，惹得他害你；参得言语过重，万岁爷看见许多款件，无数的恶迹，他闹了好些年竟毫无觉察，脸上也对不过诸王大臣和普天下的百姓，只怕你也讨不了公道。依我的主见，你莫妙于只参他的儿子严世蕃和他家人阁七等，搬倒小的儿，大的不怕他不随着倒，这就替万岁爷留下处分他父子的地步了。比如一窝燕儿，你把小燕儿都弄死，那大燕儿还想安然住着么？"

应龙连忙站起来谢道："老公公明见。匪夷所思，真令人佩服感激之至！小弟就如此行。此时雨已不下多时了，小弟告辞罢。"袁太监还礼后，说道："好容易知己哥儿们遇着，你不如在这儿住一宿，明日我和你一同进城。"应龙向袁太监耳边说道："我回去要做参本，等我参倒严嵩父子，你有功夫我就来陪你，只用你着人叫我一声。"袁太监大乐道："这么的敢自好！还有句话，若见了乔老哥，叫不得他老公公，这'老公公'是'老婆婆'的对面儿，不是什么高贵称呼。"应龙连连作揖道："小弟山野，整叫了你一天老公公，该死！该死！"袁太监亦急忙还揖道："你好多心呀，你当我恼你么！我要恼你，我就不说了。你叫我老公公，我知你是心上敬我,我只怕你得罪了乔老哥。"应龙又作揖道:"你还不快指教我,到底该称呼什么才好?"袁太监笑道:"你的礼特多,到底还和我是两个人。你听我教给你:比如他要叫你邹先儿,这和你们叫老公公一样,你称呼他老司长;他叫你邹老先,这是去了'儿'字,加敬了,你称呼他乔老爷;他若叫你邹老爷,你称呼他乔大人。他是衣蟒腰玉的老公公,比我们不同,不但你,严老头子倒是个宰相,还叫他大人不绝口,这是今朝开国元勋我们刚丙老爷给我们挣下的这点脸儿。你既要做打虎的事,必须处处让他占个上分儿,就得了窍了。我说的是不是?"应龙道:"小弟心上终身感激不尽!"袁太监道:"你放心做去罢,我内里替你托几个人,也是一臂之力。"应龙道:"更感厚情不尽!"

两人携手出园,叮咛后会。应龙骑在马上,袁太监:"邹老爷,戏里头有两句:'眼观旌旗捷,耳听好消息。'"应龙在马上伏首道:"仰赖福庇,定必成功。"袁太监直等得看不见应龙,方回园内,向众小内官道:"这邹状元倒还没有那种纱帽气,心上待人也真,他就在这几天要做人不敢做的事,竟是个好汉子。我明日定恳司礼监赵老爷和乔老爷暗中帮帮他。"说着,入里面去了。

再说邹应龙回到家中,越想那袁太监的话越有道理,想了半夜,然后起稿。上写道:

福建道监察御史臣邹应龙一本。为参奏事:窃以工部侍郎严世蕃,凭借父权,专利无厌。私擅封赏,广致赂遗,使选法败坏,市道公行,群小竞趋,要价转巨。刑部主事项治元,以一万三千金转吏部;举人潘鸿业,以二千三百金得知州。夫司属郡吏赂以千万,则大而公卿方岳,又安知纪极!平时交通赃贿,为之居间者,不下百十余人,而其子锦衣严鹄、中书严鸿、家人阁年、幕客中书罗龙文为甚。年尤桀黠[1],仕宦人无耻者至呼为蓼山先生。遇嵩生日年节,辄[2]以万金为寿。臧获富侈若是,主人当何如!嵩父子故籍袁州,乃广置良田美宅于南京、扬州,

---

[1] 桀黠(jié xiá):凶暴且狡猾。
[2] 辄(zhé):总是。

第七十一回　避春雨巧逢袁太监　走内线参倒严世蕃

无虑数十所，以豪仆严冬主之，恃势鲸吞，民怨入骨。外地弁利若是，乡里可知。嵩妻病没，圣上殊恩，念嵩年老，特留世蕃侍养，令鹄扶榇南还。世蕃乃聚狎客，拥艳姬，恒舞酣歌，人纪丧灭。至鹄之无知，则以祖母丧为奇货，所到驿站，要索百端，诸司承命，郡邑为空。今天下水旱频仍，南北多警。而世蕃父子方日事椄克，内外百司莫不竭民脂膏，塞彼溪壑，民安得不贫，国安得不病，天人灾变安得不迭至也。臣请斩世蕃首悬之于市，以为人臣不忠之戒。苟臣一言失实，甘伏显戮。嵩溺爱恶子，贪赂市权，宜疾放归田里，以清政本，天下幸甚。臣应龙无任惶恐待命之至！谨奏。

写完看了几遍，至次日，用楷书写清。到初四日早入朝，直候到饭时，在内阁见一蟒衣太监，面麻身长，倚着门儿站立，又见有许多大员在那里站着和他说话。应龙心里说道："这必是乔太监无疑。"急走至面前，先与他深深一揖，那太监还了半揖，道："老先少会得很，贵姓哩？"应龙道："姓邹。"那太监道："可是上科状元，如今做御史么？"应龙道："正是。"太监笑道："前日和袁敝友吃酒好乐，他是个俗物，把你诗兴都阻了。我姓乔，正要寻你问句话儿，你跟我来。"将应龙引到西边一板屋墙下，说道："你的奏疏有了么？"应龙忙从袖中取出，递与乔太监，道："统望大人照拂。"太监接来，也向袖内一塞，道："你的事是袁敝友再三相托，有点缝儿，我就替你用力。"应龙连连作揖。乔太监扯住道："你不要多礼，事成之后，我有几首诗倒要发刻，一则求你改削，二则还要借重你的大名做篇序文，你切不可过河拆桥。"应龙道："正要捧读大人珠玉，至于序文欲用贱名，越发叨光不尽了。小弟妹丈林润，系新科榜眼，他虽出巡江南，弟亦可代做序文，并书舍妹丈名讳，可使得么？"乔太监乐得拍手大笑道："我的诗原无佳句，得二位鼎甲一揄扬，定必长安纸贵、价重南金矣！但不知令亲林润，可就是参赵文华的那个少年翰林么？"应龙道："正是他。"乔太监乐得手舞足蹈，道："得他一篇文，我这品行学问高到哪儿去了！你要知道，他昔日参赵文华，就是参严中堂，你今日又参他。怎么你郎舅们都是铁汉子。我再说给你，万岁爷和严中堂是前生前世百世奇缘，想要弄倒他，难而又难！也罢了，我再替你内里托两个人罢。"应龙又谢。乔太监道:"我们别了罢,改日还要在袁敝友园中领教。你这本,或今日午后,至迟明早,定有旨意。"应龙别了出来,也无心上衙门,回家坐候吉凶。

乔太监将应龙奏疏带到宫内,同六部本章放在一处,却放在第二个本章下面,等得明帝批发本章时,乔太监放在桌上。明帝看到应龙参严世蕃并阎年等,心下大为诧异,问乔太监道:"怎么参本和六部现行事件放在一处?"乔太监跪奏道:"此系御史邹应龙亲到宫门,未经通政司挂号,因此放在六部现行事件内。"明帝也就不追问了。又往下细看,心里说道:"严世蕃系倚仗严嵩,竟敢如此作恶,严嵩慢无约束,是何道理?"又想:"世蕃系大学士之子,言官参他,不得不放重些,大要虚多实少。"

正欲想算批发,猛见方士蓝道行站在下面。明帝此时深宠信他,因他善会扶鸾,说道:"朕有一事不决,藉乱明示。"随即驾到乱房。蓝道行问道:"陛下所问何事?"明帝道:"朕心默祝,你只管照乱词书写出来就是。"乔太监便使了个眼色。蓝道行前受袁太监嘱托,午间又受乔太监和赵太监嘱托,适间问应龙参本话,他又是听见的。此刻乔太监又递眼色,心里早已透亮。稍刻,乱笔在沙盘中乱动,他却不看写的是什么,随用自己的意见写出几句话来,道:"严嵩主持国柄,屡行杀害忠良,子世蕃等贪赂无已,宜速加显戮,快天下臣民之心。"明帝看了,心上大是钦服,随即回原看本处,将应龙本章批道:"览邹应龙参奏,朕心深为骇异。严世蕃等俱着革职,拿送刑部。其种种不法,着三法司将本内有名人犯一并严审,定拟具奏。邹应龙即着升授通政司正卿。钦此。"

这道旨意一下,京师震动,将应龙此本家传户诵,都乱讲:"先时有许多不怕死的官儿,不但未将严嵩父子动着分毫,并连他的党羽也没弄倒半个;谁想叫新进书生倒成了大功,真是出人意外!"只十数日,便遍传天下皆知。正是:

避雨无心内官逢,片言杯酒杀奸雄。

忠臣义士徒拼命,一纸功成属应龙。

第七十二回

草弹章林润参逆党　改口供徐阶诛群凶

词曰：

　　风雨倾欹欲倒墙，旧弹章引新弹章。覆巢之下无完卵，宰相今成乞丐郎。改口供，奏君王，安排利刃诛豺狼。霎时富贵归泉壤，空教磷火对寒霜。

右调《思佳客》

　　话说明帝降了锁拿严世蕃的旨意，这日刑部即将本内有名人犯一一传去，也不敢将他下监，俱安顿在大堂旁边空闲屋内，各官俱送酒。次日早，明帝御偏殿，严嵩免冠顿首，痛哭流涕诉说平日治家严肃，从不敢纵子孙并家奴等为非。明帝笑道："国家事自有公论，俟三法司审拟后，朕自有道理。"严嵩含泪退下。

　　过了十二三天，三法司还未审明回奏。只因严嵩势倾中外，又兼三法司内倒有一半是他父子的党羽，不但不敢将世蕃等加刑，就是家人阎年，连重话儿也都不敢问他一句。严世蕃倒口若悬河，力辩事事皆虚，只求参奏，也将邹应龙革职对审。三法司见旨意严切，诚恐明帝喜怒不测，又不敢将应龙参奏，因此日日挨磨，只等严嵩于中斡旋了事。

　　一日，吏部尚书徐阶有本部要紧事件回奏请旨，在宫门等候，太监乔承泽传他入去。到一屋内，明帝独坐，徐阶跪伏面前，明帝笑着叫他起来赐坐，徐阶谢恩坐了。明帝问了回吏部事务完毕，正欲退出，明帝道："御史邹应龙参奏严世蕃等，朕着拿交刑部会同三法司审讯，怎么半个多月不见回复，想是人犯未齐么？"徐阶跪奏道："此事有无虚实，只用问严世蕃、阎年便可定案，余犯即有未到的，皆可过日再问。"明帝道："卿所言极是，怎么许久不见回复？"徐阶故作无可分辩之状，伏首不言。明帝大怒道："朕知道了，想是三法司惧怕严嵩比朕还加倍么？"徐阶连忙叩头，又不回奏一语。明帝道："卿可照朕适才话示知三法司。再传旨，着锦衣卫陆炳,同三法司严刑审讯,定拟具奏。若少有瞻徇,与世蕃等同罪!"

徐阶唯唯退出,到内阁将明帝大怒所下旨意,写了一纸片子给内阁官,示知三法司并锦衣卫这几处衙门。严嵩见了这道谕旨,大是惊惧。又见传旨的是徐阶,就知道是徐阶密奏了,连忙回家备名帖请徐阶午间便饭。徐阶也怕严嵩心疑,只得拨冗一到。严嵩亲自接到大门院中,让徐阶到自己住房坐下。徐阶问有别客没有,严嵩道:"只是大人一位。"

少刻,酒肴齐备,见执壶捧杯都是些朱颜绿鬓少年有姿色妇人,内中他儿子世蕃的侍妾倒有多一半。这是严嵩恐徐阶与他作对,又深知他是明帝信爱之人,这许多妇女内若徐阶看中哪几个,便是他儿子的小女人,他必于本日相送,总以长保富贵为主。这也是他到万无奈何处才想出这条主见,要打动徐阶。严嵩捧一杯酒,亲自放在徐阶面前,随即跪了下去,慌得徐阶也陪跪在一边,说道:"老太师太忘分了,徐阶如何当得起!"严嵩哭着说道:"老夫父子,蒙圣恩隆施过厚,久干众恶;朝中文武大臣,唯大人与嵩最厚。今小儿世蕃同孙鹄、鸿,也平白下在狱中,诸望大人垂怜!倘邀福庇瓦全,我父子尚非草木,我还是可以报答大人的人。"徐阶心里骂道:"这老奸巨猾的奴才,又想出这样法儿牢笼我。"口中连连说道:"老太师请起!徐阶有可用力处,无不尽命。长公大人不过暂时浮沉,指顾便可立白,太师只管放心。晚生今早是因本部事件候旨宫门,并未见圣上,系太监乔承泽传旨于晚生,晚生传旨于内阁,老太师毋生别疑。"严嵩佯问道:"今日大人还到宫门前么?老夫哪里晓得,并连大人传旨的话也不晓得。老夫今日请大人,是为小儿下狱,共商解救之方,大人如此表白,倒是大人多疑了。"又连连顿首,然后一同起来。

徐阶陪跪了这大半晌,心上越发不快活,肚里骂了许多无耻的老奴才。于是两人对坐,酒菜齐行,烹调得色色精美,有许多认不出的食物。席间又请教救世蕃之法,徐阶初时说些不疼不痒的话,怎当得严嵩苦苦相逼,只得应承在明帝前挽回,严嵩方才心喜,出席顿首叩谢。在严嵩的意见,也不望徐阶帮助,只求他不掇弄就罢了。今见许了挽回,便叫过众妇女尽跪在徐阶面前,以家口相托,说了多少年老无倚、凄凉可怜的话。又请徐阶于众妇人中拣选五六个服侍之人,倘邀垂爱,今晚即用轿送去。

第七十二回　草弹章林润参逆党　改口供徐阶诛群凶

徐阶辞之至再，严嵩又让之至再，鬼弄到定更时候，见徐阶决意一个不要，方放徐阶回家。又亲自送到轿前，看他坐了才歇。

次日，陆炳同三法司会审，只将阎年、罗龙文各夹了一夹棍，拣了几件贪赇的事问在他两个身上，拟发边地充军。严世蕃只失察家人犯赃，罗龙文系与阎年做过付，与世蕃无干涉，也不敢拟他罪名，请旨定夺。凡应龙所参项治元并严鹄骚扰驿地等事，皆付之一虚。疏入，明帝也有些心疑，将世蕃并其子严鹄发遣雷州，余俱着发烟瘴地方充军。还是体念严嵩，开恩意见，过了两日，又下特旨，严鹄免其发遣，着留养严嵩左右。

这两道旨意传出，大失天下人心，都说严世蕃等罪大恶极，怎样只问个发遣，还将严鹄放回。都中将三法司并锦衣卫这几个审官骂得臭烂不堪，为他们徇情定拟，以实为虚，此时唯副都御史黄光升、锦衣卫陆炳愧悔欲死。因此朝中又出了几个报不平的官儿，联名题参严嵩。明帝将严嵩革职，徐阶补了大学士缺。众人越发高兴起来，又出来几十个打死狗儿，你参一本，我参一本；还有素日在严嵩父子门下做走狗的人，也各具各题参。又将以前参过严嵩父子的诸官，或被害、或革职、或遣发，俱开列名姓，如童汉臣、陈增、徐学诗、谢瑜、叶经、王宗茂、赵锦、沈良材、喻时、王萼、何维伯、厉汝进、杨继盛、张黑、董传策、周铁、张经、丁汝夔、王沈炼、吴时来、夏言等，俱请旨开恩：已革者，复职简用；已故者，追封原官；抄没者，赏还财产；现任者，交部议叙。又将严嵩父子门下党恶大小官员开列八十余人：已故者，请旨革除，追夺封典；现任者，请立行斥革。或联名，或独奏，闹了二十余天，通是这些本章，闹得明帝厌恶之至，倒反念严嵩在阁最久，没一天不和他说几句话儿，一旦逐去，心上甚不快活，不由得迁怒在邹应龙身上。

一日，问徐阶道："应龙近日做什么？"徐阶道："应龙在通政司办事。"明帝怒道："是你教他做通政司么？"徐阶道："臣何须人，敢私授应龙官爵！陛下旨意下二部，朱批现存内阁。"明帝听了，原是自己放的官职，也没有法逐斥应龙。复向徐阶道："近来朝中诸官，无日不参奏严嵩父子，严嵩朕已斥革，世蕃业经发遣，他们还喋喋不已，意欲将严嵩怎么？嗣后再有人参严嵩父子者，定和邹应龙一同斩首！"诸官听了这道严旨,方大家罢休。

应龙因明帝有徐阶私授通政司之说,仍旧回都察院。既因已出缺,补授有人,不敢留应龙在衙门内,应龙才弄得两下不着。徐阶闻知,将应龙请去说道:"你的话我前已奏明,你若回避,倒是违旨了。"应龙听了这话,又复到通政司任。京师传为笑谈,俱言已倒了的严嵩,其余宠尚如此厉害。一则见参之难,二则见明帝和严嵩也是古今解说不来的缘法。

再说林润自巡按江南后,到处与民除害,豪强敛迹,大得清正之誉。那日办完公事阅邸抄,见应龙参严世蕃本章,已奉旨将严世蕃等拿送三法司审讯,应龙又升了通政司正卿,不觉狂喜道:"有志者事竟成也!"过些时,知将世蕃等遣发边郡;又过些时,知将严嵩革职,虽然快活,到底心上以为未足。一日,在松江地方风闻严世蕃、阎年等,或在扬州,或在南京,日夜叫梨园子弟唱戏,复率领许多美姬游览山水,兼交接仕宦,借地方官威势凌虐商民,并不赴配所。林润得了这个信儿,即从松江连夜赶回扬州,便接了三百余张呈词,告严世蕃并他家人严冬,率皆霸占田产、抢夺妇女等事。林润大怒道:"世蕃等不赴配所,已是违旨,复敢在我巡历地方生事不法!真是我不寻他,他反来寻我。"于是连夜做了参本,上写道:

巡按江南等处地方监察御史臣林润一本。为贼臣违旨横行,据实参奏事:窃严嵩同子世蕃,紊乱国政,数年来颐指公卿,奴视将帅,筐筐苞苴,辐转山积。忠直之士被其陷害者约五十余人,种种恶迹,俱邀圣鉴。严嵩罢归田里,世蕃等各遣发极边。讵意世蕃等不赴配所,率党羽阎年、严冬、罗龙文、牛信等,在南京、扬州二地,广治府第,日役众至四千余人。且复乘轩衣蟒,携姬妾并梨园子弟行歌通衢,每逢夜出,灯火之光照耀二十余里。更复招纳四方亡命,以故江洋大盗多栖身宇下,致令各府县案情难结。仍敢同罗龙文诽谤时政,不臣已极。其霸民田产、夺民妻女,尚其罪之小者也。臣巡历所至,收士庶控伊等呈词已三百余纸,率皆蔑法串奸,干犯忌讳等事。似此违旨横行之徒,断难一刻姑容,请旨即行正法,并抄没其家私,天下幸甚。谨奏。

第七十二回　草弹章林润参逆党　改口供徐阶诛群凶

　　这本到了通政司，邹应龙看后大喜，知林润是徐阶门生，随即袖了到徐阶家中，直等至灯后方回。应龙见后，将林润参本取出，着徐阶看视。徐阶看完，问应龙道："老长兄以为何如？"应龙道："此本情节参得颇重，严嵩父子必无生理。"徐阶摇头笑道："复行拿问必矣，死犹未也。候世蕃到日，我自有道理。"应龙别了回来，将此本连夜挂号，次早送入。

　　午间有旨，着林润知会本地文武，将严世蕃等即行严拿，毋得走脱一人，星速解交刑部。并将江南所有财产籍没入官，家属无论老幼，俱行监禁。再行文江西袁州并各属州县，查其有无寄顿，不得丝毫徇隐，致干同罪。此旨一下，中外称快。只二十来天，即将世蕃等并从恶不法之徒二百余人，陆续解交刑部。又于扬州、南京并严嵩原籍三处抄得黄金三万余两，白银二千万余两，珍玉珠玩又值数百万两。抄得阎年、罗龙文亦各二十余万、十数万不等，田产尚不在算内，闻者无不吐舌。

　　明帝看了严嵩家私清册，并三处总数，大为惊异，立即传旨于江西抚臣，将严鹄在本地正法。到审时，将世蕃等捉出监内，三法司还是旧人，审却不是旧日的审法了。将严世蕃等五刑并用，照林润所奏，事事皆问实。唯诽谤时政并窝藏江洋大盗，世蕃同罗龙文叠夹三四次，死不肯承认。

　　副都御史黄光升，将世蕃等口供先送徐阶看阅，徐阶道："诸公欲严公子死乎，生乎？"光升道："欲此子死久矣！"徐阶道："口供内只治第杀众，乘轩衣蟒，并霸产奸淫等事，连诽谤时政一款还没有问在里面，焉能死严公子也？依我意见，将口供内加两条：言世蕃听其羽党彭孔诏以南昌仓地有王气，世蕃霸盖府第居住；又言罗龙文曾差牛信暗传私书于倭寇，约他直捣浙江平湖为内应。加此二条，不但严公子立死，即严嵩亦难逃法网。"光升道："林巡按原参内没有这些话，世蕃等亦断断不肯承认，奈何？"徐阶笑道："我也知道原参本内没有这话，难道当审官的就不会余外究出来么？不管他承认不承认，便硬替他添到口供内，圣上见此二条，必大怒恨，无暇问其有无也。"光升听了，得意之至，拿回原供，与三法司共商启奏不提。

　　且说世蕃连日受刑，见三法司将他们诸人口供议定，背间笑向阎年、罗龙文道："我们又可以款段出都门也。家私虽抄，我还有未尽余财，尚可温饱几世，不愁饿一大富翁。"罗龙文道："我们口供内只诽谤时政合容隐大盗未成诏,余事俱皆承认,按律问拟,决无生理,怎便说到款段出都门话?"世蕃又笑道:"你们哪里晓得,圣上念我父主事最久,得罪人处必多,三木之下何求不得?既已抄没家私,便要怜我父子栖身糊口无地,早晚定有恩旨,连充发也要免的。你们只管放心,断不出我所料。"要知严世蕃相貌极其不堪,按《明史》传文所载,是个短颈肥体、眇一目的人,他却包藏着一肚子才情。凡普天下大小各缺,其地出产何物,某衙门一年有多少进益,虽典史巡检闸坝微员,缺之美恶,皆明如指掌。明帝常写出隐语,人皆不解,他一看便了然,即知明帝欲行何事。诏书青词,皆他替严嵩所拟。严嵩事事迎合上意,皆此子所教。后来世蕃做到工部侍郎,又兼尚宝司事。位既尊了,便日事淫乐,无暇替严嵩谋划,因此年来严嵩屡次失宠。正是成全乃父也是他,败坏乃父也是他。他今日说款段出都门话,实是有八九分拿稳,并不是安顿阎年等之心。后来有人替他打听,说将口供内加了前两条,世蕃放声大哭,龙文等再三问他,他也不说所哭缘故,只言"死矣"两字而已。是世蕃最能揣度明帝之心,偏遇着徐阶揣度也不在他下,他两人做了对头,世蕃从何处活起!

三法司将世蕃、罗龙文、牛信定了为首谋逆,凌迟处死;彭孔诏、阎年、严鸿、严冬为从,立斩。余党或问拟斩绞监候,或军徒遣发,轻重不等。明帝果然大怒,传旨将世蕃、严鸿、罗龙文、阎年、牛信、彭孔诏、严冬七人,无分首从,皆立即斩决。又敕下江西文武大员,不许放严嵩出境。天下人闻之,无不大悦。

这时严嵩无可栖止,日在祖茔房内居住。起先还有几个家人侍妾相伴,到后来没得吃用,侍妾便跟上家人逃散去了,只留严嵩一个,老无依靠。每饥到极处,即入城在各铺户各士庶家要些吃食,还自称为太师爷,大要与他的,也不过是十分之二三。更有可怜处,人若问他何以到这步田地?他只是摇头,却倒说不出"冤枉"二字、并被人陷害的话来。还有那些嘴头刻薄人,拿点酒食东西,满嘴里叫他太师爷,和他谈心,偏说他儿孙长短话;说得他苦痛起来,到落泪时,便劝他自尽。严嵩未尝不以自尽为是,只是他心里还想着明帝一时可怜他,赏他养老的富贵,因此自己就多受些时罪了。

次后,朝中追踪严党,内外坏了许多官。本地文武听得风声厉害,

第七十二回　草弹章林润参逆党　改口供徐阶诛群凶

于大街小巷各贴告示："有人和严嵩私语，周济一衣一食者，定照违旨拿究。"谁还敢惹这是非？可怜严嵩位至太师，享人间极富极贵四十余年，虽保全了个首领，却叫五脏神大受屈抑，就是这样硬饿死了。死后连个棺材没有，地方和保甲用席一领，卷埋入土，落了这样个回首。可见贪贿作恶，害人何益！这都是外而邹应龙、徐阶、林润，内而袁太监、蓝道行、乔承泽，才成就了他父子祖孙、一家男妇结果。

后来应龙仕至尚书。林润禀明林岱，上本归宗，也仕至尚书。林岱念桂芳年老，亦且相待恩厚，只上本移封本生父母，将长子、第三子俱归继本生父母，以承宗祧，留第二子接续桂芳一脉。朱文炜夫妇俱富贵白头到老。这固是诸贤命运应然，亦皆赖冷于冰成全之力也。这几家互结婚姻，而冷逢春更是富贵绵远。正是：

　　一人参倒众人参，参得严嵩家业干。
　　目睹子孙皆正法，衰年饿死祖茔前。

第七十三回

守仙炉六友烧丹药　入幻境四子走旁门

词曰：

宝鼎烟浓天宇晴，一扇助丹成。无端镜里发光明，此境最怡情。

且疑且信且游行，幸今朝，道岸同登。声声呼唤莫消停，携手入蓬瀛。

右调《月中行》

且说冷于冰在福建九功山朱崖洞运用内功，修养了整三十个年头。正届万历二十八年六月十五日，早间将袁不邪叫来，吩咐道："你此刻可到泰山琼岩洞说与温如玉，将洞门封锁，带超尘、逐电二鬼限明日午时到我洞中。再以次到虎牙山骊珠洞传知锦屏、翠黛姊妹二人，并玉屋洞连城璧、金不换，通限明日午时至洞，不得有误。"不邪领命去了。到本夜四鼓时分，不邪回来复命。

至次日辰牌时候，温如玉带二鬼早到，不敢擅入。于冰已知，令不邪领他进见。不邪将如玉和二鬼唤入，见于冰端坐在凝霞殿石床上。如玉拜了四大拜，叩首请候毕，同不邪分立两旁。次后二鬼叩头。于冰俱慰劳了几句，着二鬼在洞门外，等候众弟子到时通报，二鬼去讫。于冰将如玉上下一看，笑说道："你面目上也竟有三四分道气，固藉口诀之力，到底有仙骨者，迥异凡夫，将来可望有成。"又问了些内功话，如玉自叙三十年来造就，于冰点头道好。

少刻，超尘禀道："骊珠洞二女弟子到。"于冰道："着她们入来。"须臾，锦屏、翠黛二女士叩拜床下。如玉从未见过，竟不知是何人。只见一中年妇人，年约三十许，生得修眉凤目，风韵多姿；又见一年少妇人，年纪不过二十上下，面庞儿更是俏丽绝伦，视之足令人动惊鸿游龙之慕。如玉心里说道："此广寒瑶池之绝色也！"又想起当日的金钟儿，与此女

第七十三回　守仙炉六友烧丹药　入幻境四子走旁门

比较，真同粪土矣。再看二妇人衣服，俱是道姑装束，丝绦宝剑，玉佩霞裳，云鬟上飘拂珠冠，香裙下款蹙凤履。又见二妇人启朱唇，露皓齿，听听莺声，说道："锦屏、翠黛叩谒，愿吾师万寿无疆！"于冰将二女士上下一看，道："好！你们将原形脱尽，已成不磨人形，我可以对汝父雪山矣。"二女士起来，于冰又问了些内功话，指着如玉道："此温如玉也，与你们系同门弟兄，可各以礼见。"二女士向如玉一指，如玉作揖相还。二女士见如玉儒冠布服，看年纪不过二十多岁，骨体儿甚是秀雅，眉目间大有风情。锦屏不过一目而已，那翠黛便心里说道："这人不知几时到吾师教下？我若不是改邪归正，他倒算个可儿！"只见于冰道："修仙之人与圣贤功夫相表里，'正心诚意'四字是第一要务，你二人此刻念头与凡夫俗子何异！"如玉、翠黛听了，各内愧之至，一个个正色低头，不敢仰视。于冰瞑目危坐，一句话也不说。

至交午时，逐电禀报："玉屋洞连城璧、金不换到。"于冰吩咐入来。二人叩拜床下，拜毕，城璧道："别吾师三十载，道德一无进益，唯此心想念吾师。"于冰道："你想念我，便是你道念不坚处。"着二人起来，与同门见礼，大家各侍立两旁。二女士又心里鬼念道："这长须大汉是连城璧，曾到过我们洞来；那瘦小道人却未见过，想就是金不换了。"

于冰先将城璧一看，见面上大有道气，心下大悦，笑问道："你龙虎降了么？"城璧道："龙虎何敢言降！觉得三十年来气行正路，较前调顺些。"于冰又道："姹女可嫁过黄公么？"城璧道："也觉得配合矣！但近年来丹田中忽起忽伏，似隐似现，常若有物在内，无如冷热不一，虚实莫定，弟子甚为惶惑，正要请问师尊，指示得失。"于冰笑道："好！足征你修炼真诚。汝言冷热虚实莫定、起伏隐现不一，此正结胎时也。胎一成，则四体百骸气随欲所至，如珠滚荷盘，如烟含柳缕，无不可到之处也。"

语讫，又将不换细看，见他造就和如玉不相上下，也问了几句内功话。复将男女弟子普行一看，唯袁不邪面若寒玉，体若疏松，二目光耀如电，炼就自然人形，早将皮毛脱尽，知他内丹已成八九，不但连城璧等远不能及，即骊珠洞二女亦不及也。一畜类修炼至此，可见仙道原不限人，均系人自限耳。这个猴子将来欲做天仙，还须年岁，而此时已入神仙列矣。看罢,不禁点头再三。城璧道:"师尊点头何意?"于冰道:"吾细看众弟子修为身份,无一如袁不邪者。使人人皆能似他,也不枉我都脱你们一番。"城璧道:"骊珠姊妹与不邪何如?"于冰道:"他三人修炼年岁各不差上下,内丹锻炼欠不邪十分之三。至于心地纯一,锦屏欠其二,翠黛欠其四。你用心纯一倒也不在袁不邪下,而年岁甚浅。若温如玉、金不换则不足与之较论矣。"

又道:"你们今日同门相会,我与你们排定次序。列吾门者,不得目无长幼。"众弟子各鞠躬道:"愿闻吾师法旨。"于冰道:"万物之中人为贵,连城璧理合为大弟子,奈功行甚浅;今着袁不邪为大弟子,城璧为二,锦屏为三,翠黛第四。因你二人修炼已久,故如此分派。但你姊妹在洞中有公主之称,岂修道人所宜。况汝父非帝非王,这'公主'二字从何处叫起!这还是外教妖魔名号,有志天仙神仙者如此耶?从今后,或自称女道士或女羽师,或称某山某洞锦屏、翠黛氏皆可也。"二妇满面羞愧,道:"今叨明谕,始知前非。"于冰又道:"金不换在第五,温如玉第六。以后照此次序,师弟兄妹相呼。"众弟子俱齐声应道:"谨遵法旨。"

于冰向不邪道:"温如玉已修道三十年,仍穿儒服,非玄门气象。中层洞内有莫月鼎真人留下道衣道冠、丝绦草履数件,你可领他去穿戴见我。"须臾,如玉穿戴停妥,到前殿叩谢。于冰道:"看你这仪表,倒也像个仙人;只是世情尚浓,道心未定,须坚守志气,勇猛向前,方不负我提携。"如玉顿首道:"弟子承师尊教训,不敢不革面革心!"于冰道:"如此便好。"又将超尘、逐电叫来,吩咐道:"你两个封闭洞门,在洞内轮流看守,不得怠忽。"二鬼领命。说罢,下床向众弟子道:"你们都随我来。"

众弟子跟随到后洞,见万山环绕,中间有一大峰,高可参天,直同斧削,和一支笔管相似。于冰道:"此名文笔峰,高出众山之上。"说着将双足一顿,早飞上山顶,袁不邪也是如此。众男女或驾云借遁,次序俱到峰顶。见此峰在下面看着与一支笔管相似,即到上面,甚是宽平,竟有二三亩大小。俯视众山,流青积翠,无异儿孙。又见南面立着一座丹炉,高二丈四尺,接二十四气,色若淡金,四面有八十一个孔窍,按九九归一之数。炉顶上列二十八宿分野,炉座下排惊、伤、景、杜八卦诸门,门内又按金、木、水、火、土五行生克火道,循环通气,四面接风。丹炉前立一绝大木架,

第七十三回　守仙炉六友烧丹药　入幻境四子走旁门

架上悬大镜一圆，估计周围有一丈五尺大小，光如日月，色若秋霜，泳泳溶溶，夺睛耀目，视之若身临沧海，有汪洋千顷之势。北面并列着六座丹炉，形式与南面丹炉一般，只是大小不一。六座丹炉各相去一丈远近，也不知是几时摆列在上面的。

于冰向众弟子道："吾于数十年前，即着不邪于四海五岳八极九州采取药料，贮放玉屋洞中，月前始从内丹房取来，城璧等不知也。其药草木配合，金石并用，内有极难得物，皆大弟子奔走勤劳，始获凑足七炉使用。"

随即指着南面大丹炉道："此绝阴丹炉也。天有三十六丈罡气，仙家若有一线阴气未尽，逢此罡气即行羽化。汝辈虽云来雾去，离此罡气尚有几千百万丈远。我今内丹虽成，亦不过游行气下，相去数丈可耳，未敢犯其锋也。若汝辈，于十丈内外，早化之矣。此丹一成，可使阴气尽净，统归纯阳。虽有万丈罡气，吾复何惧此丹炉？此丹炉吾自守之。"

又指北面第一座丹炉道："此返魂丹炉也。昔太上老君出函关，点二十年已死枯骨复归生路，真可夺天地造化生物之功。大弟子不邪可以守之。"不邪听了，即立在第一座丹炉下。

于冰又指着第二座丹炉道："此易骨丹炉也。人有一出母胎即具仙骨者，如外传记载汉之钟离权，唐之李林甫是也。此亦前世修为，非关造物私厚。其人有成无成，在乎本人自勉。不过较凡夫修炼省三四分功耳。汝六人中，唯温如玉有之，他又不肯纯一精进。昔吾师在西湖初遇，因我无仙骨，恐修炼费力，令吾食死虾蟆一个，即此炉内物也。此丹一成，汝等皆可走捷径矣，足抵三十余年呼吸功夫，非同等闲。二弟子城璧道力尚浅，锦屏坚持道念，可以守之。"锦屏即立在第二座丹炉下。

又指着第三座丹炉道："此固形丹炉也。汝辈带皮毛者三人，今借吾口诀，虽将皮毛脱尽，炼就人形，然欺人则可，难会三界诸仙神圣、朝拜上帝。此丹一成，则终始如一，永成大罗仙体，任他普天列宿，山海群真，谁能辨出你们根底？翠黛可坚持道心守之，不但与你姐妹大有益，即于袁不邪亦大有益。慎之勉之，毋负吾言！"翠黛即站在第三座丹炉下。

又指着第四座丹炉道："此隐身易形丹炉也。此丹一成，可隐身使仙凡不见，兼可易己形作人形，此修道人游戏三昧之一物也。二弟子城璧守之。"城璧立在第四座丹炉下。

又指第五座丹炉道："此请魔丹炉也。此丹若成，可分千粒，则丁甲并日夜游神皆可立降，驱逐群邪，可代书符诵咒之劳。亦汝辈积功累行，救济众生之一助。金不换守之。"不换即立在第五座丹炉下。

又指第六座丹炉道："此辟谷丹炉也。此丹一成，服之可千日不饥，免二便走泄元气，实深山修道人不可少之物。温如玉守之，切记坚持初志，毋为情欲所夺。七座丹炉前曾说过，聚山海之至宝，合万国之珍奇，非一朝一夕容易得来。今令汝等各守一炉，一则验汝等操守，二则补诸弟子所不足，其丹之成败，总在汝等一心。一心正，则百邪远去；一心不正，则百感丛生。丹之成就，都无定日，有日期已足而丹未成，亦有日期不足而丹即成者。我这丹炉，即岛洞诸仙，得此术者十无一二，系《天罡总枢》内秘方。汝等果能心诚功到，何难立办？至于邪魔外道、妖神野仙见汝等丹成，或力夺，或盗取，吾自有法制之，无关汝等道力深浅。"

说罢，从怀内取出一水晶小碟，周围约三寸大小，向空一掷，比峰头高起有七丈余，须臾化为数亩大小，光辉皎洁，恍若在冰壶境界。于冰道："有此物一罩，则日不能透，雨不能漏矣。"众弟子亦不敢究问，不知为何宝，由三寸便至于数亩大也。又从袖中取出茶杯大小扇子七把，形式极圆，分授六人，自己留了一把，说道："此扇虽小，煽之能使烈焰冲天。"言讫，回身坐在南面大丹炉下。

众弟子见于冰坐了，一个个各守自己丹炉，在北面一带坐下。看那丹炉，并无半点火星在内，大家狐疑道："这扇子要它何用？"锦屏和不邪最近，低声问道："大师兄，我们就煽罢！"不邪道："少刻师尊发火，火起时再煽。"话未毕，只见于冰用右手向地下一指，就地下响一个霹雳，将城璧等吓得惊心动魄，骊珠洞姊妹更是害怕，唯衷不邪神色自如。迅雷过处，各炉内烟火齐发。众弟子煽之，烈焰飞腾，直透晶碟，冲入霄汉之内。于冰高声说道："汝等用力不可太猛，须昼夜留心火色强弱，用文武扇煽之方妥。"众弟子听了，又各缓缓加功。

至第三日日色将出时，先是温如玉看见那一圆大镜子，陡发奇光，光内渐次现出五色云霞，青红蓝绿，照映得山谷变色，连冷于冰也不见了，

第七十三回　守仙炉六友烧丹药　入幻境四子走旁门

始低声叫不换道："五师兄，你可看见么？"不换道："我早看见了。"两人正说着，只听得翠黛和城璧也议论镜子的话。又听得城璧道："我们只看丹炉煽火，任凭它奇形万状……"话未完，猛见那五色云霞立即散尽，现出许多的楼台山水、花木禽兽来，与人世繁艳大不相同。但见：

地上有山，山则莆郁盘纡，崒律崇隆，初崝嶙而联缅，忽豁尔而中分。山上有树，树则桤松枦枥，慢柏桧柞，布绿叶之茸茸，数华蕊之萋萋。树旁有水，水则堤塍[1]相轺[2]，沟浍派连，潜龙伏螭宿其险穴，巨鳞驳虾游其狂澜。水中有楼阁，楼阁则屋不呈材，墙不露形，裁金璧以饰珰，雕玉佛以居楹。楼阁中有珍玩，珍玩则商彝夏鼎，和璧隋珠，此含英而流耀，彼积翠而华瞩。楼阁外有花木，花木则樱橙梅橘，兰蕙薇芡，既缤纷而纽绮，复含芬以吐芳。其花木边有石桥，石桥则雕龙镌虎，白柱朱栏，美人泛舟于碧波之曲，仙侣垂钓于清波之渊。其石桥畔有原野，原野则菽麦黍稷，桑漆麻苎，士食归德之名氏，农服先畴之畎亩。其原野中有禽兽，禽兽则青鸾白虎，威凤祥麟，羑奔腾之如电，睹飞翱之凌云。此境也，虽蓬莱其难伦，岂瀛岛之能拟？见者自应心惊，憩者定嗟观止。宜炳烛以夜游，毕岁月为一日。

众人看了半晌，起先见那山水楼台、花木等物，还在镜中，此刻连镜子也没了，都一一排列在目前。再细看于冰，竟不知归于何地。如玉忍不住，高叫道："袁大师兄，你可看见么？"叫了四五声，袁不邪挥扇如故，和没听见一般。如玉见不理他，又叫连城璧道："二师兄，你可看见么？"城璧道："我看见了，真是怪异之至！"如玉道："你可看见师尊入这地方去没有？"城璧道："我没见入去。"如玉道："我看见入去了。此是前代已成仙师怜念我们修道心诚，现此仙境度脱我们。我们苦修三四十年，今日该超凡入圣，何不去那楼阁山水中瞻仰瞻仰？这样好机会是失不得的，哪一位同我去走走？"金不换道："我和你去。若有好意思，再邀众位道友。"说着，两人俱各站起，离了丹炉，一步步走入去，

---

[1] 塍（chéng）：田间的土埂。
[2] 轺（yáo）车：古代的一种小马车。

站在一大牌楼台阶上,指手画脚,像个快乐至极的光景。

翠黛看得明白,向锦屏道:"我们修道一千五六百年,安可将仙境倒让他两个后学先得!我与你可同去一游。"锦屏道:"此即我等道中之魔,躲他尚恐不及,怎样还要寻了去?"翠黛笑道:"姐姐好腐板!只管同我去来,包有好处?"锦屏道:"你听我说,可静守丹炉,莫负师尊所托。"翠黛道:"你决意不去?"锦屏不答。翠黛又笑道:"大师兄、二师兄,你们去不去?若不去,我就有偏了。"城璧问不邪道:"大师兄肯同去么?"不邪两只眼半睁半闭,一言不发。城璧又问了两声,也不好再问了。又听得翠黛道:"你们不看么,他两个还在牌楼前等着哩!我去了。"说着又走。城璧忍耐不住,说道"我同你走遭。"城璧离了丹炉,和翠黛同行,只见锦屏高声说道:"师尊何等相嘱,我们所司何事,是断断去不得!"城璧听了,又要回来,翠黛道:"二师兄好没主见,也不像个丈夫做事!我姐姐素性有些迂腐,袁师兄又是个古板人,你看他连话都懒说。要去就去,何必看他两个!这好半晌不见师尊,十有八九是先去了。"城璧又见不换还在那里点手儿,遂同翠黛走了入去。正是:

　　山山水水镜中看,海市蜃楼境一般。
　　撇却丹炉随喜去,从兹同上钓鱼竿。

第七十四回

冷于冰逃生死杖下　温如玉失散遇苗秃

词曰：

　　仙境游来心倍疑，蓦然间，见伊师。登时一杖丧沟溪，若个识实虚！大风陡起各分离，温如玉，回故居。又得与苗秃相遇，嚷闹金钟儿。

右调《望江东》

　　话说城璧和翠黛两人走入里面，才知那楼台山水尚远，只有一座大牌坊甚近。又见如玉、不换在那里笑面相呼。两人走至牌坊下，见牌楼上有五个蓝字，每字有三尺大小，上写着"你们来了么"。城璧道："怎么这样一座堆金砌粉的牌坊，写这样一句俗恶不堪的话在上面？"翠黛笑道："我不怕得罪二师兄，真是个颖悟短浅的人，连这五个字也体会不来。"城璧道："你与我说。"翠黛道："此地即是蓬莱仙境，肉骨凡夫焉能到此！你个'你们来了么'，是深喜深爱之词，也是望后学同登道岸之意。"城璧点头道："也还讲得是。"说着，二人上了台阶，与不换等到一处。如玉道："你们好迟慢呀！不是等这半晌，我两个早到楼台中游玩多时了。"不换道："他两个不来么？"于是四人下了台阶，向那楼阁中行去。

　　约行了三里多地面，方到那楼阁处。只见贝阙琼宫，参差错落，处处皆雕楹绣户，玉砌金装，里面层层叠叠，也不知有多少门户。他四人说说笑笑，游洞房，绕回栏，渡小桥，行曲径，或对花嗅蕊，或临池观鱼。又有那禽声鸟语，娇啼在绿树枝头，大是怡情悦耳，快目适观。四人看赏了半晌，不换道："怎么这样大一处好境界，连个人影儿不见？"如玉道："此地如何是凡夫轻易到的。"不换道："凡夫原不能到，神仙也该有个跑出来，难道修盖下都着白放在这里？"城璧听了，大叫道："不好了，我们去的不是地方了！此地非海市蜃楼，即妖怪窟宅。适才五师弟所言甚是有理，我们快寻原路回去罢！"翠黛道："果然一人不见，我也有些心疑。"如玉道:"我们十分中连二三分还未走完,便是这样动疑心说破话,世上哪有妖魔住这样天宫般屋宇?我们好容易遇此,到底要看个心满意足为是。"城璧道:"我越看越非佳境。要听我说,回去为是。"翠黛道:"二师兄话极是,大家快回去罢。"如玉道:"你们这样情性无常,岂是修行人举动!"不换笑道:"你不必嫌怨,我们三人回去,你任意游走罢了,着急怎的!"

城璧折转身回走,无奈千门万户,连东西南北都辨不出,哪里寻原来的道路?此时如玉才有些着急。四个人和去了头的瞎虻一样,乱闯乱碰,绕来绕去,总无出路。城璧道:"像这样走,一万年也不中用!不如驾云走罢。"四人同站在一处,城璧念念有词,少刻烟雾缠身,喝声"起!"四人起在空中。

约走了数里,拨云下视,那楼台亭榭已无踪影,早在千山万壑之上。城璧道:"九功山我系初到,下面这山倒有几分相似。"翠黛道:"我也辨不出。想来还是九功山,倒只怕离洞远了。且落下云头辨别方向,好找寻朱崖洞道路。"城璧将云头一挫,落在山顶上,各举目在周围审视。只见山环峰绕,树木青郁,瀑布流泉,盈眸震耳,哪里有个九功山的影像?城璧顿首道:"一时少了主见,致令如此,到只怕丹炉内火也冷了。"翠黛笑道:"怕丹炉内火冷,倒还说得是;至于九功山,你我四个人再寻找不着,这普天下万国九州的山也一处去不得了!"

正言间,猛见冷于冰从一山岔内披发跑来,手中倒提宝剑,于山脚下经过。城璧等各大惊道:"这不是师尊么,如何狼狈至此?"四人一边高叫,一边往山下急走。于冰回头看见四人,说道:"你们原来在此。我不好了,只因与你们烧炼七炉丹药,火气冲天,被元始天尊察知,说我未行禀命,擅敢私立丹炉,盗窃天地造化之权。老君也知道了,察出雪山真人偷了《天罡总枢》送我。二罪俱发,遣瀛岛三仙率领雷部诸神诛我。我急欲到老君、元始前请罪,又被三仙阻隔,不容我去。我情急畏死,只得与伊等大战,被一仙偷用宝物将吾道冠打落,幸未伤生。我今欲奔赤霞山,寻吾师转恳师祖东华帝君设法解救。"不换道:"既如此,还不驾云速行,步行跑到几时?"于冰道:"我适才是驾土遁逃脱,且寻个地方暂避。被他们看见,吾命休矣!"说罢,向正西飞跑。城璧大叫道:"师

第七十四回　冷于冰逃生死杖下　温如玉失散遇苗秃

尊慢行，等我四人同去，要死死在一处！"说着，四人一齐往山下直跑。

只见西北山谷内来一骑白獬豸[1]道人，蓝面紫须，身高丈许，戴束发金冠，穿大红八卦袍，手提铜杖，大叱道："冷于冰哪里走！"语未毕，又见东北山谷内来了两个道人：一骑花斑豹，面若猪肝，虬须倒立，戴烈焰冠穿，白锦袍，手使铜鞭二条；一骑五色狻猊[2]，面同噀血，二目大如棋子，赤发海口，身穿百花皂袍，手挽飞刀二口，从后赶来，将于冰围住厮杀。又见正东上乌云四起，迅雷大震，渐次到来。

四人跑到山底，翠黛向城璧道："他两个不中用，我和师兄救师尊去！"急向腰间将双股剑拔出，递与城璧一把，自己提了一把，二人如飞地赶去。城璧跑得快，早到战场，见于冰架隔不住三仙兵器，正在危急，大吼一声，提剑向骑白獬豸的砍去。那道人用杖将剑隔过，随手一指，城璧便头重脚轻倒在地上，耳中听得一人说道："他为救师情切，尚系义举，不可伤他的性命。"翠黛鞋弓袜小，一时跑不到，远见城璧倒地，唯恐有失，先从囊中取一物，名混元石，向骑白獬豸道人面上打去。早被那骑五色狻猊道人看见，大笑道："米粒之珠也现光华。"把袍袖一扬，那石钻入袖内去了。翠黛见道人收去宝物，甚是气恼，又想着自己是个妇人，难与他们步战，急向囊中又取宝物，不防那骑狻猊道人一飞锤打来，正中肩上，倒于地下。

再说不换见城璧、翠黛俱跑去，向如玉道："你我受师尊四十余年教益，武艺虽没有，命却有一个，可同去救应。"如玉道："师兄或能御敌，我真是无用！"不换道："此生死相关之际，各从所愿罢了。"连忙扳下大树条一枝，也飞行跑去。如玉见不换去了，心里说道："我若不去，对不过众师弟兄，也须索跟去才是。"也折了条小树枝，刚跑了数步，见城璧、翠黛两人先后俱倒，也看不出是什么缘故，便不敢前进。

再说金不换提了树枝跑去，见城璧、翠黛俱倒，他飞忙到战场上接救。猛见于冰被那骑白獬豸的道人一铜杖打中顶门，只打得脑浆迸出，血溅襟袍。不换大叫了一声，几乎气死，跑至道人面前，举树枝狠命打去。

---

[1] 獬豸（xiè zhì）：传说中的异兽。
[2] 狻猊（suān ní）：传说中的猛兽。

道人将树枝接在手内,随手一拉,不换便爬倒在地下。那三道人见于冰已死,各驾风云去了。

城璧被那道人一指,昏迷了一会,睁眼看时,见三道人已去了;又见于冰死在山溪,跑向前抱住尸骸,放声大号。不换爬起,也跑来痛哭。少刻,如玉扶着翠黛,也到于冰尸前,各哭不已。忽见城璧跳起,大声说道:"相随四十余年,谁想如此结局,要这性命何用!"急急将剑拾起,向项下一抹,早被不换从背后死命地扳住右臂,如玉抱住剑柄,一齐劝道:"这是怎么?"翠黛挨着疼痛把剑夺去,插在鞘内。城璧又复大跳大哭起来。哭了好半晌,大家方拂拭泪痕,各坐在于冰尸前。翠黛从身边取出一丸药来,用口嚼碎,在肩背上擦抹,须臾,伤消痛止。

不换道:"此地非停放师尊之所,如何是好?"如玉用手指向西北道:"那边山崖下有石堂一间,可以移去暂停,再做理会。"不换道:"待我来。"他便将于冰尸骸背起,众人扶掖着,同到石堂内,将于冰放在石堂正面,又各痛哭起来。猛见翠黛说道:"众道兄且莫哭,我想师尊有通天彻地的手段,岂一铜杖便能打死!纵有三仙围住,他岂无挪移变化之法,一味家拼命死战,必无是理。且今日有此危难,袁大师兄、我姐姐都不随来,我越思越不像。倒只怕是师尊因我们不守丹炉,用幻术顽闹我们,亦未敢定。这个尸骸还不知是什么物件点化的。"城璧听了,止住啼哭,道:"师妹之言大有见解。当年如玉师弟做过一梦,鬼混了三十余年,醒后只是半日功夫。"说罢,看着于冰尸骸点头道:"你老人家宁可顽闹我们罢!"如玉道:"以我看来,师尊总是死了。"城璧道:"老弟有何确见?"如玉道:"适才三仙皆相貌凶恶,骑乘怪异。况又是元始、老君所差,必系本领高过师尊数倍,他那铜杖和山岳一般,师尊的头虽说是修炼出来的,亦难与山岳为敌,着一下岂有不损破之理?方才师尊交战,我们哪一个没有到阵前,袁大师兄和锦屏师姐也断不是袖手旁观之人。众位想师尊尚且死在三仙之手,他两个还想活么?"不换道:"这话不像。若他两个死了,适才师尊在山脚下怎么没说起?"如玉道:"凡说话,要看时候;彼时师尊披发逃命,三仙在前,雷部在后,他哪有功夫顾得说。依我愚见,二师兄可用搬运法弄口棺木来,将师尊盛敛。我们或聚或散,再行定归。"翠黛道:"这聚散话你休出口!依我看来,可用法篆将石堂封了,大家回

第七十四回　冷于冰逃生死杖下　温如玉失散遇苗秃

去找寻朱崖洞。只到那边，真假便可立辨。"城璧道："师妹所言极是有理，可一同去来。"翠黛拔剑用符咒封了石堂，四人又同站在一处，驾云起在空中。将云停住四下观看，城璧用手指道："东南上隐隐有座山峰，极其高耸，或者是我们烧丹的地方亦未敢定，且先到那边去来。"四人催云急赴，陡然半空中起一阵怪风，真好厉害，将四人刮得和轻尘柳絮一般，早你东我西，飘零四散。

且说温如玉被那阵大风刮得站不住云头，飘飘荡荡，落将下去。睁眼看时，风也没了，面前却有一座城池，相离不过二三里，看那规模形势，和泰安州差不多。心中想道："世上只有个罪人递解原籍，哪有个被风就刮回原籍的道理！"又想道："既已到此，是与不是，且入城一看便知端的。"一步步走向前去，听那来往人口音，也都是泰安乡语。随即走入东关看去，不是泰安州是哪个地方。

正在惊异之际，猛听得背后有人叫道："温大爷，温大爷！"如玉回头一看，却不是别人，是苗三秃，穿的衣服倒比先时整齐几倍。只见他一边举手，一边笑说道："许久不见，怎么又道装打扮了。"如玉心里说道："我出家已三十年，怎么这秃小厮还在，且面貌一点不老，还是昔日的眉眼。"也举手道："这城可是泰安城么？"苗秃厮将嘴一丢，笑道："奇话来了，你道装打扮已是出我意外，怎么京都去了几天，便连故乡都认不得了！"如玉道："我出家三十余年，一时就辨不清楚。"苗秃将两手掩了双耳，又将舌头一伸，大笑道："呵呀呀！一两月不见，怎么都说的是鬼话？"如玉道："怎么我倒是鬼话！"苗秃道："你是今年二月起身上京，我那时还在试马坡未回。及至回到城内，去尊府看望，不意房子另换了主人，说你和张华上京去了。"说罢，又屈着指头算计道："你家张华是本月初三日回来的，今日二十九日，才二十七天。你不过比张华后来了二十七天，怎么就鬼气妖风到这步田地！难道这京城地方王化，变化人是这样速快么？你去了两月就变成道士；将来我若到京城里，不消说，定变成和尚了。"如玉口里不答，心中作念道："我出了三十年家，怎么只是两月？难道又是冷师尊耍我么？如今冷师尊已死了，还耍我何益？"

苗秃道："怎么你不言语了？想是你近日有些疾症么？"如玉道："张华如今在那里？"苗秃道："现在本城城隍庙街居住，我前日还见他在街上买东西。"如玉道:"他回家来说了我些什么?"苗秃道:"他说你到个御史朱家住了两天,又被个冷道士将你勾去。他再三苦劝你不回,他才回来。那小厮倒颇有点良心,提起你来便雨泪千行。你今日穿了道服,想是又受了冷道士点毒了。"如玉道:"我在泰山琼岩洞与超尘、逐电二鬼修炼了整三十年,受尽无限艰苦,皆记得清清白白,据你说,张华才到了二十七天,我这三十年只是二十七天么?"苗秃道:"你方才说和什么鬼怪在洞内修炼?"如玉道:"我和超尘、逐电在琼岩洞修炼。"苗秃道:"兄弟呀,你不好了!怪道来来回回都说的是鬼话!原来是和两个鬼混了二十多天,把一日就算做一年。我且问你,你上京时我三十三岁,再加三十年我就是六十三岁了,你看我像个六十三岁的人不像?世上六十三岁的人有我这样白嫩面孔没有?我看你面色上有些阴气,本城王阴阳遣得好邪,讨他一道符水吃才好。"如玉笑道:"我一个云来雾去的人,还肯讨王阴阳符水吃!"苗秃又将舌头一伸,道:"来了,来了,越发来了!"如玉道:"你当我没这本领么?"苗秃道:"你此刻驾个云我看看!"如玉道:"此刻人来人往,如何驾得!"

苗秃道:"罢罢!你今后少要乱谈,弄到妖言惑众不是玩的!但是我有许多要紧话要和你说,你又成了个天上一句地下一句的人。我还没有问你,你此刻想是要入城到尊府去么?"如玉道:"我适才是被风刮到此处,不过问这是什么地方,我还要回福建九功山去。"苗秃大笑道:"福建离此地方也不过二三里远近,看来还不用着刮大风,你只用刮个小旋风儿就到了。请罢,休要误了你刮风。"说着将手一举,回身就走。如玉道:"你回来,你适才说有关系我的话,可对我说。"苗秃道:"说话事小,我的身命不是耍的!倘被你一风把我也捎带在福建,我盘费缺短,到那时回不了家乡。我又没有儿子,止留下老婆,我有许多不放心处。请了。"回身又走。

如玉道:"一个朋友,如何至此拒人?"苗秃道:"你既讲'朋友'二字,我们素日又在厚间,随你怎样鬼我,我须和你实说。你上京后未及半月,韩思敬偷你的银子果然被人转偷,因那转偷人赌钱败露,捕役拿获报官,本州追此银两,至少二三十两。张华替你递了领状,赃银四百五十两现在张华手内。"如玉道:"他领去甚好,我用他不着。"

第七十四回　冷于冰逃生死杖下　温如玉失散遇苗秃

苗秃道："你用不着，有个人不知你用她不用？金姐如今做了道姑姑，你又做了道士，你两人可谓不约而同，她在那里盼望你要死哩！"如玉道："真是胡说！金姐吃官粉身死，通国皆知，怎么又做了道姑？"苗秃道："她吃官粉你见来没有？"如玉道："我虽未见，我却亲自到她坟冢上去过。"苗秃道："你到她坟上，她还和你说了句把话儿没有？"如玉道："越发胡说起来，一个人埋在土内，还说什么话？"苗秃道："你呀，真是可怜！你只知与金姐上坟烧纸，却不知目今满城人都以你为痴。我实和你说罢，自你被韩思敬盗窃后，郑三倒还罢了，那郑三老婆你是知道的，她打算你一文钱没有了，又怕你仍去占住金姐，请萧麻子出了计策，将金姐诱在他妹家住居，却放出声名说金姐吃了官粉。又值他家女厮病故，因此买了一块地，将那女厮假充金姐葬埋里面，绝你的念头。谁想你是个情种，不察虚实，亲去哭奠，倒弄成千古笑谈。后来金姐回家，知你上京去了，便立志守你。郑三到省城勾了两个少年有钱的嫖客，着金姐接待，金姐誓死不从，那嫖客羞愤而去。好金姐呀！这日咬定牙关挨了三百皮鞭，直打得血流满地，道路为之酸鼻。次后又从本城寻了个嫖客，硬将金姐关闭在一间房内。那嫖客百般温存，金姐百般哭骂。那嫖客恼了，把金姐踢了二十来脚。可怜她瘦怯怯的身躯，几乎被那厮将腰踢折。好金姐呀！这晚便上了一吊，被人救活未死。只调养了半月，郑三夫妇又着她接客，金姐不从，又打了三百皮鞭，本日又复上吊。弄得郑三家两口子也无可奈何，打算着人死了不如活着好，才吐了一个钱不要，白送你受用的话。我彼时还要上京找你，只是没有盘费，急得我几乎吐血。后来张华回家，萧麻子又造妖言说你……"便连连举手道："得罪，得罪，说你死了。好金姐呀！真是青楼烈妇、平康佳媛，一闻你死信，整哭了三日三夜，水米不曾沾牙，将一副俊俏面庞儿永绝铅粉，将一双凌波小足穿了素鞋，与一年老道姑做了徒弟，出家在水月庵中。那老道姑又无田产养赡，好金姐，可怜她出身妓女，哪里晓得刺绣描鸾？只因她天性聪明，便会飞针走线。老道姑日日出去招揽生活，她便无夜无明拈弄针指，赚一文钱过一文日月。等闲也有人慕她的清操淑范，寻去见她，她却封门闭户，不准私谒；唯我与萧麻因系旧人，她还一见。好金姐呀！将两只纤纤素手，被针尖儿穿得皮破血流，天天吃谷米饭、咬菜根头。有钱则日食两次，无钱则日食一次,再到极无钱时,便只喝凉水一碗,以度昏朝,过那乞丐不如岁月,总为你这负义郎君。真乃红粉豪杰,巾帼丈夫!你从古今《列女传》上,看女中还有这样个人没有!好金姐呀!"说着嗤的一声笑了,问如玉道:"你还见她一面不?"

如玉听了追出四百多银子,倒视同粪土;听了金钟儿这一番话,不由得触动旧情,心里打起稿儿来,道:"我在琼岩洞三十年,难道又和在大椿国三十年一样么?是这样看起来,将琼岩洞勤劳,又做了梦了!冷先生既已死去的人,我不该怨你何苦三番两次耍我!"又想:"金钟儿可谓有志有情,今日便是做梦,也乐得梦中再与她一见,诉诉前后离思,我只不与她同宿,于我的道行有何妨碍!"心里正在打算着,苗秃大声道:"怎么,便又不言语了?"如玉道:"我只不信金姐还活着。"苗秃道:"罢了,罢了!我说了半日话,竟是对驴弹琴了。"带着满面怒容将手一举道:"请驾云罢!"撇转头就走。

如玉道:"你站着,我和你商量。"苗秃道:"没有什么商量处。"说着又走。如玉赶了两步,拉住道:"我和你商量,你可能领我去一见么?"苗秃道:"我仔细看你,你竟是感过痰的人,说话颠颠倒倒,察不出是非虚实。若是着你见不了金姐,我何苦费这许多唇舌!只因怜她一片痴心,我又和你是至厚的朋友,才和你说白道黄。你若去看她,她离此不远,只有十步儿便是。"如玉道:"你领我去来。只是我这样打扮,倒怕她笑话我。"苗秃道:"情人见情人,分外有精神!休说这样打扮,你便满身涂了狗屎,金姐闻了还是香的哩!"说着,两人并肩行走,只转了一道街,已到水月庵门前。正是:

师死师生事未明,一风送至泰安城。

无端巧遇苗朋友,钩起金钟旧日情。

第七十五回

会金钟秘商从良计　　遇萧麻拆散旧情缘

词曰：

乍见花娘情如旧，雨泪盈襟袖。叙说那盟约，此际相逢，肯落他人后！好事多磨难成就，欲食萧麻肉！憾他引风波，一日拆离，心若冰寒透。

右调《醉花阴》

话说苗秃领了如玉到水月庵前叫门，早见里边出来个老道姑将门开放，却认得是苗秃，说道："苗三爷来了，做什么？"苗秃将如玉让入，道："有你徒弟的一个好相知来和她叙阔。"老姑道："苗三爷，你还不知道？她除却你和萧大爷，她还见过哪个？"如玉见话皆相投，忙问道："令徒可是试马坡金姐么？"老姑道："是她。"如玉喜道："烦你道达，说本城温如玉来了。"老姑道："你是个道人，怎么也认得她？"苗秃道："你休管这件事，这位温大爷是新才出家的。"老道姑道："请回罢，她断断不见。"苗秃道："你这老朋友不知底里，假充在行，我们必定用你传说么？"于是拉了如玉走到内院角门口，高叫道："金道友，温如玉来了！"只听得里边娇怯怯的声儿问道："是苗三爷说话么？是哪个温大爷来了？"苗秃道："就是你那要死要活的温大爷，哪里还有第二个！"

如玉听得声音是金钟儿，也顾不得等候回话，便大步走了入去。苗秃随后跟来。一掀帘子，彼此一看，都呆了。金钟道："我想是做梦么。"如玉扑向前，一把拉住，痛泪直流。金钟儿便将如玉两手捉住，眼泪和决开江河的一样，在粉面上乱滚，哭着便软瘫下来，一溜儿坐在地下，随即头歪眼闭，气隔起来。如玉连忙蹲下将她揽在怀中，一边与她在胸前摸索，一边那泪点点滴滴向金钟儿衣服上直掉。慌得苗秃拍手顿足，口里乱嚷："是痛极了，是痛极了！"又急向如玉耳中说道："不妨，不妨！"好半晌，金钟儿方回过气来，将头向如玉肘膊上一枕，泪道儿溶溶脉脉，仍是直流不止。苗秃此时也不由得见景伤情,在一旁站着擦抹那没人疼爱的眼泪。

少刻,金钟儿将泪痕止住,着如玉扶她坐在炕上,用手拿住如玉的手儿,问道:"你好青云?"这时如玉和刀剜心胆一般,又是疼爱她,又是可怜她,又说道:"我倒好,只是苦了你了!"说着又泪随言下。苗秃出着五个指头连摆道:"莫哭,莫哭,说话儿罢!"自己拉过把椅子来,也凑拢在一处坐下。如玉拂拭了泪痕,将金钟儿上下一看,见头上挽着一窝蜂发髻,只插着一条白烧石簪儿,身上穿着蓝布女道衣一件,腰间系着一根紫白绵线带子算了丝绦。虽是坐在炕上,脚却露在外面,穿着一双青布梭素鞋儿,还是那样瘦瘦小小,直直掇掇。金钟看着如玉微微一笑,道:"怎样,你也是这样个装束!"苗秃接着说道:"你还没见哩,今日出门和一朋友要赌账,在关头起碰见他。谁想他从京中走了一次,他便有了三十年道行,还会腾云驾雾。我和他说你历历苦处,并出家原由,几乎将我舌根说断。你说这狠心贼,他一口咬定说你死了,我指上我娘老子与他说誓,他也不信。后来我赌气别他几次,他才肯跟我来。"金钟儿道:"多亏苗三爷,我无以为报,只暗中祷告你赌一场赢一场罢!"又道:"却也怪不得他,他还到试马坡与我烧纸吊奠,哪里知我死是假的!"苗秃笑道:"罢了,我这一本参不倒他,将来再没参倒他的日子了。"

金钟儿向如玉道:"你怎么又做了道士?"如玉便从韩思敬盗银起,直说到京中会冷于冰,如何随冷于冰出家,在琼岩洞和两个鬼修炼了三十年,学会驾云。苗秃道:"来了,又来了!"金钟儿笑道:"苗三爷,只管让他说,等他说完了,我审他的虚实。"苗秃道:"我就不言语。"如玉又从本月某日奉冷于冰法旨,同众道友烧炼七座丹炉,从一大镜子内入去,游仙境,看名山,直说到冷于冰交战身死,因驾云找寻朱崖洞,被风刮回故乡,"谁意料今生还得与你见面,你就为我苦到这步田地!"说完,又掉下几点泪来。苗秃道:"说完了么?"如玉道:"完了。"苗秃道:"呵呀!这半天并不是说话,竟是在这里一个一个的劈雷,连骑花斑豹的道士都放了出来!幸亏我和金姐还胆子大些,若是个小胆儿人,叫你把脑袋都吓碎了!"金钟儿道:"苗三爷当他这话是假话么?我看句句皆实;若是假话,那神色口气间也欺不过我。况他也不是和我说假话的人。"

第七十四回　会金钟秘商从良计　遇萧麻拆散旧情缘

苗秃道："呀呀，你也来了！他今年二月初间才入都，今日是四月二十九日，屈指还没三个月，他倒修炼了三十年！我且莫论，只你加上这三十年，也五十七八岁了，怎么你还是这样花枝般年少？"金钟儿道："他说话的既以假为真，我们听话的不妨以假信真。你要知道，他不是造作这些话欺我们，皆因被冷于冰欺了他，他如今还在梦中说梦话。那冷于冰，苗三爷没见过，真是个大妖人！"苗秃拍手大笑道："到底金姐比我伶俐些，我只和他来回辩论真假，你却会揪他。"

如玉道："我被你两个也混糊涂了，连我此时也不知是真是假。"金钟儿道："你说冷于冰死了，你信不信？"如玉道："他死时是我亲眼见的。"金钟儿道："你既亲眼看见，自然信他死了。我却看他还未死。"如玉道："你从何处看出？"金钟儿道："你适才说，你们道友男女六七个，这几年把他缠扰厌烦了，因此显个神通死去，将你们一个个都用风刮回原籍，他乐得耳中眼中清净，你们自然也意断情绝。"如玉道："据你这样说，他与其今日把我们发回，当日就不该收留我们。"金钟儿还要辩论，苗秃道："罢了，罢了！这些话儿我实害厌恶，你两个说自己要紧话罢。"金钟儿道："你别后的话说完，你听我说我别后的话。"苗秃道："金姐，你也不用说你别后话，我适才在东门外，和他说了详详细细，净净干干；只说你两个今日既会了面，此后还是你西我东，还是同归一处呢？"金钟儿道："我舍死忘生、挨打受气的，弄得做了个道姑，我为的是谁？他如今是成了仙，会驾云使风的人，只问他还要我不要我？"如玉道："我若不要你，我也不来见你了。"金钟儿听了，就笑了一笑。苗秃道："这句话没得说，温大爷是有良心的丈夫，金姐是有志气的烈女，我是成人之美的苗三先生。但不知温大爷如何娶她，我倒要领教妙法。"

如玉道："我也想下在这里了，张华从京中回来时，也带回银四百余两，想来还未用去。"苗秃将舌头一伸道："竟带回这些来么？"如玉道："你适才在东关说，日前从本州领了韩思敬偷盗赃银四百余两。"苗秃道："不错，这已有了八百两的银子，你和金姐将来还不愁过日子。"如玉又道："至于房屋，我且和张华同住，将来再做别处。只是这老道姑和郑三夫妇处，还望三哥替我周全！"说罢，便深深一揖，跪了下去。苗秃也急忙跪下道："好温大爷，快起来！要朋友做什么！只是事成之后，不可忘了我做媒的。"如玉道："我的家私，老哥哥方才备知，事体成后，我送老哥六十两。"苗秃磕头道："我就在此刻谢过了，容且叨惠。大爷快快请起来，外着腿不是玩的。"两人叩拜起，金钟儿也要下地拜谢，苗秃忙拦住道："你叫我多活几日罢！"

大家就坐，苗秃越发精神百倍，向如玉道："你这打算都不错，到底是京城地方，天子脚下，最出息人！你只来回几月，便添了许多机谋识见，弯儿曲儿棒儿，处处都看得到。我不怕得罪你，和在试马坡的温大爷，就大不相同了。你两个再听我说，老道姑近来指着金姐做针指度日，须得与她二十多两，她便没得说。郑三家夫妇是叫他知道不得的，张华从州衙领了银子人所共知，郑三家夫妇若知道你娶金姐，这宗银子你两个就落不住了，他敢吵个七青八黄。依我看来，先娶过金姐，然后达他夫妇知，倒省得他打听出来，上门叫嚷。将来事体已成，不过八十两银子，打发得他飞跑；他若不依，便和他到官。妓女从良，名为改邪归正，是最好的事，那做官的决没将金姐断回，仍叫她做娼妓去。何况尊府是甚等人家，这点脸面是摆在堂上的，我说的是不是？"金钟儿道："还是苗三爷打算得透彻！"如玉道："此时日落多时，我今晚就在这边罢？"苗秃将舌一吐，笑道："好现成妙话儿，还得我向老姑道去。"苗秃去说了一番，老姑子坚意不应，暂时只好别过，明早再来商酌。说罢，向如玉道："我们走罢！"金钟儿低低和如玉道："明日带银子，同苗三爷早些来。"如玉连连点头。金钟儿送出门外，两人甚难割舍，只是没法。

走出庵外，苗秃道："你可到我家过宿罢。"如玉道："明早就要和老道姑说话，须用几两银子，我此时须寻张华为是。"苗秃道："他家中只几间房儿，也没你住处。你可先到我家，我替你叫张华去。"如玉道："如此甚好。"两人入城，穿街过巷，到苗秃门首，叫门入去。如玉见里边一处院儿住着内眷，外面小院，有客房一间。苗秃让如玉到房内，说道："柴门土壁，甚是亵尊。你且请坐，我弄个灯烛来。"苗秃去了。少刻，一小丫头拿出一碗灯来，放在桌上，苗秃也随后来，向如玉道："我们还是吃过饭叫张华，还是叫来张华再吃饭呢？"如玉道："你只管请入里边用饭，我是一点食水不用。"苗秃道："你这病，我看来陈皮、半夏断不中用，须得重用芒硝、大黄，佐上清痰之药，或者可收点功妙罢了。你请坐着，

第七十四回　会金钟秘商从良计　遇萧麻拆散旧情缘

我且叫张华去。"苗秃去了。

如玉四下细看,见正面挂着福禄寿三星破画一轴,两旁对联是:"爱留熟客容疏懒,贪看闲书省费心。"东边小条桌上有乱书几本,旁边放着一个极大的骰盆,内又放着一副纸牌。如玉笑道:"这就是秃厮的饭根了。"

没多时,只听得苗秃笑着说道:"去得凑巧,张总管来了。"两人一齐入来。张华看见如玉,悲喜交集,连忙磕下头去。如玉扶他起来,主仆问慰了一会。张华道:"小的在京何等苦劝,大爷不肯回来。怎么又是这样打扮?"如玉道:"一言难尽……"正要诉说别后行踪,苗秃道:"日子长着哩,别后的那些劈雷话,将来慢慢地说罢。"又向张华道:"张总管,你可知道金钟儿在水月庵出家么?"张华道:"我也是这几天才听得人说。"苗秃道:"如今是这样个事,你家大爷也见过金姐了,总是一定要娶她再立家室。但是这件事要在你身上。"张华也不等苗秃说完,道:"但愿大爷回来,就娶她也罢了。大爷京中赏的银子并此番从衙门领的银两,小的俱未使用,任凭大爷主裁。只是房屋须缓地寻觅[1],方能妥贴。"如玉听了大喜,向苗秃道:"我当年用了多少家人,唯他良心不昧!"苗秃道:"他是什么人品,真是忠心贯日。忠心贯日的人,你从一部《资治通鉴纲目》中查去,还查不出他这样个人品来。咳!有什么说得,我就是这一张嘴,到处里与他凌烟阁上标名,五凤楼前画影。"又向张华道:"这事须得在明日后日做妥才好。郑三家老婆你是晓得的,若叫她知道你大爷回来,再听得娶她女儿,这事就费唇舌了。不知你家中房屋可挪移出一半间儿来不能?"张华道:"我如今住着四间屋子,若挪移一间也还容易,只是不成个局面。"如玉道:"若有安身处就好,将来事成,再做理会。但明日早要和水月庵道姑说话,须用二三十两银子。"张华道:"小的此刻就回家与大爷取三十两来。"苗秃道:"极好,好极!你就去罢,十分夜深了,街上难走。"张华答应出去,二人叙谈了一番。

到次日天明,如玉就将苗秃叫起,同往水月庵去,恐怕遇着旧识。刚走到城门边,见萧麻子骑着个驴子入来,一头撞见。萧麻子下了牲口,大笑道:"温大爷,少会得很!且又是道装打扮,妙绝!"向苗秃道:"和

---

[1] 觅(mì):寻找。

你同行，同出东关，我明白了。"又向如玉深深一揖道："连月不见，几乎把我们想煞！不知台驾是几时回来的？"如玉心里大不快活，只得还揖，笑应道："是昨晚才来的。"萧麻道："穿了道服是怎么？"如玉道："话长得很。"萧麻笑道："台驾都做了道士，这话自然长着哩！寓在哪边？"苗秃道："他昨晚才到，一地里寻张华不着，倒与我撞见，领他会了张华。此刻他上省，我送他出关。"萧麻道："二公可谓奇遇。只是才得会面，温大爷又要远去。我去取保，实难相送。"说罢，把手一举，拉着驴子入城去了。"苗秃拍着手道："好不凑巧呀，偏偏就遇着这贼强盗！"如玉道："这事不怕他坏了么？"苗秃道："张华当堂领了四百两银子，哪个不知！他是位何人，肯轻易放过？只除非你与金姐永世隔绝，也就没法儿了。"如玉道："这该怎处？"苗秃道："这事有个处法。他的食肠大，比不得我，不是一头半百下得来的。别人要娶金钟儿是极平常事，到他眼里看得比娶他娘还关系。你多则与他二百，至少得一百五六，也就是你竭力办事的人，比我办得速还妙。若说不与他这些，今日且不必与金姐相见，我此刻和金姐说知，你暗中住在张华家内，他若找寻你，我自回答。打听得他去后，我们再做。你看如何？"如玉道："我心上乱了，此事任你主裁。只是我既已到此，只留下几步地儿，我还要见见金姐。"苗秃道："萧麻转刻必到水月庵，总不如避他几天为是。"如玉道："他才入了城，我们只说几句话儿，再嘱托老道姑谨言就回来，岂不是两妙。"苗秃道："你必定要去，我少不得陪你。只是不可多坐，被萧麻撞来坏事。"

两人商量定，走到水月庵，叫开门。老道姑道："怎么二位今日又来了？"苗秃笑道："今日包你有好处。"两人走入院内，苗秃叫道："金姐起来没有？温大爷来了！"只听得里面细声儿应道："起来了，你两个来罢！"苗秃站住道："你听！虽是个女人说话，却不像金姐语音。"如玉笑道："不是她是谁！"两人掀帘入去，萧麻子早在地下迎接，大笑道："上省的送行的都回来了？"苗秃也大笑道："你的驴子呢？"萧麻道："驴子拴在谢小二家烟铺里。"苗秃又问金钟儿："这疤奴才是什么时候来的？"金钟儿道："和你两个也只脚前脚后。"苗秃道："我原知道这老小厮必走鬼道。"

萧麻重新和如玉见礼，一齐坐下。萧麻道："温大爷上京去了，留下

第七十四回　会金钟秘商从良计　遇萧麻拆散旧情缘

金姐被她妈那驴子食的……"金钟儿道:"你倒好骂!"萧麻道:"她还护她哩!她和你还有什么母女情分!"说罢,用牙齿咬住下嘴唇,连连摇头道:"亏得金姐好挨手!只鞭子何止四五千下,打得骨头里出血,才进出个命来,做了女道士。她倒是决意还俗嫁温大爷的,未知温大爷还俗不还俗?"如玉道:"我昨日才入城寻张华说句话,与苗三哥相遇,才知金姐出家始末。被苗哥拉来看望看望,我就去省城访一道友。"萧麻向金钟儿道:"才知你一片痴心罔用了!你为温大爷万死一生,守人守不来的洁操;今日温大爷与你久别初会,毫无惊喜怜惜的情形,倒像见过几次的一样。我看温大爷必不还俗,你这女道士只索做到死后。"如玉道:"我实是被苗三哥才拉来,此刻与金姐一面,就去省城。"萧麻冷笑道:"还要上省么?与其劳你上省城,不如我回试马坡,你和苗老三放心多少。"说罢,满面怒容。

金钟儿笑说道:"他和萧大爷说玩话哩,他既回来,谁还叫他上省城去。但不知萧大爷有什么要紧事,绝早入城和他两个相遇?"萧麻道:"也是为你家的事。昨夜三鼓时,才赶到关外住了一夜。"金钟儿道:"什么事?"萧麻道:"就是那玉磬儿,被本城卢武举前月搬在家中,因顽钱闹了口角。监生张二旁暗中通信,捕衙王吏目半夜里带同差役,将玉磬儿拿住,还捉住几个赌友,只打了玉磬儿十个嘴巴,便扳拉出许多有功名的人来。王吏目张着城门般嘴要吃他们,说不下来,连夜请我到此。"金钟儿道:"我达来了没有?"萧麻道:"你达倒没来,你妈倒来了。"如玉听了这句,和提在冰盆里一般。苗秃道:"这事何用她来?"萧麻道:"因人传说,王吏目要将这事详报,郑三妇怕把玉磬儿被本州断卖,因此也跑来斡旋。"说完,向如玉道:"温大爷起身不起身?"金钟儿笑道:"你来了,他还敢走么?"萧麻道:"你们不必在我眼前瞒神卖鬼,话要开心破肚地说!温大爷既已回来,张总管手里还有几百银子,若托我办,郑三家两口子的话我尽行包了,保管永断葛藤。只问用我办不用我办,就说出用我的道理来;若托苗三爷办,也好,只要事体办得成!"男女三个听罢,你我相看,都不言语了。

萧麻子见无人回答,笑向苗秃道:"你也没主意了?这如何做得军师!"苗秃将萧麻子叫出去鬼了一会,又将如玉叫至院外,道:"萧麻子的话我问了，他一总包办，定要四百五十两。我许了三百两，他说少一分也做不成。若叫别人做，他也不依。就是这样几句剪绝话儿，你须酌夺。"如玉道："与他四百五十两，我和金姐日后该怎么过度！只可惜当日连二师兄教我运气口诀时，他倒要教我搬运法，我彼时看他银钱货物都无用，竟没有学他的，只学会个驾云。"苗秃道："坑煞人了！这是什么时候，你还要闹痰。"如玉道："就依你与他三百罢。"苗秃道："说着四百五十两少一分不依，这话我再和他说去。"如玉入房来坐下。苗秃又将萧麻叫去鬼了好半晌。苗秃入来，如玉道："有妥局么？"苗秃摇头。金钟儿道："萧大爷呢？"苗秃道："他见话不成去了。"金钟儿着急道："苗三爷好不知轻重，不该着萧大爷去。"苗秃硬睁着眼道："看么，温大爷为一百五十两银子不添，倒是我不知轻重！"金钟儿道："是我错说了话，烦三爷快快去将他赶回来。"苗秃道："差遣我倒使得，只别要胡抱怨人！"说罢，连忙去了。

如玉见房内无人，走上前将金钟儿搂住，咂舌握脚，亲热在一处，便用手拉金钟儿的裤子。金钟儿道："萧大爷才出去，少刻就来，万一收拾不及，被他两个看见，你我都是出了家的人，比不得在试马坡那时，脸上不好看。你将来娶过我，只要你有力量，便是一万遍我也支应你。"如玉道："你也说得是。"两人口对口儿玩耍好一会，猛听得苗秃和老道姑说话。苗秃喘吁吁入来，道："我一气赶至城内，不知他往哪道街去，又不知他的寓处，我只得回来。"金钟儿道："这该如何处？"苗秃道："如今的大权总归于萧麻，我实不是他的对手。"金钟儿道："外面只说了两次话，就一点主见没有，推诿起来。"苗秃道："天理良心！我还是和萧麻子一流的人？"

正言间，猛听得外面大高声就叫进来，原来是郑三的老婆，提了拐棍，一见如玉，笑道："好呀！是几时来的？"如玉看见郑婆，惊魂千里，勉强应道："我是昨晚来的。"郑婆道："且喜做了道士，和我家女儿凑对儿！"说罢，连腰也不弯一弯，居然到正面椅上坐了。金钟儿见他母亲入来，便将面孔朝墙，靠着枕头儿斜坐在炕内。如玉却待要走，郑婆道："温大爷且请坐下，我有话说。自大爷上京去后，这女厮我与她寻了张生儿一般人物财主，她咬定牙关一个不要，直吵到这水月庵出家。若果能立

第七十四回　会金钟秘商从良计　遇萧麻拆散旧情缘

志出家也罢了，天天勾引得秀才监生、和尚道士刻不离门，那老道姑清修多年，也被这女厮弄得声名不好。温大爷是她七死八活要嫁的人，如今与大爷相商：若是娶她，或一千或八百与我几两银子，我就将这条肠子割断；若说不娶，我雇的车现在门外，与其在水月庵当娼妇，不如着她回试马坡做婊子去了。温大爷，你的主意是怎么，快对我说，我和你一刀两断！"如玉怒说道："我既出了家，还娶老婆做什么！车子在不在，你女儿走不走，和我说岂不是扯淡！"郑婆子冷笑道："好干净硬朗话儿！你既出了家，你不在神庙里守着天尊，到这姑子庵何干？"如玉大怒道："这姑子庵须不是你家试马坡龟窝，我爱来就来，爱去就去！你本是人中最卑最贱的东西，你看你没尊没小，有点龟婆样儿！你教训你女儿罢了，还敢稍带着教训别人，真是不识好歹的老淫妇蹄子！"郑婆正要大闹，苗秃又说又劝，将如玉拉回自己家内去，说："郑婆子这老奴才嘴里七达八达惯了，她把你还当昔日的温大爷。你有这一发挥也好，萧麻子还少要几两儿。"因见如玉一物不食，随即到里边顿酒出来与如玉解郁。

还没有顿饭时候，猛见张华满面怒容，领着两个公差进来。苗秃忙问道："二位是寻什么？"只见个少年差人从袖内取出火签一根，着苗秃看。上写道：

仰役速拿本城东关水月庵女命案内道士温如玉等，赴州审讯。去役若敢徇情卖放，定行处死不贷。火速，火速！

下写着"郑三妇、苗三秃、萧麻子、老道姑，坐落水月庵"。苗秃看罢，急问道："这女命是哪个？"原差道："就是水月庵老道姑徒弟叫什么金钟儿。"苗秃道："呀呀呀！"如玉接问道："怎么样了？"原差道："碰死了！"如玉听了这话，耳内响了一声，痛倒在炕上。那少年原差问张华道："炕上躺着的道人就是你主人温如玉？"苗秃道："正是他。"原差道："他先人做过大官，我们且与他留点脸面。"向张华道："你是他的家人，就替他带带罢。"说着，便将张华锁了。随即又取出一条绳来，向苗秃问："三师夫，请来罢！"苗秃笑道："不成朋友了？"原差道："若是别的案件，无不容情。这是关天关地的人命案件，自古道的好：'王子犯法，与庶民同罪。'何况秀才监生这两样功名，能又架命案！须索带带绳儿。"苗秃变了面色道："朋友，放宽一步儿！金钟儿是自己碰死的，不是我们谋杀故杀的。一个同城居住、抬头相见的人，谁保将来用不着谁，怎么拿上一根签，便眉青眼黑，当乡下人唬吓起来！你若必定拴我，还得你家官府动角文书，我就没得说了。"内一中年原差道："我这伙计是前月才上班儿，他认不得三师夫，你只说该怎么就怎么。"苗秃向如玉道："温大爷醒醒儿，没什么想头了！这两位大哥是为我们的事体来的，你看该如何打发？"问了几声，如玉朦胧着眼道："昨日三十两银子在你身边，和张华打发罢。"原差听了这话，连忙将张华绳儿去了，说道："得罪，得罪！此系朝廷法度，我们不得不然。"

苗秃道："二位且请坐，说说碰死的原由，我们也好打这官司去。"原差道："适才东关地方打了禀帖[1]，说水月庵碰死了个女道姑，叫什么金钟儿。我们老爷立即去相验，在水月庵问了郑龟婆和老道姑口供，回到衙中，便发出这根签来。门上吩咐，说此刻就要坐堂，二位理合早去。本官性儿厉害，三师夫是知道的。"苗秃道："到底是为什么碰死的？"原差道："我们也不晓得，只听得同衙门人说，老爷问口供时，审出是郑龟婆逼金钟儿回家，母女吵嚷，郑龟婆打破金钟儿口鼻，金钟儿一头撞去，碰在墙上，登时身死，将诸位就扳拉出来。"苗秃和差人讲说了半晌，费了八两银子。

如玉听了金钟儿死的缘故，心上疼怜不过，想算着和他们打什么官司，不如驾云回九功山。急急爬起，走出院外看了看，不是驾云去处。正要到街上，早见两个差人走来，一个紧跟在背后，苗秃也出来说道："这件事你休慌，郑婆逼死她女儿，与你我何涉！但我们和她交往，未免有点小不是，不过发学戒责罢了，多用一两少用五钱，打发得老师飞跑。只是我为你平白干连在内，官司完后你想算我的苦情！我和你去听审来！"一同来至州署，早见州官坐了大堂。先将老道姑叫上去讯明情由，随将郑三婆叫上去，骂道："我把你这没人心的狗攮的！你先将你女儿控生为死，已属狡绘可恶，仍复肆毒凌虐。她已经当了道姑，便是良民了，你又来逼良为娼，致使女儿惨死。就是鸨子里头，也少有你这没人心的臭货！你既系母女，例无抵偿之条，我先叫你吃我一个一套罢。来，拉下

---

[1] 禀（bǐng）帖：旧时百姓向官府有所报告或请求用的文书。

第七十四回　会金钟秘商从良计　遇萧麻拆散旧情缘

去先打她二百嘴巴、三百板子,再掇他三掇子,拉在仪门外重打她四十大板,不得容情。打死也没什么可惜的。"只见各刑具备,拉出去了。又将萧麻叫上去,骂道:"你这可恶的奴才!你先犯了主使人买良为贱的科条,本州从宽办理了;你今又因恶诈不遂,教唆人逼良为娼,致死人命。我要照光棍例办你。先打他二百嘴巴、二百小板。"如玉在下,听得甚为得意。又见将苗秃叫上去,骂道:"你这奴才为什么又引诱着道士来娶道姑?想是也为弄几个钱。拉下去赏他三十个板子。"如玉听见,着实害怕。又听得叫自己名字,只得上去跪下。州官问道:"你既是秀才,便穷死也不该做道士;既做了道士,便终身也不该娶女人。怎么又见了金钟儿,就把道士也忘了?我前次推念你先人分上,容情过你。像你这下愚东西,贪淫好色,实是儒释道三教皆不可要的臭货!"吩咐左右拉下去,用头号大板重责四十。如玉还欲哀恳,被众役揪翻在地,只打得皮开肉绽,疼痛切骨,这一顿几乎打死。

打完,州官退堂。张华雇人将如玉抬回家去。如玉倒在炕上,两腿疼痛如刀割一般。苦挨到申牌时候,忽然想起运气来,试试如何。于是凝神闭目,将气向下部运去,只一个时辰,便觉忍受得住,真是仙家传授不同。至四更时候,便可以下地行走。连忙在桌上写了八个字:"从此别去,永不再来。"悄悄地开了房门,到院中驾云,复寻九功山去了。正是:

萧麻唆使郑婆闹,又把金姐作践了。
不放温郎杖四十,州官解得其中窍。

第七十六回

救家属城璧偷财物　　落大海不换失明珠

词曰：

一阵奇风迷旧路，得与儿孙巧遇。此恨平分取，夜深回里偷银去。不换相逢云里聚，夸耀明珠几度。落海因何故，被他押解妖王处。

右调《惜分飞》

且说连城璧同众道友在半空中观望，被一阵大风将城璧飘荡在一河岸落下。只见雪浪连天，涛声如吼。城璧道："这光景倒像黄河，却辨不出是什么地方。"猛见河岸上顶头来了几个男女，内中一五十多岁人同一十八九岁少年，各带着手肘铁链，穿着囚衣步走；只见一少年妇人骑着驴儿，怀中抱着个两三岁的娃子；又有十二三岁的娃子，也骑着驴儿相随行走；前后四个解役押着，渐次到了面前。

那年老犯人一见城璧，便将脚步停住，眼上眼下地细看。一个解役道："你不走做什么？"那囚犯也不回答，只向城璧看。看罢，向城璧道："台驾可姓连么？"城璧道："你怎么想到我姓连？"那犯人又道："可讳城璧么？"城璧深为骇异，随应道："我果是连城璧，你在何处见过我？"那囚犯听了，连忙跪倒，拽住城璧的衣襟大哭。城璧道："这是怎么？"此时众男妇同解役俱各站住，只见那囚犯道："爹爹认不得我了，我就是儿子连椿！"又指着那十八九岁囚犯道："那是大孙儿。"指着骑驴的十二三岁娃子道："那是第二个孙儿。那妇人便是大孙媳妇，怀中抱的娃子是重孙儿。与爹爹四十年不曾一面，不意今日方得遇着！"说罢，又大哭。几个解役合笼来细听。

城璧见名姓俱投，复将犯人详视，见年已近老，囚首垢面，竟认不出。心里说道："我那年出门时，此子才十八岁，今经三四十年，他自然该老了。"再细看眉目骨格，到底还是，也不由得心上一阵凄感，只是没掉出泪来。

第七十六回　救家属城璧偷财物　落大海不换失明珠

急问道："你们住在哪里？"连椿道："住在山西范村。"这话越发是了。

城璧道："因何事押解到此？"连椿道："由范村起事，从代州递解来的。"城璧道："你起来！"连椿爬起，拂拭泪痕，正欲叫儿子们来见，一个解役喝住，一个解役问城璧道："你可认得他是你的儿子么？"城璧道："果然是我的儿子。"又一个解役道："我看这道人高高大大，雄雄壮壮，年纪不过三四十岁人，怎便有这样个老儿子？不像，不像。"又一个解役道："你再晓得修养里头的玄妙，你越发像人了。现见他道衣道冠，自然是个会运气的人。"说罢，便又问道："你就是那连城璧么？"城璧道："我是，你要怎么？"四个解役互相顾盼，一个道："你儿子连椿事体破露，还是因你前案发觉，此地是河南地方，离陕州不过十数里，我们意思请你同去走遭，你去不去。"城璧道："我不去。"解役道："只怕由不得你。"又一个道："和他商量什么？他是有名大盗，我们递解牌上还有他的事由，锁了就是！"众解役便欲动手，城璧道："不必，我有要紧话说。"众解役听了，便都不动，忙问道："你快说，事关重大，拿了你就是天大的银子，那私不及公的小使费，免出口。"城璧道："他们实系我的子孙，我意思和你们讨个情分，将他们都放了罢。"四个解役都大笑道："好爱人冠冕话儿，说得比屁还脆。"只见一个少年解役大声道："这还和他说什么？"伸着两只手，虎一般来拿城璧。城璧右脚起处，那解役便飞了六七步远，落在地上发昏。三个解役都吓呆了。城璧向连椿道："此地非说话之所，你看前边有个土冈，那土冈方面想必僻静，可赶了驴儿都跟我来。"说罢，大踏步先走，连椿等男女后随。同到土冈后面，城璧坐在一小土堆上，将连椿和他大孙儿各用手一指，铁链手肘尽行脱落。连椿向城璧道："爹爹修道多年，竟有此大法力！"城璧道："这也算不得大法，不过解脱了好说话。"只见他大孙儿将妇人和小娃子各扶下驴来，到城璧面前跪倒叩头。连椿俱用手指着说道："这是大孙儿开祥。"城璧看了看，囟衣囟面，不过比连椿少壮些。又指着十二三岁娃子道："这是二孙儿开道。"城璧见他眉目甚是清秀，心上又怜又爱，觉得有些说不出来的难过；又见他身上穿着一件破单布衫，裤子只有半截在腿上，不知不觉便掉下几点泪来。将开道叫至膝前，拉住他的手儿，问了会年岁多大，着他坐在身旁，向连椿道："怎么你们就穷到这步田地？"

正言间，那少年妇人将怀中娃子付与开祥，也来叩拜。城璧道："罢了，起去罢！你们大家坐了，我好问话。"连椿等俱各坐下。城璧道："你们犯了何罪？怎孙妇也来？你母亲哩？"连椿道："母亲病故已十七年了，儿妇是前岁病故。昔日爹爹去后，只三个来月，便有人于四鼓时分送家信到范村。字内言因救大伯父，在泰安州劫牢反狱，得大伯父冷于冰相救，安身在表叔金不换家，着我们另寻地方迁移。彼时我和堂兄连柏，公写了回信，交付送字人五鼓时去讫，不知此字爹爹见过没有？"城璧道："见过了。"连椿道："后来见范村没一点风声，心想着迁移最难，况我与堂兄连柏俱在那边结了婚姻，喜得数年无事。后来母亲病故，堂兄听堂嫂离间之言，遂分家居住，又喜得数年无事。后来堂兄病故，留下堂侄开基，日夜嫖赌，将财产荡尽，屡次向我索取银钱。堂嫂亦时常吵闹，如此又养育了她母子好些年头。今年二月，开基陡来家中，要和我重新分家，说财产都是我大伯父一刀一枪拼命挣来的。我因他出言无状，原打了他一顿，谁想他存心恶毒，写了张呈词，说大伯父和爹爹曾在泰安劫牢反狱，相敌官军，出首在本州案下。本州老爷将我同大孙儿拿去，重刑拷问，我受刑不过，只得成招。上下衙门往返审了几次，还追究爹爹下落。后来按察司定了罪案，要将我们发配远恶州郡。亏得巡抚改配在河南睢州，同孙妇等一家发遣，一路递解至此。"说罢，同开祥俱大哭起来。

城璧道："莫哭！我问你，家私抄了没有？"连椿道："本州系新到任官，深喜开基出首，报上司文书只言有薄田数亩，将我所有财产尽赏了开基。听得说为我们这事，将前任做过代州的官都问了失查处分。目今还行文天下，要拿访爹爹。"城璧道："当年分家时，可是两分均分么？"连椿道："我母亲死后，便是堂兄管理家务。分家时各分田地二顷余，银子四千余两。金珠宝玩堂兄拿去十分之七，我只分得十分之三。"城璧道："近年所存银两，你还有多少？"连椿道："我遭官司时还现存三千六百余两，金珠宝玩一物未动。这几个月，想也被他耗散了许多了。"城璧听完，口中虽不说开基一字不是，却心中大动气愤。那小孙儿开道一边听说话儿，一边爷爷长短地叫念，城璧甚是怜念他。又着将小重孙儿抱来，自己接在手中细看，见生得肥头大脸，有几分像自己，心下也是怜念。看后付与开祥，向连椿道："你们今日幸遇我，我岂肯着你们受了饥寒！御史林润，我在他身上有些勤劳，但他巡查江南，驻车无定。朱文炜现做浙江巡抚，且送你们到他那边，烦他转致林润，安置你们罢了。"

正说着，土冈背后有人窥探，忙站起一看，原来是那几个解役。看见城璧站在冈上，没命地飞跑。城璧道："这必着他们回走二百里方好。"于是口中念念有词，用手一挥，那几个解役比得了将军令还疾，各向原路飞走去了。

再说城璧下土冈向连椿等道："你们身穿囚服，如何在路行走？适才解役说，此地离陕州最近，且搬运他几件衣服来方好。"随将道袍脱下，铺在地上，口诵灵文，心注在陕州各当铺内，喝声"到！"须臾，道袍高起二寸有余。将道袍一提，大小衣帽鞋袜十数件，又有大小女衣四五件，裙裤等项俱全。连椿父子儿妇一同更换。有不便更换者，还剩有五六件，开祥捆起。城璧又在他父子三人腿上各画了符篆，又在两个驴尾骨上也画了。向连椿等道："昔日冷师尊携带我们，常用此法，可日行七八百里。此番连夜行走，遇便买些饮食喂喂驴儿，我估计有三天可到杭州。"令开祥搀扶着妇人和孙儿上了驴，一齐行走起来，耳边但觉风响，只两昼夜便到了杭州。寻旅店住下，问店主人，知巡抚朱文炜在官署，心下大喜。

是晚起更后，向连椿等道："你们睡，我五鼓即回。"随驾云到范村自己家中，用法将开基大小男女呆住，点了火烛，将各房箱柜打开，凡一应金银宝玩，收拾在一大包袱内。又深恨知州听信开基发觉此案，又到代州衙门，也用摄法搜取了二千余两。见州官房内有现成笔砚，于墙上写大字一行道："盗银者，系范村连开基所差也。"复驾云于天微明时回店。

此时连椿父子秉烛相候，城璧将包袱放在床上，告诉了两处劫取的原由。至日出时，领了开祥去街上买了大皮箱四个，一同提来，把包袱打开，见白的是银，黄的是金，光辉灿烂的是珠宝，锦绣成纹的是绸缎，祖孙父子装满了四大皮箱，还余许多在外。城璧道："这还须得买两个大箱方能放得下。"连椿父子问城璧道："怎么一个包袱，便能包这许多财物？"城璧笑道："此摄法也，虽十万金银，亦可于此一袱装来。吾师同你金表叔，用此法搬取过米四五十石，只用一纸包耳。我估计银子有四千余两，还有金珠杂物，你们可以饱暖终身矣。"又着开祥买了两个大箱，收存余物。

向店主讨了纸笔,写了一封详细书字,付与连椿,道:"我去后,可将此书去朱巡抚衙门投递。若号房并巡捕等问你,你说是冷于冰差人面投书字,不可轻付于人。"连椿道:"爹爹不亲去?"城璧道:"我有天大紧急事在心,只因遇着你们,须索耽延这几日,哪有功夫再去见他!"又将朱文炜和林润始末大概,说了一番。"想他二人俱是盛德君子,见我书字,无不用情。此后可改名换姓,就在南方度过日月。小孙重孙皆我所爱,宜用心抚养。嗣后再无见面之期,你们不必记念我,我去了!"连椿等一个个跪在地上痛哭,小孙儿开道拉住城璧一手,爷爷长短叫念起来。挨至交午时候,以出恭为辞,出了店门,拣人烟凑集处飞走,耳中还听得两个孙儿喊叫不绝。直走至无人地方,正欲驾云,又想起小孙儿开道,万一于人烟多处迷失,心上委绝不下。复用隐身法术回店,见一家大小还在那里哭泣,方放心驾云赴九功山来。

约行了二三刻功夫,猛听得背后有人叫道:"二道兄等一等,我来了。"城璧回头一看是金不换,心上大喜。两人将云头一会,城璧忙问道:"你从何来?师尊可有了下落了?"不换道:"好大风,好大风!那日被风将我卷住,直卷到山西怀仁县地界,离城二三里远才得落下。师尊倒没下落,偏与我当年后娶的许连升老婆相遇,倒知道她的下落了。"城璧道:"可是你挨板子的怀仁县?"不换道:"正是!我那日被风刮得头昏眼黑,落在怀仁县城外,辨不出是何地方。正要寻人问讯,那许连升老婆迎面走来,穿着一身白衣服,我哪里认得她,她却认得我,将我衣服拉住,哭哭啼啼说了许多旧情话。又说许连升已死,婆婆痛念她儿子,只一月光景也死了,留下她孤身无依无靠。今日是出城上坟,得与我相见,没死没活地拉住我,着我和她再做夫妻,她手中还有五六百两财物,同过日月。我摆脱不开,用了个呆对法将她呆住,急忙驾云要回九功山与师弟兄相会,行到江南无锡县,倒耽延了两天功夫。"

城璧道:"你在无锡做什么?"不换道:"我到无锡时天已昏黑,忽然要出大恭,将云落在河傍。猛见隔河起一股白光,直冲斗牛。我便去隔河寻看,一无所有。想了想,白天还找不着九功山,何况昏夜!我便坐在一大树下运用内功。至三更后,白光又起,看看只在左近,却寻不着那起白光的源头。我就打算着必是宝贝。到五鼓时,其光渐没。我想

第七十六回　救家属城璧偷财物　落大海不换失明珠

着师尊已死,二哥和翠黛、如玉也不知被风刮于何处,我便在那里等候了一天。至次晚,其光照旧举发。我在河岸边来回寻得好苦,又叫我等候了一天。到昨日四鼓时分,才看明白,那光气是从河内起的。我将衣服脱尽,掐了避水诀,下河底寻找。直到日光出时,那水中也放光华,急跑至跟前一看,才得了此物。"说着,笑嘻嘻从怀中取出一匣,将匣打开着城璧看。城璧瞧了瞧,是颗极大明珠,圆径一寸大小,闪闪烁烁,与十五前后月光一般。城璧道:"此珠我实见所未见。但你我出家人,要他何用?况师尊惨死,道侣分离,亏你有心情用这两三天功夫寻它!依我说,你丢去它为是,有它不由得要看玩,分了道心。"不换道:"二哥说哪里话?我为此珠昼夜被水冰了好几个时辰,好容易到手,才说丢去的话么!我存着它有两件用处:到昏夜之际,此珠有两丈阔光华,可以代数支蜡烛;再不然弄一顶好道冠,镶嵌在上面,戴在头上,岂不更冠冕[1]几分?"城璧大笑道:"真世人俗鄙之见也!"不换道:"二哥这几天做些什么?适才从何处来?今往何处去?"城璧道:"我和你一样,也是去九功山访问下落。"遂被风刮到河南陕州,遇着子孙,如何长短说了一遍。不换道:"安顿得极妙。只是处置连开基还太轻些。"城璧道:"同本一支,你叫我该怎么?我在州官墙上写两句,我此时越想越后悔。"不换道:"这样谋杀骨肉、争夺财产的匹夫,便叫代州知州打死也不为过,后悔怎么!"

又走了一会,城璧忽然大叫道:"不好了,我们中了师尊的圈套了!"不换急问道:"何以见之?"城璧道:"此事易明,偏我就遇着儿孙,偏你就遇着此妇,世上哪有这样巧遇合!连我寄书字与朱文炜转托林润,都是一时乱来,毫不想算,世上安有三四十年长在一处地方做巡抚、巡按的道理?我再问你,你在怀仁县遇的许连升妇人,可是六七十岁面貌,还是你娶她时二十多岁面貌?"不换道:"若是六七十岁的面貌,我越发认不得了。面貌和我娶她时一样。"城璧连连摇头道:"了不得了!千真万真是中了师尊圈套!你再想,你娶她时已二十四五岁,你在玉屋洞修炼三十年,这妇人至少也该有五十七八年纪;若再加上你我随师尊行走

---

[1] 冕(miǎn):帝王的礼帽。

的年头算上，她稳在七十二岁上下。她又不会学你我吞津咽气，有火龙祖师口诀，怎么她就能始终不老，长保二十多岁姿容？"不换听了，如醉方醒，将双足一跳，也大叫道："不好了！中了……"

谁想跳得太猛，才跳出云头外，朝下掉将下来。原来云路行走，通是气雾缠身。不换掉下去，城璧哪里理论，只因他大叫着说了一句，再不听得说话，回头一看，不见了不换。急急将云停住，用手一指，分开气雾，低头下视，见大海汪洋，波翻浪涌，已过福建厦门海口。再向西北一看，才看见不换，相离有二百步远近，从半空中一翻一覆地坠下。城璧甚是着急，将云极力一挫，真比羽箭还疾，飞去将不换揪住，此时离海面不过五六尺高下。正欲把云头再起，只觉得有许多水点子从海内喷出，溅在身上，云雾一开，两人同时落海。早被数十神头鬼脸之人把两人拿住，分开水路，推拥到一处地方来。但见水府内，其屋宇庭台也和人世一般，并无半点水痕。不换道："因为救我，着二哥也被擒。"城璧道："你我可各施法力，走为上着。"于是口诵灵文，向妖怪等喷去，毫无应验。城璧着忙向不换道："你怎么不动作？"不换道："我已动作过了，无如一法不应，真是解说不来。"城璧将不换一看，又低头将自己一看，大声说道："罢了，罢了！怪道适才云雾开散，此刻法术不灵：你看我和你身上青红蓝绿，俱皆腥臭触鼻，此系秽污不洁之物打在身上。今番性命休矣！"

两人说着，到一大殿内，见正中坐着一个似神非神、似鬼非鬼的妖王，相貌极其凶恶。但见：

> 双眉似剑，二目如灯。麻面纯青，镶嵌着肉丁数个；虬须尽紫，披拂着钱串千条。虎口狼牙，谈笑如吞牛之气；蜂腰熊腿，步履藏扛鼎之威。拟作八金刚门徒，为何在海而不在寺？认为四天王后代，却又姓腾而不姓魔。真是鱼龙丛中异物，龟鳖队里奇人。

城璧和不换俱各站着不跪。只见那妖王圆睁怪眼，大骂道："你们是何处妖道！擅敢盗窃我哥哥飞龙王宝珠，还敢驾云雾从我府前经过！见了我腾蛟大王，大模大样，也不屈膝求生。"不换道："你们在水中居住，我们在空中行走，怎么就盗窃了你们的宝珠？"那妖王大喝道："你还敢

第七十六回　救家属城璧偷财物　落大海不换失明珠

强嘴！此珠落在平地，必现光华；经过水上，必生异彩，你焉能欺我！左右，搜起来！"众妖却待动手，不换道："莫动手，听我说。珠子有一个，是从江南无锡县河内得来，怎么就是你家飞龙大王的宝贝？"妖王道："取来我看！"不换从怀中掏出，众妖放在桌上。妖王将匣儿打开，低头看视，哈哈大笑。又将众妖叫去同看，一个个手舞足蹈，齐跪在案下道："大大王自失此宝，日夜忧愁，今日大王得了送还，大大王不知作何快乐哩！"那妖王笑说道："此珠是你大大王的性命，须臾不离，怎么就被这道士偷去？"众妖道："他云尚会驾，何难做贼！大王只动起刑来，不怕他不招。"

妖王道："你这两个贼道是何处人？今驾云往何处去？这宝珠端的是怎样偷去？可从实招来，免得皮肉受苦！"不换道："我姓金，名不换，自幼云游四海。这颗珠子，实系从无锡河中拾得，偷窃两字，从何处说起？"妖王问城璧道："你这道士倒好个汉仗，且又有一部好胡须，为何这样人物，和一贼道相随？你可将名姓说来，因甚事出家？我意思要收你做个先锋。"城璧大笑道："名姓有一个，和你说也无益。你本是鱼鳖虾蟹一类的东西，才学会说几句人话，也要用个先锋！你晓得先锋是个什么？"那妖王气得怪叫，将桌子拍了几下道："打！打！"众妖将城璧揪倒，打了二十大棍，又将不换也打了二十，打得两人肉绽皮开。那妖王道："这个小贼道和那不识抬举的大贼道，我也没闲去和他较论，你们速押解他到齐云岛，交与你大大王发落去罢。"又传令，着大将游游不定和随波逐流两人，先带宝珠进献，"就说我过日还要吃喜酒。去罢！"众妖齐声答应，将城璧、不换绑缚出府。推开波浪，约两个时辰，已到齐云岛下。众妖将二人拥上山来，那游游不定和随波逐流先行送珠去了。正是：

　　一为儿孙学窃盗，一缘珠宝守河滨。
　　两人干犯贪嗔病，落海逢魔各有因。

第七十七回

淫羽士翠黛遭鞭笞　战魔王四友失丹炉

词曰：
　　两美相遭情意豪，折花心，摆柳腰。奈他看破不相饶，嫩皮肤，被鞭敲。折磨受尽会同袍，海岛上，战群妖。一声大震丹炉倒，猛惊觉，心摇摇。

右调《醉红妆》

　　再说翠黛，那日同城璧等在半空中找寻九功山，陡遇大风，把持不住，漂泊了许久，方才落地。睁眼看时，见层岩叠嶂，瀑布悬崖，怪石插云，高柯[1]负日，远水遥岑，与岩壑中草色相映，上下一碧。那些奇葩异卉，红红白白，遍满山谷，四围一望，无异百幅锦屏，真好一片山景。

　　翠黛赏玩多时，心里说道："此地山环水绕，有无限隐秀，必真仙居停境也。似我们虎牙山，不足论矣！"绕着山径行去，只转了两个山峰，早看见一座洞府，门儿大开着，寂无一人。翠黛道："我何不入这洞中观玩观玩！"于是轻移莲步，走入洞内。放眼看去，都是些琼宫贝阙，与别处洞府大不相同。

　　正在观望间，只见东角门内走出个道人来。但见：
　　金冠嵌明珠三粒，红袍绣白鹤八团。灼灼华颜，俨似芙蓉出水；亭亭玉骨，宛若弱柳迎风。一笑欲生春，目送桃花之浪；片言传幽意，齿喷月桂之芬。逢裴航于蓝桥，云英出杵；遇子建于洛浦，神女停车。漫夸傅粉何郎，羞煞偷香韩寿。

　　翠黛看罢，不由得心荡神移，道："丈夫之绝色也。"再看年纪，不过二十上下。只见他款步走来，启丹唇，露皓齿，笑盈盈打一躬道："仙姐从何处来？"只这一句，问得翠黛筋骨皆苏，将修道心肠顷归乌有，

---

[1] 柯（kē）：草木的枝茎。

第七十七回　淫羽士翠黛遭鞭笞　战魔王四友失丹炉

禁不住眉迎目送，也放出无限风情，连忙还了一拂，吐出听听莺声道："奴冷法师弟子翠黛是也。适被大风刮奴至此，误入瑶宫，自觉猛浪之至，万望真人莫见怪为幸！敢问真人法号？"那道人道："我紫阳真人弟子，别号色空羽士是也。适仙姐言系冷师兄弟子，则你我不但同道，又兼有世谊也。"翠黛道："真人可会过吾师否？"羽士道："吾师紫阳真人与火龙真人是结盟弟兄，又同是东华帝君门下。今仙姐是冷师兄弟子，你我岂非有世谊之人么！"翠黛道："如此说是世叔了，长奴一辈。"说罢，又深深一拂。那羽士即忙还礼，笑说道："仙姐过谦，贫道何敢居长！可知令师去世么？"翠黛道："吾师系昨日惨亡，世叔何以知道？"羽士道："令师因偷看八景宫中《天罡总枢》一书，致令元始查知，使三仙收服，死于杖下。火龙真人悲愤怜惜之至，恐怕元始再怒，自己不敢出头，烦吾师紫阳真人将令师魂魄收去，送赴广西桂姓人家投胎，长大时，火龙真人再行度脱他出世。"翠黛道："可怜吾师修炼一场，落这般个结局！"说着，玉面香腮纷纷泪下。

　　羽士道："仙姐不必悲感。既到此地，且行游览。"翠黛道："这就是紫阳真人府第么？"羽士道："此是后土夫人宫阙。今日是东王公诞辰，九州八极山海岛洞诸仙，以及普天列圣群星，无分男妇，俱去拜贺。因此他前洞无人，众仙妃俱在后洞。我方才从正门入去，由东角门游走出，里面甚是好看。仙姐既来，我陪仙姐从西角门入去，由正门游玩出来何如？"翠黛道："感蒙携带最好。就请先行。"

　　羽士同翠黛说着话儿，从西角门入去。见迎面一石桥，桥边俱有栏杆，栏杆上雕龙镂虎，极尽人功之巧。桥下有大池，池内锦鳞数百，或潜或跃，在绿萍碧荇之中往来。过了桥，都是些回廊曲舍，门户参差，处处珠帘掩映，屋内俱有陈设。翠黛心注在那羽士身上，哪里将这些楼台阁榭看在眼内，不住地语言打趣，眉目传情。那羽士起先甚是忠厚，今见翠黛步步撩拨他，他就不忠厚起来。时而并肩含笑，时而顾盼传心。每遇高下台阶，便手扶翠黛同走。翠黛亦不推辞，只以微笑表意。

　　游览了几层院落，见一间小屋儿，翠黛将珠帘掀起，侧身入去，那羽士也跟了入来。见东面有一床，床上铺设着锦褥，极其温厚。西边有大椅四把，椅上也有锦垫。北面一张条桌，桌上摆着几件古玩。翠黛也不让羽士，便自己坐在床上。羽士在对面椅子上坐了，笑说道："仙姐想是困倦了，我们少歇，再去游玩。"翠黛道："我此时无心游玩了，这褥儿甚是温厚，我倒想睡一觉。"羽士满面笑语道："仙姐请便，贫道在此等候如何？"翠黛斜觑了一眼，笑着将身子半侧半倚，倒在床上，朦胧着俊眼偷看羽士举动。只见那羽士两只眼和钉子一般钉在自己脸上细看，也是个极其爱慕的意思，只是不见他来俯就。

假睡了片刻，禁不住淫心荡漾，随即爬起向羽士道："我此时热得很，我要解衣纳凉，多得罪了。"羽士笑道："纳凉最好。"翠黛将香裙脱去，露出条血牙色裤儿和宝蓝凤头弓鞋。又将上身衣服袒开，现出光润滑泽半身雪白肉来，复朦胧二目假睡在床偷看。稍刻，觉得有人到身上来，有些承受不起，想要脱身，怎么能够，只盼他早早完事。翠黛忙忙地系了裙裤，羽士又来温存，被翠黛重唾了一口。正要走去，猛听得门外人声喧吵，慌得羽士披衣不及。只见几个侍女掀帘入来，便一齐大声喊叫。羽士夺门要跑，外面又来了十数个侍女将门儿堵住，先用绳索把羽士捆了，然后将翠黛拿下，押解到正殿院中。

少刻，后土夫人出来，坐在九龙香檀椅上。众侍女将两人揪扭至案下跪倒。夫人骂道："好万剐的杀材！我何仇于你二人，秽污我的仙境？"两人也没的分说，只是连连叩头。夫人指着羽士向众侍女道："此紫阳真人门下色空是也。今在我宫内做此卑污下贱之事，足见真人教戒不严，乱收匪人之过。我看在真人分上，不好加刑，可吩咐外面力士，押他去交送真人，就着他发落罢。"须臾，走来七八个力士，将羽士倒拖横拽拿出去了。

夫人问翠黛道："你这贼妇，可是冷法师门下么？法师已名注天仙册籍，不久即升授上界真人。他是个品端行洁、丝毫不苟的君子，怎么就收下你这样不要廉耻的淫货，玷辱玄门！本该照紫阳真人弟子之例押送九功山，但叫你师发落，他就永不要你在门下。我念你修炼千余年，好容易得真仙口诀，脱去皮毛，新换人身。也罢了，我如今开步天地之恩罢：一则成就你父天狐期望苦心；二则免你遭雷火之厄；三则冷法师因我处置过，他看我分上，就肯收留你了。"翠黛羞愧无地自容，连连叩头道："只求夫人代小畜师傅处死。"夫人道："可拉下去将上下衣服剥净，吊在廊下，

第七十七回　淫羽士翠黛遭鞭笞　战魔王四友失丹炉

轮班更换打三百皮鞭，不得卖法同罪！"众侍女便将翠黛吊起，打得百般苦叫，浑身皮肉开裂。打了好半晌，方才停刑。夫人已退入内寝，侍女传说道："夫人吩咐，着将淫妇在廊下吊三日三夜，然后禀报。"又拿出符篆一张，塞入翠黛发内，防她逃走。

翠黛日夜哀呼，通没人睬他。直至第三日辰牌时候，侍女传话道："夫人吩咐，将淫妇放下。"解去绳索，翠黛穿好衣服，将裙子和宝剑并锦囊中诸物，一总夹在胁下，哭哭啼啼，甚是悲切，朝着大殿磕了四个头，一步步苦挨出洞外，坐在一块石头上，通身疼痛。再看两手腕，被绳子吊破皮肉，筋骨俱见，血水沾积。心下又气又恨，又羞又悔。想起后土夫人说话，冷法师名注天仙册籍，指日就要升授上界真人。想后土夫人断无虚语，可知师尊还在。他事事未动先知，这事如何欺得了他，我还有什么脸面相见！若偷回骊珠洞去，又怕惹下他，被雷火追了性命。去九功山，知他如何发落？设或对众道友明处，脸面难堪。或谕令自尽，仍遗丑名。想来想去，想出了一条路，痛哭了一顿，随将丝绦在一株松树上挽了个套儿。

却待将脖项伸入套内，只听得背后一人说道："不必如此！"回头看视，见是后土夫人侍女。那侍女笑说道："夫人吩咐说：'你一念回头，即是道岸。'今羞愤自尽，情亦可怜。再着和你说，日前之事，只你师傅知道，众道友从何处知起！你师傅是盛德人，断断不对众耻辱，你只管放心去见他。师傅和父母一般，儿女有了过犯，没个对不过父母的。夫人又念你身带重伤，难以行走，今赏你丹药一丸，服下立愈。此刻连城璧、金不换二人在福建齐云岛有难，你速去救他们。"说罢，将药付与。翠黛此时不惟不恼恨后土夫人，且倒甚是感激，含着眼泪朝洞门又磕了几个头。侍女去了。

翠黛走一步疼一步，挨至山下涧边，将药嚼碎，两手掬涧水至口将药咽下，顷刻一阵昏迷。定醒过来，觉得精神百倍。再看浑身皮肉如旧，记得衣服上有好几处血迹，细看半点亦无。心中喜愧交集。翠黛自受这番磨折，始将凡心尽净，二十年后冷于冰又化一绝色道侣，假名上界金仙，号为福寿真人，领氤氲使者和月下老人，口称奉上帝敕旨，该有姻缘之分，照张果真人与韦夫人之例永配夫妇。翠黛违旨，有死不从。

四十年后,火龙真人试她和锦屏各一次,两人俱志坚冰霜。后她姊妹二人一百七八十年,皆名列仙籍,晋职夫人,此是后话。翠黛服药痊愈,将头发挽起,再整容环,复回旧路,解下丝绦,带了宝剑,收拾起锦囊,驾云向福建行来。

正行间,见温如玉也驾云光如飞而至。两人把云头一会,翠黛道:"你胡混了些什么?"如玉摇手道:"吃亏之至,说不得,说不得!"又道:"我看师姐鬓发蓬松,神色也不像我初见时候,端的也吃了亏么?"只这句话,问得翠黛粉面通红,羞愧得回复不出,勉强应道:"我是为找寻你们,三昼夜不曾梳洗,因此与初见不同。你方才说吃亏之至,是吃了什么亏?"如玉又摇手道:"一句也说不得!"翠黛微笑了笑,又道:"你今往何处去?"如玉道:"我往九功山见见袁大师兄,师尊已死,我们该作何结局?"翠黛道:"再休胡说!师尊好端端在朱崖洞内。"如玉道:"你见么?"翠黛道:"我虽未见,我心里明白。刻下连、金二道友在齐云岛有难,你我须速去救他。"如玉道:"你怎知道他有难?"翠黛笑道:"你追究什么?我也不知齐云岛在何处,只要留神下看,每逢海中有山,便将云头停住,细细观望方好。"如玉道:"这话就糊涂死我了。"翠黛也不回答他,驾云行到了海面,她看过三四处山岛,俱无动静。

又走了百余里,猛见一峰直冲霄汉,青翠异常。如玉道:"好一座山峰呀!你我不可不落云游览。"翠黛道:"我从今再不游览了。"如玉却待又问,翠黛道:"云雾中也看不真切,我瞧着像两个道人被众推拥着行走。等我下去走遭,看是他二人不是?"说罢,把云头一按,落在了半山。

城璧、不换见是翠黛,两人大喜。众妖看着半空中落下个美人来,一个个惊惊喜喜,揎[1]拳拽袖地乱嚷道:"好齐整美人!好爱人美人!好俊俏美人!何不拿她去进与大王讨大赏赐?"众妖哄声如雷来抢。翠黛拔出双剑,与众妖动手。城璧大吼了一声,将绳索迸断,打倒一小妖,夺了两口刀,也来帮战。翠黛诚恐众寡不敌,一边用剑招架众妖,一边向巽地一指,顷刻狂风四起,满山中大小石块飞起半空,向众妖乱打下来,打得众妖筋断骨折,各四散奔逃去了。如玉看得明白,方将云头落下,

---

[1] 揎(xuān):挽起袖子露出手臂。

第七十七回　淫羽士翠黛遭鞭笞　战魔王四友失丹炉

替不换解去绳索。四人复会在一处，各大欢悦。

翠黛道："怎么二位受此窘辱，为何不施展法力？"城璧指着不换和自己衣服道："你看我两人身上，都是不洁之物，焉能走脱！且被妖王各打了二十棍，押解至此。幸得师妹相救。"又问如玉、翠黛道："你两个如何会在一处，想是未被风刮开么？"

正言间，猛听得满山里锣声乱响，喊杀之声不绝。四人四下观望，见各山峰缺口跑出数百妖兵。又见两杆大红旗分列左右，中间走出来个妖王，龙头鳖背，巨口血舌，白睛蓝面，绿发红须，使一口三环两刃刀，穿一领锁子黄金甲，锦袍玉带，紫裤乌靴，大踏步走来。看见翠黛，哈哈大笑道："果然好个俊俏丫头！拿住她便是大王爷半生快乐。"用手中刀一指，喊叫道："哪里来的三个妖道，擅敢用邪术伤我士卒！"城璧手挽双刀，大喝道："你想是那飞龙大王么！我正要斩你，报二十棍之仇！"妖王道："我便是飞龙大王。你们都叫什么名字？那俊俏丫头是谁？"城璧道："水中鳞介，和陆地猪狗一般，她有姓名向你说！"妖王大叫如雷道："气煞我也！"提一对刀杀在一处，大战约五十回合，不分胜负。那妖王反喜欢起来，喊叫着向众妖道："这长须道士武艺甚是了得，非杀个几百合见不了胜败。你们何必闲看，可速去将那三个男女捉拿。"众妖喊一声，各执兵器向三人围裹来。不换大惊道："这该怎处？倘被他们捞掇了去，还了得！"如玉道："快驾云，你看刀也来了！枪也来了！"翠黛道："不妨。"忙将丝绦解下，随手一掷，那丝绦化为千尺余长一条黄龙，张牙舞爪，把三人都围在里面，吓得众妖纷纷倒退。不换喜欢地乱跳道："妙哉，妙哉！再叫这龙张开大口，将众妖精吸他几百个方好。"翠黛又从囊中取出一物，名开天珠，偷向妖王打去，正中在脸上，打得妖王大吼，几乎摔倒。城璧刀头过处，将妖王右臂扫了一下，已入肉四分。妖王两处带伤，提刀往回飞跑，众妖兵各乱奔起来。城璧大步赶去。翠黛忙收了珠宝和丝绦，也急蹩莲步追来。如玉和不换又不敢和翠黛离开，只得紧跟在后面，一递一声地高叫道："二师兄不要赶了！"

那妖王回头见四人赶来，从怀中取出一瓶向地下一倒，顷刻波涛叠涌，从半山中直盖下来。如玉道："快驾云，水来了！"翠黛左手捏诀，右手用剑一指，那水便波开浪裂，分为两股，飞奔海中去了。不换道："妙绝，妙绝！"只听得妖王又叫道："气煞我也！"急向怀中取出四个小塔，托在掌中，口中念念有词，喝声"起！"那四个小塔飞上半天，顷刻便有一丈大小，向四人当头罩下，四人躲避不及，都被那塔罩住。又听得妖王道："我也顾不得那俊俏丫头了，不如用宝扇发火，都烧死罢！"稍刻，觉得塔内生风，风中吹出火来，将四人通身俱皆烧着。

正在极危迫之际，猛听得天崩地塌大震了一声，四人一齐睁眼看视，身子依就各坐在九功山文笔峰顶上。所守丹炉尽皆崩倒，那火从四人面前飞起，直上太虚。吓得四人惊魂千里，忙站起倒退了几步。再看于冰、袁不邪、锦屏三人，各坐守丹炉，挥扇如故。那一个圆大镜子依旧清光四射，楼台山水形影全无。四人面面相觑，各没得说。城璧呆想了一会，向不换道："丹药已去，我们可各寻死路，有何面目再见师尊！"不换道："总死去也是有罪之人，深负师尊委任。依我愚见，师尊丹尚未成，我们何敢惊动，不如各跪在已坏的炉前，等候师尊丹成时发落；纵死，也要将这大镜子作弄我们的缘故明白明白。"翠黛道："此言甚是有理，我们便一齐跪起来。"

此刻四人无一不心怀惭愧，唯城璧更甚，到这时也无可如何，只得随众各跪在丹炉前。四人偷看，于冰神色自若，若不知者。又见不邪、锦屏小心敬谨在那里煽火，也不正眼看他们一看，越发都愧悔无及。再看那大镜子迎面摆列，照得四人跪像甚不好看。回想幻境中事业，真觉可恨可笑，浑如做梦一般；只是比梦清白之至，非同恍惚有无境况。又想此刻正与妖王争战着，怎么便被四个塔一罩，就弄回文笔峰来？各解说不出于冰是何法力作弄他四人。且四人俱是修炼出来的身躯，与凡夫不相同，不意跪至五天以后，各神衰骨散，也竟和凡夫差不许多。又不敢起去，唯有日夜盼望于冰丹药早成而已。正是：

大物填来心倍慌，受刑才罢战魔王。
火炎水尽丹炉倒，四友依稀梦一场。

第七十八回

审幻情男女皆责饬　分丹药诸子问前程

词曰：

　　幻境由来如梦过，男女俱，受责苛。相看报颜多，系一镜迷人奈何！金丹分惠，指示前程，诚意第一着。早晚别离去，各册将岁月蹉跎。

右调《太常引》

　　话说城璧等跪在已坏丹炉前面，至第六日三更时分，锦屏炉内放出光来，于冰看见道："此丹成矣。"急走到锦屏炉前吩咐道："你速去替我守炉煽火。"锦屏去后，于冰将丹药取出，复归原坐，向锦屏道："你去前洞等候。"锦屏跪禀道："城璧等走失后，丹炉今已倒坏，他们现在跪候六昼夜，望师尊鸿慈！"于冰笑了笑道："你既讨情，可着他们俱归前洞，听候发落。"锦屏传知四人。城璧等起来，各立脚不住，互相扶持，唯翠黛起而复跌者几次。四人定醒了好半晌，方随了锦屏到于冰前，磕了几个头。于冰一言不发。四人起来，同归前洞。

　　锦屏问四人入镜的原委，城璧、不换二人皆实说，大家葫芦一笑；唯翠黛、如玉支吾了无数闲话。城璧道："我们原是初尝滋味，温师弟经那样一番大梦，怎么还复蹈前辙，我未免以五十步笑百步了。"如玉道："师尊像这样作弄我，虽一百遍我也没个醒日！"众皆大笑。城璧向锦屏道："师妹丹成之日，于师尊前大是有光，我辈真生不如死！"不换道："我不怕得罪温师弟，此番罪魁，实他勾引起头。"城璧道："你就是第二人！总由你我没有把持，自己讨愧罢了，还敢怨人！"又向锦屏道："我正要问师妹，那日镜子中现出楼室殿阁、山水花木，你可看见么？"锦屏道："我看见的。"城璧道："我四人入去，你看见么？"锦屏道："我也看见的。我还再三阻我妹子，不着她去。"城璧道："这真奇了，怎么丹炉倒坏时，我众人依旧坐在山峰上面？"锦屏道："不但二师兄说奇，我也深以为奇。

那日你四人入去后,随即起了些烟云,我们连自己丹炉都看不见。少刻又起一阵极大的风,立刻将烟云吹散,楼台山水等项统归乌有,只有那圆大镜清光如故。再看你四人,俱在原旧地方端坐,也不知你们是怎么回来的。我彼时还替你们庆幸,只是不见你们煽火,各将两眼紧闭,和睡了一般。"城璧道:"如此说,我们竟是做梦了。却所行所言,各有实在下落,记得千真万真,并非做梦。"不换道:"我不知别人,只我都是清清白白身历其事,亲见其人。就如与魔王交战,我四个人都是做梦不成?怎么丹炉倒时就会坐在原处?糊涂,糊涂!"锦屏大笑道:"你们真是糊涂!师尊本领,不难颠倒造化。此刻着你四人去见十殿阎王,问了话并讨回信,只用他心上一思存,便叫你四个顷刻是鬼,须臾是人,实弹指之易也,还分辩什么!"

城璧道:"彼时既见我们熟睡,你也该叫我们一声。"锦屏道:"我怎么没叫!叫了你们五六次,通不应我。我又不敢擅离丹炉,怕师尊嗔怪。"金不换急得乱跳道:"你就担点嗔怪便怎么!相隔几步地儿,只用推打醒一个,大家依次推打,就都醒了,哪里还有倒了炉,走了丹的事体!叫你这没担当的人害煞,害煞!"城璧道:"我们可睡了三昼夜?"锦屏道:"三昼夜没有,一昼夜是有的。"不换道:"这又是我害了二哥了!二哥要自刎,我将二哥抱住。彼时若让二哥自刎,倒先醒了。"城璧笑道:"那二十大棍不是你害我的!还有奇处,驾云通是烟雾虚捧着行走,脚下原无物可凭,我不解他怎么会跳出云外?"众人大笑起来。不换道:"这个我心上最明白,我那一跳是个影子,究竟还是师尊扯我下去,要每人打二十大棍哩。"众人又大笑。

不换道:"我想那罩我们的两个塔就是这四座丹炉;我们通身火着,就是它该倒的时候。再则那收服师尊的三仙,和我们交战的魔王,我想不是木头就是石头点化的。还有那些妖兵妖将,大概都是黑豆儿绿豆儿,被师尊掷洒出来,混闹我们。"众人皆大笑不已。

不换又向锦屏道:"师姐叫我们五六次,袁大师兄可叫过我们没有?"锦屏道:"没听他叫你们。"不换道:"可见猴儿的心肠到底比人毒!同门弟兄,毫没一点关切,害得我挨了二十大棍。这几天虽不痛了,腿上还觉得辣辣的。"众人又复大笑。

第七十八回　审幻情男女皆责饬　分丹药诸子问前程

　　不言五人谈论。再说于冰同不邪守候丹炉至二十七天，不邪炉内光华灿烂，吐出奇辉。于冰已将丹药收存，命不邪前洞等候。至三十六天，时在子尽丑初之际，只见一片红霞照彻数丈，红霞内金光闪烁，五色纷披。众弟子在前洞仰视，不换道："师尊丹成矣！我们修谨以待。"城璧等心上各怀惭惧，先在正殿上点起两对明烛，虔诚等候。

　　约两刻功夫，于冰从后洞走来，众弟子跪迎阶下。于冰正中坐了，不邪、锦屏侍立左右，城璧等四人跪于殿外。于冰向不邪、锦屏道："我自修道以来，外面功德足而又足，只是内功尚有缺欠。今在这九功山调神御气三十载，内功虽足而阴气尚未能尽净，非绝阴一丹，欲膺上帝敕诏，又须下三十年功夫方可。因与汝等共立丹炉，走捷径耳。诸仙炼此丹，须八十一天方合九转数目；我只三十六天，四九之数已成，真好福命也。"遂将丹药取出，着不邪、锦屏看视，其大仅如黍粒，红光照映一堂，两弟子称羡至再。于冰大悦道："明日丙寅日服此，可肉身全真矣。但此丹只能一粒，不能两成也。汝等有福命者，到内外功成时，皆可自行烧炼。"

　　于冰将丹药收起，不邪、锦屏跪伏于地。于冰道："你两人是欲与城璧等说情分耶？"二人连连顿首，不敢直言。于冰道："城璧入来！"城璧跪在面前，顿首大哭。于冰道："你心游幻境，却无甚大过，然只是修道人最忌'贪嗔爱欲'四字。你因子孙充配河南，途次相遇，即安顿于朱文炜处，想算亦可。只是你于连开基便大动气恼，这念即是嗔；夜半至范村盗金珠财物，这念即是贪；至于你钟情两个孙儿，心虽流入爱欲，也还是天性应有的事，这都罢了。那代州知州详查旧案，充配你子孙，这正是他做地方官职分应做的事，你为何迁怒于他，偷他银子二千余两，且将你侄孙连开基名姓写在州官墙上，必欲置之死地方快。他固不仁，你该向你哥哥身上想。像这样存心行事，全是强盗旧习未改，亏你还修炼了三四十年！你休说幻境事有假无真，我正于假处考验你们存心行事。烧丹设一大镜，那大镜即幻镜勾头耳。送你到海中责二十棍，使你皮肉痛苦，还是轻于教诲你。但你在幻境有一节好处，你知道么？"城璧道："师尊千叮万嘱，着弟子静守丹炉，偶因一镜相眩，便致心入魔域，丹炉崩坏，失去无限奇珍，深负师尊委托，万死何辞，尚有何好处！"于冰道："你于我交战身死后，即拼命自刎，此系义烈激发，深明师弟大义，非为你以死殉我，我便喜也。丹药走失，异日内外功成时再炼。起去罢。"城璧顿首爬起，侍立在锦屏肩上。

此时如玉、不换在外听得明明白白，也还罢了。只有翠黛见于冰事事皆如目睹，回想和那道人百般丑态，自觉无地自容。又怕于冰对众宣扬，心中七上八下，不安宁之至。

只听得于冰道："叫不换入来！"不换跪在下面。于冰道："你知罪么？"不换道："弟子身守丹炉，心入幻境，走失师尊许多珍品药物，罪何容辞，只求师尊严处！"于冰道："心入幻境，也不止你一人，此系公罪。何况你毫末道行，焉能着你静守？只是你在无锡县河中见一大珠子，便神魂如醉，这种贪念，十倍城璧偷窃。城璧着你弃去，你还要镶嵌道冠。更可恨者，师傅惨死，道友分离，少有人心者应哀痛惶惑之至，亏你毫无想念，在无锡县坐守三昼夜，丧良忘本，莫此为甚！若不看你有搬折树枝，拼命到战场上相救，竟该逐出门墙之外。"吩咐袁不邪重打六十戒尺。不换连连叩头，道："弟子真该死！即师尊不打，弟子还要讨打。"于冰微笑了笑，不邪将不换打了三十戒尺，于冰吩咐停刑起去。不换顿首叩谢，也侍立一边。

于冰从怀中取出一纸，众弟子见上面有字，却不知写着是什么。又见怒容满面道："传超尘、逐电来！"二鬼跪于殿外，于冰道："你两个将吾法牒，押温如玉到冥司交割，着打入九幽地狱，万世不必见我。"说罢，将法牒从案头丢下。二鬼拾起，来擒拿如玉。案前早跪下不邪、城璧等四人，一个个叩头有声，一齐哀恳。于冰将双睛紧闭，置若不闻。约有两刻功夫，方将眼睁开，令四弟子起去，唤如玉入来。如玉膝行至殿内。于冰向众弟子道："世间至愚之人亦各有梦，然梦境亦各见人心性。交战时众弟子皆奋不顾身，翠黛一妇人尚舍命相救，左肋带伤。唯他怕死，瞻顾不前。我死之后，诸弟子疑信相半，他又直断我必死，蛊惑人心。将我拾入石堂，他便讲论或聚或散的话，被翠黛评驳始休。种种禽心兽语，令人痛切骨髓！娼妇金钟儿与他昔年交好，皆汝等所知。此番幻境又着他相会，不意他旧态复萌，其苟且调笑，和当日做嫖客时一般无二。假如他娶了金钟儿，他自一心一意过温柔场中日月，便将十座丹炉崩倒，也未必惊得醒他情魔。原是玄门中再不可要之人，是我一时瞎眼盲心，因他有点仙骨，冒昧度脱门下。似此无情无义、好色丧品之流，不但坏我名声，即汝等亦

第七十八回　审幻情男女皆责饬　分丹药诸子问前程

难与为伍。今既替他恳求，可将如何发落禀我。"不邪道："未知他在幻境受过刑罚没有？"于冰道："幻境中只着太安州知州打了四十板。"不邪道："可罚他再烧丹药，如丹不成，弟子等亦不敢再恳。"于冰大笑道："这话就该打你四十大板才是。我的丹药，皆四海八极珍品，焉肯复令浪子轻耗。"如玉在下面泣说道："弟子屡坏清规，实实不堪作养，即粉身碎骨，亦自甘心！叩恳师尊开天地鸿慈，姑宽既往，策效将来，将弟子重责大板一百。嗣后再有丝毫过犯，不但师尊定行逐斥，即弟子亦何面目再立门墙！"说罢，顿首出血。于冰道："也罢，既你自定刑罚，诸弟子恐你污手，着超尘、逐电拉下去重打一百板，不得一下徇情！"如玉自己走在殿外阶下，爬倒受责。

于冰向锦屏道："速领你妹子到后层洞中，秉烛伺候。"锦屏领翠黛去讫。

二鬼将如玉轮流重打至五十余板。起先如玉还痛苦哀求，次后声息不闻。城璧、不邪、不换三人复行跪恳，于冰吩咐停刑，入后洞去了。好半响，二鬼方将如玉扶起，抬到丹房内。金不换道："二位师兄知道么？师尊此刻入后洞，必是发落翠黛道友。我想明不发落，背人发落，必定她做的事和温师弟一般，犯了个'淫'字。"袁不邪虽是猴属，却无猴性，比极有涵养的人还沉潜几分，听了这话和没听见一般。城璧是个义烈汉子，最恼揭发人之隐私，不由得面红耳赤，怒说道："你这话实伤口德！说温师弟尚且不可，何况妇人！我问你有何凭据，敢以'淫'字加人？"不换自觉失言，溜出洞外去了。不邪在殿内听得如玉在丹房内低声惨呼，甚是悲苦，向城璧道："我和你担点干系，通个私情救救他罢。"城璧道："使得。"于是两人一同下来，将如玉底衣拉下，不邪口诵灵文，用袍袖拂了几拂，随即伤消痛止，皮肉如初。如玉深感拜谢。

再说于冰到后洞坐下，翠黛跪伏堂前，痛哭流涕，叩头不已。于冰道："修道人首戒一个'淫'字，你所行所为，皆我羞愧不忍言者！我何难责你丧失元精，但元精一失，可惜你领我口诀，将三十年吐纳功夫败于俄顷，终归禽兽，有负你父雪山之托。只掉你三昼夜，痛责三百皮鞭，不押赴九幽地狱，仍是存你父之情。今日不对众责处，又是与你姐留脸，非为你也。本应立行斥逐，姑念你于我交战时，以一妇人拼命相救；城璧倒地，你又以飞石助阵两事，颇有师徒手足之情。若不为此，我门下焉肯容留丧品之人，致令三山五岳诸仙笑谈于我!"翠黛听了,心若芒刺,含泪叩头道:"弟子虽是禽兽,亦具人心,自今以后再不敢了!"于冰大笑道:"好一个再不敢了!幻境之苦你虽受过,此刻法亦难容。"吩咐锦屏重打一百戒尺。锦屏打了二十,翠黛哭哭啼啼,锦屏也不觉泪下。于冰便着停刑,随即出离后洞。

翠黛揩抹尽泪痕,同锦屏至前殿。金不换不住地偷看翠黛,翠黛羞赧得了不得。于冰从袖内取出丹方一卷,付与不邪道:"此《天罡总枢》内烧炼法也。此系八景宫不传之秘文,将来只可你们五六人看视,待汝等功行完满,烧炼可也。若有私敢泄于人,吾必以雷火诛之。"不邪同众弟子叩头领受。于冰又取出九粒丹药,指向锦屏道:"此汝所炼易骨丹也,汝与不邪于壬子日服之。汝二人修炼年久,可尽易凡骨皆仙骨也。"众弟子趋视,大如梧桐子,五色相间,精彩夺目,光耀逼人。于冰分赐二人各一粒。二弟子大喜叩谢。于冰一抬头,目见翠黛神销气沮,面孔乍红乍白,于羞涩中带出垂涎之态。于冰大笑,向翠黛道:"今看你父雪山之面,也与你一粒罢。"翠黛如飞地叩谢,于冰又大笑,众弟子亦有偷笑者。翠黛领了丹药,喜愧交集。

于冰又向城璧、不换道:"你二人坏吾丹炉,理合俟三十年后,再行分赐。缘我与汝等相聚屈指只有半月,且你二人幻境过恶尚小。城璧内丹正在结胎之时,须索助他一臂,念十数年相随之情。"向不换道:"你赋质最拙,修道诚虔又不及城璧。你二人虽同时受吾指示,你的内丹于结胎时甚远。且你未受人世折磨便得仙诀,真是过分之至,这也是你前世积累,使你遇我,非偶然也。今也分赐你一粒,服之可抵三十年吐纳功夫。你须着实奋勉,勿负我格外提携。"两人领丹,顿首叩谢。

又将一粒付与不邪道:"温如玉特具仙骨,修为颇易,奈他是不敢定的人,今将此丹付汝,三十年后果能洗心涤虑,日夜加功,方可付与助其成胎;若仍因循岁月,你可谨藏身边,等候有缘人消受。如敢私徇情面,再像此刻治他杖伤,只用你念头一发,我即早知,于汝不轻恕也。"不邪连声答应,将丹收讫。如玉亦行叩谢。

于冰又取出丹药五粒,向不邪道:"此汝所炼返魂丹也。"众弟子同视,见颜色红白各半,白处白如玉霜,红处红若烈火,较桐子略小些,放在掌中,来回旋转不已。于冰道:"此丹起死回生,枯骨皆可使活。俟汝等大成后赐一粒,为仙家备而不用之物。只可惜我那四炉丹药走失耳。"

第七十八回 审幻情男女皆责饬 分丹药诸子问前程

不邪、城璧齐问道："适才师尊说相聚只半月余，尚望明示。"于冰道："我定在下月十五日子、午、未三时中，必应上帝敕诏。我去之后，与汝等见面极难。袁不邪即在此洞修持，日后吾表弟周琏来此寻你。此人颇具仙骨，也是我们一路上人，你竟可收为弟子，加意提携于他。"不邪唯唯。"锦屏断不可居骊珠洞，可带一二侍女去山西五台山灵光洞修持。此洞系许宣许真人炼丹之所，极其深幽。汝不见可欲，心自不乱也。城璧去山东琼岩洞修持。翠黛仍回骊珠洞修持。"翠黛道："弟子洞中家属众多，回去后，带一二侍女分居西洞，庶少免纷扰。"于冰点头道："如此甚好。"又向不换道："你仍回玉屋洞修持。洞内有紫阳真人《宝篆天章》一书，须用心看守，代袁不邪之职。温如玉去四川武当山九石崖华洞修持。此洞系白玉蟾大仙飞升之所，洞内奇葩异果，四时不绝，可免出洞采办食物之劳。你只驾云一能，别无道术。今再与你一符贴在洞门内，等闲不得出入。再像前遇蟒头妇人，惹起风波，那时没人救你。"又普向众弟子道："我今分你六人为六处，诚恐你们群居终日，尚无益清谈耳。"

不邪等又跪禀道："弟子等承恩岁久，满望永奉驱策。今师尊飞升指顾，犬马之心不无依恋。愿师尊授职后，于鸾骖凤驭游览之暇，使弟子等时瞻慈颜，钦领训诲，不致为外道所魔。此固弟子等所深欲，想亦师尊所乐于裁成也。"言讫，各泪下。于冰亦为怆然，道："此想非只汝等，我亦有之。然我自修道至今，前后仅见吾师三面。我此后便可随意与吾师相见也。你们若修道成时，何患不朝夕相聚。"不邪道："弟子等修道深浅，皆在师尊洞鉴之中，祈就弟子等目今造就，示知终身结果并迟早年头，弟子等可好益加奋勉。"

于冰道："你们起来。"众弟子分立左右，于冰道："你们问终身结果。能正心诚意，不为外务摇惑，便是终身好结果。就如日前镜内楼台，影中山水，皆幻境也。不邪、锦屏见之，视若无物；城璧等则目眩心动矣。此非幻境迷汝等，实汝等遇幻成幻自迷也。至于汝等成就年头，我亦不妨预言大要：不邪还得一百二十年，锦屏一百六十年，城璧二百年，翠黛一百八十年，皆可成上仙。只要始终如一方好。金不换资性最钝，眼前局面，地仙可望，成就年头未敢预定。温如玉若清心寡欲，一意修玄，可成在城璧之前。"又连连摇头道："他的归结难以预定，只看他自爱不自爱耳。"

于冰又道:"我明日午刻,即服绝阴丹。汝等可于后日午未初见我可也。"

又将二鬼叫来,吩咐道:"我自收汝等至今,屡奉差委,无不诚敬办理,从无过犯,因此我滴指血施恩汝等,复授修炼口诀,近又四十载。尔等刻下道力,俱可出幽入明,不生不死,眼见已成鬼仙。若再加精进,虽身游天府亦无不可,与神仙何殊!我定在下月中旬出世,我去后,你等可赴茅山华阳洞内修持。此洞系陶弘景天仙炼丹之所,只要毋蹈邪淫,毋生贪妄,便可永保天和,与日月同寿。"二鬼叩头有声,泣说道:"小鬼承祖师雨露,备极栽培,数十年来未尝片刻相离。今只愿随祖师千年万世,实不愿去茅山。"说罢,叩头大哭。于冰道:"道力如袁不邪,其次锦屏姊妹,尚不能随我同去,何况尔等。"二鬼又来哀求,情甚恳挚。于冰想了一会,提笔写牒文一张,递与袁不邪道:"我去后,可持吾法牒领二鬼交送转轮司,烦他送付一母胎内,必须多子之家,将来我去度他们时,可少免他父母悲悼。"又书符二道,付与二鬼道:"到转生那日,将此符吃下,使尔等一出母胎,便记得今生做鬼跟随我事,庶不为酒色财气所迷。十五年后,度尔等在我洞中,做两个童子伺候可也。"二鬼方大喜叩谢。

于冰又道:"明朝气运将终,治世圣人已受天命。数十年后,流贼李自成、张献忠作乱,荼毒生民;袁不邪、锦屏、翠黛、连城璧你四人,可随意变化尘世道士、道姑,分行天下,救人灾难,广积阴功,立天仙神仙基业正在此时。连城璧法力无多,今得吾易骨丹,不过十年,胎可结成。俟他结胎后,紫阳真人《宝篆天章》已命金不换收管,可取至此洞,大家同来此洞炼习。我意不邪、锦屏、翠黛你三人素知法篆玄窍,一月之内即可全成。连城璧才算入门,大要非半年或三月功夫不可,你三人共相指授可也。金不换俟他结胎后,到城璧洞中学习,庶不误他静中旨趣。统俟三十年后,汝等造就又与此时不同。至期我自有法旨相召,于《天罡总枢》内择十分之二三加惠汝等,使列吾门下者,与岛洞诸仙本领不同,也算你们投托我一番。道行完满,我自按期接引,共入仙班。汝等可勉之慎之,毋负我期望之意。"不邪等各大喜,顿首拜谢。至次日辰时,于冰令众弟子回避,入后洞服药去了。正是:

> 九转丹成次第收,赏功罚罪个中由。
> 幻情道破重虚境,指示前程各慎修。

第七十九回

冷于冰骑鸾朝帝阙　　袁不邪舞剑醉山峰

词曰：

丹成一粒卿云透，敕命膺组绶[1]。受职仙班，修文玉府，与碧天同寿。满身剑术光华骤，明月复相凑。试问同人，此艺谁能够？

右调《城头月》

且说于冰至次日辰刻时候，在后洞沐浴了身体，先出外叩谢了天地，次向八景宫老君、西昆仑元始叩拜，再次向碧云宫师祖东华帝君、赤霞山火龙真人各叩拜毕，然后将正面石堂门关闭，端坐在石床上，将丹药服下。此丹入腹，遍行三百六十骨节，于眼、耳、唇、舌、口、鼻、五脏六腑、幽门精窍，以及有血无气之地，无不走到。约有一个时辰，泥丸大开，从泥丸中追出线细一缕黑气，由石堂透出，飞入云霄。打坐至夜子时，丹田内雷鸣一声，顷刻三化聚顶，五气朝元。众弟子巡视，见石堂上现一股紫气，离堂数丈高下，气上托卿云一片，大径丈余，光华灿烂，照得洞院皆红。不邪大喜，向众道侣道："吾师大道，今日始行完足，深可欣羡！"众男妇同二鬼各翘首观玩，称赞不已。自此夜为始，夜夜到子时，总有一片卿云升起，至天微曙时始无。

于冰白天与众弟子讲究玄理，一交亥时中刻，便各运用坐功。众弟子知于冰聚首无多，亦皆谆谆询问，恐将来指授无人。瞬息到八月十五，早间于冰又复沐浴身体，坐在前殿，众弟子同二鬼皆分班侍立，俱带惜别之容。于冰向锦屏道："翠黛与你同胞，理合令你照拂，但你与她道力亦差不多。"随向不邪道："你一岁中不拘何时，定到他五人洞内各巡行两次。坐中功夫，简易中却至精至细，恐伊等铅汞少为失调，便将功妄

---

[1] 绶（shòu）：丝织的带子，古代常用来拴在印纽上。

用也。"不邪唯唯。

　　至已时末刻，即着于殿外排设香案。众弟子同二鬼皆拭目相待。于冰忽然又想起一事，向不邪、锦屏、翠黛道："固形一丹，是你三人所急需者。过十年后，不邪于丹方内查出此条，你三人采取药物，再行炼炼此丹。烧丹时一人掌扇，二人看守，昼夜轮流，至丹将成时，尤须加谨防备。大界中道行似你三人一类者甚多，他从何处得此奇方！我若在此，无一敢来。你三人炼此丹，则不敢定其多寡矣，诚恐有本领浩大高似你三人者，被他夺去，徒费心勤。"说着，从身边取出戳目针两个，付与不邪道："此系八景宫至宝，可谨慎收存。于万不得已时用之，当念他和你三人一样，好容易修炼一二千年，此针一出手，戳目戳心，随己所欲，无一生全者。若实在法力不能敌，用一针损其一目，使之逃去，此于战斗时亦存一点阴德也。丹成时，不邪速寻吾洞缴还，不得片刻存留。"说罢付与，三人叩谢。后于十年内，三人同炼此丹，杀一极毒的蟒王，号红锦夫人。又杀一恶蛟，名为西洋太岁。他修炼得铜筋铁骨，诸宝不能损伤，固形丹成时，几为夺去，皆此针之力也。此是后话。

　　于未时中刻，从西北方起一阵香风，与冰麝兰桂之味大不相同，久之香气倍浓。至酉时初刻，猛听得空中云璈齐奏，笙箫和鸣，又见霞光片片，彩云成行。遥见童男童女十数对，各手执朱幡翠盖，玉节金符。中有一仙官，戴八宝碧莲冠，穿紫鹤氅，丝绦皂靴，双手捧着纶音，由远而近，冉冉下降，离地有一丈高下停住云头。于冰跪伏香案前，众弟子同二鬼亦各跪在于冰背后。那仙官将敕书开展，口中宣读道：

　　　太上洞宣灵宝深远玉皇玄穹高上帝诏曰：蓬岛刀圭，首重长生之药；琼楼翰墨，欣添不老之仙。兹尔冷于冰，金和玉粹，月朗星高。易水衡文，素擅清华美誉；金台奋袂，爰推智勇奇才。敷粟米于九州，灾黎再造；收猿狐于二岳，异类同升。针破鱼睛，寒丧鲸鲵之胆；雷轰蛇首，雄飞草木之名。道接宣都，蓼[1]荼[2]苦几七十载；心存冰府，松柏操犹万千年。宜列紫极之班，用

---

[1] 蓼（liǎo）：生长在水边的小花。
[2] 荼（tú）：古书上指茅草的白花。

第七十九回　冷于冰骑鸾朝帝阙　袁不邪舞剑醉山峰　‖589

广红云之座。今特授尔为三界靖魔大使普惠真人。呜呼！颁绛册于瑶宫，光传太乙；降赤符于贝阙，数合天元。已赐蕊珠绮宴，速策雏凤双翔。

读毕，于冰三跪三起九顿首谢毕。又见二仙吏捧着冠裳和朝衣皂靴落在院中，导引于冰到后洞更换。

须臾，于冰出来，头戴二龙捧日珠冠，内衬云锦百花无缝仙衣，外套金缕八团圆蟒朝服，足踏朝靴，腰悬赤璧，手执青皂，珊珊玉佩锵锵和鸣，白面乌须与月色相映，倍觉光彩十分。于冰复走至香案前，只见西北上飞来一只青鸾，约长一丈，花冠翠羽，朱爪金睛，在半空中左右翔舞，舒翼长鸣，然后落在于冰面前，整翼待乘。于冰跨上鸾背，那鸾展开双翼，飘飘飞起。二仙吏亦随跟同升。众童男女分两行行走，于冰在中，仙官和仙吏等后面相随，吹吹打打，拥入九霄之内。

众弟子同二鬼仰视，直待仪从不见，音乐无闻，方才议论起来。不邪道："修道人不当如是耶？"锦屏道："只要我们立志坚贞，终须有此一日。师尊已授职普惠真人，安见我辈不能授职真人、夫人耶？"不邪道："将来神仙你我或可有分，天仙极难。"城璧道："我倒不管他天仙、神仙、地仙，此刻师尊飞升去了，固是大喜，只是我心上觉得凄凉之至，不知何年再得一见！"说着泪下，众弟子也各怆然。二鬼跟随于冰最久，从未一日相离，今见于冰去了，竟放声大哭起来。不邪忙止住道："此系师尊大喜事，莫哭，莫哭！我们此刻谁不心怀悲感？我明日即到冥司送你两个脱生人间，屈指不过数年，便在师尊左右。倒是我们，须一二百年后方能聚首，反不如你两个了。"又向城璧道："此洞师尊吩咐着我住持，我今夜就是主人。一则师尊飞升不可不贺，二则就与诸位道友送别，三则赏玩中秋佳景。此山奇果最多，超尘、逐电可速去采办。洞中有莫月鼎大仙飞升时留下有数百年未用佳酿，不可不一领滋味。我们也不必在洞内盘桓，可同上后洞峰顶畅饮今宵，为明辰惜别之计。"城璧道："大师兄有此佳兴，可一同共醉峰头。"

少刻，二鬼采办停当，不邪等同一行男女共八人，齐上峰头。只见万壑同明，千峰映月，落花枫叶，飘送金风，真好一片秋景也。八人席地而坐，开怀畅饮，叙谈已往未来。金不换指着已坏丹炉道："这就是我四人对头。"锦屏道:"半空中那水晶碟和那圆大镜子哪里去了?"不邪道:"水晶碟系出自师尊怀中,大众共见。那圆镜子来亦不知从何处来,去亦不知从何处去。今二物我亦不知归于何处。师尊只吩咐我,着将丹炉收存在后洞内,将来我们有它用处。这好些日子,因师尊飞升,我还没顾得收拾它。"城璧道:"我等俱是一师,情同骨肉,此番一别,安可不再订后会,为联手足之谊。我想一岁中只中秋一夜,自今夜为始,每岁到中秋,要早到大师兄洞中快聚。通以日落为期,若日落不至者,来时每人各罚酒一巨觥。若能采有异果,随意带来,以助酒兴更好。大师兄以为何如?"不邪连连点头道:"甚是。"逐电道:"此后中秋之会,我们两个无福奉陪。想算着到明年这夜,正在人家妇人怀中咀嚼奶水而已,安能再饮此数百年醇酒也!"众皆大笑。

于是欢呼畅饮,皆有醉意。不邪道:"杯酒清谈乃文人韵事,我此时武兴颇豪,有师尊传授青龙双剑法一十二路,系因我采药于九州四海,作对敌妖仙野怪之意。今趁此月朗星辉,与师弟妹一舞,以助酒兴何如?"众皆大喜道:"愿观神技!"不邪向锦屏要双剑在手,挽起袍袖,束紧丝绦,腾身破步,将门路次第分演出来。初时若两条白练,一起一落;次后犹如百道银蛇,攀折远近;再次滚一轮明月,与天上月色争圆;至后只觉得寒光冷气,逼人眉目,令人生悚惕之心。看到眼花缭乱处,通无人影,又像一片雪山来回摇动,真仙传也。城璧欣羡,神魂如醉,恨不得即刻学全。翠黛同锦屏道:"我与姐姐亦有剑法,看大师兄剑法,你我只堪割鸡耳。"正言间,只见那两口剑从地跃起有三丈高下,飞向对山,大响一声,一瞬目,二剑复在眼下,比鹰隼还疾。再看对山,一大柏树已两段矣。少刻双剑一合,大家方看见不邪已在原处坐着,若不曾出座者。个个齐声喝彩,称颂不绝。

城璧大叫道:"大师兄这剑法不可独得,应该传授几个徒弟。"不邪笑道:"师弟内功正在结胎时候,俟结胎后传你,方不为剑学分心。"锦屏道:"要传须普行传授,安可私惠一人?"翠黛问不邪道:"单剑和双剑可是一样用法么?"不邪道:"大不相同。师尊于三年前也曾传授单剑,名通天遁剑法,专以击刺耸跃为事,故敌者莫测其去来,共一十六路,较青龙剑法倍难学习。师尊常言天来子最精于此。惜我未能一见,岂世俗用单剑者所能梦及一步也。"金不换道:"我这身材瘦小,该学通天遁剑法,

第七十九回　冷于冰骑鸾朝帝阙　袁不邪舞剑醉山峰

庶几跳跃起来还可探着敌人脑袋。"锦屏大笑道："我们修道的人原不可不学剑法，以备不虞。你适才所言，竟是意在杀人，大师兄恐未敢教你。"不换也笑了。如玉道："只是我可怜，只会个驾云，还是二师兄教的。我在师尊门下投托一场，别无偏众位处，只挨起打来比众位偏些。"众皆大笑。如玉道："我与众师兄姐参列同门，没得说，你五人总须各教我些法术武艺才好。"不邪道："三十年后，你果肯励志上进，结胎有成，法术武艺，我当效劳。"六人同二鬼说笑欢饮，直吃到残月西沉，轩车渐拥时候，男女俱皆大醉方休。

次早，锦屏道："本欲同回前洞与大师兄拜别，但师尊已去，见之倍增凄恻，我还要同舍妹到骊珠洞取我应用物件，到五台山另立人家。"如玉道："武当山九石崖华洞，我也不知在四川何处，尚须早为寻访，我等就在此各散罢。"说罢，大家叩拜。城璧等五人又重新与袁不邪叩拜，着他遵于冰命令，指示得失，一岁中按四季到各洞考证得失。不邪谦让了几句，然后应允。超尘、逐电亦各与五人拜别，大家洒泪分首，互相珍重而散。

袁不邪持于冰法牒，率领二鬼游身冥府，到转轮王处将超尘、逐电交割，仍回朱崖洞潜修。

再说于冰骑了青鸾，同仙官仙吏、众童男女升起在九霄之上。只见光烛三界，五色玄黄；又见千乘万骑，羽盖龙车，往来在碧空之内。至南天门外，下了青鸾，早有金公木母引到天衢。但见：

红霞现彩，紫气笼烟。贝阙琼宫，瑶衢分三条广路；银楼玉宇，朱扉开十二通门。桂殿兰台，凝目皆琳琅之器；丹楹绣柱，翘首瞻琬琰之城。皓魄临窗，玉轴共牙签一色；和风拂槛，朱帘与袅篆齐飘。西兔东乌，转旋两仪之毂；左龙右虎，调和一气之元。芝草杨枝，同苍螭而度厄；火珠蕉叶，偕赤凤以垂光。天矫虹桥，高接千层宝塔；辉煌晶镜，照彻万顷冰壶。烂熳卿云，缭绕露盘之座；缤纷异卉，芳馥阆苑之葩。太液空明，九霄宁无巨水；金屿翠岛，上界亦有崇山。风伯清尘，雪花肇万邦之瑞；雨师逐疫，雷霆鼓八节之和。四大帅锦袍绣甲，八天王玉带蟒衣。羽衣佳人，手散一天花雨；霓裳童子，炉焚五色龙涎。九曜星官，肃班联于殿陛；二十八宿，环威仪于崇墀。造物元君，献天道、地道、人道、鬼道，道道无穷之册；幽冥教主，奏胎生、卵生、湿生、化生，生生不已之源。东阁金公，率蓬壶羽士高呼殿下；西方木母，携广寒仙侣欣舞阶除。九江四海诸神，捧持鳞介总簿；三山五岳列圣；爰呈禽兽通籍。屋漏中疑，详一门之善恶；神茶郁垒，报万姓之欣戚。麟负朱线，玄鹤衔千年硕果；豸悬赤璧，青鸾啄百岁名花。丹桂飘馨，八极浮尘氛之气；白莲流液，九野沾湛露之波。耿耿银河，簪履云霞并灿；锵锵凤管，埙篪金石和鸣。喜见绮罗在御，欣逢锦绣为丛。正是：九天阊阖开紫极，一朵红云捧玉皇。

于冰至金阙下，又有张、许、裘、葛四天师导引至玉案间，叩首毕，奏陈籍贯，并修真得道始末。上帝见于冰心结紫络，面有神光，帝心甚喜，下许多温旨，命五老四极授玉册金文，以靖魔大使兼修文院玉楼副使。赏仙官二人、仙吏四人、童男女四人、力士八人、仙乐一部，永远服役。于冰顿首谢恩，退出。

火龙真人早已等候在紫禁之外，看见于冰，大笑道："你得有今日，我脸上大有光辉！"于冰即忙跪伏，火龙真人扶起，道："你可同我参见教祖老君去来。"正是：

朱幡翠盖膺丹诏，鹤驭鸾骖上九天。
面壁勤修时尚浅，已成福寿大金仙。

第八十回

八景宫师徒参教主　鸣鹤洞歌舞宴群仙

词曰：

　　参教主,谒三清,入瑶池。排绮宴,饮琼卮。过瀛海,游凤阙,听歌吹。仙侣至,献佳珍,贺升祺。陈雪藕,进焦梨。奏箫韶,舞干戚,醉于斯。

右调《醉太平》

　　话说火龙真人,领了于冰并上帝所锡官吏男女诸人,先到八景宫报名挂号,知会了宣都大法师,禀知老君,立行传见。老君大加奖励,赐《太清丹经》一部、"都功神印"一颗。又道："《天罡总枢》一书,东华帝君业已代缴,亏你天资聪慧,竟能领略得来。戳目针乃吾至宝,你至今未曾送还,就赐了你罢。"于冰顿首叩谢。又向火龙真人道："你门下出一好弟子,也算你眼界去得。"吩咐左右："赐郑东阳风火剑一口,以旌其功。"火龙亦顿首叩谢。

　　师徒二人辞出,至昆仑圃叩谒东王公。东王公赐太乙刀圭、火符内丹等物。

　　又领至瑶池,拜见王母。王母赐宴玄台,令火龙、于冰列坐两旁,自己居中独坐一席,下面华林、媚兰、青娥、瑶姬、玉卮五女相陪。又诏董双成吹云和之笛,王子乔弹八琅之璇,许飞琼鼓太虚之簧,安法兴歌玄灵之曲。宴罢,火龙同于冰叩谢。王母道："冷于冰风度端凝,造就不可限量。郑东阳得此弟子,大长赤霞门面矣。我亦无以为赠,知于冰尚未有府第,可于罗浮山鸣鹤洞居住。此洞系吾次女媚兰修道之所,洞内外颇有奇景,堪寓饮岚卧石之仙。"于冰顿首拜谢。王母命董双成道："你可代我送二真人出瑶池。"

　　火龙同于冰谢别了董双成,又到紫芝崖朝拜元始。元始亦深喜于冰品格秀雅,道念纯一,赐《符箓丹灶》七卷。后领于冰至碧云宫,拜见师祖东华帝君。帝君慰劳至再,设宴款留,赐雌雄剑一、元珪二、宝珠四百、花无缝大红云影仙衣一袭。宴罢,帝君命火龙领于冰到蓬瀛海岛众仙聚会之所。但见:

彩云叶瑞,丽日呈祥。瀛洲三山,遍长九节之草;蓬壶十岛,时开千叶之莲。高峙银楼,遥映一天皓月;横开翠阁,远接五色晴霞。风雨无虞,驾海梁以桂柱;芝兰有味,绕复道而流香。壁挂晶球,目眩光明之藏;室悬宝鉴,身居不夜之天。文梓百寻,喜见枝枝相对;长松千尺,欣看两两同根。紫荚峰头,青鸾与玄鹤并舞;丹枫树下,白鹿共赤豸偕游。麟伏牡丹亭畔,凤绕曲水池边。翠盖乍飘,皆课花评鸟之侣;朱幡相引,尽采芝种玉之人。裳履增华,联火藻山龙以焕彩;云墩迭奏,合金镛玉箫以成声。月夕添海屋之筹,卿云烂熳;花朝验天孙之锦,异卉芳菲。玳瑁筵前,共荐交梨火枣;蕊珠宫里,大陈雪藕冰桃。《白雪》调高,编入长生曲谱;碧荷凝翠,裁成延寿舞衣。聆咳唾之德音,珠玑满座;睹冲和之雅范,风月一帘。菖蒲炼出新苗,盘中丹转;云母蒸成香芋,铛内烟浮。玉烛兰膏,醉倚楠榴之枕;琼浆贝液,争啖鹦鹉之杯。正是:羽客冰厨瓜作枣,神仙奉胜斗为觞[1]。

于冰看罢,见众仙男女老少不一,约五六百人。各佩服金冠云履,锦衣绣裳。见于冰师徒落下云头,皆一齐拍手大笑道:"新普惠真人至矣!"火龙命于冰先拜了南极,南极答以半礼;次拜众仙,众仙各跪拜相还。于是相揖相让,同到凤山。香城之内早已预备下筵宴,都让于冰首坐。一则为是敕封有职事金仙,与受封散仙不同;二则又系初到。于冰哪里敢坐,仍是南极坐了首席,火龙吩咐坐于南极之侧,却是独坐一桌,从众仙相敬之意。众仙各次序就坐,火龙反在于冰之下。须臾,酒泛芝浆,盘盛异果,众仙童子、仙女歌舞齐行,真是花攒锦簇,快目怡情。

宴罢,谢别众仙。于冰随火龙到赤霞山流朱洞内,叩谢教授超拔之恩。火龙道:"汝本浊骨凡夫,不过百余年即至大罗金仙之位。虽上古有食一

---

[1] 觞(shāng):古代喝酒用的器物。

第八十回　八景宫师徒参教主　鸣鹤洞歌舞宴群仙

草即能飞升者，今非其时也。汝成就亦可谓甚速。敕授靖魔大使普惠真人已出望外，今又兼玉楼修撰副使，不但为岛洞诸仙未有之荣，即我从战国时修道至今，亦不能有此际遇。此非上帝私惠于汝，缘汝腹内有《天罡总枢》一书，上帝知汝颇有道术，故破格任用耳。上中下三界诸仙品分九等，统计八万四千余人，读过他这书的能有几个？老君和你有这缘法，我亦解说不来，想你高曾祖父必有天大阴骘[1]，始能乃尔也。上帝首重济渡仙才，我只在数日内必膺宠命，都察水部矣。此缺极繁，凡江湖河海诸神圣职司水事，有舛错即行参奏。文移往返，日无宁息。参奏不到，大则为徇庇，小则为失查，安能如你做玉楼副使清闲。至言靖魔大使，不无失查之责，然雷部三百六十诸神巡行三界，无烦汝劳心也。"

火龙话毕，于冰然后与同门见礼。火龙道："以道术论，普惠应居弟子之首。然吾门下统以先后为次序，列在第五可也。"原来火龙先有弟子四人：为首道通真人，为第二化行真人，此已授敕命者；未授敕命的，是晶莹子、桃仙客。火龙亦设宴，自己居中，独坐一席。令于冰独坐一席在左。四弟子共坐一席在右。于冰说起未见修文院雪山道人，早晚走遭方好。火龙大笑道："各仙圣紧要去处，才到十分之二；量此异类小吏，见他不见，何足挂怀！若为他有赠书之情，书是老君假手于他，只不治他盗窃之罪足矣，他还敢居功么！若伊锦屏、翠黛有成，已炼就人体，身份高出乃父数十倍。非仅三界诸仙青目，即我做师祖公的，亦不敢以异类薄待她们。"又指桃仙客道："你四师兄随我数百年，神通道术也算有些，只是不能膺授敕命，终于地仙而已。"仙客道："弟子也是出身异类，不过比天狐身份高些，纵加力修持，亦必为上帝所鄙，安敢望到五师弟地步。"火龙道："你自不勉励，还要如此分说。福海真人张果，非天地初开时一蝙蝠耶，三界诸仙、诸神、诸圣，哪个不敬服他？就是上帝亦加优礼。再过百余年后，袁不邪必膺敕诏，到那时你又有何说？仙道路阔，上帝何尝鄙薄汝等。"

道通真人道："袁不邪造就，必大有可观。百余年只瞬目可待耳。"于冰道："此子入道沉潜之至，将来可望有成。"道通道："锦屏、翠黛何如？"

---

[1] 骘（zhì）：排定。

于冰道："她两个俱有根基，异日天仙神仙俱未敢量。"又问道："连城璧、金不换、温如玉三人何如？"于冰道："连城璧为人光明磊落，向道纯一，亦可望有成。'酒''色''财'三字还不能摇动他。至于一'气'字，尚未调匀。他原是侠客出身，才修持三四十年，焉能将毛病化尽。"火龙道："四字之中，唯'色'字最难把持。今城璧于三字竟能固守，便是可入道之器。只余一'气'字，只用再修持三五十年，自和平矣。三十年后，我亲去试验他一番，若果有定力，不妨助其速成。"于冰又道："金不换赋性最庸，又不肯精进。幸得他心无渣滓，嗣后地仙可望。温如玉特具仙骨，只是他于'色'之一字殊欠把持，未便定他的造就。"化行真人笑道："有何难定，'色'字与那三个字大不相同，有把持者尚恐摇动，况无把持耶？"

道通真人道："像这些人，五师弟原不该度他。只用化一绝色女子，一试即立见肺肝也。恐纵有满身仙骨，何益也！"

火龙道："普惠修持无多年，门下便有许多弟子。怎道通、化行门下竟无一人？"道通真人道："数百年来，也曾陆续看中十数个，于'酒''气'二字，尚能把持，只到'财''色'二字，不用两试三试，只一试，便是再不可要之人，从何处度起！"火龙大笑，弟子亦皆笑。

化行真人道："看来，五师弟不过好度徒耳！若弟子等肯度脱异类，何愁不得三五人。"火龙连连摇头，道："谈何容易！不但三五人，你若于异类中能度得一个成就正果，于我面上亦有光辉。缘此辈原是邪种，少通变化，他便要播弄风云，作祟人世，千百中并无一安分者。再经仙传，其胆大妄为，较人中之最不安分者还更甚数倍。前通玄真人马钰阳、文逸真人梅福，因度异类在教下，后来大肆宣淫，秽污山岛，致上帝震怒，俱降职为先生，若非四天师保奏，已打入轮回矣。你等焉敢因教下无人，便留心此辈么？大约异类之中，唯猴性一刻无定，求安坐五六句话功夫亦不能。袁不邪以一猴而能沉潜入道，此谓反常；反常者必贵，乃造化独钟其灵。一经仙传，必身列金仙，岂神仙、地仙所能限量。至于锦屏、翠黛，我早以密行推算，亦皆大成之器。此乃天缘遇合，该造就于普惠门下也。"于冰道："弟子冒昧无知，妄收三异类。今听马、梅二真人话，反大生悔怯矣。此后虽身居天府，却心在人间，纵信得过他们，一月之中也得推算稽查两次方妥。"火龙大笑，众弟子亦各笑。

第八十回　八景宫师徒参教主　鸣鹤洞歌舞宴群仙

宴罢，于冰叩谢。火龙命本洞仙乐，执朱幡翠盖送于冰至罗浮山鸣鹤洞中。于冰次日复至叩谢。火龙真人赐五色金缕团鹤无缝仙衣一袭，八宝紫金冠一顶，丝绦皂靴各一。于冰叩谢。随到玉峰洞拜谒紫阳真人。次到雁荡、终南二山会道通、化行二同门。

回洞后，力士传禀："修文院书吏雪山禀见。"于冰大喜道："授书人至矣！"连忙迎接出来，让入丹房。于冰先谢授书厚情。雪山顿首还礼，谦让再三，始敢就坐。于冰言："连日谒三清，朝教祖，未暇看望。"雪山道："修文院玉楼副堂文始真人，日前奉敕稽查山岛群仙邪正，听其举动，正望真人补授此缺，今果荣膺宠命。书吏得栖身宇下，受庇无涯。"于冰道："师兄如此谦呼，是居我于炉火上也，嗣后幸垂真爱。"雪山又谢教育二女之恩。于冰道："我临行时，各付易骨丹一粒，服之造就定有不同。"雪山道："属下屡屡为群仙列圣轻薄，今承真人慈惠，将来二女之中有一得就神仙之位，属吏得告归故里，以终天年，实至愿也。"于冰又将火龙真人昨日议论度脱异类语详细告知，嘱雪山教戒二女安分修持。

又问及修文院事。雪山道："玉楼、玉堂二缺，副堂四缺，为六大宪，统辖学士三十六员，皆上帝敕封为先生者。又博士三百二十员，皆九州散仙。书吏一千五百名，撰拟四海八极幽明敕诏，兼批发诸仙圣神水陆奏章。六大宪总其大成，三十六学士先行定稿回堂，博士以及某等按上中下三界分管办理。六大宪撰拟批发停妥，又复赍送四天师看阅，奏可施行。上界论时不论日，大要真人一月之内，得在三界一百二十时辰。虽固轮流当值，事无大小，六大宪俱要公同衔列方能陈奏。除当值之外，余皆闲日，或在本洞静息，或游戏诸天，无不可也。若遇重大事件，必须知会公议，未便以不当值卸责。"

于冰道："锦屏我已命往山西五台山修持。翠黛自言分修西洞，然众口繁多，不无纷扰。"雪山道："属下今日回家，于侍女中择二三谨慎者，予以管辖逐责之权。再吩咐翠黛经年不许干涉一事，亦不许到正洞一游。"于冰道："如此方好。"遂吩咐仙吏等备宴。

方甫杯酌，力士趋报："海岛并各山岳诸真人诸大仙到。"雪山因难与会面，苦辞，于冰从后洞送出。

迎接众仙至大殿，互行拜谢，各揖让就坐。见金仙内来的是广成子、寒山子、玉虚子、莹蟾子、赤金子、龙眉子、云中子、定观子、鬼谷子、归元子、文靖真人、明道真人、文逸真人、松龄真人、无心真人、金华真人、无上真人，并玉楼正副使慈德真人、智勇真人、广法真人、黄龙真人、福海真人，又有海外云房真人、龙虎真人、天星真人、统一真人。诸大仙内，铁拐先生、白云先生、抱玄先生、丹阳先生、筠阳先生、紫金先生、无为先生、希夷先生，并玉楼三十六先生，难以尽写。散仙内，李靖安、陈虚白、抱一子、天来子、丘长春、施肩吾、谭景升、李道统、刘纲、轩辕集、陈翠虚、郝大古、王栖云、王际华、马丹阳、王质、司马承祯、魏伯阳、孙思邈、丁令威、白石生、青乌公、费长房、孙登、裴航、张紫阳、谭峭、安期生、黄石公、莫月鼎、东方朔、白玉蟾、陶弘景、郑君平、蓝彩和、雷隐公。女金仙内是麻姑、鲍姑、孙仙姑、何仙姑、翠玄夫人、紫霞夫人、樊夫人、韦夫人、云翘夫人、花蕊夫人、淮泗夫人、赤城夫人、三元夫人、静一夫人、彩云夫人、太乙夫人。女散仙内是云英、月英、弄玉、湘君、聂隐娘、范飞娘、红线、袅烟等男女约二百余人。携珠玉金石、珍玩古器相赠。至平常者，也是灵芝瑶草等类。于冰拜受，令仙官吏等备宴。少刻，仙乐齐鸣，众仙互相揖让。广成子、玉虚子二仙居正面首坐；东边麻姑、紫霞夫人为首；西边青乌公、文逸真人为首。于冰大陈珍品，众仙畅饮，谈笑风生。

　　正在欢洽间，猛听得箫韶盈耳，香气芬馥，众仙齐出殿外，早已见龙车羽盖、玉杖朱幡自天而下，乃东华帝君和南极子降临。众仙拜谒请候，于冰跪伏一傍。南极急忙扶起，二大仙入殿正面首坐，众仙列坐两旁。于冰跪进霞觞，为二大仙寿。方才归坐，见火龙、紫阳率领道通、化行、晶莹子、桃仙客四人到来，先参谒东华、南极，后与众仙相揖。正欲就坐，东华道："我以师祖，因众仙光顾冷于冰，尚且早至。火龙理该与普惠代东才是，你怎么反倒在诸仙之后？"火龙真人道："弟子因约同紫阳，因此来迟。"南极道："可各罚他师徒三大杯。"火龙等立饮，揖谢。

　　东华道："我适在半空，见此洞台榭参差，山亦金碧掩映。洞外禽兽珍奇，草木殊异，不愧为瑶池玉女所居之地，冷于冰宜永志王母隆施。若对面山上再得琼楼玉宇相为照映更佳。"说着，从袖内取出杂色玉大小数十块，包在一锦袱内，向对面山上掷去，金光过处，化作三间五色玉楼，

第八十回　八景宫师徒参教主　鸣鹤洞歌舞宴群仙

安设在层崖峭壁之上，辉煌炫耀，目光一夺。众仙皆极口誉扬，于冰叩谢。

南极笑向东华道："你这老儿明知我一点物事未曾带来，故意在普惠前作弄我。你既送他玉楼三座，我怎好白吃他的喜酒。我想，玉楼中必须有鸾鹤出入方好。"说罢，用手向空中连招几下，顷刻飞来青鸾彩凤二只、玄鹤一对，盘桓飞舞在玉楼上下。于冰亦叩谢。

东华道："我们移席到玉楼一饮何如？"众仙道："正欲游览瞻仰圣作。"铁拐先生道："我无一物赠普惠真人，这搬移桌椅之劳，我代了罢。"随将腰间葫芦儿解下，拔去塞儿，里面出一股青烟，青烟内跳出二三百个小铁拐先生，将桌椅连杯盘抬起，飞上玉楼，照旧摆设停妥。众仙大笑。

铁拐先生将葫芦一摇，二三百小铁拐仍化青烟入葫芦内。众仙又笑。南极将手中拂尘一丢，化为金桥一座，由下而上，直接玉楼阶下，众仙步履次序而上。各力士童男女等，即从桥上往来进送酒食。

众仙同入玉楼，见雕窗绮户，恍置身在晶玉界中，欣羡不已。麻姑道："此地山色极秀丽，只是青翠之中还有黄白二色相间处，我当补之，为异日再来游览之资。"于是从怀中取出一小瓶，瓶内倒出五色石砂一把，向四面山上洒去，石砂到处，尽变为大青大绿，五色灿然。众仙称妙。施肩吾道："麻夫人少卖弄幻术。普惠真人胸藏太上奇书，此等技艺何异击土鼓于雷门。"麻姑笑道："先生以我为幻术耶！若能将吾幻术指破，我即心服。"施肩吾道："指破何难，只恐麻夫人脸上不好看耳。"麻姑道："试请为之。"施肩吾即于怀中取出玉杓一个，如茶杯大小，光如满月，随手掷去，疾同掣电，在四面山上一转，响一声仍归肩吾手内。众仙急看，山色依然如旧，各拍手欢笑道："施先生今见屈于麻夫人矣。"肩吾看杓内盛满大小石块，皆五色辉映，青绿判然。肩吾亦笑道："怪道全收它不了，原来是麻夫人炼就丹砂披拂在四面石上，已长成一家。幸亏是吾宝，若是别宝，一块也不能收，也罢了，我即将杓内石子与普惠真人做了贺礼罢。"说着，将石杓向空中一丢，那杓儿起在半天，旋转不已。肩吾将手一覆，杓亦翻转，只见大小五色石块方圆长匾不一，从杓内流出，落将下来。有一二丈大者，有七八尺大者，还有三四尺、一二尺大者不等，率皆大石在下，小石在上，一块块堆叠起来，顷刻堆成一座五色山峰，高可参天，直同笔立。众仙又各鼓掌大笑道："妙哉！妙哉！鸣鹤洞又添一奇景矣。"

肩吾将杓收入怀中。

众仙欢呼欢饮,直吃至三更以后各醉方休。东华、南极俱起,收去拂尘。众仙送东华、南极去后,各向于冰师徒相谢,一个个骑鸾跨凤,驾遁登云,分东南西北回岛洞去了。火龙向于冰道:"众仙惠送诸物,一时难以遍谢。师祖同南极二处,明日定须走遭。"说罢,趁着月色,率众弟子在前后洞看玩许久,然后起身。力士趋禀道:"修文院官吏在外等候已久。"于冰示以到任谢恩日期,各退去。

次早,于冰见桌椅等物尚在玉楼。随将丝绦解下,化为金桥一座,令力士童男女次序搬着下来,然后将丝绦收系腰间。至十五年后,将超尘、逐电度在洞中服役,另行更名。又十五年后,连城璧胎已结成,只欠产育。

袁不邪、锦屏、翠黛炼成固形丹服之,已属不磨人体。他三个内丹已成,只是外面功德一件未立。于冰将他四人传至鸣鹤洞,验其造就,皆可大成,赐宴玉楼。早从《天罡总枢》内选择四十余条授之,四人法力于此更大。又嘱令他们分行天下,广积阴功。俟外功足时,然后炼绝阴丹,以备诏命。后不邪晋职灵一真人,于冰升授玉楼正使兼察火部将,袁不邪即顶补靖魔大使之职。连城璧晋职英武真人,都察五岳。锦屏晋职通源夫人,翠黛晋职妙道夫人。金不换自于冰飞升后,即服易骨丹,炼气三十年,尚未结胎。于冰鄙其资质驽钝、向道不纯,因此玉楼之宴不曾传唤。不换闻知,愧愤欲死,昼夜修勤,三百年后亦膺诏命,晋职守朴先生。如玉亦持修二百余年始膺诏命,晋职玉节真人。周琏复寻至九功山朱崖洞拜不邪为师,后亦晋职仙人。雪山得二女传授口诀,只一百年亦得身列仙班,晋职为松筠先生,这却是后话。正是:

谒罢三清易锦衣,海山仙侣醉琼卮。
三更月底笙箫寂,驭凤骖鸾八面飞。

诗曰:

人生争为名利忙,事业百年梦一场。
不信四时同逝电,请看两鬓即成霜。
既无金石延遐算,应有心情惜寸光。
一卷书成君莫笑,由来野史少文章。